4/7,2004

OPEN是一種人本的寬厚。
OPEN是一種自由的開闊。
OPEN是一種平等的容納。

OPEN 3/31

幻想大師 Roald Dahl 的異想世界

作　　者　羅爾德・達爾
譯　　者　吳俊宏
責任編輯　江怡瑩
美術設計　吳郁婷
發 行 人　王學哲

出 版 者
印 刷 所　臺灣商務印書館股份有限公司
地址：臺北市 10036 重慶南路 1 段 37 號
電話：(02)23116118 ・ 23115538
傳眞：(02)23710274 ・ 23701091
讀者服務專線：0800056196
郵政劃撥：0000165 － 1 號
E-mail：cptw@ms12.hinet.net
網址：www.commercialpress.com.tw
出版事業登記證：局版北市業字第 993 號

初版一刷　2004 年 11 月

定價新臺幣 490 元
ISBN　957-05-1920-7（平裝）／ 24427010

OPEN 3/31

幻想大師Roald Dahl的異想世界

The Best of Roald Dahl

羅爾德・達爾
Roald Dahl／著
吳俊宏／譯

臺灣商務印書館　發行

目次

羅塞特夫人

■一九四五

「我的老天，真是舒服啊，」雄鹿說。

他躺在浴缸裡，一手握著一杯蘇格蘭威士忌加蘇打，另一隻手裡夾著一根雪茄。浴缸裡的水溢到了盆邊，他從水裡伸出腳趾轉動水龍頭，讓缸裡的水保持溫暖。

他仰起頭，啜了一小口杯中的威士忌，然後又閉上眼睛躺了回去。

「看在老天爺的份上，你快點出來好不好，」隔壁房間傳來一個聲音。「拜託，雄鹿，你已經洗了一個多小時了耶。」塞鼻子坐在床邊，身上一絲不掛，慢慢喝著酒等雄鹿出來。

雄鹿說，「好啦好啦。我已經在放水了，」他隨後伸出一條腿，用趾頭扯開了塞子。

塞鼻子起身晃進浴室，手裡拿著酒杯。雄鹿又在浴缸裡多躺了一陣子，然後小心翼翼地把酒杯在肥皂架上放好，站起來拿了條浴巾。他長得不高，但相當魁梧，雙腿粗壯，小腿肌肉大得嚇人。他頂著一頭粗糙的薑黃色捲髮，細瘦尖削的臉上滿是雀斑。一片淡薑黃色的胸毛爬滿他的胸口。

「我的天呀，」他望向浴缸底部，「我把半個沙漠的沙都給帶回來了。」

塞鼻子說，「快把它沖乾淨讓我進去洗。我已經有五個月沒洗澡了。」

這是從前我們在利比亞和義大利軍隊對抗的時候。那時飛行員不多，飛行任務非常繁重。家鄉的英倫之役打得難分難解，實在派不出其他飛行員來支援。所以，我們必須長時間待在沙漠裡，過著沙漠裡頭那種奇怪至極的生活。我們每天都住在同一頂骯髒的小帳棚下，用馬克杯裝滿吐出來的漱口水洗臉刮鬍子，還得不時地從茶水食物中把蒼蠅給挑出來。沙塵暴來的時候，帳棚裡的狀況並不比外頭好到哪去，原本生性平和的人變得殘暴不堪，動不動就對朋友和自己發脾氣。痢疾、熱帶腹瀉、乳狀突起、沙漠型潰瘍等疾病早就司空見慣，義軍S.79轟炸機丟下的炸彈也已像是家常便飯。没水没女人，也没花從地上冒出來，除了沙之外，還是只有沙、沙、沙。我們駕駛老舊的格洛斯特鬥劍士型戰鬥機，與義軍的C.R.42型戰鬥機對抗，不飛的時候很難想得出能幹嘛。

有時會有人抓蠍子回來，放在汽油桶裡打個你死我活。隊上總會有隻常勝蠍，就像重量級拳王喬・路易士一樣，屢戰屢勝，怎麼都打不倒。這種蠍子會有個名字，這個名字從此無人不知無人不曉，至於特訓飲食內容為何，這個天大的秘密只有主人才會知道。對這些蠍子來說，特訓期間吃些什麼可是非常重要的事。有些蠍子吃的是鹹牛肉，有些吃的則是一種叫大力士牌的難吃罐裝燉肉，其他蠍子則把活生生的甲蟲當作食物。還有些人會在開賽前給蠍子來上一點啤酒，認為這樣會讓蠍子心情愉快，更有自信，不過，這種人從來就没贏過。在一場又一場慘烈的對決中，許多偉大的冠軍蠍脱穎而出。下午，飛行任務結束之後，常可以看見一群飛行員在沙地上站成一圈，手撐膝蓋，身體彎著在看比賽。他們一會兒替蠍子加油，一會兒又朝牠們大吼大叫，神情和那些朝擂臺上的拳擊手、摔角手吼叫的觀眾没什麼兩樣。不久後，冠軍產生，主人興奮得渾然忘我，在沙地上跳起舞來，歡呼吶喊，手臂舞個不停，高聲讚美他的冠軍蠍子有多麼多麼厲害。歷來最厲害的一隻蠍子是由一位名叫魏斯福的中士所飼養的，除了橘子果醬之外，他從不餵牠任何東西吃，不過，牠的名字我實在説不出口。這隻蠍子連續贏了四十二場比賽，後來，就在魏斯福考慮讓這隻蠍子在大頭釘下告老還鄉時，牠在一次訓練中靜靜的死了。

由此你就可以看得出來，沙漠裡面没有什麼了不起的消遣，於是，小小的玩意便成了了不起的消遣，小孩子的玩意也變成大人的消遣。每個人都是這個樣子，不管是飛行員、裝配工、修理工、負責煮飯的下士還是管倉庫的人，不管誰都一樣。雄鹿和塞鼻子也是一樣，所以，他們倆在想盡辦法搞到四十八小時的假期，搭上便機飛去開羅，總算抵達旅館之後，想洗澡的心情就和你在蜜月第一天晚上的感覺一樣。

雄鹿把身體擦乾，躺在床上，腰間裹著浴巾，雙手枕在頭下。浴室裡的塞鼻子頭躺在浴缸上，渾身舒暢，發出陣陣呻吟。

雄鹿喊了聲，「塞鼻子。」

「幹嘛。」

「接下來我們要做什麼？」

「找女人啊，」塞鼻子說。「我們非找些女人出去吃頓飯不可。」

雄鹿說，「不急。這可以慢慢來。」現在才過中午没多久。

「我可不認為這可以慢慢來，」塞鼻子說。

「不，」雄鹿說，「這是可以慢慢來的。」

雄鹿年紀很大，也很聰明，從來不會莽撞行事。二十七歲的他比隊上其他人都老得多，甚至連隊長的年紀也比他小，大家都非常尊敬他的判斷。

「我們先去買點東西吧，」他說。

「然後呢？」聲音從浴室傳來。

「然後我們再來想想你剛才說的那件事。」

兩人沈默了一陣。

「雄鹿？」

「怎樣？」

「你在這有認識的女人嗎？」

「以前有。我以前認識一個叫做温卡的土耳其女孩，皮膚很白。另外一個叫做琦琦，南斯拉夫來的，比我還高上六吋。還有一個女孩，可能是敘利亞人，名字我不記得了。」

「打個電話給她們吧，」塞鼻子說。

「我打過了。你在倒威士忌的時候我就打了，一個也找不到。現在局面糟透了。」

「局面從來就没好過，」塞鼻子說。

雄鹿說，「我們先去買東西再說，反正有的是時間。」

塞鼻子不到一個小時就從浴缸裡爬了出來。他們換上乾淨的卡其短褲和襯衫，晃下樓，穿過旅館大廳，來到外頭光亮炎熱的街道上。雄鹿拿出太陽眼鏡戴了起來。

塞鼻子說，「我知道了，我要買一副太陽眼鏡。」

「没問題，我們就去買一副。」

他們攔下一輛出租馬車，上了車，告訴車伕往西庫瑞爾百貨公司去。塞鼻子買了他要的太陽眼鏡，雄鹿買了些骰子，然後兩人又走到擁擠炎熱的街道上。

「你有没有看見那個女孩？」塞鼻子說。

「賣我們太陽眼鏡的那個嗎？」

「没錯。黑皮膚的那個。」

「可能是土耳其來的，」雄鹿說。

塞鼻子說，「我才不管她是哪裡來的。她真是美呆了。你不覺得她很美嗎？」

他們手插著口袋，沿著沙里亞街往下走，塞鼻子戴起了剛才買的那副太陽眼鏡。這是個炎熱的下午，空氣中滿是沙塵，人行道上擠滿埃及人、阿拉伯人，還有光著腳的小男孩。蒼蠅緊追著小男孩們不放，在他們眼睛附近嗡嗡地飛來飛去，想要沾點他們眼睛裡發炎的膿汁。他們的眼睛之所以會發炎，是因為母親在他們還很小的時候動了些可怕的手腳，這樣一來，他們長大之後就可以不用被徵召入伍。小男孩們啪嗒啪嗒地拖著腳步在雄鹿和塞鼻子旁邊奔跑，不停朝他們尖聲叫著：「賞點錢吧，賞點錢吧，」蒼蠅就跟在他們後面。開羅有一種獨特的味道，和其他任何一座城市的味道都不一樣。這味道不是從哪一樣東西或哪一個地方傳來的，不論在什麼地方、什麼東西上都聞得到。這味道從水溝和人行道傳來，從民宅、商店、商店裡的東西，還有商店裡正在烹煮的食物傳來，從馬匹還有街上、排水管裡的馬糞傳來。這味道從開羅人身上傳來。連太陽照在人身上，照在水溝、排水管、馬匹、食物還有街上的垃圾上也都會發出這種味道。這是一種少見的刺鼻味道，彷彿甜味、腐敗味、辣味、鹹味和苦味全雜在一塊，從來不會消失，即便是在涼爽的清晨也聞得到。

兩位飛行員慢慢地在人群中走著。

「你不覺得她很美嗎？」塞鼻子說。他想知道雄鹿的想法。

「她長得還不錯。」

「什麼還不錯而已。雄鹿，你知道我在想什麼嗎？」

「想什麼？」

「我今晚想約她出來。」

他們越過一條街，繼續往下走了一段。

雄鹿說，「好啊，那有什麼問題？何不打個電話給羅塞特夫人呢？」

「這個羅塞特什麼鬼的是誰啊？」

「羅塞特夫人，」雄鹿說。「她是個很厲害的女人。」

他們正好經過一個叫提姆酒吧的地方，酒吧的老闆叫提姆·吉爾費蘭，是英國人，上一場戰爭的時候，他是個負責軍需業務的中士，部隊返國時，他不知道用了什麼方法沒有跟著回去，留了下來。

「提姆酒吧到了，」雄鹿說。「我們進去吧。」

酒吧裡除了提姆在吧臺後整理架上的酒瓶之外，沒有其他人。

「看看是誰來啦，」提姆轉頭朝他們說。「小伙子們這陣子跑哪去啦？」

「嗨，提姆。」

他不記得這兩個人，但可以看得出來他們才剛從沙漠裡出來。

「我那個老友葛拉奇亞尼最近如何？」他轉過身，手肘架在櫃臺上。

「他就在附近，」雄鹿說。「就在梅莎外頭。」

「你們現在飛哪種飛機？」

「鬥劍士。」

「我的天啊，那些東西八年前就在飛了耶。」

「現在還是同樣那幾臺，」雄鹿說。「都老到快不能飛了。」

他們拿著酒杯往角落一張桌子走去。

塞鼻子問，「這個叫羅塞特的是誰啊？」

雄鹿慢慢喝了一口酒，放下酒杯。

「她是個厲害的女人，」他說。

「她到底是誰？」

「她是個卑鄙的老婊子。」

「好啦，」塞鼻子說，「好啦，她到底是怎樣的一個人？」

「好，」雄鹿說，「那我就告訴你。羅塞特夫人是世界上最大一間妓院的老闆。據說，不論你在開羅看上哪個女孩，她都有辦法幫你弄到手。」

「聽你在放屁。」

「沒騙你，我是說真的。你只要打個電話給她，告訴她你在哪裡看見那個女的，她在哪裡工作，哪一間店，哪一個櫃臺，再詳細描述一下她的長相，剩下的她會搞定。」

「少蠢了好不好，」塞鼻子說。

「沒騙你，這是千真萬確。三十三中隊告訴我的。」

「他們只是在唬你而已。」

「好，那你去電話簿裡查她的電話。」

「她不可能在電話簿裡用這個名字的。」

「我告訴你，她用的就是這個名字，」雄鹿說。「去查羅塞特（Rosette）這個名字，把她的電話找出來，你就知道我不是在騙你。」

塞鼻子不相信，不過還是走去提姆那邊，要了本電話簿回來。他翻開電話簿，一直到R-o-s這一頁，手指沿著那一欄名字一路找了下來。Roseppi……Rosery……Rosette。有了，羅塞特夫人，上面清清楚楚印著她的地址和電話。雄鹿在一旁看著他。

「找到了嗎？」他問。

「有，找到了，有個叫羅塞特夫人的。」

「那為什麼不去打電話給她呢？」

「我該說些什麼？」

雄鹿低頭望進杯裡，手指戳著裡頭的冰塊。

「跟她說你是個陸軍上校，」他說。「希金斯上校，她不相信飛行員。告訴她你在西庫瑞爾百貨公司看見一個賣太陽眼鏡的漂亮女孩，長得黑黑的，然後就像你剛才跟我說的那樣，告訴她你想帶她出來吃晚飯。」

「這裡沒有電話可以打。」

「有，那邊就有一臺。」

塞鼻子轉過身，在吧臺盡頭的牆上瞥見一臺電話。

「我身上沒有硬幣。」

「沒問題，我有，」雄鹿說著在口袋裡撈了撈，拿出一枚硬幣放在桌上。

「提姆會把我說的每一句話都聽得一清二楚的。」

「這有什麼差別嗎？他自己說不定都打過電話給她。你這個沒種的傢伙，」他說。

「你這個混蛋，」塞鼻子也回敬一句。

塞鼻子還只是個孩子而已，才十九歲，整整比雄鹿小了七歲。他長得很高，瘦瘦的，滿頭濃密黑髮，再配上一張大嘴，沙漠裡的太陽把他英俊的臉龐曬成棕咖啡色。他是他們中隊上最厲害的飛行員，這點絕對無庸置疑，年紀輕輕就已經打下十四臺義軍戰機，戰果輝煌。在地上的時候，他動作緩慢，懶洋洋的，好像一個筋疲力竭的人一樣，連腦袋也慢吞吞懶洋洋的，彷彿一個想睡覺的小孩。可是一旦開始飛，他的思緒和行動都快如閃電，快得簡直和直覺反射沒兩樣。在地面上的時候，他彷彿是在休息，趁機打個小盹，好確保回到駕駛艙之後，能夠精神抖擻，反應靈敏，應付那兩小時緊張萬分的飛行任務。塞鼻子現在雖然離開了機場，但心裡掛念著一件事，整個人就像在飛的時候一樣清醒。這可能持續不了多久，但至少目前他的注意力還能夠集中。

他又往電話簿裡瞄了一眼她的號碼，站起身，慢慢朝電話走去。他投下硬幣，撥了號碼，聽見另一頭傳來撥通的聲響。雄鹿坐在桌邊看著他，另一邊的提姆還在整理他的酒瓶。提姆離塞鼻子只有五碼遠，肯定可以把每句話都聽得一清二楚。塞鼻子覺得自己很蠢，靠在吧臺上等了一會兒，心裡巴望沒人來接聽電話。

喀啦一聲，另一端的話筒被拿了起來，是一個女人的聲音。「喂？」

他馬上說，「妳好，請問羅塞特夫人在嗎？」他注視著提姆。提姆繼續在整理他的酒瓶，假裝沒注意，但塞鼻子知道他一定有在偷聽。

「我就是羅塞特夫人，你是誰？」她聲音沙沙的，很衝，聽起來好像不希望有人在這個時候打擾她。

塞鼻子試著讓自己聽起來自然些。「我是希金斯上校。」

「什麼上校？」

「希金斯上校。」他把名字拼給她聽。

「你好，上校。有何貴幹？」她聽起來很不耐煩。很顯然，她絕對沒辦法忍受別人跟她胡搞。塞鼻子還是努力讓自己聽來沒那麼彆扭。

「是這樣的，羅塞特夫人，我在想是不是能請妳幫我個小忙。」

塞鼻子盯著提姆瞧，他肯定一定在偷聽他說話。當一個人想假裝沒有在偷聽的時候，你往往分辨得出他到底有沒有在偷聽。他會小心翼翼地不讓自己做事時發出任何聲響，還會裝出一副非常投入的樣子。提姆現在就是這個樣子，手腳俐落的將酒瓶從一個架子移到另一個架子上，仔細端詳著，沒發出任何一絲聲音，也從來不曾回頭看看店裡。遠處的那個角落裡，雄鹿手肘撐在桌上，微微向前傾，嘴裡叼著根香菸。他正盯著塞鼻子，也知道旁邊的提姆會弄得他很尷尬，這讓雄鹿樂得很。塞鼻子不得不繼續說下去。

「我在想妳是不是能夠幫我個忙，」他說。「我今天在西庫瑞爾百貨公司買太陽眼鏡的時候，看見一個女孩，我很想請她出來吃頓晚飯。」

「她叫什麼名字？」她冰冷無情的聲音很刺耳，完全一副談生意的模樣。

「我不知道，」他怯懦的說。

「她長得怎樣？」

「嗯，她的頭髮是黑色的，長得很高，而且，嗯，長得很漂亮。」

「她穿怎樣的衣服？」

「嗯，讓我想想看，我想應該是一件白色的裙子，上面印滿紅色的花。」然後他靈光一閃，又加了句，「她有繫一條紅皮帶。」他記得她腰間繫著一條閃閃發亮的紅色皮帶。

羅塞特夫人沒答話。塞鼻子看著提姆，他小心翼翼地拿起一隻又一隻的瓶子，然後又一隻隻放下，沒發出半點聲響。

那個刺耳的沙啞嗓音又傳了過來，「這可能要花很多錢。」

「沒關係。」他一點也不想繼續講下去，只想趕快結束，一走了之。

「你可能要花上六鎊、八鎊，甚至十鎊的錢，至於到底要多少，得等看到她之後才能確定。這樣也沒關係嗎？」

「是的是的，沒關係。」

「你住在哪裡，上校？」

「大都會旅館，」他想也不想就告訴了她。

「好的，我等一下再打電話給你。」然後她就砰的一聲掛上了電話。

塞鼻子掛上電話，慢慢走回桌邊坐下。

「如何，」雄鹿說，「沒那麼難，對吧？」

「對啊，沒錯。」

「她怎麼跟你說？」

「她說她會回電話到旅館找我。」

「你是說，她會打電話到旅館找希金斯上校嗎？」

「該死，」塞鼻子罵了一聲。

雄鹿說，「沒關係，我們可以告訴櫃臺希金斯在我們房裡，請他們把找他的電話轉過來。她還說了些什麼？」

「她說我可能要花上一大筆錢，可能要六鎊或十磅。」

「其中有九成會進她的口袋裡，」雄鹿說。「這個卑鄙的老婊子。」

「接下來她會怎麼做？」塞鼻子問。

塞鼻子是一個很溫和的人，開始擔心這件剛起了頭的事情是不是會變得越來越複雜。

「這個嘛，」雄鹿說，「她會打發手底下的皮條客去把她找出來，弄清楚她的身分背景。如果她已經在她的名冊上的話，事情就簡單多了。如果不是的話，皮條客會當場在西庫瑞爾百貨公司櫃臺跟她提這件事。如果那個女孩叫他去死，他會提高價碼，如果她還是叫他滾一邊去的話，他會開出更高的價碼。到後來，她可能會被那一大筆錢吸引，點頭答應。然後羅塞特會跟你開出三倍的價碼，剩下的全數歸她。而且錢不是直接給那個女孩，而是要交給羅塞特。一旦那個女孩被列入她的名冊裡，受到她的掌控，那她就完蛋了。下一次就會由羅塞特指定價錢，那個女孩一點討價還價的餘地都沒有。」

「為什麼？」

「因為如果她拒絕的話，羅塞特會說：『好吧，我的乖女孩，我敢肯定妳在西庫瑞爾百貨的老闆一定會知道上次妳幹了哪些勾當，用他們的店招攬生意，暗地裡替我工作。這樣一來我看妳也不用幹了。』羅塞特真的會這麼說，那個可憐的女孩擔心丟掉工作，只好任她予取予求。」

「聽起來還真是個好人啊，」塞鼻子說。

「誰？」

「羅塞特夫人。」

「很有意思，」雄鹿說。「她是個很有意思的人。」

酒吧裡頭很熱，塞鼻子用手帕抹了抹臉。

「再來點威士忌吧，」雄鹿說。「嘿，提姆，再來兩杯這玩意。」

提姆把酒杯端過來放在桌上，一句話也沒說，拿起空酒杯立刻調頭就走。塞鼻子覺得提姆變得跟他們剛進門的時候不一樣了，安安靜靜的，不像剛才那麼興高采烈，還有點不友善。剛才那種「嘿，小伙子們這陣子跑哪去啦」的神情完全消失無蹤，他回到吧臺之後立刻轉身背對他們，繼續整理他的酒瓶。

雄鹿說，「你身上有多少錢？」

「我猜大概九鎊吧。」

「可能會不夠。你知道嗎，你剛才那麼說等於讓她有了漫天喊價的機會，你應該設個底線才對。你現在被她吃定了。」

「我知道，」塞鼻子說。

他們又喝了一會兒酒，兩人都沒說什麼。雄鹿突然冒出一句：「塞鼻子，你在擔心什麼？」

「沒什麼，」他說。「沒什麼好擔心的。我們回旅館去吧，她可能已經有消息了。」

他們付了酒錢，向提姆說了聲再見，他只是點點頭，什麼也沒說。他們回到大都會旅館，經過櫃臺時，雄鹿跟當班的人說，「如果有人打電話來找希金斯上校，把電話轉到我們房間，等一下他人就會過來。」那個埃及人答了聲，「好的，先生，」把他的交代抄了下來。

進房之後，雄鹿躺在他的床上，點了根香菸。「那我今晚做什麼好呢？」他自言自語著。回旅館的路上塞鼻子一直很沈默，一句話都沒說。他坐在另外一張床邊上，手插在口袋裡，並說，「嘿，雄鹿，我對羅塞特那檔子事不感興趣了，那可能要花我一大筆錢，有辦法取消嗎？」

雄鹿立刻坐了起來。「當然不行啦，說什麼廢話，」他說。「你都已經答應她了。這樣子要羅塞特是不行的。她現在可能已經在安排了，你不能在這個時候抽腿。」

「可是，我的錢可能會不夠，」他說。

「等她打電話來再說。」

塞鼻子起身走向降落傘袋，掏出一瓶威士忌，倒了兩杯，拿到浴室水龍頭底下裝了些水，然後把其中一杯遞給雄鹿。

「雄鹿，」他說。「打電話給羅塞特，告訴她希金斯上校得緊急返回沙漠的部隊去，就跟她這麼說。說上校一時抽不出時間，所以要你替他傳個話。」

「你自己去打。」

「她會認出我的聲音的。別這樣嘛，雄鹿，幫忙打個電話給她。」

「不，」他說，「辦不到。」

「聽著，」塞鼻子突然冒出一句，他又在耍小孩子脾氣了。「今晚我不想和那個女孩出去了，也不想和羅塞特夫人有任何的交易，我們可以想些別的事情來做。」

雄鹿聽了立刻抬起頭，「好吧，那我打給她。」

他找來電話簿，查到了她的號碼，告訴接線生。他和羅塞特夫人接上線之後，塞鼻子聽見他把上校的話一五一十的說給羅塞特聽。雄鹿沈默了一陣子，然後才又開口說道，「很抱歉，羅塞特夫人，可是這和我一點關係都沒有，我只是傳個話而已。」說完後，雄鹿又陷入沈默。之後，他又把那些話重複了好幾次，花了好多時間。最後，他也被搞煩了，掛上電話，倒在床上，大聲笑個不停。

「可惡的老婊子，」說完又笑了起來。

「她有生氣嗎？」塞鼻子問。

「生氣？」雄鹿說，「她有沒有生氣？你應該自己來聽聽才對。她想要知道那個上校的部隊番號和其他一些有的沒的東西，還說一定要他付出代價。她說，如果你們這些傢伙以為可以這樣玩我，那你們就搞錯了。」

「幹得好，」塞鼻子說，「這個下流的老婊子。」

「那我們要幹嘛呢？」雄鹿說，「現在已經六點了。」

「我們去外頭逛逛，到那些埃及人開的酒館去喝點小酒如何？」

「好啊，我們去把埃及酒吧全都給逛遍。」

出門前兩人又喝了一杯。他們先去一個叫做細木屑的酒館，然後換到一間叫獅身人面的酒吧，後來又轉戰到一家店名用埃及文寫成的小酒館。十點的時候，他們坐在一間根本連名字都沒有的酒館裡，開開心心地喝著酒，欣賞一種類似舞臺秀的表演。在獅身人面酒吧的時候，他們遇見一位三十三中隊的飛行員，自稱是威廉。他的年紀和塞鼻子差不多，還沒飛多久，所以看起來比塞鼻子還小。尤其從他嘴巴附近更可以明顯看出來他很年輕。他長得一副圓圓的學生臉，小小的朝天鼻，皮膚被沙漠裡的太陽曬成了咖啡色。

他們三個人坐在那家沒有名字的店裡，高興地喝著啤酒，店裡也沒賣其他東西。那家店開在一間長形的木頭房間裡，地上是粗糙的木頭地板，沒有磨光，桌椅也是木製的。房間另外一端遠遠架起一個木頭舞臺，上面有人正在表演。房間裡坐滿了埃及人，頭戴紅色的土耳其帽，喝著黑咖啡。臺上是兩個胖女孩，穿著亮銀色的褲子和胸罩。其中一個人跟著音樂的節奏搖晃著她的屁股，另外一個則是跟著節拍抖動著她的胸部。抖胸部的這個技巧高超，可以一次只抖一邊的胸部，另外一邊卻絲毫不動。有時，她也會搖搖她的屁股。那些埃及人像著了魔似的，不停為她拍手叫好。他們拍得越用力，她就抖得越起勁，她抖得越起勁，音樂就彈得越快，她跟著更快，越來越快，越來越快，越來越快，可從來不會搞錯節拍，臉上也總掛著那俗豔的笑容，從來沒變過。節奏加快的同時，那群埃及人也越拍越起勁，越拍越大聲，每個人都很高興。

表演結束時，威廉問道：「他們為什麼老是找這種胖女人來，看了真叫人提不起勁？為什麼不找些美女來呢？」

雄鹿說，「埃及男人喜歡胖的女人。他們就喜歡女人這個樣子。」

「少來了，」塞鼻子說。

「沒騙你，」雄鹿說，「這是一種年代久遠的行業。從前，這附近常鬧飢荒，窮人都長得瘦巴巴的，可是有錢人和貴族都吃得很好，個個又胖又圓。如果妳碰上個胖女人，可以肯定，她絕對不會是一般苦命老百姓。」

「放屁，」塞鼻子說。

威廉說，「沒關係，答案立刻揭曉，我去問問那些埃及人。」他把拇指朝隔壁桌那兩個中年埃及人比了比，兩桌之間只隔了四呎的距離。

「不要，」雄鹿說，「別這樣，威廉，不要叫他們過來。」

「叫他們過來，」塞鼻子說。

「沒錯，」威廉說，「我們得知道為什麼埃及人喜歡胖女人才行。」

他沒喝醉。他們全都沒喝醉，可是肚子裡已經裝了不少啤酒和威士忌，高興得很，威廉更是最高興的一個。他那張棕色的學生臉上閃耀著快樂的光彩，朝天鼻似乎翻得更高了些，好幾個星期以來他可能都沒有像現在這樣放鬆過。他站起來，跨了三步到埃及人那桌去，微笑著站在他們面前。

「好先生們，」他說，「如果你們願意加入我們的話，我的朋友和我會覺得非常榮幸的。」

這幾個埃及人的臉又肥又圓，黝黑的皮膚上泛著油光。他們頭上戴著紅色的土耳其帽，其中一個人嘴裡還鑲著顆金牙。威廉剛開口的時候，他們一副提防什麼的模樣，過了一會他們搞清楚狀況之後，彼此看了看，咧開嘴點了點頭。

「請，」其中一個說。

「請，」另外一個也這麼說。他們站了起來，和威廉握了握手，跟著他到雄鹿和塞鼻子坐著的地方。

威廉開口說，「這兩位是我的朋友，這是雄鹿，這是塞鼻子，我叫威廉。」

雄鹿和塞鼻子站起來，幾個人握了握手，埃及人又說了聲「請」，才坐了下來。

雄鹿知道回教禁止喝酒，所以直接對他們說，「來杯咖啡吧。」

鑲著金牙的那位嘴巴咧得老開，舉起雙手，掌心朝上，微微聳了聳肩。「我呢，」他說，「沒問題。可是，我的朋友呢，」他把手伸向另外一位，「他怎麼樣，我不知道。」

雄鹿看著另外那個人問，「咖啡好嗎？」

「好的好的，」他答道，「我也沒問題。」

「很好，」雄鹿說，「兩杯咖啡。」

他叫來一位服務生。「兩杯咖啡，」他說，「然後嘛，等一下。塞鼻子、威廉，再來些啤酒嗎？」

「我呢，」塞鼻子說，「我沒問題。可是我的朋友呢，」他轉向威廉，「他怎麼樣，我不知道。」

威廉說，「好的好的，我也沒問題。」他們誰也沒笑。

雄鹿說，「很好。先生，麻煩給我們兩杯咖啡，三杯啤酒。」那位服務生把他們點的東西帶來，雄鹿隨即付了帳。然後他舉起杯子，向那兩位埃及人說了聲，「乾杯。」

「乾杯，」塞鼻子說。

「乾杯，」威廉也跟著說。

那兩個埃及人似乎瞭解他們的意思，也舉起咖啡杯，其中一個人說了聲「請」，另外一個人則說了聲「謝謝」，兩個人也喝了起來。

雄鹿放下酒杯對他們說，「能夠來你們的國家，我們覺得很榮幸。」

「你喜歡嗎？」

「是的，」雄鹿說，「非常喜歡。」

音樂再度響起，那兩個穿著銀色緊身衣的胖女人開始表演安可曲目。現在，那兩個女人的表演簡直不可思議，絕對是有史以來人體肌肉控制得最極致的展現。搖屁股的女人仍舊只搖著她的屁股，抖胸部的那個雙手高舉過頭，站立在舞臺中央，活脫一棵橡樹矗立著。她讓她的左胸以順時針的方向旋轉，右胸以逆時針的方向旋轉，同時還搖晃著屁股，這三個渾圓的部分全都和音樂的節拍搭配得分毫不差。隨著音樂節奏慢慢加快，旋轉的胸部和扭動的屁股也隨之加速，有些埃及人被她胸前那兩顆以相反方向旋轉的胸部迷昏了頭，不知不覺也動了起來，雙手舉在胸前，在空中畫圈圈。每個人都用力踏著腳，興奮得大叫，臺上那兩個女人臉上同樣是那一副俗豔的笑容。

表演不久便結束，掌聲也逐漸淡去。

「真是太棒了，」雄鹿說。

「你喜歡嗎？」

「是的，她們表演得很棒。」

「那些女孩，」那個鑲金牙的說，「非常特別。」

威廉再也按耐不住，傾身越過桌面說，「我可以問你一個問題嗎？」

「請說，」金牙說，「請說。」

「是這樣的，」威廉說，「你喜歡你們的女人長得什麼模樣？是像這樣——瘦瘦的？」他用手比畫了一下，「還是這樣——胖胖的？」

他咧嘴笑著，嘴裡那顆金牙閃閃發光，「我呢，我喜歡她們這樣胖胖的。」他又粗又短的雙手在眼前畫了一個大圓圈。

「你的朋友呢？」威廉說。

「沒錯，」他的朋友說，「像這樣。」他笑著用手畫了一個胖女人的模樣。

塞鼻子問，「你們為什麼喜歡她們長得胖胖的呢？」

金牙想了一會兒，然後才說，「你喜歡她們長得瘦瘦的，對吧？」

「是啊，」塞鼻子說，「我喜歡她們長得瘦瘦的。」

「你為什麼喜歡他們長得瘦瘦的？你告訴我。」

塞鼻子伸手在脖子上摸了摸，一時也說不出什麼所以然來。「威廉，」他說，「我們為什麼喜歡瘦的女人？」

「我呢，」威廉說，「是因為習慣了。」

「我也是，」塞鼻子說，「可是，為什麼呢？」

威廉想了想，「我不知道，」他說，「我不知道我們為什麼喜歡瘦的女人。」

「哈，」金牙說，「你們都不知道。」他越過桌子，整個人朝威廉趴了過來，得意洋洋的說，「我也是，我也不知道為什麼。」

不過，威廉對這個答案並不滿意。「雄鹿說，」他說，「以前埃及的有錢人都是胖子，窮人都是瘦子。」

「不對，」金牙說，「不對，不對，不對。你看看臺上那些女人，非常胖，可是非常窮。再看看埃及的法麗達皇后，非常瘦，可是非常有錢。你完全搞錯了。」

「這麼說沒錯，可是，以前怎麼樣呢？」

「以前，你這是什麼意思？」

威廉說，「算了，我們別再討論了。」

埃及人喝咖啡的時候發出一種聲音，好像是浴缸裡最後一點水要流光時的聲響。他們喝完後就站起身，準備離開。

「要走了嗎？」雄鹿說。

「是的是的，」金牙說。

威廉說了聲「謝謝」。塞鼻子說了聲「請」。另外一個埃及人說了聲「請」，雄鹿說了聲「謝謝」。他們全都握了手，然後那些埃及人就離開了。

「很糟糕的兩個人，」威廉說。

「沒錯，」塞鼻子說，「非常糟糕。」

他們三個人高高興興的一直喝到半夜，服務生來跟他們說，店要打烊了，飲料也賣光了。他們喝得很慢，沒有真的醉，感覺還很清醒。

「他說我們得走了。」

「好吧。我們現在能去哪呢？我們能上哪去，雄鹿？」

「我不知道。你想去哪？」

「我們再去找個跟這一樣的地方，」威廉說，「這是個好地方。」

三人沈默了一陣子。塞鼻子用手摩擦著他脖子後頭。「雄鹿，」他慢慢的說，「我知道我想去哪了。我想去找羅塞特夫人，把所有女孩統統救出來。」

「誰是羅塞特夫人啊？」威廉問。

「她是個厲害的女人，」雄鹿說。

「一個卑鄙的老婊子，」塞鼻子說。

「一隻下流的老母狗，」雄鹿說。

「那好，」威廉說，「我們走吧。不過，她到底是誰啊？」

他們把她的身分背景告訴了他，還把打電話和希金斯上校的事情也都告訴了他。威廉聽了之後說，「快點，我們走吧，去把那些女孩給救出來。」

他們起身離開酒館，來到酒館外面，才想起自己是在鎮上相當偏僻的地方。

「我們得走點路，」雄鹿說。「這裡沒有馬車。」

這天晚上沒有月亮，只有點點星光。街道狹窄，黑漆漆的，聞起來有濃濃的開羅味。他們沿著路走，四週安靜無聲，有時會碰見一個或兩個男人站在房子的陰影下，靠在牆邊抽煙。

「我覺得，」威廉說，「這些人也很糟糕，你覺得呢？」

「沒錯，」塞鼻子說，「簡直糟到了極點。」

他們繼續往前走，三個人肩並著肩，矮小魁梧、髮色薑黃的雄鹿身邊是高高瘦瘦的塞鼻子，然後是弄丟帽子光著頭的年輕小伙子威廉。他們抓了個方向往市中心去，知道在那裡可以找到出租馬車帶他們去羅塞特住的地方。

塞鼻子說，「噢，我們把她們給救出來的時候，她們一定會很高興的。」

「沒錯，」雄鹿說，「她們一定會高興的要命。」

「她真的把她們都鎖起來嗎？」威廉問。

「這個嘛，不能這麼說，」雄鹿說，「不算是。不過，如果我們現在去把她們救出來的話，至少她們今晚就不用再工作了。你知道嗎，她手底下的那些女孩只不過是普通商店裡的女孩而已，白天還要到店裡去上班。她們全都犯過錯，可能是中了羅塞特的圈套，或者是被她抓到了一些把柄，她就拿這個來威脅她們，逼她們晚上全都過來她這裡。她們不必靠她來討生活，每個人都恨她恨得牙癢癢的，如果有機會的話，她們會把她踢得滿地找牙。」

塞鼻子說，「我們會給她們這個機會的。」

他們越過一條馬路。威廉問，「那裡大概會有多少女孩，雄鹿？」

「我不知道，不過，我猜大概有三十個吧。」

「我的天啊，」威廉說。「等一下一定會很熱鬧的。她對她們真的很不好嗎？」

雄鹿回答道，「三十三中隊的人告訴我，她一個晚上只給她們每個人二十皮阿斯特（一埃及幣等於一百皮阿斯特），有跟沒有一樣。每個客人要付她一、兩百皮阿斯特，這樣，光是一個女孩一天晚上就可以幫她賺進五百到一千皮阿斯特左右的錢。」

「我的天啊，」威廉說。「一個人一天晚上一千皮阿斯特幣，而且有三十個女孩。她一定是個百萬富婆。」

「沒錯。有人曾經估計過，把她其他生意的收入排除在外，光靠這個一個星期就可以賺一千五百英鎊。這樣的話，我來算算，一個月大概是五、六千英鎊左右，一年就足足有六萬英鎊的收入。」

這時塞鼻子醒了過來。「天啊，」他說，「我的老天啊，這個卑鄙的老婊子。」

「下流的老母狗，」威廉也應和著。

他們來到鎮上比較熱鬧的地段，可是還是沒看見出租馬車的影子。

雄鹿說，「你有聽過瑪麗之家嗎？」

「那是什麼？」威廉問。

「瑪麗之家是亞歷山大港的一個地方，瑪麗可說是亞歷山大港的羅塞特。」

「又是一隻下流的老母狗，」威廉說。

「你錯了，」雄鹿說。「據說她是個很好的女人。不過，話說回來，上個星期瑪麗之家被炸彈給炸了。當時有船艦靠港，裡頭全是海軍的水手。」

「全死了？」

「很多人被炸死在裡面。而且，你知道嗎，軍方竟然對外發布說，這些人是在出任務的時候因公殉職的。」

「他們的艦隊司令是個好人，」塞鼻子說。

「真有他的，」威廉說。

他們看見一輛出租馬車，招呼著要他過來。

塞鼻子說，「我們不知道她住哪裡。」

「他一定知道的，」雄鹿說。「去羅塞特夫人家，」他對車伕說。

車伕咧嘴笑了笑，點點頭。然後，威廉突然說，「我來駕駛。把韁繩給我，先生，坐到我旁邊去，跟我講怎麼走就好。」

車伕怎麼也不肯讓他駕駛，威廉給了他十皮阿斯特之後，他就把韁繩交給了威廉。威廉昂首坐在駕駛座上，身邊是那位車伕。雄鹿和塞鼻子坐在後頭的車廂裡。

「出發吧，」塞鼻子說。威廉呀的一聲，馬匹撒腿狂奔起來。

「完了，」車伕大聲尖叫。「完了，快停下來。」

「羅塞特家往哪去？」威廉大叫著問。

「停車。」車伕尖叫著要他停下來。

威廉正玩得起勁。「羅塞特家，」他扯著喉嚨問。「往哪走？」

車伕知道要讓這個瘋子停車唯一的方法，就是把他帶到他的目的地去，只好咬緊牙根告訴他，「往這裡，」他尖叫著。「往左轉。」威廉用力扯了一下左邊的韁繩，馬匹立刻向左轉過街角，一邊的車輪離了地。

「轉太急了，」塞鼻子的叫聲從後座傳來。

「現在往哪走？」威廉大吼著問。

「往左，」車伕仍舊尖叫著。他們往左拐進下一條街，然後往右轉了一次，再往左轉了兩次，又拐進右邊的一條巷子，突然聽見車伕大叫，「就是這了，拜託拜託，羅塞特就住這，快停車。」

威廉用力把韁繩往後扯，馬匹的頭漸漸朝後仰，速度慢了下來，踏著小步往前走。

「哪裡？」威廉問。

「就是這裡，」車伕說。「拜託。」他指著前方二十碼的一棟房子。威廉讓馬在房子的正門口停了下來。

「幹得好啊，威廉，」塞鼻子說。

「天啊，」雄鹿說。「速度還真快。」

「很了不起，」威廉說。「對吧？」他很高興。

車伕滿身大汗，連身上的襯衫也濕透了，嚇得半死，根本忘了生氣。

威廉問他，「多少錢？」

「是的是的，二十皮阿斯特。」

威廉給了他四十皮阿斯特，「非常感謝你，真是好馬。」矮小的車伕拿了錢之後馬上跳上車跑了，一刻也不想多留。

他們眼前同樣是一條狹窄陰暗的街道，不過，可以看出這些大房子相當豪華。剛才車伕指出羅塞特家的那棟房子很寬敞，共有三層樓高，用灰色水泥蓋成，一扇厚重的大門大開著。走進去的時候，雄鹿對另外兩個人說，「交給我，我知道該怎麼辦。」

一進去房子裡，是一個冰冷的石頭大廳，灰濛濛的。天花板上垂下一個沒罩燈罩的電燈泡，兀自亮著，裡頭還站著一個男人。這個男人像山一樣魁梧，是個壯碩的埃及人，一張扁平的臉旁邊掛著兩片肥腫的耳朵。他從前在摔角的時候，可能有過像是殺手阿不都或劇毒帕夏之類的外號，不過，現在他身上穿的卻是一套骯髒的白色棉質衣褲。

雄鹿說，「晚安，先生。請問羅塞特夫人在嗎？」

阿不都緊緊盯著這三個飛行員，猶豫了一會兒才說，「羅塞特夫人在頂樓。」

「謝謝您，」雄鹿說。「真是非常謝謝您。」塞鼻子注意到雄鹿突然變得很有禮貌。每次他突然有禮貌起來就表示有人有麻煩了。他在隊上帶頭飛的時候，如果看到敵人或是準備開戰，每個命令之前都一定會加個「請」字，收到消息時也從來不會忘記說「謝謝」。他剛才就對阿不都說了聲「謝謝」。

他們沿著光禿禿的石階往上走，石階兩旁是鐵製的扶手。他們穿過第一、第二個平臺，這一路往上整個地方就像是個洞穴一般光禿禿的，什麼都沒有。第三段階梯的頂端沒有平臺，只有一道牆擋著，階梯通到一扇門前。雄鹿按了按鈴，等了一會，門上打開一道小窗，一雙黑色的小眼睛從裡頭探了出來。一個女人的聲音說，「想幹什麼，小伙子？」雄鹿和塞鼻子都聽得出這就是電話裡的那個聲音。雄鹿說，「我們想見羅塞特夫人。」因為他剛才變的有禮貌了，所以，現在講到「夫人」兩個字的時候，還特別用法文來發音。

「你們是軍官嗎？這裡只有軍官能來。」那個聲音說。她的聲音聽起來像是塊破木板一樣。

「沒錯，」雄鹿說。「我們是軍官。」

「看起來不像，哪裡的軍官？」

「英國皇家空軍。」

羅塞特一時沒回話。雄鹿知道她在評估狀況。她先前可能和飛行員有過過節，他只盼望她不要看見威廉，還有他那興奮不已的眼神就好，因為他現在還是和剛才在駕馬車的時候一樣亢奮。門上的小窗突然關了起來，門隨即打開。

「好吧，進來吧，」她說。這個女人太貪心了，財迷心竅，沒考慮要慎選客人。

他們走了進去，羅塞特夫人就在他們眼前。短小、肥胖、身上泛著油光，額頭上掛著幾撮雜亂的黑色頭髮；她的臉很大，臉色和泥巴差不多，鼻子又大又寬，嘴巴卻小得像魚一樣，嘴唇上還有一抹淡到快看不見的鬍鬚。此時，她穿的是一件寬鬆的黑色緞質衣服。

「到我辦公室裡來，小伙子們，」她一邊說，一邊左搖右晃踏著小步往左邊的走廊走去。這是一條又長又寬的走廊，大約有五十碼長，四到五碼寬，直直穿過屋子中間，和外頭的馬路平行，如果你從樓梯上來的話，必須先左轉再沿著它往裡頭走。一路上都是門，兩邊各有八到十扇左右的門。如果你上樓梯之後直接右轉，會接到這條走廊的底端，那裡也有一扇門，他們三個人走進去的時候，聽見那扇門後傳來女人說話的聲音，模模糊糊的。雄鹿發現，這是女孩們的更衣間。

「往這來，小伙子們，」羅塞特說著，往左拐了個彎，沿著走廊往下走，離那扇門和那些女孩的聲音越來越遠。他們三個跟了上去，雄鹿在前，然後是塞鼻子，最後是威廉。走廊上鋪著紅色地毯，天花板上垂下巨大的粉紅色燈罩。走到一半左右，身後的更衣間突然傳來尖叫聲，羅塞特停下腳步，轉頭看了看。

「小伙子們，你們繼續往前走，」她說，「進到辦公室裡去，左手邊最後一扇門就是了。我馬上回來。」說完就轉頭朝更衣間走回去。他們並沒有繼續往前走，而是留在原地望著她，就在她走到門邊的時候，門突然打了開，一個女孩從後面衝了出來。從他們站的地方可以看見女孩的秀髮披散在臉上，身上穿的是一件凌亂的綠色晚禮服。她一看到眼前的羅塞特就停了下來。他們聽見羅塞特說了些話，語調又急又快，然後又聽見那女孩朝她吼了回去。他們看見羅塞特舉起右手，用手掌賞了那女孩一巴掌。他們還看見她把手收回來，在女孩臉上同一個地方又賞了一巴掌。她手下得很重。那女孩捂起臉，哭了起來。羅塞特打開更衣間的門，一手把她推了進去。

「我的天啊，」雄鹿說。「她可真強悍。」威廉說，「我也很強悍。」塞鼻子什麼也沒說。

羅塞特回到他們身邊說，「來吧，小伙子們。只是一點小麻煩而已，沒什麼。」她帶著他們來到走廊盡頭，走進左手邊最後一扇門裡，裡頭就是她的辦公室。辦公室不大不小，放著兩張紅色絲絨沙發和兩張紅色絲絨扶手椅，地上鋪著一大片厚厚的紅色地毯。角落裡擺著一張小桌子，羅塞特坐在後頭，房間裡的動靜全逃不過她的眼睛。

「請坐，小伙子們，」她說。

雄鹿挑了張扶手椅，塞鼻子和威廉兩人坐在同一張沙發上。

「好吧，」她的聲音變得尖銳而急促，「講正事吧。」

椅子上的雄鹿往前靠了過去。在亮紅色的絲絨襯托之下，他薑黃色的頭髮看來似乎有點不太搭調。「羅塞特夫人，」他說，「很榮幸能夠與您見面，我們聽了好多關於您的事情。」塞鼻子看了看雄鹿。他又變得有禮貌了。羅塞特也同樣看著他，那雙黑色的小眼睛裡透著懷疑的神色。「請相信我，」雄鹿繼續說道，「這一刻我們已經期待很久了。」

他的聲音悅耳動聽，態度又很誠懇有禮，連羅塞特也不再懷疑有他。

「小伙子嘴真甜，」她說。「只要你來，我保證一定讓你盡興。好了，談正事吧。」

這時，威廉再也按耐不住，慢慢地對羅塞特說，「雄鹿說，妳是個厲害的女人。」

「謝謝你，小伙子。」

塞鼻子說，「雄鹿說，妳是隻下賤的母狗。」

威廉立刻接下去，「雄鹿說，妳是個卑鄙的老婊子。」

「而且，我可不是講講而已，」雄鹿說。

羅塞特氣得跳了起來。「你們是什麼意思？」她尖聲叫著，臉上不再是泥一般的顏色，而是漲得跟黏土一般的紅。他們三個人一動不動，沒有放聲大笑，臉上也看不見一絲笑意，只是靜靜坐在位子上，上半身微微往前傾，目不轉睛的注視著她。

羅塞特以前也碰過麻煩，而且不只是一次兩次而已，要怎麼應付她清楚得很。但這次可不一樣。眼前這些人看來並不像喝醉了酒，來的目的和錢沒有關係，和她手下的女孩也沒有關係。他們的目標就是她，這讓她很不舒服。

「給我滾出去，」她朝他們大吼。「滾出去，不然你們就麻煩大了。」可是他們還是連動都沒動。

她停了一會，突然從桌子後面竄了出來，朝那扇門衝過去。不過，雄鹿比她快了一步，擋在面前，就在她準備要朝雄鹿撲過去的時候，塞鼻子和威廉從後面一人抓住了她一隻手臂。

「我們把她鎖在裡面，」雄鹿說。「趕緊出去。」

這時，她開始放聲大叫，從她嘴裡吐出來的字眼難聽到了極點，不好在這寫出來。她尖聲咒罵著，一連串惡毒的字眼從她小小的魚嘴不停冒出來，從不間斷，口水也跟著四處飛濺。塞鼻子和威廉抓住她的手臂，把她往一張大椅子拖過去，她像一隻被人拖進屠宰場裡的肥豬一樣，死命的掙扎大叫。他們把她拖到椅子前，用力推了她一把，羅塞特整個人立刻栽了進去。威廉飛快繞過她的桌子，低身一把扯斷電話線。雄鹿把門打開，三人趁著羅塞特還沒爬起來，溜了出去。雄鹿順手把插在門後的鑰匙拔了下來，從外面把門上鎖。三個人就這麼站在外面的走廊上。

「我的天啊，」雄鹿說。「真是可怕的女人！」

「你聽聽，」威廉說。「簡直要抓狂了。」

他們站在走廊上聽著。先是聽見她不停地大吼大叫，然後又聽見她開始用力撞門，嘴裡的咒罵聲一刻也沒停過。她的聲音不是女人的聲音，而是一頭會說話的公牛勃然大怒的聲音。

雄鹿說，「動作快。去找那些女孩。跟我來。從現在起要嚴肅起來，最好扳起臉一板一眼的。」

他沿著那條走廊一路跑到更衣間，塞鼻子和威廉緊緊跟在後面。他在門外停下腳步，另外兩個人也停了下來，就算是在這裡，他們還是聽得見辦公室裡羅塞特的吼聲。雄鹿說，「現在，你們什麼也不要說。拿出你們最嚴肅的一面就是了。」說完他就打開門走了進去。

房間裡大概有十二個左右的女孩，雖然話才說到一半，但所有人都抬起頭，望著站在門口的雄鹿。雄鹿兩腳跟喀的一聲，擺出立正的姿勢說，「我們是憲兵。」然後又用法文重複了一次。他的聲音很嚴肅，臉上沒有任何表情，戴著帽子直挺挺的立正在門口。塞鼻子和威廉兩人就站在他身後。

「我們是憲兵，」他又重複了一次，隨後掏出證件，用兩隻指頭夾著給她們看。

女孩們一動也不動，什麼也沒說。她們就這麼硬生生的把剛才在做的事情全給打住，一動也不動，看來就像一幅活人畫一般。有個女孩正坐在椅子上穿長襪，整個人就這麼凍在原地，伸出的腿上的襪子已經拉到了膝蓋邊，手還抓著襪子。另一個女孩正在鏡子前面梳頭，轉過頭來的時候，雙手還一直放在頭髮上。還有一個女孩站著在塗口紅，抬眼望向門口的雄鹿，口紅也舉在唇邊。其他幾個女孩坐在素色的木頭椅子上，什麼也沒做，把頭轉向門的方向，可也仍然保持坐著的姿勢。大部分的人都穿著類似晚禮服的衣服，有一兩個人赤裸著上身，但大部分人都穿著亮綠、亮藍、亮紅、亮金色的晚禮服，她們轉過頭來看著雄鹿的時候，真的一點動靜都沒有，實在像極了一副活人畫。

雄鹿停了一會才又說道，「很抱歉打擾各位，在此我謹代表軍方向各位道歉。請接受我們最誠摯的歉意，小姐們。不過，妳們必須跟我們走一趟，辦理註册和其他一些手續，之後，妳們就可以自行離開。這只是一道手續而已。現在，麻煩請小姐們跟我們走，我已經和夫人說過了。」

雄鹿說完，女孩們還是沒有動靜。

「麻煩妳們，」雄鹿說，「把外套帶上。我們是軍方人員。」他讓到一邊，把門打開。突然間，這幅畫動了起來，女孩紛紛起身，滿頭霧水的嘟噥著，兩三個人開始朝門口走去。其他人也跟在後面走了出去。赤裸著上半身的人趕緊套上禮服，拍了拍頭髮也跟了上來。所有人都沒穿外套。

「數數有多少人，」女孩們魚貫而出的時候，雄鹿向塞鼻子下了個口令。塞鼻子一個個大聲數著，總共有十四人。

「一共十四人，長官，」塞鼻子盡力讓自己聽來像個軍士長。

雄鹿應了聲「瞭解，」然後轉身向擠在走廊上的女孩們說，「聽好了，小姐們，我從夫人那裡拿到了妳們的名單，所以，請不要企圖逃跑。妳們大可放心，這只是軍方的一道手續而已。」

此時，威廉已經來到走廊外頭，一手推開那扇通往階梯的門，跨了出去。女孩們跟了上去，雄鹿和塞鼻子兩人殿後。女孩們很安靜，搞不清楚究竟是什麼狀況，有點擔心，又有點害怕，什麼話都沒有說。她們當中只有一個留著黑髮的高個女孩說，「我的天呀，軍方的手續。我的天呀，我的天呀，等一下還會碰到什麼啊？」除此之外，她再也沒說什麼。一群人繼續往下走，來到大廳，他們遇見那位扁臉上掛著兩片肥腫耳朵的埃及人。有那麼一刻，他們似乎碰上了麻煩。不過，雄鹿把他的證件在他眼前揮了揮說，「憲兵，」那男人嚇了一跳，立刻閃到一邊，讓他們過去，什麼反應也沒有。

然後，他們一行人便來到街道上，雄鹿說，「我們必須走一小段路，只有一點點距離而已，」然後他們轉向右邊，開始沿著人行道往前走。雄鹿在前面帶路，塞鼻子殿後，威廉走在路上警戒側翼。這時，有些月光透了出來，東西可以看得很清楚。威廉試著跟上雄鹿的步子，塞鼻子試著跟上威廉的步子，他們把頭抬得高高的，手臂一前一後擺動著，看來很有軍人的威風模樣，真是一副很奇特的景象。十四個女孩穿著閃亮的晚禮服。月光下，十四個女孩穿著亮綠、亮藍、亮紅、亮黑、亮金色的晚禮服，跟在雄鹿後頭在街上踏步前進，身旁是威廉，後頭還跟著塞鼻子，這真是一副奇特無比的景象。

女孩們開始聊起天來。儘管沒有回頭，雄鹿還是聽得見她們說些什麼。他領著隊伍在前頭走著，來到一個十字路口的時候，拐向右邊。其他人也跟了上來，往下走了約五十碼左右，來到一間埃及酒館附近。雄鹿看見店裡窗簾後那一片黑暗中有光線傳來，轉過身，大喊了一聲「停！」女孩們的腳步停了，嘴巴卻依舊動個不停，任誰都看得出隊伍已經騷動了起來。你是沒有辦法叫十四個女孩穿著高跟鞋和閃亮的晚禮服三更半夜跟你在鎮上走來走去的，就算行，也走不了多遠，絕對走不了多遠，那怕是為了軍方的手續也一樣。雄鹿很清楚這一點，準備開始說話。

「小姐們，」他說，「請聽我說。」可是隊伍裡鬧烘烘的，女孩們話講個不停，那個滿頭黑髮的高個女孩說，「喔，我的天呀，怎麼回事呀？哎喲我的天呀，這到底是怎麼回事呀？」

「安靜，」雄鹿說，「安靜！」他大聲喊了第二次，好像在發號施令一樣。女孩們總算停了下來。

「小姐們，」他的語氣變得很有禮貌。他拿出最和善的態度和她們說話，而當雄鹿一副彬彬有禮的模樣時，任誰也沒有辦法抵擋。他嘴上不笑，可是光聽聲音就可以感受到他的笑意，真的很了不起。他的聲音在笑，臉上卻仍然保持一副認真的表情。這個方式非常有說服力，因為這讓別人覺得他不會隨隨便便就對人這麼和善。

「小姐們，」他的聲音在微笑。「和軍隊有關的事總會有很多手續要辦，這是無法避免的，我為此深深感到抱歉。不過，軍人也是很有紳士風度的。妳們也一定知道，英國皇家空軍是最有紳士風度的。如果妳們全都願意進來與我們喝杯啤酒的話，那將是我們莫大的榮幸。這就是我們的紳士風度。」他往前踏了一步，打開酒館的門向她們說，「噢，看在老天的份上，咱們喝一杯吧。誰想要來一杯啊？」

女孩們恍然大悟。這一切的一切全都攤在她們眼前，究竟怎麼回事此時全都一清二楚。雄鹿的話讓她們措手不及。她們猶豫了一會兒，先是彼此看了看，又看了看雄鹿，然後再看了看塞鼻子和威廉。當女孩看著塞鼻子和威廉的時候，兩人眼中的笑意深深吸引著她們。一時間，所有女孩都笑了起來，威廉笑了，塞鼻子也笑了，一群人一起朝小酒館湧去。

那個黑髮的高個女孩挽著雄鹿的手臂說，「我的天呀，憲兵先生，我的天呀，哎呦我的天呀，」笑得頭直往後仰，雄鹿也跟著笑了起來。威廉說，「這就是我們的紳士風度，」一行人便走進酒館去。

這個地方和他們先前待的那一間酒館很像，木製裝潢，滿地木屑，有幾個埃及人頭上戴著紅色土耳其帽坐在附近喝咖啡。威廉和塞鼻子把三張圓桌併在一起，拉來幾張椅子。女孩們陸續就座。

其他桌的埃及人放下手中的咖啡杯，轉過頭來，看得目瞪口呆，簡直不敢相信。那副德行就和一條條沾滿泥巴的肥魚沒啥兩樣，有些人乾脆把椅子倒轉過來，面對雄鹿他們，好看得清楚些，可還是一副瞠目結舌的表情。

一位服務生走了過來，雄鹿說，「十七瓶啤酒。請給我們來十七瓶啤酒。」服務生說了聲「好的」便走開了。

啤酒還沒來之前，女孩們看著這三位飛行員，三位飛行員的目光也停留在她們身上。威廉說，「這就是我們的紳士風度，」那個黑髮高個女孩說，「我的天呀，你們真是瘋子，哎呦我的天呀。」

服務生端來啤酒。威廉舉杯說，「敬軍人殷勤有禮的一面，」黑髮高個女孩叫著，「哎呦我的天呀。」塞鼻子什麼也沒說。他忙著環顧身旁的女孩，一個又一個上下打量，想看看自己最喜歡哪一個，好立刻展開攻勢。雄鹿微笑著，女孩們坐在那兒，身上穿著亮紅、亮金、亮藍、亮綠、亮黑和亮銀的晚禮服，看來又像是一幅活人畫了。這的確是一幅美麗的畫，女孩們坐在桌邊啜飲著啤酒，看來非常高興，再也不疑神疑鬼的，因為現在整件事情就攤在她們眼前，而她們也能夠瞭解。

「我的天啊，」雄鹿突然叫了起來。他放下酒杯，四處看了看。「噢，我的天啊，就算整隊弟兄來都夠了。我真希望隊上的兄弟全都在這！」他又喝了一口，卻在喝到一半的時候，很快又把酒杯給放了下來。「我知道了，」他說。「服務生，嘿，服務生。」

「是的，先生。」

「給我一大張紙和一隻筆。」

「好的。」服務生說著便去拿了張紙回來，順手把夾在耳朵上的鉛筆交給雄鹿。雄鹿敲了敲桌子要大家安靜。

「小姐們，」他說，「最後還有一項手續，相信我，這絕對是最後一項手續，再也沒了。」

「軍方的手續，」威廉說。

「哎喲我的天呀，」黑髮女孩說。

「其實也沒什麼，」雄鹿說。「請妳們務必把妳們的名字和電話留在這張紙上。這是要給我隊上弟兄的，這樣一來，他們不必蹚先前那麼一大堆渾水，就能和我現在一樣高興。」雄鹿的聲音又開始微笑起來。誰都看得出來女孩們喜歡他的聲音。「如果妳們願意幫這個忙的話，我們會非常感激的，」他繼續說道，「因為我那些兄弟們也會想要見見妳們。他們一定會很高興的。」

「太棒了，」威廉說。

「真是瘋了，」黑髮女孩嘴裡雖然這麼說，還是在那張紙上留下了名字和電話，傳給下一個人。雄鹿又給每個人叫了一杯啤酒。女孩們竟然穿著晚禮服坐在這種地方，看來實在很滑稽，不過，她們一個接一個把名字都留了下來。她們看來很高興，威廉更是最高興的一個，可是塞鼻子臉上卻是一副認真的表情，因為他實在不知道該選哪一個才好，苦惱得很。這群女孩長得都很漂亮，個個年輕貌美，各有各的魅力。她們來自希臘、敘利亞、法國、義大利，也有膚色較淺的埃及人、南斯拉夫人和其他幾個國家的人，每個人都長得截然不同，可是全都非常漂亮，每個都是道道地地的美人胚子。

那張紙回到了雄鹿手邊，每個女孩都留下了資料；十四個寫得奇形怪狀的名字，十四個電話號碼。雄鹿仔細的瞧著這些資料。「我會把這貼到隊上的公布欄去，」他說，「他們一定會把我當做是大恩人的。」

威廉說，「應該把它送到總部去。油印出來，送給每個中隊，提振一下大家的士氣。」

「哎呦我的天呀，」黑髮女孩說。「你真是瘋了。」

塞鼻子慢慢站了起來，抬著椅子走到桌子另外一邊去，擠進兩個女孩中間，說了聲「不好意思，介意我坐在這邊嗎？」此刻，他總算下定了決心。他把頭轉向右邊那位女孩，靜靜展開攻勢。她非常漂亮，膚色很黑，大美人一個，曲線玲瓏有致。塞鼻子面向她，將頭靠在手上，開始和她聊天，完全忘了其他人的存在。光是從這一幕就不難看出他為何會是隊上最厲害的飛行員。這個年輕的塞鼻子是個非常專心一致的人；他是個活力十足而又專注異常的人，他會朝他的目標直線邁進。他會小心翼翼的將蜿蜒曲折的道路拓直，然後以無人能及的速度往目標邁進，什麼也阻擋不了他。他就是這個樣子。現在他正和那位漂亮女孩在說話，可是沒人聽得見他在說些什麼。

此時，雄鹿正在思考著下一步該怎麼走。眼看所有人都快喝完第三杯啤酒時，他又敲了敲桌子，要大家安靜。

「小姐們，」他說，「我們很希望能夠有這個榮幸護送妳們回家。其中五位將由我負責，」這一切他全都想好了，「塞鼻子負責五位，威廉負責四位。我們會雇三輛出租馬車，五位小姐坐我的車，我把妳們一次一位送回家。」

威廉說，「這就是我們的紳士風度。」

「塞鼻子，」雄鹿說。「塞鼻子，你覺得如何？你選五個，要最後送誰回家你自己決定。」

塞鼻子左右看了看。「好啊，」他說。「好啊，我沒問題。」

「威廉，你負責四位。一次一位把她們全送回家，懂嗎？」

「那有什麼問題，」威廉說。「那有什麼問題。」

他們全都站了起來，朝門口走去。那個高個的黑髮女孩挽著雄鹿的手臂說，「你送我嗎？」

「是的，」他答道。「我送妳。」

「你要最後才送我回去嗎？」

「是的，我最後才送妳回去。」

「哎喲我的天呀，」她說。「太棒了。」

他們在酒館外雇了三輛出租馬車，人也分成了三群。塞鼻子動作很快，手腳俐落地把女孩們請上車，自己隨後爬了進去，雄鹿看著馬車沿著街道漸漸跑遠。然後，他看見威廉的車也出發了，馬車彷彿先是猛晃了一下，馬匹才撒腿往前飛馳而去。雄鹿定睛又看了一眼，才發現威廉手裡握著韁繩，高高坐在駕駛座上。

「我們走吧，」雄鹿說著，請五位女孩上了馬車。儘管車廂很小，所有人都還是擠了進去。雄鹿往後靠在椅背上，突然感覺一隻手臂從下面擠了上來，和他的手臂纏在一起。原來是那位高個的黑髮女孩。他轉過頭，凝神望著她。

「嗨，」他說。「妳這個小淘氣。」

「哈，」她在他耳邊低聲說，「你們真是一群瘋子。」雄鹿心裡一陣暖意，隨口哼起了小調，伴著馬車在黑暗的街道上達達前行。

南方來的人

■

一九四八

眼看就快六點，我想乾脆買杯啤酒，到外頭去，坐在游泳池旁的折疊式躺椅上，享受一點傍晚的陽光好了。

我到吧臺邊點了杯啤酒，拿著酒杯穿過外頭的花園，朝游泳池走去。

這是個漂亮的花園，處處可見碧綠草坪、杜鵑花圃和高聳的椰子樹，強風吹過椰子樹稍，隨風起舞的樹葉發出悉悉窣窣、嗶嗶剝剝的聲音，彷彿著了火。我可以看見樹葉底下掛著好幾串碩大的棕色椰子果實。

游泳池周圍有許多躺椅，還有些白色的桌子和色彩鮮豔亮麗的大陽傘，曬黑的男男女女穿著泳衣坐在附近。游泳池裡面有三、四個女孩，還有差不多十二個的男孩，不停朝彼此潑水，把一顆大橡皮球丟過來丟過去，大聲笑鬧著。

我站在一旁看著這些人。女孩是這間飯店的房客，從英國來的。男孩從哪裡來我不知道，不過他們聽來像是美國人，美國海軍訓練艦那天早上剛靠港，我猜他們就是從艦上下來的見習生。

一隻黃色陽傘下有四個空位，我走過去挑了一個空位坐下，喝了一大口啤酒，舒舒服服地靠在椅背上，隨手點了根香菸。

坐在陽光下喝啤酒抽香菸是一件令人非常愉快的事。坐在這裡，看那些男孩女孩們在湛藍的池水中潑水嬉戲也很愜意。

美國水手和英國女孩之間的關係進展得不錯。此時，他們已經會從水底抓住她們的腿，把她們整個人翻倒過來。

就在這個時候，我注意到一個小老頭快步在池畔走著。他穿著一套白淨無暇的西裝，跨著小步蹦蹦跳跳走得很快，每跨出一步，就用腳尖將自己踮高。他頭上戴頂淡黃色的巴拿馬草帽，沿著池邊一路蹦蹦跳跳走來，不時張望附近的人和椅子。

他在我身邊停了下來，臉上掛著微笑，兩排小得出奇的牙齒露了出來，歪七扭八的還帶點污垢。我也朝他笑了笑。

「真是不好意思，請問我可以坐這裡嗎？」

「當然，」我說。「請便。」

他拐到椅子背後，確定安全無虞之後才坐下來，雙腿交叉。那雙白色的鹿皮皮鞋上打滿了透氣用的小洞。

「這傍晚真棒，」他說。「牙買加每一天的傍晚都這麼美。」我無法確定這是義大利還是西班牙口音，但可以肯定的是他一定是南美洲人。而且如果仔細看的話，還會發現他年紀已經不小了，大概六十八或七十左右。

「沒錯，」我說。「這裡真的很棒，對吧？」

「請恕我冒昧，不過，那些人是誰啊？他們不住這裡呀。」他指著那些在泳池裡游泳的人。

「我想他們應該是美國的水手，」我告訴他。「他們是還在學習如何當水手的美國人。」

「沒錯沒錯，就是美國人。天底下還有誰會像他們那麼吵呢？你不是美國人對吧？」

「不，」我說。「我不是。」

突然，其中一個見習生站到了我們面前。他剛從池裡爬起來，身上還滴著水，其中一位英國女孩站在他旁邊。

「這些位子有人坐嗎？」他問。

「沒有，」我回答他。

「介意我坐這嗎？」

「請便。」

「謝了，」他說。坐下之後，他把手上那條毛巾翻開，拿出一包香菸和一個打火機。他問女孩要不要，女孩搖搖頭拒絕，然後他把香菸遞過來，我拿了一根。小老頭說，「謝謝你，不了，我想我抽根雪茄好了。」說著便從一個鱷魚皮煙匣裡抽出一根雪茄，然後又拿出一把刀，用刀上的小剪刀，喀嚓一聲把雪茄屁股給剪了。

「來，我來替你點火。」美國男孩舉起他的打火機。

「風這麼大，點不著的。」

「放心，沒問題的。它每次都點得起來。」

小老頭把那根還沒點燃的雪茄從嘴邊移開，頭歪向一邊，盯著那男孩瞧。

「**每**——次？」他慢慢重複。

「沒錯，它從來沒有失敗過。至少我用的時候不會。」

小老頭的頭還是歪在一邊，眼神仍舊停留在男孩的身上。「很好，很好。你的意思是說，這隻厲害的打火機從來沒有失敗過，我沒說錯吧？」

「沒錯，」男孩說。「我就是這個意思。」他大概十九、二十歲的年紀，長長的臉上長滿雀斑，鼻子尖尖的，像鳥嘴一樣。他的胸膛並沒有曬得很黑，上面可以看得出有些雀斑，還有幾撮淡紅色的胸毛。他用右手握著打火機，準備按下火輪。「它從來沒有失敗過，」他笑著說，故意想讓小老頭覺得他的小寶貝很神奇。「我可以跟你保證，它絕對沒有失敗過。」

「請等一下，」他握著雪茄的那隻手高高舉了起來，手掌朝外，好像在阻擋來車一樣。「只要一下就好。」他的聲音很奇怪，柔柔的，沒什麼抑揚頓挫，眼神也沒有離開過那男孩。

「我們來打個賭如何？」他微笑著對男孩說。「我們來打個小賭，看看你的打火機點不點得起來，如何？」

「好，我賭，」男孩說。「那有什麼問題？」

「你喜歡打賭嗎？」

「喜歡，我常跟人打賭。」

小老頭停了一會，仔細檢查手裡的雪茄，我得說他那個模樣讓我不太舒服。他看起來好像已經想好了要耍什麼花樣讓男孩難堪一樣，而且我還覺得，他那副德行彷彿是在享受一個只有他自己才知道秘密。

他又抬起頭，看著男孩慢慢說，「我也喜歡跟人打賭。我們好好來打個賭吧。賭個大的。」

「慢點慢點，」男孩說。「我沒辦法賭什麼大的。可是我可以跟你賭二十五分錢。甚至可以跟你賭一塊錢，或者把身上所有的錢全拿來跟你賭也行，我想總共大概有幾先令吧。」

小老頭搖了搖手。「聽著，我們來玩玩。打個賭。我們到這家飯店樓上我的房間去，裡頭沒有風，我賭你沒辦法連續十次點燃你的打火機，一次都不失敗。」

「我賭我一定可以，」男孩說。

「好，很好，我們就這麼說定了嗎？」

「當然，我跟你賭一塊錢。」

「不，不，我跟你賭點好東西。我是個有錢人，而且也是個愛冒險的人。聽我說，我的車就停在飯店外面，很高級，是從你們美國來的，凱迪拉克——」

「嘿，慢著慢著，」男孩靠在他的躺椅上笑著說。「我哪來那麼好的東西跟你賭，這簡直太瘋狂了。」

「不，這一點也不瘋狂。你只要能夠把打火機連續點燃十次，凱迪拉克就是你的。你會想要一輛凱迪拉克吧？」

「當然，我當然會想要一輛凱迪拉克囉。」此時，男孩還咧著嘴在笑。

「那好，這樣就行了。我們就這麼說定了，我拿我的凱迪拉克跟你賭。」

「那我要拿什麼跟你賭？」

小老頭仔細地把還沒點燃的雪茄上的紅帶子解下來。「朋友，我絕對不會要你賭你賭不起的東西的。你瞭解嗎？」

「那我究竟要拿什麼跟你賭呢？」

「我讓你賭小一些，如何？我絕不會讓你為難的，好嗎？」

「好啊，你選些小東西。別為難我。」

「賭一些你可以送人的東西，就算你真的不小心輸了它，也不會太難過，這樣好嗎？」

「比方什麼東西？」

「這個嘛，比方你左手的小指頭。」

「我的什麼？」男孩臉上的笑容頓時消失無蹤。

「沒錯，這有什麼不對嗎？你贏的話，我的車就歸你。你輸的話，你的小指頭就歸我。」

「我不懂，小指頭歸你，這是什麼意思？」

「我會把它剁下來。」

「我的老天爺啊！這麼賭實在太瘋狂了，我想我只要賭一塊錢就好了。」

小老頭往後躺下，張開雙手，掌心朝上，微微聳了聳肩，一副瞧不起他的模樣。「怪了，怪了，怪了，」他說。「我真不瞭解。你說你的打火機每次都點得起來，可是卻不肯跟我賭。那我們拉倒囉？」

男孩坐在椅子上，只是瞪著泳池裡的人，此外沒有任何動靜。他突然想起手上的菸還沒點，於是把菸叼在嘴裡，雙手罩著打火機，按下火輪。嚓的一聲，棉蕊點燃，穩穩亮著一道黃色的小火焰，他的手罩得密密實實，外頭的風根本吹不進去。

「可以借個火嗎？」我說。

「天啊，對不起，我都忘了你還沒點。」

我伸手去拿打火機，可是那男孩卻起身走到我身邊來替我點火。

「謝謝你，」我說。他又回到座位上。

「玩得高興嗎？」我問。

「很高興，」他說。「這裡很棒。」

然後，我們三個人沈默了一陣子。我可以看得出來，男孩被小老頭荒謬的提議弄得心神不寧。

他坐在位置上，一動也不動，顯然心裡慢慢開始緊張起來。然後，他開始在位置上不安的動來動去，摸摸胸膛，抓抓頸背，最後他把雙手放到膝蓋上，用手指頭輕輕敲著膝蓋骨。不多久，他的一隻腳也輕敲了起來。

「讓我確定一下你剛才說的話，」他終於忍不住了。「你說我們到你的房間去，如果我能連續十次點燃這隻打火機，凱迪拉克就是我的。可是只要失敗一次，我左手的小指頭就歸你。是嗎？」

「沒錯，條件就是這樣，可是，我認為你在害怕。」

「如果我輸了該怎麼辦？我必須把我的手指伸出來讓你剁掉嗎？」

「噢，不是這樣的！這樣不好。而且你可能會不願意把手伸出來。在開始前，我會把你其中一隻手綁在桌上，拿把刀站在旁邊，只要你的打火機一失敗，立刻就把你的手指剁下來。」

「你的凱迪拉克是哪一年的？」男孩問。

「抱歉，我不懂你的意思。」

「哪一年——我是說，你的凱迪拉克有多老了？」

「喔！多老啊？是去年的。還很新。可是我看你不是會賭的人。你們美國人從來就不是會賭的人。」

男孩沈默了一會，先瞥了那英國女孩一眼，然後又朝我看過來。「好，」他清楚地回答他。「我就跟你賭。」

「太棒了！」小老頭輕輕拍了一下手。「很好，」他說。「我們現在就來吧。先生，」他轉頭向我說，「可不可以請你幫忙當個，你們是怎麼說的？噢，對了，當個裁判，好嗎？」他有一雙淡得幾乎快沒有任何顏色的眼睛，中間兩個小小的黑色瞳孔閃閃發亮。

「這個嘛，」我說。「我覺得這是一場很瘋狂的賭博。我不是很喜歡。」

「我也不喜歡，」那個英國女孩第一次開口。「我覺得你們打的這個賭簡直笨得可笑。」

「你說他輸了就要把他的指頭剁下來，是認真的嗎？」我問。

「我當然是認真的。如果他贏的話也絕對可以把我的車開走。來吧，我們到我的房間去。」

小老頭站了起來。「你想先多加些衣服嗎？」他問。

「不用，」男孩回答。「我就這樣上去。」然後他轉向我說，「如果你願意來當裁判，我會很感激你的。」

「好吧，」我說。「我就跟你上去，可是我還是不喜歡你們這麼賭。」

「妳也來，」他對那女孩說。「上來看看。」

小老頭帶著我們回走，後穿過花園回到飯店。現在，他精神來了，興奮得很，沿路上每一步腳趾頭都踮得比先前還高。

「我住在一棟獨立的小屋裡，」他說。「你們想要先看看那輛車嗎？就在這裡而已。」

他帶我們來到一個可以看見飯店前方車道的地方，停了下來，指著旁邊一輛晶亮的淡綠色凱迪拉克。

「就是她，綠色那輛，喜歡嗎？」

「嗯，車很不錯，」男孩說。

「好了，我們上樓去看看你能不能把她贏回家。」

我們跟著他來到那棟獨立的小屋之後，又登上一道階梯。他把門打開，我們進去之後發現眼前是個舒適的大型雙人臥房。其中一張床的床尾披著一件女人用的晨袍。

來。

「首先，」他說，「先來點馬丁尼吧。」

遠處角落的一張桌子上擺著各式各樣的酒，隨時可以調著喝，旁邊還有一個調酒器、一些冰塊和許多玻璃杯。他開始調配馬丁尼，也順手按了按鈴。門上傳來敲門聲，一個黑人女服務生走了進來。

「啊！」他把手中那瓶琴酒放下，從口袋掏出皮夾，拿出一張一英鎊的鈔票。「請妳現在立刻去幫我做些事情。」說著便把那張鈔票給了那個女服務生。

「妳收著，」他說。「我們現在要在這裡玩點小遊戲，我希望妳去幫我找兩樣，不對，幫我找三樣東西來。我要一些釘子，一隻鐵鎚，還有一把切肉刀，就是屠夫用的那種，妳可以從廚房那邊借到。妳應該弄得到這些東西，對吧？」

「一把**切肉刀**！」女服務生眼睛睜得大大的，雙手緊握胸前。「你是說一把**真正的**切肉刀嗎？」

「是的，是的，沒錯。麻煩妳快去，妳一定可以替我找到這些東西的。」

「是的，先生，我會盡力。我會盡力找到你要的東西。」說完她就離開了。

小老頭把馬丁尼遞給我們。我們站在房間裡，啜飲杯中的酒。男孩長長的臉上長滿雀斑，鼻子尖得和鳥嘴一樣，赤裸的身上只有一件褪了色的棕色泳褲；英國女孩的骨架很大，秀髮如雲，身上穿著一件淡藍色泳裝，不停抬眼看著那男孩；眼睛沒有顏色的小老頭穿著他那身白淨無暇的西裝，一邊喝著手中的馬丁尼，一邊看著身穿淡藍泳裝的女孩。我真的搞不懂這到底是怎麼回事。小老頭彷彿對這個賭非常認真，剁手指的部分也不像是在說著玩的。可是，如果男孩輸了該怎麼辦？到時我們就得開著那輛他沒贏到手的凱迪拉克送他去醫院了。這會是一件很妙的事。想想看，不是真的很妙嗎？就我能預期的結果來看，這件無謂的事情簡直愚蠢到了家。

「你不覺得打這個賭很蠢嗎？」我問。

「我覺得這個賭很划算，」他說。此時，他已經喝下了一大杯馬丁尼。

「我覺得這個賭簡直笨得可笑，」女孩說。「如果你輸了怎麼辦？」

「無所謂。話說回來，這一生中我不記得左手小指頭曾經派上過任何用場。你瞧瞧，」男孩抓住他左手的小指頭，「就是它，到目前為止他都沒幫過我什麼忙。我為什麼不能拿他來打賭？我覺得打這個賭很划算。」

小老頭微笑著拿起調酒器，重新替我們倒了些酒。

「開始之前，」他說，「我要把車鑰匙交給，交給裁判。」他從口袋裡掏出一隻車鑰匙交給我。「證件，」他說，「行照和保險單在車上的箱子裡。」

那位黑人女服務生又走進房間來。一手拿著一把屠夫用來剁骨頭的那種小型切肉刀，另一隻手裡拿著一根鐵鎚和一包鐵釘。

「很好！妳全拿來了。謝謝，謝謝，現在妳可以走了。」女服務生把門關上之後，他把那些東西放到其中一張床上說，「我們現在可以開始準備了，對吧？」然後他又對男孩說，「請幫我移動一下這張桌子，把它搬出去一點。」

這是張飯店裡常見的長方形寫字桌，四呎長三呎寬，造型簡單，上頭擺著吸墨墊、墨水、鋼筆還有紙。他們把桌子從牆邊往房間中間移，所有寫字的用具也都收在一旁。

「現在，」他說，「我們還需要一張椅子。」他挑了一張椅子，放到桌邊。他整個人興致勃勃，很有精神，好像小孩子宴會上的遊戲主持人一樣。「再來就是釘子了，我必須釘些釘子才行。」他抓了些釘子，一根一根敲進桌面。

男孩、女孩和我就這麼握著裝有馬丁尼的酒杯站在那兒，看著小老頭忙來忙去。我們看他把兩根釘子敲進桌面，相距約六吋遠。他並沒有把釘子全敲進去，每根釘子都有一截露出桌面。然後他用手指頭試了試，確認是不是釘牢了。

我告訴自己，任誰都會覺得這個狗娘養的傢伙以前一定幹過這檔子事。他絲毫不猶豫。桌子、釘子、鐵鎚、切肉刀。需要什麼他一清二楚，而且也知道要怎麼安排。

「現在，」他說，「就只缺一些細繩了。」他隨後便找到了一些細繩。「好了，我們總算弄好了。請你坐到桌子這邊來。」他跟那男孩說。

男孩把酒杯放到一旁，坐了下來。

「把你的左手放在這兩根釘子中間。會釘成這樣是為了方便固定你的手。好的，很好。現在，我要把你的手牢牢綁在桌上，就像這樣。」

他把細繩繞在男孩的手腕上，手掌最寬的部分也繞了幾圈，然後他把細繩牢牢固定在釘子上。他綁得非常緊，綁好之後，男孩的手無論如何都不可能抽得出來。不過他的手指還可以自由活動。

「現在，請你握拳，把小指頭伸出來。你必須把小指頭伸出來，放在桌面上。」

「很——好！很——好！我們總算大功告成了。你用右手來點打火機。不過，請先等一下。」

他跳到床邊拿起那把切肉刀，走回來，握著那把刀站在桌邊。

「都準備好了嗎？」他問。「裁判先生，你要下令開始。」

英國女孩穿著那身淡藍色泳裝站在男孩的正後方。她就只是站在那兒，什麼也沒說。男孩坐著，動也不動，右手握著打火機，眼睛直瞪著那把切肉刀。小老頭則是盯著我看。

「你準備好了嗎？」我問那男孩。

「準備好了。」

「你呢？」我問小老頭。

「早就好了。」他舉起那把切肉刀，停在男孩指頭上約兩呎的地方，隨時準備揮刀斷指。男孩看著那把刀，並不畏懼，嘴角絲毫不動。他只是揚了揚眉毛，皺起眉頭。

「預備，」我說。「開始。」

他先用拇指將打火機的蓋子掀開，再用力按下火輪，打火石冒出火花，棉蕊應聲點燃，一道小小的黃色火焰燃起。

「一次！」我數著。

他沒有把火焰吹熄；而是把蓋子蓋上，等了約五秒鐘左右，才又把蓋子打開。

男孩使盡力氣打了一下火輪，棉蕊上又冒出一道小小的黃色火焰。

「兩次！」

其他人什麼話也沒說。男孩專心注視著他的打火機。小老頭把刀舉在空中，同樣也目不轉睛的瞪著打火機看。

「三次！」

「四次！」

「五次！」

「六次！」

「七次！」很顯然，這是一隻功能很好的打火機。打火石冒出的火花很大，棉蕊的長度剛好。

我眼看著男孩用手指將蓋子蓋上，停了一會兒，又把蓋子打開。這個動作全靠拇指操作，一切都由拇指負責。我吸口氣，準備喊出下一個數字。拇指一打火輪。打火石冒出火花。黃色小火焰竄了出來。

「八次！」我才剛喊出口，房門就打開了。我們全都轉過頭去，看見一個女人站在門口。她的個子很小，髮色烏黑，看來已經有一大把年紀。她在門口站了大約兩秒鐘，突然大喊著「卡洛斯！卡洛斯！」朝我們衝了過來。她抓住他的手腕，搶下那把切肉刀丟在床上，轉手揪住他白色西裝翻領，開始猛力搖晃他。她扯開嗓門，一大串聽來像是西班牙文的話連珠砲似的脫口而出，語氣十分嚴厲。她的手搖得飛快，快到連小老頭的模樣都快看不清楚了。小老頭變成一個迅速晃動、模糊不清的輪廓，彷彿飛快轉動的輪子上的輪輻。

然後她慢了下來，小老頭的模樣逐漸清晰。她把他拉到房間另一端，一把將他推倒在其中一張床上。他坐在床邊，眨巴著眼，轉了轉頭，看看脖子上的腦袋還能不能動。

「很抱歉，」女人說。「我真的很抱歉竟然會發生這種事情。」她操著一口近乎無懈可擊的英文。

「這真是太糟糕了，」她繼續說道。「我想這一切都是我的錯。我只不過離開十分鐘去洗個頭，讓他自己走動走動，沒想到一回來他又故態復萌。」她看來非常抱歉，而且十分為我們擔心。

男孩正把手從桌上綁著的細繩中抽出來。英國女孩和我站在一旁，不發一語。

「他是個危險人物，」女人說。「在我們從前住的地方，他一共從不同人的身上剁下了四十七根手指，可是也輸掉了十一輛車。到後來，他們甚至威脅要將他關到某個地方去，這也是為什麼我帶他來這的原因。」

「我們只不過是打個小賭而已，」小老頭坐在床上嘟噥著。

「我猜他跟你賭的是一輛車，」女人說。

「沒錯，」男孩答道。「一輛凱迪拉克。」

「他根本沒半輛車。那輛車是我的。這實在糟透了，」她說，「他已經一無所有了，竟然還跟你打賭。我很不好意思，也為這一切感到非常抱歉。」她看來似乎是一個好到沒得挑剔的女人。

「喔，」我說，「這是你的車鑰匙。」我把它放在桌上。

「我們只不過是打個小賭而已，」小老頭嘟噥著。

「他什麼東西都沒得賭了，」女人說。「他現在一無所有，什麼東西都沒有。事實上，好久以前，我把他所有的一切全都贏了過來。這需要時間，需要很多時間，而且非常辛苦，但最後我還是全贏了過來。」她抬頭看那男孩，臉上慢慢露出一抹悲傷的微笑，走過來伸手拿桌上的那把鑰匙。

現在我可以清清楚楚地看見她的手；那隻手上只剩下一隻手指，和一隻拇指。

聲音機

■　一九四九

那是一個溫暖的夏日傍晚，克勞斯納快步穿過前門，繞過屋旁，一路走到後面的花園去。他繼續往花園後面走去，一直走到一間木造的儲藏室才停了下來，打開門，閃了進去，把身後的門關上。

儲藏室內部並沒有上油漆。左手邊的牆上靠著一長條形木頭工作臺，上頭的電線、電池和銳利的小工具亂成一團，還有一個三呎長的盒子特別顯眼，看來像是個小孩棺材。

克勞斯納朝那盒子走去。盒子的蓋子開著，他彎下身，開始在那一大堆不同顏色的電線和銀色的管子裡東瞧西瞧，撥來弄去。他拿起盒子旁的一張紙，仔細讀了一會，放在一旁，再往盒子裡瞧瞧，手指開始順著線路走，輕輕拉了拉，測試連接是否穩固，又瞄了那張紙一眼，看看盒子，再對照了一會那張紙，檢查每一條線路。他就這麼查查看看，花了一小時左右。

盒子前面有三顆旋鈕，他把手伸過去，開始旋轉，同時還注意盒子裡零件的動靜。過程中，他一直輕聲的對自己說著話，不時點點頭，露出微笑，他的手從來沒停過，手指在盒子裡熟練的動著，碰到比較困難棘手的問題時，嘴巴便扭成奇怪的模樣，嘟噥著，「沒錯……沒錯……現在來試試這個……沒錯……沒錯……可是，這樣對嗎？會不會——我的圖表呢？……啊，對了……就是這樣……對了……對了……就是這樣沒錯……接下來……很好……很好……沒錯……對了，沒錯，沒錯。」他神情專注、動作敏捷，一副很急迫的模樣，彷彿就要喘不過氣，又好像在強忍著心中激動的情緒一樣。

突然間，他聽見外頭的碎石步道上有腳步聲靠近，門才一打開，他便立刻轉身，看見一個高大的男人走進來。原來是史考特。原來只是他的醫生史考特而已。

「啊，是這樣啊，」醫生說。「原來這就是你平常晚上窩的地方。」

「你好，史考特，」克勞斯納向他打了聲招呼。

「我剛好經過，」醫生告訴他，「所以順道過來看看你怎麼樣。屋裡沒人，所以我就過來了。你的喉嚨狀況如何？」

「還不錯，沒事。」

「既然我已經來了，可以順便幫你看看。」

「別麻煩了，我已經好了，沒事。」

醫生逐漸察覺到這房間裡的氣氛有些緊張。他看了看工作臺上的那個盒子，然後又看了看眼前這個男人。「你怎麼還戴著帽子，」他說。

「哦，是嗎？」克勞斯納伸手摘下帽子，放在工作臺上。

醫生朝盒子走去，低頭瞧了一眼。「這是什麼？」他說。「在做收音機嗎？」

「沒有，只是隨便搞搞而已。」

「裡面看來很複雜呢。」

「是啊。」克勞斯納看起來很緊張，有點心不在焉。

「這到底是什麼東西？」醫生問他。「看來頗嚇人的，你不覺得嗎？」

「只是個構想而已。」

「然後呢？」

「和聲音有關，就這樣。」

「我的老天呀，兄弟！整天工作都和那有關，你還嫌不夠嗎？」

「我喜歡聲音。」

「我想也是。」醫生往門外走去，轉過頭對他說，「好吧，我就不打擾你了。很高興你的喉嚨已經沒事了。」話說完後，他還是站在那，盯著盒子看，對盒子裡頭那一大堆複雜的東西很有興趣，很想知道他這個奇怪的病人到底在搞些什麼。「說真的，那到底是幹什麼用的？」他問。「你實在讓我很好奇。」

克勞斯納低頭看著那個盒子，又瞧了瞧醫生，然後舉起手開始輕輕搓弄他的右耳垂。兩個人都沒說話。醫生等在門邊，臉上掛著微笑。

「好吧，那我就告訴你，如果你真的有興趣的話。」兩人又是一陣沈默，醫生看得出來克勞斯納不知道怎麼開口才好。

他的雙腳不安的挪動著，還不時扯著自己的耳垂，眼神停留在他的腳上，最後，他才慢慢說，「嗯，是這樣的……理論非常簡單，真的。人耳……無法聽見所有聲音，這你也知道。有些音調太高或太低的聲音，人耳是聽不見的。」

「沒錯，」醫生說。「這我知道。」

「嗯，概略來說，一個聲音只要每秒鐘震動超過一萬五千次以上，我們就沒辦法聽見。狗的耳朵比我們好。你買得到一種哨子，那種哨子吹出來的聲音很高，人一點都聽不見，可是狗卻聽得見。」

「沒錯，我看過這種哨子。」醫生說。

「我想也是。再往上，還有一個比那哨子更高的音符，你也可以把它稱作是一種振動，但我卻比較喜歡把它想成是一個音符。這個音符你還是一樣聽不見。在那個音符之後，還有一個又一個、一個又一個的音符不斷往上攀升，一連串永無止盡的音符……數不清的音符……如果我們的耳朵夠好的話，可以聽見一個每秒鐘振動一百萬次的聲音……還有一個比那高上一百萬倍的聲音……越來越高，越來越高，你能想出多大的數字，它的音調就有多高，這……無窮無盡……永無終止……比天上的星星還多。」

克勞斯納越說越激動。他的個頭矮小，弱不禁風，成天緊張兮兮的，坐立難安，一雙手老是動來動去。脖子上那顆大頭偏向左肩，彷彿那根細瘦的脖子沒辦法穩穩支撐住他的腦袋一般。他的臉很光滑，膚色很淡，幾乎是白色的，金屬框的眼鏡後頭，眨巴著一雙淺灰色的眼睛，望出來的眼神迷迷濛濛，沒有焦點，遙不可及。他是一個弱不禁風、緊張兮兮、坐立難安的矮小男人，像隻蛾一樣，彷彿成天都在作夢，恍恍惚惚的；還會不時地莫名興奮起來，激動得直發抖。此時，醫生看著那張慘白的怪臉，還有那雙淺灰色的眼睛，覺得似乎跟他有段距離，一段漫無邊際、無法丈量的距離，彷彿他的心和他的人離得很遠。

醫生等他繼續說下去。克勞斯納嘆了口氣，雙手緊緊交握。「我相信，」他說話的速度又更慢了些，「我們身旁隨時都有數不清的聲音，只是我們聽不見罷了。在那個我們聽不見的高音國度裡，可能正在譜寫著一首令人激賞的新曲子，有微妙的和聲，也有激烈刺耳的不和諧音，散發著無比的力量，要是我們的耳朵能夠聽得見，我們一定會發瘋的。什麼都可能……就我們所知，那裡可能——」

「你說得沒錯，」醫生接著說。「但這卻不太可能實現。」

「為什麼不可能？你說，為什麼不可能？」克勞斯納指著一小捆銅製電纜上的一隻蒼蠅。「你看見那隻蒼蠅了嗎？它現在有發出任何聲音嗎？沒有——因為人聽不見。但我們都知道，那個小東西可能正以非常高的音調發了瘋似的在吹口哨、狂吠、呱呱的叫著，甚至在唱歌也不一定。它有張嘴，沒錯吧？而且它也有喉嚨！」

醫生看著蒼蠅微笑了起來。此刻他仍站在門邊，手也還放在門把上。「所以說，」他說。「你就是想要確認這回事囉？」

「前一陣子，」克勞斯納說，「我做了一個簡單的儀器，證明有許多人類聽不見的怪聲音存在。我常常坐在一旁，只能眼睜睜看著那臺儀器的指針把空氣中聲音的振動一一記錄下來，卻什麼也聽不見。那些就是我想聽的聲音。我想知道這些聲音是從哪來的，是誰或是什麼東西發出來的。」

「桌上那臺機器，」醫生說，「能夠幫你聽到那些聲音嗎？」

「有可能。誰知道呢？到目前為止，我的運氣很差。不過，我已經做了些調整，今晚準備再試一次。這臺機器，」他的雙手摸著那個盒子，「它的用途在於擷取人耳聽不見的高音音波，然後再把那些音波轉換成人耳聽得見的聲音，操作的方式幾乎和一臺收音機一樣。」

「這是什麼意思？」

「這很簡單。比方說，我想聽蝙蝠發出的叫聲好了。蝙蝠叫聲的頻率非常高，每秒大約振動三萬次，一般人幾乎聽不見。如果現在房間裡有一隻蝙蝠在飛，只要把這臺機器的刻度調到三萬的地方，我就可以很清楚的聽見蝙蝠的叫聲。我甚至可以聽到實際上的音調，可能是升F，也可能是降B，或是其他各式各樣的調子——只不過降了好幾度就是了。這樣你應該瞭解吧？」

醫生看著那個長形的黑色棺材盒。「你今晚會去試對吧？」

「對。」

「那好，祝你好運。」他瞥了一眼手錶。「我的天啊！」他大叫一聲。「我得趕緊走了。再見，謝謝你告訴我。我得再打個電話過來，看看你有什麼發現才行。」醫生走了出去，把門關上。

克勞斯納又弄了一會兒那黑色盒子裡的電線，直起身，激動的小聲對自己說，「好了，我們再試試看……這次我們把它拿到外面的花園去……搞不好……搞不好……收訊會好些。把它抱起來……小心小心……喔我的天啊，還真重啊！」他抱著盒子朝門走過去，卻發現抱著它根本沒辦法開門，所以又把它抱回來，放在工作臺上，把門打開，費了一番功夫才把它搬進花園裡。他小心翼翼地把盒子放在草地上一張不大的木頭桌上，轉身回儲藏室，拿了一對耳機來。他把耳機的金屬插頭插進那臺機器裡，戴在耳朵上，動作又快又準。他很激動，張著嘴巴一口接著一口喘著大氣。他不停喃喃自語替自己加油打氣，彷彿很害怕一樣，害怕機器失靈，又害怕萬一成功的話，不知道會發生什麼事情。

他站在花園裡的木頭桌子旁邊，臉色慘白，又小又瘦，就像是以前那種患肺病的眼鏡兒童。太陽已經下山了。四周沒有風，也沒有任何聲音。從他站的地方，越過一道低矮的籬笆，可以看見隔壁的花園，此刻有個女人手裡挽著花籃在花園裡走動。他看了她一會兒，心裡想的卻完全是其他事情。然後，他打開桌上那臺機器，按下前方一個開關，左手放在控制音量的旋鈕上，右手放在另一個旋鈕上。這個旋鈕可以讓指針在中央的大型刻度計上左右移動，就像收音機上的波長控制旋鈕一樣。刻度計上刻著許多數字，從一萬五千一直往上到一百萬，標示著一連串的波段。

他整個人往前趴在機器上方，專注的傾聽著，連頭都歪到了一邊。他的右手開始旋轉那個旋鈕，讓指針慢慢在刻度計上移動，慢到幾乎看不出來有任何動靜，耳機裡傳來模模糊糊、斷斷續續的雜音。

在那劈劈啪啪的雜訊後，他隱約可以聽見一個嗡嗡的聲音，這是機器本身所發出來的，除此之外，沒有其他任何聲音。他聽著聽著，心中突然浮現一種詭異的感覺，彷彿他的耳朵從他的頭上伸了出去，每隻耳朵和腦袋之間都有一條細細的硬電線連接著，就像觸手一樣，電線不斷往外延伸，他的耳朵也不斷往上伸展，朝一個神秘禁地而去，朝一個危險的超音波國度而去。這個國度不僅人類的耳朵從未到過，也沒有權力進入。

小小的指針緩慢爬過刻度計，他突然聽見一聲尖叫，一聲尖銳刺耳、令人不寒而慄的尖叫，他嚇了一跳，趕緊伸手扶住桌邊，四處張望，彷彿想找那個發出這聲尖叫的人。目光所及，只看見隔壁花園裡的那個女人，但可以肯定絕不是她。她正彎著身子剪那些黃色玫瑰花，一朵朵放進花籃裡。

又來一聲——一個不是從喉嚨發出，也不像是來自人類的尖叫聲，尖銳急促，相當清楚而冰冷。那個聲音本身帶有一些金屬的特性，他從來不曾聽過。克勞斯納朝四周看了看，直覺的想找出聲音的來源。放眼所及，唯一的生物就是隔壁那個女人。他看見她低身用手指握住一朵玫瑰的梗，然後伸出剪刀，喀嚓一聲，玫瑰梗應聲而斷。他又聽見了那個尖叫聲。

聲音就是在玫瑰被剪斷的那一刻傳來的，一秒不差。

此時，那女人已經直起身子，把剪刀和玫瑰一起放進籃子裡，轉身準備離開。

「桑德斯太太！」克勞斯納朝她喊去，激動得連聲音都在發抖。「嘿，桑德斯太太！」

女人轉過頭，看見草坪上站著她的鄰居，又矮又小，怪模怪樣的揮著手，頭上戴著一對耳機，尖聲地朝她叫著，不由得提防起來。

「再剪一朵！請妳趕快再剪一朵！」

她楞在那兒，直瞪著他。「怎麼了，克勞斯納先生，」她說，「你要做什麼？」

「麻煩妳照我的話做，」他說。「再剪一朵玫瑰就是了！」

桑德斯太太向來認為他的鄰居很古怪，這下更覺得他瘋得不成人樣了。她猶豫著該不該跑進去叫她先生出來。不用了，她心想。不，他不會傷害我的。我照做就是了。「沒問題，克勞斯納先生，如果你真的想的話，」說著便從花籃裡拿出剪刀，彎身又剪了一朵玫瑰。

克勞斯納又聽見那個恐怖、不像是從喉嚨裡發出來的尖叫聲從耳機裡傳來，而且也同樣是在玫瑰梗被剪斷的那一刻，分秒不差。他摘下耳機，跑向那道分隔兩家花園的籬笆。「好了，」他說。「這樣就夠了。別再剪了，謝謝，別再剪了。」

女人站在那裡，一手拿著一朵黃玫瑰，一手拿著一把剪刀，直望著他瞧。

「我得告訴妳一件事，桑德斯太太，」他說，「妳一定不敢相信。」他把手放在籬笆上頭，透過厚厚的鏡片，緊緊盯著她。「今天晚上，你剪了一整籃的玫瑰。妳用一把銳利的剪刀剪斷了那些活生生的花朵的梗，每次剪的時候，那朵玫瑰就會發出慘叫聲，聽了讓人受不了。妳知道嗎，桑德斯太太？」

「不，」她說。「這我一點都不知道。」

「這是真的，」他的呼吸非常急促，不過，他也試著不讓自己太過激動。「我聽見了他們的尖叫聲。妳每次剪的時候，我都聽見它們痛苦慘叫的聲音。那是一種頻率非常高的聲音，每秒大約振動十三萬兩千次。妳不太可能聽得到，可是，**我**聽見了。」

「你真的有聽見嗎，克勞斯納先生？」她覺得她應該在五秒鐘內衝回家去。

「妳或許會覺得，」他繼續說，「玫瑰花叢沒有神經系統所以感覺不到痛，也沒有喉嚨所以沒辦法喊叫。妳沒錯，它們的確沒有。至少沒有像我們人類的這種構造。可是，**妳怎麼知道，桑德斯太太，**」他整個人趴過籬笆，激動萬分的低聲對她說，「**妳怎麼知道**玫瑰花在被剪斷的時候，不會像妳被人用園藝剪剪斷手腕時，感受到同樣的痛苦呢？**妳怎麼能肯定呢**？它是活的，不是嗎？」

「對對對，克勞斯納先生，沒錯沒錯——晚安了。」她很快轉過身，衝過花園往家裡跑去。克勞斯納走回桌邊，把耳機戴上，站著聽了一會兒。他還是可以聽見像爆裂聲的細微雜音還有機器本身的嗡嗡聲，此外一片寂靜。他彎下腰，找了一朵草坪上的白色小雛菊，用拇指和食指捏著，慢慢往上面和兩旁拉扯，一直到把莖拉斷為止。

從開始拉扯一直到莖被拉斷的這段時間裡，他確確實實從耳機裡頭聽見一個微弱的尖叫聲，非常奇怪，一點都不像是有生命的東西發出來的。他找了另外一朵雛菊，又如法炮製了一次。他又聽見那個叫聲，但無法確定那叫聲聽起來有**痛苦**的感覺。不，那不是痛，是驚訝。真的是驚訝嗎？那個聲音並不是在表達人類知道的任何一種感受或情感。那只不過是個叫聲罷了，一個中性、硬梆梆的叫聲，一個不帶任何情感的音調，不代表任何東西。剛才玫瑰的聲音也一樣。他不應該把那叫做痛苦的叫聲。一朵花可能感覺不到痛。它感受到的可能是一些我們不知道的東西，比如說東伊、史浦爾或普力弩克蒙，隨便你愛說什麼就是什麼。

他站了起來，把耳機摘下。天色越來越暗了，四周的房裡都點起了燈，燈光穿過窗户射了出來。他小心翼翼地從桌上捧起那個黑盒子，搬到儲藏室的桌上放著。隨後他走了出去，將門鎖上，回到屋子裡去。

隔天早上天一亮，克勞斯納就爬了起來，穿好衣服後直接走到儲藏室去。他雙手將機器抱在胸前往外走，機器的重量使得他的步伐搖搖晃晃。他經過房子走出前門，越過馬路，來到公園裡。他在那裡稍微停了一下，四處張望；然後就往一棵高大的山毛櫸走去，把那臺機器放在靠近樹幹的地面上。他趕緊回房子去，從儲放煤炭的地下室裡拿了把斧頭，穿過馬路回到公園裡，把斧頭放在樹附近的地上。

然後，他又環顧了一下四周，厚厚的鏡片後頭，兩隻眼睛緊張兮兮的瞧著每一個方向。附近沒人。現在是早上六點。

他戴上耳機，轉開機器，熟悉的嗡嗡聲隱約傳來，他聽了一會兒之後，提起斧頭，張開雙腿，使出全力朝樹幹根部的地方砍了一斧。斧刃深深砍進樹幹，嵌在裡頭，就在砍進樹幹的那一刻，他從耳機上聽見了一個最不可思議的聲音。那是一個全新的聲音，和他以前聽過的聲音全都不同，一種粗糙刺耳、不成音調的巨響，一種咆哮的聲音，一種低沈的叫聲，和玫瑰花那種尖銳急促的叫聲不同，像是拉長了的嗚咽啜泣，整整持續了一分鐘，斧頭砍下的時候最大聲，隨後逐漸淡去，直至無法聽聞。

克勞斯納被嚇得目瞪口呆，直楞楞的看著斧頭砍進山毛櫸樹肉的地方；然後，他輕輕握住斧柄，拔出斧刃，一把丟在地上。他用手指撫摸著斧頭在樹上砍出的裂口，企圖把它壓回去闔上傷口，嘴裡不停說著，「樹啊……喔，樹啊……對不起……真的很對不起……它會癒合的……它會癒合得好好的……」

有好一會兒，他就這麼站在那裡，雙手摸著大樹的樹幹；突然間，他轉身跑出公園，越過馬路，衝進前門直奔回家。他拿起電話，查了查電話簿，播了個號碼，等人接聽。他的左手把話筒抓得死緊，右手滿不耐煩的敲著桌面。話筒傳來撥通的嘟嘟聲，卡答一聲，有人拿起了話筒，一個男人用他睡意深濃的聲音說，「你好，找哪位？」

「史考特醫生嗎？」他問。

「我就是，請說。」

「史考特醫生，你得馬上過來一趟——快點，拜託。」

「你是哪位啊？」

「我是克勞斯納，你記不記得我昨晚跟你提過那個和聲音有關的實驗，我說希望能夠——」

「嗯，嗯，我記得，可是你為什麼打電話來呢？你生病了嗎？」

「不，我沒生病，可是——」

「現在可是早上六點半，」醫生說，「你沒病竟然還打電話給我。」

「拜託你過來一趟，趕快過來。我希望有個人來聽聽，我都快發瘋了！我簡直不敢相信……」

醫生聽著這個男人狂亂得近乎歇斯底里的聲音，這種語氣他在那些「發生意外了，請你趕快過來」的電話裡常聽見。他慢慢問他，「你真的希望我現在起床過去一趟嗎？」

「是的，請你馬上過來。」

「好吧，我一會兒就到。」

克勞斯納坐在電話旁邊等待。他試著去回想那棵樹的尖叫聲聽來究竟像什麼，卻想不出個所以然來。他只記得，那個聲音很大、很嚇人，讓他怕得要命。他試著去揣想，如果有個人被固定在地上動彈不得，眼睜睜地看著另一個人故意拿一把鋭利的小東西砍進他的肉，並卡在那裡，他究竟會發出什麼樣的聲音。或許是同樣的聲音吧？不。絕對不一樣。那棵樹的聲音有一種駭人、不成音調、不像是從喉嚨所發出來的特質，比任何人類能發出的聲音都還教人難受。他突然想到其他的生物，第一個進入腦海的是一大片麥田，一大片的麥子站得直挺挺的，麥穗金黃、生意盎然，一臺收割機駛過，麥子立刻倒下，每一秒鐘五百根麥子。每一秒鐘。噢，我的天啊，**那**會是什麼樣的聲音啊？五百根麥子同時尖叫，每隔一秒，又會有五百根麥子被砍斷同時尖叫，然後——不，他心想，我絕不會想把我的機器帶到麥田裡去的。這樣我以後就再也不會碰任何麵包一口了。話説回來，馬鈴薯、甘藍菜、胡蘿蔔和洋蔥怎麼辦？蘋果呢？喔，不。蘋果還好。它們熟了就會自動掉下來。如果讓蘋果自己掉下來，而不是把它們從樹上摘下來的話，那就還好。蔬菜可就不行了。例如馬鈴薯就不行。馬鈴薯是肯定會尖叫的，胡蘿蔔、洋蔥和甘藍菜也……

他聽見有人打開前門的門閂，整個人跳了起來，衝到外面去，高個子的醫生朝他走來，手裡提著一個黑色的小袋子。

「好啦，」醫生説。「好啦，有什麼問題？」

「跟我來，醫生，我希望你來聽聽看。我打電話給你是因為我只告訴過你一個人。就在馬路對面的公園裡，一起過來嗎？」

醫生盯著他。他現在似乎冷靜多了。沒有發瘋或歇斯底里的跡象，只是有點激動得不知所措而已。

他們跨過馬路來到公園裡，克勞斯納帶著醫生到那棵高大的山毛櫸旁，樹底下放著那個長方形的黑色棺材機器盒子，還有那把斧頭。

「你為什麼把它帶到外面來？」醫生問。

「我想找棵樹。花園裡面沒什麼大樹。」

「那斧頭又是做什麼用的？」

「你等一下就知道了。請你先戴上耳機聽聽。聽仔細一些，然後仔細告訴我你聽見什麼。我希望確實確認……」

醫生微笑著接過耳機，戴在頭上。

克勞斯納低下身打開機器；然後他提起那把斧頭，兩腿劈開，準備再砍一次。他停了一會兒，朝醫生問了一句，「你能聽見一些聲音嗎？」

「我能怎麼樣？」

「你能**聽見**任何東西嗎？」

「只有一個嗡嗡的聲音。」

克勞斯納站在那，手裡握著斧頭，準備揮斧朝山毛櫸砍去，不過它可能發出的聲音又讓他遲遲下不了手。

「你在等什麼？」醫生問。

「沒什麼，」克勞斯納說著便舉起斧頭砍了一斧，在揮動的時候，他依稀感覺到，不，他發誓他可以感覺到所站的地面下有些動靜。他感覺到腳下的泥土微微動了一下，彷彿泥土底下的樹根在移動，可是斧頭已經來不及收了，斧刃就這麼砍了進去，嵌在樹裡。就在此刻，頭頂上高處傳來木頭碎裂的喀啦聲，還有樹葉相互摩擦的窸窣聲，兩人不約而同抬起頭，只聽見醫生大喊一聲，「小心！快跑！快，快跑啊！」

醫生扯掉耳機，拔腿跑開，可是，克勞斯納好像被施了魔咒一般站在原地，瞪著那根至少六呎長的粗大樹枝慢慢往下彎，和主幹相連那一塊最粗的地方喀啦喀啦裂個不停，終於砸了下來。克勞斯納即時跳在一旁，躲了開來。樹枝就砸在機器上，木盒子頓時化成碎片。

「我的老天啊！」醫生叫著跑了回來。「真是好險啊！我還以為你被砸到了！」

克勞斯納的眼光還停留在那棵樹上。他那顆大大的腦袋歪在一邊，光滑蒼白的臉顯得既緊張又恐懼。他慢慢地走向山毛櫸，輕輕把斧刃從樹幹裡撬了出來。

「你聽見了嗎？」他轉頭問醫生，聲音低得幾乎要聽不見。

剛才醫生情急之下拔腿就跑，現在還喘著氣。「聽見什麼？」

「耳機裡面的聲音。斧頭砍進去的時候，你有沒有聽見什麼聲音？」

醫生舉起手開始摩擦他的頸背。「嗯，」他說，「其實……」他沒繼續說下去，皺著眉頭，咬著下嘴唇。「沒有。我不確定，不是很清楚。斧頭砍進去之後，耳機留在我頭上的時間可能沒超過一秒鐘。」

「好，好，那你究竟聽見什麼？」

「我不知道，」醫生說。「我不知道我聽見什麼。可能是樹枝斷裂的聲音吧。」他說得很快，語氣很不耐煩。

「那聲音聽來像什麼？」克勞斯納微微往前傾了些，緊緊盯著醫生看。「聽來**到底**像什麼？」

「真是夠了！」醫生再也受不了了，「我真的不知道。我連跑都來快不及了。別再提了。」

「史考特醫生，**那——聽——來——像——什——麼**？」

「拜託你好不好，剛才有半棵樹差點砸在我身上，我只顧著逃命，哪裡還聽得見什麼東西呢？」醫生顯然很緊張，這點現在克勞斯納可以感覺得出。他站在那裡瞪著醫生看，紋風不動，整整有半分鐘什麼話也沒說。醫生挪動腳步，聳聳肩，轉身準備離開。「我想，」他說。「我們該回去了。」

「聽著，」這個矮小男人光滑蒼白的臉上突然充滿了血色。「聽著，」他說，「你把它給縫起來。」他指著斧頭最後在樹幹上留下的裂口。「你趕快把它給縫起來。」

「別蠢了好不好，」醫生說。

「照我的話做。把它給縫起來。」克勞斯納手裡握著斧柄，聲音柔柔的，聽來很奇怪，幾乎像是在威脅他。

「別蠢了，」醫生說。「我沒辦法縫木頭。快點，我們回去吧。」

「你說你沒辦法縫木頭？」

「當然沒辦法。」

「你的包包裡有碘酒嗎？」

「有的話又怎樣？」

「幫那個傷口上點碘酒。會很痛沒錯，可是這沒辦法。」

「聽我說，」醫生又轉過身去，打算離開。「不要再那麼可笑了。我們回屋子裡去，然後……」

「**幫——那——個——傷——口——上——碘——酒。**」

醫生猶豫了一會兒。他看見克勞斯納的手在斧柄上越握越緊。除了照做之外，唯一的選擇就是逃之夭夭，可是他絕不打算這麼做。

「好吧，」他說。「我就替它上點碘酒。」

包包躺在十碼以外的草地上，醫生把它打開，拿出一瓶碘酒和一些棉花。他走到樹幹旁，打開瓶子，用棉花沾了些碘酒，彎下身，在那裂口上輕輕塗了塗。克勞斯納手裡握著斧頭，動也不動的站在一旁注視著，醫生一直留意著他，不敢掉以輕心。

「確定你有把藥擦進去。」

「好，」醫生答道。

「換另一個傷口，就是上面的那一個！」

醫生聽言照做。

「好了，」他說。「都擦好了。」

他直起身，正經八百的檢查他剛才擦過的裂口。「這樣就沒問題了。」

克勞斯納走近，神情肅穆的檢查那兩個傷口。

「好，」他那顆大腦袋緩緩的上下點著。「好，這樣就沒問題了。」他往後退了一步。「你明天會再來替它們檢查檢查對吧？」

「喔，會的，」醫生說。「當然。」

「然後再替它們上點碘酒嗎？」

「如果有必要的話，我會的。」

「謝謝你，醫生，」他說著點了點頭，放下斧頭，立刻笑了起來，激動得無法克制，醫生立刻走過去，輕輕攙住他的手臂說，「來吧，我們得離開了，」說完他們馬上就走開了，兩個人靜靜的走著，行色匆匆走過公園，穿過馬路，回到克勞斯納的家去。

品酒 ▣ 一九五一

那天晚上，總共有六個人一起在麥克・史考非爾德位在倫敦的家裡吃晚餐，在場的人包括：麥克夫婦倆和女兒，我太太和我，還有一位名叫李查・普拉特的先生。

李查・普拉特是一位知名的美食家。他是一個醇酒美食俱樂部的主席，每個月他都會發表一本討論美酒佳餚的小冊子，讓會員們私下傳閱。他還會負責籌備晚宴，席上所享的盡是奢華餐點及珍藏佳釀。他拒絕抽菸，害怕香菸會破壞他的味蕾。而在討論酒的時候，他有一個奇怪得近乎好笑的習慣，他總是把酒當作活生生的東西來形容。「這是一杯謹慎的酒，」他會這麼說，「相當害羞、難以捉摸，不過還是非常的謹慎。」或者他會說，「這是隻令人愉快的酒，親切爽朗，有點讓人不舒服，或許真有那麼一點，不過還是相當令人愉快。」

我曾經去麥克家參加過兩次晚宴，兩次普拉特都在場，而且每一次麥克夫婦都特別費心安排別緻的餐點來招待這位知名的美食家。這一次顯然也不會例外。踏進餐廳的那一刻，餐桌上已經擺好了晚宴的陳設。細長的蠟燭配上黃色的玫瑰，上等銀器閃著晶光，每個座位前都會放著三隻酒杯，不過，最吸引人注意的還要算是從廚房傳來的淡淡烤肉香了，這香味引得陣陣熱暖暖的唾液忍不住冒了出來。

眾人陸續就座，我突然想起，李查・普拉特前兩次來訪時，麥克都會和他打個小賭，要他猜猜手上那瓶波爾多紅酒的葡萄品種和年分。普拉特則說，只要是好年分的酒，應該都不難猜。麥克賭他猜不出，而且還以一箱那瓶酒作為賭注。普拉特接受挑戰，兩次都獲勝。今晚，我猜他們還是免不了會玩那個小遊戲。麥克輸得心甘情願，因為這證明他的酒品質夠好，能夠獲得美食專家的肯定，至於普拉特則顯得比較嚴肅，不願那麼輕易展現他的專業知識。

晚餐以一道銀魚料理揭開序幕。銀魚裹著奶油，炸得非常酥脆，佐餐的是一瓶摩賽爾白酒。麥克親自站了起來替大家倒酒，坐下時，我看見他盯著李查・普拉特瞧。他把酒瓶放在我前面，好讓我看得見酒標，上頭寫著「蓋耶斯萊・歐利希堡一九四五」。他靠了過來悄悄告訴我，蓋耶斯萊是摩賽爾地區一個很小的村莊，德國境外幾乎沒人知道。他說，我們現在喝的這隻酒可非等閒，那個葡萄園的產量非常稀少，若沒有門路幾乎不可能喝得到。去年夏天他親自拜訪蓋耶斯萊，為的就是要買那僅存的十幾瓶，後來還是費了九牛二虎之力才如願以償。

「我不信此刻國內還有第二個人有這隻酒，」他說。我看見他又瞄了普拉特一眼。「摩賽爾白酒棒得沒話說，」他提高聲音繼續說，「它是品嚐波爾多紅酒之前最完美的選擇。很多人選擇了萊茵河白酒，那是因為他們不知道有更好的酒。萊茵河白酒會毀了一隻柔順的波爾多紅酒，你知道嗎？在波爾多紅酒之前喝萊茵河白酒簡直是種粗魯野蠻的行為。不過，換做是摩賽爾白酒的話——啊！——真是天造地設的一對。」

麥克・史考非爾德是個和藹可親的中年男人。不過，他做的卻是股票經紀人的工作。說得更確切些，他等於是在股票市場上打混，跟某些同行一樣，他彷彿覺得有些不好意思，竟靠著這麼點才能就賺了這麼多錢，甚至因此感到羞愧。他深知他跟一個馬票商差不多，比一個油嘴滑舌、表面上廣受尊敬，私底下卻恬不知恥的馬票商好不到哪去，他也知道他的朋友們都很清楚這一點。所以他現在正力圖改頭換面，做一個有文化素養的人，陶冶文學及美學的品味，蒐集畫作、音樂、書籍等一切相關的東西。關於萊茵河與摩賽爾白酒的那一番說詞，就是他想追尋的文化的一部分。「很迷人的一隻小酒，你說是吧？」他說，眼睛仍舊看著普拉特。每次他低頭享用桌上的銀魚時，我都看見他鬼鬼祟祟朝桌子另一端瞥去。我幾乎可以感覺得到，他在等普拉特喝下第一口酒，等他抬頭露出愉悅、訝異甚至驚喜的微笑，兩人開始討論，然後麥克就會告訴他關於蓋耶斯萊那個小村莊的事。

李查・普拉特遲遲沒動他的酒。他全神貫注的忙著和麥克十八歲的女兒露意絲聊天。他半轉過身，面帶微笑，跟她說著一些事情，就我所能聽到的，是些有關於巴黎某間餐廳主廚的故事。說著說著，他就靠她越來越近，恨不得整個人撲上去一樣，可憐的女孩竭盡所能往後退，離他離得遠遠的，禮貌的點著頭，狼狽不堪，眼神不是看著他的臉，而是直直盯著他晚禮服領子上最高的那顆扣子。

用完銀魚之後，女僕前來收拾餐盤。她來到普拉特的身邊時，發現他根本連碰都還沒碰，因此猶豫了一下。普拉特發現女僕站在身旁，揮手要她離開，暫時打斷和露意絲的談話，立刻吃了起來，叉子飛快刺著小巧酥脆的棕色魚塊往嘴裡送。吃完後，他舉起杯子，兩口就把酒給吞下喉嚨，立刻轉身繼續和露意絲・史考菲爾德聊天。

這一切麥克全看在眼裡。我可以察覺到他坐在位子上，一動不動，瞪著他的客人看，竭盡全力的克制自己。他那張神情愉悅的圓臉彷彿先鬆了一些，然後整個垮了下來，不過他盡力克制住自己，一動不動，什麼也沒說。

不久，女僕端來第二道菜，一大塊烤牛肉。她將牛肉放在麥克面前的桌上，麥克站起來將那一大塊牛肉切成非常薄的肉片，輕輕放在盤上，再讓女僕送到其他客人面前。當他替每個人和他自己都分好肉之後，便放下手中的切肉刀，雙手搭在桌邊，傾身向前。

「現在，」雖然他是在對所有人說話，眼睛卻只看著普拉特。「現在該是品嚐波爾多紅酒的時候了。我得離開去拿酒，請各位見諒。」

「麥克，你說你要去拿酒，是嗎？」我問。「酒放在哪裡？」

「在我書房裡，拔掉了瓶塞——在醒酒呢。」

「為什麼會放在書房裡？」

「當然是要讓它接觸室溫囉。它已經放在那裡二十四小時了。」

「可是，為什麼會擺在書房呢？」

「書房是屋裡最適當的地方。李查上次來的時候幫我選的。」

李查聽見有人叫他，轉頭望了望。

「我沒說錯吧？」麥克說。

「沒錯，」普拉特一本正經的點著頭。「你說的沒錯。」

「就在書房的綠色文件櫃上頭，」麥克說。「房間裡沒風，溫度剛好，再好不過了。我這就去拿，請各位見諒。」

一想到可以用另一隻酒來玩點小遊戲，他整個人的心情又好了起來。只見他匆忙走出餐廳門，一分鐘之後，放慢腳步，輕輕地走了回來。他雙手細心捧著的酒籃裡躺著一隻深色的瓶子，酒標朝下，沒人看得見。「哈！」他往桌子靠近時突然迸出一聲，「這隻怎麼樣，李查？這隻你絕對猜不出來！」

李查・普拉特緩緩轉過身，抬眼看了看麥克；然後他把眼光往下移到小柳條籃裡安安穩穩躺著的酒瓶上，揚了揚眉毛，兩道眉毛微微拱了起來，滿是傲慢的神氣，濕濕的下唇也往前伸了些，整張臉突然顯得跋扈又醜陋。

「你永遠也猜不到的，」麥克說。「就算一百年也猜不到。」

「波爾多紅酒嗎？」李查・普拉特高傲的問。

「那當然。」

「那麼，我猜，這應該是來自那些比較小的葡萄園囉？」

「可能是，李查。不過，話說回來，也可能不是。」

「年分應該不錯吧？應該是最好的年分吧？」

「是的，這我可以保證。」

「這樣的話，應該不會太難才對，」李查・普拉特拖著聲音說，臉上一副無聊到了極點的模樣。除此之外，我感覺到，他那拖長了的音調和一派無聊的表情中似乎有點蹊蹺：眉宇之間彷彿隱伏著什麼邪惡歹毒的念頭，行為舉止也透著一股專注，我看著他時，微微地感到有點不太舒服。

「這隻酒真的很不容易猜，」麥克說。「我不會強迫你跟我賭的。」

「喔，是這樣嗎？為什麼？」他的眉毛又緩緩拱了起來，眼神沈著而專注。

「因為它很難猜。」

「你該知道這麼說會讓我聽了很不是滋味的。」

「我親愛的朋友，」麥克說，「如果你這麼想的話，我會很樂意跟你打賭的。」

「應該不會太難猜才對。」

「你的意思是想跟我賭嗎？」

「樂意之至，」李查・普拉特說。

「好吧，那我們照舊。賭一箱這瓶酒。」

「你不認為我可以猜得出來，對吧？」

「事實上，請容許我這麼說，我的確不認為你猜得出來，」麥克說。儘管他試著不要太失禮，普拉特對這整件事的鄙視之情卻溢於言表。不過，奇怪的是，他接下來的問題似乎洩露了他心中某些念頭。

「你想提高賭注嗎？」

「不，李查，一箱就夠了。」

「你想要賭五十箱嗎？」

「這太愚蠢了。」

餐桌的前端，麥克站在椅子後頭紋風不動，手裡捧著那可笑的柳條籃，酒瓶就躺在裡頭。他激動得鼻孔直冒白煙，嘴巴抿得死緊。

普拉特懶洋洋的靠在椅背上，抬眼望著他，雙眉揚起，兩眼微閉，嘴角上掛著一抹淺淺的微笑。此時，我又看到，或者應該說我以為我看到了，這男人臉上確實有一些叫人不舒服的東西，眉宇之間隱伏著一絲專注，兩顆眼珠正中間的黑眼球裡藏著一星微微的狡猾火光。

「所以，你不想提高賭注囉？」

「如果你問我的話，老傢伙，我才不在乎呢，」麥克說。「不管你說什麼我都跟你賭。」

三位女士和我靜靜坐在一旁，看著眼前這兩個男人。麥克的太太已經有點被惹惱了，一張嘴扭曲變形，我猜她隨時有可能會插話進來。烤牛肉躺在我們面前，熱氣慢慢蒸騰而上。

「不論我説什麼你都願意跟我賭嗎？」

「就是這樣没錯。如果你真的要這樣搞的話，你他媽的高興賭什麼，我就跟你賭什麼。」

「就算十萬英鎊你也賭？」

「那有什麼問題，如果你真的想這麼賭的話。」這下麥克更有信心了。他很清楚，不論普拉特要賭多少錢，他都可以應付。

「這就是説賭注隨我決定囉？」普拉特又問了一次。

「没錯，隨你決定。」

兩人不再説話，普拉特緩緩地環顧桌邊眾人，先是朝我看過來，然後再望向那三位女士，一個接著一個。他顯然是在提醒我們，要我們作證人。

「麥克！」史考菲爾德太太喊了一聲。「麥克，別再胡搞了行不行，吃東西吧，都快涼了。」

「這不是在胡搞，」普拉特語氣平靜的告訴她。「我們只是在打個小賭而已。」

我注意到那個女僕站在後面，手裡端著一盤蔬菜，不知道該不該在這時候插進來。

「好吧，這樣的話，」普拉特説，「我就告訴你我想賭什麼。」

「你儘管説，」麥克漫不在乎的説，「我才不在乎你想賭什麼，你説了算。」

普拉特點點頭，淡淡的又一次牽動嘴角微笑著，然後，他緊緊盯著麥克不放，不疾不徐的説，「如果你輸的話，女兒就得嫁給我。」

露意絲·史考菲爾德嚇了一跳。「嘿！」她急忙大叫。「不行！這一點都不好玩！聽著，爸爸，這一點都不好玩！」

「別緊張，親愛的，」她媽媽趕緊安撫。「他們只是在開玩笑而已。」

「我可不是在開玩笑，」李查．普拉特說。

「這簡直太荒謬了，」麥克簡直不敢相信，又激動了起來。

「是你親口說隨便我想賭什麼都行。」

「我指的是錢。」

「你沒有說是錢。」

「但我的意思就是這樣。」

「那真可惜，你並沒有說清楚。不過，如果你想出爾反爾的話，我無所謂。」

「這不是出爾反爾的問題，老傢伙。你又拿不出相同的賭注，這個賭根本就不成立。如果你輸的話，你沒辦法像我一樣拿出一個女兒來給我。就算你有女兒，我也不會想娶她。」

「親愛的，我很欣慰聽你這麼說，」他太太說。

「你要我跟你賭什麼我都願意，」普拉特信誓旦旦的說。「比方說，房子也可以。你覺得我的房子如何？」

「哪一棟房子？」麥克開玩笑的問。

「鄉下那一棟。」

「為什麼不乾脆把另一棟也加進來算了？」

「沒問題，如果你想的話，就跟你賭這兩棟房子。」

我看見麥克猶豫了一會兒。他往前靠了一步，把裝著酒瓶的籃子輕輕放到桌上，先將鹽罐移到一邊，再把胡椒罐放在一旁，拿起刀，對著刀鋒仔細端詳了好一陣子，然後才又放下。他的女兒也看見他的父親在猶豫。

「噢，爸爸！」她喊著。「別**荒謬**了！這簡直**太**笨了，笨到我根本不知道該怎麼說才好。我拒絕讓你們這樣拿我來做賭注。」

「沒錯，親愛的，」露意絲的母親說。「馬上停止，麥克，坐下來吃你的東西。」

麥克不理會她。他望著女兒，慢慢露出一個充滿父愛的微笑，一個亟欲保護子女的微笑。突然，他的眼中閃現著勝利的光芒。「我說，」他說話的時候，臉上仍掛著那微笑，「我說，露意絲啊，我們應該再多想一會兒。」

「夠了，爸，別再說了！我根本連聽都不想聽！你到底怎麼了，我這輩子從來沒聽過這麼荒謬的事情！」

「不，我是認真的，親愛的露意絲。給我一點時間，讓我把事情跟妳說清楚。」

「我不**想**聽。」

「露意絲！我求求妳！事情是這樣的，李查很認真的說要跟我們打個賭。想打賭的人是他，不是我。如果他輸的話，他就必須把一大筆財產轉讓給我們。不，等等，親愛的女兒，別插嘴。關鍵在於，**他絕對贏不了的**。」

「可是，他似乎認為他可以啊。」

「聽我說，我很清楚我在說些什麼。專家在品嚐波爾多紅酒的時候，只要那不是拉菲或拉圖之類的名酒，他們頂多只能抓出一個大概的方向去猜這隻酒是哪一個葡萄園出產的。他當然有辦法告訴你，這隻酒是從波爾多的聖艾米濃、柏美洛、葛拉弗還是梅鐸區來的。可是，每一個產區裡又有好幾個村莊和小聚落，每一個小聚落還有許許多多的小葡萄園。光是靠口感和味道，沒有人能分辨出其中細微的差異的。我大可以告訴妳，這隻酒是從一個小葡萄園裡買來的，附近環繞著許多其他小葡萄園，他永遠也猜不到的。妳放心好了，這是絕對不可能的。」

「可是你沒辦法保證啊，」他女兒說。

「我告訴妳，我可以保證。雖然這只是我的片面之言而已，不過，我對酒的瞭解可不淺。而且，看在老天的份上，女兒啊，我是妳爸爸耶，妳該不會認為我會讓妳去——去受苦吧，啊？我只是想幫妳賺些錢而已。」

「麥克！」他太太激動的說。「馬上停止，麥克，我求求你。」

這一次，他還是不理會她。「如果妳願意打這個賭，」麥克對露意絲說，「十分鐘之內你就會是兩棟大房子的主人。」

「可是我不想要兩棟大房子啊，爸爸。」

「那就把它們賣了。當場賣還給他。我來替妳安排。然後，想想看，我的女兒，妳就是有錢人了！一輩子都可以獨立生活了！」

「噢，爸爸，我不喜歡這樣。我覺得這真是笨透了。」

「我也這麼覺得，」露意絲的母親接著說。她說話的時候，腦袋迅速上下抽動，像隻母雞一樣。「你真該為你自己感到可恥，麥克，竟然有臉說出這種話！她可是妳的女兒耶！」

麥克甚至連瞧都沒有瞧她一眼。「答應吧！」他急切的說道，眼神緊緊盯著自己的女兒。「快答應吧！我保證妳絕對不會輸的。」

「可是我真的不喜歡啊，爸爸。」

「別這樣，乖女孩，就答應吧！」

麥克逼得她没有喘息的空間。他朝著露意絲越靠越近，一雙炯炯有神的眼睛直直盯著她，身為女兒的露意絲實在没辦法抵抗。

「但如果我輸了該怎麼辦？」

「我剛才不是一直在跟妳說嗎，妳不可能會輸的。我保證。」

「噢，爸爸，我真的一定得答應嗎？」

「我是在幫妳賺錢，別再猶豫了。好不好，露意絲？好嗎？」

她又猶豫了一會兒，總算不再堅持，莫可奈何地聳了聳肩。「喔，好吧，就聽你的。除非你能發誓絶對不會有輸的風險，不然我不答應。」

「太好了！」麥克興奮得大叫。「真是太好了！就這麼說定了！」

「好，」李查・普拉特看著女孩說。「一言為定！」

麥克不由分說的拿起酒瓶，先在自己或者杯裡倒了一點，然後興奮的在桌旁跳來跳去地替其他人倒酒。此時，每一雙眼睛都在看著李查・普拉特，他慢慢伸出右手將酒杯湊到鼻子下，臉上的表情全看在眾人眼裡。這男人大約五十歲左右的年紀，一張臉並不怎麼討人喜歡。不知怎麼的，那整張臉上就好像只剩那張嘴——嘴巴和嘴唇——專業美食家肥厚飽滿而濕潤的嘴唇，品嚐者的嘴唇，下唇中央往下垂，鬆鬆垮垮，永遠張著準備貼近玻璃杯緣，或者等著吞下一口美食。我覺得那看來像是一個鑰匙孔；他的嘴巴就像是一個濕答答的大鑰匙孔。

他緩緩地將酒杯舉到鼻前。鼻尖伸進酒杯裡，在酒面上左右移動，仔細聞嗅。他將杯中的酒輕輕晃了晃，讓酒香更加明顯。他非常專注，閉起眼睛，頭、頸、胸部，整個上半身彷彿都變成了一個巨大而靈敏的嗅覺機器，接收、過濾、分析著從鼻子傳來的訊號。

麥克靠在椅背上，看起來一副漫不在乎的模樣，但我注意到，普拉特的一舉一動其實他全看在眼裡。史考菲爾德太太死板板、直挺挺地坐在餐桌另一端，雙眼直視前方，一張臭臉繃得死緊。女兒露意絲將椅子往側後方移了些，面對身旁這位美食家，她和父親一樣，看得非常仔細。

這個聞嗅的過程至少持續了一分鐘以上；然後，普拉特眼不睜頭不動，將酒杯湊到嘴邊，把將近半杯的酒倒入口中。他停了一會兒，讓裝滿酒的嘴感受第一個浮現的味道，然後才讓一些酒順喉而下，喉結也隨之上下移動。不過，大部分的酒還留在他口中。他沒有再吞第二口，而是從唇間吸進些許空氣，讓空氣與口中的酒氣混合，深深吸進肺裡。他含住那口氣，慢慢從鼻子呼了出來，最後他讓酒在舌下轉了幾圈，開始咀嚼，一口一口用牙齒咀嚼著，好像裝在裡頭的東西是麵包一樣。

這是一次教人肅然起敬、印象深刻的表演，我必須說他表演得非常好。

「嗯，」他放下酒杯，粉紅色的舌頭在唇上舔了一圈。「嗯——沒錯。非常有趣的一隻小酒，溫順優雅，後味甚至帶點女人的味道。」

他的嘴裡全是口水，說話時，偶爾會有點點白沫噴在桌上。

「現在，我們可以開始篩選答案了，」他說。「請你們原諒我慎重其事，畢竟這可不是鬧著玩的。通常我可能會冒點險，略過其他可能的答案，直接說出我認為的那個葡萄園。不過，這一次，這一次我非得格外謹慎才行，不是嗎？」他抬起頭，抖動那兩片肥厚濕潤的嘴唇，朝麥克笑了笑。

麥克並沒有露出笑容。

「好了，首先，這隻酒是從波爾多的哪個地區來的呢？這很簡單。它的口感太輕太淡了，不可能是從聖艾米濃或葛拉弗來的。這肯定是隻梅鐸酒。這一點絕對毫無疑問。」

「接下來，它是從梅鐸的哪一個村莊來的呢？經過篩選之後，這部分也不難回答。瑪歌嗎？

不，這不可能是瑪歌產的酒。它沒有瑪歌酒那種狂野的酒香。波儀亞克嗎？這也不可能是雋波儀亞克酒，它太溫順、太惆悵了，不會是雋波儀亞克酒。波儀亞克酒的口感有一種近乎跋扈的個性。而且，對我來說，波儀亞克酒有一點勁道，一種奇特、渾濁、簡潔有力的味道，這味道是葡萄從那個區域的泥土裡得來的。不，不，不。這是一雋非常溫順的酒，第一口文靜、羞怯，第二口就害羞的慢慢浮現，非常優雅。有一點淘氣，大概是在第二口的時候，還有一點點調皮，一絲絲，就那麼一絲絲的丹寧酸逗弄著舌頭。後味讓人心曠神怡，像女人一般撫慰著，帶點愉悅大方的特質，讓我連想到聖朱利安的酒。嗯，這絕對是雋聖朱利安的酒沒錯。」

他靠在椅背上，雙手平胸，十指相觸。此時，他自負得無以復加，但我想其中有一些是故意裝出來的，純粹是為了要嚇唬主人麥克。我發現我竟然盼望他繼續說下去，緊張得不得了。一旁的露意絲正打算點起一根香菸。普拉特聽見火柴劃過的聲音，立刻轉身向她，勃然大怒。「拜託！」他說。「請不要這麼做！在餐桌上抽煙是個噁心的習慣！」

露意絲抬頭看著他，手裡還握著點燃的火柴，一雙大眼緩緩落在他臉上，看了一會兒，又移開，慢慢的，帶點輕蔑的味道。她低下頭吹熄火柴，指尖仍舊夾著那根還未點燃的香菸。

「抱歉，親愛的，」普拉特說，「我只是不能忍受桌上有人抽菸而已。」

她沒有再看他一眼。

「好的，接下來——我們剛才說到哪了？」他問。「啊，對了。這是雋波爾多酒，從梅鐸區的聖朱利安村來的。到目前為止都還不錯。不過，難題還在後頭，要怎麼猜出是哪一個葡萄園呢？聖朱利安有許多葡萄園，我們的主人剛才說得好，各個葡萄園之間的差異並不明顯。不過，這要試試看才知道。」

他把話打住，閉上眼。「我在試著分辨它的『等級』，」他說。「如果我能辨得到的話，就成功一半了。好的，讓我瞧瞧。這隻酒肯定不是從第一級的葡萄園來的，甚至連第二級也不是。這不是隻什麼了不起的酒。口感不是很好，還有……還有……那叫什麼來著？喔，對了，不夠讓人驚豔，力道也不足。至於三級的葡萄園嘛，有可能。不過，我還是很懷疑。這隻酒的年分很好，主人是這麼說的，不過這可能太抬舉了它一些。我得小心。我得千萬小心才行。」

他舉起酒杯，又啜了一小口。

「没錯，」他吸著嘴唇說，「我没說錯。這是隻四級葡萄園的酒，這我可以肯定。這是一隻由四級葡萄園在非常好的年分釀的酒，事實上，是在最棒的年分釀的。這也是為什麼它一度嚐起來有點像是三級，甚至二級葡萄園的酒。好！這樣好多了！我們步步逼近了！聖朱利安村有哪些四級葡萄園呢？」

他又把話打住，將杯緣貼著鬆垮下垂的嘴唇。然後，我看見他狹窄的粉紅色舌頭飛射而出，舌尖輕輕沾了一下酒，立刻縮回口中，真教人噁心。把酒杯放下時，他的眼睛仍舊閉著，神情專注，只有上下兩片嘴唇來回滑動，像兩片濕潤有彈性的橡膠一樣。

「又來了！」他突然叫了一聲。「中味帶有丹寧酸，澀味迅速擦過舌頭。没錯，没錯，就是這樣！我知道了！這是從貝許維爾附近那幾個小葡萄園來的酒。我記起來了。貝許維爾，還有那條小河，碼頭淤塞了，酒船再也不能靠岸。貝許維爾……這會不會就是貝許維爾葡萄園的酒呢？不，我想不是，不大像。不過，就是那附近了。是陶波堡嗎？這會是陶波堡的酒嗎？嗯，有可能。等一等。」

他又啜了一口酒，我的眼角餘光瞥見麥克・史考菲爾德，他身體靠在桌上，離李查・普拉特越來越近，嘴巴微開，一雙小眼緊緊盯著他不放。

「不，我猜錯了。這不是陶波堡的酒。陶波堡的酒味道比這隻酒要來得快些，果香比較靠近表層。我想這是隻一九三四年的酒，這樣一來，就不可能是陶波堡釀造的。嗯，真是有趣，讓我好好想想。這隻酒既不是來自貝許維爾，又不是來自陶波，可是又和這兩個地方都很靠近，非常靠近，應該就在這兩個地方中間才對。這樣的話，會是哪一個葡萄園呢？」

他陷入沈思當中，我們看著他的臉，等待答案揭曉。所有人都注視著他，就連麥克的太太也不例外。我聽見女僕將蔬菜放在我身後的餐具櫃上，輕手輕腳的，深怕打擾了這一片沈默。

「哈！」他爆出一聲大喊。「我知道了！沒錯，我想我知道答案了！」

他啜了最後一口酒，酒杯還舉在嘴邊，轉向麥克，臉上慢慢露出微笑，一種絲綢般的微笑，對他說，「你知道這是哪裡的酒嗎？這是布哈涅爾堡那個小葡萄園的酒。」

麥克全身緊繃的坐著，絲毫不動。

「年分則是一九三四年。」

我們全都看著麥克，等他把籃子裡的酒瓶轉過來讓大家看看上面的酒標。

「這是你最後的答案嗎？」麥克問。

「是的，我想沒錯。」

「到底是還是不是？」

「是。」

「再重複一次你的答案好嗎？」

「布哈涅爾堡，非常小的一個葡萄園，可愛的老古堡，這地方我很熟，不知道為什麼沒有立刻猜出來。」

「來吧，爸爸，」女孩說。「把瓶子轉過來讓我們瞧瞧。我要我那兩棟房子。」

「等一下，」麥克說。「等我一下就好。」他坐在位子上，非常安靜，一副百思不得其解的模樣，臉色慘白，整張臉腫了起來，彷彿所有精力都在逐漸流失一般。

「麥克！」他的太太尖著聲音從餐桌另一端喊了過來，「怎麼了？」

「別插嘴，瑪格麗特，我拜託妳。」

李查．普拉特看著眼前的麥克，嘴上滿是笑意，一雙小眼閃著光芒。麥克誰也沒看。

「爸爸！」露意絲痛苦萬分的喊著。「不會吧，爸爸，你該不會是說他猜對了吧！」

「聽著，別擔心，我的寶貝女兒，」麥克說。「沒什麼好擔心的。」

他轉向李查．普拉特說，「這麼吧，李查，我想我們兩個最好到隔壁房間去談談，你說如何？」我想他主要是想要避開他的家人。

「我不想跟你談什麼，」普拉特說。「我唯一想做的就是看看瓶上的酒標。」他知道他猜對了；他的一舉一動和那沈靜的傲慢都像是個勝利者，而且我可以看得出來，如果等一下有什麼麻煩，那怕任何手段他都使得出來。「你在等什麼？」他對麥克說，「快把瓶子轉過來啊。」

接下來就發生了這件事情。身材嬌小的女僕穿著她那身黑白兩色的制服，直挺挺的站在李查．普拉特身邊，手裡拿著某樣東西。「先生，我想這是你的，」她說。

普拉特瞄了一眼，看見她手裡那副玳瑁框眼鏡，猶豫了一下。「是嗎？可能吧，我不確定。」

「是的，先生，這是你的。」女僕已經上了年紀，快七十歲了，許多年來一直是他們家忠實的僕人。她把眼鏡放在普拉特身邊的桌上。

普拉特拿起眼鏡，塞進外套口袋裡的白色手帕後面，謝也沒謝一聲。

那女僕沒有離開。她就站在普拉特側後方一點的地方。她就站在那兒，小小的一個人，一動不動，直挺挺的，舉止怪異至極，突然讓我看了覺得害怕。她那張年邁的灰臉上，有一種冷若冰霜、堅毅不移的神情，雙唇抿著，小小的下巴凸出，雙手緊緊交握身前。她頭戴一頂奇怪的無邊帽，白色燈光打在她制服的胸前，看起來簡直就像一隻羽毛雜亂的白胸小鳥。

「你把它忘在史考非爾德先生的書房裡了，」她的聲音刻意裝得非常有禮，很不自然。「晚餐前你一個人走進書房去，眼鏡就忘在那個綠色文件櫃上頭，先生。」

過了一會兒，大家才聽懂她在說些什麼，一片沈默中，我察覺麥克有些異樣，他緩緩從椅子上站起來，臉上恢復了血色，雙眼圓睜，嘴角扭曲，鼻孔附近又開始冒出陣陣懾人的白煙。

「別這樣，麥克！」他太太說。「冷靜點，麥克，我親愛的！冷靜點！」

狗急跳牆

■ 一九五二

第三天早上，風浪暫歇。就連那些最弱不禁風的乘客，那些從啟航就不曾出現的人，此時也都從各自的艙房內爬了出來，來到日光甲板上。男服務員搬來躺椅，替他們的腳裹上毯子，讓他們一排排躺著，面對那蒼白黯淡、幾乎毫無熱力可言的一月太陽。

頭兩天海上稍微有點風浪，這突如其來的風平浪靜讓所有人感到萬分舒暢，整艘船瀰漫著一股愉悅的氣氛。傍晚時分，乘客們眼看接下來還有十二小時的好天氣，信心漸增，到了晚上八點，主餐廳裡擠滿了享用佳餚美酒的人，個個有如經驗豐富的水手般，自信之情溢於言表。

飯還吃不到一半，乘客們的屁股在椅墊上滑了一下，這才驚覺大船又開始搖晃起來。一開始，晃動得非常輕微，僅僅只是慢慢的、懶懶的靠向一邊，而後，再擺向船身另一邊，不過，光是這樣，整間餐廳裡的氣氛立刻起了微妙的變化。幾位乘客將目光從食物上移開，滿臉猶疑，等待著，甚至是傾聽著下一次的晃動，臉上有著一種緊張的笑容，眼中閃爍著幾絲不易察覺的恐懼。有些人完全不受影響，還有些人更是大喇喇一副自以為了不起的模樣，盡說一些關於食物和天氣的笑話來折磨那些已經開始感到不舒服的人。不久，船身就搖晃得越來越劇烈。離第一次搖晃才不過五、六分鐘，整艘船便開始劇烈的左右擺盪起來，乘客們坐在椅子上強做鎮定，緊緊靠在把手上，彷彿是坐在車子裡頭一樣。

最後，一道猛烈的大浪捲來，與事務長同桌的威廉・波提柏先生眼看著他那盤荷蘭酸味蘸醬水煮比目魚突然從餐叉下溜走。餐桌上一陣騷動，每個人手忙腳亂伸手穩住自己的餐盤和酒杯。坐在事務長右邊的藍蕭太太輕輕尖叫了一聲，一把抓住事務長的手臂。

「今晚風浪恐怕會不小，」事務長看著藍蕭太太說。「風這麼大，我看晚上浪一定不小。」他這麼說，絲毫無法讓人感到欣慰。

一位男服務生匆匆趕來，在盤間的桌巾上灑了些水。騷動平息後，大部分乘客繼續用餐。藍蕭太太和少數幾位乘客小心翼翼站了起來，藏起匆忙的神色，繞過餐桌離開餐廳。

「噯，」事務長說，「她受不了了。」他滿意的瞧了瞧其他留在原位上的人，他們安安靜靜的坐著，看來很有自信。當旅客獲得肯定，被人稱讚是「好乘客」時，臉上會煥發出一種獨特的驕傲光彩，此時，他們的臉上便滿溢著這種光彩。

餐點享用完畢，咖啡也已送上。波提柏先生從船開始搖晃的那一刻起便顯得異常嚴肅，若有所思，這時他突然站了起來，端著咖啡，繞過桌子，坐到事務長身邊藍蕭太太空出來的位置上。他一坐下來，就立刻朝事務長靠了過去，急忙在他耳邊低語。「不好意思，」他說，「可不可以麻煩你告訴我一件事？」

事務長是個小個頭的胖子，滿臉通紅，彎身向前聽他說。「有什麼事嗎，波提柏先生？」

「是這樣子的。」他神色焦慮，事務長直盯著他看。「我想請問的是，船長有沒有可能已經預估了今日的航程呢？你知道，就是拍賣會上要用的。我是說，在船開始晃得這麼厲害之前，有可能嗎？」

事務長老早就預料到他會有悄悄話想跟他說，於是微笑著靠在椅背上，讓那個大肚子舒展舒展。「我應該說——沒錯，」他回答道。儘管他沒有刻意想降低音量，但還是很自動就壓低了聲音，就像一個人在回應另外一個人的耳語時會有的反應。

「你想他會是在多久之前預測的？」

「今天下午左右吧。他通常都是在下午預測的。」

「大概是什麼時候呢？」

「喔，這我可不知道。我想大概是四點左右吧。」

「麻煩你再告訴我另外一件事。船長是怎麼決定那個數字的呢？他有花很多心思在這上面嗎？」

事務長看著波提柏先生那張皺著眉，焦急不已的臉，笑了一笑，很清楚這男人腦子裡在想些什麼。「嗯，是這樣子的，船長和負責駕駛的高級船員會舉行一個小型會議，研究天氣狀況還有其他許多因素，然後再預估可能的里程。」

波提柏先生點點頭，反反覆覆地把這個答案想了一會兒。然後他說，「你想，船長知不知道今天天氣會轉壞？」

「這我沒辦法告訴你，」事務長回答他。他看著眼前這個男人，他那對黑色的小眼睛中央躍動著一小團激動的光芒。「我真的沒辦法告訴你，波提柏先生，這我不知道。」

「如果風浪更糟的話，就可以考慮買一些小一點的號碼。你覺得呢？」他的低語聲顯得更急促、焦慮。

「或許吧，」事務長說。「我不認為船長有預料到今晚風浪會這麼大。今天下午他在預估里程時，海象還相當平靜。」

桌旁其他人已經沈默了好一陣子，想聽聽他們倆在說些什麼。他們半斜著眼，張大耳朵，專注凝視著事務長，那模樣就像跑馬場上想偷聽訓練師估量勝算的人：雙唇微張，雙眉微揚，伸長的脖子稍稍歪向一邊——每當他們在傾聽馬嘴裡的玄機時，這種緊張萬分、半帶恍惚專心聆聽的神情，都會浮現在臉上。

「假如**你**也可以買個號碼，那今天**你**會選那個？」波提柏先生小聲在他耳邊說。

「我還不知道號碼的範圍，」事務長耐著性子回答他。「他們要到晚餐結束，拍賣開始之後，才會公布範圍。而且，我真的對那個不怎麼在行，畢竟我只是個事務長而已，這你也知道。」

聽到這裡，波提柏先生站了起來。「請恕我先離開，各位，」說完，他便小心翼翼踏著搖搖晃晃的地板，穿過其他桌子離開了，而且還有兩次船晃得厲害，逼得他不得不抓住椅背才能保持平衡。

「麻煩請到日光甲板，」他向電梯服務員說。

他一踏上開放的甲板，風就滿臉罩了上來。他踉蹌著步子往前走，抓到欄杆，雙手握得死緊。他站在那裡，望向外頭逐漸變暗的海洋，浪濤翻天，白浪逆風而起，留下身後羽狀浪花縷縷。

「外頭很糟對吧，先生？」電梯往下時，服務員問他。

波提柏先生用一隻紅色的小梳子將頭髮向後梳理整齊。「你想我們會因為天氣的因素而減速嗎？」他問。

「喔，這是當然囉，先生。風浪起來之後，我們的速度慢了不少。在這種天氣狀況之下，非得減速不可，不然全船的旅客都會摔得東倒西歪的。」

樓下的吸菸室裡已經陸續湧入參加拍賣的人。他們彬彬有禮的聚集在不同的桌子附近，在神色自若、玉臂如藕的女伴身旁，男士們身穿晚禮服，顯得有些僵硬，他們看來既激動又緊張，下巴刮得連根鬍渣都找不到。波提柏先生挑了一張靠近拍賣員那張桌子的椅子。翹著腿，雙臂交叉胸前，坐在位置上，孤注一擲的神色，直像一個做了重大決定、打死不退的人。

他告訴自己，賭金大概會在七千美元左右。過去這兩天，總金額幾乎都是在這個數字上下，而每個號碼的價碼也都在三、四百元之間。這是一艘英國船，通常以英鎊來計算，但他喜歡用他自己國家的貨幣來思考。七千美元可是筆大錢。我的老天爺啊，太棒了！他會要他們給他百元鈔，放在夾克內層的口袋裡帶上岸去。沒錯，放在那裡最保險了。他會馬上，是的，馬上去買一輛林肯敞篷車。下船後，他會先去挑一輛，直接開回家，看看艾瑟兒從前門出來第一眼看到它的表情，享受那一份快感。想想看，開著一輛嶄新的淡綠色林肯敞篷車駛向家門，艾瑟兒臉上會是什麼樣的表情，這真是太棒了！他會裝作若無其事的說，哈囉，艾瑟兒，我的寶貝。我只是想給妳買些小禮物。經過的時候剛好看見這輛車，我立刻就想起了妳，妳不是一直都想要一輛嗎？喜歡嗎，寶貝？他會這麼說。喜歡這個顏色嗎？然後他會看她有什麼反應。

拍賣員此時起身站在他的桌子後面。「各位先生，各位女士！」他大喊一聲。「船長已經預估了今日的里程，到明天中午為止，里程數將會是五百一十五哩。依照往例，我們將這個數字加減十來定出範圍。所以今天的範圍便是五百零五到五百二十五之間。當然，認為最後的里程數會超出這個範圍的人，還可以選買小號或是大號。現在，我們將從帽子裡抽出第一個號碼……好了……五百一十二，哪位有興趣？」

房間頓時靜了下來。乘客默默地坐在位置上，每一雙眼睛都直盯著拍賣員看。空氣中略帶一絲緊張的氣息，價碼喊得越高，氣氛便越緊張。這可不是隨便玩玩或是什麼開玩笑的事情，你可以看到，一個人若是喊出更高的價碼，先前那人往往會朝他看過來，兩人對上眼，臉上或許掛著微笑，但卻只有嘴唇在笑，眼中精光閃動，冷漠至極。

五百一十二這個號碼最後以一百一十英鎊成交。接下來三、四個號碼賣的價錢也差不多。船搖晃得厲害，每次晃動的時候，牆上的木頭鑲板便吱吱有聲，彷彿就要裂開一般。乘客們紛紛抓住椅子扶手，專注在拍賣會上。

「小號！」拍賣員嚷著。「下一個號碼是小號。」

波提柏先生坐得直挺挺的，緊張萬分。他決定要等，等其他人都喊完價之後，再殺出來喊價，一舉抱走這個號碼。他算了算，家鄉銀行的戶頭裡，至少還有五百多美元的存款，也許將近六百。這個數目折合英鎊約是兩百鎊——兩百多鎊。這個號碼不會花他那麼多錢的。

「你們都知道，」拍賣員說，「小號包含比範圍內最小的號碼還小的所有號碼，就今天來說，所有比五百零五還小的號碼都算。所以，如果你認為，這艘船到明天中午為止的二十四小時之內，航行距離會在五百零五哩以下的話，你最好趕緊進場買下這個數字。現在，該從多少錢喊起呢？」

價碼輕輕鬆鬆就喊到了一百三十英鎊以上。波提柏以外的人似乎也注意到天氣很糟糕。一百四十……五十……沒人繼續往上喊。拍賣員舉起手中的拍賣槌。

「一百五十英鎊一次……」

「六十！」波提柏先生喊了聲，房裡所有人都轉過身來看他。

「七十！」

「八十！」波提柏先生不甘示弱。

「九十！」

「兩百！」波提柏先生堅持不讓。現在，任誰也抵擋不了他，誰也不行。

全場鴉雀無聲。

「有人願意出比兩百英鎊更高的價錢嗎？」

別慌，別慌，他告訴自己。靜靜坐在位置上，別抬頭。摒住呼吸。只要你摒住呼吸，就不會有人再喊上去。

「兩百英鎊一次……」拍賣員頂著一顆粉紅色的禿頭，細小的汗珠在上頭閃閃發光。「兩次……三次……成交！」拍賣槌砰的一聲落在桌上。波提柏先生簽了張支票交給拍賣員的助理，然後重新在位置上坐好，等待拍賣會結束。在得知總金額究竟有多少之前，他可不想上床睡覺。

最後一個號碼售出之後，他們將金額加總，總計有兩千一百多鎊，約合六千美元，其中百分之九十歸猜對的勝利者所有，百分之十則捐給水手慈善基金。六千美元的百分之九十是五千四百美元。嗯，這個數目夠了。買了夢寐以求的林肯敞篷車之後，還會剩下一點錢。他很滿足，興高采烈的走回艙房。

隔天早晨，波提柏先生醒來後，閉著眼靜靜躺了幾分鐘，凝神傾聽強風呼嘯而過的聲音，等待船身搖晃。不過，他既聽不到任何風聲，也感受不到絲毫晃動。他跳下床，透過舷窗向外望。噢，老天爺啊，外頭的海面波平如鏡，大船迅速往前疾駛，顯然是要彌補昨天晚上耽擱的時間。波提柏先生別過頭，緩緩坐在床鋪邊上。一絲恐懼如電，開始戳刺著他的胃。他現在什麼希望也沒了。照這樣下去，勝利者肯定會是某個買了大號碼的人。

「噢，我的天啊，」他大叫。「我該怎麼辦呢？」

想想看，艾瑟兒會怎麼說呢？跟她說，他把他們兩年來的積蓄幾乎全砸在船上的賭金裡嗎？想都別想。想裝作沒這回事也是不可能的。如果要這麼做的話，他必須告訴她不能再簽支票才行。那電視機和大英百科全書的分期付款又要怎麼辦呢？他現在就已經可以看到那女人眼中的怒火和藐視，她的眼睛由藍轉灰，細細瞇著，每次只要她眼裡燃燒著怒火，就會出現這種表情。

「噢，我的天啊。我該怎麼辦才好？」

事到如今，就算假裝自己還有一絲希望也沒用——除非這艘該死的船立刻調頭往回開才有可能。他們得把船頭尾顛倒過來，全速向後不停的開，他才有可能有機會贏得賭金。或許，或許他應該直接開口請船長幫忙。給他百分之十的利潤。如果他還不滿足，就再給他多一些。波提柏先生開始咯咯傻笑起來。然後，又突然打住，眼睛嘴巴睜得老大，彷彿受到意外的驚嚇一樣。因為，那個主意就是在這個時候竄出來的，快如閃電地重重敲了他一下。他跳下床，激動的不能自已，衝向舷窗，朝外頭又望了一眼。嗯，他心想，有何不可呢？這有什麼不可呢？海面非常平靜，對他而言，要浮在海面上直到他們來救他為止，一點困難都沒有。他隱約覺得，這招以前一定有人用過，不過這無法打消他故計重施的念頭。這艘船必須停止前進，降下一艘小船，小船可能還必須往回划個半哩來找他，然後再划回船邊，拉上船舷。這整件事情至少得花上一小時。一小時約等於三十哩。這樣一來，今天的里程就少了三十哩。那就成了。到時候，「小號」就穩贏了。只要他能肯定有人目擊他落水就行了；不過，這很容易安排。最好穿些輕便的衣服，方便游泳。運動衫，嗯，沒錯，就是這樣。他可以穿著一身像要去甲板打網球的裝扮——運動衫、短褲，再加上一雙網球鞋。而且不要帶錶。現在幾點了？九點十五分。越快越好。立即行動，趕緊結束。非得趕快不可，因為時限就在中午。

波提柏先生一身運動裝扮來到日光甲板上時，心裡既害怕又激動。他的個頭不大，屁股卻不小，越往上越削瘦，斜削的肩膀更是窄到極點，所以，不論怎麼看，他整個人的形狀都像是根繫船樁，那雙瘦得皮包骨的白腿上爬滿黑色腿毛。他小心翼翼來到甲板上，穿著網球鞋的腳踏得很輕，神情緊張的四處觀望。目光所及，只看見一個人，一個上了年紀的老太太，腳踝肥腫，臀部奇大，此時，她上半身探出欄杆外，凝望著大海。她穿著一件波斯羊毛大衣，衣領翻起，所以波提柏先生看不到她的臉。

他靜靜站著，從遠處仔細打量她。好，他告訴自己，她應該沒問題。她應該有辦法像其他人一樣，在第一時間立刻去求救。不過，先等等，別急，威廉・波提柏，別急。記得幾分鐘之前在艙房裡換衣服時，你跟自己說過的話嗎？你還記得嗎？

從船上一頭跳進海裡後，就算最近的一塊陸地也遠在一千哩以外，這個念頭讓行事向來小心的波提柏先生更是異常謹慎。他跳下去之後，眼前這位老太太**肯定絕對**會去求救，不過，這絲毫無法讓他安心。他認為，可能會有兩種狀況使這位老太太讓他失望。首先，她可能又聾又啞。這不太可能發生，不過，話說回來，事情**可能**偏偏就是這樣，那為什麼要冒這個險呢？他必須做的就是先跟她說幾句話，確認一下。其次——從這一點就可以看出，如果是出於自衛和恐懼的考量，一個人的心會變得多麼的疑神疑鬼——其次，他想到，這個老太太手上可能握有某個較大的號碼，如此一來，看在錢的份上，她便有充足的理由不希望讓船停下來。波提柏先生回想起，常常有人為了遠遠不到六千元的錢而殺人，這在每天的報紙上都看得到。所以，又為什麼要冒這個險呢？先確定一下再說。確認真相。禮貌交談幾句，看看狀況到底如何。然後，假如老太太剛好也是個討人喜歡、和藹親切的人的話，那事情便再簡單不過，他大可放寬心跳下船去。

波提柏先生若無其事的朝老太太走去，在她身旁挑了個位置，靠在欄杆上。「妳好，」他友善的向她打了聲招呼。

她轉頭朝他笑了笑，儘管那張臉平淡無奇，但那微笑卻可愛得教人吃驚，簡直可以說是個美麗無比的微笑。「你好，」她應了他一聲。

第一個問題搞定，他告訴自己。她不聾也不啞。「可不可以告訴我，」他直接切入主題，「妳覺得昨天晚上的拍賣會怎麼樣？」

「拍賣會？」她皺著眉頭問，「拍賣會？什麼拍賣會啊？」

「妳也知道，就是晚餐後在會客廳裡舉辦的那個愚蠢的老玩意兒啊，拍賣昨天里程數的號碼。我只是很好奇妳有什麼看法。」

她搖搖頭，露出另一個微笑，一個甜美可人的微笑，笑裡還隱約帶著一絲歉意。「我是個懶鬼，」她說。「我通常很早就睡了。我在床上用晚餐。在床上用晚餐很舒服。」

波提柏先生回了她一個笑，開始挪動身體。「得去動一動了，」他說。「我每天早上都要動一動。真高興遇見妳。真的很高興……」他往後退了十步左右，老太太就由著他離開，沒有回頭張望。

現在，一切就緒。海面平靜，他的衣著輕便適合游泳，在這附近的大西洋海域裡，幾乎可以肯定沒有哪一種會吃人的鯊魚出沒，而且這裡還有這麼一位和藹可親的老太太會去求救。現在唯一的問題就是，他能不能把這艘船拖上夠長的時間好扭轉頹勢。這點幾乎可以肯定沒問題。不管情況如何，他都可以用些小手段來幫自己的忙。在他們把他拉上救生艇的時候，他可以製造一些小麻煩。當他們靠近來拉他的時候，他可以游開一些，甚至偷偷往後游，離他們越來越遠。多耽擱一分鐘，甚至多耽擱一秒鐘，都能夠助他獲勝。他又開始朝欄杆走去，不過，一股新的恐懼襲了上來。他會不會被羅旋槳給纏住？他曾經聽過，有人從大船邊掉下去，後來就落得這個下場。這樣的話，他就不要用跌的，改用跳的，這可是完全不一樣的事。如果他往外跳得夠遠，肯定就不會被羅旋槳給纏住。

波提柏先生慢慢來到欄杆旁，離老太太大約二十碼左右。她沒有往他這邊看。這樣更好。他不希望她從頭到尾看他跳下水。只要沒有人看見，之後，他就可以說是不小心滑到，才會跌進海裡。他探頭朝底下的海面看去，好高，真的好高。現在想想，如果他平平的砸在水面上，隨隨便便都會重傷。不是有一次一個人從高空跳水臺上表演腹式跳水法，後來肚子裡的腸子都跑了出來嗎？他必須直直跳下去，腳先入水。像把利刃般入水。沒錯，就是要這樣，這樣才對。冰冷的海水看來深沈陰鬱，光是看都會讓他想發抖。不過，只要錯過現在就再也沒機會了。當個男子漢，威廉·波提柏，當個男子漢。好吧……就是現在……跳吧……

他爬上最上面那根粗的木頭欄杆，站在上頭，心驚膽戰地勉強平衡了三秒鐘，然後，縱身一躍——他盡可能往上、往外跳，嘴裡還同時喊著「**救命！**」

「救命！救命！」一落海的途中他不停的喊著。然後他就落入了海裡，直往下沉。

第一聲救命傳來，靠在欄杆上的那位女人嚇了一跳，趕緊朝四周看了看，她只看見這個身穿白短褲和網球鞋的矮小男人從她眼前飛過，雙手打開，狀似老鷹，嘴裡不停大喊。有那麼一會兒，她看來彷彿不很確定自己該怎麼辦：是該丟下一條救生帶，還是該去求救，或是乾脆轉身大叫算了？她從欄杆旁邊退了一步，半轉過身往上看著艦橋，有那麼幾秒鐘，她一動沒動，全身緊繃，不知該如何是好。突然之間，她彷彿鬆了一口氣，上半身探出欄杆外面老遠，瞪著大船駛過之後那一道洶湧的波濤。很快就有一顆圓圓小小的頭從浪濤的泡沫中探出來，那個人高舉著一隻手，一次，兩次，奮力的揮舞，一絲微弱的聲音彷彿從遠處傳來，嚷嚷著一些聽不懂的話。女人往欄杆外頭再更探出去一些，想要看看那載浮載沈的小黑點，不過，要不了多久，才一轉眼他就已經被遠遠拋在後頭，她甚至沒辦法確定他還在不在那。

過了一會兒，另外一個女人也來到甲板上。這個女人骨瘦如柴，有稜有角，鼻上戴一副玳瑁框眼鏡。她瞥見剛才那個女人，於是像個軍人般踏著一板一眼的步伐朝她走去，那副德行就和所有老處女一樣。

「原來妳在這啊，」她說。

那個腳踝肥腫的老太太轉過身看她，沒說什麼。

「我找了妳好久，」骨瘦如柴的那位繼續說。「到處都找遍了。」

「真的很奇怪，」腳踝肥腫的老太太說。「剛才有一個男人跳下船去了，身上還穿著衣服。」

「胡扯！」

「不，是真的。他說他想要運動一下，然後就一股腦跳了下去，甚至連衣服都懶得脫。」

「妳最好現在就下來，」瘦女人說。她那張嘴突然緊緊抿了起來，整張臉變得嚴厲又苛刻，說話也不像剛才那麼客氣。「不要再像這樣一個人在甲板上閒晃。妳很清楚妳應該要等我的。」

「好的，瑪姬，」腳踝肥腫的老太太回答她，又露出一個溫柔信賴的微笑，牽著另外一個人的手，讓她牽著她走過甲板。

「那男人好有禮貌，」她說。「他還跟我揮手呢。」

皮

▣ 一九五二

這一年——一九四六——冬天的腳步拖得很長。儘管已是四月時分，城市街道上依舊刮著刺骨寒風，頭頂上，雪雲飄過天空。

這個名叫德里歐利的老頭拖著腳步，奮力地沿著希弗里街人行道前行。他挨寒受凍，處境淒涼，像隻刺蝟般蜷縮在骯髒的黑色外套裡，衣領翻起，只有一雙眼睛和頭頂露在外頭。

一間小酒館的門打開，一陣淡淡烤雞香傳來，讓他的胃渴望得直發疼。他繼續往下走，瞥過商店櫥窗裡的香水、絲質領帶和襯衫、鑽石、瓷器、古董家具、精裝書，絲毫提不起一絲興趣。接著他來到一家畫廊。他一直都很喜歡畫廊。這間畫廊的櫥窗裡放著一幅油畫，他停下腳步，看了看。才轉身要走，又回頭，再看了一眼；突然，一絲不安竄了上來，記憶騷動，悠悠遠遠的印象，彷彿曾在什麼地方見過什麼東西。他再看了一眼。這是幅風景畫，那一叢樹彷彿狂風吹過，全倒向一邊，整個天空打著旋，轉個不停。畫框上貼著個小牌子，上頭寫著：**恰伊姆·蘇汀，一八九四－一九四三**。

德里歐利瞪著油畫，茫茫然地揣想，到底是什麼東西讓他感覺那麼熟悉。畫風狂野，他心想。非常詭異，非常狂野，可我喜歡……恰伊姆·蘇汀……蘇汀……「天啊！」他突然大叫一聲。「我的小卡爾梅克**（一個主要居住在前蘇聯卡爾梅克自治共和國的蒙古民族，行游牧生活）**，就是他！

巴黎最高檔的一間畫廊裡竟然有我小卡爾梅克的畫！真是太不可思議了！」

老頭把臉更往窗上湊去。他想起那個男孩了，沒錯，那個男孩他記得很清楚。不過，是什麼時候的事呢？到底是什麼時候？接下來的就不那麼容易回想了。那已經是好久以前的事了。有多久？二十年嗎？不，差不多三十年了，對吧？等等。沒錯，是戰前那一年，一次大戰前，一九一三年。就是那年沒錯。蘇汀這個男孩是個醜陋的卡爾梅克人，整天繃著臉，若有所思，他喜歡他，甚至愛他，但除了他能畫之外，他幾乎想不出任何愛他的理由。

不過，他還真能畫！記憶越來越清晰——那條街道，還有沿街那一排垃圾桶，腐敗的氣味，棕色的貓輕輕踏過垃圾，還有那些女人，肥胖汗濕的女人坐在門檻上，雙腳放在街道的鵝卵石上。那是哪條街？那男孩是住在哪裡？

法爾古埃爾區，沒錯，就是那裡！老頭的腦袋點了幾下，很高興自己還記得這個地方。畫室裡只有一張椅子，男孩就睡在那張骯髒的紅色沙發上；喝得爛醉的派對、便宜的白酒、激烈的爭吵，還有，每一次，每一次，那男孩都苦著張愁悶的臉，構思他的作品。

真奇怪，德里歐利心想，所有記憶一下子全回來了，每一件被喚醒的小事立刻又讓他連想到另一件小事。

就拿他們紋身鬧著玩的那次來說好了。如果天底下真有什麼瘋狂的事，那就非它莫屬了。是怎麼開始的？啊，對了，是有天他賺了很多錢，買了很多酒。此時此刻，他彷彿可以看見自己正踏進畫室，腋下就夾著那袋酒，男孩坐在畫架前，他（德里歐利）的妻子站在房間中央當模特兒。

「今晚我們該慶祝慶祝，」他說。「該小小慶祝一下，就我們三個。」

「慶祝什麼？」男孩頭也不抬。「慶祝你決定和你太太離婚，好讓她能夠嫁給我嗎？」

「不是，」德里歐利說。「是慶祝我今天工作賺了一大筆錢。」

「我一毛錢都沒賺到。這也可以順便慶祝一下。」

「如果你想的話。」德里歐利站在桌邊將袋子裡的東西拿出來。他很累了，想趕緊喝點酒。一天當中有九個客人上門是非常好，可是這樣會把一個人的眼睛給弄壞的。他從來就沒接過九個這麼多的客人。九個醉醺醺的士兵，更教人興奮的是，九個裡面竟然有七個是付現的。這讓他的荷包滿滿，可是他的眼睛卻累壞了。德里歐利疲憊不堪，雙眼半闔了起來，白眼球上爬著斷斷續續的紅色小血絲；兩顆眼珠後面約一吋的地方隱隱作痛。不過，現在已經是晚上了，而且，他像頭豬一般富有，袋子裡還有三瓶酒——一瓶給他的妻子，一瓶給他的朋友，一瓶給他自己。他找來開瓶器，把軟木塞啵啵啵的一個個從瓶裡拔出來。

男孩放下畫筆。「老天啊，」他說。「這樣你要我怎麼工作呢？」

女孩越過房間來看畫。德里歐利也走了過來，一手拿著酒瓶，一手拿著酒杯。

「不！」男孩突然發飆大叫。「拜託——走開！」他一把從架上抓下畫，靠在牆邊。不過，德里歐利已經看到了。

「我喜歡。」

「爛透了。」

「不，它很棒。就像你其他的畫一樣棒。我全都喜歡。」

「問題是，」男孩怒容滿面的說，「這些畫沒辦法填飽肚子，又不能吃它們。」

「不過，它們還是很棒啊。」德里歐利遞給他滿滿一杯淡黃的酒。「喝吧，」他說。「它會讓你快樂的。」

他心想，他從沒遇過比他更不開心的人了，也從沒見過比那更抑鬱的臉。差不多七個月前，他在一間小酒館裡看見他自己一個人喝著酒，因為他看來像是俄國或亞洲某個地方的人，德里歐利才會坐到他那桌去和他聊天。

「你是俄國人嗎？」

「沒錯。」

「俄國哪裡？」

「明斯克。」

德里歐利高興得跳起來抱住他，激動萬分的告訴男孩，他也是在那個城市出生的。

「其實不是在明斯克，」男孩說。「不過就在那附近。」

「哪裡？」

「史米洛維奇，離明斯克大概十二哩左右。」

「史米洛維奇！」德里歐利又是一聲尖叫，抱住他。「我小的時候有走去過那邊幾次。」然後他坐回位置上，親切地看著男孩的臉。「你知道嗎，」他說，「你看起來不像是俄國西部的人。你像是韃靼人或卡爾梅克人。你看來真的很像卡爾梅克人。」

站在畫室裡的德里歐利又看了男孩一眼，他舉起酒杯一飲而盡。沒錯，他真的有一張像卡爾梅克人的臉——面龐寬闊，顴骨高聳，鼻子寬大粗糙。一對耳朵大喇喇地從腦袋上伸出，一張臉顯得更寬。除此之外，他還有卡爾梅克人那種細窄的眼睛、烏黑的頭髮和肥厚憂鬱的嘴，不過，他的手，他那雙總是教人驚訝、簡直像雙淑女的手，小巧白皙，十根指頭又細又小。

「再給我來點酒，」男孩說。「如果要慶祝的話，就好好慶祝一番。」

德里歐利倒完酒，坐在一張椅子上。男孩和德里歐利的妻子一起坐在那張老舊的沙發上。三瓶酒就放在他們中間的地板上。

「今晚，我們一定要喝個痛快，」德里歐利說。「今天我有好多好多錢。我想，或許現在我該出去再買些酒回來。你們說買幾瓶好呢？」

「再買六瓶，」男孩說。「每人兩瓶。」

「好，我現在就去買回來。」

「我跟你一起去。」

德里歐利在最近的一間小酒館裡買了六瓶白酒，兩人拎著帶回畫室。他們把酒在地上放成兩排，德里歐利用開瓶器拔掉軟木塞，六瓶全開；然後又坐下來，繼續喝酒。

「只有非常有錢的人，」德里歐利說，「才能這樣慶祝。」

「沒錯，」男孩說。「對不對，喬絲？」

「那當然。」

「妳覺得怎麼樣，喬絲？」

「很好。」

「妳願不願意離開德里歐利跟我結婚？」

「不要。」

「真是好酒，」德里歐利說。「這可不是一般人喝得到的。」

他們循序漸進慢慢把自己弄醉。這酒醉的過程大同小異，不過，有些儀式仍舊得遵守，某種莊嚴的氣氛也得維持，還必須說上好些東西，一說再說——必須將酒讚美一番，而且一定得慢慢喝才行，這樣才有足夠的時間品味那三種美妙的轉變，（對德里歐利來說）這個開始感覺飄飄然，彷彿雙腳已經不屬於他的階段尤其重要。那是最棒的一個階段——他低頭望向自己的雙腳，兩個腳掌彷彿遠在天邊，他總搞不懂那兩個腳掌是哪個笨傢伙的，為什麼會那樣躺在地板上，那麼遥遠。

一會兒之後，他起身打開電燈，那兩個腳掌竟也跟著他走來走去，這真是教他驚訝不已，尤其他根本不覺得自己踏在地板上。空中漫步的感覺讓他很舒服。然後，他開始在房間裡四處轉，趁他們不注意的時候，偷瞄那些堆在牆邊的油畫。

「聽著，」最後他說。「我有個主意。」他走過來，站在沙發前，身體微微晃動。「聽我說，我的小卡爾梅克。」

「怎樣？」

「我有個棒透了的主意。你有在聽嗎？」

「我在聽喬絲說話。」

「聽我說，**拜託**。你是我的朋友——明斯克來的小卡爾梅克——而且，你在我心中是個偉大的藝術家，我想要你的一幅畫，一幅美麗的畫——」

「全拿去。找得到的全給你，可是不要在我跟你太太説話的時候打擾我。」

「不不不，你聽我說。我是說一幅可以永遠伴隨我的畫……一生一世伴隨我……不論我去哪裡……發生什麼事……永遠永遠伴隨著我……一幅你畫的畫。」他伸手去搖男孩的膝蓋。「聽我說，**求求你**。」

「聽他說，」女孩說。

「聽好，我希望你在我的皮膚上畫一幅畫，就畫在我背上。然後，我要你把畫全紋在我身上，這樣它就可以永遠跟著我。」

「你這是哪門子的主意啊。」

「我會教你怎麼紋。這很簡單的，連小孩都會。」

「我不是小孩。」

「拜託……」

「你真是瘋了。你想幹嘛？」畫家抬眼望著德里歐利那雙深黑、遲鈍、閃著酒光的眼。「你到底想幹嘛？」

「你隨隨便便就可以辦到的！你可以的！你可以的！」

「你是說用紋的嗎？」

「對，用紋的！不用兩分鐘我就可以教會你！」

「不可能！」

「你的意思是說，我不知道我自己在講什麼嗎？」

不，男孩絕對不是這個意思，因為，如果要說有誰懂紋身的話，那就是德里歐利了。上個月，他不是才在一個男人的肚皮上，用一朵朵花，紋出最精巧、最令人嘆為觀止的圖案，讓整張肚皮上連一絲空隙都找不到嗎？還有一個客人，胸毛長得密密麻麻，德里歐利在他的胸口紋了一隻灰熊，匠心獨運之下，那些胸毛不也成了灰熊身上的皮毛？還有，他不是也在男人的手臂上巧心勾勒出女人的曲線，只要他手臂肌肉收縮，女人立刻身肢搖擺，活靈活現，教人不敢相信嗎？

「我只不過是說，」男孩向他解釋，「你喝醉了，這是喝醉酒的人才會有的點子。」

「我們可以叫喬絲來當模特兒。把她畫在我背上。難道我不能把自己的妻子畫在背上嗎？」

「畫喬絲嗎？」

「沒錯。」德里歐利知道，只要提起他的妻子，男孩肥厚的棕色嘴唇就會開始鬆弛、發抖。

「不行，」女孩說。

「喬絲甜心，求求妳。拿這瓶酒去，喝光它，妳就不會這麼小氣了。這是一個棒透了的主意。我一輩子從來沒想過這麼棒的主意。」

「什麼主意？」

「我應該讓他把妳畫在我的背上。我難道沒權力這麼做嗎？」

「一張我的畫？」

「裸體畫，」男孩說。「這是個不錯的主意。」

「不可以裸體，」女孩說。

「這主意真棒，」德里歐利說。

「這點子簡直笨到家了，」女孩說。

「不論怎麼說，這都是個好主意，」男孩說。「這是個值得慶祝的主意。」

他們又喝光另外一瓶酒。男孩說，「這樣不行，我不會紋身。這樣好了，我在你背上畫一幅畫，只要你不洗澡並把畫洗掉，你愛留多久就可以留多久。如果你這一輩子都不再洗澡，那不管你活到幾歲，這幅畫就可以永遠跟著你。」

「不行，」德里歐利說。

「行——而且，到了你決定洗澡的那一天，我就知道，你再也不重視我的畫了。這可以考驗你對我的畫有多麼崇敬。」

「我不喜歡這個方法，」女孩說。「他那麼欣賞你的作品，可能會髒個好幾年。還是紋身好了，可是不要裸體。」

「不然，畫頭就好了，」德里歐利說。

「我辦不到。」

「這真的非常簡單。我來教你，兩分鐘就成了，你等一下就知道。我應該現在就去把道具拿來。就是那些針和墨水。我有很多不同顏色的墨水——就像你的油畫顏料一樣，各種顏色都有，而且還更漂亮……」

「這絕不可能。」

「我真的有很多墨水。我有很多不同顏色的墨水對不對，喬絲？」

「對啊。」

「你等一下就知道，」德里歐利說。「我現在就去拿。」他從位子上站起來，儘管腳步不穩，靠著一股決心，還是走出了房間。

不到半個小時德里歐利就回來了。「我把東西都帶來了，」他高聲喊著，手裡揮舞著一個棕色的手提箱。「紋身師需要的所有工具都在這個袋子裡。」

他將袋子放到桌上，打開之後，把電動針和一小瓶一小瓶的彩色墨水全放在桌上。他把電動針插上電，手裡拿著那工具，按下一個開關。那東西發出嗡嗡聲，尾端伸出來四分之一吋的針頭開始迅速上下振動。他脫掉夾克，捲起左手衣袖。「看好了。看我怎麼做，你就知道這有多簡單。我會在我手臂上畫一個圖案，就在這裡。」

他的小臂已經被各種藍色圖樣給蓋滿，不過，他還是找出一小塊乾淨的皮膚示範給男孩看。

「首先，要選擇墨水——就用一般的藍色吧——然後把針頭浸到墨水裡……像這樣……把針頭朝上立起來，然後輕輕在皮膚上移動……就像這樣……因為有小馬達和電，針頭會上下跳個不停，刺進皮膚，把墨水帶進去，然後就行了……看，多簡單……看我怎麼樣在我手臂上畫一隻灰狗……」

男孩整個人都入迷了。「讓我試一下——在你的手臂上。」

他拿著那根嗡嗡響的針，開始在德里歐利的手臂上畫下一道又一道的藍色線條。「這很簡單，」他說。「就像用鋼筆和墨水畫畫一樣。除了慢一點之外，幾乎沒有任何差別。」

「這本來就沒什麼了不起的。你準備好了嗎？我們可以開始了嗎？」

「馬上開始。」

「模特兒！」德里歐利喊著。「快過來，喬絲！」此刻，他興奮的要命，踉蹌著步子在房間裡走來走去準備東西，好像小孩子面對一個刺激的遊戲一樣。「你要她站哪裡？她應該站在哪裡？」

「讓她站在這裡，在我的梳妝臺旁邊。叫她梳頭髮，我要畫她把頭髮放下來在梳頭的模樣。」

「太棒了，你真是個天才。」

女孩心不甘情不願地端著酒杯走到梳妝臺旁。

德里歐利脫下襯衫和長褲，身上只剩下內褲、襪子和鞋子，站著的時候還會微微左右搖晃，他的身體矮小結實，膚色白晰，幾乎沒有任何體毛。「好了，」他說，「我是畫布，你要把畫布放在哪裡？」

「和平常一樣，放在畫架上。」

「別發瘋了，我可是畫布耶。」

「那就把你自己放到畫架上去啊，那是你該去的地方。」

「這怎麼可能辦得到呢？」

「你到底是不是畫布？」

「我是畫布啊。我已經開始感覺像塊畫布了。」

「那就把你自己放到畫架上。這應該沒有問題才對。」

「說真的，這是不可能的。」

「那就坐在椅子上好了。倒過來坐，這樣就可以把那顆喝醉酒的腦袋靠在椅背上。快點，我馬上就要開始了。」

「我準備好了，就等你開始。」

「首先，」男孩說，「我會像平常一樣先畫張畫。如果看了喜歡的話，就會把它紋到你背上。」說完，他拿起一隻大畫筆，開始在德里歐利脫光了的背上作畫。

「哎呦！哎呦！」德里歐利叫個不停。「有一隻大蜈蚣在我的背脊上往下爬！」

「別動！別動！」男孩動作很快，只在他背上上了一層淡淡的藍，這樣才不至於影響到後面紋身的步驟。一開始畫，他就完全沈浸在其中，原有的醉意彷彿消失無蹤。他挺直手腕，整隻手臂短促迅捷的戳刺著畫筆，不到半小時就完成了。

「好了。就這樣了，」他對女孩說。女孩聽見，立刻往沙發走去，倒頭就睡。

德里歐利還醒著。他看著男孩拿起針，浸在墨水裡；針頭刺進皮膚時，他感覺到一陣陣尖銳的戳刺，弄得他很癢。那種痛教人不舒服，可也還沒到無法忍受的地步，刺得他無法睡著。德里歐利感覺針頭在他背上移動的軌跡，再看看男孩選的顏色，自得其樂地揣想著身後會是什麼模樣。男孩專注得嚇人，那臺小機器，還有它製造出來的效果，彷佛已經讓男孩深陷其中，無法自拔。

機器的嗡嗡聲響了大半夜，男孩的手也沒停過。德里歐利記得，當畫家總算往後跨去，告訴他「完成了」的那一刻，外頭已經透著天光，街上還有行人走路的聲音傳來。

「我想看看，」德里歐利說。男孩舉起一面鏡子，稍微側在一旁，德里歐利伸長脖子往鏡子裡看去。

「我的天啊！」他忍不住叫了一聲。那真是一幅教人嘆為觀止的畫面。從肩頂到脊椎尾端，整個背部熾烈燃燒著各種顏色——有金、有綠、有藍、有黑還有紅。男孩把紋身的墨水上得很厚，看來簡直就像一幅厚塗法的畫作。男孩盡可能依循一開始打底時的筆觸，填上紮實的顏色，在他巧手之下，脊椎骨和突出的肩鋒也變成構圖的一部分，全不見斧鑿痕跡。更讓人讚嘆的是，即便花了這麼久的時間才完成，不知道透過什麼方法，他竟讓畫保存了一股渾然天成的味道。畫中的人栩栩如生；蘇汀其他作品中再明顯不過的詭異和痛苦特質，在這幅畫裡也可以感受得相當清楚。這不是張頂好的人像畫。與其說是在畫人，不如說是在畫一種氛圍，模特兒微醺的臉龐朦朦朧朧的，頭附近的背景打著漩渦，深綠色的筆觸彎彎曲曲布滿一整片。整個背景是一片深綠的彎曲筆畫在她頭附近打著漩。

「真是太了不起了！」

「我自己也很喜歡。」男孩往後退了幾步，細細品賞著。「你知道嗎，」他又冒出一句，「我想，它值得我替它簽名留念。」於是，他又拿起那嗡嗡響的工具，在德里歐利背部右側腎臟上方的部位，用紅色墨水紋下自己的名字。

這個名叫德里歐利的老頭站在那兒，直直盯著畫商店家窗户裡頭那幅畫恍然出神。那已經是好久以前的事了，那一切的一切——猶如發生在上輩子一樣。

男孩呢？後來他怎麼了？此時，他想起來，第一次世界大戰之後，他回到了家鄉，十分想念這個男孩，還曾經向喬絲問過他的消息。

「我的小卡爾梅克跑哪去了？」

「他走了，」她回答道。「我不知道去哪了，可是我聽說一個畫商收留了他，把他送到克里特去畫更多的畫。」

「或許他會回來。」

「或許吧，誰知道？」

那是他們最後一次提起這個人。不久之後，他們搬到哈佛爾去，那裡水手比較多，生意也比較好。老頭心頭浮現哈佛爾的景象，不覺笑了。那幾年是兩次大戰間的承平時期，生活很不錯，他在碼頭附近開了間小店，家裡弄得舒舒服服的，生意也總不缺，每天都有三、四個，甚至五個水手上門，希望在手臂上紋些圖案。那幾年日子過得真的很不錯。

然後，二次大戰爆發，喬絲被殺，德軍入境，他的生意也到此為止。那之後，再也沒有任何人想在手臂上紋什麼圖案。而且到了這個時候，他也已經老得沒辦法轉行了。絕望之際，他回到巴黎，茫茫然的，只能期盼大城市裡的生意好些。但情形並不如他所料。

到現在，戰爭已經結束，他既沒有錢，也沒有力氣重操舊業。在這種情況下，要一個老人知道該何去何從，還真不是件容易的事，尤其對一個不喜歡求人的人來說，更是如此。可是，除此之外，他還能有什麼辦法活下去呢？

啊，他心想，眼睛仍舊沒有離開那幅畫。這就是我那小卡爾梅克了。只不過看見了這樣一個小東西，才一轉眼，記憶竟被攪得如此波濤洶湧。幾分鐘之前，他甚至忘了背上紋著一幅畫。上次想起來，不知是多久之前的事了。他把臉更往窗上湊近，朝畫廊裡張望。裡頭的牆上還掛著許多其他畫，看來都像是出自同一個畫家之手。很多人在裡面走來走去。這很顯然是一次特展。

德里歐利突然有股衝動，立刻轉身，推開畫廊的門，走了進去。

這是一個狹長的房間，地上鋪著一張酒紅色的厚地毯，實在漂亮、溫暖得不得了！這些人四處漫步欣賞畫作，每一個人都梳洗得乾乾淨淨，高貴莊嚴，手裡同樣都握著一份目錄。德里歐利就站在門進來一點的地方，緊張兮兮地四處張望，不確定自己是否有勇氣向前，走進人群當中。不過，他還沒來得及鼓起勇氣，耳邊就已經冒出一個聲音，「你想做什麼？」

德里歐利楞在那裡。

「麻煩你，」那男人說，「離開我的畫廊。」

「我不能欣賞這些畫嗎？」

「你最好識相點。」

德里歐利並不畏怯。他突然感到一股不可遏抑的怒氣席捲上來。

「別惹麻煩，」男人說。「快點過來，往這邊。」他將一隻肥白手掌放到德里歐利的手臂上，用力往門外推。

一氣之下，德里歐利大吼：「把你該死的手拿開！」吼聲清清楚楚地迴響在長形的畫廊中，所有人同時轉過頭來——每一張吃驚的臉都望著畫廊這端這個發出噪音的人。一個男僕跑過來幫忙並且和剛才那男人一起試著把德里歐利推出門外。看畫的人站在原地，看著三人在眼前推擠。他們的表情不甚在意，彷彿是在說：「不要緊。我們沒危險。有人在處理了。」

「我也有！」德里歐利扯開喉嚨大叫。「我也有，我也有一張這個畫家的畫！他是我的朋友，我有一張他送我的畫！」

「他發瘋了。」

「神經病。胡言亂語的神經病。」

「哪個人打電話給警察吧。」

德里歐利猛然一扭，掙脫兩人的控制，其他人根本來不及制止，就看見他往畫廊另一端跑去，嘴裡大喊：「我給你們看！我給你們看！我給你們看！」他甩開外套、夾克和襯衫，轉過身，把赤裸裸的背對著所有人。

「就是它！」他喘著大氣說。「看到了嗎？就在這裡！」

畫廊裡頓時鴉雀無聲，所有人都被他突如其來的舉動給吸引住，一動也不動的站著，彷彿陷入一種震驚、不安的困惑中，目不轉睛的盯著這幅用紋身方式完成的畫作。畫依然保留著，鮮豔奪目的色彩一點也沒褪，可是老頭的背已經消瘦了，肩鋒突得更是厲害，讓那幅畫有了些許受到縐折擠壓的詭異面貌。

突然有人說，「我的天啊，是真的！」

然後，一群人便興奮萬分的你一言我一語地湧上前去，圍繞在老人身邊。

「這絕對不會錯！」

「他早期的畫風，是吧？」

「真是太棒了，太神奇了！」

「快看，還有他的簽名！」

「把你肩膀往前彎，朋友，讓畫攤平點。」

「老頭，這是什麼時候畫的？」

「一九一三年，」德里歐利頭也沒回。「一九一三年秋天。」

「是誰教蘇汀紋身的？」

「我教的。」

「這女人呢？」

「她是我的妻子。」

畫廊主人推開人群往德里歐利擠了過來。此時，他已恢復平靜，表情非常認真，嘴上掛著微笑。「先生，」他說，「我買了。」德里歐利看見他說話時臉上鬆垮的脂肪也跟著抖動不已。「我說我買了，先生。」

「你要怎麼買呢？」德里歐利低聲問。

「我出二十萬法郎的價錢。」畫商生著一對黑色小眼睛，寬闊的鼻子前端，鼻翼在顫抖著。

「千萬不要！」人群中有人低聲說。「這幅畫值那二十倍的價錢。」

德里歐利張口想說些什麼。可是，他什麼也說不出，只好閉上；然後，他又張開口，慢慢說：「我怎麼能把它給賣了呢？」他舉起手，然後又無力垂在身邊。「先生，我怎麼可能把它給賣了呢？」全世界所有的悲苦都從他的聲音裡透了出來。

「沒錯！」人群中有人說。「他怎麼能夠賣了那幅畫呢？那是他的一部分耶！」

「聽著，」畫商說著朝他走近。「我會幫你。我會讓你變得很有錢。我們倆私下再來討論要怎麼處理這幅畫，好嗎？」

德里歐利憂鬱的雙眼緩緩看著他。「可是，你要怎麼買呢，先生？你買下以後要怎麼處理？你要放在哪裡？今晚，你要把它放在哪裡？明天呢？」

「啊，我要把它放在哪裡？對喔，我要把它放在哪裡？我到底該把它放在哪裡才好？嗯，這個嘛……」畫商用一根肥白的手指搓著鼻梁。「看來，」他說，「如果我把畫買下，就等於把你也一起給買下了。真是糟糕。」他猶豫了一會兒，又搓了搓鼻子。「在你死之前，這張畫本身一點價值也沒有。你幾歲了，我的朋友？」

「六十一。」

「你大概不很健壯，對吧？」畫商將手從鼻子上放下，上下打量著德里歐利，不疾不徐，像個農夫在估量一匹老馬一樣。

「我不喜歡，」德里歐利往旁邊挪去。「老實說，先生，我真的很不喜歡你這樣。」他往旁邊一直移，直到撞進一個高大男人的懷裡，他伸出手，輕輕抓住德里歐利的肩膀。德里歐利轉過頭，向他道歉。男人低頭朝他笑了笑，用一隻戴著鵝黃手套的手，在老頭赤裸的肩上拍了拍，安撫他。「聽著，我的朋友，」那陌生人說話時，臉上仍帶著微笑。「你想不想游泳，享受溫暖的陽光？」

德里歐利抬頭看他，被突如其來的這句話弄得有些不知所措。

「你想不想吃精緻的美食，搭配波爾多知名城堡出產的上等紅酒？」男人還是笑著，強健的白牙裡閃過一道金光。他輕柔的語氣很誘人，一隻戴著手套的手還按在德里歐利的肩上。「你想要這些東西嗎？」

「嗯——想啊，」德里歐利回答他，還是滿頭霧水。「當然想。」

「再來些美女陪伴？」

「那有什麼不好？」

「還有一整櫃專門替你量身訂製的西裝和襯衫？看來你好像沒有很多衣服好穿。」

德里歐利看著這位溫文儒雅的男士，等著聽他還能提供些什麼。

「你有沒有穿過特別依照你的腳形所縫製的鞋？」

「沒有。」

「想要嗎？」

「這個嘛……」

「每天早上還有人替你刮鬍子、修頭髮？」

德里歐利聽了目瞪口呆，楞在一旁。

「豐滿迷人的女孩替你修指甲？」

有人咯咯笑了起來。

「早上，只要按下床邊的鈴，就會有女僕送來早餐？你想要這些東西嗎，我的朋友？這些東西吸引你嗎？」

德里歐利杵在原地看著他。

「是這樣的，我是坎城布里斯托飯店的老闆。我現在邀請你南下作我的嘉賓，往後的每一天都可以享受舒適的生活。」男人暫時打住，讓他有時間細細品味這一幕美好的未來景象。

「你唯一的責任——或者我該說，這責任會是你的樂趣——就是穿著泳褲在我的沙灘上打發時間，在我的客人當中到處走動，曬曬太陽、游游泳、喝喝雞尾酒。你想要嗎？」

他沒有回答。

「你不明白嗎——這樣一來，所有客人都可以欣賞到蘇汀這一幅傑作。你會變得很有名，人們會說：『看，這就是那個背上有一千萬法郎的人。』你喜歡這個主意嗎，先生？喜歡嗎？」

德里歐利抬頭看著這位手戴鵝黃色手套的高大男人，仍舊不敢確定這會不會只是個玩笑。「這是個很有趣的主意，」他慢慢說。「你是認真的嗎？」

「我當然是認真的啊。」

「慢著，」畫商插進話來。「聽著，老頭。我們的問題有辦法解決了。我把你的畫買下來，再安排一個外科醫生把那塊皮膚從你的背上割下來，然後你就可以一個人去享受我給你的那一大筆錢。」

「那我背上不就沒有皮膚了嗎？」

「不，不，不是這樣的！你搞錯了。醫生會在原來那塊皮膚上的地方移植一塊新的皮膚。這很簡單。」

「他辦得到嗎？」

「這一點都不難。」

「不可能！」戴鵝黃手套的男人說。「他太老了，不能動這麼大的植皮手術。那會要了他的命。那會要了你的命的，朋友。」

「會要我的命？」

「那當然。你一點存活的機會都沒有。只有那幅畫會被留下來。」

「我的老天爺啊！」德里歐利嚇得大叫。他滿臉驚駭，看著那些瞪著他看的人的臉。隨之而來的一片沈默當中，人群後面傳來另外一個男人的聲音，小聲的說：「說不定，如果有人給這個老頭夠多的錢，他會願意當場自殺。誰知道？」幾個人聽了暗暗竊笑。畫商的腳不安的在地毯上挪來挪去。

戴著鵝黃色手套的手又在德里歐利的肩膀上拍了拍。「來吧，」男人笑著說，露出他雪白的牙齒。「你先和我一起去享受一頓豐盛的晚餐，順便再多聊聊，怎麼樣？你餓了嗎？」

德里歐利看著他，眉頭緊皺。他不喜歡這男人細軟修長的脖子，也不喜歡他說話時脖子伸長的模樣，簡直像條蛇。

「烤鴨，香柏坦紅酒，」男人說。他故意把這些食物的名字加上豐潤多汁的重音，再把它們用舌頭吐出來。「或許再來份清淡爽口、泡沫綿密的栗子舒芙蕾蛋糕。」

德里歐利的眼睛望向天花板，嘴唇鬆垂濕潤。任誰都可以看得一清二楚，這個老人已經開始在流口水了。

「你喜歡怎樣的鴨？」那男人還不罷休。「你是喜歡外頭烤得焦黃酥脆，還是……」

「我跟你去，」德里歐利再也等不及，只看他撿起襯衫，手忙腳亂地往頭上亂套。「等等我，先生。我跟你去。」不到一分鐘，他就已經和他的新主顧消失在畫廊外。

不過幾個星期的時間，布宜諾斯艾利斯的拍賣場上出現了一幅蘇汀的作品，畫中是一個女人的頭像，風格特異，框裱精緻，畫上塗了層厚厚的亮光漆。而且，坎城這個地方也找不到一間名叫布里斯托的飯店，這讓人不禁感到疑惑，祈禱老人身體健康，懇切盼望不論此時此刻他人在何處，身邊能有一位豐滿迷人的女孩在替他修指甲，早上還有女僕替他將早餐送到床上來。

征服者愛德華

◙ 一九五三

露易莎手裡拿著一塊抹布，跨出房子後頭的廚房門，踏進十月涼爽的陽光中。

「愛德華！」她呼喚著。「愛德——華！吃午餐囉！」

她停下來，聽了一會；然後晃到草坪上，走了過去——一個小影子跟著她——繞過玫瑰花床，經過日晷時還伸出根手指頭輕輕碰了一下。就一個胖嘟嘟的小個子女人而言，她走路的模樣可說相當優雅，腳步輕盈，肩膀和手臂微微擺動。她穿過桑椹樹下，繼續往磚塊砌成的小徑走去，然後就沿著這小徑一直來到大花園後頭，可以沿著斜坡往下望的那個地方。

「愛德華！吃午餐囉！」

她現在可以看得見他，在坡下那片樹林的邊緣，離她大概八十碼左右——高高瘦瘦，穿著件寬鬆卡奇長褲和一件深綠色毛衣，操著一把耙子在一堆火旁幹活，把刺藤往火上頭丟。火勢猛烈，火焰橘黃，一團團乳白色的煙霧往回飄過花園，帶來一陣秋天和燃燒樹葉的美妙氣味。

露易莎步下斜坡朝他先生走去。如果她想要的話，她只需再喊一聲，他就會聽得見，不過，燒得旺盛的大火彷彿有種魔力，總驅使著她向火走去，到了火焰邊緣，她就可以感覺那熱氣，聽它燃燒。

「吃午餐了，」她邊說邊走過去。

「喔，嗨。好的——沒問題。我就來。」

「好棒的一團火。」

「我下定決心要把這地方給清個乾淨，」她先生說。「我實在受不了這些刺藤了，煩死了。」他長長的臉上滿是汗水。他的翡鬚上掛滿細小的汗珠，像露珠一樣，兩道汗水淌過喉嚨，直流到他毛衣的翻領。

「你最好小心點，愛德華，別累過頭了。」

「露易沙，妳不要再把我當成八十歲的人了好不好。稍微活動一下筋骨對誰都不會有壞處的。」

「好，親愛的。我知道。喔，愛德華！你看！你看！」

他轉身看露易莎，她正指著火堆的另一邊。

「快看，愛德華！看那隻貓！」

坐在地上的是一隻顏色罕見至極的大貓，牠坐得離火非常近，火焰有時幾乎真的就拂過牠身體。牠幾乎一動不動，頭偏向一邊，仰著鼻子，用冷漠的黃眼睛瞧著眼前這一對男女。

「牠會被燒到的！」露易莎叫著丟下抹布，迅速衝上前去，雙手一把將貓抓住移到旁邊草地上火碰不到的地方。

「你這隻笨貓，」她把手上的灰塵拍掉。「你是怎麼了？」

「貓知道牠們自己在幹嘛的，」愛德華說。「妳絕對找不到哪隻貓會做牠不想做的事情的。貓是不會這樣的。」

「這是誰的貓？你以前有看過嗎？」

「沒有，從來沒看過。顏色實在很奇怪。」

貓坐在草地上，斜著眼打量他們兩個，眼神迷濛神秘。那是一種奇怪的表情，無所不知而又深沈憂鬱，鼻子周圍還有一抹細微至極的輕蔑，好像是在說，看到這兩個中年人——一個又小又圓，臉色紅潤，另一個身材瘦長，全身濕透——是有點訝異沒錯，可是一點都不要緊。就一隻貓來說，牠的顏色真的非常特別——全身上下一片銀灰，就連一根藍色的毛也找不到——長長的毛如絲般柔軟滑順。

露易莎彎下身摸摸牠的頭。「你得回家去才行，」她說。「貓咪乖，快回你家去喔。」

夫妻倆慢步爬上小丘，往房子走回去。那隻貓也爬上來，跟在他們後面，一開始是在很遠的地方，然後一點一點朝兩人靠近。不多久，牠就來到他們身旁，後來甚至超越他們，在前頭帶路越過草坪往房子去，看牠走路的模樣，彷彿這整個地方都是牠的，筆直的尾巴高高舉起，像根桅杆。

「回家去，」他說。「快回家去。我們不想要你。」

不過，他們回到家的時候，牠也跟著走了進去，露易莎從廚房裡端了些牛奶餵牠。午餐時，牠跳上他們兩人之間空著的那張椅子上，整頓飯都沒離開過，就這麼坐在那邊，頭稍微高出桌面，用牠那雙深黃色的眼睛看著整個吃飯的過程，眼神從女人身上慢慢看向男人而後再望向女人，不斷重複。

「我不喜歡這隻貓，」愛德華說。

「喔，我覺得牠很漂亮。我希望牠能多待一會兒。」

「聽我說，露易莎。妳不能讓這隻動物留在這裡。牠是有主人的。牠走丟了。如果今天下午牠還是這樣在附近遊蕩的話，妳最好把牠帶到警察局去。他們會負責把牠送回家的。」

午餐後，愛德華又回去整理花園。露易莎則是和往常一樣，準備去彈鋼琴。她是個頗有才華的鋼琴家，熱愛音樂，幾乎每天下午都會花上一個小時左右的時間演奏給自己聽。那隻貓現在躺在沙發上，她經過時，停下來摸了摸牠。貓睜開眼睛，瞧了她一會兒，又閉上眼繼續睡覺。

「你這隻貓真乖，」她說。「顏色又這麼漂亮。真希望能把你留下來。」她的手指撫摸著牠頭上的毛，突然，在右眼上方一點的地方摸到一小塊腫塊，一小塊突起。

「可憐的貓咪，」她說。「你漂亮的臉上已經有腫瘤了，一定是年紀大了吧。」

她走到長條形的鋼琴椅旁坐下，不過沒有立刻開始彈奏。她有一個特別的小癖好，那就是把每天的彈奏都當作是一場演奏會一樣，開始之前會先詳細安排當天的曲目。她向來不喜歡彈到一半才停下來想接下來要彈什麼，因為這會破壞她的興致。她想要的只是在演奏完每一首曲子之後，稍停片刻，讓觀眾熱情的鼓掌叫好。想像有觀眾在場聆聽的感覺真是好太多了，偶爾她在演奏時——這是指在那些幸運的日子裡——整個房間會開始打轉，逐漸消褪變暗，放眼所見，只有一排又一排的座位和數不清的人仰著白色臉孔看著她，心醉神迷的專注傾聽從她指尖傾洩的樂音。

有時她會憑著記憶演奏，有時則會看譜。今天，她想要憑記憶來彈，這樣感覺才對。該彈哪些曲目呢？她坐在鋼琴前面，雙手交握放在膝上。她身材矮小，胖嘟嘟的，紅潤的臉雖然也圓圓的，仍舊相當漂亮，頭後面則是整整齊齊梳著一個小髻。她微微向右看去，看見沙發上貓蜷著身子睡得正熟，銀灰色的毛在紫色坐墊的襯托下更顯美麗。來點巴哈開場如何？或者，來點偉瓦第更好。巴哈替管風琴改編的D小調大協奏曲。好，這就是第一首。然後，或許來些舒曼。**狂歡節？**嗯，那會很有趣的。之後，好，來點李斯特換換口味。**佩托拉克十四行詩**當中的一首。第二首——最可愛的一首——E大調。然後再來一首舒曼，選一首他快樂的作品好了——**兒時情景**。最後，安可曲目就用一首布拉姆斯的華爾滋舞曲好了，如果感覺不錯就彈兩首。

偉瓦第、舒曼、李斯特、舒曼、布拉姆斯。很棒的曲目，不需要看譜也能輕鬆演奏。她往鋼琴靠近了一點，稍微等待了一會兒，等某位觀眾——她已經能夠感覺到這會是個幸運的一天——等某位觀眾咳嗽完；然後，她將雙手放到鍵盤上，開始彈奏，每個動作都散發出從容的優雅氣息。

在那特別的時刻裡，她完全沒有看那隻貓——事實上，她早已忘了牠的存在——不過，當偉瓦第樂曲中第一段深沈的樂音在房內輕輕響起時，透過眼角餘光，她察覺到一小陣騷動，她右邊的沙發上，一個動作閃過。她立刻停止演奏。「怎麼啦？」她轉頭朝那隻貓說。「有什麼不對嗎？」

那動物幾秒鐘前還睡得很甜，現在卻直挺挺的坐在沙發上，緊張得要命，全身上下都在發抖，耳朵豎起，眼睛圓睜，直盯著鋼琴看。

「我嚇到你了嗎？」她輕聲細語問牠。「你以前可能從來沒聽過音樂吧。」

不對，她告訴自己。我想這不是原因。她又想了想，那隻貓似乎並不是感到害怕。牠並沒有畏怯或退縮的跡象。如果真要說，牠甚至還往前傾了些，似乎透著一種急切的心情，那張臉——沒錯，牠臉上的確是有種混雜著驚喜和驚嚇的古怪表情。當然，貓的臉很小，而且幾乎看不出有任何表情，但如果你仔細觀察，就會發現眼睛和耳朵都有反應，尤其是耳朵下方稍微旁邊一點那一小塊靈活的皮膚，你偶爾可以發現非常激動強烈的情緒反應。露易莎現在正仔細的在研究那張臉，她很想知道再來一次會發生什麼事，所以她將手伸到鍵盤上開始彈起偉瓦第。

這一次貓已經有了心理準備，一開始只看見牠的身體又繃得更緊了一些。不過，隨著音樂逐漸流洩，加速進入賦格序曲第一段激昂的旋律，一種幾近狂喜的詭異表情開始出現在牠的臉上。原先一直高高豎起的耳朵逐漸垂了下來，眼皮也垂著，頭歪向一邊，此刻露易莎敢發誓，這隻動物肯定是在**欣賞**這首曲子。

她看見的（或者說，她認為她看見的）這種表情，先前在凝神傾聽一首曲子的人臉上也曾經看過。當樂音完全控制住他們，讓他們沈浸其中，一種狂喜到接近恍惚的罕見表情便會出現，你可以很單純地把那視作是一種微笑。就露易莎所見，這隻貓臉上的表情幾乎和那完全一樣。

露易莎彈完賦格曲，接著又彈起西西里舞曲，而且她的視線一直沒離開過躺在沙發上的那隻貓。最後，等到音樂結束時，最後一個能證明這隻動物真的是在欣賞曲子的證據出現。它眨眨眼，抖抖身子，伸了伸一條腿，換了一個更舒服的姿勢，迅速四處瞄了一眼這個房間，彷彿在盼望著什麼一樣，朝她這邊看過來。一個觀眾暫時從交響曲的兩個樂章中的暫停被釋放出來時會有的反應，和這完全相同。它的舉動實在和人類太像了，不禁讓她感到詭異。

「你喜歡嗎？」她問。「你喜歡偉瓦第嗎？」

話才出口，她就覺得自己很可笑——而這一點讓她感到些許不安——可是並沒有像她原先以為會覺得的那麼可笑。

事到如今，除了繼續演奏接下來的**狂歡節**之外，也沒別的選擇了。她才彈出第一個音符，那隻貓立刻又變得緊張起來，僵硬著身子坐得比剛才更挺更直；然後，才又滿心喜悅的慢慢沈浸在音樂當中，牠那種簡直快要融化的狂喜神情再次出現，那奇怪的神情和作夢或溺水有點相似。這個畫面真的很古怪——同時也很有趣——看著這隻銀色的貓坐在沙發上，心蕩神馳成這副模樣。露易莎心想，讓這一切更古怪的是，牠竟然會這麼欣賞，這首曲子對世界上大多數的人類來說都太**艱深**、太**古典**了。

她心想，說不定這隻貓其實一點也不喜歡。或許這是一種被催眠之後的反應，像蛇一樣。畢竟，如果音樂可以催眠一條蛇的話，為什麼不能催眠一隻貓呢？不同的是，數不清的貓在牠們生命中的每一天都可以透過收音機、留聲機和鋼琴聽見音樂，不過，就她所知，還沒有聽說有哪隻貓像牠這樣的。這隻貓彷彿在品賞每一個音符，真的讓人嘆為觀止。

不過，這不是很奇妙嗎？這的確非常奇妙。事實上，除非她錯得離譜，不然這簡直是種奇蹟，那種大約每一百年才會出現在動物身上的奇蹟。

「我看得出來，你愛這首曲子，」樂曲結束時她這麼說。「可是很不好意思，我今天彈得不太好。你比較喜歡誰，是偉瓦第還是舒曼？」

那隻貓沒有任何回應，露易莎害怕失去這位聽眾的注意力，於是直接開始進行曲目的下一個部分——李斯特的第二首**佩托拉克十四行詩**。

令人驚奇的事情發生了。她才彈了不到三、四個小節，貓的鬍鬚就很明顯的開始抽動。牠慢慢將身體抬得比先前都還要高，頭側向一邊然後又倒向另外一邊，眼睛呆望空中，臉上帶著近似蹙眉凝思的表情，彷彿是在說，「這是什麼？別告訴我。我熟得很，只是一時之間想不起來而已。」露易莎被牠的表情迷住，小小的嘴巴半張半笑，繼續彈奏，等著看接下來究竟會發生什麼事情。

貓站了起來，走到沙發一端坐下，又聽了一會兒；然後牠突然跳到地板上，躍到鋼琴椅上她的身旁。牠坐在那裡，專注聆聽著這首可愛的十四行詩，神情不再如作夢一般迷離，身體扳得直直的，又大又黃的眼睛緊盯著露易莎的手指不放。

「嘿！」她敲下最後一個合弦時這麼說。「你跑來坐在我旁邊了對不對？你覺得這邊比沙發還要好嗎？好吧，我就讓你待在這邊，可是你得要乖乖的，不能到處亂跳喔。」她伸出一隻手，從頭到尾巴，輕柔的撫摸著貓的背部。「剛才那是李斯特，」她繼續說。「我可得先警告你，有時候他可能會非常粗魯，可是在音樂這方面，他真的很有魅力喔。」

她已經開始能夠享受這個奇怪動物的無聲陪伴了，所以她立刻進行下一個曲目，舒曼的**兒時情景**。

她才彈了不到一兩分鐘就發現貓又有了動靜，牠回到剛才沙發上的老地方去。當時，她正注意著她的手，有可能因此沒發現牠已經離開了；然而，牠剛才的動作一定非常迅速、安靜。那隻貓仍舊盯著她看，而且，顯然地也還是很用心在聽她彈奏的音樂，只不過露易莎覺得，剛才牠聆聽李斯特的曲子時那種如癡如醉的熱情已經消失了。而且，離開鋼琴椅回到沙發這個舉動本身雖然委婉，但肯定是失望的反應没錯。

「怎麼了嗎？」她彈完之後問那隻貓。「舒曼有什麼不好嗎？李斯特又有什麼那麼了不起的呢？」貓用牠那雙中央有著黑亮瞳孔的黃色眼睛直直朝她瞪了回來。

她告訴自己，這真的越來越有趣了——不過，想想也有點令人毛骨悚然。可是，她只看了一眼那貓坐在沙發上的模樣，聰明機靈、專注萬分，擺明了就是要她再多彈些曲子，心頭的顧慮立刻一掃而空。

「好吧，」她說。「我告訴你我要怎麼辦。我要特地為你更動我的曲目。你好像很愛李斯特的樣子，那我就再為你彈一首。」

她猶疑了一會兒，尋找一首李斯特譜的好曲子；然後她輕柔地彈奏起十二首簡短的**聖誕樹**組曲當中的一首。

她現在非常仔細的在觀察那隻貓，而她看到的第一個反應是牠的鬍鬚又開始抽動了。牠跳到地毯上，站了一會兒，歪著頭，激動得直發抖，然後再緩緩踏著輕柔滑順的步子繞過鋼琴，跳到椅子上坐在她身邊。

就在此時，愛德華從花園回來了。

「愛德華！」露易莎喊著從椅子上跳起來。「噢，愛德華，親愛的！你聽我說！你快聽我說剛才發生了什麼事情！」

「又怎麼啦？」他說。「我想喝點茶。」他有那種窄窄尖尖的鼻子，臉是淡淡的紫紅色，上頭的汗水讓他的臉看起來直像是一顆濕潤的長形葡萄在閃著光。

「是這隻貓啦！」露易莎興奮的說，指著靜靜坐在鋼琴椅上的貓。「**等**你聽到發生了什麼事你就知道了！」

「我不是要妳把牠送到警察局去嗎？」

「可是，愛德華，你**聽**我說。這真的是**太**讓人興奮了。這是隻懂**音樂**的貓啊。」

「喔，是嗎？」

「這隻貓不但能夠欣賞音樂，而且還聽得懂呢。」

「不要再說這些有的沒有的了，露易莎，看在老天的份上來點茶吧。我一下砍刺藤，一下生火，實在已經很熱又很累了。」他坐在一張扶手椅上，從身邊的一個盒子裡拿出一根香菸，然後用立在盒子旁邊那個巨大的亮面打火機把菸點燃。

「你不知道，」露易莎說，「你在外面的時候，就在我們家裡面發生了一件非常令人興奮的事情，一件甚至可以說是……嗯……幾乎是重要至極的事情。」

「我想也是。」

「愛德華，**拜託**！」

露易莎此時站在鋼琴旁邊，那張小臉從來都沒有露出像現在這麼鮮嫩的粉紅色澤，兩片臉頰上像是開了朵鮮紅的玫瑰一般。「如果你想知道的話，」她說，「我可以告訴你我的看法。」

「我在聽，親愛的。」

「我認為，此時此刻，我們可能正坐在一個人的面前——」她沒繼續說下去，彷彿突然察覺到這個想法是多麼的荒謬。

「誰啊？」

「你可能會覺得這很笨，愛德華，可是我真的這麼認為。」

「看在老天的份上，到底是誰的面前啊？」

「李斯特本人！」

她先生慢慢的、深深的吸了一口菸，然後對著天花板把菸吐出來。他臉頰的皮膚緊繃，往下凹陷，就像長年戴著全口假牙的人一樣，每次他抽香菸的時候，兩頰就陷得更深，臉部的骨頭像個骷髏頭一般全凸了出來。「我不懂妳在說什麼，」他說。

「愛德華，你聽我說，從今天下午我親眼所見的事情看來，這確確實實有可能是某種靈魂轉世。」

「你指的是這隻蠢貓嗎？」

「別那樣說，親愛的，拜託。」

「妳沒生病吧，露易莎？」

「我好得很，很感謝你。我只是有點困惑——這我不否認，不過經歷過剛才發生的事情之後，誰不會有這種困惑呢？愛德華，我可以跟你發誓——」

「到底發生了什麼事，妳可以告訴我嗎？」

露易莎開始跟他說，就在她描述這一切的時候，她先生攤在椅子上，兩條腿大喇喇的伸在面前，抽著香菸，把煙朝天花板吐去。他嘴上那抹淡淡的微笑帶有嘲諷的意味。

「我不覺得這有什麼非常特別的地方，」露易莎說完之後他這麼說。「這一切的答案只不過是——這是隻會耍把戲的貓。有人教過牠一些把戲，如此而已。」

「別傻了，愛德華。每次我彈李斯特的時候，他都會變得很興奮，跑來我旁邊坐在椅子上。而且，只有李斯特的曲子才會讓他這樣，沒有人能夠教一隻貓去分辨李斯特和舒曼之間有什麼不同。這一點就連你自己都不知道。可是，他每一次都能辦得到。就算不是李斯特很典型的曲子也一樣。」

「兩次，」她先生說。「他只成功了兩次。」

「兩次就夠了。」

「我們讓他再來一次，快點。」

「不，」露易莎說。「絕對不行。因為，如果就像我相信的，這真是李斯特或李斯特的靈魂或其他什麼東西轉世投胎的話，那讓他接受一大堆愚蠢而有損尊嚴的測試是不對的，甚至是很不禮貌的。」

「拜託妳好不好，女人，這是隻貓耶——今天早上在花園裡，這隻不是普通笨的灰貓還差一點讓火給燒掉了身上的毛耶。而且，話說回來，妳對靈魂轉世又懂多少呢？」

「如果他的靈魂在這，對我來說就夠了，」露易莎的語氣堅決。「只有這一點才真正要緊。」

「好啊，那我們就讓他露一手來瞧瞧。我們來看看他怎麼去分辨自己的作品和其他人的作品。」

「不，愛德華。我已經告訴過你了。我拒絕讓他再接受任何愚蠢的馬戲團測試。他今天已經受夠了。不過，我可以告訴你我**打算**怎麼做。我要再替他彈點他自己的音樂。」

「這根本什麼也沒辦法證明。」

「你等著看好了。有一件事情是可以肯定的——只要他一認出自己的音樂，他就絕對不會從現在坐的那張椅子上離開。」

露易莎走到放樂譜的架子上，拿下一本李斯特的譜子，飛快的翻了一遍，選了另外一首他的指法練習曲——B小調奏鳴曲。她原先只打算彈這首曲子的第一部分，可是她一開始彈，坐在一旁的那隻貓就快樂得直打顫，用他那心醉神迷的專注表情直盯著她的手看，讓她不忍心停下來。她把整首曲子全都彈完。彈完之後，她抬眼看她先生，笑著說，「看到了吧，」她說。「你該不會是要跟我說，他不**喜歡**這首曲子吧。」

「他只是喜歡這些噪音而已，沒什麼其他原因。」

「不，他**愛**死它了。對不對啊，我親愛的？」她說著把貓抱到懷中。「喔，我的天啊，如果他會說話就好了。想想看，親愛的——他年輕的時候可是見過貝多芬呢！他認識舒伯特、孟德爾頌、舒曼、白遼士、葛利格、德拉克洛瓦、安格爾、海涅還有巴爾札克。再讓我想想喔……我的天呀，他是華格納的岳父耶！我懷裡抱的竟然是華格納的岳父耶！」

「露易莎！」她先生挺直身體，厲聲對她說。「妳振作點行不行。」他的聲音和剛才不太一樣，聽得出來稍微有點生氣，音量也拉高了。

露易莎很快地抬起頭來看他。「愛德華，我知道你一定是在吃醋！」

「喔，那當然，我當然吃醋囉——為了一隻笨貓吃醋！」

「那就不要脾氣那麼暴躁，那麼憤世嫉俗嘛。如果你還是這樣的話，那你最好回去整理你的花園去，讓我們兩個在這裡安靜些。這樣對大家都好，不是嗎，親愛的？」她對那隻貓說，手還一邊撫摸牠的頭。「等一下晚上的時候，我們再來享受些音樂，你和我兩個人，再彈些你自己的作品。喔，對了，」她說著在貓的脖子上親了幾下。「我還可以彈點蕭邦的作品。你不用說，因為我知道你很仰慕蕭邦。你以前和他是好朋友，對吧，我親愛的？事實上，如果我沒記錯的話，你是在蕭邦的公寓裡遇見了你的摯愛，對吧？她叫什麼名字我忘記了。而且你還和她生了三個私生子，對吧？是的，沒錯，你這個小淘氣，別想否認。所以該給你來點蕭邦，」她說著又親了那貓一次，「那可能會讓你想起種種快樂的回憶，對吧？」

「露易莎，馬上給我住口！」

「噢，別那麼無趣好不好，愛德華。」

「妳簡直和一個白癡沒兩樣，女人。而且，妳一定忘了我們今晚還要出門去比爾和貝蒂家玩卡納斯塔牌戲對吧。」

「噢，可是現在我沒有**可能**去了。這連想都不用想。」

愛德華慢慢從椅子上站起來，彎下身把香菸在菸灰缸裡捻熄。「告訴我，」他靜靜的說。「這些廢話妳不是當真的吧？」

「我**當然**是當真的囉。我看不出來這有什麼好懷疑的。而且，我認為現在我們有了很大的責任，愛德華，就在我們兩人的肩上。你也一樣。」

「妳知道我怎麼想嗎，」他說。「我認為妳應該去看個醫生。而且越快越好。」

說完他就轉身氣沖沖的走出門，穿過落地窗，又回到花園去。露易莎看著他邁步跨過草坪往火堆和刺藤那裡去，等到他走出視線之外後，她轉身朝前門跑去，懷裡還抱著那隻貓。

不久，她便已經坐在車上，往城裡的方向開。

她把車停在圖書館前，將貓鎖在車裡，快步跨上階梯走進圖書館，直接往參考室走去。進到參考室之後，她開始搜尋資料卡，尋找關於**靈魂轉世**以及**李斯特**這兩項主題的書。在**靈魂轉世**這個主題之下，她找到了一本《生命重現——歷程及原因》，這是一位名叫米爾頓．威利斯的人在一九二一年發表的。而在**李斯特**這個主題下，她找到兩本傳記。她把這三本書全都借走，回到車上，開車回家。

回到家之後，她把貓放在沙發上，自己也拿著那三本書在貓的旁邊坐下，準備開始認真念一些東西。她決定從米爾頓．威利斯的書開始，這本書薄薄的，還有點髒，可是卻給人一種厚重的感覺，很不錯，作者的名字聽來也很有權威。

她讀到，在靈魂轉世的學說中，靈魂不斷以更高等級動物的型態轉世。「例如，人不會轉世成為動物，這就像成人不會轉世成小孩一樣。」

她把這段話又念了一遍。他怎麼知道呢？他怎麼能夠如此肯定呢？他沒辦法肯定的。像這樣的一件事情是任誰也沒辦法肯定的。這讓她變得不再像先前那樣信心滿滿的了。

「在我們每個人的意識中心四周，除了笨重的外在軀體之外，還有其他四種體，肉眼看不見，不過，對於超物質事物的感知能力在經過必要的開發之後，有些人可以將這些體看得清清楚楚……」

她一點都不知道這是在說什麼，不過還是繼續看下去，沒多久，她就讀到一個有趣的段落，內容是在說靈魂回到另外一個人體內之前，通常會在地球以外的地方待多久。停留的時間因類型而有所不同，威利斯先生還提出了如下的分析：

酒鬼及不堪雇用的人	四十／五十年
技藝不純熟的勞工	六十／一百年
技藝嫻熟的工人	一百／二百年
中產階級	二百／三百年
中上層階級	五百年
最尊貴的鄉紳	六百／一千年
在初信之路上的人	一千五百／二千年

她很快的翻看另外兩本書的其中一本，找出李斯特已經死去了多久。書上說，他於一八八六年死於拜羅伊特。照算，那是六十七年前的事。因此，根據威利斯先生的說法，他是一個技藝不純熟的勞工，不然不會怎麼早就回來。這個說法一點都不符合實情。而且，她也無法苟同作者分級的方式。根據他的說法，「最尊貴的鄉紳」差不多可以說是地球上最高貴優秀的人。紅夾克、馬蹬，還有獵殺狐狸那血腥殘忍的遊戲。不，她心想，那不對。她發現自己開始懷疑威利斯先生的說法讓她很高興。

她在那本書隨後的章節裡，讀到一連串最有名的靈魂轉世案例。書上提到，艾彼科蒂塔斯以愛默生的身分重回人世。西塞羅則是投胎成格萊史東，阿爾弗烈德大帝變成維多利亞女王，吉金納男爵的前世是征服者威廉。阿修卡・瓦達哈那是西元前二七二年印度的國王，轉世成為廣受尊敬的美國律師亨利・史提爾・歐科特上校。畢達哥拉斯投胎成庫特・胡米大師，這位紳士與勃拉瓦茨基女士、歐科特上校（受人景仰的美國律師，也就是印度國王阿修卡・瓦達哈那）等三人共同創建了神智學社。書中並未提到勃拉瓦茨基女士是何許人物。但在提到「西奧多・羅斯福」時，作者表示，

曾靈魂轉世多次，扮演人類領袖的角色……古代迦勒底的王室血統自他一路傳承而來，在西元前三萬年前左右，被當時波斯的統治者伊格，也就是我們所認識的凱撒，指派為迦勒底的統治者。羅斯福和凱撒曾多次一起擔任軍事及行政領袖，在幾千年前還有一次，他們兩人是夫妻……

露易莎受夠了。威利斯先生顯然只不過是個胡妄臆測的人罷了。她不喜歡他那種專斷的主張。這個傢伙走的方向或許正確，但他表示的看法卻太過誇大，尤其是第一個關於動物的說法更是如此。她手中握有證據，能證明人的確會以較低等動物型態的方式重新出現，她希望自己有辦法用這個證據來讓整個神智學會啞口無言。而且，人若要在一百年之內重新轉世，也不必非得是個技藝不純熟的勞工不可。

然後，她開始看其中一本李斯特的傳記，她在隨意翻看的時候，她先生又從花園走進來。

「妳現在在做什麼？」他問。

「喔，我只是東看西看查一些資料而已。你聽我說，親愛的，你知不知道西奧多・羅斯福曾經

是凱撒的太太？」

「露易莎，」他說，「妳給我聽著，不要再講這些蠢話了行不行？我不喜歡看妳把自己弄成像個笨蛋一樣。把那隻該死的貓給我，我自己把牠送到警察局去。」

露易莎似乎沒聽見他說什麼。她嘴巴張開，瞪著膝上那本書裡的一張李斯特的相片看。「我的天啊！」她叫了出來。「愛德華，快看！」

「什麼？」

「快看！他臉上的那些疣！我竟然把它們全給忘了！他臉上的那些大疣幾乎所有人都知道。就連他的學生也會想辦法在他們臉上同樣的地方弄出一撮毛來，為的就是要看來跟他像一點。」

「這又有什麼關連呢？」

「沒有。我說的不是學生。不過那些疣有關連。」

「噢，天啊，」他說。「噢，我的老天爺啊。」

「那隻貓也有疣！來，我找給你看。」

她把那隻貓抱到膝上，開始檢查牠的臉。「你看！這裡有一顆！這裡還有一顆！等等！我想他們的位置一模一樣耶！照片在哪裡？」

這是李斯特老年時一張著名的相片，長長的灰髮下是張細緻而有力的臉，頭髮留到脖子一半的地方，遮住了耳朵。那張臉上，每一顆斗大的疣都被忠實的重現出來，總共有五顆。

「好，相片裡的右眼眉毛上方有一顆。」她往那隻貓的右眉看去。「對耶！真的是在那裡！就在一模一樣的地方！左邊還有一顆，就在鼻尖上。這顆也是！還有一顆在牠下面一點點的地方，在臉頰上。下巴底下右側的地方，還有兩顆很靠近的。愛德華！愛德華！快來看啊！每顆都一模一樣耶！」

「這根本沒辦法證明什麼。」

她抬頭看著站在房間中央的先生，他身穿綠色毛衣，寬鬆的卡奇長褲，不停的在冒汗。「你在害怕，對不對，愛德華？害怕會失去你那寶貴的尊嚴，害怕你寶貴的尊嚴掃地，而且怕別人看你出洋相，那怕就連一次也不敢。」

「我只是不想因為這件事而大驚小怪，如此而已。」

露易莎又回到書本上，讀了一會兒。「這真有趣，」她說。「上面說，蕭邦所有的作品李斯特都喜歡，只有一首除外——降B小調詼諧曲。他把這首作品稱做是『家庭女教師詼諧曲』，擺明他不喜歡，還說該專門留給這樣的人來彈，其他人都別碰。」

「這又怎樣？」

「愛德華，聽我說。雖然你一直對這一切都感到那麼害怕，可我要告訴你我打算怎麼做。我現在就要來演奏這首詼諧曲，你可以待在這裡看看會發生什麼事情。」

「然後，妳或許會願意勞駕替我們弄點晚餐。」

露易莎站起來，拿了一本綠色的大書，裡面有蕭邦所有的作品。「就是這個。嗯，沒錯，我記得。它還眞的頗糟的。現在，你等著聽——不不，你等著看好了。等著看他會有什麼反應。」

她把樂譜放在鋼琴上，坐了下來。她的先生仍舊站著。他把手插在口袋裡，嘴上叼根菸，儘管他不願意，他還是看著那隻正在沙發上打瞌睡的貓。露易莎開始彈奏之後，引起的第一個反應和先前同樣激烈。貓彷彿被什麼東西刺到一樣跳了起來，動也不動站在那邊，雙耳直豎，整個身體不停打顫，至少持續一分鐘以上。然後，牠開始變得不安，沿著沙發不停來回走動。最後，牠跳到地板上，鼻子和尾巴高高的舉在空中，擺出一副雄偉的模樣，邁步朝房間外頭走去。

「看到沒！」露易莎喊著，跳起來去追那隻貓。「沒錯吧！你沒話說了吧。」她走回來，又把貓放回沙發上。現在，她整張臉都閃著興奮的光彩，緊握的雙手直發白，頭頂的小髻鬆開，頭髮披散在一邊。「怎麼樣，愛德華？你覺得呢？」她說話時，緊張的笑著。

「我得說，這很有意思。」

「**有意思**！親愛的愛德華啊，這可是有史以來最美妙的事情耶！噢，我的老天呀！」她忍不住要喊，又把貓抓起來抱在她的胸前。「想想看，李斯特竟然會待在我們家裡，這不是很奇妙嗎？」

「聽著，露易莎，不要大驚小怪好嗎。」

「我没辦法，我就是忍不住啊。**想想看**，他真的就要永遠和我們住在一起了耶！」

「妳說什麼？」

「噢，愛德華！我簡直興奮得說不出話來了。你知道我接下來要做什麼嗎？全世界每一個音樂家毫無疑問的一定都會想見他一面的，問他他認識的那些人——問他貝多芬、蕭邦和舒伯特——」

「他根本不會說話，」她先生說。

「嗯，也對。不過，不論如何，他們還是會想要見他的，來看看他，摸摸他，為他演奏他們做的曲子，演奏一些他從没聽過的現代曲子。」

「他才没有那麼偉大呢。聽著，如果說這是巴哈或貝多芬……」

「拜託別插嘴，愛德華。我要做的事情就是通知世界上所有還活著的重要作曲家。這是我的職責所在。我要告訴他們李斯特在這裡，邀請他們前來拜訪他。你知道嗎，他們一定會從世界各個角落飛奔而來的！」

「只為了來看一隻灰貓？」

「親愛的，這是一樣的意思。牠就是**他**。不會有人在意他**看**起來是什麼模樣的。噢，愛德華，這一定會很棒的！」

「他們會認為妳瘋了。」

「你等著看好了。」她手裡抱著那隻貓，輕輕柔柔的撫摸著，眼光卻望向她的先生，他朝落地窗走去，站在那裡看著外頭的花園。此刻已經是傍晚了，草地慢慢從綠色變成黑色，他可以看見遠方他所起的那堆火上，一道白色煙霧筆直的往上升。

「不行，」他說話的時候並沒有轉頭，「這絕對不行。我不允許這樣的事情發生在這間房子裡。這會讓我們兩個變成蠢到極點的白癡的。」

「愛德華，你這是什麼意思？」

「就是那個意思。我絕對不允許妳因為這個蠢東西就把一大堆人給引來。妳只是碰巧找到了一隻會耍把戲的貓而已。很好，這沒問題。要養就養，如果妳高興的話。我不介意。但是，我不希望妳有什麼更進一步的舉動。妳聽得懂我的意思嗎，露易莎？」

「什麼更進一步的舉動？」

「我不想再聽妳這樣瘋言瘋語下去了。妳簡直跟個神經病沒兩樣。」

露易莎緩緩地把貓放到沙發上。然後，嬌小的她慢慢站直身體，往前跨了一步。「愛德華，你這**該死**的傢伙！」她跺腳朝他大吼。「我們的生活中第一次發生這種真正令人興奮的事情，而你卻因為可能會被人嘲笑，就對和這件事情有關的一切都怕得要死！我沒說錯，對吧？這一點你無法否認吧？」

「露易莎，」她先生說。「我真的受夠了。正常點，別再提這件事了好不好。」他走過去從桌上的盒子裡拿了根香菸，用那個巨大的亮面打火機點燃。他的妻子看著他，內側的眼角開始有淚珠滾落，她撲著粉的臉頰上，流出兩條閃著晶光的小河。

「最近類似這種事情已經發生過太多次了，露易莎，」他說。「不，別打岔。聽我說。這一段時期妳或許會感到無所適從，這我完完全全可以體諒，而且——」

「噢，老天爺啊！你這個白癡！你這個自以為是的白癡！你看不出來這不一樣嗎？你看不出來這是——這是很神奇的一件事嗎？你**真的**看不出來嗎？」

此時，他走過房間，緊緊抓住她的肩膀。他嘴裡還叼著那根剛點燃的香菸，她可以在他的皮膚上看見大量的汗水乾了之後所留下一塊塊模糊的輪廓。「聽著，」他說。「我餓了。我放棄打高爾夫球的機會，在花園裡工作了一整天，現在又累又餓想要吃晚餐。妳也一樣。妳現在就到廚房裡去替我們倆弄點好吃的東西來吃。」

露易莎向後退了一步，雙手捂在嘴上。「天啊！」她失聲喊著。「我竟然全給忘了。他一定餓昏頭了。從他來了之後，除了一些牛奶，我什麼也沒給他吃過。」

「誰啊？」

「怎麼，**他**啊，那還用問。我得馬上去弄些真正特別的東西才行。真希望我知道他以前最愛吃的是什麼。你覺得他最喜歡吃的東西會是什麼，愛德華？」

「**去妳的**，露易莎！」

「別這樣，愛德華，拜託。就這一次，我要用**自己**的方式來處理。你留在這裡，」她說著彎下腰，手指輕輕撫摸著貓。「我不會去太久的。」

露易莎走進廚房，呆站了一會兒，思考該準備什麼特別的才好。來份舒芙蕾蛋糕如何？一份美味的起司舒芙蕾蛋糕？嗯，挺特別的。當然，愛德華不是很喜歡舒芙蕾蛋糕，不過這也沒辦法。她的廚藝普普通通，沒辦法每次都做出像樣的舒芙蕾蛋糕，可是這一次她煞費苦心，等了好長一段時間，確定烤箱加熱到正確的溫度。舒芙蕾蛋糕還在烤的時候，她四處搜尋能夠一起搭配的食物，她突然想到，李斯特一輩子可能從沒吃過鱷梨或葡萄柚，於是決定把兩種水果一起放在沙拉裡，讓他試試。他的反應一定會很有趣的，真的。

一切就緒之後，她把食物放在一個托盤上拿到客廳裡。就在她跨進客廳的那一刻，她看見她先生穿過落地窗從外面的花園走進來。

「這是他的晚餐，」她說著便將托盤放到桌上，轉身面對沙發。「他去哪了？」

她先生把通往花園的門關上，跨過房間，拿了根香菸。「愛德華，他去哪了？」

「誰？」

「你知道我在說誰。」

「喔，是的。是的，沒錯。嗯——我等一下再告訴妳。」他微微彎身向前點燃香菸，兩隻手就罩在那個巨大的亮面打火機周圍。他抬眼，發現露易莎正望著他看——看著他的鞋子，還有被花園裡頭長草給弄濕的卡其褲褲管。

「我只是想看一下那堆火燒得怎樣了，」他說。

她的目光緩緩上移，停在他的手上。

「火燒得很好，」他繼續說。「我想可以燒上一整夜。」

她瞪著他的眼光讓他很不舒服。

「怎麼了？」他放下打火機。然後他低下眼，怵然發現其中一隻手的手背上，從指關節到手腕的部分清清楚楚斜刻著一道又細又長的抓痕。

「**愛德華**！」

「喔，」他說，「好好好。那些刺藤實在是討厭透了，把我全身上下刮得亂七八糟的。等等。露易莎。怎麼了？」

「**愛德華**！」

「噢，看在老天的份上，女人，坐下，別激動。沒什麼好激動的。露易莎！露易莎，快坐下！」

羊腿兇殺

一九五三

房間裡溫暖潔淨，窗簾闔起，兩盞桌燈亮著——一盞在她身邊，一盞在對面沒人坐的椅子旁。她身後的餐具櫃上放著兩隻長長的玻璃杯、蘇打水和威士忌。冰桶裡放著沁涼的冰塊。

瑪麗・麥隆尼在等她先生下班回家。

她會不時地抬頭看看時鐘，可是並不感到焦慮，因為，只要想到每過去一分鐘，就離他回家的時刻越近，她就很高興。她身上散發著一種悠悠的笑意，她的一舉一動也是。她低頭做著針線活的時候透著一種莫名的靜謐氣息。她的皮膚——因為這是她懷孕第六個月——變成美妙的半透明模樣，柔唇兩瓣，閃著清新的恬靜神韻的雙眼，看來比以前更大、更黑了。

時鐘指到四點五十分，她開始傾聽，一會兒之後，她聽見外頭輪胎壓過碎石路面的聲音，車門甩上，腳步經過窗户，鑰匙在門鎖裡轉動，總是那麼準時。她把手裡的針線活放到一邊，站了起來，上前去給剛進門的他一個吻。

「哈囉，親愛的，」她說。

「嗨，」他應了一聲。

她接過他的外套吊在衣櫥裡。然後她走到另外一邊去調酒，一杯濃的給他，一杯淡的給自己；不久，她又回到椅子上做她的針線活，他坐在對面的那張椅子上，雙手握著長玻璃杯晃，冰塊碰觸杯壁叮噹作響。

對她來說，這總是一天當中最幸福的時刻。她知道他在喝完第一杯之前不想多說什麼，而靜靜坐在一旁的她，獨處家中許久之後有他做伴，也感到心滿意足。她喜歡在他在的時候盡情享受，幾乎就像做日光浴的人感受陽光一般，感受他們獨處時，他對她散發的那股溫暖的男性光輝。她喜歡他鬆垮垮坐在椅子上的模樣，喜歡他進門的模樣，也喜歡他跨著大步慢慢走過房間的模樣。她愛他看她時專注而遙遠的眼神，她愛他嘴巴逗趣的形狀，她更愛他疲勞的時候，什麼也不說，只是靜靜的坐著，直到威士忌替他減輕了些許疲勞為止。

「累嗎，親愛的？」

「對啊，」他說。「我累了。」這麼說的時候，他做了一個不尋常的舉動。雖然杯裡的酒至少還有一半以上，可是他舉起杯，一口氣全喝光。她沒有看他，不過她知道他做了什麼，因為他垂下手臂時，冰塊滾回空空的杯底，發出了聲音。他停了一會兒，坐在椅子上的身體往前傾，然後站起身，慢慢走到餐具櫃旁替自己再倒一杯酒。

「我來！」她喊著跳了起來。

「坐下，」他說。

他走回來的時候，她注意到杯裡新倒的酒不少，看起來是深琥珀色的。

「親愛的，要我替你拿拖鞋嗎？」

「不用了。」

她看著他開始啜飲深黃色的酒，酒很烈，她可以看見酒裡面捲著油般的波紋。

「真可惜，」她說，「像你這麼資深的警官，他們竟然還叫你每天東奔西跑的。」

他沒回話，她又低下頭，繼續做手裡的針線活；不過，他每次將杯子舉到嘴邊，她都可以聽見冰塊碰觸杯壁的聲音。

「親愛的，」她說。「要不要我替你拿點乳酪來？我還沒做晚餐，因為今天是星期四。」

「不用了，」他說。

「如果你很累，不想出去吃的話，」她繼續說，「現在時間還不算太晚。冰箱裡有很多肉和其他食物，你可以在這裡吃，連椅子都不用離開。」

她看著他，等他回答，或許是一個微笑，或許是點點頭，可是他絲毫回應也沒有。

「我不管，」她繼續說，「我先去給你拿點乳酪和小餅乾來。」

「我不想吃，」他說。

她不安的在椅子上扭動了一下，一雙大眼仍舊停留在他臉上。「可是你**一定**要吃晚餐才行啊。在家裡弄不麻煩的，我也想弄點東西來吃。我們可以吃羊排。或吃豬肉也行。隨你愛吃什麼。冰箱裡什麼都有。」

「算了吧，」他說。

「可是，親愛的，你**一定**要吃才行！不管，我要去煮了，要吃不吃隨便你。」

她站起來，把針線放到桌上的桌燈旁。

「坐下，」他說。「一分鐘就好，坐下。」

直到此刻，她才開始感到害怕。

「快，」他說。「坐下。」

她慢慢坐回椅子裡，那雙困惑的大眼從沒離開過他。他喝完了第二杯酒，低著頭，皺眉瞪著杯子看。

「聽著，」他說。「我有些事要告訴妳。」

「怎麼了，親愛的？發生了什麼事？」

他完全動都不動，低著頭，身旁桌燈射出來的光線，略過臉的上半部，下巴和嘴還罩在陰影中。她發現他左眼眼角的地方有一條小肌肉在抽動。

「這恐怕會讓妳有點震驚，」他說。「我想來想去，想了很久，唯一能做的就是立刻告訴妳。希望妳不要太責怪我。」

他把事情告訴她。這沒花多少時間，頂多四、五分鐘而已，這四、五分鐘裡，她靜靜地坐著，一動不動，用一種驚愕的害怕表情看著他，他每說一個字，彷彿就離她越來越遠，越來越遠。

「事情就是這樣，」他又加了一句。「我知道現在不是跟妳說這個的好時機，可是真的沒有其他辦法了。當然，我會給妳錢，確定有人會替妳打理一切。真的，妳不需要反應過度。至少我不希望看到。這對我的工作不太好。」

她第一個本能反應是完全不相信有這回事，完全排斥剛才聽到的話。她想，他可能根本沒開口，整件事情都是她自己的幻想。說不定，只要她繼續做自己的事，假裝沒聽到，然後，她再次醒轉時，可能會發現其實什麼都沒發生過。

「我去弄晚餐，」她勉強擠出一絲聲音，這次他沒阻止她。

她走過房間的時候，不覺得腳有踏在地板上。她什麼都感覺不到——只感到些微噁心、想吐。所有一切都變成無意識的舉動——下樓到地窖去、打開電燈開關、開冰箱、把手伸進冰箱，抓住第一個碰到的東西。她把那東西拿出來看。那東西外頭裹著一層紙，她把紙打開，又看了一眼。

一隻羊腿。

好吧，晚餐就吃羊腿。她把羊腿拿上樓，雙手握著細細的腿骨那一端，經過客廳時，她看見他站在窗戶旁，背對著她，她停了下來。

「老天啊，」他聽見她靠近，可是沒轉頭。「不用幫我煮晚餐。我要出去了。」

就在這個時候，瑪麗・麥隆尼直接走到他身後，毫不猶豫地把粗壯的冷凍羊腿高高舉在空中，使盡所有力氣砸在他後腦杓上。

那隻羊腿像根鐵棒一樣硬。

她往後退了一步，等著，有趣的是，他又站了至少四、五秒鐘，身體微微搖晃。然後整個人才癱倒在地毯上。

他倒地的衝力和聲響，還有那個被撞翻的小桌子讓她從驚嚇中清醒過來。她慢慢恢復神智，覺得很冷，也很意外，站在一旁對著屍體眨巴著眼看了一會，兩隻手裡還緊緊握著那塊可笑的肉。

好吧，她告訴自己。我已經殺了他。

現在，她的思緒突然變得非常清晰，真是不可思議。她開始飛快的思考。身為一個警探的妻子，她很清楚這會有什麼刑責。那還好。對她來說沒有什麼差別。事實上，還會是種解脫。不過，話說回來，孩子該怎麼辦？法律會如何處置懷孕的殺手？會把母子倆都殺了嗎？還是會等到懷胎十月，生下孩子之後才用刑？他們會怎麼做？

瑪麗・麥隆尼不知道。她也絲毫不打算冒險。

她把那塊肉帶到廚房，放在一個平底鍋裡，把烤箱調到大火，再把平底鍋塞進去。然後她把手洗乾淨，跑到樓上的臥房。她坐在鏡子前梳頭髮，把嘴唇和臉整理了一下。她試著笑了笑。結果，笑容很奇怪。她又試了一次。

「嗨，山姆，」她興高采烈的大聲説著。

連聲音聽起來也很奇怪。

「我想買點馬鈴薯，山姆。然後，我還想買罐豆子。」

好多了。笑容和聲音都比剛才來得好。她又練習了幾次。然後她跑下樓，拎起外套，穿過後門和花園，來到街上。

還没六點，雜貨店裡的燈還亮著。

「嗨，山姆，」她神采奕奕地對著櫃臺後面那個男人笑著説。

「嗨，晚安，麥隆尼太太。妳好嗎？」

「我想買點馬鈴薯，山姆。然後，我還想買罐豆子。」

男人轉過身，伸手到背後的架上拿豆子。

「派崔克累了，今晚不想出去吃晚餐，」她告訴他。「你也知道，我們星期四通常會出去吃的，他突然改變心意，現在家裡連一點青菜都没有。」

「肉呢，麥隆尼太太？」

「不用了，肉還有，謝謝。我冰箱裡有一隻很棒的羊腿。」

「喔。」

「我不太喜歡拿冰凍的羊腿來料理，山姆，可是這次我得冒個險了。你覺得這樣好嗎？」

「我覺得，」雜貨店老闆説，「這没什麼差別。妳想要來點這種愛達荷馬鈴薯嗎？」

「噢，好啊。給我兩個。」

「還要什麼嗎？」雜貨店老闆把頭歪向一邊，開心的看著她。「之後呢？飯後妳要給他吃什麼？」

「這個嘛——你覺得呢，山姆？」

男人瞄了瞄店裡。「一大塊上等的乳酪蛋糕怎麼樣？我知道他愛吃這個。」

「太棒了，」她說。「他最愛這個了。」

一切都包裝好，付過錢之後，她拿出最燦爛的笑容說，「謝謝你，山姆，晚安。」

「晚安，麥隆尼太太。謝謝妳了。」

在匆忙趕回家的路上她對自己說，妳現在在做的事情就是回家去找妳的先生，他在等他的晚餐；妳得好好煮一餐，盡可能弄得好吃些，因為可憐的他肚子餓了；假如，妳進到房子裡的時候，碰巧發現有異狀，發生了什麼不幸、可怕的事情的話，妳一定會嚇一跳，難過害怕得不知怎麼辦才好。記住，妳不知道會看見什麼異狀。妳只不過是買了蔬菜回家而已。派崔克．麥隆尼太太在星期四晚上買了蔬菜回家準備替先生煮晚餐。

就是這樣，她告訴自己。自自然然的把每件事情都做好。只要做每件事情的時候都很自然，那就不需要演戲了。

所以，當她從後門走進廚房的時候，嘴裡還哼著小調，臉上也帶著笑。

「派崔克！」她喚著他的名字。「你還好吧，親愛的？」

她把東西放在桌上，走進客廳；當她看見他曲著腿倒在地上，一隻手臂彎在背後被壓在身體下面時，還真的吃了一驚。往日所有的愛意和渴望一時全湧了上來，她衝過去跪在他身邊，哭得肝腸寸斷。這很容易。根本没必要演戲。

幾分鐘後，她站起來走到電話旁邊。她知道警局的電話，電話那頭一傳來應答的聲音，她馬上哭著說，「快！快來！派崔克死了！」

「妳是誰？」

「我是麥隆尼太太。派崔克・麥隆尼太太。」

「妳是說派崔克・麥隆尼死了？」

「我想是的，」她哽咽著說。「他倒在地上，我想他已經死了。」

「馬上過來，」那男人說。

警車很快就到了，她打開前門，兩個警察走了進來。這兩個人她都認識──這個轄區的人她幾乎都認識──她立刻倒在傑克・努能的懷裡，歇斯底里地哭了起來。他把她輕輕扶到一張椅子上坐下，走到另外一個跪在屍體旁，名叫歐馬利的警察那邊去。

「他死了嗎？」她哭著問。

「我想是的。發生了什麼事？」

她簡單地告訴他們，她一從雜貨店回來就看到他倒在地上。她邊哭邊說的時候，努能在屍體頭上發現一小塊凝結的血跡。他指給歐馬利看，歐馬利隨即起身，衝到電話旁邊。

不久，其他人陸續抵達這間房子。一開始是一位醫生，然後是兩位探員，其中有一個她叫得出名字。然後，一位警方的攝影師來照了些照片，然後是一個負責採集指紋的人。屍體旁有很多人低聲交頭接耳，探員也不停問她問題。不過，他們一直對她很和善。她又把那套說詞重複了一遍，這次她從頭說起，說派崔克剛回家的時候，她在縫東西，他很累，不想出去吃晚飯。還說她把肉放到烤箱裡──「肉還在那裡，還在烤」──然後她跑去雜貨店買蔬菜，回來後就發現他倒在地上。

「哪一間雜貨店？」其中一位探員問。

她告訴他是哪一間，他轉身在另外一位探員耳邊說了些話，那位探員立刻走到外面的街上去。

不到十五分鐘他就帶著一張記錄回來，他們又開始交頭接耳，她在自己的哽咽聲中，聽到一些他們低聲說的話——「……舉止相當正常……非常高興……想要幫他煮晚餐……豆子……乳酪蛋糕……她不可能……」

過了一陣子，攝影師和醫生離開，另外來了兩個人用擔架把屍體抬走。然後，那位負責採指紋的人也離開了。兩位探員留了下來，那兩位警察也一樣。他們對她格外親切，傑克·努能問她想不想去其他地方，去找她姊姊，或去找他太太，她會負責照顧她，讓她好好睡上一晚。

不，她說。她覺得現在她連一碼遠的距離都沒辦法走完。希望他們不介意在她感覺好些之前，就讓她待在現在這個地方。她現在感覺不太好，真的不太好。

這樣的話，在床上躺一下會不會更好？傑克·努能問。

不，她說。她想待在原地，就待在這張椅子裡。或許過一會兒，等她感覺好點，她會到床上去。

他們讓她待在原地，開始辦事，在房子裡四處搜查。其中一位探員偶爾會問她問題。有時傑克·努能經過，也會輕聲和她說話。他告訴她，她先生是因厚重鈍器敲擊後腦杓而致死，幾乎可以肯定用的是一大塊金屬。他們正在尋找凶器。兇手可能把凶器帶走了，不過也有可能把它丟了，或是藏在屋裡某個地方。

「通常都是這樣的，」他說。「找到凶器，就等於找到兇手。」

過了一陣子，其中一名探員在她身旁坐下。他問她知不知道屋子裡面有沒有什麼東西可以用來當凶器？問她是否願意四處檢查一下，看看是不是少了什麼東西——例如一隻大螺絲扳手，或是一個大金屬花瓶之類的。

他們沒有厚重的金屬花瓶，她說。

「那大的螺絲扳手呢？」

她也不認為他們有大的螺絲扳手。不過，車庫裡可能有類似的東西。

探員們繼續搜尋線索。她知道房子四周的花園裡還有其他警察。她可以聽見他們踏在外頭碎石路上的腳步聲，偶爾她也會從窗簾的縫隙中看見手電筒的光一閃而過。時間有點晚了，她從壁爐架上的時鐘發現已經快九點了。搜索房子的四個人逐漸顯出疲態，開始有點不耐煩。

「傑克，」後來小隊長努能經過時，她對他說。「你可不可以給我點東西喝。」

「那有什麼問題。妳是指這瓶威士忌嗎？」

「沒錯，麻煩你。可是只要一點就好。那會讓我好過些。」

他把玻璃杯交給她。

「你自己也來一杯吧，」她說。「你一定累壞了。別客氣。你對我很好。」

「這個嘛，」他說。「嚴格說來是不行的，可是我想我可以喝一點，好讓我繼續撐下去。」

其他人陸續進到客廳裡來，也都被她說動，喝了一小口威士忌。他們手裡拿著酒彆扭的站在客廳裡，面對著她，覺得很不自在，試圖說些安撫她的話。小隊長努能走進廚房，很快又轉了出來，

「麥隆尼太太妳知道嗎，妳的烤箱還開著，而且肉還在裡面。」

「噢，我的天啊！」她叫了聲。「我都忘了！」

「我替妳關掉它，好嗎？」

「可以麻煩你嗎，傑克？真是謝謝你。」

小隊長再次回到客廳裡的時候，她用她那對淚汪汪的烏黑大眼看著他。「傑克・努能，」她說。

「有什麼事嗎？」

「你和你的其他伙伴可不可以幫我一個小忙？」

「我們盡力而為，麥隆尼太太。」

「是這樣的，」她說。「你們這群派崔克的好朋友全都在這裡幫忙抓殺他的兇手。晚餐時間早過了，你們一定都餓壞了，如果我沒有好好善盡待客之道的話，派崔克永遠都不會原諒我的，願主保佑他在天之靈。你們為什麼不乾脆把烤箱裡的羊肉吃掉呢。現在應該才剛烤好而已。」

「真的不用了，」小隊長努能說。

「拜託，」她懇求道。「請你們吃掉它。我什麼東西都沒辦法碰，尤其是他還在的時候這間房子裡頭的東西我更沒辦法碰。可是，你們沒關係。如果你們把它吃完的話，我會感激不盡的。吃完後，你們可以繼續工作。」

四位警察猶豫了好一陣子，可是，他們真的都餓壞了，最後，他們被她說動，紛紛走進廚房自己開動。女人待在原來的地方，透過打開的門聆聽他們的動靜，她可以聽見他們彼此的對話，他們嘴裡塞滿了肉，聲音含糊不清。

「再來點吧，查理。」

「不了。最好別吃光。」

「她要我們把它吃光。她親口說的。算是幫她忙。」

「好吧，那再給我來一些。」

「可憐的派崔克一定是被那傢伙用一根大得不像話的棒子給打死的，」其中一個人說。「醫生說他的顱骨就像被大鐵鎚敲過一樣，碎得亂七八糟。」

「所以說，應該很容易找到才對。」

「我也是這麼想。」

「不論是誰幹的，在沒有必要的情況下，他們都不會帶著那樣一個東西到處跑才對。」

其中一人打了個嗝。

「我個人認為，東西應該就在房子裡。」

「可能就在我們眼前。你覺得呢，傑克？」

在另外一個房間裡，瑪麗．麥隆尼開始竊笑。

福斯雷

一九五三

三十六年來，每週五天，我都搭8-12號列車進城。車上從不會太擠，而且可以讓我一路抵達卡農街站，再走個十一分鐘半的路，就可以到我在奧斯丁修士街的辦公室門口。

我一直都很喜歡通勤的過程；這小小旅程當中的每一個階段都令我感到愉悅。對習於例行事物的人來說，這種規律性有一種宜人的安撫作用，而且，這段旅程彷彿像是船臺一般，讓我可以沿著它輕柔但堅定的滑進每日例行事務的水域中。

這是一個鄉下小站，只有十九、二十個人在這裡搭8-12號列車。我們這一群人甚少更動，月臺上偶爾出現一張新面孔，就會像一籠金絲雀裡突然加進了一隻新來的鳥一樣，引起陣陣不以為然的抗議漣漪。

不過，一般說來，當我早上抵達時，車往往還要再過四分鐘才會到站，而這些善良、可靠、始終如一的人，都已經拿著合適的雨傘，穿戴得體的帽子領帶，臉上掛著恰如其分的表情各就各位，脅下還夾著份報紙，這麼多年來就像我自己客廳裡的家具一樣，沒有任何改變，無法動搖。我好喜歡。

我也喜歡坐在那個靠窗的角落，就著火車的聲響和律動讀著我的《泰晤士報》。這趟三十二分鐘的車程就像一段悠長的按摩一樣，讓我的頭腦和年老焦躁的軀體無比舒坦。相信我，沒有什麼東西比例行事務和規律性更能夠維持一個人心靈的平靜了。至今，我已享受過近萬次這晨間的旅程，每一天都越發喜歡。而且（這沒什麼相關，但還滿有趣的）我幾乎變成了一座鐘。無論何時，我都可以立刻知道列車是慢了兩分鐘、三分鐘，還是四分鐘，而且從不需要抬頭，就能知道停靠的是哪一站。

從卡農街另外一端走到我的辦公室，距離不長也不短，是一小段有益健康的漫步路徑，行經的街道上滿是通勤族，像我一樣按照有條不紊的時程表往各自的工作場所前進。這群人值得信賴，莊嚴高貴，個個堅守崗位，不會四處閒晃，在這樣一群人當中行走讓我有一種踏實的感覺。他們的生活和我一樣，被一只精準手錶的分針完美的控制著，每一天幾乎都會在同樣的時地彼此擦肩而過。

例如，當我拐進聖史威森巷的時候，總是會迎面碰上一位優雅端莊，戴銀色夾鼻眼鏡，手提黑色公事包的中年女士。我想，她應該是一位第一流的會計師，或是一位任職紡織業的高級主管。而當我穿過針線街的紅綠燈時，十次當中有九次會遇見那位每天都在他的鈕釦孔上別一朵不同鮮花的男人。他總是穿著一條黑色長褲，外頭套上灰色鞋套，肯定是個相當準時、一絲不苟的人，或許是個銀行家，或像我一樣是個律師；過去二十五年來，有幾次匆忙過街經過彼此時，從那眼神交會的剎那中，我們交換著對彼此的肯定和尊敬。

在這一小段路上碰到的人，至少有一半都變成了熟面孔。她們都長得一副漂亮的臉，和我一樣。他們也和我一樣是身體健康、工作勤奮而又務實的老百姓。有些所謂的聰明人想利用工黨政府、公費醫療制度還有其他那一大堆東西來翻天覆地，但在這群人身上，你看不到那些聰明人臉上那種坐立難安的神色和閃爍不定的眼神。

由此你便可以看出我是一個心滿意足的通勤者，這一點是絕對毫無疑問的，或者更應該說，我

曾經是個心滿意足的通勤者呢？我在寫你剛讀完的這一段自傳般的速寫時，是想把它當作一個告誡、一個警惕，傳給我辦公室的員工瞧瞧，其中描述的每一份感覺都是發自肺腑。不過，那已經是整整一個星期之前的事了，在那之後，我遇上一件極為奇特罕見的事。事實上，事情發生在上星期二，那天早上我口袋裡裝著草稿準備進城去，對我來說，這真是巧得不能再巧了，讓我不得不相信這一定是上帝的旨意。上帝一定看過我這篇小文章，還跟祂自己說：「這個叫派金斯的傢伙太自滿了，該是給他點教訓的時候了。」我打從心底相信真的有這麼回事。

就像我說的，事情發生在上星期二，也就是復活節過後的星期二，一個充滿金黃陽光的溫暖春晨。我脅下塞著一份《泰晤士報》，口袋裡裝著「快樂通勤族」的草稿，大步走在這個鄉下小站的月臺上，卻立刻發現事有蹊蹺。我可以真切的**感受**到，一陣怪異的抗議漣漪正迅速地在通勤伙伴們之間傳遞。我停下腳步，往後看去。

這個陌生人直挺挺的站在月臺正中央，雙腳微開，手臂交疊，用著彷彿這整個地方都是他的的眼光審視著四周。他的個頭不小，身材壯碩，就算從背後看，也幾乎能讓人感受到一股強烈的傲慢和油膩。他顯然不是我們當中的一員。他帶的不是雨傘，而是手杖，穿的鞋子是棕色的，而不是黑的，灰色的帽子翹得老高，簡直可笑，而且怎麼樣都讓人覺得他身上的絲綢和光澤好像多得過了頭。我懶得再多觀察其他細節，仰面朝天，直直走過他身旁，由衷希望能為這已然十分冷漠的氣氛，再添加些冰霜寒意。

火車進站。這個新來的男人竟然跟著我進到**我的**車廂裡來，試想我心裡是多麼的恐懼！已經有十五年沒人這樣對我了。同事們因我年長，總是敬我一分。我有一個特殊的小癖好，就是喜歡讓自己至少有一站的時間可以獨享這節車廂，運氣好的話，還可以享受兩站，甚至三站的時間。可是，很抱歉，現在這個傢伙卻在這裡，就坐在我對面的座位上，叉開雙腿擤著鼻子，把《每日郵報》弄得窣窣響，還點起了一管噁心的菸斗。

我壓低手中的《泰晤士報》，朝他的臉龐偷偷瞄了一眼。我猜想他大概和我差不多年紀，六十二、三左右，不過他有著時下男士襯衫廣告中那種褐色、皮革般帥氣到令人反感的表情，獵獅者、馬球員、聖母峰攀登者、熱帶冒險家還有競賽的帆船選手全跑到他的臉上來。他的眉毛濃黑，雙眼如鐵般堅毅，強有力的雪白牙齒緊緊鉗住菸斗柄。我個人不信任俊俏的男人。對他們而言，生命中種種膚淺的樂趣來得太過容易，從他們的一舉一動看來，他們彷彿覺得，長得這麼俊全都是他們個人的功勞一般。但我可一點也不介意**女人**長得美些！女人長得美是一回事。不過，一旦換做是男人，很抱歉，我就是會徹頭徹尾覺得不舒服。不管怎麼說，車廂裡這個人還是坐在我正對面，我越過《泰晤士報》瞧他的時候，他剛好抬起眼來，兩人視線對個正著。

「介意我抽菸嗎？」他舉起菸斗問我。他就只說了這些。但是，他的聲音卻突然對我造成一種突如其來的奇異反應。事實上，我想我嚇了一大跳。我像是結了凍一樣，呆坐在那兒，至少瞪著他看了一分鐘，然後才又控制住自己，開口答話。

「這是吸菸車廂，」我說，「請便。」

「我只是想問一聲。」

又是那種莫名清脆熟悉的聲音，那聲音把每個字緊緊咬住，然後再用力的一點一點吐出來，像一把小槍飛快射出覆盆子種子。我以前在哪裡聽過這個聲音？為什麼他說的每個字眼都好像敲擊到遙遠記憶深處某個微小脆弱的部位？我的老天啊，我心想。趕緊振作起來。這算哪門子荒謬的事？

陌生人又讀起報紙。我也假裝開始看報。但這一次，我覺得全身上下都不對勁，絲毫無法專心。而且，我還不停越過社論版偷瞄他。那真是張教人無法忍受的臉孔，俊得粗俗，甚至俊得有些淫蕩，皮膚上還漾著一層油般的猥褻光澤。我從前到底有沒有見過這張臉呢？我開始覺得我看過他，因為即便到了現在，當我望著這張臉孔時，還是會感受到一種難以形容的不安，那是種和痛苦、暴力甚或恐懼有關的感覺。

路上我們沒有再進一步交談，但你可以想見，此刻，我每日的行程已經完全被破壞了。我的一天就此泡湯，辦公室裡，不只一名職員感受到我的火氣，午餐過後腸胃也開始跟我作對，因此說話更是刺人。

隔天早晨，他再次出現，同樣站在月臺正中央，手裡拿著枴杖，嘴裡咬著菸斗，繫著絲質領巾的脖子上頭，同樣是那張令人生厭的俊俏臉龐。我經過他身邊，朝一位古米特先生走去。古米特先生是一位股票經紀人，和我一起通勤已經超過二十八年了。我們兩個是這個站裡比較寡言的人，不確定先前是否真正交談過，不過，眼前這種危機通常都足以讓我們打破沈默。

「古米特，」我壓低聲音說。「那個粗魯的傢伙是誰啊？」

「誰知道，」古米特說。

「真討人厭。」

「非常討厭。」

「我想，他不會變成常客的。」

「我的老天啊，」古米特說。

然後，火車進站了。

這一次，那個人進到另外一節車廂去，讓我大大鬆了一口氣。

不過，隔天我又和他同一節車廂。

「啊，」他在我正對面的座位上坐下來。「天氣真棒。」我又感覺到記憶中一股不安緩緩騷動著，比以前更加強烈，眼看就快浮了出來，卻還是摸不著。

隨後就到了星期五，一星期的最後一天。我記得當我開車到車站的時候，外頭正下著雨，不過，那是四月那種閃耀著暖暖光芒的陣雨，只會持續五、六分鐘左右，而當我走到月臺上時，所有的雨傘都已經收了起來，陽光燦爛，天空中飄著大朵大朵的白雲。儘管如此，我卻感到沮喪。這段旅程再也沒有任何樂趣了。我知道，那個陌生人一定會來。果不其然，他就在那，雙腿打開，就好像這整片地方都是他的一樣，今天，他還一派悠哉的讓手杖前前後後地擺啊擺的。

瞧瞧那隻手杖！真是夠了！我彷彿挨了子彈一般停下腳步。

「福斯雷！」我低聲叫了出來。「野馬福斯雷！而且還在甩他的手杖！」

我走近之後，又仔細瞧了瞧。我可以告訴你，這一輩子我從來沒這麼震驚過。是福斯雷沒錯。布魯斯・福斯雷，我們以前叫他野馬福斯雷。我上次看見他，讓我想想——那時還在學校，我頂多也才十二、三歲而已。

此時，列車進站，老天真是沒眼，他竟然又進到我這節車廂裡來。他把帽子和手杖放到行李架上，轉身坐下，點起菸斗。他抬起頭，那雙冷冷的小眼透過煙霧看著我說，「天氣很棒，不是嗎？就像夏天一樣。」

現在，我可以肯定這是他的聲音沒錯。一點也沒變。只不過從前我常聽這聲音說的話現在已經不同了。

「好啦，派金斯，」那聲音以前常這麼說。「好啦，你這個不聽話的小鬼。我要再修理你一頓。」

那是多久以前的事了？一定差不多有五十年左右了。不過，那些特徵幾乎都還一模一樣，真是不可思議。他還是一樣傲慢的翹著下巴，憤怒的張著鼻孔，那雙睥睨瞪視的眼睛小得過頭，靠得也太近了些，看了實在教人不舒服；他還是一樣習慣把臉往你臉上湊，步步逼近，把你推向角落，就連他的頭髮我都還記得——粗粗的有點捲，抹著一絲似有若無的油，直像盤攪拌均勻的沙拉一樣。他以前常在書房的邊桌上放一瓶綠色的髮膠——當你必須打掃那房間時，你就會知道裡面有什麼，而且每一樣東西都令你痛恨不已——這個瓶子的標籤上有皇家的盾形徽章，和龐德街一家店的名字，店名下面還附帶說明「吾王愛德華七世御用美髮師」。這一點我記得特別清楚，雖然他貴為君王，可是，竟然有一家店會因為替一個頭上無毛的人做頭髮而沾沾自喜，這實在太好笑了。

福斯雷坐回位置上開始看報紙。五十年前，眼前這個人讓我生不如死，我甚至一度想過要自殺，現在，他竟然就坐在我面前不到一碼的地方，這種感覺真是難以言喻。他沒認出我；我有鬍子掩護，不必擔心。我很肯定不會被認出來，大可坐在位置上把他看個夠。

回顧往事，我第一年上學就被布魯斯・福斯雷蹂躪得慘不忍睹，然而，詭異的是，這一切竟然是我父親在不知不覺中所引起的。我第一次離家來到這所歷史悠久的著名公學時，只有十二歲半。當時是，讓我想想，是一九〇七年。我父親頭戴絲質禮帽，身穿早禮服，陪我到車站去，我還記得我們站在月臺上，身旁是一堆又一堆的木頭收納箱和行李箱，還有多到數不清的高大男孩在附近聊天，打來打去，朝彼此咆哮，突然有一個想經過的男孩從後面用力推了我父親一把，差點把他撞倒。

我父親個頭不高，樣貌莊嚴而有禮，他飛快轉過身，一把抓住罪魁禍首的手腕。

「年輕人，這間學校沒有教你要有禮貌些嗎，」他說。那個男孩至少比我父親高出一個頭，他憤怒的低頭看著我父親，臉上掛著藐視的冷笑，什麼話也沒說。

「我認為，」我父親朝他瞪回去，「你該向我道歉。」

可是那男孩只是繼續低頭對著我父親瞧，嘴角上是一抹傲慢的笑意，下巴一直不停往前頂。

「你讓我覺得，你是個放肆無禮的小孩，」我父親繼續說。「我只能夠希望你是你們學校的例外。我可不希望我任何一個兒子染上這種習慣。」

此時，那個大男孩把頭微微轉向我這邊，那雙擠在一起的小眼睛冷冷的向下看著我的眼。當時，我並沒有特別害怕；我不知道公學裡學長對學弟握有多大的生殺大權；我記得，我朝他直直瞪回去，聲援我景仰崇敬的父親。

我父親還打算再說些什麼的時候，那男孩卻轉過身，慢慢晃過月臺，走到人群裡去。

布魯斯·福斯雷從未忘記過這個小插曲；而這件事情真正讓我難過的，是我到學校之後發現我和他住在同一棟「宿舍」裡。更糟的是——我和他同一間書房。當時，他剩最後一年，而且還是級長——我們叫他做「老大哥」（boazer，在英國的公學中，把低年級當作奴隸來使喚的人，稱為老大哥）——如此一來，他便可以光明正大痛扁他那間宿舍裡任何一個菜鳥。可是，和他同一間書房，我就自動淪為他個人專屬的奴隸。我要幫他洗衣服，還要幫他做飯，我是他的女僕，同時也替他跑腿打雜的男童，我的責任是打理好他的一切，除非是在絕對必要的情況下，最好是讓他連一根指頭都不用動。世界上我所知道的任何一個社會裡，都不曾聽說有僕人會像我們這些悲慘的菜鳥一樣，被學校裡的老大哥壓榨到那種地步。在結霜或下雪的天氣裡，每天早上吃完早餐之後，我甚至必須要坐在馬桶上（在一棟沒有暖氣的戶外廁所裡），把椅墊坐暖，等福斯雷來用。

我還記得，他總是全身鬆垮垮、一派優雅的漫步晃過房間，如果哪張椅子擋到了他的路，他就會把它踹在一邊，此時我就必須趕緊跑過去，把椅子扶起來。他穿絲質的襯衫，袖子裡總是塞著一條絲質手帕，鞋子則是由一個名叫洛柏（他也有一個皇家徽章）的人做的。他那雙鞋是尖頭鞋，每天我都必須花上十五分鐘的時間，拿根骨頭把皮給擦亮。

不過，最淒慘的記憶和更衣間有關。

現在，我可以看見當時的自己，一個蒼白矮小的小男孩，穿著睡衣、寢室拖鞋和棕色駝毛晨袍站在這偌大房間的門旁。天花板上垂下一根電線，吊著一顆白晃晃的電燈泡，四周的牆壁上掛滿黑黃兩色的橄欖球衫，整個房間裡都是它們的汗臭味，他咬牙切齒急促的說，「這次要怎麼樣啊？穿著晨袍打六下，還是脫掉打四下啊？」

我從來沒辦法回答這個問題，我會呆站在那裡，瞪著骯髒的地板，怕得頭暈目眩，什麼也沒辦法思考，只知道這個大男孩很快就會以最科學的方式，慢慢的、技巧熟練的、堂而皇之的用他那根細長的白棍子把我打得半死不活，而且還會很自得其樂，然後我就會開始流血。五個小時之前，我沒有把他書房裡的火升起來。我已經用我的零用錢買了一盒特製的火種，還把報紙擋在火爐口前把風引進來，也跪在火爐前拚了命的往底下吹氣，可是煤炭就是點不起來。

「如果你倔得不想回答，」那個聲音說，「那我替你決定好了。」

我當然想回答，因為我知道得選那一種才行。這是你到學校學到的第一件事。記得一定要穿著晨袍多捱幾下。否則，你幾乎肯定會被打得皮開肉綻。那怕是穿著晨袍捱三下，也比不穿捱一下來得好。

「把衣服脱掉，到裡面那個角落，彎腰摸你的腳趾頭。我要給你四下。」

我慢慢脱掉衣服，放在鞋櫃上突出的架子上，然後輕輕拖著腳步，慢慢走到裡面那個角落，我的棉睡衣下什麼也沒穿，全身發冷，眼看周遭一切突然變得非常亮、非常平，離我離的遠遠的，像從燈籠裡打出來的奇幻圖片般，非常的大，非常的不真實，透過我眼中的淚水看出去，好像在打著旋一般。

「往前走，摸你的腳趾。繃緊一點——再給我用力繃緊一點。」

然後，他會遠遠走到更衣室的另一端，我就這麼從我的兩條腿中間，上下顛倒的看著他消失在一個通道後面，那個通道往下兩階就是那個我們稱之為「臉盆通道」的地方。這是一個石頭地板的走道，一邊牆上裝有洗臉盆，再過去就是浴室。只要福斯雷消失在我眼前，我就知道他是往遠遠的臉盆通道那邊走去了。福斯雷總是會這麼做。然後，我會聽見他開始往前衝，鞋子踩在石頭地板上的聲音遠遠傳來，洗臉盆和磁磚之間響起巨大的回音，從我的雙腿間可以看見他狂奔躍過那兩階梯跳進更衣室裡，頭伸在前面，棍子高舉空中，跳著向我直衝而來。此時，我會閉上眼睛等他一棍打下，告誡自己，不論如何身體都不能挺起來。

任何一個曾經好好被修理過一頓的人都可以告訴你，真正的痛要等打下去八到十秒之後才感受得到。那一棍打下去只不過是一聲巨響，在你的背後像是一個鈍重的東西掉在地上發出的悶響，讓你完全失去知覺（據說子彈造成的傷口也是如此）。可是，過了一會兒之後，我的老天啊，感覺起來就好像是一個人把一隻燒得通紅的火鉗放在你一絲不掛的屁股上一樣，想不要轉過身用手指去抓簡直不可能。

這段時間差福斯雷可是一清二楚，他會慢慢往回走，走上個十五碼左右，讓每一棍打下去的痛，在下一棍打下來之前，都有足夠的時間完全展現。

每次打到第四下的時候，我的身體總是忍不住會挺起來。這沒辦法。到了身體再也無法忍受的極點時，這是自然會出現的防禦反應。

「你躲了，」福斯雷會這樣跟我說。「那一下不算。快點——再彎下去。」

下一次我會記得要抓緊腳踝。

之後，他會看著我走過他眼前——我全身僵硬，摸著背部——穿上晨袍，可我總試著轉過頭，不讓他看見我的臉。我走出去之後，又會聽見「你這傢伙！給我滾回來！」

我人在走道上，然後，我會停下腳步，轉過身，站在通道裡，等他下一個指令。

「過來。快點，回來這裡。好——你是不是忘了些什麼啊？」

當時我的腦袋裡只想得到屁股上難以忍受的痛。

「你讓我覺得，你是個放肆無禮的小孩，」他會模仿我父親的聲音說。「這間學校沒教你要有禮貌些嗎？」

「謝謝……你，」我結結巴巴的說。「謝謝……你……打我一頓。」

之後，我穿過陰暗的樓梯，回到宿舍，感覺好多了，一切都已結束，屁股也不像剛才那麼痛。其他人擠到我身旁來看好戲，之所以會這樣，是因為他們自己也曾經受過同樣的痛苦折磨，而且不只一次。

「嘿，派金斯，咱們來瞧瞧吧。」

「你捱了幾下？」

「五下，不是嗎，從這裡聽得一清二楚呢。」

「來吧，兄弟，我們來看看傷口吧。」

我會脫下睡衣站著，讓他們這一群專家神情肅穆的檢查傷勢。

「隔得很遠，對吧？跟福斯雷平常的水準差遠了。」

「其中兩條很靠近。連邊都碰到了。看啊——這兩條可真漂亮！」

「下面那條打得很遜。」

「他有從臉盆通道底起跑嗎？」

「你因為有躲所以多捱了一下，對不對？」

「我的天啊，福斯雷那老傢伙還真是特別照顧**你**啊，派金斯。」

「有點流血，最好洗一下，你懂吧。」

然後門會打開，福斯雷就站在門後，所有人鳥獸散，假裝在刷牙或在禱告，只留我一個人站在房間中央，褲子脫在腿上。

「幹什麼？」福斯雷會迅速瞄一眼他的成果。「你——派金斯！穿好睡衣給我上床去。」

一天就這麼結束。

一整個星期我都沒有任何一點自己的時間。如果福斯雷看見我在書房裡拿起一本小說或打開我的集郵冊，他會立刻找事情給我做。尤其外面在下雨時，他最愛說「喔，派金斯，我想桌上放一束野生的鳶尾花會蠻漂亮的，你說是嗎？」

野生鳶尾花只有橘池附近才有。而橘池必須沿路走兩哩，然後橫越草地半哩才能抵達。我會從椅子上站起來，穿上雨衣戴上草帽，拿著傘——我的雨傘——踏上這段遙遠而孤單的路程。只要一到戶外就必須戴草帽，可是草帽很容易被雨打壞；因此，必須要用雨傘來保護草帽。另外一方面，在樹木茂密的河岸匍匐尋找鳶尾花時，也沒辦法一直撐著傘，所以，為了不讓我的草帽被弄壞，找花的時候，我會把它放在地上，用雨傘遮住。就這樣，我得了好幾次感冒。

不過，最恐怖的一天要算是星期天了。星期天是打掃書房的日子，那些星期天早晨的駭人景象歷歷在目，我一點也沒忘，我沒命的打掃擦洗，等待福斯雷進來檢查。

「掃好了嗎？」他會問我。

「是……是的。」

然後，他會慢慢晃到他的桌子旁邊，從抽屜裡拿出一隻白淨的手套，慢慢套到右手上，讓每隻手指頭都就定位，我站在一旁發抖，看他四處在房裡走動，用那根戴上白手套的食指摸過畫框頂端、牆腳、書架、窗臺、燈罩。我的眼光從來不曾離開那隻手指。對我來說，那是世界末日的象徵。幾乎每一次，他都能夠發現某些被我忽略或我根本連想都沒想到的小瑕疵；而每當這種情形發生，福斯雷會慢慢轉過身，擺出那個根本算不上是笑容的要命笑容，舉起白手指，好讓我自己看看指邊那一道細細的灰塵。

「喝，」他會這麼說。「你是個小懶鬼，對不對？」

我沒回答。

「對不對啊？」

「我以為我全掃乾淨了。」

「你是不是一個惹人厭的小懶鬼啊？」

「是——是。」

「可是，你父親不希望你長大變成這副德行，對吧？你父親非常注重禮貌，對不對？」

我沒回答。

「我問你，你父親是不是很注重禮貌啊？」

「或許——是的。」

「所以，如果我懲罰你，算得上是幫他的忙囉，對吧？」

「我不知道。」

「對不對？」

「對——對。」

「我們等一下再來解決，禱告之後，到更衣室來。」

那一天剩下的時間就只能在痛苦中度過，等待傍晚到來。

老天啊，所有一切現在全浮在眼前了。星期天也是寫信的時間。

親愛的爸媽——非常感謝你們寫信來。希望你們身體都好。我身體還好，只不過因為被雨淋到，得了感冒，不過很快就會好的。昨天我們和舒茲伯利比賽，四比二打敗他們。我有去看比賽，我們宿舍的級長福斯雷還得了一分。非常謝謝你們的蛋糕。愛你們的威廉。

我通常會躲到廁所、行李間或浴室去寫我的信——或是任何一個不會被福斯雷碰到的地方都行。可是，我必須注意時間。下午茶時間是四點半，福斯雷的吐司必須準備就緒。我每天都必須替福斯雷準備吐司，週一到週五書房裡不准起火，因此，每一個替他們書房準備吐司的菜鳥，都必須擠到圖書館裡唯一的那一小堆火旁邊，用他的烤吐司叉搶占最好的位置。在那樣的情況之下，我還必須確保福斯雷的吐司㈠非常酥脆㈡一點都沒燒焦㈢熱騰騰的，準時烤好一秒不差。只要沒達到其中任何一項，就算是「該痛扁一頓的過失」。

「嘿，你過來。這是什麼鬼東西啊？」

「吐司啊。」

「你真的認為這是吐司嗎？」

「這個……」

「你懶到連吐司都弄不好了，是不是？」

「我已經盡力了。」

「你知道他們怎麼對付懶惰的馬嗎，派金斯？」

「不知道。」

「你是不是一匹馬？」

「不是。」

「好吧——你反正是個渾球——哈哈——所以我想這也一樣。我等一下再來解決你。」

噢，那些日子可真是痛苦啊。把福斯雷的吐司烤焦是個「該痛扁一頓的過失」。忘記清理福斯雷橄欖球鞋底下的泥巴也是。沒把福斯雷的橄欖球衣掛起來也是。把福斯雷的傘折錯邊也是。福斯雷在唸書的時候，把書房的門關得太用力也是。把福斯雷的洗澡水放得太熱也是。沒把福斯雷那套戰術指揮官制服上的鈕釦清理好也是。讓制服沾上金屬亮潔劑的藍色污漬也是。沒把福斯雷的鞋跟擦亮也是。不論何時，只要沒把福斯雷的書房打理得整整齊齊的也是。事實上，就福斯雷來說，我這個人本身就是一個該痛扁一頓的過失。

我瞥向窗外。我的天啊，都快到站了。我一定像這樣發呆了好一會兒了，而且手中的《泰晤士報》根本都還沒打開。我對面那個位置上的福斯雷仍舊靠著椅背在看他的《每日郵報》，透過他菸斗飄出來的一陣青煙，我可以看見他上半張臉露在報紙上面，一對小眼睛晶亮亮的，額頭上皺紋滿布，那頭捲髮還有點油膩。

事隔這麼久，現在再看看他，這真是一個奇特而又頗為刺激的經驗。我知道他不再具有危險性，但往日的記憶仍在，面對他我還是無法感到全然的舒坦。就像是和一隻溫馴的老虎關在同一個獸籠裡一樣。

這是哪門子的胡說八道？我問我自己。別笨了。我的天啊，如果你想的話，你大可以直接走過去，告訴他你對他的看法，而他連碰都不能碰你一下。嘿——那真是個好主意！

只不過——嗯——這麼做到底值得嗎？做那種事情我年紀嫌太老了，而且，我也不確定我是不是還對他感到非常生氣。

那我到底該怎麼辦？總不能坐在這裡，像個白癡一樣直瞪著他看。

就在此刻，一個調皮的怪念頭開始浮現在我腦海。我對自己說，我要做的就是俯過身去，輕輕在他膝蓋上敲幾下，告訴他我是誰。然後，我要盯著他的臉看。之後，我會聊起以前一起在學校的那段日子，音量大得剛好讓車廂裡的其他人都聽得見。我會用打趣的口吻提起他以前常對我做的那些事，或許甚至描述一下他在更衣室裡痛扁我的情形，讓他覺得尷尬。些微的嘲諷和挖苦是不會對他造成什麼傷害的。可是卻會讓我很爽。

他突然抬起眼，發現我在盯著他瞧。這已經是第二次了，我發現他眼中閃過一絲怒意。

好吧，我對自己說。來吧。可是記得要友善點、和藹點，還要有禮貌。那樣的話會更有效，他會更尷尬。

所以，我朝他笑了笑，禮貌的點了點頭。然後，我拉高音量對他說，「希望你原諒我。我想自我介紹一下。」我往前靠，仔細盯著他看，深怕錯過他的反應。「我叫派金斯，派金斯‧威廉斯，一九〇七年念立普頓公學。」

其他坐在車廂裡的人一點動靜也沒有，我可以感覺到，他們全都在聽，等著看接下來會發生什麼事。

「很高興遇到你，」他把報紙放到膝上。「我叫佛特斯裘，喬斯林‧佛特斯裘，一九一六年念伊頓公學。」

天堂之路

◙ 一九五四

在她一生當中，佛斯特太太一直有種近乎病態的恐懼，深怕錯過任何一班火車、飛機、船，甚至連電影開幕都害怕錯過。在其他方面，她並不是一個特別容易緊張的女人，可是，只要一想到會趕不上以上這種種場合，她就緊張得要命，開始抽搐。這沒什麼大不了——只不過是左眼眼角一條細小的肌肉痙攣，像在偷偷眨眼一般——不過，討人厭的是，這抽搐一直要等差不多一個小時，安全趕上火車、飛機或其他東西之後，才肯罷休。

像是趕火車這種小小的恐懼，竟然會在一些人身上演變成嚴重的困擾，這真是讓人大開眼界。在該啟程前往車站至少半個小時之前，佛斯特太太就會走出電梯，等著出發，帽子、外套、手套樣樣齊備，幾乎無法安坐片刻，然後，她會萬分焦急的在各個房間之間走來走去，直到那個對她這種情形非常瞭解的先生總算露臉，一本正經冷冷的對她說，我們最好馬上出發，妳說是吧？

佛斯特先生被她太太這種愚蠢的行為激怒，或許情有可原，不過，他實在沒有理由讓她白等，徒增她的痛苦。請注意，我們無法確定他真的有這樣的行為，只不過，每次他們要出門的時候，他的時間都抓的奇準無比——也就是說會慢個一、兩分鐘的意思——而他的態度又是那麼的溫和，實在讓人很難相信，他不是刻意要在私底下耍一些惡毒的小伎倆來折磨這位可憐的女士。他一定知道——她絕對不敢吭聲催他快一點。他把她訓練得太好了，這種事情絕對不可能發生。他也一定知道，如果他存心拖到真的可能會遲到的時間才出發，那她肯定會被逼瘋。在過去這幾年的婚姻生活當中，有一、兩次特殊的情形，他彷彿巴不得要錯過火車，純粹就只是為了要讓那可憐的女人更加痛苦。

佛斯特太太儘管有這麼一個無法克制的小缺陷，但一直都是一位忠實的好妻子，假設（雖然我們無法確知）這位做先生的真有罪的話，上述這個事實則讓他的態度顯得更不合理。三十多年來，她一直是位忠誠的妻子，將他伺候得好好的。這一點絕對無庸置疑。即便是像她這麼樣一個謙虛的女人也知道這一點。儘管好幾年來她不願相信佛斯特先生會刻意折磨她，然而，近來有好幾次她發現自己已經開始懷疑。

尤金・佛斯特先生，約七十歲，和太太一同住在東六十二街一棟六層樓的大樓裡，僱有四個傭人。那是一個陰森的地方，鮮少有人登門拜訪。不過，在一月這個特別的早晨，整棟房子彷彿活了過來，四下忙成一團。一名女僕把防塵布送進每間房間，另外一個人則用那塊布把家具給罩起來。管家從樓上把手提箱拎下樓，放在大廳裡。廚師不停地從廚房裡跑出來和管家說話，佛斯特太太本人身穿一襲舊式皮大衣，頭上一頂黑色帽子，在各個房間飛竄，假裝在監督他們做事。事實上，她只擔心她先生還不趕緊從書房裡出來準備出發的話，恐怕會趕不上飛機，除此之外，她根本沒辦法思考。

「現在幾點了，沃克？」她經過管家時問了他一聲。

「現在是九點十分，夫人。」

「車來了嗎？」

「來了，夫人，在等著呢。我現在正要把行李放進去。」

「到愛德懷德機場要一個小時，」她說。「我的飛機十一點起飛。還要提前半小時辦理那些手續。我要遲到了。我就**知道**我會趕不上的。」

「我想時間還很充裕，夫人，」管家好心安慰她。「我提醒過佛斯特先生，你們九點十五分一定得出發。現在還有五分鐘。」

「是啊，沃克，我知道，我知道。請你快點把行李拿上車，好嗎？」

她開始在大廳裡走上走下，只要管家一經過，她就會再問一次時間。她一直不斷告訴自己，不論如何，她絕對不能錯過**這班**飛機。她花了好幾個月的時間，好不容易才說服她先生讓她成行。如果她錯過了，他很有可能就這麼叫她取消所有行程。但麻煩的是，他堅持一定要到機場去替她送行。

「我的老天啊，」她大叫著，「我要來不及了。我就知道，我就知道，我就**知道**我一定會趕不上的。」她左眼角那條小肌肉現在發了瘋似的抽個不停。眼淚也快要奪眶而出。

「現在幾點了，沃克？」

「九點十八分了，夫人。」

「現在我**真的**會趕不上了！」她哭喊著。「噢，真希望他快一點！」

對佛斯特太太來說，這是一趟重要的旅程。她要自己一個人飛去巴黎，探望她那嫁給了一位法國人的獨生女。佛斯特太太不是很喜歡那個法國人，可是，她很愛她的女兒，而且，更重要的是，她滿心盼望能夠親眼看看她那三個外孫。她只有在女兒寄來的那一大堆相片中看過他們，那些照片被她掛得滿屋子都是。這三個小朋友長得真是漂亮。她愛死他們了，每次只要有新照片寄來，她就會抱著照片在一旁坐上好久好久，滿臉慈愛的看著他們，心滿意足的在他們的小臉上找尋只有血親之間才會有的相同特徵。最近她越來越常覺得，她真的不願意在這樣一個地方終老一生，沒辦法親近這些小朋友，他們也沒辦法來看她，更別提要帶他們出去散步，買禮物給他們，看他們一天天長大。當然，她也知道在她先生還健在的時候，這種想法是不對的，在某方面來說甚至是不忠的。她知道，雖然她先生在他許多公司裡已不再活躍，他也絕對不會答應離開紐約住到巴黎去。他竟然會答應讓她一個人飛過去看他們六個星期，這簡直是個奇蹟。可是，噢，她真的好想一直待在那裡，住在他們附近！

「沃克，現在幾點了？」

「九點二十二分，夫人。」

他才說著，一扇門就打開了，佛斯特先生從門後走到大廳裡來。他站了一會兒，神情專注的看著他的太太，她也回看他，回看這個頭雖小但精悍依舊的老人，那張留滿鬍子的大臉實在像極了老照片裡的安德魯・卡內基。

「好啦，」他說，「如果妳要趕那班飛機的話，我想我們最好馬上出發。」

「**沒錯**，親愛的——**沒錯**！一切都已經準備好了。車也在等了。」

「很好，」他說。他把頭偏向一邊，緊緊盯著她瞧。他怪模怪樣的歪著頭，腦袋不停快速的微微抽動。此外，他還把手高高的交握身前，放在胸部附近，看起來就像隻松鼠一樣的站在那邊——一隻從公園來的機靈老松鼠。

「沃克已經替你把大衣拿來了，親愛的。穿上吧。」

「我馬上就來，」他說。「我去洗個手。」

她等著他，高個子的管家站在她身邊，手裡拿著大衣和帽子。

「沃克，我會趕不上嗎？」

「不會的，夫人，」管家說。「我想妳應該來得及。」

佛斯特先生回來後，管家替他穿上大衣。佛斯特太太急忙衝到外頭，上了那輛租來的凱迪拉克。她先生跟在她後頭，可是他不疾不徐地步下階梯，走到一半還停下來，觀察了一下天色，嗅了嗅早晨冷冽的空氣。

「看來有點霧，」他坐到她旁邊的位置上。「而且，機場那邊的狀況會更糟。就算這班飛機現在已經被取消了，也沒什麼好意外的。」

「別這麼說，親愛的——**求求你**。」

一直到車子過河到長島之前，他們都沒再交談。

「我和僕人把一切都打理好了，」佛斯特先生說。「今天他們全都會離開。我給他們六星期的半薪，還告訴沃克，我們要他們回來的時候，會先派封電報給他。」

「嗯，」她說。「他跟我說了。」

「今晚我就會搬進俱樂部。住到俱樂部換個環境也很不錯。」

「對啊，親愛的。我會寫信給你的。」

「我會偶爾回去一趟看看狀況，順便收信。」

「可是，你真的覺得不需要叫沃克留下來看家嗎？」她怯怯的問。

「說那什麼蠢話。這一點也沒必要。而且，如果這樣我就得付他全薪才行。」

「也對，」她說。「沒錯。」

「而且，房子裡只有一個人的時候，你永遠不知道他們會搞什麼鬼，」佛斯特先生說，他掏出一根雪茄，用一把銀色的雪茄剪剪斷尾端，再用一隻金色的打火機把雪茄點燃。

她靜靜的坐在車裡，膝上那件毛毯下的雙手擰得死緊。

「你會給我寫信嗎？」她問。

「再看看吧，」他說。「我想大概不會。你知道，除非有什麼特別的事情要說，不然我是不會動筆的。」

「嗯，這我知道，親愛的。別麻煩了。」

他們沿著皇后大道往前開，來到愛德懷德機場附近那一片平坦的沼澤地時，霧氣越來越濃，車子不得不放慢速度。

「噢，天啊！」佛斯特太太叫了聲。「我**肯定**要趕不上了！現在幾點？」

「不要再緊張兮兮的好不好，」老人說。「反正也不要緊了。飛機肯定會被取消的。這種天氣他們從來不飛的。真不知道妳還跑出來幹嘛。」

她彷彿感覺到他的聲音裡有一種新的語氣，可是她沒辦法確定，於是她轉頭看他。他臉上長滿了毛，很難察覺到他的表情有任何改變。嘴巴是重點。一直以來她都希望她能看清楚他的嘴巴，現在也是一樣。除非他在生氣，否則從他的眼睛根本看不出任何端倪。

「當然，」他繼續說，「萬一飛機**真的**還飛的話，那我想妳說的沒錯——現在妳肯定是趕不上了。妳為什麼不面對現實呢？」

她轉過頭，透過窗户瞄向外頭的霧。沿路開下來，霧氣彷彿越來越濃，現在她只能勉強分辨出馬路的邊緣，還有馬路過去那邊草地的外圍。她知道她先生還在看她。她又回頭看他一眼。她左眼眼角的肌肉在抽搐，而她發現他竟然緊緊盯著那一小塊地方看，隱隱覺得害怕。

「為什麼呢？」他說。

「什麼為什麼？」

「就算飛機沒停飛，妳也肯定趕不上的。在這麼濃的霧裡面，我們不可能開快的。」

之後，他就沒再和她說任何一句話。汽車緩慢地往前爬。司機把一盞黃色的燈射向馬路邊緣，幫助他繼續往前開。其他一些白色、黃色的燈不停從霧裡竄出，朝他們駛來，一路上，有一道特別亮的光一直跟在他們後面。

突然間，司機把車停下。

「看吧！」佛斯特先生說。「我們塞住了。我就知道。」

「不，先生，」司機轉過頭說。「我們辦到了，這裡是機場。」

佛斯特太太二話不說跳下車，從主要入口衝進大樓裡。裡頭滿坑滿谷的人，大多是站在票務櫃臺附近面容憂戚的旅客。她擠過重重人潮到櫃臺邊向服務人員詢問了班機的狀況。

「是的，」他說。「妳的班機暫時停飛。可是，請妳不要走遠。天氣隨時可能轉好。」

她先生還坐在車上，她回去把這個消息告訴他。「你就別等了，親愛的，」她說。「沒必要等。」

「我不會等的，」他說。「只要司機能夠載我回去的話。司機先生，你能載我回去嗎？」

「我想可以，」他說。

「行李拿出來了嗎？」

「是的，先生。」

「再見，親愛的，」佛斯特太太把頭伸進車裡，在他先生臉頰粗糙的灰毛上輕輕親了一下。

「再見，」他說。「祝妳玩得愉快。」

汽車開走，留下佛斯特太太一個人。

接下來的這一天對她來說猶如夢魇。她盡可能找了張靠近櫃臺的板凳坐下，一個小時又一個小時的等，每隔三十分鐘左右，他就會起身問櫃臺人員有沒有什麼好消息。得到的答覆都一樣——她必須繼續等，因為霧隨時有可能會散。一直要到傍晚六點之後，擴音器才宣布飛機延後到明天早上十一點起飛。

佛斯特太太聽到這個消息時，不知道該如何是好。她在長椅上至少又坐了三十分鐘，又累又倦，模模糊糊的想著今晚她可以待在什麼地方。她一點都不想離開機場。她不希望再見到她先生。她深怕他會用盡各種方式讓她去不成法國。她很想就留在現在這個地方，坐在長椅上捱一整晚。那樣最安全。可是，她已經疲憊不堪了，而且，要不了多久她就明白，一個老婦人這樣做實在很滑稽。所以，最後她還是找了個電話，打回家去。

她先生正要去俱樂部，親自接了電話。她把這個消息告訴他，問他僕人們是否還在家裡。

「他們全走了，」他說。

「這樣的話，親愛的，我隨便找間房間過一晚就是了。千萬別替我操心。」

「那樣實在很笨，」他說。「既然妳在這有間大房子可以用，那就用啊。」

「可是，親愛的，家裡沒人啊。」

「那我留下來陪妳。」

「家裡沒食物，什麼都沒有。」

「那就先吃了再回來啊。別笨了，女人。為什麼每件事情妳都要大驚小怪不可呢。」

「好吧，」她說。「我很抱歉。我會先在這裡吃個三明治再回去。」

外頭的霧散了點，不過她還是坐了很久的計程車，等她回到六十二街的家時，已經非常晚了。

她先生聽到她進門，從書房裡走出來。「喝，」他站在書房門旁問她，「巴黎那邊怎麼樣？」

「飛機明天早上十一點飛，」她說。「一定會飛。」

「妳是說如果霧散了的話吧。」

「霧現在就在散了。外面有風。」

「妳看起來很累，」他說。「妳一定著急了一整天。」

「的確不很舒服。我想我要直接睡了。」

「我已經叫了輛車明天早上過來，」他說。「九點鐘。」

「喔，謝謝你，親愛的。希望你不會想那麼大老遠再跑去送我一次吧。」

「不，」他慢慢的說。「我想我不會。可是，妳該沒有理由不順路把我載到俱樂部去吧。」

她看著他，這時他似乎站在離她很遠的地方，在某條不知名的界線之外。他突然變得小得不得了，遠在天邊，她幾乎不能肯定他在幹嘛，在想些什麼，甚至連他到底是什麼都不太肯定。

「俱樂部在鬧區，」她說。「和機場不順路啊。」

「可是，妳的時間很充裕啊，我親愛的。妳不想順路把我載過去嗎？」

「喔，好啊——那當然。」

「很好。那我明天早上九點和妳碰面。」

她上到三樓的臥房。一整天下來，她累得要命，才倒下沒多久就睡著了。

隔天早晨，佛斯特太太一大早就起床了，到了八點三十分的時候，她人已經到了樓下，一切就緒，準備出發。

九點一過沒多久，她先生出現了。「妳有煮咖啡嗎？」他問。

「沒有，親愛的。我以為你會到俱樂部去吃一頓豐盛的早餐。車子已經來了，在外頭等著呢。我已經準備好要出發了。」

他們倆站在大廳裡——近來他們似乎總是在大廳碰面——她身穿大衣，頭戴帽子，拎著個皮包，他則是穿著一件剪裁奇怪的高翻領長外套。

「妳的行李呢？」

「在機場。」

「啊，對喔，」他說。「沒錯。如果妳要先載我去俱樂部的話，我想我們最好立刻出發，對不對？」

「對！」她叫著說。「對——**求求你！**」

「我去拿幾根雪茄。馬上來，妳先上車。」

她轉身往外朝司機站的地方走去，她走進時，司機便替她把車門打開。

「現在幾點？」她問他。

「九點十五分左右。」

五分鐘之後，佛斯特先生從屋裡走出來，她看著他緩慢走下階梯，發現他身上穿的那條窄窄的直筒褲讓他的腿看來像是山羊一樣。和昨天一樣，他走到一半，又停下腳步，嗅嗅空氣，看看天空。天空還是不很晴朗，可是已經有一束陽光透過霧灑了下來。

「或許這次妳會幸運些，」他在車裡坐到她身邊時這麼說。

「麻煩快點，」她跟司機說。「不用管那毯子了。我來就好，請趕快出發。我已經遲到了。」

司機回到方向盤後的位置上，發動引擎。

「**等等**！」佛斯特先生突然冒出一句。「司機，等一下，好嗎？」

「怎麼了，親愛的？」她看他摸著外套上的口袋。

「我有份小禮物希望妳替我帶去給艾倫，」他說。「可是，它到底跑哪裡去了呢？我確定我下樓的時候還拿在手裡啊。」

「我沒看見你有帶任何東西下樓啊。怎樣的禮物？」

「一個用白紙包的小盒子。我昨天忘了給妳。今天我不想再忘一次。」

「一個小盒子！」佛斯特太太大叫。「我從來沒看過什麼小盒子！」她發狂似的在車子後面到處翻找。

她先生繼續在外套上的口袋裡翻找。然後，他解開外套的扣子，在夾克上面四處摸索。「真搞不懂，」他說，「我一定是把它留在臥房裡了。我馬上回來。」

「噢，**拜託**！」她哀叫著說。「我們沒時間了！**求求你**算了吧！你可以用寄的。反正也只是隻笨梳子而已。你每次都送她梳子。」

「我問你，送梳子有什麼不對嗎？」他很生氣她竟然忘了她是什麼身分。

「沒有，親愛的，沒有不對。可是……」

「妳給我待在這裡！」他命令她。「我上去拿。」

「快一點，親愛的！噢，**求求你**快一點！」

她靜靜坐著，一等再等。

「司機，現在幾點了？」

他看了看手錶。「差不多九點半。」

「我們一個小時之內可以到機場嗎？」

「大概剛好。」

就在這個時候，佛斯特太太瞥見一個白色的小尖角露在椅墊外面，就卡在她先生剛才坐的那個位置旁邊的縫隙裡。她伸手過去拉出一個紙包的小盒子，感覺起來那盒子卡得很深很緊，好像用手刻意塞過一樣。

「在這裡！」她高喊著。「我找到了！噢，天啊，現在他就算在上面找一輩子也找不到！司機，快，麻煩你跑進去叫他下來，好嗎？」

那司機有一張愛爾蘭人一般桀驁不馴的嘴，不是很想照辦，卻還是爬出車外，步上那道通往屋子前門的階梯。然後他轉身又走回來。「門上鎖了，」他說。「妳有鑰匙嗎？」

「有，等等。」她開始在她的皮包裡亂翻一通。那張小臉焦急得整個擰成一團，嘴唇嘟著好像植物在抽芽一般。

「在這！不，我自己去。這樣比較快。我知道他人會在哪。」

她急忙下車，手裡握著鑰匙衝上通往前門的階梯。她把鑰匙插進鑰匙孔，正準備轉——卻停了下來。她抬起頭，完完全全一動不動靜靜站在那裡，整個身體就這麼硬生生靜止在轉鑰匙進門這一連串急忙的動作當中，她等著——五秒、六秒、七秒、八秒、九秒、十秒，她等著。她抬著頭全身僵硬站在那裡的模樣，彷彿是在傾聽剛才從屋裡深處某個地方傳來的某個聲音。

沒錯——她很明顯的是在傾聽。那模樣就是在**傾聽**的模樣。事實上，她一隻耳朵離門越來越近，越來越近，整個貼到了門上，她又那樣站了幾秒鐘，頭抬著，耳朵貼在門上，手握著鑰匙，要開門又不開門的，看來其實更像是想把從房子深處隱隱傳來的這些聲音給聽清楚，然後加以分析。然後，突然之間，她又活了過來。她從門上拔回鑰匙，轉頭衝下階梯。

「太遲了！」她朝司機大喊。「我沒辦法等他，我真的沒辦法等他了。我會錯過飛機的。快點，司機，快點！快去機場！」

那位司機假如有仔細觀察的話，就會發現她的臉此刻是一片慘白，毫無血色，整個表情也完全變了。她臉上再也不是先前那裡軟弱愚蠢的模樣。她的五官換上了一種罕見的嚴峻表情。那張向來怯懦的小嘴現在抿得又薄又緊，雙眼炯炯有神，說話的聲音帶著一種前所未見的自信，彷彿一切都在掌控之中。

「快點，司機，快點！」

「妳先生不和妳一起去嗎？」那人嚇了一跳。

「當然沒有！我只是要順道把他載去俱樂部而已。不要緊。他會瞭解的。他可以搭計程車去。不要光坐在那說話，先生。**快走啊**！我還要趕去飛巴黎的飛機呀！」

坐在後座佛斯特太太的催促之下，司機一路開得飛快，她也順利在時限幾分鐘前順利抵達。不多久，她便已經身處大西洋高空，舒舒服服的倚靠在飛機椅上，聽著引擎發出的嗡嗡聲，總算在往巴黎的路上去了。那種新的感受還跟著她。她覺得異乎尋常的強壯，而且怪的是，還感覺很棒。這一切讓她有點喘不過氣，但這主要是她對自己的舉動感到訝異而引起的，當飛機離紐約和東六十二街越來越遠，她開始感受到一種無與倫比的平靜。抵達巴黎的時候，她覺得自己又強壯又冷靜，再好也不過。

她與她的外孫們碰面，他們本人看起來甚至比照片裡還要漂亮。她對自己說，他們簡直就像天使一樣，美極了。她每天都會帶他們出去散步，餵他們蛋糕吃，給他們買禮物，說有趣的故事給他們聽。

每星期的星期二，她會寫信給她先生，絮絮叨叨、東家長西家短的寫上一大堆，最後總是以這樣的話結尾，「雖然我不在旁邊的時候你可能就不會這麼做，可是，親愛的，三餐千萬記得要正常。」

六星期結束之後，每個人都很難過她得回美國去，回到她先生的身邊。每個人都很依依不捨，但不包括她在內。教人訝異的是，她並不如想像中那麼捨不得，和他們一一吻別時，她的態度和她說的話彷彿是在暗示，或許再不用多久她就可以再來。

然而，她仍舊像從前那位忠實的妻子，並沒有多待一天。整整六個星期之後，她派了封越洋電報給她先生，搭上返回紐約的班機。

抵達愛德懷德機場時，佛斯特太太發現沒有車來接她，這讓她覺得很有意思。甚至可以說，她可能還覺得有點有趣。不過，她非常的鎮靜，沒有給那位幫她將行李搬進計程車的服務員太多小費。

紐約比巴黎來得冷，街道旁的排水溝裡到處是一堆又一堆的髒雪。計程車在六十二街那棟房子前停了下來，佛斯特太太請司機替她將兩個大行李箱扛上階梯頂端。她付了車錢，然後按下門鈴。她等了又等，沒人應門。她又按了一次，想要確認一下是不是真的沒有人在，只聽見鈴聲遠遠在屋子後頭的食物儲藏室裡刺耳的響著。可是，仍舊沒有人來應門。

於是她拿出身上的鑰匙，自己把門打開。

她一進門就看見地上堆著一大堆郵件，那些郵件被塞進爆滿的信箱後，就這麼掉在地板上。房子裡又黑又冷。老爺鐘外頭仍蓋著防塵布。儘管天氣寒冷，屋子裡頭的氣氛莫名其妙的讓人覺得透不過氣來，空氣中還有一股她從沒聞過的奇怪味道淡淡飄來。

她快步走過大廳，轉過後頭左邊的角落，消失了一會兒。她彷彿別有目的故意這麼做；就像是一個要去調查一項謠言，或確認一個疑點的女人。幾秒鐘過後，她回來，臉上掛著一絲絲滿意的表情。

她在大廳中央停下腳步，看來像是在思忖下一步該怎麼辦。突然，她轉身一路走進她先生的書房。她在桌上發現了他的通訊錄，前後找了一會之後，她撥了個號碼。

「你好，」她說。「是這樣的——這裡是東六十二街九號……是的，沒錯。你可不可以盡快派人過來一趟，可以嗎？是的，好像卡在二、三樓之間。至少指示燈上是這樣顯示的……立刻過來嗎？喔，你們真是太好了。你知道嗎，我的腿不太能爬太多樓梯。真是非常感謝你們。再見。」

她放下話筒，坐在她先生的書桌前，耐心等著那位馬上就要過來修電梯的人。

牧師之樂

■

一九五八

伯吉斯先生車開得很慢，舒舒服服的靠著椅背，一隻手肘枕在搖下的車窗上。這鄉下可真漂亮，他心想；又看見一兩個宣告夏日即將來臨的信號，真叫人舒暢。尤其是那櫻草花。還有山楂花。山楂花沿著籬笆開滿白色、粉紅色和紅色的花朵，底下的櫻草花一小叢一小叢的簇生在一起，真是漂亮。

他一手放開方向盤，點了根菸。他告訴自己，現在最棒的莫過於往布里爾丘的山頂開去。他可以看見那丘陵就在前方約半哩的地方。山巔上，樹叢間的那一撮房舍一定就是布里爾村了。很好。他可不常在這樣風景宜人的高處幹他星期天的活兒。

他把車開上山丘，停在村落外圍、山頂下來一點點的地方。停好之後，他走下車，四處張望。腳底下，鄉間景致像一片廣闊的綠色地毯在他的面前鋪展開來。他可以一直望到幾哩以外的地方。真是太完美了。他從口袋裡掏出一本筆記本和鉛筆，倚在車子後頭，熟練的眼光慢慢掃過四下的景物。

他可以看見一座中型的農舍座落在右手邊田野的遠方，一條小徑從馬路上岔出，直通那農舍的門口。那座農舍後頭還有一棟大型的農舍。還有一棟房子四周圍繞著高大的榆樹，可能是棟維多利亞時代安妮皇后式的建築，左邊遠處還有另外兩棟類似風格的農舍。總共五家。這個方向大概就是這樣了。

伯吉斯先生在他的筆記本上隨便畫了張草圖，標示出每一間房子的位置，好讓他到下面之後，不用花太多功夫就找得到。然後他回到車上，往上開，穿過村子，開到山丘的另外一邊。他在那裡又看見了六個可能的地方——五間農舍和一棟白色大型喬治亞式的房子。他用雙筒望遠鏡仔細觀察那棟喬治亞式的房子。房子看起來相當乾淨、富麗堂皇，花園也整理的井井有條。真是可惜。他立刻將它排除在外。沒有必要去找有錢人。

在這塊地方的這個區域裡，一共有十個可能的地方。十是個好數字，伯吉斯先生心想。悠悠哉哉做一個下午，十個剛好。現在幾點了？十二點整。在開始之前，他想先到酒吧去喝個一品脫的啤酒，可是星期日酒吧要到一點才會開。那好，他晚點再喝。他瞥了一眼筆記本上的註記，決定先從那棟附近種滿榆樹的安妮皇后式的房子開始。在雙筒望遠鏡之下，它看起來已經快倒了。裡頭的人可能會需要點錢。而且，他碰到安妮皇后的房子時運氣總是很好。伯吉斯先生爬回車上，沒發動引擎，直接放開手煞車，讓車慢慢滑下山去。

此時，他身穿神職人員的制服，喬裝成牧師的模樣，除此之外，希里爾．伯吉斯先生並沒有什麼特別邪惡的地方。他是一個古董家具商，在倫敦西南部雀爾喜的國王路上有一間自己的店面和展示間。他的店面不大，而且生意通常都不是非常好，可是因為他的買價很低，非常非常低，賣價卻非常非常高，所以每年他總有辦法攢下一小筆錢來。他是個天賦異秉的業務員，在買賣家具時不論對方是什麼樣的人，他都能夠轉換自如，找出最適合的調調。碰到上了年紀的人，他可以嚴肅又不失魅力，有錢人上門他立刻阿諛奉承，敬神的人來他則一派莊重，沒主見的人來他便蠻橫專斷，寡婦看他淘氣，老處女看他調皮愛打情罵俏。他非常清楚他這項天賦，只要有可能派上用場，就會恬不知恥的大加施展；在一段特別精彩的表演結束之後，他往往會忍不住想轉身鞠一兩次躬，報答全場觀眾如雷的掌聲。

儘管他有這種小丑般的特質，伯吉斯先生卻不是一個笨蛋。事實上，曾有人說，他對於法國、英國及義大利家具的瞭解不下於倫敦地區的任何一個人。他的品味極高，只要設計不夠雅致，那怕東西看來多像真品，他也一眼就能看穿，立刻拒絕。他最鍾愛的作品自然都出自伊士（Ince）、梅修（Mayhew）、戚本德（Chippendale）、羅伯・亞當（Robert Adam）、曼瓦寧（Manwaring）、伊尼哥・瓊斯（Inigo Jones）、赫波懷特（Hepplewhite）、肯特（Kent）、強森（Johnson）、喬治・史密斯（George Smith）、洛克（Lock）、薛瑞登（Sheraton）等人及其他十八世紀偉大設計師之手，不過，就算是這些大家，他自己偶爾也會加以區隔。例如，他不會讓單一件戚本德中國式或哥德式的作品孤伶伶的陳列在展示間裡，羅伯・亞當某些較為厚重的義大利設計風格的作品也是一樣。

過去這幾年來，固定每隔一段時間，伯吉斯先生手上就會出現幾件罕見而稀有的家具，因而在他同行的朋友中享有盛名。這個人顯然有個類似私人倉庫般幾乎不會窮盡的貨源，而且，感覺起來他好像只需要每星期開車出去一趟自己動手搬搬就成了。每次他們問他從哪裡弄來的，他會故意微笑，朝他們眨眨眼，嘟噥著說這是個小秘密。

伯吉斯先生這個小秘密背後的構想其實很簡單，那是大約在九年前，一個星期天下午他開車經過鄉下時得來的靈感。

那天早上，他去探視住在七橡村的老母親，回程路上，他車上的風扇皮帶故障，導致引擎過熱，水箱裡的水燒得精光。他下車走到離馬路五十碼左右那棟最近的小農舍，請那位來應門的好心女士給他一壺水。

就在等她去拿水的時候，他的眼光剛好瞥到門裡客廳的擺設，在離他不到五碼的地方，他瞥見了一樣讓他激動得滿頭冒汗的東西。那是一張大型的扶手椅，樣式他先前只看過一次。兩根扶手和靠背的鑲板都是由一列八根精美的立式旋軸支撐。靠背鑲板裡嵌著他見過最精巧的花飾圖樣，左右兩根扶手上有一半的長度刻著一個鴨頭。我的老天呀，他心想。這可是十五世紀晚期的寶貝呀！

他把頭往門裡再探進了些，天啊，壁爐旁邊竟然還有另外一張！

他無法肯定確切的價錢，不過，兩張這樣的椅子在倫敦一定可以賣到一千英鎊以上。噢，這些寶貝可真漂亮！

女人回來之後，伯吉斯先生先是自我介紹一番，然後便直接了當地問她願不願意把椅子賣他。

我的天啊，她說。她為什麼會想把椅子賣掉呢？

沒什麼理由，除非他願意給她一個滿意的價碼。

他願意出多少價錢呢？它們當然是非賣品，這只不過是出於好奇心，純粹是好玩而已，你也知道，他到底願意出多少價錢呢？

三十五英鎊。

多少？

三十五英鎊。

我的天啊，三十五英鎊。哈哈，這可真有趣。她一直以為它們很值錢。這兩把椅子已經很老了，坐起來也很舒服。她不可能沒有它們，不可能。不，它們是非賣品，不過還是非常感謝你。

這兩把椅子並沒有真的那麼老，伯吉斯先生告訴她，而且一點也不容易賣，只不過他有一個客人碰巧喜歡這樣的東西。或許他可以再加個兩鎊——就三十七鎊。這價錢覺得如何？

他們倆討價還價了半個小時，當然，伯吉斯先生最後把它們買到了手，而且付給她的價錢還不到他們所值的二十分之一。

當天晚上，伯吉斯先生開著他老舊的旅行車返回倫敦，後頭穩穩塞著那兩張寶貝椅子，一個絕妙的念頭突然閃現腦海。

嘿，他對自己說。如果其中一間農舍裡頭有些好東西，其他農舍裡面未必就沒有？他為什麼不來找找看？他為什麼不來把這鄉間仔細搜查一遍？他可以在星期天做。這樣，他的工作就絲毫不會受影響。他向來不知道星期天該幹什麼才好。

於是，伯吉斯先生把倫敦周圍幾個郡的大比例尺地圖全給買來，還用細線把每張地圖劃分成一系列的方形區域。每個方形區域涵蓋整整五哩見方的範圍，他估計，如果真要仔細搜查的話，這大概是星期天一天他所能負荷的範圍上限。他不希望去城鎮或村莊。他鎖定的是相形之下較為獨立的地點，或是大型的農舍，或是破敗不堪的鄉下宅院；如此一來，如果每個星期天他搜查一塊方形區域，一年就是五十二塊區域，他可以逐步把家鄉附近各郡裡頭的每一座農莊和每一間房子一網打盡。

不過，事情當然不只那麼簡單。鄉下人很多疑。落魄的有錢人也是一樣。你不能就這樣大喇喇的上門按鈴，隨便問幾句，等著人家帶你到他家裡面四處看，他們絕對不可能這樣做的。如果真這樣，你永遠連大門都跨不進去。那他該怎樣讓對方上鉤呢？或許他最好不要讓他們知道他是個家具商。他可以是修電話的人，可以是水電工，也可以是瓦斯公司的人。他甚至可以是一位牧師……

從此時起，這整個計畫看來就更可行了。伯吉斯先生訂購了一大堆高級的名片，上面印著以下這些行頭：

希里爾・溫寧頓・伯吉斯

牧師

稀有家具保存學會會長

與維多利亞及亞伯特博物館同步合作

此後，每一個星期日，他都搖身一變成為一位和善的老牧師，在假日時出於對「學會」的愛，四處旅行奔走，替埋沒在英格蘭鄉間的這些寶物編纂一份詳盡的目錄。聽到這樣的說詞之後，天底下有誰會把他踢在門外呢？

半個也沒有。

然後，一旦他進到屋裡，碰巧又發現令他垂涎三尺的東西的話——他可有一百種方法來應付。這個計畫還真行得通，連伯吉斯先生自己也頗為意外。事實上，剛開始，他在鄉下那一間又一間的房子裡受到的款待甚至連他自己都會感到不好意思。可能是一片涼了的派、一杯紅葡萄酒，或是一杯茶、一籃梅子，甚至和對方家人一起享用一頓週日晚餐也不是沒發生過，他常會遇到這種盛情的款待，幾乎推也推不掉。當然，遲早總是會有運氣背的時候，也曾經有過一些不愉快的經驗，不過，九年可是有四百多個星期天，拜訪過的房子數量非常可觀。總的來說，這一直是件有趣、刺激而又有利可圖的差事。

眼看又是星期天，伯吉斯先生正在白金漢郡那裡活動，離牛津大約十哩，是他地圖上最北邊的方形區域之一，當他把車開下山丘，朝他第一個目標，也就是那棟安妮皇后式的房子去的時候，他已經開始覺得這會是個幸運的一天。

他把車停在大門外一百碼的地方，剩下的距離便下車步行。他從不喜歡在交易完成之前讓別人看見他的車。一位親愛的老牧師和一輛大型旅行車，怎麼樣都不太搭調。而且，這段短短的路程也讓他有時間從外頭仔細觀察房子，打量眼前的狀況，想想要用什麼調調才最合適。

伯吉斯先生步伐輕快的沿著車道往上走。他是個個小腿肥肚子大的男人。一張臉圓滾紅潤，和他的身材十分相配，那張紅潤的臉上爆出兩顆棕色大眼瞪著你，讓人依稀覺得他有點低能。他身穿黑色衣服，頸子上是牧師常戴的硬式膠領，頭上則是一頂黑色軟帽。他還隨身攜帶著一根老舊的橡樹手杖，他自己覺得，這讓他看起來更質樸可親。

他來到前門，按了門鈴。他聽見腳步聲在門廳內迴響，門打開，突然在他面前出現了一位，或者該說，在他的上頭出現了一位穿著馬褲的魁梧女人。即便她嘴裡抽著香菸，他也還是能夠聞到馬廄和馬糞濃烈的味道從她身上直撲而來。

「有什麼事？」她滿臉狐疑的打量他。「你想幹嘛？」

儘管伯吉斯先生認為她隨時都有可能像匹馬一樣嘶鳴起來，他還是舉起帽子，微微鞠了個躬，把名片遞了上去。「很抱歉打擾妳，」他說完後便等著，看她讀名片時臉上的表情。

「我搞不懂，」她說著把名片遞了回來。「你到底想幹嘛？」

伯吉斯先生向她解釋稀有家具保存協會的宗旨。

「這該不會剛好和那個社會黨有關吧？」她說話的時候，蒼白濃密的眉毛底下那對眼睛也狠狠的瞪著他。

從這時起，一切都變得再簡單不過。穿著馬褲的保守黨黨員，管他是男是女，伯吉斯先生向來手到擒來。他花了兩分鐘時間，慷慨激昂的把極右派保守黨歌功頌德一番，然後又花了兩分鐘把社會黨貶得一文不值。他甚至還畫龍點睛的特意提到那個社會黨一度打算廢止打獵這種血腥運動的法案，然後，他繼續告訴他的聽眾，他心目中的天堂——「不過，我親愛的，妳最好別跟主教說」——是一個每天從早到晚都可以帶著一大群不知道疲累的獵犬出去獵狐狸、雄鹿和野兔的地方，那怕連星期天也不例外。

他滔滔不絕的同時也留意著她，他察覺到魔法逐漸發揮效力。那女人現在咧著嘴笑著，露出一口略微泛黃的巨牙對著伯吉斯先生。「女士，」他喊著，「我求妳，**拜託**不要跟我提到社會黨。」她一聽立刻爆出大笑，提起一隻紅紅的巨手，在他肩上用力拍了一掌，力道之大，害他險些跌倒。

「進來吧！」她高聲說。「我不清楚你到底要什麼鬼東西，不過還是進來吧！」

很不幸，整間屋子裡沒有一件值錢的東西，這讓他頗感意外。伯吉斯先生向來不在貧瘠的土地上浪費時間，隨即藉故抽身。這次拜訪從頭到尾不到十五分鐘，他爬回車裡準備往下一個地方去的時候告訴自己，就該是這樣，連一秒鐘也不該浪費。

此後，一路上都是農舍，最近的一間大約在前面半哩的路上。那是一棟頗有歷史、半木造半磚造的建築物，還有一棵參天的梨樹燦燦的開著花，幾乎把整面向南的牆壁全給遮住了。

伯吉斯敲了門。等了一會兒，沒人來。他又敲了敲，仍舊不見人來應門，於是，他晃到後頭的牛棚去尋找農夫。牛棚那裡也同樣沒人。他猜想他們一定還在教堂裡，於是他開始朝窗戶裡頭張望，看看能不能瞥見什麼有趣的東西。餐廳裡沒有。圖書室裡也沒有。他往下一扇客廳的窗戶去試試手氣，就在他眼前，在窗戶突出來的那個地方，他看見了一件美麗的東西。那是一張赫波懷特風格的半圓形桃花心木牌桌，飾面上有精美的刻紋，出產時間約在一七八〇年前後。

「啊哈，」他大叫一聲，整張臉貼在玻璃上。「幹得好啊，伯吉斯。」

不過，好東西還不止如此。裡頭還有一張椅子，一張單人椅，如果他沒看錯的話，那張椅子的品質甚至還比那桌子好。同樣也是赫波懷特的作品，不是嗎？喔，真是件漂亮的寶貝！後頭的格飾上細細刻著忍冬、麥桿還有碟狀的圓形紋飾，椅墊部分的藤編也是真品，椅腳彎曲的線條優美，後兩腳上還有特別向外傾的斜面，更使這張椅子與眾不同。這是張精雕細琢的椅子。「今天結束之前，」伯吉斯先生輕輕的對自己說，「我一定要好好享受坐在那張可愛椅子上頭的快感。」他每次只要買到一張椅子一定都會這麼做，這是他最喜歡的一種測試方式。經年累月之後，椅子難免鬆動，只見他輕手輕腳慢慢坐到椅子上，等著椅子慢慢往下「沈」，然後熟練而精準的估量出榫眼和榫頭間細如髮絲的縫隙寬度，這一幕總是令人嘆為觀止。

但這一點都不急，他這麼告訴自己。他等一下再回來。他有一整個下午的時間。

下一棟農舍在原野後頭稍微有點距離的地方，為了要讓他的車不被發現，伯吉斯先生不得不將車停在路旁，沿著那條直直的小徑，走上約六百碼的距離，直接來到那棟農舍的後院。一步步靠近時，他發現這個地方比剛才那個地方小了許多，心中不抱太大的希望。這裡看來又髒又亂，有些棚子即使經過修繕，狀況仍舊很糟。

三個男人緊緊的擠在院子的一角，其中一人用狗鍊牽著兩頭高大的黑色靈猩。他們看見身穿黑色衣服、頸繫牧師用硬領的伯吉斯先生朝他們走去時，他們正在說的話立刻斷在嘴邊，彷彿突然結凍僵硬一般，沒有任何一絲一毫動靜，只是把三張臉轉過來對著他，滿臉懷疑地看著他走過來。

三人當中最老的那位，個子矮胖，生著張青蛙般的闊嘴和一雙狡猾的小眼，雖然伯吉斯先生不知道，不過，他叫做魯明斯，是這個農場的主人。他身旁高大的年輕人叫做貝特，很明顯地可以看出來其中一隻眼睛有點問題，他是魯明斯的兒子。

那個臉圓圓胖胖，皺著短眉毛，肩膀寬得不像話的矮個子叫克勞德。克勞德來到魯明斯家，是為了討魯明斯前一天殺的那頭豬上的一塊豬肉或是火腿。克勞德知道他殺豬的事——豬叫聲在原野上傳得老遠——他也知道要有政府的許可才能幹這種事，而魯明斯並沒有得到許可。

「午安，」伯吉斯先生說。「今天天氣真好。」

三人都沒動。在那個當下，他們心裡的念頭一模一樣——這個神父顯然不是當地人，不論橫看豎看，感覺起來都像是被派來查他們底細的，之後再把發現的事回去跟政府報告。

「真漂亮的狗，」伯吉斯先生說。「我得承認，我從來沒有賽過靈猩，可是聽說這是種很棒的運動。」

又是沈默，伯吉斯先生很快的從魯明斯身上瞄向貝特，再瞥向克勞德，然後又望回魯明斯。他發現，他們每個人臉上都有著同樣詭異的表情，介於嘲諷和挑釁之間，嘴角輕蔑的上揚，鼻子周圍也透露著不屑。

「可否請問，你是不是這裡的主人？」伯吉斯先生問魯明斯，並不因為他們的表情而退卻。

「你想幹什麼？」

「很抱歉麻煩你，尤其在這樣一個星期天。」

伯吉斯先生遞出名片，魯明斯接過，近近的舉在眼前。另外兩個人並沒有移動，但他們的眼睛溜向一邊，想瞧個仔細。

「你到底想幹嘛？」魯明斯問。

伯吉斯先生花了好些功夫向他解釋稀有家具保存學會的宗旨和理想，這是這天早上他第二次幹這件事。

「我們什麼也沒有，」他說完後，魯明斯告訴他。「你只是在浪費時間而已。」

「喔，等等，先生，」伯吉斯豎起一根手指。「上次跟我這樣說的人是一個住在塞薩克斯郡的老農夫，他最後好不容易才讓我進去他家看看，你知道我發現什麼東西嗎？我看見一張又舊又髒的椅子放在廚房的角落裡，身價高達**四百英鎊**耶！我告訴他怎樣拿去賣，然後他用賣來的錢買了輛新的牽引機。」

「你到底在講什麼東西啊？」克勞德說。「世界上哪有什麼椅子會值四百英鎊的。」

「不好意思，」伯吉斯先生故作正經的回答，「英格蘭有一大堆椅子可以賣到那兩倍以上的價錢。你知道這些椅子在哪裡嗎？它們被塞在鄉下各地的農場和房舍裡，主人拿它們來當踏板或梯子，穿著平頭釘的笨重靴子踩在它們上面來拿壁櫥頂端的一罐果醬或是掛畫。我跟你說的都是實話，朋友。」

魯明斯不安的挪動著腳步。「你是說，你只是想進屋去，站在房間中央，四處看看而已嗎？」

「沒錯，」伯吉斯先生說。他總算察覺到他們在擔心的是什麼。「我不想去翻你的壁櫥或是儲藏食物的地方。我只是想看看家具，看你們這裡會不會剛好有什麼寶貝，然後把它寫進我們學會的雜誌裡面。」

「你知道我在想什麼嗎？」魯明斯用他那雙邪邪的小眼緊盯著他。「我想你是想要自己買下來。不然，你為什麼要花這麼大的功夫？」

「喔，我的天啊。要是我有錢就好了。當然，如果我看見讓我愛不釋手的東西，而且在我負擔能力範圍之內，我可能會向對方開價。不過，唉，這種情形很少。」

「好吧，」魯明斯說，「如果你只是想看看的話，我想應該沒什麼要緊。」他帶頭穿過後院，往房子的後門去，伯吉斯先生跟在他身後；他的兒子貝特還有克勞德和他那兩隻狗也跟了上來。他們穿過廚房，那裡面唯一的一件家具是張便宜的松木桌，上頭放著隻死雞，然後他們進到一間不小的客廳，放眼所及，髒得嚇人。

就在那！伯吉斯先生立刻就看見了那個寶貝，他停下腳步，動也動不了，難以置信的叫了一聲。他在原地至少站了五秒、十秒、十五秒，像個白癡一樣瞪著，簡直無法相信，不敢相信他眼前看到的東西。那**不可能**是真的，絕不可能！可是他看得越久，它就越像是真的。畢竟，它就立在他眼前靠牆邊的地方，真真切切、扎扎實實，就像這棟房子一樣。世界上誰會把這樣一個東西弄錯呢？它是被漆成了白色沒錯，可是這一點都沒影響。不知是那個白癡幹的蠢事。那層漆很輕易就可以弄掉。老天爺啊！你看看！竟然在這樣的一個地方！

此時，伯吉斯先生發現魯明斯、貝特和克勞德三個人站在一起，靠著壁爐非常近，目不轉睛的看著他。他們眼看他停下腳步、喘氣、發楞，而且一定也看見他臉色發紅，也有可能是發白，不過，不管怎麼說，他們看得都夠多了，如果他不趕快反應的話，這該死的生意就要泡湯了。一眨眼，伯吉斯先生一隻手按在心口上，步履蹣跚的晃到最近的一張椅子旁，倒坐了下去，用力的喘著氣。

「你怎麼了？」克勞德問。

「沒事，」他上氣不接下氣的說。「一分鐘就好了。麻煩你，給我一杯水。我的心臟不太舒服。」

貝特拿了杯水遞給他，然後站在他身邊，一臉呆笨的斜眼瞪著他瞧。

「我還以為你在看什麼呢，」魯明斯說。他那張大青蛙嘴又扯開了些，咧著嘴，不懷好意的笑著，露出幾顆壞牙的殘根。

「不，不，」伯吉斯先生說。「喔，我的天呀，不是的。是我的心臟。真不好意思。它不時就會發作。可是很快就會好轉。只要幾分鐘我就會沒事的。」

他**必須**要有時間思考，他對自己這樣說。更重要的是，在他開口說話之前，他必須要有時間完完全全鎮定下來。別慌，伯吉斯。不管你做什麼，保持冷靜。這些人或許無知，但他們可不笨。他們生性猜疑，謹慎又狡猾。如果那是真的——不，那**不可能**是真的，那**不可能**是真的……

他擺出一副痛苦的模樣，將一隻手遮在眼前，然後非常小心的悄悄挪動兩根手指頭，弄出道縫隙，往外偷瞄。

當然，那東西還在原位，這次他好好的看了個夠。沒錯——他第一次就猜對了！絕對沒有任何疑問！這真是太教人不敢相信了！

他看見的是一件任何專家都會不惜一切代價弄到手的家具。對一個外行人來說，它看來或許並不特別搶眼，更別提現在它外頭又漆著一層骯髒的白漆，不過，對伯吉斯先生而言，它可是古董家具商夢寐以求的寶貝。他和歐美地區其他古董家具商都知道，現存的十八世紀英國家具中，最富盛名也最炙手可熱的是三件名為「戚本德五斗櫃」的家具。他知道它們過往的歷史——第一件是一九二〇年被人在「沼澤上的摩頓」這個地方的一棟房子裡「發現」的，同年在蘇富比拍賣會上賣出；一年之後，另外兩件也在同樣的拍賣會場上現身，這兩件同樣都來自諾福克的藍罕廳。它們全都以天價成交。第一件確切的成交數字他已經記不得了，第二件也是，可是，他確定最後一件是以三千九百堅尼（**英國舊金幣，合一點零五英鎊**）賣出。而且那還是在一九二一年的時候！今天，同樣一件家具的身價肯定值一萬英鎊。近來有個人針對這些五斗櫃做了項研究，至於他叫什麼名字，伯吉斯先生已經忘了，研究證實，這三件五斗櫃確定來自同一間工坊，因為所使用的鑲板全都來自同一根原木，而且三件五斗櫃在製造時所使用的模版也是同一組。它們的製造清單都沒有被發現，但所有專家都同意，這三件五斗櫃只可能出自湯馬斯．戚本德本人，而且是在他最顛峰的時刻，用他的雙手親自雕鑿出來的。

看啊，伯吉斯先生小心翼翼的從指縫往外瞄的時候不斷告訴自己，這就是第四件戚本德五斗櫃啊！是**他**發現的！他要發財了！他要出名了！另外三件五斗櫃都以一個特別的名字在家具界享有盛名——查斯特頓五斗櫃、第一藍罕五斗櫃、第二藍罕五斗櫃。這一件將會以伯吉斯五斗櫃名留青史啊！明天早上，倫敦那些人看到的時候，臉上真不知會有什麼表情！像是法蘭克．派崔吉、馬雷特、傑雷還有其他倫敦西區有頭有臉的人物都會出上天文數字的價碼！《泰晤士報》也會刊出照片，一旁寫著「巧奪天工的戚本德五斗櫃近來被一位名叫希里爾．伯吉斯的倫敦古董家具商發現……」我的老天啊，他可要出盡鋒頭了！

伯吉斯先生心想，這邊這一件和第二藍罕五斗櫃幾乎一模一樣（查斯特頓和兩件藍罕五斗櫃這三件彼此都有些細微的不同）。這件五斗櫃呈現法國洛可可風格，是戚本德在《家具指南》時期最令人激賞的傑作（戚本德於一七五四年出版了一本名爲《家具指南》的書，這是第一本家具設計的專著。戚本德式的家具分哥德式、洛可可式及中國式三種，而戚本德則成爲洛可可式家具的同義詞），四隻櫃腳將寬大的五斗櫃抬離地面約一呎，櫃腳上刻有凹槽。櫃上一共有六個抽屜，兩個長的在中間，兩側各有兩個短的。櫃子的正面有蛇紋狀的螺旋設計，從頂到邊到底，還有每組抽屜上下之間的部位，都用精工雕成的花紋、渦卷形裝飾和各式各樣的紋路妝點得富麗堂皇。銅質握把雖然有部分被白漆遮蓋，仍可以看出水準一流。當然，這是一件頗為「繁複」的家具，但典雅優美的工法讓設計上的繁複感覺起來一點都不會讓人不舒服。

「你現在感覺怎麼樣？」伯吉斯聽到一個聲音說。

「謝謝你，謝謝你。我已經好很多了。很快就過了。我的醫生說只要發作時休息幾分鐘就沒什麼好擔心的。啊，沒錯，」他說著慢慢站起身。「好多了，我現在沒事了。」

他踩著有點不穩的腳步，開始在房裡走動檢視家具，一次一件，簡短發表些評語。他立刻發現，除了那五斗櫃之外，這是塊非常貧瘠的土地。

「不錯的橡木桌，」他說。「不過恐怕不夠老，賣不了錢。這椅子很好，很舒服，不過太新潮了，沒錯，太新潮了。至於這個壁櫥嘛，嗯，還蠻吸引人的，可是也一樣不值錢。這個五斗櫃呢——他若無其事地走過那張戚本德五斗櫃，不屑的用手指輕輕彈了一下——「我敢說值個幾鎊，就幾鎊而已。大概是個粗製濫造的複製品，我想。可能是維多利亞時期做的。是你把它漆白的嗎？」

「沒錯，」魯明斯說。「貝特漆的。」

「真聰明。漆成白色看起來就沒那麼討厭了。」

「那是一件很堅固的家具，」魯明斯說。「上面有些雕刻也不錯。」

「機械刻的，」伯吉斯先生煞有介事的回答他，彎下身仔細檢驗那精雕細琢的手工。「就算在一哩外也不會弄錯。可是，我想它這樣看來還是蠻漂亮的。的確是有點特色。」

他開始往旁邊走去，然後，突然停下腳步，慢慢轉過身。他將一隻指尖抵在下巴尖上，頭擺向一邊，皺起眉頭，好像在深思什麼。

「你知道嗎？」他看著那五斗櫃說，態度非常隨便，聲音斷斷續續。「我剛剛想到……我在找類似那樣的一組櫃腳已經找了好久了。我自己那間小房子裡有一張很少見的桌子，就像一般人放在沙發前面，和咖啡桌差不多的那種矮桌，上一個米迦勒節我搬家的時候，那些愚蠢的搬家工人把我的桌腳毀得慘不忍睹。我很喜歡那張桌子。我都把我的那本大聖經還有佈道的筆記放在上面。」

他停了停，手指磨著下巴。「我在想，你這張五斗櫃的櫃腳可能很適合。沒錯，可能真的蠻配的。三兩下就可以鋸下來裝到我的桌子上。」

他四處張望，看見那三個人一動不動站著，滿臉狐疑的看著他，三雙眼睛各有不同，魯明斯的是雙小小的豬眼，克勞德的是雙遲鈍的大眼，貝特則是雙怪眼，其中一隻很古怪，像是煮熟了一樣，霧濛濛的一片慘白，中間那一小粒黑點，看來就像是餐盤上的魚眼；可是三雙眼睛都同樣完全不信任他。

伯吉斯先生笑著搖了搖頭。「天啊，天啊，我到底在說些什麼呀？好像我已經是它的主人一樣，真是抱歉。」

「你的意思是你想買它，」魯明斯說。

「這個嘛……」伯吉斯先生的目光瞥回那五斗櫃，皺著眉說，「我不太確定……我或許……話說回來……再想想……不……我想這有可能太麻煩了點。不值得這麼做。我想還是算了。」

「你打算出多少價錢？」

「恐怕不多。你知道嗎，這不是一件真正的古董，只不過是個複製品而已。」

「我可不那麼認為，」魯明斯告訴他。「它在**這裡**至少有二十年了，在那之前，它是在地主的家裡。大地主死後，我親自在一場拍賣會上買回來的。你別跟我說這是新的東西。」

「它沒有很新，可是絕對不超過六十年。」

「它才不只六十年，」魯明斯說。「貝特，你在其中一個抽屜後面找到的那張紙在哪？就是那張舊文件。」

男孩眼神空洞的望著他的父親。

伯吉斯先生的嘴張了開，然後又迅速閉上，一個字也沒說。他真的是興奮得要發抖了，為了使自己鎮定下來，他走到窗邊，看著一隻肥胖的棕色母雞在院子裡四處啄食散落的穀粒。

「在抽屜後面，壓在那些抓兔子的陷阱底下，」魯明斯說。「快去拿出來給牧師看。」

貝特走向五斗櫃時，伯吉斯先生也轉過身。他無法不去看他。貝特拉出其中一個中間的大抽屜時，伯吉斯發現抽屜滑動得非常順暢美麗。他看見貝特的手伸進去，在一大堆電線和細繩之間東翻西找。

「你是說這個嗎？」貝特舉起一張折起來的泛黃紙張，交給他父親，魯明斯把紙打開，湊到臉前。

「看你怎麼跟我說這份文件不夠老，」魯明斯說著便把紙遞給伯吉斯先生，伯吉斯接過來的時候，整隻手臂都在發抖。這張紙很脆弱，在他指尖之間嗶剝作響。文件以細長的斜體銅板字體寫成：

湯馬斯・戚本德博士

致愛德華・蒙塔鳩先生

這是一張用精選的桃花心木製成的大型五斗櫃，雕工精緻，下方櫃腳上刻有凹槽，中間部分是兩個造型精緻勻稱的抽屜，兩側也各有兩個，並附有精雕細鏤的銅質握把和裝飾，以最精緻卓越的品味打造而成……八十七英鎊伯吉斯先生盡力克制住自己，強忍住那股在他心中不停打轉、讓他感到暈眩的興奮之情。喔，天啊，真是太棒了！有了這張製造清單，身價就更高了。現在它能賣到多少錢啊，老天？一萬兩千英鎊？一萬四？一萬五，甚至兩萬？誰知道？

噢，太棒了！

他不屑的把紙丟在桌上，靜靜的說，「就和我告訴你的一模一樣，這是個維多利亞時期的仿製品。這只不過是賣方——那個製造者，他把這件家具假冒成一件古董——給他客户的製造清單。我看多了。你可以發現，上面沒說這是他做的。破綻就在這裡。」

「不管你怎麼說，」魯明斯說，「這都是一份很舊的文件。」

「當然，這的確是份很舊的文件沒錯，我親愛的朋友。大概是維多利亞時期，維多利亞晚期，一八九〇年左右，有六、七十年久了。我看過幾百張了。那段時間有一大堆做家具的木工師傅成天什麼都不幹，就只顧著仿造前一個世紀的經典家具。」

「聽著，牧師，」魯明斯用一隻又肥又髒的手指指著他說，「我不是要說你對家具這一行瞭解不深，我要說的是：你甚至連漆底下是什麼模樣都還沒見過，怎麼就可以一口咬定說這是件仿冒品呢？」

「來，」伯吉斯先生說。「過來，我告訴你。」他站在五斗櫃旁，等他們走近。「好了，誰身上有刀的？」

克勞德掏出一把角柄折疊刀，伯吉斯先生接過去，打開裡頭最小的那把刀。然後他故意擺出一副漫不經心的模樣，其實心裡非常小心，開始把五斗櫃頂端一小塊白漆刮掉。一整片白漆剝落得一乾二淨，露出底下老舊堅硬的亮光漆，清掉約三平方吋的白漆之後，伯吉斯往後退，對他們說，

「好了，看看吧！」

真是漂亮──那一小塊潤澤的桃花心木如黃寶石般發著光，展現它兩百年來豐富黝深的原色。

「有什麼不對嗎？」魯明斯問。

「它被處理過了！誰都看得出來啊！」

「你是怎麼看出來的，先生？你倒是告訴我們。」

「嗯，我得說這會有點難解釋。這主要是經驗問題。我的經驗告訴我，這木頭曾經用石灰處理過，絕對毫無疑問。他們就是用這種方法來處理桃花心木，好讓它看起來有陳年的黝深色澤。如果是橡樹的話，他們會用碳酸鉀鹽，胡桃木用硝酸，可是桃花心木向來用的就是石灰。」

那三個人又往前靠了些，盯著木頭看。現在，他們被勾起了一點點的興趣。人們在聽到一種新的謊言或是騙人的手段時，總是會感到興味盎然。

「仔細看看它的紋路。你在那深紅棕色裡頭可以看見一點點橘色，那就是用石灰處理過的痕跡。」

他們往前靠，鼻子湊到木頭上，先是魯明斯，然後是克勞德，再來才是貝特。

「銅鏽也有問題，」伯吉斯先生繼續說。

「什麼？」

他把銅鏽這個字用在家具上時的意思解釋給他們聽。

「我親愛的朋友，你們絕對不知道，那些渾球為了模仿真正銅鏽那種青銅般堅硬美麗的外觀會花上多少功夫。那很糟糕，真的真的很糟糕，只要一講到我就想吐！」他把每一個字從舌尖忿忿的吐出，嘴巴還裝出一副噁心的模樣來顯示他極度的反感。那三個人等著，希望能聽到更多秘密。

「有些人竟然會花上那麼多時間和功夫來欺騙無知的人，真是該死！」伯吉斯先生激昂的高喊。「真是噁心透了！你們知道他們在這裡動了什麼手腳嗎，我的朋友？我可以清清楚楚的認出來，我甚至可以看見他們在進行那漫長複雜的手續，先用亞麻籽油抹在木頭上，然後再覆上一層經過巧妙調色的罩光漆，用浮石和油刷過，再塗上含有沙塵的蠟，最後再用熱處理的方式讓漆皸裂，好讓它看起來像是有兩百年歷史的亮光漆一樣！只要一想到這種無賴的行徑我就生氣！」

那三個人還在瞪著那一小塊深色的木頭看。

「摸一下！」伯吉斯先生用命令的口氣對他們說。「把你們的手指放上去！吶，有什麼感覺，是溫溫的還是冷冷的？」

「感覺冷冷的，」魯明斯說。

「沒錯，我的朋友！仿造的銅鏽摸起來總是冷冷的。真正的銅鏽摸起來有一種特別的溫暖觸感。」

「這感覺起來沒什麼特別的，」魯明斯準備要反駁他的說法。

「不，先生，這摸起來是冷的。不過，當然你的手指要夠敏銳、夠經驗才會有正確無誤的判斷。我沒有辦法期望你能有準確的判斷，就像你不能期盼我去分辨你的大麥的好壞一樣。我親愛的先生，生命中的每一件事情都是經驗啊。」

這個雙眼暴突，有著月亮般怪臉的牧師似乎對他的專業還真有點瞭解，那三個人瞪著他看，不再像剛才那麼疑心重重。不過，如果要他們信任他，那還早的很。

伯吉斯先生彎下腰，指著五斗櫃上其中一個金屬抽屜把手。「這是那些仿造者另外一個會動手腳的地方，」他說。「舊的銅通常會有一種獨有的色澤和特性。這一點你們知道嗎？」

他們瞪著他，還想知道更多秘密。

「可是，麻煩在於，他們仿造的手法簡直到了出神入化的地步。事實上，幾乎不太可能分辨『真舊』和『假舊』之間的差異。我不否認，我自己也沒辦法肯定。所以，真的沒必要去刮把手上的漆。這麼做並不會更聰明。」

「你怎麼有可能把新的銅弄得看起來和舊的銅一樣？」克勞德說。「銅是不會生鏽的，你也知道。」

「你說的很有道理，我的朋友。但那些下流的傢伙自有他們的密招。」

「比如說什麼密招？」克勞德問。他認為，只要是這類的資訊都有價值。誰都不知道哪天它會派上用場。

「他們只需要，」伯吉斯先生說，「把桃花心木的木屑泡在氯化銨裡裝進盒子裡面，再把把手放進去到隔夜就行了。氯化銨會使得金屬變綠，可是，如果把那層綠給刮掉，你會發現底下的金屬有一種柔美細緻而溫潤的銀質光澤，和年代非常久遠的銅器的光澤一模一樣。喔，他們的行為真是太下流了！如果是鐵器的話，他們還有另外的辦法。」

「他們怎麼處理鐵器？」克勞德已經著迷了。

「鐵器很簡單，」伯吉斯先生說。「不管是鐵鎖、鐵盤還是鐵鉸鍊，只要放在普通的鹽裡面，不用多久，一拿出來上面就凹凹凸凸的全是鏽。」

「好啦，」魯明斯說。「既然你承認你沒辦法分辨這些把手的年代，那就你所知，他們可能有好幾百年的歷史，對嗎？」

「啊，」伯吉斯先生用那雙暴突的棕色大眼盯著他低聲說，「這你就錯了。我們來看看。」

他從夾克的口袋裡掏出一把小螺絲起子。同時，他也拿了一小根銅螺絲，天衣無縫的藏在手掌心裡，他們三個誰也沒看到。然後，他選了衣櫃上某根螺絲——每根把手上都有四根——小心翼翼的把螺絲頭上的白漆全給刮掉。刮完之後，他開始慢慢把螺絲旋出來。

「如果這真的是一根十八世紀的老舊銅螺絲的話，」他說，「螺紋會稍微有些不平整，很輕易就可以看出是人用銼刀去刻出來的。可是，如果這根銅把手是比較晚近的仿冒品，比方說是維多利亞時代甚至更晚一點，那這根螺絲也一定是同時期的東西。用機器大量製造出來的。不管是誰都可以認出機器製造的螺絲。好，我們就來看看。」

伯吉斯先生將手放在舊的螺絲上，把它拔出來，這麼做的時候順手把新舊兩根螺絲掉包並不是什麼困難的事。這是他另外一樣小把戲，而這些年來這個把戲的效果都非常好。他那件牧師夾克的口袋裡隨時都裝滿一大堆各種尺寸的便宜螺絲。

「好啦，」他說著把新的螺絲遞給魯明斯。「你自己瞧瞧。注意到平整的螺紋了嗎？看到了嗎？當然，你怎麼會沒看到呢。這只不過是根便宜又普通的小螺絲而已，今天你自己隨便在鄉下哪一間五金行都買得到。」

螺絲在三人手中傳遞，每個人都仔細的檢查它。現在，就連魯明斯都對他刮目相看了。

伯吉斯先生把螺絲起子和他從衣櫃上拔下來的那根精美的手工螺絲一起放回夾克口袋裡，然後他轉過身，慢步經過那三個人，朝門口走去。

「親愛的朋友，」他停在通往廚房的門口對他們說，「謝謝你們願意讓我進來這間小房子瞧瞧，你們真好心。希望你們不會覺得我是個討人厭的老傢伙才好。」

魯明斯先生剛才還低著頭看螺絲，聽到他這麼說，他把頭抬起來。「你還沒說你打算出多少錢，」他說。

「啊，」伯吉斯先生說。「沒錯沒錯。我還沒說，對吧？嗯，老實跟你說，這真的有點太麻煩了。我想我還是算了。」

「你願意出多少？」

「你是說，你真的想割愛嗎？」

「我沒說我真的想割愛。我只是問你要出多少。」

伯吉斯先生望向那衣櫃，頭先是歪向一邊，繼而又歪向另外一邊，然後他皺眉、嘟嘴，聳了聳肩，一隻手還略微不屑的揮了揮，彷彿是在說這東西根本連想都不值得一想，不是嗎？

「那就……十鎊吧。我想這價錢蠻公道的。」

「十鎊！」魯明斯大叫一聲。「別那麼荒謬了，牧師，**拜託**！」

「看看這張文件！」魯明斯用他的髒手指用力戳著那張珍貴的文件，伯吉斯先生不由得緊張起來。「上面清清楚楚寫著它的價錢！八十七鎊！而且這還是它剛做好時候的價錢。現在它變成古董，身價要漲一倍才對！」

「請原諒我這麼說，不，先生，它不是古董。那只不過是個二手貨而已。這樣吧，朋友——這樣聽起來可能有點魯莽，可是我沒辦法——我願意出十五鎊的高價。你說呢？」

「五十鎊啦，」魯明斯說。

一陣甜美的震顫像針刺般一路沿著伯吉斯先生的後腿往下竄，直竄到他腳後跟底下。到手了。那東西是他的了。不用懷疑。可是，幾年來基於種種必要的考量和反覆的練習，他已經培養出低價買進的習慣，只要有任何殺價的可能，絕不手軟，他體內的這個習慣甚為強烈，不允許他就這麼輕易屈服。

「親愛的先生，」他輕柔的低聲說道，「我只缺櫃腳而已。或許之後那些抽屜可以拿來做別的用途，可是剩下的衣櫃本身，就像你朋友說的，只不過是柴火而已，沒別的用途。」

「三十五鎊，」魯明斯說。

「沒辦法，先生，我真的沒辦法！它根本不值這個錢。而且我實在很不希望自己這樣跟你講價講半天。這是不對的。我開給你最後一個價錢，然後我就得走了。二十鎊。」

「成交，」魯明斯立刻回答。「衣櫃是你的了。」

「我的天啊，」伯吉斯先生雙手緊握著說。「我又犯老毛病了。早知道一開始就不該開口才對。」

「現在你可不能說話不算話，牧師。說定了就是說定了。」

「是，是，我知道。」

「你要怎麼搬它？」

「嗯，讓我想想。如果我把車開進你們院子裡，好心的先生們是不是可以替我搬上車呢？」

「搬進一輛轎車嗎？轎車是絕對裝不下這個東西的！你得要有一輛卡車才行！」

「我可不這麼認為。總而言之，等一下就知道了。我的車停在路邊。我馬上回來。一定有辦法搞定的，我確定。」

伯吉斯先生走進外頭的院子，穿過門，沿著那條長長的小徑橫越草地，往馬路走去。他無法克制的開始咯咯笑了起來，體內彷彿有幾百個小泡泡從肚子裡往上升，快樂的在他腦袋頂端爆開，就像蘇打水一樣。草原上所有的毛茛頓時都變成英國舊時使用的一英鎊金幣，在陽光下燦著金光。地上到處長著毛莨，伯吉斯先生離開小徑走到草地上，好穿過那些毛莨，踩在它們上頭，還可以聽聽他腳趾頭踢到時，它們發出如金屬般微弱的叮噹聲。他幾乎忍不住想要撒腿快跑。可是，牧師從不用跑的；他們只會慢慢的走。慢慢走，伯吉斯。保持冷靜，伯吉斯。現在根本不用急。五斗櫃是你的了！只花了二十鎊就是你的了，它可值一萬五甚至兩萬英鎊呀！伯吉斯五斗櫃！要不了十分鐘，它就會裝在你的車子裡面——這絕對沒有問題的——然後，你就開車回倫敦，一路上高興的唱著歌！伯吉斯先生開著伯吉斯車載著伯吉斯五斗櫃。這真是歷史性的一刻。新聞記者為了要拍張照片，不擠破頭才怪！該安排安排嗎？或許真該這麼做。再看看好了。噢，真是美妙的一天啊！噢，充滿夏日陽光的可愛日子啊！噢，願神榮耀降臨！

農舍裡，魯明斯說，「真想不到，那個老渾球竟然願意花二十英鎊來買這堆垃圾。」

「幹得好，魯明斯先生，」克勞德說，「你想他會付你錢嗎？」

「我們等他付錢再搬上車。」

「如果塞不進去怎麼辦？」克勞德問。「你知道我怎麼想嗎，魯明斯先生？你要我實話實說嗎？我覺得這個笨東西太大了，會塞不進去。然後呢？他會說去他的，然後就把它丟在這邊，自己開車走人，永遠都別想再見到他。永遠也別想拿到錢。他不是真的那麼想要這個東西，你也知道。」

這一點魯明斯先前沒想過，蠻令人擔心的，他停下來想了想。

「這種東西怎麼可能塞得進一輛轎車裡呢？」克勞德還不罷休。「而且，牧師從來就不會開大車的。你從來沒看過牧師開大車對吧，魯明斯先生？」

「好像沒有。」

「那就對啦！聽我說。我有個主意。他跟我們說他只想要櫃腳而已，不是嗎？所以，趁他回來之前，我們趕緊當場把腳鋸下來，然後就肯定可以塞得進轎車裡去了。這樣，他回去之後也不用麻煩把腳鋸下來。你覺得怎樣，魯明斯先生？」克勞德那張牛臉上閃著教人作嘔的驕傲神情。

「聽起來還不賴，」魯明斯邊說邊看著那個五斗櫃。「真是個好主意。來吧，我們得快點。你和貝特把它搬到外面的院子去。我去拿鋸子。你們先把抽屜拉出來。」

不用幾分鐘，克勞德和貝特已經把五斗櫃搬到了外頭，頭下腳上倒立在院子裡那些雞屎牛糞和泥巴堆裡。他們可以看見遠處的草地中央，有一個黑色的小人影沿著小徑往馬路走去。他們停下來看了一會兒。那個人影的舉動還真有點滑稽。不時地會突然小步快跑起來，然後還會蹦來跳去的，他們甚至還一度聽見一陣模模糊糊的愉悅歌聲，越過草地飄過來。

「他真是個怪胎，」克勞德說。貝特則是陰險的咧著嘴，眼窩裡，那對霧濛濛的眼睛慢慢的打著轉。

魯明斯像隻青蛙般蹲著，搖搖擺擺從棚子裡走出來，手裡拿著一把長鋸子。克勞德從他手裡接過鋸子，開始幹活。

「鋸準點，」魯明斯說。「別忘了他還要把這些腳裝到另外一張桌子上。」

桃花心木很硬很乾，克勞德在鋸的時候，細微的紅色木屑從鋸子邊緣灑出來，輕輕落在地面上。櫃腳一隻隻被鋸下來，全部都鋸完後，貝特彎下腰仔細的把它們排成一列。

克勞德往後退，檢查他的成果。有好一會兒都沒人說話。

「我想問你一個問題，魯明斯先生，」他慢慢說。「就算這樣，**你**有把握把這個大東西從後面塞進一輛車裡嗎？」

「除非是箱型車才行。」

「沒錯！」克勞德大喊。「而且，你也知道，牧師是不開箱型車的。通常他們開的是那種沒用的摩里斯八型或奧斯丁七型小車。」

「反正他要的只是腳而已，」魯明斯說。「如果剩下的塞不進去，他大可以留下來。有腳他就沒得抱怨了。」

「這你就不知道了，魯明斯先生，」克勞德耐著性子說。「如果沒把所有東西都裝上車，他一定會開始跟你殺價。只要講到錢，牧師就和其他人一樣狡猾，這你可千萬別搞錯。尤其是這個老傢伙。我們何不乾脆現在就把它劈成柴火，一了百了。你把斧頭放在哪裡？」

「嗯，這很公平，」魯明斯說。「貝特，去拿斧頭來。」

貝特走進棚裡，拿出一把伐木工人用的長斧頭交給克勞德。克勞德在掌心上吐了些口水，磨了磨。然後他高高舉起手，揮動斧頭，毫不留情的往沒了腳的衣櫃砍劈。

這可是辛苦的差事，他足足花了好幾分鐘才把整個衣櫃差不多都劈成了碎片。

「我告訴你，」他說著直起身，抹著額頭。「我才不管那牧師怎麼說，組這玩意的木匠還真是厲害。」

「剛好趕上！」魯明斯說。「他來了！」

女房東 ◙ 一九五九

比利・威佛搭乘下午的慢車從倫敦往南，中途在瑞丁換過一次車，到了巴斯的時候，已經差不多是晚上九點了，晴朗的星空中，月亮緩緩從車站門口對面的房子背後升起。空氣冷的要命，寒風吹來，像是薄薄的冰刃刮過他的臉頰。

「不好意思，」他說，「請問這附近有沒有什麼便宜的旅館？」

「試試鐘與龍吧，」搬運工人這麼回答他，手指著路的另一端。「他們可能會收留你。就在街對面大約四分之一哩的地方。」

比利謝過他，拎起行李箱，踏上往鐘與龍四分之一哩的路程。他以前從沒來過巴斯，也不認識任何住在這裡的人。不過，倫敦總公司的格林史雷先生告訴他，這是個很精彩的小鎮。「自己找地方住下，」他說，「打理好之後，馬上向分公司的經理報到。」

比利時年十七。身上是一件嶄新的深藍色大衣，頭戴一頂新的棕色軟呢帽，還有一套棕色的新衣，感覺很棒。他敏捷的沿著街上走。最近，他試著用敏捷的方式來處理每一件事。他認定，所有成功商人的一個共同特徵就是敏捷。總公司裡的那些大人物不論何時一定都是敏捷無比。他們真了不起。

他沿著這條寬大的馬路往前走，竟看不到任何一間商店，兩旁各只有一排高大的房子，每一間都是同一個樣。這些房子都有門廊和廊柱，大門前面還有四、五階的樓梯，很顯然，這地方肯定曾是非常富麗堂皇的住宅。不過，現在，即使是在黑暗中，他也能看到門窗木頭上的油漆片片剝落，房子漂亮的白色正面也因為疏於保養而髒汙破裂。

突然間，前面不到六碼的地方，有一扇一樓的窗戶被街燈照得亮晃晃的，上方的玻璃窗上貼著一張印刷的告示。上頭寫著「住宿及早餐」。就在那張告示底下，有一瓶長得高高的黃色菊花開得非常燦爛。

他停下腳步。往前靠了一點。窗戶兩旁垂著綠色（看似某種天鵝絨的布料）的窗簾。菊花放在窗簾旁，看起來漂亮極了。他直接走到窗邊，透過玻璃往房裡看去，第一個映入眼簾的是壁爐裡燒得正旺的爐火。爐火前面的地毯上，一隻可愛的小臘腸狗的鼻子塞在肚皮底下，蜷著身子在睡覺。在模糊的光線中，他發現房間裡擺滿了舒適的家具。裡頭有一臺小型的平臺式鋼琴，一張大沙發，和幾張椅墊飽滿的扶手椅；而在一個角落，他瞥見一隻關在籠子裡的大鸚鵡。像在這種地方，動物通常是個好兆頭，比利這麼對自己說；總的說來，他認為，這間房子該會是個挺不錯的落腳處。肯定會比鐘與龍來得舒服。

話說回來，住酒吧會比住民宿來得自在。每天晚上都可以喝啤酒丟飛鏢，還可以和一大堆人聊天，而且，還可能會便宜很多。他曾經在一家酒吧住過幾晚，十分喜歡。可是他從來沒住過任何民宿，而且，老實說，民宿有那麼一點點讓他害怕。民宿這個字眼本身就讓他想起沒什麼味道的甘藍菜、貪得無厭的女房東，還有客廳裡燻鮭魚的刺鼻味道。

比利就這麼樣在冷風裡猶豫了兩三分鐘，決定繼續往下走去看看鐘與龍的情形，然後再做決定。他轉身離開。

此時，奇怪的事情發生了。他正要往後退轉身離開窗户時，眼光卻突然被那張小告示給吸引住，莫名所以，怎麼樣也移不開。「住宿及早餐」。上頭寫著。「住宿及早餐」。「住宿及早餐」。「住宿及早餐」。每一個字都像是一隻黑色的大眼睛，透過玻璃緊緊盯著他瞧，抓著他，強迫他，逼使他留在原地，不許離開這棟房子，再回過神的時候，他已經離開窗户往房子的前門走去，上了階梯，伸手準備按鈴。

他按了按門鈴。他聽見後頭一間房裡遠遠傳來鈴聲，然後門**立刻**打了開——真的是立刻一點也不誇張，因為他根本還來不及把手指從門鈴鈕上抽回來——後頭站著一個女人。

通常按門鈴的時候，至少會先等個半分鐘的時間，門才會打開。可是這位女士簡直像個整人玩具，才一按鈴，她就啪的跳了出來！這讓他嚇了一跳。

她差不多四十五或五十歲，一見到他，便露出一個暖暖的微笑歡迎他。

「**請**進，」她和藹可親的說。她讓在一旁，把門打開，比利發現自己竟不由自主的往前去。那股跟她進房的衝動，或者說得更精確些，那股跟她進房的慾望異乎尋常的強烈。

「我看見窗上的告示，」他克制住自己。

「是的，我知道。」

「我在想這裡是不是有房間可以住。」

「**全**都為你準備好了，親愛的，」她說。她有一張粉紅色的圓臉，藍色的眼睛非常溫柔。

「我原本要去鐘與龍看看，」比利告訴她。「可是剛好被妳窗上的告示給吸引住了。」

「親愛的孩子，」她說，「外面那麼冷，為什麼不進來呢。」

「妳要收多少錢？」

「一個晚上五先令六便士，含早餐。」

這真是太便宜了。這比他願意出的價錢便宜了一半以上。

「如果你覺得太貴的話，」她繼續說，「也許我可以算你便宜一點點。你早餐要吃蛋嗎？現在蛋很貴。不吃蛋的話，可以少收你六便士。」

「五先令六便士很好，」他答道。「我很想在這裡過夜。」

「我就知道你會的。快進來吧。」

她簡直好得不能再好了。她看起來就像你唸書的時候某個死黨的媽媽，歡迎你進門過耶誕假期一樣。比利摘下他的帽子，跨進門檻。

「就掛那吧，」她說，「我來幫你放外套。」

門廳裡沒有其他帽子或外套。沒有雨傘，沒有手杖，什麼都沒有。

「整間屋子就只有我們倆，」她帶他上樓時，轉頭對他笑著說。「你知道嗎，我不常有這個榮幸把訪客接到我的小窩裡來。」

比利心想，這個老女人有點瘋瘋癲癲的。不過，一個晚只要五先令六便士，誰管那麼多？「我以為妳這裡平常都擠滿了人，」他客氣的說。

「喔，是的，我親愛的，是的，當然沒錯。可是，問題是，我有那麼一點點，就那麼一點點的挑剔和講究，不知道你懂不懂我的意思。」

「喔，我懂。」

「不過，我隨時隨地都準備好要招待客人。在這間小房子裡，不管白天或晚上，每一樣東西總是隨時準備妥當，這樣，好不容易有哪個我願意招待的年輕人來了，才不會錯過。這真是很讓人高興的一件事你知道嗎，我親愛的，偶爾我打開門，發現站在眼前的**就是**我想招待的人，那真是教人高興啊。」她走到樓梯一半的地方，停下腳步，一隻手放在扶手上，轉頭，白著嘴唇低頭朝他笑。「就像你一樣，」她又補上一句。她那雙藍眼睛慢慢從頭到腳掃過比利的身體，然後又往上看。

在二樓樓梯平臺的地方，她對他說，「我住這層。」

他們又向上爬了一層。「這層**全**是你的，」她說。「這是你的房間。真希望你會喜歡。」她帶他到一間靠馬路的温馨小房間，進門時，順手打開了電燈。

「早上的時候，太陽會直接從窗户照進來，派金斯先生。你**是**派金斯先生，對吧？」

「不，」他說。「我叫威佛。」

「威佛先生。真好聽的名字。我把一個水瓶放在床單之間好透透氣，威佛先生。在一張不是自己的床上，能有一個熱水瓶還有乾淨的床單，真是件很舒服的事，對不對？還有，如果你覺得冷的話，儘管打開煤氣爐沒關係。」

「謝謝，」比利說。「真是太感謝妳了。」他發現床單已經被拆下，床單也整整齊齊的翻在一邊，只等人鑽進去。

「真高興你來，」她誠懇的看著他的臉。「我原來已經開始有點擔心了。」

「不要緊，」比利用爽朗的聲音回答她。「妳大可不必替我擔心。」他把行李箱放在椅子上，準備打開。

「需要晚餐嗎，親愛的？你來之前，有找到什麼東西吃嗎？」

「我一點都不餓，謝謝妳，」他說。「我想我會盡早上床，因為明天我得很早起去公司報到。」

「很好。那我先離開，讓你整理整理。不過，在你上床之前，可不可以麻煩你到一樓的客廳來一下，在登記本上簽個名呢？這是國家規定的法律，每個人都得照做，相信我們誰都不希望在這個時候觸犯任何法律，是吧？」她輕輕揮了揮手，快步走出房間，把門關上。

到了此刻，比利一點也不會因為他的女房東有點不正常而憂心。畢竟，她不但沒有什麼惡意——這點毫無疑問——而且還很顯然是一個善良慷慨的人。他猜，她或許有個兒子因為戰爭而送了命，或是經歷過什麼類似的事，一直到現在都還沒有恢復回來。

所以，過了幾分鐘，等他把行李箱裡的東西拿出來，洗過手之後，他快步走下一樓，進到客廳裡。他的女房東不在那裡，不過，壁爐裡燒著火，那隻小臘腸狗仍舊在前面熟睡著。客廳裡溫暖舒適，感覺很棒。我是個幸運的傢伙，他心想，雙手交互摩擦著。情況還不錯。

他在鋼琴上看見打開的房客登記簿，於是他拿出筆，寫下自己的姓名和住址。那一頁上，在他的名字之前只有其他兩個人的資料，就像我們在填房客登記簿時會有的反應一樣，他也開始讀著他們的資料。一個是從卡地夫來的克里斯多夫・穆赫蘭，另外一位是從布里斯托來的葛利格里・W・坦柏。

真有趣，他腦中突然閃出這樣一個念頭。克里斯多夫・穆赫蘭。好像在哪聽過。

他到底曾經在哪裡聽過這個不尋常的名字呢？

是學校的同學嗎？不。還是他姊姊數不清的男友當中的一個呢？不，不，不是他們。他又低頭看了那本登記簿一眼。

克里斯多夫・穆赫蘭　　卡地夫，大教堂路二百三十一號

葛利格里・W・坦柏　　布里斯托，西卡摩路二十七號

他想了想，其實，他隱隱感覺到，第二個名字也和第一個名字一樣讓他覺得耳熟。

「葛利格里．坦柏？」他大聲唸出他的名字，在記憶中不斷搜尋。「克里斯多夫．穆赫蘭……」

「那些孩子可愛極了，」他身後一個聲音回應他。他轉過身，看見房東手裡捧著個大型的銀質茶盤晃進客廳。她把茶盤舉得高高的，捧在身前老遠，好像那盤子是匹活蹦亂跳的馬身上的轡繩一般。

「他們的名字似乎很熟悉，」他說。

「是嗎？真有趣。」

「我幾乎可以確定以前曾經在什麼地方聽過那些名字。這不是很奇怪嗎？可能是在報上看到的。他們該不是什麼名人吧，是嗎？我是說，應該不是有名的板球選手、足球選手或類似的人吧？」

「有名，」她說著把茶盤放到沙發前面那張矮桌上。「喔，不，我不認為他們是什麼名人。可是他們俊得很，兩個都一樣，這我可以跟你保證。那兩個年輕人都長得又高又帥的，親愛的，就和你一模一樣。」

比利又再一次低下頭瞄了那登記簿一眼。「妳看這裡，」他注意到上面的日期。「最後一項資料是兩年多以前的。」

「是嗎？」

「對啊，真的是這樣。而且克里斯多夫．穆赫蘭比最後一個幾乎還要早上一年——都三年多以前的事了。」

「我的天啊，」她搖搖頭，優雅的微微嘆了口氣。「我怎麼也想不到。歲月真是不饒人啊，對吧，威金斯先生？」

「我叫威佛，」比利說。「威佛，威風的威，佛教的佛。」

「喔，當然！」她叫了一聲，在沙發上坐了下來。「我真笨。真是對不起。我就是這樣，左耳進右耳出的，威佛先生。」

「妳知道嗎？」比利說。「妳絕不覺得這一切真的有點不尋常？」

「不，親愛的，我不覺得。」

「嗯，妳知道嗎，這兩個名字——穆赫蘭和坦柏——我不但記得，而且這兩個名字彼此之間好像還有點關連的樣子。好像他們都是因為同一件事情而出名，不知道妳懂不懂我的意思，就像……這個嘛……比方說，就像丹普塞和譚尼（兩人因爭奪世界重量級拳擊冠軍寶座而聞名），或邱吉爾和羅斯福這樣。」

「真有意思，」她說。「快過來這裡，親愛的，坐到我旁邊的沙發上，我給你一杯好茶和一點薑汁餅乾，吃了再上床去睡喔。」

「真的不用麻煩了，」比利說。「妳真的不必特地為我這麼麻煩，」他站在鋼琴旁邊，看她忙著張羅杯盤。他注意到她有一雙動作迅速的白皙小手，還有紅色的指甲。

「我幾乎可以肯定在報上看過他們，」比利說。「我馬上就可以想起來的。我確定我可以。」沒有什麼比那種只差一步就能記起來的東西更折磨人了。他討厭就這麼放棄。

「嘿，等一下，」他說。「等一下。穆赫蘭……克里斯多夫・穆赫蘭……這不是**那個**伊頓公學學生的名字嗎，他原本是要徒步穿越英國西南部，然後，突然之間……」

「要加牛奶嗎？」她說。「糖呢？」

「好的，麻煩妳。然後，突然之間……」

「伊頓公學學生？」她說。「喔，不是的，我親愛的，那不可能是真的，因為**我**這位穆赫蘭先生來這裡的時候肯定不是伊頓公學的學生。他是劍橋的大學生。來我旁邊坐，來這團可愛的火前面暖暖身子。快來啊。你的茶都已經準備好了。」她拍拍身旁沙發上的空位子，坐在那裡對他微笑著，等他過去。

他慢慢走過房間，在沙發的邊緣上坐下。她把他的茶杯放到他面前的桌子上。

「**好啦**，」她說。「很舒服又很愜意，對吧？」

比利開始啜飲他的茶。她也一樣。大概有半分鐘左右的時間，他們倆都沒說話。不過，比利知道她一直盯著他看。她半轉過身面對他，他可以感覺到她的眼神停留在他臉上，越過杯緣注視著他。他偶爾嗅到一股淡淡的特殊味道，彷彿是直接從她身上散發出來似的。那味道一點都不會教人感到不舒服，還讓他想起——嗯，他不是很確定那究竟讓他想起什麼東西。醃胡桃嗎？嶄新的皮革製品？還是醫院的走廊呢？

最後，她開口說，「穆赫蘭先生真是會喝茶。我這一輩子從來沒看過像親愛的穆赫蘭先生喝茶喝得那麼凶的人。」

「我想他是前不久才離開的，」比利說。他還在絞盡腦汁想那兩個名字。現在，他很確定他在報上看過他們——而且是在頭條。

「離開？」她說，拱起了眉毛。「我親愛的孩子啊，他從來沒離開啊。他還在這裡。坦柏先生也還在這裡。他們在四樓，兩個都在一起。」

比利緩緩將茶杯放到桌上，瞪著他的女房東看。她對他微微一笑，伸出一隻白皙的手在他的膝上安慰的拍了拍。「你幾歲了，親愛的？」她問。

「十七。」

「十七呀！」她叫了聲。「噢，這是最棒的年紀了！穆赫蘭先生也一樣是十七歲。可是我想他比你矮一點點；老實說，我確定他比你矮，而且他的牙齒不像你的**那麼**白。你有一口世界上最漂亮的牙齒了，威佛先生，你知道嗎？」

「我的牙沒有看起來那麼好，」比利說。「它們後頭補了一大堆的東西。」

「當然囉，坦柏先生年紀比較大一點，」她無視於他的話繼續說。「實際上，他已經二十八歲了。可是，如果他沒告訴我的話，我一定猜不到，一輩子都猜不到。他身上連一點**瑕疵**都沒有。」

「一點什麼？」比利說。

「他的皮膚**真的**就像小嬰兒的皮膚一樣。」

兩人一陣無言。比利舉起茶杯，再啜了一口茶，然後又輕輕將茶杯放回碟子上。他等她開口繼續說些什麼，但她似乎已經陷入另一陣沈默當中。他坐在位子上，眼睛直直瞪著前方那個遙遠的角落，牙齒咬著下嘴唇。

「那隻鸚鵡，」最後他終於開口。「妳知道嗎？我第一次在窗戶外面看到的時候，完全把我給唬住了。我可以發誓它是活的。」

「啊，它早就死了。」

「手法實在是太高明了，」他說。「看起來完全跟活的一樣。是誰做的？」

「我做的。」

「妳做的？」

「是啊，」她說。「你見過我的小巴西爾了嗎？」她朝壁爐前那隻舒舒服服蜷成一團的臘腸狗點了點頭。此刻他才驚覺，這隻狗和那隻鸚鵡一樣，一直都安安靜靜的動也沒動過。他伸出一隻手，輕輕在他背上摸了摸。它的背又硬又冷，他用手指把毛撥到一邊之後，看見底下灰黑色的皮，乾乾的，保存得非常好。

「我的老天爺啊，」他說。「真是太神奇了。」他把視線從狗的身上移開，萬分崇敬的看著坐在他身旁的沙發上的這位矮小女人。「要做這樣一個東西一定非常不容易吧。」

「一點都不會，」她說。「我那些小寵物死掉之後，我把它們一隻隻全都填起來。要再來一杯茶嗎？」

「不用了，謝謝妳。」比利說。茶喝起來稍微帶點杏仁的苦味，他不是很喜歡。

「你在登記簿上簽過名了，對吧？」

「喔，是的。」

「很好。因為之後如果我又忘記你叫什麼名字的話，可以隨時下來查一查。我現在還是幾乎每天都得下來查一下穆赫蘭先生和那個……那個……」

「坦柏，」比利說。「葛利格里．坦柏。不好意思，想請問妳一個問題，過去這兩三年來，除了他們以外，就沒有其他任何客人來過嗎？」

她一手高舉著茶杯，頭微微向左偏，用眼角朝上瞄著他，微微對他笑了笑。

「沒有，我親愛的，」她說。「就只有你。」

威廉與瑪麗

■一九五九

威廉．派爾去世的時候，並沒有留下一大筆遺產，他的遺囑也很簡單。除了把一些小東西留給某些親戚之外，他把所有財產全都留給了他的妻子。

律師和派爾太太一起在律師的辦公室裡進行法律程序，結束之後，新寡的派爾太太起身準備離開。此時，律師從他桌上的文書夾裡拿出一個密封的信封，交給他的顧客。

「他要我把這交給妳，」他說。「妳先生在過世前不久把這寄來給我們。」律師的臉色蒼白，一本正經，出於對寡婦的尊重，他說話時把頭偏在一旁往下看，「看起來像是私人的東西，派爾太太。妳一定會想帶回家自己私底下看的。」

派爾太太接過信封，走進外頭的街道。她在人行道上停下來，用手指感覺那東西。一封威廉寫的告別信嗎？可能是。一封正式的信。這封信一定很正式——硬梆梆的，很正式。他那個人只能是那樣。他一輩子從沒幹過什麼不正式的事。

我親愛的瑪麗，我相信妳不會允許自己因為我離開了這個世界而太過悲傷，在我們相伴的歲月中，那些規範將妳指引得很好，妳要繼續遵守。不論什麼事都要勤奮，保持自己的尊嚴。請節省開支。請小心不要……等等等等。

一封典型的威廉信。

有沒有可能，他在崩潰的最後一刻，留下了些美麗的字句？或許這是一段溫柔而美麗的留言，某種型態的情書，一封溫馨可愛的信，信中寫滿他的感謝，感謝她為他了奉獻三十年的生命，感謝她替他燙了一百萬件的襯衫，煮了一百萬頓的飯，鋪了一百萬次的床，這東西她可能可以一遍又一遍的讀，至少一天一次，還會把它和她的胸針一起放在梳妝臺上的盒子裡，永遠保存起來。

將死的人會有什麼舉動，誰也不知道，派爾太太這樣告訴自己。她把信夾在腋下，匆忙趕回家去。

她穿過前門，直接走進客廳，帽子和外套都沒脫就一屁股坐到沙發上。然後她把信打開，將裡面的信紙抽出來。她發現裡頭是十五到二十張左右劃著線的白色信紙，對折過後，左上角的地方用一根迴紋針夾著。每一張信紙上都爬滿了整整齊齊、微微前傾的小字，她再熟悉不過了，可是，她注意到這封信很厚，像商務信件一般寫得工工整整，連第一段都不像一般信件那樣看了教人舒服，心裡便起了疑心。

她把眼光移開。她替自己點了根菸。她抽了一口，把菸放在菸灰缸裡。

她對自己說，如果裡面寫的真的和我猜想的一樣，那我就不想看了。

可以不看死者遺留下來的信件嗎？

可以。

這個嘛……

她瞥了一眼壁爐另一邊那張屬於威廉的空椅子。那是一張大型的棕色皮製扶手椅，座位塌陷的部分是被他的屁股經年累月坐出來的。在上頭的椅背，他靠頭的地方有一塊橢圓形的深色污痕。以往他習慣坐在那張椅子裡看書，而她會坐在他對面的沙發上縫鈕釦、補襪子，或替他夾克的手肘部位補丁，而不時地就會有一雙眼睛從書上移開，落在她身上，全神貫注，但卻冷漠得出奇，彷彿在算計著什麼。她從來就不喜歡那雙眼睛。那雙小眼捱得很近，如冰一般的晶藍、冰冷，中間兩條不以為然的皺紋深深刻著，劃開兩隻眼睛。在她的一生，那雙眼睛一直瞪著她。即便到了現在，一個人在這房子裡都已經一星期了，她偶爾還是會有一種惴惴不安的感覺，彷彿那雙眼還在，四處跟著她，從門口盯著她，從沒人坐的椅子上盯著她，晚上甚至還透過窗戶盯著她。

她緩緩地將手伸進手提包，拿出眼鏡戴上。而後，她將那封信高高舉在面前，就著後頭窗戶透進來的遲午陽光，讀了起來：

我親愛的瑪麗，這整封信都是為了妳而寫的，而且會在我死後不久交到妳的手上。

不要因為我寫了這麼多而感到緊張。我只不過是想向妳解釋藍迪究竟會怎麼樣對待我，我為什麼答應他可以這麼做，還有他的理論和期望等等。妳是我的妻子，有權知道這些事情。事實上，妳**必須**知道。過去這幾天，我努力想和妳聊聊關於藍迪的事，可是妳連聽都不肯聽。就像我先前跟妳說過的，這種態度不但非常愚蠢，而且我覺得還有點自私。這種態度絕大部分是出自於無知，而我絕對相信，如果妳知道所有的來龍去脈，一定會立刻改觀。這也是為什麼我希望當我不在妳身邊之後，妳能夠專心一些，願意更仔細的透過這封信傾聽我要說些什麼。我發誓，在你看完我的故事之後，原有的反感一定會消失，被熱情所取代。我甚至敢奢想妳會因為我的作為而感到些許的驕傲。

當妳在讀這封信的時候，如果可以，請務必原諒我的口吻這麼冷漠，因為這是我所知道唯一一種能夠讓妳清楚瞭解我的意思的方式。妳知道嗎，當那個時刻逐漸逼近，世界上各種多愁善感的情緒自然而然滿溢在我心中。每一天，我惆悵的心緒都越加放肆，到了晚上更是肆無忌憚，除非我小心克制，否則我的情感就會氾濫到這些信紙上來。

比如說，我想寫些關於妳的事情，這些年來妳一直是個無法挑剔的妻子，我對自己許下承諾，如果還有時間，而我也還有餘力的話，那就是我下一件要做的事。

我也渴望談談我的牛津，這個過去十七年來我所居住和任教的地方，說說這個地方的光榮燦爛，如果辦得到的話，也想稍微解釋一下能在這個地方工作所代表的意義。現在，在這間陰暗的臥室裡，所有我珍愛不已的事物和地方都不斷向我湧來。這一切如同往昔一般明亮美麗，但不知為何，今天我卻能夠看得比以前更清楚。渥徹斯特學院的花園裡，一條小徑環繞湖濱，洛芙蕾斯以前時常在那散步。潘布魯克的門廊。馬德蓮塔上朝西望向鎮上的景色。基督教堂的雄偉大廳。還有聖約翰學院小巧的庭園山石，我在那裡看到了十二種以上的風鈴草，其中還包含罕見而精緻來自克羅埃西亞的風鈴草（Campanula Waldsteiniana）。妳看！我甚至還沒開始就掉進陷阱裡了。讓我現在就開始吧；妳也慢慢的讀，我親愛的，不要讓任何一種悲傷或不悅的心情妨礙了妳的理解。答應我，妳會慢慢的讀，在妳開始之前，讓妳的心境平靜沈穩下來。

在我中年時，病痛突然將我打倒，關於那病痛的種種細節妳都已經知道。我不需要在浪費時間解釋——不過，我必須立刻承認，沒有早點去看醫生實在是太愚蠢了。癌症是現代藥物無法醫治的少數疾病之一。如果沒有擴散得太遠的話，外科醫生可以開刀清除；可是我不但拖了太久，而且癌細胞已經開始肆無忌憚的攻擊我的胰臟，不論開刀還是保命都已經毫無指望。

我就這樣還剩一到六個月的時間苟延殘喘，每過一個小時都變得更難過一些——然後，突然間，藍迪找上門來。

那是六個星期之前的事了，一個星期二早晨，時候還很早，早在妳來的時間之前，他一進門我就感覺到他的氣息裡透露著一股瘋狂。他不像其他所有訪客一樣躡手躡腳的走進來，一臉畏縮、尷尬的表情，不知該說什麼才好。他大喇喇的跨進門來，臉上帶著笑，大步走到床邊，眼裡閃著熱切明亮的光芒，低頭看著我說，「威廉啊，我的老兄，這真是太棒了。你就是那個我在找的人！」

或許我該在這裡跟妳解釋一下，約翰・藍迪從來沒有來過我們家，妳也幾乎從沒見過他，但是我和他之間至少已經有九年的交情了。我主要的身分當然是一個哲學老師，不過，妳也知道，最近我對心理學也頗有涉獵。藍迪和我的興趣因此有了些交集。他是一位不可多得的神經外科醫生，甚至可說是最頂尖的，最近他很慷慨的把一些工作的成果，尤其是與前額葉切斷術對不同類型精神病患的不同效果有關的部分讓我研究。所以，我想妳可以明白，星期二早上他突然來找我的時候，我們絕不是素昧平生的陌生人。

「聽著，」他說著將一把椅子拉到床邊。「不用幾個禮拜你就會死了，對不對？」

這個問題由藍迪問起，並不會覺得特別殘酷。在某些方面來說，有個訪客敢於碰觸這個禁忌的話題倒是很新鮮的一件事。

「你會死在現在這個房間裡，然後再由他們把你抬出去火化吧。」

「土葬，」我說。

「這樣更糟。然後呢？你想你會上天堂嗎？」

「我想不會，」我說，「可是這樣想會好過些。」

「那可能會下地獄囉？」

「我真的不知道他們有什麼理由會把我送去那裡。」

「這你永遠說不準，威廉。」

「你說這些要做什麼？」我問。

「是這樣的，」我可以看見他仔細的盯著我看，「就我個人而言，我不相信你死後能夠再對自己有任何感覺——除非……」他說到一半，笑著向我湊過來「……當然囉，除非你很聰明，願意把自己交到我手裡。你要不要考慮一下我的提議啊？」

他用一種奇怪的飢渴模樣盯著我、觀察我、打量我，好像我是櫃臺上的一塊上等牛肉一樣，他已經付了錢，就等店員替他打包。

「我是非常認真的，威廉。你要不要考慮一下我的提議？」

「我不懂你在說些什麼。」

「那就好好聽我說吧。你願意聽我說嗎？」

「如果你想的話就說吧。我想聽聽也不會有什麼太大的損失才對。」

「正好相反，你會有很多收穫——尤其是**在你死後**。」

我確定他原本以為我聽到這句話的時候會嚇一跳，可是我似乎已經有了心理準備。我靜靜躺著，看著他的臉，他慢慢微笑的時候，不但會露出牙齒，上排假牙繞過嘴巴左邊那顆犬齒的金色掛鉤也總是會露出來。

「威廉，這件事我已經秘密進行幾年了。這間醫院裡有一兩個人在幫我的忙，尤其是摩里森出的力最多，而且我們已經用實驗動物完成了幾次相當成功的實驗。現在，我已經準備好要進行人體實驗。這是個很了不起的構想，儘管剛開始聽起來會有點異想天開，可是從外科手術的觀點來看，我實在想不出任何原因會讓這個方法完全行不通。」

藍迪朝我靠過來，雙手放在床沿。他的臉很好看，有種削瘦的俊美，而且絲毫沒有一般醫師給人的那種感覺。你也知道那種感覺，大部分的醫師都是那樣。他們的眼睛像一個單調的電子訊號對著你不停閃爍，跟你說，「只有我能救你」。可是藍迪的眼睛是一雙明亮的大眼，中央還舞著興奮的火光。

「很久以前，」他說，「我看過一部從俄國帶過來的醫學短片。內容很恐怖，但也很有趣。短片裡面，一隻狗的頭和身體完全分家，不過，靠著一顆人工心臟，流經動脈和靜脈的血液供給仍舊維持正常。重點來了：那隻狗的頭孤伶伶的放在一個類似盤子的東西上面，還是**活**的。它的大腦還在運作。他們用幾個實驗來證明這一點。例如，當他們把食物抹在那隻狗的嘴唇上面時，它的舌頭會伸出來把食物舔走；如果有人走過房間，它的眼睛也會跟著動。

「由此似乎可以合理推論，頭部和大腦不一定非得和身體其他部位相連結才能存活——當然，前提是，必須要能維持適當的充氧血供給。」

「就是這樣。看完這部影片之後，我的想法是把人類的大腦從頭骨中取出，在人死後把大腦當作一個獨立的單位，讓它的生命無限期的繼續運作。比方說，**你的**大腦，在**你**死後。」

「我不喜歡，」我說。

「別插嘴，威廉。讓我把話說完。就我從後續的實驗所知。大腦是一個特別的物體，能夠自我維繫。它會自己產生腦脊髓液。就像我說的，假如你在適當的條件之下，送進適當的充氧血，那麼，思考和記憶這兩種在大腦當中進行的神奇過程絲毫不會因為缺少了四肢、軀幹甚至頭骨而有所損害。」

「親愛的威廉啊，花點時間想想你自己的大腦吧。它正處於顛峰的狀態。裡頭擠滿了你這一生的學問。你可是花了好多年的功夫才把它造就成現在的模樣啊。它才剛開始要構思出一些第一流的原創概念。可是，要不了多久，它就得和你身體其他部分一起死去，原因只不過是因為你那小小的胰臟被癌細胞給搞壞了。」

「不，謝了，」我告訴他。「你不必再說了。這真是教人噁心，我很懷疑，就算你真的能成功，這麼做也實在沒什麼意義。如果我不能說話，看不見，聽不到，什麼感覺都沒有，那讓我的大腦活著到底有什麼用？就我個人而言，我實在想不出有什麼比這更糟的事。」

「我相信你會**可以**和我們溝通的，」藍迪說。「我們甚至還可以給你某種程度的視覺。可是，先別急。等一下我再把它講清楚。不過，事實是，不論發生什麼事情，你都沒多少時間好活了；一直要到你死了**之後**，我們才會動手。別這樣，威廉。真正的哲學家是不會拒絕把他的身體借給科學研究之用的。」

「這句話有點不對，」我回答他。「在我看來，等你料理完我之後，我究竟是死是活都還是個問題。」

「嗯，」他稍微笑了笑，「我想你說得有道理。不過，在你更深入瞭解一點之前，我不認為你應該這麼快就拒絕我。」

「我跟你說過我不想聽。」

「來根菸吧，」他說著遞出他的菸盒。

「你知道我不抽菸的。」

他自己拿了根菸，用一個不到一先令硬幣大小的銀色打火機把菸點燃。「幫我製造儀器的人送的，」他說。「很精巧對吧？」

我看了看那打火機，然後遞還給他。

「我可以繼續嗎？」他問。

「最好是不要。」

「你只管躺好聽我說。我想你會發現這其實很有趣的。」

我床邊的盤子上有些葡萄。我把盤子放在胸口上，開始吃葡萄。

「在你斷氣的時候，」藍迪說，「我必須在一旁待命，好立刻接手，讓你的大腦繼續活著。」

「你是說讓它留在頭裡嗎？」

「一開始的時候是這樣沒錯。我必須這麼做。」

「之後你要把它放到哪裡去？」

「如果你想知道的話，我會把它放到一個類似盆子的東西裡去。」

「你真的是認真的嗎？」

「我當然是認真的。」

「好吧。繼續說。」

「我想你知道，只要心臟停止跳動，大腦就會缺乏新鮮的血液和氧氣，腦部組織就會迅速死亡。四到六分鐘，整個大腦就會回天乏術。所以我的手腳必須很快，以免這種情況發生。不過，有了這個機器的幫忙，應該會很簡單。」

「什麼機器？」

「人工心臟。我們把阿列斯・卡瑞爾（Alexis Carrel）和林堡（Lindbergh）原先設計的版本稍加修改之後，效果很好。它可以讓血液充氧，保持在正確的溫度，再用正確的壓力把血液送出去，而且還會處理一些其他必要的小細節。其實真的一點都不複雜。」

「告訴我，在我死的那一刻，你會怎麼做，」我說。「你會做的第一件事情是什麼？」

「你對大腦的血管和靜脈分布有任何瞭解嗎？」

「沒有。」

「那你聽好。這並不困難。大腦的血液供給有兩個來源，分別是頸內動脈和椎動脈。兩種各有兩條，總共是四條。瞭解嗎？」

「瞭解。」

「回流的系統更簡單。只有兩條靜脈將血液導出大腦，也就是所謂的頸內靜脈。所以，有四條動脈往上——從脖子往上，這不用解釋——還有兩條靜脈往下。在大腦周圍，他們自然會岔出其他血管，但那不關我們的事。我們動都不會去動。」

「好吧，」我說。「假設我剛死。那你會怎麼做？」

「我會立刻打開你的頸部，找出頸內動脈和椎動脈這四條動脈。然後我會將這四根血管導開，也就是說，我會把一根大的空心針分別插進這四條動脈。這四根針和人工心臟之間會以管子相連。

「然後，我會很快的將左右兩條頸內靜脈切開，同樣也接上人工心臟，完成整個血液循環的路徑。再來我會把已經充滿正確血型血液的機器打開，然後就大功告成。流經你大腦的血液循環就恢復了。」

「我會像那隻俄國的狗一樣。」

「我不這麼認為。首先，你死的時候一定會失去意識，我想你會昏迷好長一段時間才會醒來——如果你真的醒得過來的話。不過，不論你有沒有意識，你都會處在一個很有趣的處境中，對吧？你會有一具沒有生命的冰冷軀體，外加一顆活生生的大腦。」

藍迪停下來，細細品賞這個美妙的前景。這個構想讓他整個人渾然忘我出了神，肯定無法相信我並不這麼認為。

「現在，我們就可以慢慢來了，」他說。「相信我，急也急不來的。第一件要做的事，就是把你推進手術房，當然，那個永遠都不能停止跳動的機器也要帶著。下一個問題……」

「好了，」我說。「夠了。我不必知道細節。」

「噢，你非知道不可，」他說。「你應該要把從頭到尾會發生在你身上的事情都知道得一清二楚才對，這是很重要的。你知道嗎，等你恢復意識之後，如果記得起來你人究竟在**哪裡**，又是**怎麼**跑到這裡來的，你會好過很多的。為了讓自己放心，你應該要知道的。你同意嗎？」

我靜靜躺在床上看著他。

「所以，接下來的問題是要把你的大腦完完整整、完好無缺的從死去的身體上拿出來。身體已經沒用了。事實上，它已經開始腐敗了。頭骨和臉也沒有用。他們只是累贅而已，我不希望他們在附近。我要的就只有大腦，那顆乾乾淨淨、漂漂亮亮的大腦，活生生、完美無瑕的大腦。我把你放到桌上之後，我會拿一把鋸子，一把小型的震動式骨鋸，用它把你整塊頭蓋骨移開。這個時候你還在昏迷當中，所以根本不必費神替你打麻醉劑。」

「你不打試試看，」我說。

「你不會有任何感覺的，我跟你保證，威廉。別忘記，幾分鐘前你才剛死而已。」

「不打麻醉劑，誰都別想把我的頭蓋骨給鋸開，」我說。

藍迪聳聳肩。「我沒差，」他說。「如果你想的話，我會很樂意給你一點普卡因的。如果這會讓你更高興一點的話，我會把整個頭皮，從頸部以上的整個頭部都注滿普卡因的。」

「真是謝謝你啊，」我說。

「你知道嗎，」他繼續說，「有時候真的會發生一些很妙的事。就在上個禮拜，有一個昏迷的人被送進來，我沒用任何麻醉劑就把他的頭部打開，準備移除一小塊血塊。我還在他的頭骨裡面作手術的時候，他卻突然醒過來，開始說話。

「『我在哪裡？』他問。

「『你在醫院裡。』

「『啊，』他說，『真是太妙了。』

「『告訴我，』我問他，『我現在在做的事情會讓你不舒服嗎？』

「『不會，』他回答我。『一點都不會。你在幹嘛？』

「『我在把一小塊血塊從你的大腦裡弄掉。』

「『眞的嗎？』

「『靜靜躺著。別動。我快弄好了。』

「『原來就是那個鬼東西讓我頭痛，』他說。」

藍迪說完，想起那件事，臉上露出了笑容。「他就是那麼說的，一字不差，」他繼續說，「雖然隔天他對這件事完全沒有任何印象。大腦真是個很有趣的東西。」

「替我打普卡因，」我說。

「沒問題，威廉。然後就像我剛才說的，我會拿一把小型的震動式骨鋸小心的把整個頭頂，也就是整塊頭蓋骨移除。這會讓大腦的上半部暴露在外面，或者該說，這會讓包覆大腦最外面的一層膜暴露出來。你可能知道，也可能不知道，大腦周圍包覆著三層不同的膜——最外面的一層叫做硬腦膜或是硬膜，中間那層叫蜘蛛膜，最裡面的一層叫做軟腦膜或叫軟膜。大多數的外行人似乎認為，大腦是一個光禿禿的東西，漂浮在你腦袋裡面的液體當中。但事實並非如此。這三層堅固的膜把大腦包裹得好好的，腦脊髓液實際上就在內側那兩層膜之間，那個叫做蜘蛛膜下腔的空隙中流動。就像我先前告訴你的，這個液體是由大腦自行產生的，會經由滲透作用流進靜脈系統中。

「我會把那三層膜都留下——硬腦膜、蜘蛛膜、軟腦膜這些名字不是很可愛嗎？——我會把它們完完整整的保留下來。這麼做有許多原因，其中一個頗為重要的因素是在硬腦膜裡面有許多靜脈，會把流經大腦的血液導回頸靜脈去。

「好，」他繼續說，「我們已經把你頭骨的上半部給移除了，覆蓋在外層硬腦膜之下的大腦上半部露了出來。接下來是真正棘手的步驟：把大腦周圍全給清理乾淨，好把整顆大腦都給拿出來，讓那四條輔助動脈和兩條輔助靜脈的尾端垂著，準備接回機器上。這個步驟非常的複雜冗長，不但要小心鑿去許多骨頭，切斷許多神經，還要在割斷無數血管之後再把它們重新接上。唯一有可能成功的方式就是拿一把骨鉗一點一點扳斷頭骨剩下的部分，像是在剝一顆橘子一樣慢慢地往下剝，直到大腦側邊和下面的膜全都露出來為止。這個部分所包含的問題太過專業，我不打算多講，但我相當肯定可以成功。關鍵只不過是在於手術的技巧和耐心而已。別忘了，我有的是時間，要多少有多少，因為人工心臟會在手術臺旁不斷的輸送血液，維持大腦的生命。

「好，假設我已經成功的把你的頭骨給剝光，大腦周圍所有的東西也都清除乾淨了。現在大腦只有底部仍舊和身體連接在一起，剩下的主要是脊柱和提供血液的兩條大靜脈和四條動脈。然後呢？

「我會在第一節頸椎上面一點點的地方非常小心的把脊柱切斷，不去傷害到裡面的兩條椎動脈。但你千萬要記得，硬腦膜，或者說最外面的一層膜，在這個地方有個開口好讓脊柱通過，所以，我必須把硬腦膜的邊緣縫起來，讓這個開口消失。這個部分沒有問題。

「這時候，我就準備進行最後一步。在一旁的桌上，我會準備一個形狀特殊的盆子，裡面會裝滿我們稱之為林格氏液的東西。這是我們在神經外科手術中，用來沖洗的一種特殊液體。現在，我會把輔助動脈和靜脈切斷，讓整個大腦完全與身體分離。然後，我會用手把它拿起來，移到盆子裡去。除了將血管連接到人工心臟的那個步驟之外，這是整個手術當中唯一一次血流會被切斷的時刻；可是，一旦大腦到了盆子裡，馬上就可以將動脈和靜脈的尾端重新連結上人工心臟。

「就是這樣，」藍迪說。「現在，你的大腦在盆子裡，而且還活著，只要我們能小心照料血液和那臺機器的話，你的大腦就可以年復一年的活上好長一段時間，我實在看不出來有什麼不可能的地方。」

「可是，它能**運作**嗎？」

「親愛的威廉啊，我怎麼會知道呢？我甚至連它會不會恢復意識都沒辦法告訴你啊。」

「如果它真的恢復意識的話呢？」

「講到重點了！這樣的話就太棒了！」

「是嗎？」我說，而且我得承認我有些疑慮。

「當然囉！躺在那裡，所有的思考程序都完美無瑕的運作著，而且連你的記憶也一樣……」

「而且不管是要看、要感覺、要聞、要聽或要說都沒辦法，」我說。

「啊！」他大叫一聲。「我就知道我忘了什麼東西！我還沒跟你提到眼睛的事情。仔細聽好。

我會試著讓你其中一條視神經和一顆眼球保持完整。視神經是一條和體溫計差不多粗的小東西，長度大約兩吋，連接眼睛和大腦。妙的地方在於，它其實根本不是一條神經。它是從大腦本身突出的一種囊袋，硬腦膜或者是說大腦外層的膜順著它伸展，連接上眼球。因此，眼球後端與大腦之間的距離非常短，腦脊髓液會直接流過去。

「這一切都非常符合我的目標，因此可以合理推論，我能夠順利將你的一隻眼睛保存下來。我已經製造了一個小型的塑膠盒來取代你的眼窩，當大腦放在盆子裡，浸泡著林格氏液的時候，盒裡的眼球就會浮在液體的表面。」

「瞪著天花板，」我說。

「我想是這樣沒錯。恐怕不會有任何肌肉幫助它轉動。不過，安安靜靜、舒舒服服的躺在你的盆子裡，瞧著外頭的世界，應該會滿有趣的。」

「真是有趣，」我說。「順便幫我留隻耳朵如何？」

「這次我想我不會動念頭到耳朵上去。」

「我想要一隻耳朵，」我說。「我堅持要有一隻耳朵。」

「不行。」

「我想要聽巴哈。」

「你不知道這會有多困難，」藍迪和緩的說。「聽覺的器官——也就是所謂的耳蝸——比眼睛要更精巧許多。而且，它被包在骨頭裡面。連接耳蝸和腦部的聽神經也有一部分是在骨頭裡面。我不可能完完整整的把這一切都給挖出來。」

「你可不可以把它留在骨頭裡面，然後把骨頭放到盆子裡呢？」

「不行，」他語氣堅決的說。「這件事情已經夠複雜了。而且，如果眼睛能夠看得見，聽不聽得見也就不那麼重要了。我們可以把一些訊息舉在前面讓你讀。至於什麼行得通什麼又行不通，你真的應該讓我來決定。」

「我還沒答應你要這麼做喔。」

「我知道，威廉，我知道。」

「我不確定這會不會是個好主意。」

「難道你願意就這樣死掉，死得一乾二淨嗎？」

「或許我會願意。這我還不知道。我會沒有辦法說話，對吧？」

「當然沒辦法。」

「那我要怎麼跟你溝通呢？你怎麼知道我已經恢復意識了？」

「要知道你是否恢復了意識其實很簡單，」藍迪說。「一般的腦波掃描器就可以告訴我們。我們會把電極直接連上你大腦的額葉，就接在那盆子裡面。」

「你真的能夠看得出來？」

「喔，當然可以囉。任何一家醫院都做得到。」

「可是，**我**根本沒辦法和**你**溝通啊。」

「事實上，」藍迪說，「我相信你有辦法。倫敦有一個叫魏泰邁（Wertheimer）的人，他正在做一些有關思維溝通的有趣實驗，我和他一直有聯絡。你知道，正在思考的大腦會釋放出一些電子和化學物質，對吧？而且，這些物質是以一種相當近似於無線電波的型態被釋放出來的，對吧？」

「這我只知道一點，」我說。

「是這樣的，魏泰邁製造了一個有點類似腦波掃描器的儀器，不過卻比腦波掃描器來得敏銳許多，他宣稱在某個狹窄的範圍之內，那臺機器有辦法幫他解釋大腦實際上在想些什麼。那臺機器可以輸出一些能夠被轉譯成文字或思想的圖表。你想要我請魏泰邁來看看你嗎？」

「不用了，」我說。藍迪已經理所當然的認為我會願意做這檔子事，他的態度讓我很感冒。「你先走吧，別煩我，」我告訴他。「催我是沒有任何用處的。」

他立刻起身朝門走去。

「最後一個問題，」我說。

他一隻手已經放在門把上，停下腳步對我說，「什麼問題，威廉？」

「問題很簡單。你自己本人是不是真的相信，當我的大腦放在盆子裡的時候，我的心智能夠和它現在運作的情形一模一樣？你是不是真的相信，我可以像現在這樣思考、推論？記憶力是不是也真的能夠保存下來？」

「我不覺得這會有什麼問題，」他說。「都是同一個大腦，而且還活著，絲毫沒有受到損傷。事實上，它根本連碰都沒被碰過。我們甚至連硬腦膜都沒打開。當然，一個很大的差別是我們已經把通往你大腦的每一條神經都給切斷——只有那條視神經除外——這也就是說，你的思考將再也不會受到你的感受所影響。你將會活在一個異常純粹而超然的世界。沒有什麼東西能干擾你，甚至連痛苦也不會。你不可能感受得到任何的痛苦，因為不會有任何神經能讓你有痛的感覺。在某方面而言，那會是一個近乎完美的境界。沒有憂慮、恐懼，也不會覺得餓或渴。甚至連任何慾望也沒有。有的只是你的記憶和思想，如果那隻眼睛能夠正常運作的話，那你也可以看書。在我看來，一切都蠻不錯的。」

「真的是這樣，對不對？」

「沒錯，威廉，真的不錯。對一個哲學博士來說更好。這會是一個了不起的經驗。你可以用一種人類自古以來可望而不可及的超然和平靜，來思考世界上一切的一切。誰知道會發生什麼樣的事情！偉大的思想和偉大的解答都可能會浮現在你的腦海，甚至是能夠顛覆我們生活方式的偉大觀念也說不定啊！如果你能夠的話，想想看，你會達到一種多麼專注的境界啊！」

「還有挫敗，」我說。

「胡說。不可能會有任何挫敗的感覺。沒有慾望就不會有挫敗，而你根本連任何慾望都不會有。至少不會有物質上的慾望。」

「我一定能夠記得起來我在這個世界上的前世吧，我或許會想要回來這裡。」

「什麼，回到這一團混亂裡來！離開你那舒適的盆子回到這個瘋人院來！」

「再回答我一個問題，」我說。「你想你能夠維持它多久的生命？」

「你說大腦嗎？誰知道？可能好多好多年吧。到時候的狀況再理想不過了。由於人工心臟的緣故，大部分導致退化的因素都將不會存在。不論何時，血壓都將維持恆定，這在真實生活中是不可能的事。溫度也同樣會保持恆定。血液的化學成分會近乎完美。裡面不會有任何雜質，沒有病毒，沒有細菌，什麼都沒有。當然，這樣猜想實在很愚蠢，不過，我想，一顆大腦在這樣的條件之下應該可以活上兩三百年。現在先再見啦，」他說。「我明天再來看你。」他很快閃了出去，你或許猜得到，我一個人被留在房間裡，整個腦袋亂成一團。

他離開之後，我的第一個反應是對這整件事感到厭惡。不知怎麼的，這聽起來一點都不好。我這樣一個心智功能完好的人，竟然會淪落成一團灰黏黏的東西躺在一盆水裡，這個主意聽起來實在教人感到噁心。這簡直太殘忍、太不堪入耳、太可怕了。另外一個讓我煩惱的東西是，一旦藍迪把我放進那個盆子之後，我一定會感到無助的。事情到了那個地步，就再也沒有回頭的機會了。不能抗議，也不能辯解。我將永遠被這麼囚禁著，直到他們無法維持我的生命為止。

可是，比方說，如果我忍受不了了，那該怎麼辦？如果這一切苦不堪言怎麼辦？如果我變得歇斯底里又怎麼辦？

想逃沒腿可逃。想叫沒聲音可叫。什麼都沒有。我就只能笑笑捱完兩個世紀。

甚至連想笑都沒有嘴巴可以笑。

此時，我腦中浮現一個奇特的念頭，那個念頭是這樣的：一個把一條腿截除的人，不是時常會幻想他的腿還存在嗎？他不是會告訴護士說他那些早就已經不在的腳趾頭實在是癢得要命，或是一些其他奇奇怪怪的東西嗎？我好像是最近才聽過類似的事情。

很好。在相同的假設之下，我那顆孤伶伶躺在一邊的腦袋，難道不會對我的身體產生類似的幻覺嗎？如果是這樣的話，我以前常有的那些大痛小痛可能全都會跑出來，而我甚至連吃顆阿司匹靈來舒緩一下都辦不到。前一分鐘，我可能會幻想大腿抽筋或消化不良到了生不如死的地步，後一分鐘可能又換成是我那可憐的膀胱——你一定知道我的意思——鼓漲，如果不趕快清空，恐怕會有爆炸的危險。

真是要命。

有好長一段時間，我就這麼躺在床上，思考這些可怕的念頭。突然間，到了中午左右，我的心情開始轉變。我不再那麼擔心那些負面的事情，開始可以用一種更為理性的態度來檢視藍迪的提議。我自問，我的大腦或許不必在幾星期之後灰飛湮滅，這聽起來難道不讓人稍感欣慰嗎？的確是這樣的没錯。我對我的大腦可是頗為自豪的。它是一個敏感、清晰、產量豐富的器官。它儲存了數量驚人的資訊，而且還能夠提出一些極具巧思、原創性十足的理論。就一顆大腦來說，它真的是棒透了，雖然這只是我自己這麼說而已。至於我這副又老又爛的臭皮囊嘛，藍迪想把它丟掉——嗯，就算是妳，我親愛的瑪麗，想必妳也一定會同意，那實在是没有什麼值得繼續保存的。

我仰躺在床上吃葡萄。葡萄很好吃，裡頭有三顆小籽，我把它們從嘴巴裡拿出來，放在盤子的邊緣上。

「我要試試，」我心平氣和的說。「是的，上帝為證，我要試試。明天藍迪來的時候，我要直接告訴他我決定試試看。」

一切就來得這麼突然。從那時起，我整個人開始感覺好了很多。中餐的時候，我狼吞虎嚥吃掉一大堆東西，把每個人都嚇到了，然後過不久妳就像往常一樣來看我。

妳跟我說，我看起來氣色真棒。整個人容光煥發，活力十足。發生了什麼事嗎？是不是有什麼好消息啊？

是的，我說，没錯。然後，如果妳還記得的話，我請妳找個舒服的地方坐下，盡我可能的用最溫和的語氣，馬上開始跟你解釋即將發生什麼事情。

唉，可是妳連聽都不願意聽。我幾乎還没有機會開始把事情原原本本的告訴妳，妳就大發脾氣，說這種作法很噁心、可怕、教人反胃，簡直匪夷所思，我還打算繼續說下去，妳二話不說就走出房間。

瑪麗，妳自己知道，之後我有好幾次想跟妳討論這個問題，可是妳一直不願意聽我解釋。所以，我寫了這封信，只能盼望妳明理些，好好的看一看。我花了好長的時間在這上面。自從我寫下

第一句話到現在，已經過了兩個星期，而如今我已經比當時虛弱很多。我猜我大概沒有力氣再多說些什麼了。當然，我絕不會說再見的，因為如果藍迪的這個計畫成功，而且妳也能來看看我的話，或許我還有機會，還有那一點點渺茫的機會能再看到妳。

我交代他們，要等到我死後一個星期才能把這封信交給妳。因此，等妳坐在椅子上讀這封信的時候，藍迪已經在七天之前替我進行了手術。妳也許甚至已經知道手術的結果如何。如果妳還不知道，如果妳刻意讓自己置身事外連碰都不願意碰的話——我想情況應該就會是這樣——請妳改變心意，打電話給藍迪，看看我的狀況如何。這是妳最起碼能做的事情。我已經告訴過他，在第七天的時候妳可能會聯絡他。

妳最忠誠的先生

威廉

附註：我死後請潔身自愛，永遠不要忘記做寡婦比當妻子還困難。不要喝雞尾酒。不要浪費錢。不要抽香菸。不要吃糕點。不要塗口紅。不要買電視。夏天的時候記得把玫瑰花床和假山造景的草除乾淨。順便提醒一下，電話我用不到了，可以把它停了。

W.

派爾太太將最後一頁手稿慢慢放到身旁的沙發上。她那張小嘴噘得死緊，激動得鼻孔周圍冒著白煙。

拜託！這麼多年之後，當個寡婦總該能安靜一下了吧。

這整件事情實在太恐怖了。可怕又恐怖。讓她不禁要發抖。

她伸手在袋子裡又拿了根香菸。點燃之後，她深深吸了一口，吐出來，飄得整間房間都是。煙霧中，她可以看見她可愛的電視機，又新又亮，大大的一臺，明目張膽卻又有點不好意思的蹲伏在威廉以前的那張工作桌上。

她很好奇，如果他看見這副景象不知道會怎麼說？

她停下來回想最後一次他抓到她抽菸時的情景。那是差不多一年之前，她在他下班回家之前坐在廚房打開的窗戶旁趕緊抽兩口。收音機裡舞曲的聲音很大，她轉身打算再倒一杯咖啡的時候，就看見他站在門口，身形巨大，表情嚴厲，用他那雙可怕的眼睛直瞪著她，兩顆黑眼珠當中燃燒著怒火。

事情發生之後的四個星期，他自己把各種開支的帳單給付了，卻連一毛錢都沒給她，當然，他並不知道她在水槽下壁櫥裡的一個肥皂粉紙盒裡，藏了六英鎊多的錢。

「怎麼了？」她在一次晚餐的時候問他。「你擔心我得肺癌嗎？」

「不是，」他說。

「那我為什麼不可以抽菸？」

「因為我反對，這就是原因。」

他也反對生小孩，所以他們也從來沒有任何小孩。

她那個什麼都反對的威廉現在到哪去了？

藍迪會等她打電話過去的。她**非得**打電話給他不可嗎？

嗯，也不盡然，不。

她把手上的香菸抽完，然後立刻用菸屁股又點了一根。她看著電視機旁工作桌上的電話。威廉要她打電話過去。他還特別要求她看完信之後盡快打電話給藍迪。長年來根深柢固的責任感她還不敢就這麼完全拋開，她猶豫了一會兒，拼了命想要抵抗。她慢慢站起來，走到工作桌上的電話旁。她在電話簿裡找到一個號碼，撥了之後，開始等待。

「你好，我想找藍迪醫生。」

「請問您是哪位？」

「我是派爾太太。威廉・派爾太太。」

「請稍等。」

藍迪的聲音幾乎立刻就從另外一頭傳來。

「派爾太太嗎？」

「我是。」

兩人都稍微頓了一下。

「我很高興妳總算打來了，派爾太太。我想，妳應該還好吧？」他的聲音很平靜，不帶什麼情緒，而且很客氣。「我想，妳是不是願意過來醫院一趟。我們可以稍微談一談。我想妳現在應該非常渴望知道事情到底進展得如何才對。」

她沒有回答。

「我現在就可以跟妳說，就某方面而言，一切都進行得非常順利。事實上，比我當初能預期的要好很多。它不但還活著，派爾太太，而且還有意識。它第二天就恢復意識了。這不是很有趣嗎？」

她等他繼續說下去。

「而且，眼睛還看得見。我們把東西舉到它前面的時候，腦電波的波動立刻有所改變，因此我們可以確定。現在，我們每天都給它報紙看。」

「哪一份報紙？」派爾太太急忙問。

「《每日鏡報》。它頭條的字體比較大。」

「他恨《每日鏡報》。給他看《泰晤士報》。」

醫生遲疑了一下才說，「沒問題，派爾太太。我們會給它看《泰晤士報》的。我們當然想盡一切努力讓它快樂。」

「是**他**，」她說，「不是**它**。是**他**！」

「他，」醫生說。「沒錯，請妳原諒我。讓他快樂。那也是為什麼我會建議妳盡早過來的原因之一。我想，看見妳對他會有好處。妳可以讓他知道，又能和他在一起妳有多麼高興——對他笑笑，給他個飛吻或是什麼之類的。知道妳就站在旁邊，他一定會感到非常欣慰的。」

兩人有好長一段時間都沒有說話。

「好吧，」派爾太太最後總算打破沈默，聲音突然顯得很溫順而疲憊。「我想我最好過去看看他的情況。」

「太棒了。我就知道妳會過來。我在這裡等妳。直接到我二樓的辦公室來。再見。」

半小時之後，派爾太太來到醫院。

「妳千萬不要被他現在的模樣給嚇到，」藍迪和她並肩走過一條走廊時這麼跟她說。

「不，我不會的。」

「一開始，妳一定會覺得很震驚。他現在的樣子恐怕不是很討喜。」

「我不是因為他的長相才和他結婚的，醫生。」

藍迪轉身盯著她看。他心想，這個矮小的女人生著一雙大眼睛，神情陰沈忿忿，實在怪透了。她的五官曾經一定很迷人，可是現在全走樣了。嘴巴鬆垮垮的，兩頰鬆弛癱軟，整張臉彷彿在說，一年又一年無趣的婚姻生活之後，這張臉慢慢垮了下來，怎樣也挽回不了。他們不發一語的又走了一會兒。

「進去之後不必著急，」藍迪說。「在妳把臉直接湊到他眼睛上方之前，他不會知道妳已經在房間裡了。眼睛一直是張開的，可是完全沒辦法轉動，所以視野非常窄。目前我們讓它直直往上對著天花板看。當然，他什麼都聽不見。我們可以愛說什麼就說什麼。在這裡面。」

藍迪打開一扇門，帶她走進一間方形的小房間。

「我不會一下子走太近，」他將一隻手放在她手臂上。「先和我一起在這裡等一會兒，直到妳完全習慣為止。」

房間正中央有張高高的白色桌子，桌子上立著一個頗大的白色琺瑯質碗狀物，大小和一個洗臉盆差不多，還有六條細細的塑膠管從裡頭穿出來。這些塑膠管和一大堆玻璃管連在一起，可以看見進出人工心臟的血液在裡頭流動。機器本身發出陣陣節奏輕柔的鼓動聲響。

「他在那裡面，」藍迪指著盆子說。那盆子放得位置太高，她沒辦法看到裡面。「再走近一點點。別太靠近。」

他領她向前兩步。

伸長脖子之後，派爾太太現在可以看見盆內的液體表面。裡頭靜止的液體相當清澈，上頭浮著一顆橢圓形的小容器，大小和一顆鴿子蛋相去不遠。

「裡面就是他的眼睛，」藍迪說。「妳看得見嗎？」

「可以。」

「就我們所知，眼睛的狀況非常的好。這是他的右眼，那個塑膠容器上有一片和他眼鏡類似的鏡片。現在他或許能看得和以前一樣清楚。」

「天花板沒什麼好看的，」派爾太太說。

「這不用擔心。我們正在想辦法設計一整套的節目來娛樂他，不過我們不想一開始就操之過急。」

「給他本好書。」

「會的，會的。妳還好嗎？派爾太太？」

「還好。」

「那我們再往前一點，好嗎，這樣妳就可以全部看個清楚。」

他帶她往前直到離桌子只剩幾碼的地方，現在，她可以直接看到盆子裡面的東西。

「就在那了，」藍迪說。「那就是威廉。」

他比她前想像的要大上很多，顏色也比較深。他的表面上滿是些隆起和摺痕，讓她直接連想到一個巨大無比的醃胡桃。她看見他的底下有四根動脈和兩根靜脈露出來，尾端和塑膠管連接得很整齊；人工心臟每跳動一次送出血液的時候，所有的管子也都會一起微微抽動一下。

「妳必須彎下身，」藍迪說，「把妳美麗的臉放在眼睛的正上方。這樣他就看得見妳，妳可以對他笑一笑，給他個飛吻。如果我是妳，我還會說些好聽的話。他沒辦法真的聽見妳在說些什麼，但我確定他可以瞭解大致上的意思。」

「他討厭別人給他飛吻，」派爾太太說。「如果你不介意的話，請讓我用我自己的方式來和他打招呼。」她走到桌邊，彎下腰，直到臉龐在盆子的正上方，往下直直盯著威廉的眼睛看。

「哈囉，親愛的，」她低聲的說。「是我——瑪麗。」

那隻眼睛和從前一樣明亮，用一種奇怪的專注神情緊緊盯著她看。

「你好嗎，親愛的？」她說。

那個塑膠容器四周都是透明的，整顆眼球都可以看得見。眼球下方連接大腦的視神經像一截短短的灰色義大利麵。

「你覺得還好嗎，威廉？」

看著他先生的眼睛，旁邊的臉卻不見了，這真是種很奇怪的感覺。她需要看的就只有那隻眼睛，她不停瞪著它看，只覺得它漸漸越變越大，越變越大，最後竟占滿了她所有的視線——幾乎變成了一張臉。眼球的白色表面上有一層細小的紅色血管，而在它冰藍的虹膜裡，有三、四條很漂亮的深色條紋從正中央的瞳孔散射出來。瞳孔又大又黑，其中一邊閃著一小點光。

「我收到你的信了，親愛的，然後就立刻趕過來看你的狀況。藍迪醫生說你的情況好得不得了。如果我講慢一點，或許你可以讀我的唇，瞭解一點我在說什麼。」

那隻眼睛毫無疑問是在盯著她看。

「他們正在盡一切所能來照顧你，親愛的。這臺了不起的機器會一直不停的運作下去，我可以跟你說，它比我們其他人那些又老又笨的心臟好多了。我們的心臟隨時有可能會癱瘓，可是你的心臟會永永遠遠的跳下去。」

她非常仔細的在研究那隻眼睛，想找出是什麼原因讓它看來那麼奇怪。

「你看起來不錯，親愛的，蠻不錯的。真的，不騙你。」

她心想，比起他以前那兩隻眼睛，這隻眼睛看來好多了。感覺溫溫柔柔的，有種她以前從沒見過的平靜、親切特質。這可能和正中央瞳孔裡面的那個小點有關。以前威廉的瞳孔看起來總像個小小的黑色針頭。對你閃著光，直接刺進你的腦袋，把你看得一清二楚，每每都能立刻知道你的意圖，甚至連你的思緒也都無所遁形。可是，她現在注視的卻是隻溫柔和善的大眼，幾乎像隻牛的眼睛。

「你確定他是清醒的嗎？」她問的時候，頭連抬也沒抬。

「喔，那當然，他完全清醒，」藍迪說。

「而且，他**可以**看到我？」

「看得一清二楚。」

「真是太神奇了，不是嗎？我猜，他會不會搞不清楚發生了什麼事？」

「一點都不會。他非常清楚他在哪裡，也知道為什麼會在這裡。這一點他絕不可能忘記的。」

「你是說，他**知道**他在這個盆子裡嗎？」

「當然。如果他能說話的話，此刻他或許還能夠正常的和妳對話。就我所知，你眼前的這個威廉和妳以前在家裡認識的那個威廉，兩者的心智之間並沒有任何差別。」

「我的**老天**啊，」派爾太太叫了一聲，停了一下去思考這個有趣的狀況。

她望向那隻眼睛後方，直盯著水底下靜靜躺著的那一大團軟呼呼的灰色胡桃，心想，你知道嗎，我不確定是不是更喜歡他現在的模樣。事實上，我相信我可以和這樣子的威廉一起生活得非常舒服。這個威廉我可以應付得來。

「他很安靜，對吧？」她說。

「他當然很安靜囉。」

沒有爭執，沒有批評，她心想，沒有講不停的勸告，沒有規則要遵守，再也不會不能抽香菸，晚上再也沒有一雙不以為然的冷眼越過書上盯著我看，再也不沒有襯衫要洗要燙，再也沒有飯要煮——什麼都沒有，只有這個人工心臟跳動的聲音，反正聽起來也還蠻讓人平靜的，而且絕對不會大到會干擾她看電視。

「醫生，」她說。「我真的有種感覺，好像突然間變得很愛他了。那聽起來會很怪嗎？」

「我想這是可以理解的。」

「他就這樣躺在盆子裡的水底下，看起來實在好無助、好沈默。」

「是的，我知道。」

「他像個嬰兒一樣，那就是他現在看起來的模樣。他實在像極了一個小嬰兒。」

藍迪靜靜站在她身後看著。

「乖，」她看著盆裡柔柔的說。「從現在開始，瑪麗會自己親自來照顧你，你什麼事情都不用擔心。我什麼時候可以帶他回去，醫生？」

「妳說什麼？」

「我說，我什麼時候可以帶他回去——帶他回我自己的家裡？」

「別開玩笑了，」藍迪說。

她慢慢轉過頭，直盯著他的眼睛。「我為什麼要跟你開玩笑？」她問。她的臉容光煥發，兩隻眼睛又圓又亮，像鑽石一樣。

「他不能被移動的。」

「我看不出來為什麼不行。」

「這是項實驗啊，派爾太太。」

「它是我先生，藍迪醫生。」

藍迪的嘴緊張又詭異的似笑非笑著。「這個嘛……」他說。

「你知道，它**是**我先生。」她的聲音裡並沒有怒氣。她靜靜說著，彷彿只不過是在提醒他一個簡單的事實。

「那是很弔詭的一點，」藍迪舔了舔嘴唇。「妳現在是個寡婦，派爾太太。我想妳必須接受這個事實。」

她原本面對著桌子，卻突然轉過身，朝窗戶走去。「我是說真的，」她說著開始在包包裡找香菸。「我要他回來。」

藍迪看著她把香菸放進嘴裡點燃。他想，除非他真的錯得離譜，不然這個女人實在是有點不太對勁。她似乎很樂意見到她先生被放在那個盆子裡。

他試著去想像，如果現在躺在那邊的是**他**太太的大腦，從那容器裡瞪著他的是**她**的眼睛，他會有什麼感覺。

他不會喜歡那種感覺的。

「我們現在回我辦公室去好嗎？」他問。

她站在窗邊，一口一口的抽著菸，顯得相當平靜悠閒。

「好的，沒問題。」

她經過桌子的時候，停下腳步，又把頭湊到盆子上方。「瑪麗要離開囉，甜心，」她說。「什麼事情都不要擔心，懂嗎？我們會盡快把你帶回家，把你照顧得好好的。聽著，親愛的……」她話說到這裡，把香菸舉到唇邊，準備吸一口。

那隻眼睛立刻閃過一陣光芒。

當時她正緊緊盯著那隻眼睛看，在它的正中間，她看見一道小小的亮光閃現，瞳孔也縮成黑色的針尖，燒著熊熊的怒火。

一開始，她沒有什麼舉動。她就彎著身站在盆子旁，菸舉在嘴邊，看著那隻眼睛。

然後她從容不迫的慢慢把菸送進嘴裡，大大的吸了一口。她把菸深深吸進肺裡，停了三、四秒鐘；然後，突然間，呼的一聲，她的鼻孔噴出兩道稀薄的氣流朝盆裡的水直衝而去，在水面上激起一層濃濃的藍色菸霧把那隻眼睛團團圍住。

藍迪當時背對著她站在門邊等。「來吧，派爾太太，」他說。

「不要看起來那麼生氣嘛，威廉，」她輕柔的說。「看起來那麼生氣一點都沒用。」

藍迪轉頭看她在做什麼。

「連一點點用都沒有了，」她悄悄的說。「因為，從現在起，我的寶貝，瑪麗說什麼你就得做什麼。聽懂了嗎？」

「派爾太太，」藍迪一邊說一邊朝她走去。

「所以，不要再調皮了，好不好，我的寶貝，」她又吸了一口菸。「調皮的小孩現在可能會受到最嚴厲的處罰的，這你應該知道。」

藍迪已經走到她身邊，他握住她的手臂，堅決但溫柔的把她從桌邊拉開。

「再見，親愛的，」她呼喚著。「我很快就會回來的。」

「夠了，派爾太太。」

「他真的很可愛對吧？」她張著晶亮的大眼叫著說。「他真的很迷人對吧？我實在等不及要把他帶回家了。」

畢斯比太太與上校的大衣

■

一九五九

美國是女人的機會之土。她們已經贏得了這個國家約百分之八十五的財富。要不了多久，全部都會是她們的。離婚已然是一種有利可圖的手續，容易安排，也容易忘記；野心勃勃的女性可以隨她們的意，愛多久離一次婚就多久離一次婚，讓贏來的錢直逼天文數字。丈夫去世同樣也會替她們帶來令人滿意的報償，有些女士偏好倚賴這種方法。她們知道，等待的時間不會長得讓人受不了，因為用不了多久，過度工作和高血壓肯定會要他的命，他會一手拿著一罐苯甲胺，另一手拿著一包鎮定劑，死在他的桌前。

離婚和死亡這些恐怖的模式絲毫嚇阻不了一代又一代的年輕美國男性。離婚率攀升得越高，他們便越是飢渴。年輕男人像老鼠一般結婚，幾乎在青春期之前就討了老婆，而到了三十六歲的時候，他們的帳單上大多都列有兩位以上「前妻」的名字。為了讓這些女士能過著她們習慣的生活，男人必須像奴隸一般工作，而事實上他們的確就是奴隸。不過，到最後，當他們逐步邁向未老先衰的中年時，幻滅和恐懼的感覺開始躡手躡腳慢慢爬進他們心裡，到了晚上，他們開始會在俱樂部或酒吧裡，幾個人湊在一起，喝他們的威士忌，吃他們的藥，試圖用種種故事來安慰彼此。

這些故事的基本主題亙古不變。總是會有三個主角——先生、太太，還有一個卑鄙的傢伙。先生是一個中規中矩、生活嚴謹、工作賣力的人。太太則是狡猾虛偽、淫蕩好色，總是和那卑鄙的傢伙盤算著什麼騙局。做先生的人太好了，根本不會對她有任何疑心。先生的前景黯淡。可憐的他會有發現的一天嗎？難道他非得戴上一輩子的綠帽子不可嗎？是的，他別無選擇。不過，先等等！先生使出一記妙招，局面頓時大不相同，讓他歹毒的另一半陷入劣勢。女人嚇得目瞪口呆，笨若木雞，顏面盡失，一敗塗地。吧臺附近的聽眾靜靜笑了笑，讓這段天方夜譚給他們帶來些許的撫慰。

有許多類似這種由鬱鬱寡歡的男性捏造出來，猶如夢幻世界中美好的荒誕不經的故事四處流傳，不過，大部分的故事都太過荒誕，不值得傳述，而且也太過古怪，無法以文字流傳。然而，其中有一個故事似乎比其他的來得好些，而且真人真事更是一大長處。對那些離過兩、三次婚，亟欲尋求撫慰的男人而言，這個故事更是大受歡迎，如果你也是其中一個，而且還不曾聽過的話，你或許會喜歡故事的結局。這個故事的名字叫做「畢斯比太太和上校的大衣」，故事的內容是這樣的：

畢斯比醫生夫婦倆住在紐約市某處一棟小公寓裡。畢斯比醫生是個牙醫，收入普通。畢斯比太太是個身形壯碩、性慾、活力十足的女人。一個月當中，往往是在某個星期五下午，畢斯比太太會在賓州車站搭車，到巴爾的摩去拜訪她的姑姑。當天晚上，她會待在姑姑家，隔天再趕回紐約，替她先生煮晚餐。畢斯比先生對這種安排欣然接受。他知道茉德姑姑住在巴爾的摩，而且他的太太非常喜歡這位老太太，如果剝奪她們其中任何一個人每個月與對方見一次面的樂趣，那實在太不合理了。

「只要妳不奢望我會陪妳去的話，」一開始畢斯比先生這麼說。

「我當然不會，親愛的，」畢斯比太太這樣回答他。「畢竟，她不是**你的**姑姑。是我的。」

一切順利。

然而，實際上的情形卻是，姑姑只不過是畢斯比太太一個方便的藉口而已。那個卑鄙的傢伙這回化身為一個稱做上校的紳士，狡猾的潛伏在這一切後面，而我們的女主角則把一大部分到巴爾的摩的時間拿來和他共度。上校非常的有錢。他住在鎮郊一棟迷人的房子裡。沒有太太或家人的拖累，只有幾位行事謹慎又忠誠的僕人在身邊，畢斯比太太不在的時候，他會出去騎馬獵狐，聊慰孤寂。

年復一年，畢斯比太太和上校兩人之間的這種宜人的伴侶關係從未間斷。他們見面的次數之少——想想，一年十二次實在不多——幾乎不太可能會對彼此感到厭煩。相反的，兩次見面之間的漫長等待只讓彼此的心更掛念著對方，而每次的分離都變成一次令人興奮的團聚。

「嗨呀！」上校每次坐在大車裡到車站與她碰面時都會這麼喊。「親愛的，我都快忘記妳有多迷人了。我們去找個地方躲起來吧。」

八年就這麼過去。

聖誕節就快來了，畢斯比太太站在巴爾的摩的火車站裡，等待火車把她送回紐約。剛結束的這次會面很特別，比起以往更讓她開心，她的心情好得很。不過，在那段日子裡，上校總是讓她有這種感覺。他會讓她覺得，她是一個非常不同凡響的女人，有著纖細且奇特的天分，迷人到無以復加的地步；和她家裡的牙醫老公給她的感覺簡直天差地遠，他向來都只讓她覺得，她好像是一個永遠賴著不走的病人，一個住在候診間裡的人，在雜誌堆中默然無聲，時至今日，幾乎沒什麼機會被叫進去，讓那雙粉紅潔淨的雙手一絲不苟、精準萬分的替她服務。

「上校要我把這交給妳，」她身旁的一個聲音這麼說。她轉身看見上校的馬夫威金斯，這個矮小乾癟，有著灰皮膚的侏儒正把一個扁扁的大硬紙板盒往她懷裡塞。

「我的老天爺啊！」她興奮的大叫。「我的天啊，這個盒子可真大啊！這是什麼，威金斯？有字條嗎？他有送字條給我嗎？」

「没有字條，」馬夫說完便轉身走了。

她一上火車就帶著盒子走進洗手間把門鎖起來。真是太刺激了！上校送的聖誕禮物耶。她開始拆絲帶。「我打賭一定是一件洋裝，」她大聲的說。「甚至還有可能是兩件。或者可能是一大堆漂亮的內衣。我先不要看。先用手摸摸，猜猜看到底是什麼東西。也順便猜一下是它的顏色，看起來究竟是什麼模樣。再猜猜值多少錢。」

她緊緊閉起眼睛，慢慢掀開盒蓋。然後，她把一隻手伸進盒子裡。上面有一些包裝紙；她感覺得出來，也聽得見那悉悉窣窣的聲音。裡頭還有一個信封或卡片之類的東西。她没去管它，開始往包裝紙底下探，手指頭像植物的藤蔓一般，小心翼翼的往外伸。

「我的天啊！」她突然大叫一聲。「這不可能是真的！」

她把眼睛睜得大大的直盯著那件大衣看。然後她一把抓住那件大衣，從盒子裡拿了出來。他把大衣攤開的時候，厚厚的皮草擦過包裝紙，發出可愛的聲音，然後，她把大衣舉起來整件垂在眼前，漂亮得幾乎讓她喘不過氣來。

她從來没看過像這樣的貂皮大衣。這是貂皮没錯吧？是的，這當然是貂皮没錯。顏色可真是漂亮！毛色幾乎是純黑的。一開始，她以為是黑色的；可是，當她把大衣拿到靠近窗户的地方時，她發現還有一點藍色在裡面，一種豐潤的深藍色，像鈷一樣。她很快翻出標籤來看。上面寫得很簡單，「拉布拉多野生貂」。此外就没有其他東西，看不出來在哪買的，什麼都没有。不過，她告訴自己，上校可能是故意這麼做的。那隻狡詐的老狐狸要百分之百確定他没有留下任何蛛絲馬跡。幹得好。不過，這到底會要花多少錢呢？她幾乎連想都不敢想。四千、五千，還是六千美金？可能還不止這個數目。

她實在移不開眼。也實在等不及想要趕緊試試。她迅速的把身上那件平凡無奇的紅色大衣脫掉。她現在微微喘著氣，實在克制不住，一雙眼睛也睜得老大。啊，天啊，這毛的觸感真棒！袖子寬寬大大的，袖口還厚厚的反折了起來！是誰告訴她的，說這種大衣的手臂部分用的是母貂的皮，其他部分用的是公貂的皮？有人跟她說過。喬安．露菲爾嗎，有可能；不過，喬安怎麼會對貂有任何瞭解，她實在無法想像。

這件漂亮黑色大衣就好像第二層皮膚一般，自己滑到了她身上。噢，天啊！這真是種無法言喻的感覺！她看著鏡子裡的自己。真是太神奇了。她整個人的性格剎那間全變了。她看起來光采耀人、貴氣十足、豔光四射、性感撩人。大衣還給了她一種難以言喻的力量！穿上這件大衣，她可以走進任何一個她想去的地方，其他人會像一群兔子急忙的跟在她身旁。這實在棒得無法用言語來形容啊！

畢斯比太太拾起還放在盒子裡的那個信封。她打開信封，抽出上校寫的信：

我曾聽妳說過妳喜歡貂皮大衣，所以我買了給妳。據說是件上等貨。請妳收下這份告別的禮物，還有我最誠摯的祝福。基於個人原因，我無法再與妳見面。再見，祝好運。

喝！

真想不到！

晴天霹靂，就在她高興得不得了的時候。

再也沒有什麼上校了。

她一定會很想他的。

畢斯比太太開始慢慢撫摸著這件大衣柔軟漂亮的黑毛。

天底下的事，有得必有失。

她笑了笑，將信紙摺起，打算把它撕爛扔到窗戶外面，不過，在摺的時候，她發現另外一面還有一些字：

附註：就跟他們說是妳好心慷慨的姑姑送妳的聖誕禮物。

當時，畢斯比太太的嘴原本開心得笑得很大，突然像條橡皮筋般啪的縮了回來。

「這個人一定是瘋了！」她大叫。「茉德姑姑根本沒這種錢。她不可能送我這種東西的。」

可是，如果不是茉德姑媽給她的，那會是誰給的？

喔，天啊！她看見這件大衣後只興奮得忙著試穿，這個最重要的問題竟然忘得一乾二淨。

一、兩個小時之內，她就會抵達紐約。然後再過十分鐘，她就會回到家，她先生會在家裡迎接她；假如他發現，過了一個週末之後，他太太竟然身穿一襲價值六千美金的貂皮大衣，春風得意的走進家門，即便是像希里爾這樣住在昏暗的痰的世界裡，成天只知道和牙根管、前臼齒、蛀牙這些東西打交道的人，也肯定會問些問題。

妳知道我怎麼想嗎，她對自己說。我覺得該死的上校是故意這麼做來折磨我的。他清楚得很，茉德姑媽絕不可能有那麼多錢買這種東西。他早就知道我沒辦法保有這件大衣。

可是，畢斯比太太如今根本無法想像要和這件大衣分開。

「我一定要保留這件大衣！」她大聲說著。「我一定要這件大衣！我一定要這件大衣！」很好，親愛的。這件大衣會是妳的。不過，先別慌。坐好，保持冷靜，開始思考。妳是個聰明的女孩，不是嗎？妳以前曾經唬過他。他從來就沒辦法看見探針尖端以外太遠的東西，這妳很清楚。所以呢，先乖乖坐好，**動點腦筋**。有的是時間。

兩個半小時之後，畢斯比太太在賓州車站步下火車，飛快走向出口。她又把原先那件舊的紅色大衣穿上，懷裡捧著那個硬紙板盒，招了一輛計程車。

「司機，」她說，「你知不知道這附近有哪間當鋪還開著嗎？」

方向盤後面的那個人挑著眉毛，轉頭看她，覺得很有意思。

「第六大道沿路多得是，」他說。

「麻煩你看到第一家就停下來好嗎？」她上車後，車便開走了。

不久，計程車在一家門口上掛著三顆銅球的店外面停了下來。

「請你等我一下，」畢斯比太太跟司機說過之後便下車走進店裡。

一隻肥貓蹲在櫃臺上，啃著白色碟子裡的魚頭。那隻貓用牠亮黃的眼睛瞄了瞄畢斯比太太一眼，然後又把目光移開，繼續吃牠的魚頭。畢斯比太太離那隻貓離得遠遠的站在櫃臺邊等人來，一邊看著屋裡的手錶、鞋扣、琺瑯胸針、老舊的雙筒望遠鏡、壞掉的眼鏡和假牙。她不瞭解，為什麼總有人拿假牙來當。

「有事嗎？」老闆從店後頭一個漆黑的地方走出來。

「喔，晚安，」畢斯比太太說。她動手拆開盒子上的絲帶。那人走到貓旁，順著牠的背部輕輕撫摸，那隻貓則是繼續啃牠的魚頭。

「你有看過這麼笨的人嗎？」畢斯比太太說。「我把錢包弄丟了，今天是星期六，銀行要到星期一才會開，可是我非得有錢過週末不可。這件大衣很值錢，可是我要的不多。我只想用它借點錢，夠我度週末撐到星期一就行。然後我會回來贖回它。」

他站在一邊，什麼都沒說。可是，當她拿出那件貂皮大衣，厚重美麗的貂毛落在櫃臺上的時候，他立刻睜大了眼，手從貓的身上收了回來，走過去看那件大衣。他拿起大衣，舉在眼前。

「如果我身上有手錶或戒指的話，」畢斯比太太說，「我會拿他們來當。可是現在我身上除了這件大衣之外什麼都沒有。」她伸出手指讓他看。

「看起來很新，」他輕撫著柔軟的貂毛對她說。

「喔，當然，它是新的沒錯。不過，就像我說的，我只想借點錢夠我撐到星期一就好了。五十塊怎麼樣？」

「沒問題，我借你五十。」

「它的價錢不止那一百倍。不過，我知道在我回來之前，你會好好照顧它的。」

那人走向一張抽屜，從裡頭拿出一張票卡放在櫃臺上。這張票卡看來像是綁在手提箱上面的那種標籤，形狀和大小都完全一模一樣，連材質也同樣是棕色的硬紙。不過，這張票卡的中間打著一排洞，可以輕易撕成完全相同的兩半。

「姓名？」他問。

「不管它。地址也一樣。」

她見他猶疑了一下，筆尖懸在虛線上方等著。

「不一定要填姓名和住址，對吧？」

那人聳聳肩，搖搖頭，筆尖往下一條橫線移去。

「我只是不想填而已，」畢斯比太太說。「純粹個人因素。」

「那妳最好不要把票弄丟。」

「我不會的。」

「妳知不知道，不管是誰，只要有這張票就可以來贖回這個東西？」

「是的，我知道。」

「完完全全只憑票上的號碼就可以贖走喔。」

「是的，我知道。」

「妳希望我在物品描述的地方怎麼寫？」

「物品描述也不要寫，謝謝。這沒必要。只要寫上我要借的金額就行了。」

筆尖又開始猶疑，在「品名」旁的虛線上懸著。

「我想妳應該要描述一下。如果妳想要把這張票卡賣人的話，物品描述是很有用的。誰也不知道哪天妳會不會突然想把它給賣了。」

「我不想賣它。」

「妳有可能會想的。很多人都是這樣。」

「聽著，」畢斯比太太說。「如果你認為我破產了的話，那你就錯了。我只不過是丟了皮包而已。你瞭解嗎？」

「那就隨妳高興囉，」那人說。「大衣是妳的。」

此時，一個令人不悅的想法閃現在畢斯比太太的腦中。「我問你，」她說。「如果我的票上面沒有物品描述的話，怎麼肯定我回來的時候，你還給我的東西會是這件大衣而不是其他東西？」

「我會記在簿子裡面。」

「可是，我手上就只有這一個號碼。所以，你真的可以隨你高興丟個什麼舊玩意給我，對吧？」

「物品描述的地方妳到底是要填還是不填？」那人問。

「不了，」她說。「我信任你。」

那人在上下兩張票卡上「金額」的地方填上「五十元」，然後沿著虛線把票卡撕成兩半，把下半張遞過櫃臺來。他從他的夾克內層的口袋裡掏出一個錢包，拿出五張十元的紙鈔。「利息每月三分，」他說。

「好的，沒問題。謝謝你。你會好好照顧它吧？」

男人點點頭，可是沒說什麼。

「要我替你把它放回盒子裡嗎？」

「不用，」那人說。

畢斯比太太轉身走出店，回到街上計程車原先等待的地方。十分鐘之後，她便回到了家裡。

「親愛的，」她低頭親她先生的時候說。「想我嗎？」

希里爾放下晚報，瞄了眼手錶。「現在已經是六點十二分半了，」他說。「妳晚了一點，對吧？」

「我知道。都是那些可惡的火車啦。茉德姑媽照例要我替她向你問好。我好想來一杯，你呢？」

他把報紙折成一疊整整齊齊的長方形，放在椅子的扶手上。然後，站起身往餐具櫃走去。他太太仍站在房間中央脫手套，小心翼翼的注視他，打量著該等多久。他現在背對著她，彎著身量琴酒的份量，整張臉直湊到量杯前，好像在看一個病人的嘴巴一樣往裡瞧。

和上校見過面之後，他總顯得很嬌小，這真是很有趣。上校的身材魁梧，頭髮短削而剛硬，靠近的時候，聞起來有一股淡淡的山葵味道。這個人身材嬌小、整齊、骨瘦如柴，聞起來啥也不像，只有那股他含在嘴裡的薄荷糖味道，好在病人面前保持口氣的清新。

「看看我買了什麼東西來量苦艾酒，」他說著舉起一個劃有刻度的燒杯。「用這個燒杯，我可以準確的量到一毫克耶。」

「親愛的，你真是聰明。」

我非得改變他穿衣服的方式不可，她心想。他的衣服簡直可笑到無法形容。她曾經認為他穿高翻領、前排六顆扣子的翻領長外套看起來很棒，不過現在看起來只覺得荒謬而已。還有那直統的窄長褲也是。穿這種褲子得要有一種特別的長相才行，而希里爾壓根長得就不是那樣。他的臉又瘦又長，鼻子狹窄，下巴微向前凸，那套老式貼身的衣服上頭生著這樣一張臉，看起來就像漫畫版的山姆·偉勒（文豪狄更斯的著作《比克維克秘記》中的一個喜劇人物）。他或許自以為看起來像波·布魯梅爾（一名英國的花花公子，同時也是時尚和禮節方面的專家）。事實上，他在辦公室裡總是會把白上衣的扣子打開來招呼女病人，這樣她們就可以看到他穿在底下的衣服；就某方面來說，他只不過很明顯的想要表示，他跟條狗沒什麼兩樣。不過，畢斯比太太十分清楚。那一身衣服只不過是在虛張聲勢而已。什麼意義也沒有。這讓她聯想到一隻日漸衰老的孔雀，身上的羽毛掉了一半，趾高氣昂的在草坪上走著。或者是某種自我受精的笨花——比方說蒲公英。蒲公英從來就不需要受精才能傳宗接代，所有那些鮮黃的花瓣都只不過是在浪費時間，一種吹噓，一種假象。生物學家們用的是什麼字？似有性的（subsexual，不經減數分裂的單性生殖）。蒲公英是似有性的。就這點來看，夏日那一窩窩的水蚤也是一樣。水蚤、蒲公英、牙醫，這聽起來有點像路易斯・卡羅（Lewis Carroll），她心想。

「謝謝你，親愛的，」她說著接過馬丁尼，在沙發上坐下，手提包就放在膝上。「**你**昨天晚上在做什麼？」

「我在辦公室裡留得比較晚，我在塑幾個嵌體。而且我也把帳目更新了。」

「說真的，希里爾，我認為你早該讓其他人替你做那些吃力不討好的工作了。你不應該連這種小事都事必躬親的。你為什麼不把嵌體交給技師做呢？」

「我比較喜歡自己做。我可是對我的嵌體感到十分驕傲呢。」

「我知道，親愛的，我覺得它們真的棒得沒話說。可以說是世界上最棒的嵌體了。可是，我不希望你太操勞啊。帳目的事情為什麼不交給那個叫普特妮的女人去做就好了？那是她分內的工作不是嗎？」

「她有做啊。不過，我得先把各項東西的價錢訂出來才行。她不知道誰是有錢人，誰又沒有錢。」

「這杯馬丁尼真棒，」畢斯比太太說著把酒杯放到邊桌上。「真的很棒。」她從手提包裡拿出一條手帕，假裝是要擤鼻涕。「啊，對了！」她看到那張票的時候叫了一聲。「我都忘了給你看了！這是我剛才在計程車的座位上發現的。上面有一個號碼，我想可能是張彩券或是什麼的，所以我就留了下來。」

她把那一小張棕色的硬紙交給她先生，他用手指頭接過來之後，開始從不同角度萬分仔細的檢查它，彷彿那是顆可疑的牙齒。

「妳知道這是什麼嗎？」他慢慢的說。

「親愛的，我不知道。」

「這是一張當票。」

「一張什麼？」

「一張當鋪老闆給的票。那間店的名字和地址在這裡——它開在第六大道上的某個地方。」

「噢，親愛的，我好失望喔。我原本還希望這會是一張愛爾蘭馬票（一種獲得愛爾蘭政府支持的私營馬票型彩券，一九三〇年代相當流行，在美國的銷路也很不錯）呢。」

「沒必要失望，」希里爾．畢斯比說。「事實上，這可能會是個很有趣的東西。」

「為什麼會很有趣，親愛的？」

他開始跟她解釋一張當票到底有什麼用，還特別提到，不論是誰只要擁有這張票就可以去贖回典當的物品。她耐著性子把他那一番長篇大論聽完。

「你認為這值得我們去把它贖回來嗎？」她問。

「我想，值得去看看到底是什麼東西。妳看到這邊寫的五十塊錢了嗎？妳知道這代表什麼意思嗎？」

「不，親愛的，這代表什麼意思？」

「這代表那東西幾乎可以肯定是樣相當值錢的東西。」

「你是指它會值五十塊錢嗎？」

「五百塊還差不多。」

「五百塊！」

「妳不瞭解嗎？」他說。「當鋪老闆從來不會給人超過東西價值十分之一以上的錢。」

「我的老天啊！我從來不知道耶。」

「妳不知道的東西可多了，親愛的。聽我說。既然上面沒有主人的姓名和地址……」

「可是上面一定會有資料表示這東西的所屬人吧？」

「什麼也沒有。常有人會這麼做。他們不希望任何人知道他們曾上過當鋪。他們覺得這很可恥。」

「你認為我們可以把票留著囉？」

「我們當然可以把票留著。現在，這是**我們**的票了。」

「**我的**票，」畢斯比太太語氣相當堅定。「是我發現的。」

「我親愛的女孩，這**有**什麼差別嗎？重點是，只要我們想要，現在隨時都可以去把東西給贖回來，而且只要五十塊而已。妳覺得如何？」

「喔，真是有趣！」她說。「我覺得這真是太刺激了，尤其是我們根本不知道那會是什麼東西。有可能是**任何東西**，對吧，希里爾？什麼東西都有可能耶！」

「的確是這樣，不過，比較有可能是枚戒指或是隻手錶之類的。」

「不過，如果是件**真的**寶物的話，那不是很棒嗎？我指的是一些真的**很**舊的東西，比方說是件精美的舊花瓶或是件羅馬式雕塑。」

「什麼都有可能，親愛的。我們應該等著看結果就是了。」

「我覺得這真是太妙了！把那張票給我，我星期一一大早就過去看看那到底是什麼！」

「我想最好是由我來。」

「噢，不！」她嚷嚷著。「讓**我**來！」

「我想還是不要好了。我上班的時候去拿。」

「可是那是**我**的票耶！**拜託**讓我去好不好，希里爾！為什麼全部的樂趣都變成是**你**的？」

「妳不瞭解這些開當鋪的人，我親愛的。妳可能會上當的。」

「我不會上當的，真的，我不會的。把票給我，求求你。」

「而且，妳還得要有五十塊才行，」他微微笑著說。「妳得先付五十塊的現金，他們才會把東西給妳。」

「我有五十塊，」她說。「應該有才對。」

「如果妳不介意的話，我覺得妳還是不要插手的好。」

「可是，希里爾，是我**發現**的耶。那是我的東西。不論那是什麼東西，都是我的東西，對吧？」

「那當然是妳的東西囉，親愛的。沒必要這麼激動吧。」

「我沒有激動，我只是很興奮而已，就是這樣。」

「我猜妳沒想過，這可能是件完完全全屬於男性的東西——比如說是懷錶或一組襯衫扣之類的東西。妳也知道，不是只有女人才會上當鋪的。」

「如果是這樣的話，那我就把它送你當聖誕節禮物，」畢斯比太太很慷慨的說。「我會很樂意的。不過，如果是女人用的東西的話，我就要自己留著。你同意嗎？」

「這聽起來很公平。我去拿的時候妳何不跟我一起去好了？」

畢斯比太太險些就要答應他，卻在千鈞一髮之際即時打住。她不希望當鋪老闆把她當個老客人一樣招呼的時候，她先生就在旁邊。

「不了，」她慢慢說道。「我想我就不去了。你知道嗎，如果我留在家裡等的話，一定會更刺激的。噢，我真希望不會是什麼我們兩個都不想要的東西。」

「妳說的没錯，」他說。「如果我認為它不值五十塊錢的話，我就不會把它贖回來。」

「可是你說它會值五百塊的啊。」

「這一點我很肯定。別擔心。」

「喔，希里爾，我真是等不及了！你不覺得很刺激嗎？」

「我覺得很有趣，」他說著把票塞進他背心的口袋裡。「這點絶對毫無疑問。」

星期一早晨總算來臨，早餐之後，畢斯比太太跟她先生走到門邊，替他穿大衣。

「工作別太辛苦，親愛的，」她說。

「不會的，妳放心。」

「六點回來？」

「應該没問題。」

「你會有時間去那間當鋪嗎？」她問。

「天啊，我都忘光了。我得攔輛計程車馬上趕過去。我上班路上會經過。」

「你没把票弄丟吧？」

「希望沒有，」他說著摸了摸背心的口袋。「沒有，票在這裡。」

「你錢夠嗎？」

「大概差不多。」

「親愛的，」她站在他身邊，伸手幫他拉了拉那條已經非常整齊的領帶。「如果那是件好東西，而且你認為我會喜歡的話，你可不可以一到辦公室之後就打電話給我？」

「如果妳想的話，當然沒問題。」

「你知道嗎，我有點希望這會是你用得到的東西，希里爾。我真的希望這會是給你的，而不是給我的。」

「妳真慷慨，親愛的。好了，我得趕緊走了。」

大約一小時之後電話鈴聲響起，畢斯比太太迅速跑過房間，在第一聲鈴響還沒結束之前就已經拿起了話筒。

「我拿到了！」他說。

「真的啊！噢，希里爾，那是什麼？是件好東西嗎？」

「是啊！」他高興的說。「簡直棒極了！妳等著看吧！妳一定會高興得不得了的！」

「親愛的，那是什麼？快告訴我！」

「妳是個幸運的女孩，真的很幸運。」

「所以，是給我的囉？」

「當然是給妳的囉。可是到底為什麼只當了五十塊錢，我實在怎麼想也想不透。那個人一定是瘋了。」

「希里爾！不要再吊我胃口了！我受不了了！」
「妳看到之後一定會高興得發瘋的。」
「是什麼東西？」
「猜猜看。」
畢斯比太太遲疑了一會兒。小心啊，她對自己說。現在千萬得小心。
「項鍊嗎？」她說。
「不對。」
「鑽石戒指？」
「差得更遠了。我給妳一點提示。這是妳可以穿戴的東西。」
「我可以穿戴的東西？你是說，像帽子之類的嗎？」
「不，不是帽子，」他笑著說。
「看在老天的份上，希里爾！你為什麼不告訴我呢？」
「因為我希望這是個驚喜啊。今天晚上我會把它帶回家。」
「門都沒有！」她激動得大叫。「我現在馬上就要過去拿！」
「我覺得妳還是不要過來的好。」
「別這麼傻了，親愛的。為什麼我不應該去？」
「因為我太忙了。你會打亂我整個早上的行程的。我現在已經慢了半小時了。」
「那我午餐的時候再過去。好嗎？」
「我沒有午餐時間。唉，好吧，那妳一點半趁我在吃三明治的時候來好了。再見。」

一點三十分整，畢斯比太太來到畢斯比醫生執業的地方，按下電鈴。開門的是她那位身穿白色醫師服的先生。

「喔，希里爾，我真的好興奮喔！」

「妳是該興奮沒錯。妳真是個幸運的女孩，妳知道嗎？」他帶她走過走廊進入診療間。

「去吃午餐吧，普特妮小姐，」他對那位正忙著把器材放進消毒器的助手說。「剩下的等回來再做就行了。」他等那女孩離開之後，走到他平常用來掛衣服的衣櫥前面，用指頭指著。「在這裡面，」他說，「好——把妳的眼睛閉起來。」

畢斯比太太照著他的話做。然後，她深深吸了一口氣，摒住呼吸，在接下來的那一段靜默中，她可以聽見他打開壁櫥的門，從裡頭掛著的東西裡面抽出一件衣服的時候，傳來一陣清柔的悉窣聲。

「好了！妳可以看了！」

「我不敢啊，」她笑著說。

「來，瞄一眼吧。」

她害羞得咯咯笑了起來，慢慢將一隻眼睛睜開一小道縫隙，剛好讓她可以看見穿著白色大衣的他在她眼前形成一團模糊的黑影，手裡還舉著什麼東西。

「是貂皮！」他興奮的大喊。「是真的貂皮啊！」

一聽到這神奇的字眼，她的眼睛立刻快速睜開，同時還往前撲去，打算要緊緊把大衣抱在懷裡。

可是，眼前根本就沒有什麼大衣。只有一件可笑的皮草圍巾掛在他先生的手上擺呀擺的。

「看個過癮吧！」他說著在她眼前把那東西晃了晃。

畢斯比太太一隻手摀住了嘴，開始往後退。她心想，我要尖叫了。我就知道會發生這種事。我真的要尖叫了。

「怎麼了，親愛的？妳不喜歡嗎？」他不再晃動手中的那塊皮草，站在原地看著她，等她說話。

「喔，當然，」她結結巴巴的說。「我……我……覺得它……它很漂亮……真的很漂亮。」

「真的讓妳一下子說不出話來了，對吧？」

「對啊，沒錯。」

「不但質地一流，」他說。「色澤也很漂亮。妳知道嗎，親愛的，我想如果妳去店裡買的話，這種東西至少要兩三百塊才買得到。」

「我想也是。」

圍巾上有兩張皮，兩張看來又窄又髒的皮，貂的頭還留在上面，眼窩裡塞著玻璃珠，小小的爪子搭拉著。其中一隻貂的嘴咬著另外一隻貂的屁股。

「來，」他說。「試試看。」他彎身往前把圍巾圍在她脖子上，然後往後退了幾步欣賞。「真是太完美了。這真的很適合妳。不是每個人都有貂皮的，我親愛的。」

「的確是這樣，沒錯。」

「妳去逛街的時候最好別穿出去，不然人家會以為我們是百萬富翁，開雙倍的價錢敲我們竹槓。」

「我會試著記住的，希里爾。」

「恐怕妳不能要求我聖誕節的時候再送妳其他東西了。五十塊可是比我預計要花的來得多了。」

他轉身朝洗手臺走去，開始洗手。「快走吧，我親愛的，去吃頓豐盛的午餐吧。我很想自己送妳出去，可是候診間裡有一個叫葛曼的可憐老頭在等，他假牙的固定掛鉤壞了，實在沒辦法。」

畢斯比太太往門口移動。

我要去把當鋪的老闆給宰了，她對自己說。我現在就要回去那家店，把這塊骯髒的圍巾丟到他的臉上，如果他拒絕把大衣還給我的話，我就要把他給殺了。

「我有告訴妳今晚我會慢點回家嗎？」希里爾·畢斯比還在洗手。

「沒有。」

「從現在的情況看起來，可能至少要到八點半才行。甚至還可能會到九點。」

「好，我知道了。再見。」畢斯比太太離開的時候，重重的把門甩上。

就在此刻，身兼秘書和助手二職的普特妮小姐在走廊上一陣春風般的經過，準備去吃午餐。

「天氣真好對吧？」普特妮小姐經過的時候對她拋了個微笑。她的步伐透著輕快的氣息，身上散發著淡淡的香水味，看起來就像一位皇后一樣，她身上穿的那件上校送給畢斯比太太的漂亮黑色貂皮大衣，看起來實在很像一位皇后。

蜂王漿

◙ 一九五九

「我擔心死了，亞伯特，我真的快擔心死了，」泰勒太太說。

她的眼睛緊緊盯著那個靜靜躺在她的臂彎裡，一動也不動的小嬰兒。

「我就知道有什麼不對勁。」

小嬰兒臉上的皮膚透著一種珍珠般的透明色澤，緊緊繃在骨頭上。

「再試試看，」亞伯特．泰勒說。

「不會有用的。」

「妳得繼續試才行，瑪貝兒，」他說。

她從平底鍋的熱水中拿出奶瓶，滴了幾滴牛奶在她手腕內側，試了試溫度。

「乖喔，」她輕輕的說。「乖喔，我的寶貝。快醒來再多喝些喔。」

一張桌子緊挨在她身旁，桌上的一盞小燈將她罩在一團黃色的光暈中。

「拜託，」她說。「再喝一點點就好了喔。」

她先生越過雜誌看著她。她已經累得半死了，他可以看得出來，那張蒼白的瓜子臉往昔看來是那麼肅穆靜謐，現在卻染上了一種痛苦而絕望的神色。但就算如此，當她低頭注視懷裡的小孩時，看來仍然異常的美麗。

「你看吧，」她嘟噥著說。「一點用都沒有。她根本沒喝。」

她把奶瓶對著光線舉起，瞇著眼看上頭的刻度。

「又是一盎司。她就只喝了這麼多。不——甚至連一盎司都沒有。只有四分之三盎司而已。這根本連要活下去都不夠。亞伯特，真的不夠。我真的快擔心死了。」

「我知道，」他說。

「要是他們能夠**找出**到底有什麼問題就好了。」

「沒有什麼問題，瑪貝兒。只不過是時間上的關係而已。」

「一定有什麼問題。」

「羅賓森醫生說沒有。」

「聽著，」她說著站了起來。「你不要跟我說一個六星期大的小孩體重變輕是很正常的，比她剛出生的時候還要輕了整整**兩磅**多耶！你看看她那雙腿！就只剩皮包骨而已了！」

瘦小的嬰兒無力的躺在她的臂彎裡，動也不動。

「羅賓森醫生要妳不要再擔心了，瑪貝兒。另外一位醫生也這麼說。」

「哈！」她突然冒出一聲。「真是太妙了！要我不要再擔心！」

「別這樣，瑪貝兒。」

「那他要我怎麼辦？把這當作笑話來看嗎？」

「他沒有這麼說啊。」

「我恨醫生！每一個我都恨！」她手裡抱著嬰兒扯著喉嚨大喊，轉過身快步離開房間朝樓梯走去。

亞伯特・泰勒待在原地，看著她離開。

過了一會兒之後，他聽見她在他頭頂正上方的臥室裡走動，緊張急切的步子在油氈地毯上趴、趴、趴的走著。要不了多久，腳步聲就會停歇，然後，他就必須起身上樓，而當他走進臥室的時候，會發現她和往常一樣坐在嬰兒床旁，凝視著他們的孩子，輕輕的在哭泣，不願意離開。

「她餓壞了，亞伯特，」她會這麼說。

「根本沒這回事。」

「她真的餓壞了。我敢肯定。亞伯特？」

「怎麼了？」

「我相信你自己也知道，只是你不願意承認而已。對吧？」

現在每天晚上都是這個樣子。

上個星期他們把小孩帶回醫院，醫生詳細檢查之後，告訴他們沒什麼好擔心的。

「我們花了九年的時間才生下這個孩子，醫生，」瑪貝兒那時這樣對他說。「如果她有什麼三長兩短的話，我也不想活了。」

那已經是六天前的事了，從那之後，他們的小孩又瘦了五盎司。

可是，光是擔心也沒有用。亞伯特・泰勒心想。碰到這種事情的時候，就只能相信醫生了。他拿起仍舊攤在他膝上的雜誌，目光呆滯的沿著目次往下瞄，看看這星期有哪些內容：

養蜂人及蜂蜜製藥商
孢子蟲病控制經驗
蜂王漿最新訊息
本週養蜂場動態
蜂蠟之療效
反芻
英國養蜂人年度聚餐
協會新聞

亞伯特・泰勒這一輩子對任何與蜜蜂有關的事情都著迷不已。還是個小男孩的時候，他時常會空手去抓蜜蜂，然後抓著它們跑進家裡去給他媽媽看，有時候他還會把蜜蜂放到他臉上，讓它們在他的臉頰和脖子上到處爬，而最讓人吃驚的是，他從來就沒被叮過。而且，蜜蜂反而還好像很喜歡和他在一起。它們從來不會想要飛走，如果要趕走它們，他還得輕輕用手指把它們從他身上刷下來才行。就算是這樣，蜜蜂還是常常會飛回來在他的手臂、手、膝蓋，或任何露出皮膚的地方停留。

他的父親是個泥水匠，他曾說，他兒子能夠像這樣催眠昆蟲，身上一定是有某種巫婆的惡臭，從皮膚毛孔上散發出某種有毒的東西，這樣絕對不會有好事。可是，他母親卻說，這是神賜予他的禮物，而且甚至還拿他和聖法蘭西斯與鳥的故事相提並論。

隨著年紀漸大，亞伯特・泰勒對於蜜蜂的喜愛也逐漸變成一種迷戀，到了十二歲的時候，他已經自己蓋了他生平第一座蜂房。接下來的那個夏天，他捉到了他生平第一群蜜蜂。兩年之後，他十四歲，這時候的他就已經擁有不下五座的蜂房，整整齊齊的在他父親小小後院的籬笆旁排成一排，而且——除了產蜜的一般工作之外——他已經在練習培育自己的蜂王、把幼蟲移到人工的巢室，還有其他種種精巧複雜的事情。

若有工作必須在蜂房裡頭進行，他從來就不需要用煙，手上從不用戴手套，頭上也從不用罩網子。很顯然，這個男孩和蜜蜂之間有一種奇怪的心電感應，鎮上的商店和酒吧裡，人們開始用一種尊敬的口吻來談論他，他們也開始上門跟他買蜂蜜。

當他到了十八歲的時候，他在河谷裡的櫻桃園邊，租了一塊一英畝大的崎嶇牧草地，離鎮上差不多有一哩的距離，他就在那裡開始建立自己的事業。如今，十一年過去了，他還在同樣的地方，不過，規模已經從一英畝擴大成了六英畝，除了兩百四十座堅固蜂房之外，還有一棟幾乎全由他親手蓋成的小房子。他在二十歲那年結了婚，夫妻倆總共花了九年才生下第一個小孩，除此之外，他們的婚姻算是相當圓滿。事實上，亞伯特一直以來都是一帆風順，直到這個奇怪的小女嬰呱呱墜地，怎麼樣就是不肯好好吃東西，日復一日越來越輕，把他們倆嚇得不知所措，事情才變了樣。

他從雜誌上抬起眼，想著他的女兒。

比方說，今天晚上開始餵奶的時候，她有把眼睛睜開，他凝視著那雙眼，看到的景象讓他害怕得要命——那是一種霧濛濛的空洞眼神，彷彿眼睛本身和大腦之間絲毫沒有任何連結，只不過是鬆鬆的塞在眼窩裡面，像一對灰色的小彈珠一樣。

那些醫生真的知道他們在說些什麼嗎？

他伸手拿來一個菸灰缸，用一根火柴棒慢慢將菸斗裡頭的菸灰挑出來。

我們隨時可以把她帶去另外一間醫院，或許去牛津試試看。等他上樓時或許會跟瑪貝兒提看看。

他仍舊可以聽見她在臥房裡走動的聲音，不過聲音非常微弱，她一定是脫掉了鞋子換上了脫鞋。

他將注意力重新拉回雜誌上，繼續讀下去。他看完了那篇名為「孢子蟲病控制經驗」的文章，翻到下一頁，開始讀起下一篇文章「蜂王漿最新訊息」。他非常懷疑，關於這個主題到底還有什麼是他還不知道的：

「這種叫做蜂王漿的神奇物質到底是什麼呢？」

他伸手去拿身旁桌上裝菸草的錫罐，一邊裝填他的菸斗，一邊繼續往下看。

蜂王漿是一種由育幼蜂所產生的腺體分泌物，用來餵食剛從卵中孵化出來的幼蜂。育幼蜂咽喉腺分泌這種物質的原理，和脊椎動物的乳腺分泌乳汁的原理相當類似。就生物學的角度來看，這個現象相當有趣，因為世界上尚未發現其他昆蟲發展出這種機制。

全都是老掉牙的東西了，他心想，可是沒其他事情好做，於是他便繼續讀下去。

從卵中孵化出來之後的頭三天，所有幼蜂都吃得到濃縮的蜂王漿；不過，三天之後，所有注定要成為雄蜂或是工蜂的蜜蜂所吃的蜂王漿中，會摻有許多蜂蜜和花粉，濃度因而大為稀釋。另外一方面，注定要成為蜂后的幼蜂在整段幼蟲時期吃的都是濃縮的純蜂王漿。蜂王漿的名字便是由此而來。

裡。

他頭頂上的臥房裡，聲音已經完全停止。屋子裡闃寂無聲。他點燃一根火柴棒，放進他的菸斗裡。

蜂王漿絕對是種營養價值極高的物質，因為，蜜蜂幼蟲光吃這一種東西，就可以讓體重在五天之內增加一千五百倍。

這麼說沒什麼不對，他心想，不過，他卻從來沒有從體重增加這一點來思考過幼蟲的成長。

這就好像是一個七磅半的嬰兒在同樣的時間內變成五噸重一樣。

亞伯特·泰勒頓了一會兒，又把那句話看了一遍。

他又唸了第三次。

這就好像是一個七磅半的嬰兒……

「瑪貝兒！」他從椅子上跳起來大聲喊著。「瑪貝兒！過來一下！」

他走到走廊上，站在樓梯底下喊著要她下來。

沒有回應。

他跑上樓梯，在樓梯平臺把燈打開。臥房的門關著。他走過去把門打開，站在門口往陰暗的房間裡看。「瑪貝兒，」他說。「下樓來一下好嗎？我有個想法。是和寶寶有關的。」

他身後樓梯平臺上的電燈在床上投下一道模糊的光線。他現在可以模模糊糊的看見，她趴在床上，整張臉埋進枕頭裡面，手捂著頭。她又再哭了。

「瑪貝兒，」他走過去，輕輕撫著她的肩頭。「下來一下好不好。這可能是很要緊的。」

「走開，」她說。「不要理我。」

「妳不想聽聽我的想法嗎？」

「噢，亞伯特，我累了，」她哽咽著說。「我累到根本不知道自己在幹嘛了。我覺得我快撐不下去了。我覺得我快受不了了。」

亞伯特・泰勒聽了並沒有答話。他轉身慢慢朝嬰兒躺著的那張搖籃走去，看了一眼。光線太暗，他看不見孩子的臉，可是，當他彎下身靠近的時候，他可以聽見她呼吸的聲音非常急促微弱。

「下次餵奶是什麼時候？」他問。

「兩點，我想。」

「再下一次呢？」

「早上六點。」

「兩次都交給我，」他說。「妳去睡覺。」

她沒有回答。

「妳乖乖上床去，瑪貝兒，趕緊去睡。瞭解嗎？別再擔心了。接下來十二個小時全由我負責。再這樣下去妳會精神崩潰的。」

「對，」她說。「我知道。」

「現在我就把這個小傢伙、我自己還有鬧鐘全帶到客房去，所以，妳就躺下來好好放鬆一下，把我們全忘光。好嗎？」說著他就已經推著搖籃走出門去。

「亞伯特……」

「怎麼了？」

「我愛你，亞伯特。」

「我也愛妳，瑪貝兒。快去睡吧。」

亞伯特．泰勒直到隔天早上將近十一點才又看見他太太。

「**我的媽呀**！」她一聲大叫衝下樓梯，身上還穿著晨袍和脱鞋。「亞伯特！你看現在幾點了！我至少睡了十二個小時以上！一切還好嗎？有沒有發生什麼事？」

此時，他安安靜靜的坐在他的扶手椅裡，抽著菸斗看報紙。小寶寶在他腳旁地板上一個類似搖籃的東西裡頭睡得正甜。

「哈囉，親愛的，」他笑著説。

她跑到嬰兒床邊看著裡頭的寶寶。「她有吃嗎，亞伯特？你餵了她幾次？十點的時候還要再餵一次你知道嗎？」

亞伯特．泰勒把報紙折成一個整齊的長方形放到一旁的邊桌上。「我早上兩點的時候餵了她一次，」他説，「她只喝了半盎司，然後就不喝了。六點的時候，我又餵了一次，這次她表現得比較好，兩盎司……」

「**兩盎司**！喔，亞伯特，真是太棒了。」

「我們十分鐘前才剛吃完最後一次。瓶子就放在壁爐上。只剩下一盎司。她喝了三盎司。怎麼樣？」他咧著嘴驕傲的笑著，替自己的成就感到很高興。

她立刻跪了下來看她的寶寶。

「她的氣色看起來比較好了，對吧？」他急切的問著。「她的臉看起來胖了一點，對吧？」

「聽起來可能有點笨，」她說，「可是我真的也這樣認為耶。喔，亞伯特，你真是太了不起了！你是怎麼辦到的？」

「她只是在過渡期而已，」他說。「就是這樣。就像醫生當初說的，她只是在過渡期而已。」

「祈禱上帝你說的是對的，亞伯特。」

「我說的當然不會錯囉。從現在起，妳就看她越長越大吧。」

她滿臉愛意的凝視著她的寶貝。

「妳自己的氣色看起來也好了很多，瑪貝兒。」

「我感覺棒極了。昨天晚上的事情，我很抱歉。」

「這樣吧，」他說。「以後晚上都由我來餵奶。白天交給妳。」

她抬起眼，越過嬰兒床，皺著眉看他。「不，」她說。「喔，不，我不會允許你這麼做的。」

「我不想看見妳崩潰啊，瑪貝兒。」

「我睡了一些就不會的。」

「兩個人分攤會更好。」

「不，亞伯特。這是我的工作，就該由我來做。昨天晚上的情形不會再發生第二次了。」

兩人有一陣子沒說話。亞伯特‧泰勒把菸斗從嘴裡拿出來，仔細察看斗缽上的紋路。「好吧，」他說。「如果這樣的話，那我就幫妳處理些苦差事好了，消毒、沖奶和其他準備事情全都交給我。至少這樣會讓妳輕鬆一些。」

她小心翼翼的看著他，搞不清楚為什麼他突然會有這麼大的轉變。

「妳知道嗎，瑪貝兒，我在想……」

「你說，親愛的。」

「我在想，昨天晚上之前，我從來就沒有出任何一點力幫忙照顧我們的寶貝。」

「沒這回事。」

「喔，真的是這樣。所以我決定，從現在起，我要在這件事上盡我那一份力。所以，調配奶粉和消毒奶瓶的事就交給我。好嗎？」

「你真好，親愛的，可是我真的不認為有這個必要……」

「別這樣嘛！」他叫著說。「打鐵要趁熱啊！最後三次是我弄的，看看這個改變！下一次是什麼時候？兩點對吧？」

「沒錯。」

「全都調好了，」他說。「所有東西都調好了，也都準備好了，時間一到，妳只需要去放食物的那間房間，把奶瓶從架子上拿下來加熱就行了。這樣有些幫助，對吧？」

她站起身，走過去在他臉頰上親了一下。「你真是個好人，」她說。「每多認識你一天，我就更愛你一些。」

後來，到了下午的時候，亞伯特頂著陽光在外頭的蜂房間工作，他聽見她從房內傳來的叫聲。

「亞伯特！」她大聲喊著。「亞伯特！快來！」她穿過一片毛茛跑向他。

他往前走去和她碰面，不知道發生了什麼事。

「喔，亞伯特！你猜發生了什麼事？」

「什麼事？」

「我才剛餵完她喝兩點的奶，她全都喝完了耶！」

「不會吧！」

「一滴都不剩呢！喔，亞伯特，我真是好高興喔！她不會有事了！她就像你說的已經撐過那個過渡期了。」她走向他，把手繞在他的脖子上擁抱他，他拍拍她的背，笑著說她真是個了不起的小媽媽。

「下一次餵奶的時候你要不要進來，看她是不是又那麼棒，亞伯特？」

他告訴她他絕對不會錯過，她又抱了抱他，轉身蹦蹦跳跳地越過草地，一路唱著歌朝房子跑回去。

時間逐漸逼近六點餵奶的時刻，空氣中自然便瀰漫著些許緊張的氣息。五點三十分時，夫妻兩都已經坐在客廳裡，等候餵奶的時刻到來。壁爐上，裝有奶粉的奶瓶立在裝了溫水的平底鍋裡，小嬰兒則是躺在沙發上的嬰兒床裡靜靜睡著。

五點四十分，小嬰兒才一醒來就開始放聲大哭。

「乖喔，乖喔，」泰勒太太說。「她在要奶瓶了。亞伯特，把她抱起來交給我。先把奶瓶給我。」

他把奶瓶交給她，然後把小嬰兒放到她大腿上。她小心翼翼用奶瓶前的奶嘴頭去碰小嬰兒的嘴唇。小嬰兒好像餓壞了一樣，馬上用牙齦咬住奶嘴，又快又猛的吸了起來。

「喔，亞伯特，真的很棒對不對？」她笑著說。

「棒極了，瑪貝兒。」

只花了七、八分鐘的時間，奶瓶裡所有的東西全進了小嬰兒的肚子裡。

「聰明的女孩，」泰勒太太說。「妳又喝了四盎司耶。」

亞伯特・泰勒坐在椅子上彎身向前專注的看著小嬰兒的臉。「妳知道嗎？」他說。「她看起來甚至已經胖了一點耶。妳覺得呢？」

媽媽低頭看她的小孩。

「瑪貝兒，妳不覺得她和昨天比起來變得比較胖、比較大了一點嗎？」

「可能有吧，亞伯特。雖然說在這麼短的時間之內不太可能真的變得比較重，可是我不確定。重要的是，她已經開始正常進食了。」

「她已經撐過來了，」亞伯特說。「我想妳不必再替她操心了。」

「沒錯，我真的不用操心了。」

「妳要我上樓去把搖籃擺回我們的臥房嗎，瑪貝兒？」

「好啊，麻煩你了，」她說。

亞伯特上樓去移動搖籃。她帶著嬰兒跟在後面，換完尿布後，她把嬰兒輕輕的放在她的床上，然後再替她蓋上被單和毛毯。

「她看起來真的很可愛對不對，亞伯特？」她低聲問他。「她是你這一輩子看過最漂亮的娃娃對不對？」

「我們先別擔心她，瑪貝兒，」他說。「下樓煮點晚餐吧。我們倆都該吃了。」

吃完晚餐後，夫妻倆坐在客廳裡各自的扶手椅上，亞伯特抽著菸斗在看報紙，泰勒太太則是在織毛線。不過，此情此景和前一晚大不相同。突然間，所有緊張的氣氛消失無蹤。泰勒太太俊美的瓜子臉容光煥發，面頰紅潤，雙眼閃耀著晶亮的光芒，心滿意足之際，連嘴巴也都一直保持著一種夢幻般的微笑曲線。不時地，她會將目光從手裡織的東西移開，深情款款的看著她先生。偶爾，她手裡的毛線棒會完全停下來幾秒鐘，只是靜靜的坐著仰望天花板，側耳傾聽樓上傳來的嗚咽或哭聲。不過，一切都安安靜靜的。

「亞伯特，」過了一會兒，她說。

「有事嗎，親愛的？」

「你昨天晚上衝進臥房裡要跟我講什麼事情？你說你有一個和寶寶有關的想法。」

亞伯特・泰勒把雜誌放到腿上，狡猾的直盯著她看。

「我有嗎？」他說。

「有啊。」她等他繼續說下去，可是他沒出聲。

「有什麼那麼好笑的？」她問。「你為什麼笑成那個樣子？」

「是很好笑沒錯，」他說。

「快告訴我，親愛的。」

「我不確定該不該告訴妳，」他說。「妳可能會覺得我在說謊。」

她很少看他像現在這樣志得意滿的，她朝他笑了笑，要他快說。

「我真想看看妳聽到之後會有什麼表情，真的。」

「亞伯特，那到底是什麼東西？」

他停了停，不讓她馬上稱心如意。

「妳真的覺得我們的寶貝好多了，對吧？」他問。

「這還用說。」

「突然間，她就開始吃得很多，而且看起來完完全全變了個人似的，這妳同意嗎？」

「我同意，亞伯特，沒錯。」

「很好，」他笑著的嘴咧得更開了。「妳知道嗎，這一切都是因為我的緣故。」

「你怎麼樣？」

「我把寶寶治好了。」

「是的，親愛的，我相信真的是你把她給治好的。」泰勒太太又繼續織她的東西。

「妳不相信我，對不對？」

「我當然相信你囉，亞伯特。我相信這每一分每一毫全都是你的功勞。」

「那我是怎麼辦到的呢？」

「這個嘛，」她停了一會兒思考這個問題。「我想是因為你很會調奶粉的配方，就這麼簡單。自從由你來調奶粉開始，她的狀況就越來越好。」

「妳是指，調配奶粉也有技巧囉？」

「很顯然就是這樣，」她繼續織著手裡的東西，臉上靜靜掛著微笑，搞不懂男人為什麼這麼有趣。

「我告訴妳一個秘密，」他說。「妳說的一點都沒錯。只不過我得提醒妳，**怎麼**調不是重點。重點是放進去的是什麼東西。這妳瞭解對吧，瑪貝兒？」

泰勒太太停下手裡織的東西，目光銳利的抬頭看她先生。「亞伯特，」她說，「你該不會是說你加了些什麼東西到寶寶的牛奶裡面去吧？」

他咧著嘴坐在椅子上笑。

「喂，你到底有還是沒有？」

「有可能，」他說。

「我不相信。」

他那一副露牙咧嘴的怪樣很討人厭。

「亞伯特，」她說。「不要再這樣跟我玩了。」

「好，親愛的，沒問題。」

「你該不會**真的**把什麼東西加到她的牛奶裡面去吧？老老實實回答我，亞伯特。對這麼小的嬰兒來說，後果可能很嚴重的。」

「答案是，我有，瑪貝兒。」

「**亞伯・特泰勒**！你怎麼幹得出這種事？」

「別激動，」他說。「如果妳想要的話，我可以把一切都跟妳說，不過，看在老天的份上，先保持冷靜。」

「啤酒！」她激動得大叫。「我就知道是啤酒！」

「不要這麼蠢好不好，瑪貝兒，我求求妳。」

「不然是什麼？」

亞伯特小心地把菸斗放到身邊的桌上，往後靠在他的椅背上。「跟我說，」他說，「妳曾不曾聽我提起過一種叫做蜂王漿的東西？」

「沒有。」

「這是種神奇的東西，」他說。「真的非常神奇。昨晚，我突然想到，如果我把一些這種東西放進寶寶的牛奶裡面……」

「你好**大膽**啊！」

「拜託，瑪貝兒，妳根本還不知道那是什麼東西呢。」

「我才不管那是什麼呢，」她說。「妳不可以把那種來路不明的東西加到一個小嬰兒的牛奶裡。你一定是瘋了。」

「那東西完全無害，瑪貝兒，不然我就不會這麼做。那是從蜜蜂身上得來的。」

「我早該猜到會是這樣。」

「這種東西非常珍貴，幾乎沒有人吃得起。就算吃得起，吃的時候一次也只吃一小滴而已。」

「我可以問問你給我們的寶貝吃了多少嗎？」

「哈，」他說，「這就是重點。差別就出在這裡。我想，在過去這四次餵奶的時候，我們的寶貝吞下的蜂王漿，大概是世界上任何一個吃過蜂王漿的人的五十倍左右。妳覺得如何？」

「亞伯特，別跟我窮攪和了。」

「我發誓，」他驕傲的說。

她坐在椅子上，眉頭皺成一團，嘴巴微張，瞪著他看。

「如果妳想買的話，妳知道這個東西實際上值多少錢嗎，瑪貝兒？現在，美國有個地方就在打廣告賣這種東西，他們好像開價一罐一磅重的五百塊！**五百塊耶**！妳知道嗎，這比金子還貴耶！」

她完全聽不懂他在說些什麼。

「我證明給妳看，」他說著便從椅子上跳了起來，走到大書架旁邊，書架上是他所有關於蜜蜂的文獻資料。在最上層的書架上，《美國蜜蜂期刊》書背的號碼整整齊齊排在《英國蜜蜂期刊》、

《養蜂術》和其他雜誌旁邊。他把最新一期的《美國蜜蜂期刊》拿下來，翻到後面一頁滿是分類廣告的地方。

「妳看，」他說。「就像我跟妳說的一樣。『我們提供蜂王漿——每罐重一磅，大量批發每罐四百八十美金。』」

他把雜誌遞給她讓她自己看。

「妳現在相信我了嗎？在紐約真有這樣的一間店，瑪貝兒。上面這樣說的。」

「上面沒說你可以把這種東西混到一個才剛生出來的嬰兒的牛奶裡，」她說。「我真不知道你到底怎麼搞的，亞伯特，我真的搞不懂。」

「這東西把她治好了，對吧？」

「現在我可不敢那麼肯定了。」

「別那麼蠢了好不好，瑪貝兒。妳自己清楚的很。」

「那為什麼其他人沒有給**他們**的寶寶吃？」

「我一直跟妳說，」他說。「這東西太貴了。全世界除了一兩位百萬富翁以外，幾乎沒有人有那個錢買蜂王漿來只是為了要**吃**。會買蜂王漿的人是那種生產女人面霜或類似東西的大公司。他們用蜂王漿來當幌子。他們在一大罐面霜裡面摻進一點點蜂王漿，然後面霜就搶手得跟什麼一樣，賣得貴得要命。他們宣稱這有去除皺紋的功效。」

「真的嗎？」

「這我怎麼會知道，瑪貝兒？反正，」他回到座位上，「這不是重點。重點是，光是過去這幾個小時，它就給我們的小寶貝帶來了很多好處，我覺得我們應該繼續給她吃。別打岔，瑪貝兒，讓我說完。我在外面一共有兩百四十座蜂房，如果我把其中一百座拿來做蜂王漿，應該就有辦法讓她吃個夠。」

「亞伯特・泰勒，」她睜大眼睛瞪著他說。「你腦袋有問題嗎？」

「聽我說完好不好？」

「我不准，」她說，「想都別想。你不准再給我的寶貝那個什麼爛王漿的，一滴都不准，你懂嗎？」

「拜託，瑪貝兒……」

「除此之外，還有去年我們蜂蜜的收成量很慘，如果你繼續這樣胡搞你的蜂房的話，誰知道會發生什麼事。」

「我的蜂房沒有問題，瑪貝兒。」

「你清楚得很，去年我們的蜂蜜收成只有一半。」

「幫幫忙好不好？」他說。「讓我解釋一下這個神奇的東西有什麼效果。」

「你甚至連這是什麼東西都還沒有告訴我。」

「好吧，瑪貝兒，我會連那個一起說。妳要聽嗎？妳願意給我機會去解釋嗎？」

她嘆口氣，又把織的東西拿在手裡。「我想讓你說說也好，亞伯特。告訴我吧。」

他遲疑了一會兒，不知該如何開始才好。要對一個壓根對養蜂業沒有任何深入瞭解的人解釋這樣的東西可不簡單。

「妳知道，」他說，「每一群蜜蜂裡面只有一隻蜂后，對不對？」

「對。」

「而且所有的卵都是這個皇后產下的？」

「是的，親愛的，這一點我知道。」

「好。其實，皇后產的是兩種不同的卵。這妳不知道，但她真的可以。這就是被我們稱做蜂房裡的奇蹟之一的事情。她可以產下後來會變成雄蜂的卵，也可以產下後來會變成工蜂的卵。如果這都不能算做奇蹟的話，瑪貝兒，我真的不知道什麼才算了。」

「好，亞伯特，我知道。」

「雄蜂是男性。這我們不必去管。工蜂全都是女性。當然，皇后也是。不過，工蜂是不具性徵的雌蜂，不知道妳瞭不瞭解。她們的器官完全沒有發展，但皇后的性徵卻極為明顯。她可以在一天當中產下和她自己體重相當的卵。」

他稍微停了一下，整理自己的思緒。

「接下來的情形是這樣。蜂后在蜂巢上到處爬，然後把卵產到我們稱之為巢室的地方裡。巢室就是妳在蜂巢上面看到的那好幾百個小小的洞，知道嗎？嗯，所謂的產卵巢室和一般的巢室差不多，只不過在裡面的不是蜂蜜而是卵。她在每個巢室裡產下一個卵，然後，三天之內，每個卵都會孵化成小小的幼蟲。我們把這些幼蟲稱之為幼蜂。

「好了，只要幼蜂一出現，育幼蜂——她們是年輕的工蜂——就會擠到他們身邊開始拼命餵他們吃東西。妳知道他們吃的是什麼嗎？」

「蜂王漿，」瑪貝兒耐著性子回答他。

「沒錯！」他高喊道。「他們吃的就是這個。這是從他們頭部一個腺體分泌出來的東西，他們會不斷把蜂王漿送進巢室裡面餵給幼蜂吃。然後呢？」

他煞有介事的把話打住，眨巴著他那對淡灰色的眼睛看著她。然後，他在椅子上慢慢轉過身，伸手去拿昨晚他在看的那本雜誌。

「妳想知道後來會怎麼樣嗎？」他邊問邊舔了舔嘴唇。

「我等不及了。」

「『蜂王漿，』」他大聲唸著，「『絕對是種營養價值極高的物質，因為，蜜蜂幼蟲光吃這一種東西，就可以讓體重在五天之內增加**一千五百倍**！』」

「多少？」

「**一千五百倍**，瑪貝兒。如果換做是人的話，妳知道代表什麼嗎？這代表，」他壓低聲音，身體往前，用他那雙淡淡的小眼緊緊盯著她說，「這代表一個一開始重七磅半的嬰兒在五天之內會重達**五噸**！」

泰勒太太第二次把手上織的東西停下來。

「妳不能太把這句話當真，瑪貝兒。」

「誰說我不行的？」

「這只不過是一種科學的表達方式而已，沒別的意思。」

「很好，亞伯特。你繼續說。」

「事情只說了一半而已，」他說。「後面還有。蜂王漿真正了不起的地方我還沒跟妳說。我要讓妳知道，蜂王漿怎麼樣讓一隻幾乎完全沒有任何性器官，長得呆呆笨笨的平凡小工蜂，蛻變成一隻又大又美麗、繁殖力驚人的蜂后。」

「你是說我們的寶貝長得呆呆笨笨的很平凡嗎？」她憤怒的質問他。

「不要抓我的語病好不好，瑪貝兒，我求求妳。妳聽好。妳知不知道，雖然蜂后和工蜂長大之後完全不一樣，可是她們都是從同一種卵中孵出來的？」

「我不相信，」她說。

「這就像我現在坐在這邊一樣，絕對假不了。瑪貝兒，真的是這樣。如果蜜蜂想讓卵裡孵出來的是蜂后而不是工蜂，不論何時，他們都辦得到。」

「怎麼辦？」

「哈，」他朝她的方向搖動他肥肥的食指。「我正要告訴妳這個。這就是整件事情的秘密所在。好——瑪貝兒，**妳**認為是什麼東西讓這個奇蹟發生的？」

「蜂王漿，」她答道。「你已經告訴過我了。」

「沒錯，就是蜂王漿！」他從座位上跳了起來拍手大喊。他圓圓的大臉閃著激動的神采，兩片臉頰上也爬上了鮮活的紅暈。

「過程是這樣的。我會用很簡單的方式來跟妳說。蜜蜂想要一位新的蜂后。所以他們就建造一個我們稱之為蜂后巢室的特大型巢室，然後他們讓蜂后在那裡面產下一顆卵。其他一千九百九十九顆卵她都產在一般的巢室裡面。好。這些卵一旦孵化出幼蜂，育幼蜂就會團團包圍上來，開始把蜂王漿送進去。不管是工蜂還是蜂后，所有的幼蜂都吃得到。不過，關鍵來了，瑪貝兒，仔細聽好。不同的地方就在這裡。工蜂幼蜂只有在他們幼蜂期的**頭三天**才有吃這種神奇的食物。三天之後，他們的食物就完全不同了。事實上，他們好像斷奶了一樣，只不過來得太突然了，所以和一般斷奶的過程不同。第三天之後，他們就硬生生給工蜂幼蜂換吃比較類似一般蜜蜂吃的食物——也就是蜂蜜和花粉的混合物——然後，經過大約兩星期，他們從巢室脫穎而出之後就變成工蜂。

「不過，在蜂后巢室裡面的幼蜂可不同！這隻幼蜂**整個幼蜂期**吃的都是蜂王漿。育幼蜂不停把蜂王漿注到巢室裡面去，多到那隻小小的幼蜂幾乎整隻浮在蜂王漿裡面。這也就是它為什麼會變成蜂后的原因！」

「你沒有辦法證明，」她說。

「不要蠢成這樣好不好，瑪貝兒，拜託。數以千計的人，包含世界各國知名的科學家已經一次又一次證明過這個事實了。妳只需要把幼蜂從工蜂巢室裡面拿出來，放到蜂后巢室裡面——我們將這稱為移植——只要育幼蜂讓它有充足的蜂王漿，然後，就這樣——它就會變成蜂后了！蜂后和工蜂長大之後，兩者之間的差異有如天壤之別，這一點更是讓人感到驚訝。腹部的形狀不同。刺不同。腿也不同。還有……」

「腿有什麼不同？」她想試試他。

「腿？嗯，工蜂的腿上有用來裝花粉用的小型花粉籃。蜂后則沒有。還有一點。蜂后有發育完全的性器官。育幼蜂則沒有。瑪貝兒，最了不起的一點是，蜂后平均的壽命是四到六年。工蜂幾乎連四到六個月都活不到。而這一切的差異都在於，其中一個有吃蜂王漿，其他的則沒有！」

「真的很難相信，」她說，「食物的影響力竟然這麼大。」

「要相信當然不是那麼容易囉。這是蜂房的另外一個奇蹟。事實上，這是最偉大的奇蹟了。這個天大的秘密已經讓科學界最偉大的人物困擾了好幾個世紀了。等一下。坐好。別動。」

他又跳了起來，往書櫃走去，在那些雜誌和書籍之間找尋。

「我找一些報導給妳看。有啦。這裡有一些。聽著。」他開始大聲讀起一份《美國蜜蜂期刊》：

「『多倫多的佛瑞德列克・班廷(Frederick A. Banting)醫生是發現胰島素的人，加拿大人民為了表彰此項發現對人性的卓越貢獻，送給了他一座設備精良的實驗室。身為實驗室的負責人，他開始對蜂王漿感到興趣。他請助手進行一項基礎的分級分析……』」

他停了一會兒。

「嗯，沒必要把全部都唸出來，事情是這樣的。班廷醫生和他的助手從一些裡頭住著孵化兩天的幼蜂的蜂后巢室裡，拿出一些蜂王漿進行分析。妳猜他們發現了什麼？」

「他們發現，」他說，「蜂王漿含有各種苯酚、類固醇、甘油、右旋糖，**還有**，重點來囉，百分之八十到八十五**成分不明**的酸性物質！」

他手裡拿著雜誌站在書櫃旁邊，得意洋洋的露出一抹狡猾又可笑的笑容，他太太看著他，覺得很困惑。

他並不高；他厚實的軀幹看來胖胖軟軟的，架在一雙短短的腿上，離地面很近。雙腿還向張弓一樣，微微彎曲。又大又圓的腦袋上長滿短削的硬髮，因為完全不刮鬍子，臉上大部分地方都被棕黃色的細毛給蓋滿。不論左看還是右看，他看起來還真的頗為怪異，這點是無法否認的。

「百分之八十到八十五，」他說，「成分不明的酸性物質。這不是非常奇妙嗎？」他又轉過頭去，開始在書架上的其他雜誌中尋找。

「成分不明的酸性物質，這是什麼意思？」

「重點就在這！沒人知道！就連班廷自己也找不出答案。妳有聽說過班廷這個人嗎？」

「沒有。」

「他差不多是現在世界上還在世的醫生裡面最有名的一個，就是這樣。」

她看他在書架前忙來忙去，一頭剛硬的短髮、長滿鬍子的臉還有那胖胖軟軟的軀幹，實在忍不住覺得，這個人看起來還真有點像隻蜜蜂。她常看見有女人長得和她騎的馬很像，也曾注意到那些養鳥、牛頭㹴或波美拉尼亞犬的人，常常在一些小地方和他們選擇飼養的動物很像。不過，直到目前為止，她從來沒想過她先生看起來可能會像隻蜜蜂。這讓她有點嚇一跳。

「班廷有試著去吃嗎，」她問，「吃這種蜂王漿？」

「他當然沒吃囉，瑪貝兒。他沒有足夠的蜂王漿可以吃。這種東西太珍貴了。」

「你知道嗎？」她瞪著他看，可是臉上還是笑著。「你看起來越來越有那麼一點點像隻蜜蜂了，你知道嗎？」

他轉頭看她。

「我想主要是因為鬍子的關係，」她說。「我真的希望你不要再留了。就連顏色看起來都有點像蜜蜂了，你不覺得嗎？」

「妳到底在說什麼鬼東西啊，瑪貝兒？」

「亞伯特，」她說。「說話不要那麼難聽。」

「妳到底還想不想聽我多說一些？」

「好，親愛的，我很抱歉。我只不過是在開玩笑而已。繼續說。」

他又轉過頭去，從書架上抽出另外一本雜誌，開始翻了起來。「聽聽這個，瑪貝兒。『一九三九年，海爾拿出生二十一天的老鼠來做實驗，他替他們注射不同劑量的蜂王漿。結果他發現，卵巢濾泡提早成熟的現象和注射蜂王漿的劑量有關連……』」

「你看！」她大叫著說。「我就知道！」

「知道什麼?」

「一定有恐怖的事情會發生。」

「胡說。那根本就沒問題。還有一個例子。瑪貝兒。『史提爾和柏戴特發現,一隻從前沒有生殖能力的公老鼠在每天接受微量的蜂王漿之後,當了好幾次爸爸。』」

「亞伯特,」她叫著說,「這個東西給嬰兒吃真的太強了!我一點都不喜歡。」

「胡說八道,瑪貝兒。」

「那為什麼他們只用老鼠來實驗呢,你倒是告訴我啊?為什麼這些知名的科學家不自己吃呢?他們太聰明了,這就是原因。你以為班廷醫生會冒險把自己的身體給搞壞嗎?他才不會呢。」

「他們有給人吃,瑪貝兒。有一整篇報告都是在講這個。聽著。」他翻著雜誌,又開始唸了起來。「『墨西哥,一九五三年,一群別有創見的醫生開始開一些微量的蜂王漿來醫治腦神經炎、關節炎、糖尿病、因菸草而引起的自體中毒、男性性無能、氣喘、哮吼和痛風……親身見證一大堆……墨西哥市一位著名的股票經紀人罹患一種特別難治的牛皮癬,一直無法治癒。他的外表越來越不吸引人。他的客户紛紛離開,生意也開始下滑。絕望之際,他轉而求助蜂王漿——每餐一滴——就這樣!——兩個星期就痊癒了。同樣也是在墨西哥市,一間名叫吉納咖啡館的侍者說,他父親在服用含有微量這種寶貴物質的膠囊之後,以九十歲高齡喜獲一名健康男嬰。阿卡波克一名推廣鬥牛的人發現他的牛懶洋洋的沒什麼活力,他在牛臨進場前替它注射了一公克的蜂王漿(劑量過高)。然後呢,那頭猛獸頓時變得迅捷凶猛,三兩下就解決掉兩名投矛手、三匹馬還有一名鬥牛士,最後……』」

「聽!」泰勒太太打斷他的話。「我想寶寶在哭了。」

亞伯特從雜誌上抬起眼。一點沒錯，一個中氣十足的哭喊聲從頭頂的臥房傳來。

「她一定是餓了，」他說。

他太太看了看時鐘。「我的媽呀！」她大叫著從椅子上跳了起來。「已經過了餵奶的時間了！我去抱她下來，你去調奶粉，亞伯特，快點！快點！我不想讓她等。」

不到半分鐘，泰勒太太懷裡就抱著這個嚎啕大哭的小嬰兒下樓來了。她慌了手腳，直到現在，健康的嬰兒肚子餓的時候，哭嚎不停的恐怖聲音還是讓她很不習慣。「快快快，亞伯特！」她叫喊著坐到一張扶手椅裡，把嬰兒放到大腿上。「拜託，快點！」

亞伯特從廚房走進來，把裝著溫牛奶的奶瓶交給她。「溫度剛好，」他說。「不用試了。」她把嬰兒的頭在她臂彎裡推高了些，直接把橡皮奶嘴頭塞進那張哭個不停的大嘴。嬰兒一咬到奶嘴就開始吸。哭聲停了。泰勒太太也不再緊張。

「喔，亞伯特，她真的很可愛對不對？」

「她真的很棒——多虧了蜂王漿。」

「聽著，親愛的，我不想再聽到任何跟那討人厭的東西有關的話。它讓我怕得要命。」

「這你就大錯特錯了，」他說。

「我們等著瞧。」

寶寶繼續吸著奶瓶。

「我相信她一定會再把這一整瓶都喝光的，亞伯特。」

「我肯定她一定會的，」他說。

幾分鐘之後，牛奶全都被喝光了。

「喔，妳真是個乖女孩！」泰勒太太開始輕輕的把奶嘴往外拉。寶寶感覺到她的舉動，於是吸得更用力，想要咬住奶嘴。泰勒太太輕輕的往外很快的拉了一下，啵的一聲，奶嘴就拔出來了。

「哇！哇！哇！哇！哇！」寶寶扯著喉嚨大哭。

「哭得真厲害，」泰勒太太說著把嬰兒放到肩膀上，拍拍她的背。

她很快連打了兩個嗝。

「乖乖，我親愛的，妳不會有事了喔。」

哭聲停了幾秒，然後她又哭了起來。

「繼續讓她打嗝，」亞伯特說。「她喝得太快了。」

他太太又重新把寶寶放到肩上。她撫摸寶寶的背脊，把她從一肩換到另外一肩，一下讓她趴在她的大腿上，一下又讓她坐在她的膝蓋上。可是寶寶沒再打嗝，而且每過一分鐘，哭聲就越來越大，越來越急切。

「這對肺很好，」亞伯特．泰勒笑著說。「這就是他們活動肺部的方式，瑪貝兒，妳知道嗎？」

「乖，乖，乖喔，」他太太在寶寶的臉上到處親個不停。「乖，乖，乖喔。」

他們等了五分鐘，可是寶寶的哭聲從來沒停過。

「換尿布吧，」亞伯特說。「她一定是尿布濕了。」他從廚房拿來一片乾淨的尿布，泰勒太太把舊的尿布脫下來，換上這片新的。

但連一點用都沒有。

「哇！哇！哇！哇！哇！」寶寶還是扯著喉嚨大哭。

「妳沒把別針刺到她肉裡去吧，瑪貝兒？」

「我當然沒有，」她邊說邊把手指伸到尿布底下去確定。

這對父母面對面坐在各自的扶手椅裡，臉上掛著緊張的笑容，看著媽媽腿上的寶寶，等她哭累了自己停下來。

「妳知道嗎？」亞伯特・泰勒最後忍不住說。

「知道什麼？」

「我打賭她一定還沒吃飽。我打賭她一定還想再喝一瓶。我再去幫她拿另外一瓶如何？」

「我覺得我們不應該這麼做，亞伯特。」

「這對她會有好處的，」他說著已經從椅子上站了起來。「我要去幫她溫第二瓶。」

他走到廚房，在那邊待了幾分鐘。回來的時候，手裡拿著一瓶滿滿的牛奶。

「我幫她弄了一瓶雙份的，」他說。「八盎司。以防萬一。」

「亞伯特！你瘋了是不是！難道你不知道吃太多和吃太少一樣不好嗎？」

「妳不用讓她把全部都喝完啊，瑪貝兒。妳隨時想停都可以。快呀，」他站在她的面前對她說。「給她奶喝。」

泰勒太太開始用奶嘴尖逗弄寶寶的嘴唇。那張小嘴像個捕獸夾一樣夾住橡膠奶嘴，突然間，房間裡就安靜了下來。寶寶的整個身體都放鬆了，開始喝奶之後，她的臉上浮現出一種全然喜悅的表情。

「妳看吧，瑪貝兒！我是怎麼跟妳說的？」

她沒回答。

「她真的是餓壞了，一點都沒錯。看她吸奶的模樣就知道了。」

泰勒太太注視著奶瓶裡面牛奶還剩多少。牛奶降得很快，要不了多久，八盎司裡頭的三、四盎司就已經被喝掉了。

「好了，」她說。「這樣就夠了。」

「妳現在不能把奶瓶拿走，瑪貝兒。」

「不，親愛的，我非這麼做不可。」

「快點，女人。把剩下的奶給她喝，不要在那邊大驚小怪的。」

「可是，**亞伯特**……」

「她餓得要命啊，難道妳看不出來嗎？快喔，我的小美人，」他說。「把這瓶牛奶喝完喔。」

「我不喜歡這個樣子，亞伯特，」她說，可是她沒把奶瓶拔走。

「她是在把以前落後的給補回來，瑪貝兒，這就是她現在在做的事。」

五分鐘之後，奶瓶空了。泰勒太太慢慢把奶嘴抽回來，這一次寶寶沒有反抗，一點聲音也沒有。她靜靜躺在媽媽的大腿上，呆滯的雙眼透著滿足的表情，嘴巴半張，嘴唇上都是牛奶。

「整整十二盎司耶，瑪貝兒！」亞伯特·泰勒說。「平常喝的三倍耶！真是太棒了！」

她低頭看著她的寶寶。這個擔驚受怕的媽媽以前焦慮的時候，嘴唇會抿得緊緊的，現在這個表情又慢慢在她臉上浮現。

「**妳**怎麼了？」亞伯特問。「妳該不會是因為這樣在擔心吧？妳不可能指望她回到正常狀態，只喝那少得可憐的四盎司吧，別可笑了。」

「過來，亞伯特，」她說。

「怎麼了？」

「我叫你過來。」

他走過去站在她身旁。

「仔細看一看，然後告訴我你有沒有發現什麼不同。」

他仔細的盯著寶寶看了一會兒。「她看起來比較大了，瑪貝兒，如果妳指的是這個的話。比較大也比較胖。」

「抱她，」她用命令的口吻說。「快點，把她抱起來。」

他伸手把寶寶從媽媽的腿上抱起來。「我的老天啊！」他叫了聲。「她有一噸重耶！」

「沒錯。」

「這不是很了不起嗎！」他整個人都在發光。「我打賭她一定已經恢復正常了！」

「我好怕，亞伯特。太快了。」

「胡說八道，妳這女人。」

「都是那個什麼噁心的漿弄的，」她說。「我恨那東西。」

「蜂王漿沒什麼好噁心的，」他氣憤的說。

「別傻了好不好，亞伯特！你以為一個小孩體重增加得這麼快是**正常**的嗎？」

「怎麼樣妳都不滿意！」他大吼。「她變瘦的時候妳嚇得要死，現在她變重了，妳又怕得要命！妳到底怎麼了，瑪貝兒？」

她懷裡抱著寶寶從椅子上站了起來，朝門口走去。「我只能說，」她說，「幸好我在這裡看著，你才沒再給她吃那東西。」她走了出去，亞伯特看著她從打開的門走出去，穿過走廊到樓梯底下準備上樓。她走到第三、四階左右的時候，突然站住，有好幾秒鐘的時間，就這麼靜靜站在那，好像在回憶什麼東西。然後她轉過頭，快步走下樓梯，又回到房間裡來。

「亞伯特，」她說。

「怎麼了？」

「我想，剛才餵的奶裡面應該沒有任何一點蜂王漿吧？」

「我不懂妳為什麼會這麼想，瑪貝兒。」

「亞伯特！」

「有什麼不對嗎？」他一派天真的輕聲問她。

「你這**該死**的傢伙！」她大吼。

亞伯特·泰勒滿是鬍子的臉上浮現受傷和困惑的表情。「我想妳應該很高興她又喝了一大堆才對，」他說。「我真的這麼認為。而且她**真的**喝了很多，瑪貝兒，這妳不用懷疑。」

她就站在門口進來一點的地方，懷裡緊緊抱著睡著的寶寶，睜大了眼瞪著她的先生。她站得非常的直，身體因為憤怒而完全僵硬，嘴唇從來沒有抿得這麼緊過，臉色也比以前蒼白。

「妳記好我說的話，」亞伯特說，「妳馬上就要有一個能在**全國**任何一個嬰兒比賽裡，打敗其他所有寶寶的健康寶寶了。嘿，妳為什麼不幫她秤秤體重，看她現在多重？瑪貝兒，妳要我去拿磅秤來給妳量嗎？」

她直接朝房間中央那張大桌子走去，把寶寶放在上面，立刻開始脫起她的衣服。「好！」她氣沖沖的說。「把磅秤拿來！」然後她就把寶寶的睡衣和內衣陸續脫下來。

然後，她把尿布的別針取下，把尿布拿開，將光著身子的寶寶放在桌上。

「瑪貝兒！」亞伯特興奮的大叫。「這真是個奇蹟！她像隻小狗一樣胖呢！」

的確如此，自從前一天起，這個嬰兒長的肉多得讓人詫異。凹陷的小胸腔上，原本是肋骨根根歷歷在目的模樣，現在又圓又胖，像個桶子一樣，肚皮也高高的挺了出來。不過，讓人感到奇怪的是，雙手雙腳長大的程度並不成比例。她的四肢仍舊很短，骨瘦如柴，感覺起來就像是從一團脂肪球裡突出的小棒子。

「妳看！」亞伯特說。「她甚至連肚子上都長出了一些細毛來保暖了耶！」他伸出一隻手，手指正準備要拂過那些突然出現在寶寶肚皮上的柔順黃棕色細毛。

「**不准碰她！**」她大吼。她轉過身面對他，眼裡燃燒著，看起來突然像是一隻好鬥的小鳥，拱著脖子伸向他，彷彿是要往他臉上飛撲過來，啄出他的眼珠一樣。

「等一下，」他說著往後退了些。

「你一定是發瘋了！」她叫著說。

「瑪貝兒，等一下就好，好嗎，因為，如果妳還是認為這個東西有危險的話……妳是這麼想的，對吧？這樣的話，那好吧。仔細聽我說。瑪貝兒，我現在就跟妳**證明**最後一次，蜂王漿對人類絕對沒有傷害，就算份量非常大也一樣。比方說──妳覺得去年夏天我們的蜂蜜收成為什麼只有平常的一半？告訴我。」

他倒著往後走，走到離她差不多三、四碼的距離，感覺比較自在。

「去年夏天收成量只有平常一半的原因，」他壓低聲音慢慢的說，「是因為我把一百座蜂房拿來做蜂王漿。」

「你做了**什麼**？」

「啊，」他低聲說。「我就知道這會讓妳有點吃驚。而且，從那時起，我就一直當著妳的面這麼做。」他那雙小眼睛朝她閃著光，一抹狡猾的微笑慢慢爬上他的嘴角。

「理由妳也一樣永遠猜不到，」他說。「先前我一直不敢提，因為我想這可能……嗯……會讓妳有點不好意思。」

他稍微停了一下。雙手高高交握身前，與胸同高，手掌交互摩擦著，微微發出一種摩擦的聲音。

「妳記不記得我從雜誌上唸給妳聽的那一段？關於老鼠的那一段？我看看喔，上面是怎麼說的呢？『史提爾和柏戴特發現，一隻從前沒有生殖能力的公老鼠……』」他猶豫了一會兒，嘴咧得越來越大，牙齒都露了出來。

「妳瞭解我的意思嗎，瑪貝兒？」

她靜靜站著，朝他看過去。

「瑪貝兒，第一次讀到這一句的時候，我當場從椅子上跳了起來，我告訴自己，如果這對一隻糟糕的老鼠有用的話，我說，那就絕對沒有對亞伯特·泰勒沒有用的道理。」

他又把話停了下來，把頭往前伸，一隻耳朵微微轉向他太太的方向，等著聽她說些什麼。可是她什麼也沒說。

「還有，」他繼續說。「瑪貝兒，它讓我覺得棒得無法形容，幾乎像是完全變了一個人一樣，就算是在妳告訴我那個好消息之後，我也還在繼續吃。過去這十二個月以來，我一定已經吃了好幾桶。」

她那對沈重、焦慮的大眼睛專注的掃視著他的臉和脖子。他的脖子上完全看不見任何一吋皮膚，既使是在臉頰兩側耳朵下面的地方也是一樣。那一整片皮膚，一直到襯衫衣領底下的那個地方，全都蓋滿了那些黃黑色茸茸軟軟的短毛。

「不過，」他把視線從她身上移開，慈愛的凝視著那個寶寶，「對一個小嬰兒來說，它的效果會比對像我這樣已經完全發育的男人要好上很多。只要看看她應該就可以明白這一點，不是嗎？」

她的眼神緩緩往下移動，最後停留在那個嬰兒身上。嬰兒光著身子躺在桌子上，又肥又白，好像昏迷了過去一樣，那個樣子彷彿是一隻巨大無比的幼蟲，即將結束幼蟲時期，很快就會長出下顎和翅膀，來到這個世界上。

「妳怎麼不幫她把衣服穿上，瑪貝兒？」他說。「我們可不想讓我們的小皇后著涼啊。」

喬治奇遇記

■ 一九五九

我一點自吹自擂的意思都沒有，不過，從絕大部分的角度來看，我想我可以說是一個相當成熟但不過度且發展健全的個體。我旅行過許多地方。我唸過的書也不少。我會說希臘文和拉丁文。我對科學也有所涉獵。我可以忍受其他人抱持略帶自由主義的政治態度。我曾彙編過一本關於牧歌在十五世紀發展的註釋。我曾目睹許多人在床上與世告別的最後一刻；而且，我曾經在布道臺上以說話的方式影響過其他不少人的生命，至少我是這麼希望的。

儘管如此，我必須承認，這一輩子我從來──嗯，該怎麼說呢？──我從來沒有真正和女人發生過什麼關係。

我就老老實實的招認吧，直到三個星期之前，除了幫助她們通過旋轉門或其他有需要的狀況下，我的手指頭連碰都沒有碰過任何女人。即便是在那樣的狀況之下，我總是會想盡辦法只碰她的肩、腰，或其他有衣物遮蓋住皮膚的地方，因為，我永遠沒辦法忍受讓我的皮膚和她們的皮膚有實際的接觸。皮膚碰皮膚，也就是說，我的皮膚去碰一個女人的皮膚，不論碰的地方是腿、脖子、臉、手或僅僅只是手指頭而已，我都會覺得噁心透頂，所以，在和小姐們碰面的時候，我的手一定都是繞到背後握得緊緊的，以避免不必要的握手。

我甚至還可以告訴你，任何一種肢體上的碰觸，既使不是光溜溜的皮膚直接接觸，也都會讓我感到很不舒服。比方說在一列隊伍裡面，有某個女人靠得我很近，我們兩個人的身體因而相碰，或者是她在公車上擠到我身旁的座位上，屁股碰屁股，大腿碰大腿，我的臉就會開始發燙，整個頭也會開始冒出一顆顆的小汗珠。

就一個進入青春期的學生來說，這種情形沒什麼大不了的。對一個年輕小伙子而言，這只不過是大自然在他長得夠大能表現得像個紳士之前，加以約束，讓他有所節制的方式。這我同意。

可是，在這片上帝之土上，實在沒有理由讓我到了三十一歲這種成熟衰老的年紀，還繼續受到類似的羞赧的折磨。我訓練有素，可以抵抗誘惑，而且我也絕對不會屈服於粗鄙的激情。

如果我有那麼一丁點對自己的外表感到難為情的話，或許那就能夠解釋這一切的一切。可是我並沒有這種感覺。相反的，在這一方面命運對我很好，雖然這只是我這麼說而已。穿上襪子之後，我的身高正好有五呎半，我的肩膀雖然從脖子的地方開始微微往兩側微削，卻和我嬌小勻稱的骨架相得益彰。（就我個人而言，我總覺得微削的肩膀可以讓一個身材不那麼高大的男人看起來更有些微的美感，你不認為嗎？）我的五官端正，牙齒狀況極佳（只有稍微從上顎往外突一點點），頭髮是罕見的亮薑紅色，濃濃密密長了一整頭。蒼天在上，我曾經看過一些和我比起來簡直像是侏儒的男人，他們在面對女人時泰然自若的態度簡直讓人詫異。噢，我是多麼嫉妒他們啊！我真想和他們一樣——我觀察到男人和女人之間會不斷有一些小小的碰觸儀式，令人感到愉悅，多希望這也有我的一份——手碰手，輕吻臉頰，彼此挽著手臂，在餐桌底下膝抵著膝，腳抵著腳，最棒的是兩個人在舞池裡展開雙手熱烈相擁而舞。

可是，這種事情根本就沒我的份。啊，而且我反而還要花時間來逃避呢。我的朋友，既使是對一個遠離大都會的燈紅酒綠、在鄉下小地方做一個不起眼的牧師的人來說，這仍舊是說來容易做來難啊。

我那一群人——我想你瞭解我的意思——有一大票小姐。這個教區裡有幾十位小姐，不幸的是，其中至少有百分之六十是老處女，從來未曾被神聖婚姻關係良善的影響力所馴服過。

我可以告訴你，我簡直就像隻松鼠一樣，惶惶不可終日。

你或許會以為，從小我母親就仔細的訓練過我，我應該可以輕鬆應付這種事情；如果她活得再久一些，完成她給我的教育的話，我想我是辦得到的。不過，唉，我還非常小的時候她就死了。

我母親是個很棒的女人。她以前手腕上常會戴一些很大的手鐲，而且一次就戴個五、六個，上頭垂著各式各樣的玩意，只要一動就會彼此碰撞，發出叮叮噹噹的聲音。她在什麼地方都不要緊，你從她手鐲發出的聲音就可以找出她的位置。這比牛鈴還好用。到了晚上，她習慣穿著黑色長褲坐在沙發上，兩隻腳塞在身體下面，不停用她那根黑色的長菸斗抽香菸。而我則是會蹲在地板上望著她。

「你想嚐嚐我的馬丁尼嗎，喬治？」她常這麼問我。

「別鬧了，克萊兒，」我父親會說。「不小心的話，妳會影響他的發育的。」

「來啊，」她說。「別怕。喝吧。」

母親不論說什麼，我都會照做。

「夠了，」父親說。「他只需要知道嚐起來是什麼味道就行了。」

「別煩我們，柏利斯。這很重要。」

我母親有一套理論，她認為世界上不管什麼事情都不該瞞著小孩。把一切都告訴他。要他**體會**。**體會**。

「我絕對不允許我的小孩到處跑來跑去，和其他小孩講一些骯髒齷齪見不得人的悄悄話，這個也要瞎猜，那個也要瞎猜，純粹就只因為沒有人告訴他們。」

把每件事都跟他說。要他好好聽。

「過來這裡，喬治，我要告訴你關於神的事。」

晚上我上床睡覺之前，她從來不唸故事給我聽，她只是「告訴」我一些事情。而且每天晚上說的事情都不一樣。

「過來這裡，喬治，我要告訴你關於穆罕默德的事。」

她會穿著黑色長褲坐在沙發上，雙腿交叉，腳掌塞在身體底下，然後她會以一種詭異的慵懶方式，用那隻拿著黑色長菸斗的手召喚我，那些手鐲會開始一路響到她的手臂上。

「如果你一定要有一個宗教信仰的話，我覺得回教和其他信仰一樣好。這個宗教的一切都以保持健康為基礎。你會有很多老婆，而且你永遠不可以抽菸或喝酒。」

「為什麼不能抽菸或喝酒呢，媽咪？」

「因為如果你有很多老婆的話，你必須保持健康，生龍活虎才行。」

「什麼是生龍活虎？」

「這我明天再跟你說，我的心肝。我們一次講一個主題就好了。關於回教徒還有另外一點是，他們從來就不會便秘。」

「拜託，克萊兒，」父親會放下書說。「不要亂說好不好。」

「我親愛的柏利斯，你根本什麼都不懂。如果你每天早上、中午、晚上都向著麥加的方向往前彎，額頭抵地的話，你自己那方面的問題就會少一點。」

雖然我只聽得懂一半，可是我以前很喜歡聽她說話。她告訴我的真的都是些秘密，沒有什麼比這更刺激的了。

「過來這裡，喬治，我要把你爸爸賺錢的方法一清二楚的統統告訴你。」

「拜託，克萊兒，這真是夠了。」

「你在說什麼啊，親愛的。為什麼要在孩子面前裝得**神秘兮兮**的呢？他只會想像一些糟糕到上千萬倍的東西而已。」

她開始詳細地跟我解釋性這個主題的時候，我整整十歲。這是她告訴過我最大的秘密，也是最令我著迷的一個。

「過來這裡，喬治，我要從頭告訴你，你是怎麼來到這個世界上的。」

我看見父親靜悄悄的抬起眼，就像他準備要說什麼重要的事情那樣把嘴巴張開，可是母親已經用她那雙閃著光芒的眼睛緊緊瞪著他，他一聲不吭，又將眼光移回他的書上去。

「你可憐的爸爸不好意思了，」她說。而且她還露出了那個秘密的微笑表情，除了對我之外，她從來不對其他人做這個表情——她那個只有一邊的微笑是這樣的，一邊的嘴角慢慢往上揚，一直往眼睛連過去，直到形成一道長長的可愛皺紋，最後變成一種眨著眼睛微笑的表情為止。

「我的心肝，我希望你永遠都不會感到不好意思。而且，你可別以為你爸爸是因為**你**才感到不好意思的。」

父親開始在他的椅子上不安的蠕動著。

「我的天啊，他即使是單獨跟我在一起的時候，也會對這種事情感到不好意思，我可是他的太太耶。」

「對哪種事情？」我問。

此時，父親站了起來，安安靜靜的離開了房間。

我想，母親一定是在這之後差不多一個禮拜左右死的。也有可能再晚一些，可能是十天，或者是兩個星期，我不確定。我只記得她死的時候，這一系列特別的「談話」已接近尾聲；而且，因為我本人和導致她死亡的那幾件相關的事情有關，因此，那個詭異的晚上的每一個細節我都還記憶猶新，好像昨天才發生過一樣。我隨時都可以在我的記憶中開啟這一個片段，讓它在我眼前上演，感覺起來就和播放電影一模一樣，而且內容從來都不會改變。它每次都在同一個地方結束，分毫不差，一點不多，一點不少，每次它都同樣莫名其妙的突然冒出來，眼前的螢幕一片漆黑，母親的聲音在我上頭不知道什麼地方呼喚著我的名字：

「喬治！起來，喬治，快起來！」

然後，有一盞亮晃晃的電燈刺著我的雙眼，聲音就從那一團光亮中傳來，聽來並不遙遠，繼續呼喊著我：

「喬治，快起來，下床把你的晨袍給穿上！快點！快下樓來。我要給你看一樣東西。來啊，孩子，快來啊！快點！順便把你的拖鞋穿上。我們要到外面去。」

「外面？」

「少囉唆，喬治。照做就對了。」我睡意正濃，幾乎沒辦法睜著眼睛走路，可是母親緊緊抓著我的手，把我帶下樓，穿過前門，走進外面一片漆黑的夜色中，冷空氣像一塊吸飽了水的海綿貼在我的臉上，我把眼睛睜得大大的，發現草地上結了霜閃閃發著光，西洋杉張著粗壯的手臂聳立著，背後是一彎細瘦的月亮。頭頂上，一大片星星旋入夜空。

母親帶著我急忙走過草地，她那些手鐲發了瘋似的叮叮噹噹響個不停，我還必須要小跑步才跟得上她。我每踏出一步都能感覺到結了霜的脆草在我腳底下輕輕嘰嘎作響。

「約瑟芬剛好要開始生小寶寶了，」母親說。「這個機會最好了。你可以看到整個過程。」

我們到達的時候，車庫裡點著一盞燈，於是我們便走了進去。父親不在裡面，車子也不見了，車庫看起來又大又空曠，水泥地板的寒氣透過我寢室的拖鞋鞋底傳來，讓我冷得要命。車庫的一個角落裡，放著一個用鐵絲做成的矮籠子，約瑟芬就躺在裡頭的一捆稻草上——約瑟芬是一隻藍色的大兔子，我們朝牠走近的時候，牠那雙粉紅色的小眼睛疑心重重的望著我們。牠的先生叫做拿破崙，當時被關在對面角落的另外一個籠子裡，我發現牠用後腳站了起來，不耐煩的抓著籠網。

「快看！」母親大叫。「牠要生第一隻了！就快出來了！」

我們爬著往約瑟芬更靠近了些，我蹲在籠子旁邊，整張臉就貼在鐵絲上面。我真的是看呆了。兔子一隻接一隻的跑出來。這不只是神奇而已，簡直是太美妙了。而且還很快速。

「快看，牠們生出來的時候都整整齊齊的包在自己的小玻璃紙袋裡喔！」母親說。

「快看牠現在怎麼照顧牠們的！這個可憐的媽媽沒有洗臉的毛巾可以用，就算有，牠也沒辦法用爪子抓住，所以只好用舌頭來幫牠們清洗了。」

兔媽媽那雙粉紅色的小眼焦急不安的朝我們這邊轉過來，然後我看見牠移動稻草堆上身體的位置，好讓自己擋在我們和小兔子中間。

「繞到那邊去，」母親說。「這個笨東西動了。我相信牠一定是想把小兔子擋住不讓我們看見。」

我們繞到籠子的另外一邊。兔媽媽的眼神也跟著我們移動。幾碼之外的地方，兔爸爸激動得跳上跳下，不停的抓著鐵絲。

「拿破崙為什麼這麼激動？」我問。

「我不知道，親愛的。你不用去管牠。看約瑟芬就好。我猜牠很快就要再生另外一隻了。你看牠把小兔子清洗得多麼仔細啊！牠照顧小兔子的模樣就和人類的媽媽照顧小寶寶一模一樣！我也曾經這樣照顧過你，現在想想，你不覺得很有趣嗎？」

這隻藍色的大母兔還一直盯著我們看，然後，牠又用鼻子把兔寶寶推到另外一邊，慢慢翻過身去，面對著牠們。之後，牠就繼續用舌頭清理牠的寶寶。

「媽媽天生就知道怎麼去照顧她的寶寶，你不覺得這很奇妙嗎？」母親說。「我的心肝，想像一下那隻兔寶寶是**你**，約瑟芬是**我**——等一下，再回來這邊好看得清楚一些。」

我們繞著籠子爬回原來的地方好把兔寶寶給看清楚。

「看看牠是怎麼愛撫兔寶寶、怎麼把兔寶寶全身上下都親遍的！看！牠**真的**是在親牠耶，你看！就和我們兩個一模一樣！」我又往前湊過去，看得仔細些。我覺得那是一種很奇怪的親法。

「快看！」我大叫著說。「牠把兔寶寶吃下去了！」

一點都沒錯，兔寶寶的頭很快地消失在兔媽媽的嘴巴裡。

「媽咪！快點！」

可是，幾乎就在我的叫聲停止之前，那個粉紅色的小身體就已經完全被吞進媽媽的喉嚨裡了。

我很快轉過身，接下來，我只記得眼前就是我母親的臉，在我上面不到六呎的地方，顯然是想說些什麼，也有可能是她太吃驚了，什麼話都說不出來，可是我看到的就只有她的嘴巴，那張血盆大口越張越大、越張越大、越張越大，直到最後變成一個大得不得了的圓形裂口，中間烏黑的，我又開始大叫，這一次怎麼也停不下來。她的手突然伸過來，我可以感覺到她的皮膚碰到我的皮膚，冰冷修長的手指緊緊鉗住我的拳頭，我往後跳開，掙開她的手，不管三七二十一衝進外頭的夜裡。我沿著車道往前跑，衝出前門，一路上不停尖叫，然後，我聽見手鐲叮叮噹噹的聲音壓過我的尖叫聲，從後頭的黑暗之中不斷靠近，離我越來越近，叮叮噹噹的聲音越來越大，我一直跑，跑上長長的斜坡一直跑到路底，再衝過橋，橫過大馬路上時速六十公里車燈亮晃刺眼的車潮。

我聽到輪胎在地面打滑的刺耳聲音從我身後某個地方傳來，然後就是一片靜默，我突然發現，身後已經聽不到手鐲的叮噹聲了。

可憐的媽媽。

如果她能再活久一點就好了。

我承認那些兔子讓我很害怕，但那不是她的錯，而且，她和我之間常會發生類似的怪事。我已經把它們當作是一種鍛鍊的過程，給我的好處比壞處來得多。如果她能夠活得久一些完成我的教育的話，我肯定我永遠都不用經歷幾分鐘前我提到的那些麻煩。

現在，我想繼續說那件事情。我不是故意要提到我母親的。她和我原先想要說的事情一點關係都沒有。我不會再提到她了。

我原本在敘說我的教區裡面那些老處女的事情。老處女，這真是個醜惡的字眼，不是嗎？這個字眼要嘛會讓你想到一個翹著嘴巴的精瘦老女人，不然也是一個穿著馬褲在房子裡頭到處叫囂、口無遮攔的大怪物。可是，這些老處女一點也不像這樣。她們是一群乾淨、健康、組織完善的女性，其中大部分出身都很好，有錢得教人不可思議，我相信一般未婚的男性一定很高興身邊有這種人。

一開始我剛來這個教區的時候，日子還不算太壞。我享有某種程度的保護，這當然和我身為牧師的身分有關。我自己則是採取一種凜然不可侵犯的態度，目的便在於不讓他人太過靠近。因此，有幾個月的時間，我能夠在我的教區居民之間自由來去，在慈善義賣的會場上，沒有人會冒失的將她的手臂伸過來挽住我的，晚餐時刻，也沒有人會趁著遞調味瓶給我的機會來碰我的手指頭。那時我真的很高興。幾年以來，我從來没感覺這麼好過。就連緊張時邊講話邊用食指輕彈耳垂的習慣，也開始慢慢消失。

這是我稱之為第一階段的時期，這段時期持續了大約六個月之久。然後，麻煩就上門了。

我想我早該知道，一個健康如我的男性是没有辦法光靠與小姐們保持適當距離的方式，就奢望能永永遠遠避開混亂的場面的。這本來就行不通的。如果說真有什麼效果的話，也只會有反效果而已。

在打惠斯特牌的時候，我會看見她們偷偷摸摸的從房間另外一頭盯著我瞧，彼此竊竊私語，不時地點點頭，把舌頭伸出來舔過嘴唇，抽著嘴裡的菸，規劃最佳的接近途徑，但總是壓低了聲音，有時我會偷聽到她們說話的片段，比方說——「真是害羞啊……他只是有點緊張而已，對吧……他太緊繃了……他需要人陪他……他需要好好放鬆一下……我們得教他怎樣放輕鬆才行。」幾個星期過去之後，她們慢慢開始跟蹤我。我知道她們在跟蹤我。雖然剛開始她們没有什麼明確的舉動會導致形跡洩露，但我就是可以感覺到。

那是我的第二階段。這個時期持續了將近一年，而且真的是教我很傷腦筋。不過，與第三階段，也就是最後一個階段相比，簡直稱得上是天堂。

因為到了這個時期，那些攻擊者們不再只是零零散散的從遠處瞄準我，而是會上好刺刀突然從樹林後面朝我殺過來。這真是太恐怖，太可怕了。再也没有什麼比得上突如其來的迅捷一擊更能讓一個人驚慌失措。不過，我可不是一個懦夫。不管在什麼情況之下，任何單獨一個和我差不多大小的敵人我都能夠抵禦。但現在我確信，這波猛烈的攻勢一定是由一大群協調如一的人所發起的。

第一個進犯的是身上長滿痣、體積龐大的艾芬史東小姐。我在一個下午前去拜訪她，希望她能夠幫忙出錢替管風琴換個新的風箱，我們在圖書館裡開心的聊了一會兒，然後她慷慨的交給了我一張兩基尼（guinea是一種英國早期使用的金幣，合一點零五英鎊）的支票。我告訴她不必麻煩送我出門，然後我就去門廳拿我的帽子。就在我快要摸到我的帽子的時候，突然間——她一定是躡手躡腳的從我後面跟了上來——突然間，我感覺到一隻光溜溜的手臂蹭著我的手臂，一秒鐘之後，就看見她的手指和我的手指緊緊纏在一起，死命的握著我的手，一下鬆一下緊的，好像是在捏一個喉嚨噴劑的球一樣。

「你真的像你一直以來裝得那樣的神聖莊嚴嗎？」她在我耳邊低語著說。

你看看！

我只能跟你說，她的手臂在我的手臂底下磨蹭的時候，感覺起來真的就像是有一隻眼鏡蛇在捲著我的手腕一樣。我跳到一旁，拉開前門，頭也不回的沿著車道逃之夭夭。

隔天，我們在村子的禮堂裡舉行跳蚤市場的活動（同樣也是為了替新風箱募款），活動快要結束時，我站在一個角落裡，靜靜喝著杯裡的茶，留意聚集在攤位四周的村民，突然聽見身旁有個聲音說，「親愛的，你的眼神好飢渴喔。」一個婀娜的身形隨即朝我靠了上來，還伸出一隻塗著紅色指甲油的手，試圖把一大塊椰子蛋糕塞進我嘴裡。

「普萊特麗小姐，」我叫著說。「求妳住手！」

可是，她把我逼到牆邊，一手拿著茶杯，另一手拿著碟子，我根本毫無抵抗的能力。我感覺全身上下開始冒汗，如果我的嘴巴没有馬上就擠滿她塞進來的蛋糕的話，我真的認為我會開始尖叫。很討厭的一次經驗；可是後頭還有更糟的。

再隔天，來找我的換成是昂温小姐。昂温小姐碰巧是艾芬史東小姐和普萊特麗小姐的密友，這一點當然就足夠讓我絲毫不敢掉以輕心。不過，昂温小姐安靜乖巧得像隻小老鼠，而且幾個星期前才送給我一個她親手用針線縫製的精美坐墊，誰想得到她會冒犯任何人呢？所以，當她請我帶她到地窖去看薩克遜民族的壁畫時，我壓根就没想到她心裡正盤算著些壞主意。可是事實就是這樣。

我並不打算描述這一次的經過，那真是太痛苦了。後來遇到的幾次也没好到哪裡去。從那時起，幾乎每一天都會碰上一些令人髮指的事件。我變成一個精神耗弱的可憐蟲。有時候我幾乎不知道我在做什麼。我在年輕的葛萊迪・皮策的婚禮上脱口而出的竟是喪禮上説的話。我在替哈里斯太太的小寶貝施洗時，失手讓他掉到聖水盆裡面去，讓他喝了好幾口水。難受的疹子兩年多以來都不曾出現，現在我脖子的兩側又可以看見它們的蹤跡，那個惹人厭的彈耳垂壞習慣也一併復發，而且程度比以前更嚴重。就連梳頭的時候也開始掉頭髮。我退得越快，她們也進逼得越快。女人就是這個樣子。没有什麼比害臊羞怯的男人更能讓她們興奮了。在那害臊羞怯的外表下，如果碰巧讓她們發現有一抹不欲為人所知的渴望在眾人眼光的背後閃爍，她們就會變得加倍的執拗，打死不退。儘管這實在是非常難以啟齒，不過不得不承認，我的情形就是這樣。

其實，我愛死女人了。

没錯，我知道。在我説了那麼多之後，你一定會覺得這簡直無法相信，但這可是千真萬確的事。你必須瞭解，只有在她們用手指頭碰我，或用身體擠我的時候，我才會開始緊張。如果她們保持在一段安全的距離之外，我可以一直看她們看上幾個小時不停。你在看一些忍不住會想伸手去摸的動物——比方說章魚或一條長長的毒蛇——的時候，可能也會有這種奇特的著迷感覺。我最愛看袖子底下那白皙滑嫩的手臂，那特殊的模樣看起來就像是根剝了皮的香蕉。光是看一個身穿緊身衣的女孩走過房間就會讓我興奮到無法克制的地步；我還特別喜歡從後面看女人的腿，尤其是當她的高跟鞋很高的時候——膝蓋後面繃得緊緊的，一雙腿好像是用強力橡皮筋做成，被拉扯到眼看就要斷裂的地步，可又不盡然。夏日午後，我有時會坐在伯威小姐畫室的窗邊，越過茶杯的杯緣往游泳池看去，只要兩截式泳衣上下兩截之間，那一小塊隆起的曬黑肚皮一映入眼簾，我就會難以自制。

有這種念頭並沒有什麼不對。每個男人心中不時都會潛藏著這種想法。但這些念頭卻讓我感到非常的罪惡。我不停自問，我是不是該為小姐們這些無恥的行為負責，而自己卻不自知？是不是我眼中的光芒（這是我無法控制的）不斷挑起她們的激情，慫恿著她們？每次往她們看過去的時候，我是不是無意間就放送出那有時可稱之為「來找我」的信號？我真的是這樣嗎？

還是說，女人生來就是會有這種野蠻的行為呢？

這個問題的答案我大概已經知道了八、九成，但對我而言，這還不夠。猜測從來就沒有辦法安撫我的良知，非得要有確切的證明不可。我一定得要找出這件事情的罪魁禍首才行，看看究竟是我還是她們要負責，心中有了這個目標，我決定用史奈林的老鼠來進行一個我自己想出來的簡單實驗。

大約一年以前，唱詩班裡那個討人厭的男孩史奈林讓我有些頭痛。這個小朋友連續三個星期日把兩隻白老鼠帶到教堂裡來，而且還在我布道的時候放牠們在地板上到處跑。最後，我把這兩隻小動物沒收帶回家，放在一個小盒子裡，擺在牧師宅邸花園後端的一個棚子底下。基於人道理由，我從那時起開始餵牠們吃東西，我一點都沒有在旁邊搧風點火，可是牠們卻開始迅速的繁殖起來。從兩隻變到五隻，再從五隻增加到十二隻。

我就是在這個時候決定用牠們來做些研究。公鼠和母鼠的數量恰好相等，各有六隻，狀況可說非常的理想。

首先，我把公鼠和母鼠分開，分別放在兩個不同的籠子裡，一放就是整整三個星期。老鼠是一種性慾非常旺盛的動物，任何一位動物學家都可以告訴你，對牠們來說這段分離的時間實在久得離譜。如果真要猜的話，我會認為，強制老鼠禁欲一星期，差不多就等於強迫艾芬史東小姐或普萊特麗小姐之類的人禁欲一年一樣；這樣你就可以看得出來，我在複製實際狀況這方面做得很不錯。

三星期結束之後，我找來一個中間用一小道柵欄隔成兩半的大箱子，然後分別把公鼠和母鼠放在兩邊。那道柵欄上什麼也沒有，就只有三道光禿禿的鐵絲，每根鐵絲相隔一吋，可是每道鐵絲上都通著強力的電流。

為了讓整個過程更逼真，我替每隻母鼠取了個名字。最大的那一隻鬍鬚也最長，我把牠叫做艾芬史東小姐，尾巴肥肥短短的那隻叫做普萊特麗小姐，體型最小的那隻叫做昂溫小姐等等。至於公鼠呢，六隻全都是「我」。

然後我就拉來一張椅子，坐了下來，等著看結果。

所有老鼠都是生性多疑的，我剛把公鼠和母鼠放進只有鐵絲網相隔的箱子裡頭時，兩邊都沒有任何動靜。公鼠隔著柵欄飢渴的緊緊盯著母鼠看。母鼠也朝公鼠看過去，等牠們奮勇上前。我可以看得出來兩邊都因為飢渴而緊張不已。鬚抖鼻扭，偶爾還會有條長尾巴啪的一聲狠狠打在盒子壁上。

一會兒之後，第一隻公鼠離開那一群公鼠，小心翼翼朝柵欄前進，肚皮緊貼在地上。牠碰到其中一根鐵絲，當場被電死。剩下的十一隻老鼠，楞在一旁，動也不動。

接下來的九分半鐘裡頭，公母雙方都沒有任何動靜；但我發現，公鼠的眼神全都盯著牠們陣亡的同袍看，母鼠眼裡卻只有那些還活著的公鼠。

突然間，短尾巴的普萊特麗小姐再也按耐不住。蹦蹦跳跳往前衝去，撞上鐵絲，倒地不起。

公鼠將身體壓低，靠近地面，若有所思的瞪著柵欄邊那兩具屍體。母鼠彷彿也受到不小的驚嚇，然後又是另一段等待期，兩邊都沒有動作。

接下來換成是昂溫小姐開始出現不耐煩的跡象。牠的鼻息呼呼作響，粉紅色的鼻尖左右扭來扭去，然後她的身體突然開始上下不停的急速抽動，簡直和做伏地挺身沒什麼兩樣。她瞄了一眼剩下的四位同伴，高高舉起尾巴，彷彿是在說「我走啦，女孩們」，然後腳步輕快的朝柵欄前進，硬是把頭塞了進去，死在裡面。

十六分鐘之後，佛斯特小姐也開始不安分。佛斯特小姐是村裡一個養貓的女人，近來她甚至厚顏無恥的在高上街的自家門口豎了個大大的標誌，上頭寫著「佛斯特貓園」的字樣。長久和那些動物相處下來，她彷彿把牠們身上所有最糟糕的習性全都學來了，每次她在室內朝我走近的時候，即便她嘴裡抽著俄國雪茄，我都還是可以隱約察覺到一股刺鼻的貓味。如果說她沒什麼辦法控制她低劣的本能，這我一點都不會感到訝異，所以囉，當我看牠孤注一擲的朝公鼠猛撲過去了結自己的性命時，心理其實是滿爽快的。

接下來是一位名叫蒙哥瑪麗・史密斯的小姐，她是一位個頭嬌小但十分果決的女人，曾試圖讓我相信她真的和一位主教訂過婚。牠匍匐前進妄想從最低的那根鐵絲底下穿過去的時候被電死了，我不得不說，我認為這是她這一生相當好的寫照。

剩下那五隻公鼠還是按兵不動，等母鼠送上門來。

第五隻行動的母鼠是普倫莉小姐。她是一個愛耍花招的女人，老是不停把給我的小紙條偷偷塞進募捐袋裡去。就拿上星期日來說吧，晨禱後我在祭服室清點募來的款項，就發現一張紙條塞在折起來的十先令鈔票裡。「講道的時候你那可憐的喉嚨聽起來很沙啞，」上面寫著。「讓我帶一瓶自製的櫻桃止咳漿來安撫一下你的喉嚨吧。最愛你的尤妮絲・普倫莉。」

普倫莉小姐慢慢晃到鐵絲旁，挺出鼻尖嗅了嗅中間的那道鐵絲，一不小心靠得太近了些，結果身上立刻就通滿了兩百四十伏特的交流電。

那五隻公鼠仍舊留在原地，目睹這場屠殺。

現在，母鼠這邊只剩下艾芬史東小姐一個了。

整整有半個小時的時間，牠和剩下的公鼠都沒有舉動。最後，終於有一隻公鼠稍微抖了抖身子，往前跨出一步，可是又猶豫了一會兒，打消了念頭，慢慢壓低身子蹲到地板上。

這一幕一定讓艾芬史東小姐沮喪到無以復加的地步，因為牠的眼睛突然精光閃現，然後就看牠衝上前，朝著鐵絲凌空飛越而去。這真是令人嘆為觀止的一跳，而且牠差一點就可以全身而退；可是牠其中一隻後腿擦過最高的那條鐵絲，也和牠其他同性的伙伴一起魂歸西天。

我實在沒辦法告訴你觀看這個簡單卻巧妙的實驗給我帶來了多大的幫助。雖然可能只有我自己覺得很巧妙，但我光靠這個實驗就一舉揭露了女性好色到極點、打死不退的天性。我們男性的冤屈終於被洗刷了；我的良知也不再感到愧疚。那些小小的罪惡感不時就會出來作怪，讓我手足無措，我一直深深為此所苦，可是就在這一瞬間，它們全都消失得無影無蹤。得知自己是無辜的一方，我突然覺得非常的強壯，非常的平靜。

有那麼一會兒，我心中打量著一個荒唐的主意，我想把牧師宅邸的花園周圍黑色鐵欄杆全通上電；或者光把門通電可能就夠了。然後我就可以舒舒服服的坐在圖書館裡的椅子上，透過窗户，欣賞真正的艾芬史東小姐、普萊特麗小姐和昂温小姐前仆後繼一個接一個送上門來，為她們騷擾一個個無辜男性的惡行付出最後的代價。

這些主意可真荒唐！

我告訴自己，現在我必須要做的是，完全靠自己的道德力量在我身旁織起一種隱形的通電欄杆。在這道欄杆之後，我大可放心安坐，看我的敵人一個接一個朝鐵絲飛撲而來。

首先，我要培養一種不假辭色的態度，跟所有女人説話的時候，都直來直往乾脆俐落，而且還不能對她們微笑。她們當中如果有人挑明了是衝著我而來，我也不會再退後半步。我會站穩腳步，露出兇惡的眼神瞪她，如果她説些什麼帶有影射含意的話，我也要當場厲聲斥責她。

我就是帶著這種心情去參加隔天伯威小姐舉辦的網球派對的。

我自己並不打網球，可是伯威小姐很親切的邀請我在六點比賽完之後過去坐坐，和客人隨意聊聊。我相信她一定是認為聚會的場合中如果有神職人員在場，可以增添一些特別的氣氛，或許她希望能夠説服我再表演一次上次我在場時的那個節目，那次吃過晚餐後，我坐在鋼琴旁邊整整一個小時又十五分鐘，詳細敘述幾個世紀以來牧歌的發展過程，在場的其他人個個聽得興味盎然。

六點整，我騎著單車出現在大門口，隨後便踩著踏板沿著那長長的車道往房子騎去。當時是六月的第一個星期，沿路上，車道兩旁開滿了一叢又一叢粉紅色和紫色的杜鵑花。我感覺出乎尋常的輕鬆，什麼也不怕。前一天做過老鼠的實驗之後，現在誰也没辦法趁我不注意的時候嚇我一跳。我很清楚會碰到什麼情形，而且也有備而來。我的四周已經架起了小柵欄。

「啊，晚安啊，神父，」伯威小姐張著雙臂朝我走來。

我站穩腳步，直直朝她眼睛看過去。「伯威最近如何啊？」我說。「還在城裡嗎？」

我猜她這一輩子一定從來沒聽過，一個從來沒見過伯威伯爵的人用這樣的方式稱呼他。她聽見之後馬上愣在原地。滿頭霧水的看著我，似乎不知道要怎麼回答才好。

「如果可以的話，我想找個位子坐，」我說著走過她身邊往露臺走去。露臺上，客人舒舒服服的坐在藤椅上，啜飲著飲料，人數約有九、十個左右。客人大多是女性，就是平常聚在一起的那群人，每一個人身上都穿著白色的網球裝，我走進她們當中，感覺身上那一套莊嚴的黑色西裝剛好替我和她們之間隔開了一段恰到好處的距離。

小姐們之間微笑著向我打招呼，我點頭回應，然後找了張空的椅子坐了下來，可是我並沒有對她們微笑。

「我想或許我最好下次再把故事說完，」艾芬史東小姐說。「我想牧師肯定會不高興的。」她咯咯笑了起來，還調皮的看了我一眼。我知道她在等我露出慣有的那個緊張微笑，支支吾吾的說我自己其實很開明；可是我沒稱她的意。我只是揚起一邊的上嘴唇，直到變成略帶藐視的表情為止（那天早上我有對著鏡子練習過），然後我突然扯開喉嚨大聲說，「Mens sana in corpore sano。」

「那是什麼意思？」她尖聲說。「再說一遍。」

「有健康的身體才有純潔的心，」我回答她。「這是家傳的格言。」

說完之後，有好長一段時間周遭陷入一種詭異的沈默當中。我看見她們彼此交換眼神，蹙眉，搖頭。

「牧師今天心情不好，」佛斯特小姐說。她就是養貓的那一個。「我想牧師需要來點喝的。」

「謝謝妳，」我說，「但是我向來是滴酒不沾的。我想妳也知道。」

「那我替你拿杯清涼好喝的水果雞尾酒好嗎？」

最後這一句話突然從我後面偏右邊的地方輕輕柔柔的傳來，而且她的聲音中還帶有一份真誠的關懷，我不禁把頭轉了過去。

我看見一位美麗絕倫的小姐，先前我只見過她一面，差不多是在一個月之前。她是羅荷小姐，我還記得她卓然獨立的模樣讓我非常震驚。她溫婉寡言的個性尤其令我印象深刻；我在她身邊感覺很舒服，這一點就毫無疑問的證明了她絕對不是那種會侵犯我的人。

「騎了那麼遠的腳踏車，我想你一定累了，」她說。

我馬上在椅子上轉過身來，小心翼翼的看著她。她真的是一位很惹眼的女人——就一個女人而言，她的肌肉出奇的發達，不但肩膀寬闊，雙臂孔武有力，小腿上也爆著大塊的肌肉。她身上還散發著下午運動過後的旺盛活力，臉上也煥發著一股健康的紅色光澤。

「真是謝謝妳，羅荷小姐，」我說，「可是任何有酒精的東西我都不碰。或許來一小杯檸檬汁好了……」

「水果雞尾酒裡面就只含水果而已啊，牧師爺。」

我真喜歡人家叫我牧師爺。這個字聽起來有點軍隊的味道，會讓我聯想起嚴明的紀律和軍階。

「水果雞尾酒，」艾芬史東小姐說。「是不會有害的。」

「我親愛的，那裡頭就只有維他命C而已啊，」佛斯特小姐說。

「對你來說要比冒泡的檸檬汁好多了，」伯威小姐說。「二氧化碳會攻擊胃壁喔。」

「我替你倒一些來，」羅荷小姐和藹的對我微笑著說。她的笑容從嘴巴的一邊延伸到了另外一邊，看起來很燦爛美麗，沒有任何一絲狡詐或惡作劇的神情。

她站起身朝放飲料的桌子走去。我看她先是在切橘子，然後切蘋果，接著是小黃瓜和葡萄，然後把這些水果切片都倒進一個玻璃杯裡。她從一個瓶子裡倒進許多的液體，我沒戴眼鏡，看不清楚那個瓶子上的標籤，但我猜想我看到上面的名字是JIM、TIM、PIM或之類的字。

「希望剩下的足夠才好，」伯威小姐說。「我那些嘴饞的小孩愛死這種飲料了。」

「還有很多，」羅荷小姐說著把飲料端來給我，放在桌子上。

就算還沒喝，我很容易就可以理解為什麼小孩子會喜歡這種飲料。杯裡的液體是深赭紅色的，還有些厚厚的水果切片漂浮在冰塊之間；在那上頭，羅荷小姐還放了一片薄荷葉。我猜她是特地替我加上那一片薄荷葉的，好讓飲料喝起來不會那麼甜，而且也替這個看起來就是給年輕人喝的飲料增添一些成熟的氣息。

「牧師爺，太濃了嗎？」

「很好喝，」我邊說邊啜飲著杯中的飲料。「真的很棒。」

羅荷小姐大費周章的替我倒了這杯飲料來，我卻三兩下就喝光了，實在有些可惜，不過，它真的太好喝了，我實在忍不住。

「我再替你倒一杯好嗎？」

我喜歡她等我把杯子放到桌上之後，而不是想直接從我手裡把杯子拿走。

「如果是我的話，我不會把薄荷吃下去的，」艾芬史東小姐說。

「我最好從屋裡再拿一瓶出來，」伯威小姐說。「妳會需要的，蜜德莉。」

「麻煩了，」羅荷小姐回答她。「這種飲料我自己也喝很多。」然後，她繼續對我說，「我想，你不會把我這種身材的人稱做是瘦子吧。」

「一點也不，」我熱切的回答她。我看著她替我調第二杯飲料，她的肌肉在那隻舉起瓶子的手臂皮膚底下隱隱起伏。從後面看過去，她的脖子也漂亮得異乎尋常；不像所謂現代美女的脖子那樣瘦長而結實，而是粗粗壯壯的，頸椎兩旁還微微鼓著兩條結實的肌肉。要猜這種人的年紀可不容易，但我想她應該還不到四十八、九歲才對。

我一喝完第二大杯的水果雞尾酒之後，就開始有一種前所未有的奇特感覺。我彷彿在我的椅子上漂浮了起來，幾百道溫暖的小波浪從我身體下面衝了過來，把我抬得越來越高。我有如一顆氣泡般的漂浮著，身邊每樣東西好像都上上下下在跳動著，而且還會緩緩從一邊旋到另外一邊。這感覺實在太愜意了，我幾乎忍不住想要大聲唱起歌來。

「開心嗎？」羅荷小姐的聲音猶如從好幾哩外的地方傳來，我轉頭看她的時候才驚覺她原來離我那麼的近。而且，她也同樣上上下下在跳動著。

「棒極了，」我說。「我覺得棒極了。」

她那張大臉是粉紅色的，就湊在我眼前，我可以清楚看見她兩頰上那一層淡淡的細毛，陽光把她臉上每一根纖細的毛髮都照得分明，彷彿黃金一般閃著光芒。突然之間，我發現我竟然想伸出一隻手，用我的手指頭去撫摸她的雙頰。說實話，如果她這時候伸出手來摸我的臉頰的話，我是一點都不會反對的。

「嗯，」她溫柔的對我說，「我們兩個沿著花園走走，看看羽扇豆如何？」

「好啊，」我說。「不錯啊。妳怎麼說都行。」

伯威小姐家的花園裡有一塊打槌球用的草地，草地邊有一小棟喬治亞式的避暑別墅，接下來，我只知道我人就坐到了那裡頭的一張躺椅上面，而且羅荷小姐就在我身邊。我還是不停的上上下下在跳動著，她也一樣，甚至連這整棟避暑別墅也上上下下在跳動著，可是，我覺得棒透了。我問羅荷小姐想不想聽我唱首歌。

「現在別唱，」她說著就用手臂把我給抱住，還用力把我的胸膛壓在她的胸脯上，弄得我都覺得痛了。

「不要，」我整個人都要融化了。

「這樣好多了，」她一直這麼對我說。「這樣好多了，不是嗎？」

如果羅荷小姐或任何一位女士在一個小時之前對我有這種舉動的話，我實在不知道會發生什麼事情。我猜我可能會昏倒。我甚至可能會蹺辮子。可是，你看看，我還是之前的那個我，但她那雙光溜溜的粗壯手臂碰觸著我身體的時候，我竟然會覺得很享受呢！而且——這真的是再不可思議不過的事了——我甚至已經開始有想要擁抱她的衝動。

我用拇指和食指捏住她左耳耳垂，玩笑似的開始輕輕拉扯。

「調皮鬼，」她說。

我又多使了些力，還輕輕捏了捏。這讓她興奮得受不了，像隻豬一樣的開始咕噥了起來。她的呼吸聲越來越粗重，像在打鼾一樣。

「吻我，」她用命令的語氣對我說。

「什麼？」我說。

「快點，吻我。」

那一刻，我看見了她的嘴。我看見她那張大嘴慢慢慢朝我壓下來，緩緩張開，越靠越近，愈張愈開，我的胃突然整個翻了過來，我害怕得僵在那邊。

「不！」我扯開喉嚨尖叫。「不要！」

我只能告訴你，這一輩子我從來沒看過比那張嘴更恐怖的東西。我完全沒辦法忍受它那樣朝我壓下來。如果有人拿一塊滾燙的鐵塊朝我逼過來，我也不會那麼害怕，我發誓絕對不會。那雙強壯的手臂環抱著我，緊緊鉗住，讓我動彈不得，那張嘴不斷變大、變大再變大，然後就突然整個罩在我的頭頂上，又大又濕，像個洞穴一樣，下一秒鐘——我人就已經在裡面了。

我整個人跑進了這張大嘴巴裡面，順著舌頭的方向趴在舌頭上面，腳就在喉嚨後面的某個地方；我的直覺告訴我，除非我立刻逃出去，不然就會被活活吞下去——就像那隻小兔子一樣。我感覺有一種吸力在拉著我的雙腿往喉嚨裡去，我馬上伸手抓住前排下方的牙齒，死命抓住不放。我的頭就在口腔開口處附近，而且我還可以從嘴唇之間看見一小塊外頭的世界——避暑別墅打磨過的木頭地板閃著陽光，地板上還有一隻穿著白色網球鞋的大腳。

我的手指牢牢的抓在牙齒的邊緣上，雖然吸力把我往下拉，可是我還是能夠慢慢把自己往外頭的陽光拉過去，可是上排的牙齒突然磕在我的指節上，兇狠的砍個不停，逼得我不得不放手。我雙腳在前滑下喉嚨，沿途發了瘋似的東抓西抓，可是每一樣東西都滑不嘰溜的，什麼也抓不住。當我滑過最後一顆臼齒的時候，左邊突然閃現一道金光，又滑了三吋之後，我在上方看見一個東西，應該是小舌沒錯，在喉嚨壁上晃啊晃的，像根粗壯的紅色鐘乳石。我想用雙手抓住它，可是它從我的指間溜開，我就這麼滑了下去。

我還記得要喊救命，可是喉嚨的主人呼吸造成的風聲之大，讓我連自己的聲音都幾乎聽不太到。彷彿有道強風不停在吹拂，這道變幻莫測的怪風一下非常冷（空氣進來的時候），一下又非常熱（空氣出去的時候）。

我成功的用手肘勾在一道尖削隆起的肉上面——我猜可能是喉頭蓋——我在那個地方掛了一會兒，兩隻腳踢來踏去的想要在喉頭壁上找個落腳處，來抵抗拉我向下的吸力；但喉嚨突然用力吞嚥抖了一下，把我彈開，我又繼續往下滑。

從這個時候開始就沒有任何可以抓的東西，我不停往下滑，直到不久之後，我下面的那兩條腿在胃的上半部晃蕩著，我可以感受到那股強而有力的緩慢蠕動正把我的腳踝往下拉，拉著我不停往下、往下、往下……

在我上面遙遠的地方，外頭那塊開放的空間裡，傳來女人模糊的說話聲音。

「不會吧……」

「喔，親愛的蜜德莉，太可怕了……」

「那傢伙一定是瘋了……」

「妳的嘴巴真可憐，妳看看……」

「性變態……」

「虐待狂……」

「該寫信跟主教說才對……」

然後就是羅荷小姐的聲音，比其他人都來得大聲，像隻鸚哥鳥一樣尖聲咒罵著說：

「我沒宰了他算他好狗運，那個混帳傢伙！……我跟他說，你給我聽著，如果我想拔牙的話，我會去找牙醫，不是來找什麼狗屁牧師……我又沒給他暗示什麼的！……」

「蜜德莉，他現在跑哪裡去了？」

「鬼才知道。可能在那間該死的避暑別墅裡吧，我猜。」

「嘿，女孩們，我們去把他給揪出來！」

喔，我的天啊，我的天啊。三個星期之後回想這一切，當時我竟然沒有昏倒，就這麼捱過那個惡夢般的下午，真不明白自己是怎麼辦到的。像那樣一群巫婆是很危險的，最好不要去招惹她們，那個時候她們火氣正大，如果讓她們在避暑別墅裡面逮到我，怕不會當場把我碎屍萬段才怪。

情形要嘛是這樣，不然我就是會被她們押著送到警察局去，前頭還有伯威小姐和羅荷小姐帶隊穿過鎮上的大街。

不過，她們當然沒逮到我。

當時她們沒逮到我，目前也還沒逮到我，如果我的好運能夠維持的話，我想我很有機會可以從此擺脫她們——或至少甩掉她們幾個月，直到她們忘了這檔子事為止。

就如你所想的，我得自己一個人在這裡獨處，沒辦法參加任何公開的活動或有任何社交生活。我發現，在這樣的時刻，寫作是一項最有益身心的活動，每天我都會花上好幾個小時在玩弄字句上。我把每一句話看做是一個齒輪，而我最近的野心是一次就把好幾百個全串在一起，每一個齒輪都有齒相互咬合，就像齒輪箱的結構一樣，可是每個齒輪的大小都不一樣，轉動的速度也各有不同。我不時會試著把一個很大的齒輪就接在一個很小的齒輪旁邊，這樣一來，大齒輪只要慢慢轉，小齒輪就會轉得飛快，嗡嗡作響。這還可真不容易呢。

到了晚上，我也會唱些牧歌，可是我實在很想念我的大鍵琴。

儘管如此，這個地方也不算太糟，而且我盡可能讓自己過得舒服些。這是一個不大的房間，位置幾乎可以肯定是在十二指腸最主要的一段，再往下它就筆直穿過右邊那顆腎臟的前方。地板很平

——事實上，這是我穿過羅荷小姐的喉嚨這趟糟糕的旅程當中，所碰到第一個平坦的地方——這也是唯一我能夠停得下來的理由。在我的上面，我可以看見一個綿綿糊糊的開口，我猜應該是幽門，也就是胃部連接小腸的部位（我還記得母親以前常給我看的一些圖表），而在我下面牆壁上有一個滑稽的小洞，胰管就從這裡連接到十二指腸的下半段。

對於一個品味保守的人而言，眼前這一切都顯得有些詭異。就我個人來說，我比較偏好橡木家具還有拼花地板。不過，不論怎麼說，這裡都還是有樣東西我非常喜歡，那就是周圍的牆壁。這裡的牆壁軟軟的很可愛，像是某種填充用的東西一樣，好處是，我可以跑去撞它，隨我高興，愛怎麼撞就怎麼撞，一點都不會受傷。

附近還有其他幾個人，這是很讓我訝異的一點，不過，感謝老天，他們全都是男的。基於某種理由，他們全都穿著白色的外套，而且走來走去假裝一副很忙碌的樣子，好像是什麼重要人物一樣。實際上，這群傢伙簡直超乎尋常的無知。他們甚至不知道他們在哪裡。我試著想告訴他們，可是他們不願意聽。有時我真的拿他們沒輒，火氣一來，就會一時控制不住開始大叫；然後他們就會現出一副狡猾猜忌的表情，開始慢慢向後退，嘴裡還唸著，「嘿，別緊張，別緊張，牧師，乖喔。別緊張。」

這算哪門子的話嘛？

不過，這裡有一個年紀稍微大一點的人——每天吃過早餐後他都會來看我——他似乎活在一個比其他人更接近真實的世界裡。他是個有教養的人，一副莊嚴肅穆的模樣，我猜他一定很寂寞，因為他最喜歡做的事情就是靜靜坐在我房間裡聽我說話。唯一的麻煩是，每當講到我們現在身在何處的時候，他就會開始說他要幫助我逃出去。今天早上，他又說了一次，我們還為此吵了一架。

「可是，你難道看不出來嗎，」我耐著性子說，「我根本不想逃出去啊。」

「親愛的牧師，為什麼不逃呢？」

「我一直跟你說——因為外面那些人一直在找我啊。」

「誰？」

「艾芬史東小姐、羅荷小姐、普萊特麗小姐，還有她們那一群人啊。」

「胡扯。」

「我可沒騙你！我猜她們也在找**你**，只是你不承認而已。」

「不，我的朋友，她們沒有在找我。」

「這樣的話，可不可以請你告訴我，你究竟在這裡做什麼呢？」

這句話讓他傷透了腦筋。我看得出來他不知道該怎麼回答才好。

「我打賭你一定和我一樣，是在和羅荷小姐鬼混的時候被吞進來的。我打賭事情一定是這樣，只是你不好意思承認而已。」

我這麼說的時候，他的臉頓時血色盡失，一副頹敗的模樣，看了真替他難過。

「你要聽我唱首歌嗎？」我問。

可是他站了起來，一個字都沒說，靜靜的走到走廊上去。

「高興點，」我朝著他喊。「別沮喪。基列總是會有些乳香（指某些從植物提煉而來的天然芳香物質，具有抒壓和治療疾病的功效。基列則是早期知名的乳香出口地）的。」

創世紀與毀滅

■

一九五九

一個真實的故事

「一切正常，」醫生說。「妳只要好好躺著放輕鬆就行了。」他的聲音遠在幾哩以外，聽起來像是扯著喉嚨在朝她大吼。「妳生了個兒子。」

「什麼？」

「妳生了一個漂亮的兒子。這妳應該懂吧？一個漂亮的兒子。妳有聽見他在哭嗎？」

「他還好嗎，醫生？」

「他當然好囉。」

「請讓我看一下。」

「妳等一下就會看到他。」

「你確定他沒事？」

「我很確定。」

「他還有在哭嗎？」

「試著休息一下吧。沒什麼好擔心的。」

「他為什麼不哭了，醫生？發生了什麼事？」

「請妳別太激動。一切都很正常。」

「我想看看他。拜託讓我看看他。」

「親愛的小姐，」醫生拍著她的手說。「妳生了一個強壯健康又漂亮的小孩。我這樣跟妳說妳還不信嗎？」

「那邊那個女人在對他做什麼？」

「我們要把妳的寶貝弄得漂漂亮亮的抱來給妳看啊，」醫生說。「我們只不過是在幫他稍微清洗一下而已。妳得給我們一點時間做這件事情。」

「你發誓他沒事？」

「我發誓。好了，躺下去放輕鬆吧。閉上眼睛。快點，閉上妳的眼睛。很好。這樣好多了。乖喔……」

「我一直禱告、一直禱告，希望他能活下來，醫生。」

「他當然會活下來囉。妳這是在說什麼？」

「其他的沒有活下來。」

「什麼？」

「我其他的小孩全死了。醫生。」

醫生站在床邊，低頭看著這個年輕女人蒼白憔悴的臉。今天之前，他從來沒有看過她。她和她先生是鎮上新來的人。旅館老闆的太太過來幫忙生產，她說她先生在當地邊境上的海關工作，差不多三個月之前，兩個人就這麼拎著一只大皮箱和一只手提箱，突然出現在旅館前。旅館老闆的太太說，先生是一個酒鬼，一個傲慢跋扈、欺善怕惡的小酒鬼，可是這位年輕女人卻很溫柔、虔誠。她非常傷心，從來都不笑。她住在旅館的這幾個星期，旅館老闆的太太沒看她笑過一次。而且，還有謠言說，這是他第三次結婚，其中一個太太死了，另外一個因為一些不光彩的理由和他離了婚。不過，這僅僅只是謠言而已。

醫生彎下身把床單往上拉一些，蓋住病人的胸部。「妳什麼都不必擔心，」他輕聲的說。「這是一個非常正常的嬰兒。」

「我生其他幾個小孩的時候，他們也是這樣跟我說的。可是，他們全死了，醫生。過去的十八個月裡，我的三個小孩全都死了，你可別怪我太擔心。」

「三個？」

「這是過去四年以來……我第四個小孩。」

醫生的腳不安的在光禿禿的地板上磨蹭著。

「醫生，我想你可能不懂那是什麼意思，他們都死了，他們三個慢慢的，前前後後，一個接一個全死了。我一直會看見他們。現在我就可以清清楚楚的看見古斯塔夫的臉，就好像他和我一起躺在這張床上一樣。古斯塔夫是一個很可愛的男孩，醫生。可是他一直都在生病。他們一直在生病，可是我一點忙也幫不上，實在很可怕。」

「我知道。」

她睜開眼睛，往上凝視著醫生幾秒鐘，而後又閉上眼睛。「我的小女孩叫做依達。她在聖誕節前幾天的時候死了。那不過是四個月前的事。我真希望你有機會看看依達，醫生。」

「妳現在有個新寶寶了。」

「可是，依達真的很漂亮啊。」

「是的，」醫生說。「我知道。」

「你怎麼可能知道？」她叫著說。

「我可以肯定她是一個可愛的小孩。可是這個新的寶寶也和她一樣啊。」醫生轉過身，從床邊朝窗戶走去，站在窗旁向外望。這是一個天色灰暗又潮濕的四月下午，他可以看見對街房屋紅色的屋頂，碩大的雨滴打在屋瓦上。

「依達兩歲了，醫生……她真的好漂亮，從早上替她穿衣服開始，一直到晚上她安安全全的躺上床為止，我的眼光從來就沒辦法離開她。我以前都活在一種可怕的恐懼當中，深怕她會有什麼意外。古斯塔夫死了，我的小奧圖也死了，我只剩下她。我有時會在晚上起床，爬到搖籃旁邊，把耳朵伸到她嘴巴旁看看她到底有沒有在呼吸。」

「試著休息一下吧，」醫生說著又走回病床旁。「請試著休息一下吧。」她的臉龐蒼白，毫無血色，鼻孔和嘴巴的周圍有一抹淡淡的藍色。幾縷濕潤的頭髮垂在額前，貼在皮膚上。

「她死的時候……事情發生的時候，我又懷了孩子，醫生。依達死的時候，這個小寶寶已經四個月大了。『我不想要這個孩子！』我在喪禮之後大叫著說。『我不要生這個孩子！我已經埋了夠多的孩子了！』我先生……拿著一杯啤酒在客人之間打轉……他很快轉過身跟我說，『我有消息要給妳，克拉拉，我有好消息。』你能夠想像嗎，醫生？我們才剛埋葬了我們的第三個孩子，他竟然能夠手裡拿著一杯啤酒站在那裡告訴我他有好消息。『今天我被分發到布勞瑙，』他說，『妳可以馬上開始收拾行李了。這對妳來說會是個新的開始，克拉拉，』他說。『我們會到一個新的地方，妳也會有一個新的醫生……』」

「請不要再說話了。」

「你就是那個新的醫生對不對，醫生？」

「是的。」

「我們現在是在布勞瑙。」

「沒錯。」

「我好害怕，醫生。」

「試著別害怕。」

「我們第四個小孩能有什麼機會呢？」

「妳不能再有這種想法。」

「我沒辦法。我確定一定是有什麼遺傳的因素，才會讓我的小孩都這麼死了。一定有。」

「胡說。」

「奧圖出生的時候，你知道我先生怎麼跟我說嗎，醫生？他走進房間，看了看奧圖躺著的那個搖籃裡面，然後說，『為什麼我所有小孩都得這麼小、這麼虛弱不可？』」

「我敢說他一定不是這麼說的。」

「他把頭直接伸進奧圖的搖籃裡，好像是在檢查一隻小昆蟲一樣，然後說，『我想說的是，他們為什麼不能長得像樣點？我要說的就是這樣。』三天之後，奧圖就死了。我們在第三天的時候趕緊替他施洗，那天晚上他就死了。然後，古斯塔夫死了。然後，依達也死了。他們全死了，醫生……突然間，整間房子都空了……」

「現在別去想它。」

「這個寶寶非常小嗎？」

「他是個正常的小孩。」

「可是卻長得很小？」

「他或許是有點小。不過，小寶寶通常比大寶寶要強悍很多。想想看，希特勒太太，明年的這個時候，他幾乎就快要學走路了。那不是很可愛嗎？」

她沒答話。

「而且，兩年之後，他可能會整天講話講個沒完把妳給煩死。妳已經決定要替他取什麼名字了嗎？」

「名字？」

「對啊。」

「我不知道。我不確定。我好像記得我先生說，如果是男生的話，我們要叫他阿道夫斯。」

「也就是說，他會叫做阿道夫囉。」

「對。我先生喜歡阿道夫這個名字，因為這和阿羅斯有點像。我先生就叫阿羅斯。」

「太棒了！」

「啊，糟了！」她突然大叫一聲，從枕頭上朝我望了過去。「奧圖出生的時候，他們也是問我同樣這個問題！這就代表他要死了！你得立刻替他施洗！」

「別緊張，別緊張，」醫生輕輕抓著她的肩膀說。「妳弄錯了。我向妳保證妳真的弄錯了。我只不過是一個好奇的老人而已，沒別的意思。我喜歡討論名字。我覺得阿道夫斯是一個非常好的名字。是我最喜歡的名字之一。看——他來啦。」

旅館老闆的太太把小孩高高抱在她巨大無比的胸脯前面，一陣風似的穿過房間走到床邊來。「小帥哥來啦！」她眉開眼笑的說。「妳想抱他嗎，親愛的？我把他放到妳旁邊好嗎？」

「妳有把他給包好嗎？」醫生問。「房間裡頭很冷。」

「放心，他包得好好的。」

小嬰兒牢牢的包在一條白色的羊毛巾裡頭，只有那顆粉紅色的腦袋露在外面。旅館老闆的太太輕輕把他放在床上媽媽的身邊。「來，」她說。「現在妳可以躺在那邊把他看個夠了。」

「我想妳會喜歡他的，」醫生微笑著說。「他是個漂亮的小寶寶。」

「那是我看過最可愛的一雙手了！」旅館老闆的太太說。「他那修長的指頭真是漂亮！」

她並沒有動。她甚至連轉頭看一眼也沒有。

「來啊！」旅館老闆的太太說。「他又不會咬妳！」

「我不敢看。我不敢相信我又生了一個孩子，而且他沒事。」

「別這麼笨了。」

做媽媽的慢慢轉過頭，看著躺在她枕頭旁邊那張安詳得叫人不敢相信的小臉。

「這是我的寶寶嗎？」

「當然。」

「喔……喔……他真的好漂亮喔！」

醫生轉身往桌子走去，開始將他的東西收進袋子裡。媽媽躺在床上，凝視著她的寶寶。她臉上漾滿微笑，撫摸著他，高興得發出嘰嘰咕咕的小聲音。「哈囉，阿道夫斯，」她輕聲對他說。「哈囉，我的小阿道夫……」

「噓！」旅館老闆的太太說。「聽！我想妳先生來了。」

醫生朝門走過去，把門打開，探頭去看外面的走廊。

「希特勒先生嗎？」

「是的。」

「請進。」

一個身穿深綠色制服的小個頭男人輕輕踏進房裡，四處打量。

「恭喜，」醫生說。「你有兒子了。」

他留著兩撇大大的鬍鬚，而且還特別梳理成法蘭茲‧約瑟夫皇帝（Franz Josef）的模樣，身上散發著濃濃的啤酒味。「兒子？」

「沒錯。」

「他怎麼樣？」

「他很好。你太太也很好。」

「好。」這個做爸爸的轉過身，用一種奇怪的方式，微微蹬著腿朝他太太躺著的那張床大步走去。「嘿，克拉拉，」他的鬍鬚下面露出微笑。「情況如何？」他彎下身去看那嬰兒。他又彎得更低了些。他一頓一頓的不停越彎越低，最後，他的臉離嬰兒的頭只剩下十二吋的距離。他太太側躺在枕頭上，用一種懇求的眼神凝望著他。

「他的肺真是了不起，」旅館老闆的太太說。「你真應該聽聽他剛來到這個世界的時候的哭聲。」

「我的天啊，克拉拉……」

「怎麼了，親愛的？」

「這個甚至比奧圖還小耶！」

醫生急忙走上前。「這個小孩沒有什麼不對勁的地方，」他說。

她先生慢慢挺直身體，把頭別過床去，朝醫生看。他彷彿很困惑，好像被打了一下。「說謊是沒有用的，醫生，」他說。「我知道這代表什麼意思。一切又要重頭再來一次了。」

「你聽我說，」醫生說。

「你**知不知道**其他幾個怎麼了，醫生？」

「你必須把其他幾個忘掉，希特勒先生。給這個小孩一個機會。」

「可是，你看他，那麼小又那麼虛弱！」

「我親愛的先生啊，他才剛出生而已耶。」

「就算這樣……」

「那你要怎麼辦？」旅館老闆的太太叫了起來。「把他送進墳墓裡嗎？」

「夠了！」醫生厲聲說。

床上的媽媽哭了起來。身體因為哽咽而抖得厲害。

醫生走到那位先生身邊，一隻手放在他肩上。「對她好一點，」他壓低聲音對他說。「我求求你。這非常重要。」然後他用力捏了他肩膀一把，偷偷把他往床邊推。先生猶豫不前。醫生捏得更用力了些，著急的用手指暗示他。最後，他才好不容易心不甘情不願的彎下身，在他太太的臉頰上親了一下。

「好了，克拉拉，」他說。「別哭了。」

「我拚了命的禱告，希望他能活下來，阿羅斯。」

「我知道。」

「這幾個月來，我每天都到教堂去跪著禱告，希望這個孩子能被允許繼續活下來。」

「好了，克拉拉，我知道。」

「死了三個孩子，我已經不能再忍受了，你難道不懂嗎？」

「我當然懂。」

「他**一定**要活下來，阿羅斯。他**一定**要，他**一定**要……噢，神啊，求你可憐可憐他吧……」

豬 ▣ 一九五九

一

從前從前，在紐約市這個地方，一個漂亮的男嬰誕生到這個世界上，喜出望外的父母將他取名為雷辛頓。

媽媽懷裡抱著雷辛頓從醫院回家，一回到家，她就對先生說，「親愛的，你現在要帶我去一間最高檔的餐廳吃晚餐，慶祝我們兒子的到來才行。」

她先生輕輕的擁抱著她說，能夠生下像雷辛頓這麼漂亮的小孩的女人，有權利去任何一個她想去的地方。可是她身體夠好了嗎，他問，可以開始在深夜的城市裡到處逛了嗎？

不，她說，她身體還沒那麼好。可是管它的呢。

因此，那天晚上，他們兩個都穿上了最時髦的衣服，把小雷辛頓交給一位受過訓練的保母照顧，她一天的薪水不但高達二十塊錢，而且還是個蘇格蘭人，然後他們兩個就到城裡最高級也最昂貴的餐廳去了。他們兩人分別吃了一隻大龍蝦，還一起喝了一瓶香檳酒，之後，他們去一家夜總會，又喝了另外一瓶香檳，有好幾個小時的時間，他們就這麼坐著，手握著手，回想、討論、讚美他們剛出生的可愛兒子身上的每一個特徵。

清晨兩點鐘左右，他們回到位於曼哈頓東區的家，先生付了計程車的車資之後，開始在口袋裡找鑰匙開門。一會兒之後，他說，他一定是把鑰匙放在另外一件衣服的口袋裡了，提議按門鈴叫保母下樓開門讓他們進去。一天領二十塊的保母一定要有心理準備，半夜是偶爾會被叫起床，做先生的這麼說。

他按了按門鈴。等了一會兒。一點反應也沒有。他又按了一次門鈴，門鈴大聲的響了好久。他們又等了一分鐘。然後他們兩個都往後退到街道上去，朝著三樓育嬰房的窗户大喊保母的名字（麥克帕托），可是還是沒有回應。房子裡頭一片漆黑，一點聲音都沒有。太太開始擔心。她心想，她的寶貝被困在這個地方了。就只有他一個人和麥克帕托在一起。這個麥克帕托又是誰呢？他們才認識她兩天而已，其他的就一無所知了，她有張單薄的嘴，一雙看什麼都不順眼的眼睛，還有一塊硬梆梆的胸部，而且，她顯然睡得太熟了，根本没辦法察覺到外界的動靜。如果她連門鈴聲都聽不見的話，又怎麼有可能聽得見小孩的哭聲呢？現在這個時候，她可憐的寶寶的舌頭可能正卡在喉嚨裡，或被枕頭壓得呼吸不過來啊。

「他没睡枕頭，」先生說。「妳別擔心。如果妳真的想進去的話，我就把妳弄進去。」喝了那些香檳之後，他感覺棒透了，馬上蹲了下來，解開其中一隻漆皮皮鞋的鞋帶，把鞋子脱下。然後，他抓著鞋尖的地方，用力朝一樓的餐廳窗户直直丢過去。

「好啦，」他咧嘴笑著說，「我們把這從麥克帕托的工資裡扣掉。」

他往前走去，非常謹慎的把一隻手穿過玻璃上面的破洞，鬆開窗鉤，把窗户抬起來。

「我先把妳抬進去，小媽媽，」他說著便抱住他妻子的腰，把她抬離了地面。這麼一來，她那張紅色的大嘴巴便和他的嘴巴一樣高，而且靠得很近，於是他就開始親吻她。他妻子的身體被緊緊的擁抱著，雙腳晃蕩在空中，經驗告訴他，女人很喜歡這樣被人抱著親，所以他繼續親了她好一陣子，她的雙腳不停晃動，喉嚨深處還發出大口吞嚥的巨大聲響。最後，她先生把她轉了個方向，輕輕的把她抱過打開的窗子，往餐廳裡頭送。就在這個時候，一輛警察巡邏車小心翼翼、悄無聲息的沿著街道往他們開過來。警車停在大約三十碼以外的地方，三名蘇格蘭血統的警察從車上跳下，朝他們直奔而來，手裡還舞動著左輪手槍。

「把手舉起來！」警察朝他們大吼。「把手舉起來！」但是，先生如果要照他們的命令做的話，就必須先鬆開抱著他妻子的手才行，可是如果他真的這樣做的話，她要嘛是會整個人摔在地板上，不然就是會卡在窗臺上，一半在裡面，一半在外面。這對一個女人來說，是個非常不舒服的姿勢，所以他很體貼的繼續把她抱起來，往窗户裡面送。這些警察以前全都因為格斃搶匪而獲頒過勳章，眼看他們並沒有乖乖照命令做，毫不遲疑立刻開火，雖然開槍時他們還一邊在跑，而且那位太太更是一個小得不得了的目標，還是有幾顆子彈直接命中他們兩人的身體——而且傷勢都足以讓他們兩人魂歸西天。

於是，還不到十二天大的時候，小雷辛頓就變成了孤兒。

二

這三名警察因為這起槍殺事件，後來陸續接受媒體採訪，記者也忍不住將這個消息告訴這對已經去世的夫妻的所有親戚。隔天早晨，最親近的幾位親戚、兩位殯儀館的人、三位律師還有一位神父全擠進計程車，往這間窗户破了的房子出發。他們不分男女全聚在客廳裡，各自坐在沙發和扶手椅上，圍成一個圓圈。他們抽著香菸、啜飲著雪利酒，討論究竟該如何處置樓上的那個小孤兒雷辛頓才好。

不用多久就可以明顯看出來，這些親戚當中沒有任何一位特別有意願承擔養育這個孩子的責任，討論和爭執持續了一整天。每個人都說他很想要照顧這個小孩，甚至到了無法按捺的地步，而且會非常樂意這麼做，只不過他們的房子太小，或者是他們已經有了一個小孩，没辦法再負擔第二個，再不然就是夏天出國的時候不知該怎麼處理這個可憐的小傢伙才好，也還有人說他們年紀已經大了，等到小孩子長大之後，對他來說很不公平等等，諸如此類的各種原因不一而足。他們當然全都知道，孩子爸爸身上的那一大筆債已經背了很久了，而且房子也已經抵押了，這孩子連一毛錢都没有。

到了晚上六點，這些人還是吵個不停，突然間，在那一陣爭執當中，死去父親的一位年長的姑姑（她的名字叫做葛洛斯潘）從維吉尼亞州像風一樣的閃了進來，她的帽子和外套都没脱，也没找地方坐，別人問她要不要來杯馬丁尼、威士忌或雪利酒，她也一概不理，只是語氣堅定的對所有在場的親戚宣布，從這個時刻起，她要一個人獨力擔起撫養這個小男孩的責任。而且她還說，不管如何，她都會負起所有經濟上的費用，甚至連教育費也包括在內，所有人可以打道回府，不必再讓自己的良心不安。說完之後，她急忙走上樓到育嬰房去把雷辛頓從搖籃裡抱起來，然後就這麼把小孩緊緊抱在懷裡離開了房子。其他親戚們只是坐在椅子上瞧著她看，臉上掛著笑容，總算鬆了口氣的模樣。保母麥克帕托小姐滿臉不以為然的表情，抿著嘴唇，雙臂交叉在她那硬梆梆的胸部前，僵立在樓梯頂端。

就這樣，小雷辛頓在他十三天大的時候離開了紐約市，往南去和他的姑婆一起住在維吉尼亞州。

三

葛洛斯潘姑婆變成雷辛頓的監護人時，已經快七十歲了，可是，你見到她本人的時候，絕對猜不出來她已經有這麼大的年紀了。她和只有她一半年紀大的女人一樣有活力，那張小臉上儘管滿是皺紋，卻仍舊風韻十足，一雙可愛的棕色眼睛對你閃閃發亮，感覺再好不過了。她一直沒嫁人，這一點你也同樣看不出來，因為葛洛斯潘姑婆身上一點那種老姑婆的氣息也沒有。她說話從不尖酸刻薄，個性也不陰沈易怒；她的唇上並沒有鬍鬚；而且，她一點都不會嫉妒其他人，你很難說這是一個老姑婆還是一個貞潔處女才會有的特點，不過，葛洛斯潘姑婆是不是一直以來都守身如玉，我們當然無從確證。

不過，她卻是個舉止怪異的老女人，這一點倒是無庸置疑。過去三十年來，她在藍稜山高處山坡上的一棟小屋裡，過著一種與世隔絕的奇怪生活，就算是最近的村落也在幾哩之外。除了五英畝的牧草地之外，她還有一片菜園、一片花園、三頭乳牛、十二隻母雞和一隻雄赳赳的公雞。

現在，她又多了小雷辛頓。

她是個嚴格奉行素食主義的人，她認為吃肉這種行為不但有礙健康、令人噁心，而且還殘忍到了極點。她賴以維生的東西包括牛奶、奶油、雞蛋、起司、蔬菜、堅果、草藥和水果等爽口乾淨的食物，而且她還很高興沒有任何一個生物會因為她的緣故而遭到屠殺，甚至連一隻蝦子也不例外。有一回，她養的一隻棕色母雞因為生蛋而不幸英年早逝。葛洛斯潘姑婆為此難過得無以復加，差一點就連蛋也完全不吃了。

她壓根不知道如何帶小孩，可是她一點都不擔心。在紐約火車站等車準備帶雷辛頓一同回維吉尼亞州的時候，她一口氣買了六隻奶瓶、兩打尿布、一盒安全別針、一紙盒的牛奶來應付回程所需，還有一小本名叫《嬰兒照顧須知》的平裝書。這樣不就一應俱全，什麼都不缺了嗎？火車開動後，她給寶寶餵了些奶，笨手笨腳的替他換上新尿布，然後就放他在椅子上睡覺。之後，她就把《嬰兒照顧須知》從頭到尾讀了一遍。

「這樣就沒問題了，」她說著便隨手把書丟到窗外。「一點問題都沒有。」

怪的是，還真的一點問題都沒有。回到家裡那棟小屋之後，所有一切都盡如人意，非常的順利。小雷辛頓不論是喝奶、打嗝、哭叫或睡覺的表現都和一個乖寶寶一模一樣，葛洛斯潘姑婆每次看著他的時候，臉上都煥發著愉悅的光彩，而且每天都把他親個不停。

四

到他六歲的時候，小雷辛頓已經變成了一個難得一見的漂亮小男孩，留著一頭金色長髮，眼睛如矢車菊一般湛藍迷人。他是一個活潑開朗的小孩，而且已經開始學著幫忙他年老的姑婆打理家裡四周各種不同的事情，他會到雞舍去撿蛋，幫忙用奶油攪拌器做奶油，還會到菜園裡去挖馬鈴薯、去山邊尋找野生的草藥。不久之後，葛洛斯潘姑婆對自己說，該是考慮讓他受教育的時候了。

可是只要一想到把他送去學校，她就無法忍受。現在，她對他的愛非常的深，那怕只是離開他一陣子，也會要了她的命。當然，在山谷的村莊裡就有一間學校，可是那個地方看起來很糟糕，而且如果她把他送到那兒去的話，她知道從他抵達的第一天開始，他們就會開始逼迫他吃肉。

「親愛的你知道嗎？」一天他坐在廚房的板凳上看她做起司的時候，她對他說。「我真的覺得我可以自己來幫你上課呢。」

男孩睜著湛藍的大眼睛抬頭看她，露出一個信賴的微笑。「這樣很好啊，」他說。

「我現在要教你的第一件事情就是做菜。」

「我想我會喜歡的，葛洛斯潘姑婆。」

「不管你喜不喜歡，遲早都是要學的，」她說。「我們這種吃素的人不像一般人有那麼多食物可以選擇，所以更要加倍善於利用手上有的食物才行。」

「葛洛斯潘姑婆，」男孩說，「有什麼東西是一般人**會**吃，可是我們卻不吃的呢？」

「動物，」她滿臉厭惡的表情搖著頭說。

「妳是說**活生生**的動物嗎？」

「不，」她說。「是死掉的動物。」

小男孩想了一會兒。

「妳是說，動物死掉的時候，他們不但不**埋葬**牠們，還把牠們**吃**掉嗎？」

「他們不會等到動物死掉才吃牠們，我的小可愛。他們是把動物給殺掉。」

「他們是怎麼把動物給殺掉的呢，葛洛斯潘姑婆？」

「他們通常用刀子劃開牠們的喉嚨。」

「是哪些**種類**的動物呢？」

「大部分是牛和豬，還有羊。」

「牛啊！」小男孩尖叫了起來。「妳是說像黛西、雪球、莉莉牠們這樣的牛嗎？」

「没錯，我親愛的。」

「可是他們怎麼吃牠們呢，葛洛斯潘姑婆？」

「他們把牠們切成一塊一塊的然後拿去煮。肉還紅紅的沾著血黏在骨頭上面的時候他們最喜歡了。他們最喜歡吃那種咬下去之後會有血流出來的肉了，而且一次就會吃好多。」

「豬也是一樣嗎？」

「他們愛死豬了。」

「一大堆血腥的豬肉耶，」男孩說。「真是難以想像啊。他們還吃些什麼呢，葛洛斯潘姑婆？」

「雞。」

「雞！」

「幾百萬隻呢。」

「連羽毛和其他部分也一起吃嗎？」

「没有，我親愛的，他們不吃羽毛。到外面去幫姑婆摘些細香蔥回來好嗎，我親愛的？」

不久之後，他們就開始上課。他們有五種課程，包括閱讀、寫作、地理、算數還有烹飪，不過師徒兩人無疑都最喜歡最後一項。事實上，不用多久就可以看出來，小雷辛頓在這方面的確有驚人的天分。他天生就是個廚師。他的雙手靈巧，動作迅速。他可以像一個要把戲的人一樣要弄手裡的平底鍋。他也可以把一顆馬鈴薯削成二十片薄如紙片的馬鈴薯片，所花的時間甚至比他姑媽削皮的時間還短。他的味覺超乎尋常的靈敏，那怕是在嚐一鍋味道濃郁的洋蔥湯，也可以立刻察覺出裡頭摻了一小片的鼠尾草。對葛洛斯潘姑婆來說，年紀這麼小的小孩竟然就有如此的能力，實在教她覺得困惑，老實說，她還真不知道該怎麼辦才好。不過，她還是為此感到驕傲無比，預言這個小孩前途無可限量。

「感謝上天的慈悲，」她說，「在我垂暮之年竟然有一個這麼棒的小朋友來照顧我。」幾年之後，她便不再下廚，讓雷辛頓獨立擔起家裡所有烹飪的責任。此時，小男孩已經十歲了，而葛洛斯潘姑婆也快要八十歲了。

五

接管廚房之後，雷辛頓立刻開始實驗他自己發明的菜。以前喜愛的食物再也引不起他的興趣。他有發明新菜的慾望，而且強烈得無法克制。腦中隨時都有好幾百個全新的點子。「首先，」他說，「我要來弄一份栗子舒芙蕾。」他做完之後，當天晚餐就端上桌。好吃極了。「你真是個天才！」葛洛斯潘姑婆興奮的大叫著從椅子上跳了起來，在他兩頰上親了親。「你會名留青史的！」

從那時起，幾乎每一天桌上都會出現一些他新發明的美味食物。比方說有巴西豆湯、玉米煎肉片、蔬菜燉肉片、蒲公英煎蛋捲、奶油起司炸餅、高麗菜糖醋牛肉捲、燉嫩草、奶油椒鹽蔥、辣甜菜根慕斯、梅乾牛柳、荷蘭兔肉、醃蘿蔔、火燒松針蛋塔，還有其他許許多多美味的傑作。葛洛斯潘姑婆說，她這一生中從來沒有嚐過這樣的食物；每天早上，雖然離午餐時間還很久，但她都會走到外面的陽臺上，坐在她的搖椅裡，舔著嘴唇，嗅著從廚房窗户飄逸出來的香味，猜想中午會有哪些食物可以吃。

「今天你在裡頭煮些什麼啊，孩子？」她會這麼問他。

「猜猜看啊，葛洛斯潘姑婆。」

「聞起來有點像是婆羅門參炸餅，」她會賣力的嗅著說。

然後，這個只有十歲大的小孩會從廚房走出來，臉上一抹得意的微笑，手裡端著一鍋熱騰騰、香氣迷人的燉湯，裡頭全是防風草和獨活草。

「你知道你該做什麼事情嗎？」她姑婆一邊狼吞虎嚥一邊對他說。「你應該立刻拿紙筆坐下來寫一本食譜。」

他越過桌子望向他的姑婆，嘴裡慢慢咀嚼著防風草。

「有什麼不好的嗎？」她說。「我教你寫字，也教你做菜，現在你只需要把這兩件事情放在一起就行了。寫本食譜吧，我親愛的寶貝，全世界的人都會因此而認識你的。」

「好吧，」他說。「那我就來寫。」

就從那天起，雷辛頓動筆寫下了這本將占據他往後所有時間的巨著的第一頁。他把這本書稱之為《吃出健康》。

六

七年之後，他十七歲，此時他已經記錄了九千道以上不同菜餚的食譜，每一道菜都獨具巧思，令人垂涎欲滴。

可是，突然間，他這一切努力全都因為葛洛斯潘姑婆的慘死而被打斷。有一天晚上，她突然開始嚴重的痙攣，雷辛頓衝進她的臥房，察看到底是什麼聲音，竟發現她躺在床上，嘴裡大吼大叫的咒罵個不停，整個身體都扭成一團，就像是個打得亂七八糟的結。無可諱言，她看來真的很可怕，激動的雷辛頓穿著睡衣絞著手在她身旁跳來跳去，不知該怎麼辦才好。最後，為了要讓她冷靜下來，他從外頭放牛草地上的池塘裡裝來一桶水，倒在她頭上，但這卻只讓病情更加嚴重，不到一小時的時間，年老的葛洛斯潘姑婆便死了。

「這真是太糟糕了，」可憐的雷辛頓捏了她好幾次，看她是不是真的死了。「真是太突然了！太快、太突然了！幾個小時之前，她看起來還神采奕奕的，我最新發明的芥末蘑菇堡，她還吃了三份，並告訴我吃起來很多汁呢。」

他非常深愛他的姑婆，痛哭了幾分鐘之後，他強打起精神把她抱到外面，埋在牛棚底下。

隔天他在清理她的遺物時，發現一個寫給他的信封，上面是葛洛斯潘姑婆的筆跡。他打開信封，抽出兩張五十元的鈔票和一封信。「親愛的孩子，」信上這麼寫到。

我知道你從十三歲起，就不曾到過山下去，可是，一旦我死了之後，你必須穿上鞋，換上一件乾淨的襯衫，走到下面的村子去找醫生。請醫生開給你一張證明書，好證明我已經死了。然後把這張證明書拿去給我的律師，他的名字叫山謬・札克曼先生，住在紐約市，他那邊有一份我的遺囑。札克曼先生會安排一切的事情。信封裡的錢是給你拿去付醫生開證明書的費用，以及去紐約的旅費。等你到了紐約，札克曼先生會再給你更多的錢，我深切期盼你用這些錢來精進你在烹飪還有素食方面的研究，也希望你能繼續專注在你那本偉大的書上面，直到它在各方面都很完整，讓你感到滿意為止。愛你的姑婆——葛洛斯潘。

不論姑婆跟他說什麼，雷辛頓總是乖乖照做，所以，他在看完信之後，便收起了錢，穿上鞋，換上乾淨的襯衫，下山到村子裡醫生住的地方去。

「老葛洛斯潘嗎？」醫生說。「我的天啊，她死了嗎？」

「她真的死了，」年輕的雷辛頓回答他。「如果你現在跟我回家，我會把她挖出來讓你自己親眼看看。」

「你把她埋在多深的地方？」醫生問他。

「六呎或七呎左右吧，我想。」

「多久之前埋的？」

「嗯，差不多八小時之前。」

「那她肯定死了，」醫生說。「證明書在這裡。」

七

現在，我們的主人翁起程前往紐約市去尋找札克曼先生。他一路都靠步行，晚上睡在籬笆下，肚子餓了就採莓子和野生的藥草來充飢，就這麼走了十六天才到了紐約大都會。

「多麼棒的一個地方啊！」他站在第五十七街和第五大道的路口，瞪大眼睛看著周圍的景物時，不禁這麼說。「完全沒有牛或雞的影子，而且每個女人看起來都和葛洛斯潘姑婆完全不一樣。」

至於那位山謬．札克曼先生呢，雷辛頓從來就沒看過這樣的人。

他是個矮小的男人，像塊海綿一樣，下巴是深紫藍色的，臉上那個大鼻子則是紅紫色的。他開口笑的時候，嘴巴裡面會閃出好幾道金光，照得人目眩神迷。在他那間奢華的辦公室裡，札克曼先生熱切的和雷辛頓握手，還為了葛洛斯潘姑婆的死訊向他道賀。

「我想你應該知道，你那位親愛的監護人是一位相當有錢的女士吧？」他說。

「你指的是那些牛和雞嗎？」

「我指的是她五十萬的財產，」札克曼先生說。

「多少？」

「五十萬，我的孩子。而且她全都留給了你。」札克曼先生往後靠在椅背上，雙手緊握，放在他那像海綿的肚子上。同時，他還偷偷把右手食指伸進背心裡頭的襯衫底下，在肚臍附近搔啊搔的——他很喜歡這麼做，這讓他有種特殊的快感。「當然，我必須收取百分之五十作為手續費，」他說，「就算這樣，你還是有二十五萬塊錢。」

「我發財了！」雷辛頓叫著說。「真是太棒了！我多快可以拿到錢？」

「這個嘛，」札克曼先生說，「算你幸運，我剛好和這附近的稅務機關很熟，我有信心能夠說服他們不跟你收所有的死亡稅和應該補繳的稅款。」

「你真是好心，」雷辛頓低聲說。

「不過，我得給某個人一點小小的酬勞才行。」

「你怎麼說都行，札克曼先生。」

「我想十萬塊應該夠了。」

「我的天啊，你不覺得太多了嗎？」

「絕對不要對稅務員或警察太小氣，」札克曼先生說。「記住這句話。」

「可是這樣的話，我還剩下多少錢呢？」年輕的雷辛頓怯懦的問他。

「十五萬。可是，你還得用那十五萬來付葬禮費用。」

「**葬禮**費用？」

「你得付殯儀館錢啊。這你一定知道吧？」

「可是我已經親手把她給埋葬了呀，札克曼先生，就葬在牛棚後面。」

「我相信你，」律師說。「那又怎樣呢？」

「我從來都沒請殯儀館啊。」

「聽著，」札克曼先生耐著性子說。「你可能不知道，本州有一條法律規定，在殯儀館收到全額的費用之前，遺囑受益人是沒辦法領到所繼承遺產的任何一毛錢的。」

「你說這是一條**法律**嗎？」

「沒錯，這是一條法律，而且還是條很好的法律。殯儀館是我們國家的偉大機構之一。必須不計一切代價保護它。」

札克曼先生本人和一群熱心公益的醫生掌控著一個龐大的企業，不但在紐約市內擁有九間奢華的連鎖殯儀館，在布魯克林區也擁有一間棺材工廠，在曼哈頓的華盛頓高地還有一間專門研究防腐物質的研究所。因此，在札克曼先生眼中，喪禮是一件極為嚴肅的事情。事實上，與殯葬有關的所有一切都讓他深受感動，甚至可以說，他受感動的程度就像耶穌基督誕生讓商店老闆感動的程度一樣。

「你沒有權力就這樣把你的姑婆埋葬起來，」他說。「你一點權力都沒有。」

「我很抱歉，札克曼先生。」

「你知道嗎，這簡直是駭人聽聞啊。」

「不論你怎麼說，我都願意配合，札克曼先生。我只是想知道，付清一切費用之後，最後我能拿到多少錢？」

札克曼先生沒有立刻回答。他嘆了口氣，皺起眉頭，繼續偷偷用手指在他肚臍周圍摸來摸去。

「大概一萬五千塊吧？」他說著露出一個金光閃閃的笑容。「差不多是這個數字。」

「我今天下午能拿嗎？」

「我想沒問題。」

札克曼先生找來他的出納主管，要他用零用金給雷辛頓一萬五千塊錢，還要他寫收據。此時，年輕的雷辛頓不管能拿到什麼都覺得很高興，他滿懷感激收下錢，收進背包裡。然後他熱情的和札克曼先生握了握手，感謝他的幫助，走出了辦公室。

「全世界都在我眼前啦！」我們的主人翁來到街上時，忍不住大喊起來。「現在我有一萬五千塊錢，可以一直過到我出書為止。當然，在那之後，我一定會有更多錢的。」他站在人行道上，思忖著該往哪走比較好。他轉身向左，慢慢沿街往下走，目瞪口呆的瞧著城市的景致。

「真是噁心的味道，」他嗅著空氣說。「我受不了了。」他那纖細靈敏的嗅覺神經只習慣於聞嗅廚房裡頭種種最美味的味道，公車後頭排放出來柴油廢氣的惡臭讓他非常難過。

「在我的鼻子全毀了之前，我一定要趕緊離開這個地方，」他說。「可是得先吃點東西才行。我真的餓扁了。」過去兩個星期以來，可憐的雷辛頓只吃過莓子和野生的草藥，現在他的肚子渴望能有些紮實的食物進來。我要來份好吃的玉米煎肉片，他對自己說。或者是來一些多汁的婆羅門參炸餅。

他越過馬路，走進一間小餐廳。餐廳裡面又熱又黑，沒什麼聲音，瀰漫著一陣濃烈的食用油和高麗菜湯的味道。唯一一位顧客是個頭上戴著棕色帽子的男人，他認真專注的趴在他的食物上面，連雷辛頓走進來的時候看都沒看一眼。

我們的主人翁在角落的一張桌子坐了下來，把背包掛在椅背上。他對自己說，這一定會非常有趣。在我還是個嬰兒的時候，保母麥克帕托一定曾經替我熱過幾次牛奶，如果不把她算在內，這十七年來，我就只吃過葛洛斯潘姑婆和我自己兩個人做的食物。現在我就即將要嘗試一個全然不同的廚師的手藝了，如果幸運的話，或許還可以得到一些好點子來寫我的書。

一名服務生從餐廳後頭的陰影處走來，站在桌邊。

「你好，」雷辛頓說。「我想要一份大的玉米煎肉片，謝謝。把它放在有酸奶油的長柄平底煎鍋裡正反兩面各煎二十五秒，端上來之前再撒上一小撮的獨活草，當然，如果你們的廚師知道一個更有創意的方式的話，我會非常願意試試看的。」

服務生把頭歪向一邊，仔細的打量著眼前的客人。「你要烤豬肉和甘藍菜嗎？」他問。「我們就只剩下這個了。」

「你說烤什麼和甘藍菜？」

服務生從褲子口袋裡掏出一條髒兮兮的手帕，用力抖了一下，好像在抽鞭子一樣。只見他大聲的擤著鼻子，弄得手帕又濕又黏。

「你到底是要還是不要？」他抹著鼻子說。

「我根本不知道那是什麼東西，」雷辛頓回答他說。「但我想試試。你知道嗎，我在寫一本關於烹飪的書而且……」

「一份豬肉和甘藍菜！」服務生扯開喉嚨大喊，餐廳後頭漆黑的地方傳來一個回答的聲響。

服務生隨即消失無蹤。雷辛頓伸手到他的背包裡掏出自備的刀叉。這是他六歲時，葛洛斯潘姑婆送給他的禮物，純銀打造而成，從那時候起，他就從來沒用過其他東西吃飯。在等食物送上來的時候，他用一塊柔軟的棉布愛惜的擦拭這對刀叉。

服務生很快就端著一個盤子走了回來，盤子上面躺著一大塊灰白色的東西，熱呼呼的。盤子一放到眼前的桌上，雷辛頓就等不及彎下身去聞。他的鼻孔大開，準備接受味道，不停的抖動、聞嗅著。

「這真是天上才有的美味啊！」他大叫著說。「好棒的香味！真是太美妙了！」

服務生往後退了一步，小心翼翼的打量著他的客人。

「我這一輩子從來沒聞過這麼豐富美妙的味道！」我們的主人翁興奮的說，手裡緊握著刀叉。

「這到底是什麼做成的？」

頭戴棕色帽子的男人轉過來看了他一眼，然後又回頭繼續吃他的東西。一旁的服務生不停向廚房退去。

雷辛頓切下一小塊肉，用他銀製的叉子叉著舉到鼻子前面，好仔細的再聞一聞。然後，他把肉丟進嘴裡，半閉著眼睛，全身緊繃，慢慢開始咀嚼。

「這真是太棒了！」他高聲說。「這真是一個前所未有的味道啊！喔，親愛的葛洛斯潘姑婆啊，我多希望現在妳就在我身邊，這樣妳就可以嚐嚐這道了不起的菜了！服務生！馬上過來！我有事找你！」

驚訝萬分的服務生此刻正從餐廳的另一頭望向這裡，似乎不願意再靠近任何一步。

「如果你願意過來和我說說話，我就給你一份禮物，」雷辛頓一邊說，一邊揮舞著一張一百元的鈔票。「請過來這邊，我有話要問你。」

服務生側著身子戒慎恐懼的走回桌子旁邊，一把抓過鈔票，緊緊貼在眼前，從各種不同的角度檢查。然後就看他很快的把鈔票塞進口袋裡。

「我能幫你什麼忙呢，朋友？」他問。

「聽著，」雷辛頓說。「如果你能告訴我這道好吃的菜是用什麼做的，詳細的烹調過程又是如何，那我就再給你一百塊。」

「我已經跟你說過了，」他說。「這是豬肉。」

「豬肉到底是什麼？」

「你從來沒吃過烤豬肉嗎？」服務生瞪大眼睛問他。

「看在老天的份上，老兄，趕快告訴我這是什麼東西，不要再吊我的胃口了。」

「是豬，」服務生說。「你只要把它塞進烤箱裡就好了。」

「**豬**！」

「所有豬肉都是從豬身上來的。你不知道嗎？」

「你的意思是，**這是豬的肉**嗎？」

「我保證絕對沒錯。」

「可是……可是……這不可能啊，」年輕的雷辛頓支支吾吾的說。「葛洛斯潘姑婆是世界上最瞭解食物的人了，她曾經說過，只要是肉，不管哪一種都很討厭、噁心、可怕、骯髒，吃了會叫人想吐，糟糕透頂。可是，我盤子上的這一塊肉卻毫無疑問是我這一輩子吃過最好吃的東西啊。這你要怎麼解釋呢？如果肉吃起來不噁心的話，葛洛斯潘姑婆是絕對不會這麼跟我說的呀。」

「或許你的姑婆不知道要怎麼煮，」服務生說。

「可能嗎？」

「當然可能囉。尤其是豬肉這種東西。豬肉必須煮得非常熟才行，不然是不能吃的。」

「我知道了！」雷辛頓大喊著說。「我打賭一定是這樣！她搞錯了！」他拿給那位服務生另外一張百元鈔票。「帶我到廚房去，」他說。「把我介紹給那位料理這塊肉的天才。」

服務生立刻把他帶到廚房去，雷辛頓在那裡見到了廚師，他是個上了年紀的男人，脖子一邊還起著疹子。

「你必須再給我一百塊錢，」服務生說。

雷辛頓樂於照做，只不過這一次他把錢給了那位廚師。「聽我說，」他說，「我不得不承認，剛才這位服務生跟我說的話真的把我給搞糊塗了。你真的可以肯定剛才我吃的那盤美味的菜是用豬的肉做成的嗎？」

廚師舉起右手，開始搔著脖子上的疹子。

「這個嘛，」他一邊說一邊看著服務生，還狡猾的朝他眨了眨眼。「我只能說，我**認為**是豬肉沒錯。」

「你是說，你沒辦法肯定嗎？」

「這種事是沒辦法百分之百肯定的。」

「那還有可能是什麼東西呢？」

「這個嘛，」廚師說話的語調非常慢，眼神也注視著那位服務生。「你也知道，這也有可能是來自一塊人肉。」

「你是說從某個男人身上來的嗎？」

「沒錯。」

「我的天啊。」

「或是一個女人。男人女人都有可能，味道嚐起來都一樣。」

「哇，你真的嚇到我了，」年輕的雷辛頓說。

「活到老學到老啊。」

「你說的沒錯。」

「事實上，最近我們從肉販那邊買來的有一大堆都是人肉而不是豬肉，」廚師這麼說。

「真的嗎？」

「問題在於，幾乎不可能分出豬肉和人肉之間的差別。吃起來都很棒。」

「我剛才吃的那一塊真的棒得沒話說。」

「我很高興你喜歡，」廚師說。「不過，老實說，我想那應該是豬肉。事實上，我幾乎可以確定那是豬肉沒錯。」

「你可以確定嗎？」

「是的，沒錯。」

「如果這樣的話，我們就該相信你說的是對的，」雷辛頓說。「現在，可不可以麻煩你告訴我——這是為了感謝你的一百塊錢——詳細的告訴我你是怎麼料理的呢？」

把錢收進口袋後，廚師開始天花亂墜地跟他形容如何料理一塊豬腰肉，年輕的雷辛頓可不想錯過這道偉大食譜的任何一個字，於是在廚房的桌旁坐了下來，把每一項細節都抄在他的筆記本裡。

「就這樣嗎？」廚師說完之後，他這麼問。

「就這樣。」

「可是，一定還有一些其他的細節，是吧？」

「一開始，你得有塊上好的肉才行，」廚師說。「這樣就成功一半了。肉必須要來自一頭好豬才行，而且宰殺還要得法，不然，不論你怎麼料理都會很難吃。」

「告訴我怎麼做，」雷辛頓說。「現在就宰一頭給我看，讓我學學。」

「我們不在廚房殺豬的，」廚師說。「你剛才吃的那一塊是從布朗克斯區那邊的一間肉品包裝工廠來的。」

「把地址給我！」

廚師把地址給了他，我們的主人翁一而再再而三的感謝他們的好意之後就衝了出去，跳上一輛計程車朝布朗克斯區直奔而去。

八

這個肉品包裝工廠是一棟龐大的四樓磚造建築物，周圍的空氣聞起來又甜又濃，像是麝香。大門口的地方有一個大型的告示，上面寫著「隨時歡迎參觀」，在這個告示的鼓勵之下，雷辛頓穿過大門，走進環繞著建築物的庭院，庭院地上鋪滿著鵝卵石。然後，他跟著一連串的指示牌（「導覽解說請往這邊」）最後來到一個和主建築之間隔著一段距離，用波浪形鐵板搭乘的小屋（「訪客等候室」)。禮貌的在門上敲了敲之後，便走了進去。

等候室裡還有另外六個人。有一個胖胖的媽媽帶著兩個小男孩，年紀差不多是九歲和十一歲。還有一對眼神明亮的男女，看起來像是在度蜜月的模樣。另外還有一個臉色蒼白的女人，戴著長長的白色手套，坐得直挺挺的，雙手交疊在大腿上，眼睛直視前方。沒有人說話。雷辛頓不禁猜想，他們是不是跟自己一樣，也在寫食譜，可是當他大聲問他們這個問題的時候，卻沒人回答他。大人們只是神秘兮兮的暗自笑了笑，搖搖頭，那兩個小孩則是睜大了眼睛瞪著他，好像碰到瘋子一樣。

不久，門打開了，一個男人把他那快活、紅潤的臉探進房間，說了聲「下一位請進。」然後那個媽媽和兩個男孩就站起來走了出去。

大約十分鐘之後，那個男人又出現了。「下一位請進，」他仍舊這麼說。那對像是在度蜜月的男女從座位上跳了起來，隨他走了出去。

此時，又有兩位訪客進到房間裡坐了下來——他們是一對中年夫妻，妻子的手裡提著一個柳條編織成的購物籃，裡頭裝著些雜物。

「下一位請進，」導覽員說。

戴白色長手套的女人起身離開。

又有幾個人進來，各自在硬靠背的木頭椅子上找了位置坐下。

不久，導覽員第三次出現，現在輪到雷辛頓往外頭去了。

「真是太刺激了！」年輕的雷辛頓興奮的蹦蹦跳跳。「真希望葛洛斯潘姑婆現在在我身旁，跟我一起去看等一下要看的東西。」

「我只負責開場介紹的部分，」導覽員說。「然後我會把你交給其他人。」

「你怎麼說都行，」興奮不已的雷辛頓說。

一開始，他們到建築物後方一處大型的豬圈參觀，有幾百頭豬在裡頭散步。「這就是他們開始的地方，」導覽員說。「然後，那是他們進去的地方。」

「哪裡？」

「就在那裡。」導覽員指著工廠外牆邊一道長形的木棚。「我們把它稱做是銬豬圈。麻煩請往這邊。」

雷辛頓和導覽員走近時，三個穿著長統橡膠靴的人正在把十二頭豬往銬豬圈裡趕，所以他們就一起進了去。

「好了，」導覽員說，「看看他們怎麼銬那些豬吧。」

棚子裡面只是一個空蕩蕩的木造房間，沒有屋頂，不過卻有一條帶有鉤子的鐵索沿著牆，在離地約三呎的地方，不停水平的往前慢慢移動。鐵索來到棚子盡頭時突然轉向，筆直向上，穿過洞開的屋頂，朝主建築的頂樓直奔而去。

那十二頭豬在豬圈另一端的盡頭擠成一團，靜靜的站著，一臉驚慌害怕的表情。其中一個穿著橡膠靴的男人從牆上拉下一段鐵鍊，從背後朝最近的一頭豬走過去。然後他迅速彎下身，把鐵鍊的一頭繞過豬的一隻後腿，鐵索經過的時候，再把鐵鍊的另外一頭掛到鐵索上面的鉤子上去。鐵索不停往前移動。鐵鍊被緊緊扯住。豬的腿被抬了起來往後拖，然後整頭豬都被鐵鍊拉著往後面拖去。可是那隻豬並沒有跌倒。這是頭相當靈巧的豬，而且牠不知道靠著什麼方法，竟然能夠用三隻腳保持平衡，這隻腳跳一跳又換成另外一隻腳跳，拚命的和鐵鍊的拉扯力量搏鬥，可是卻又不停的被往後拉，一直被拖到豬圈的盡頭。鐵索轉向筆直而上，只見這頭豬突然四腳離地，掛在半空中。房間裡迴響著牠尖銳的抗議聲。

「真是令人著迷的過程啊，」雷辛頓說。「可是牠往上的時候，發出了一種有趣的喀啦聲，那是什麼啊？」

「可能是大腿吧，」導覽員說。「不是大腿就是骨盆。」

「不過，這樣不要緊嗎？」

「這怎麼會有什麼要緊的呢？」導覽員問。「你又不吃骨頭。」

穿著橡膠靴的人忙著銬其他的豬，只見他們一頭接著一頭被掛在移動的鐵索上，吊著穿過屋頂，不停的大聲抗議。

「比起採草藥，這道食譜可複雜得多了，」雷辛頓說。「葛洛斯潘姑婆是永遠也辦不到的。」

就在此時，當雷辛頓瞪著空中最後一頭豬往上而去的時候，一個穿著橡膠靴的男人靜悄悄從後面朝他靠近，把鐵鍊的一端繞過雷辛頓的左腳踝，再把另外一端掛到移動的鐵索上。下一秒鐘，在他弄清楚發生了什麼事情之前，我們的主人翁就已經被扯倒在地，沿著銬豬圈的水泥地板往後拖。

「停！」他大喊著。「全都停下來！我的腳被拖住了！」

可是，似乎沒人聽見他。五秒鐘之後，這位不幸的年輕人就被扯離了地板，穿過豬圈洞開的屋頂垂直往上而去，一隻腳踝被綁著，整個人頭上腳下倒掛在空中，像隻魚一樣的扭來扭去。

「救命啊！」他拚命大叫。「救命啊！你們搞錯了！把馬達停下來！放我下來啊！」

導覽員拿開嘴裡抽的雪茄，沈靜的看著飛升而上的雷辛頓，可是他什麼也沒說。穿著橡膠靴的男人已經往外頭去，準備抓下一批豬進來。

「救我啊！」我們的主人翁大喊著說。「放我下來啊！拜託放我下來啊！」可是此時我們的主人翁已經快要到建築物的頂樓了，不停移動的鐵索像條蛇一樣彎彎曲曲的繞著，伸進牆上的一個大洞裡，那洞就像是一個沒有門框的門口一樣；而在那門檻上等著他的是一個屠夫，身上那件黃色橡膠圍裙上沾滿了深色的污垢，他站在那邊的模樣就好像是站在天國之門的聖彼得，等待世上所有的人上門。

雷辛頓只看見他頭上腳下的模樣，而且只是短短的一瞥，但儘管如此，他還是注意到那男人臉上全然平靜、和善的表情，眼中放射著愉悅的光芒，嘴邊還掛著略帶惆悵的微笑，還有他臉上的酒窩也沒漏掉——這一切都給了他希望。

「哈囉，」屠夫笑著說。

「快！快救我！」我們的主人翁朝他喊著說。

「榮幸之至，」屠夫說著就先用左手輕輕抓住雷辛頓的一隻耳朵，然後舉起右手，熟練的用一把刀劃開雷辛頓的頸靜脈。

鐵索繼續往前，雷辛頓也被帶著往前。所有的東西仍舊上下顛倒，血從他的喉嚨冒出，流進他的眼睛裡，可是他還是勉強可以看得見，他依稀有些模糊的印象，知道自己身在一個很大的長形房間裡，房間遠處的盡頭是一大鍋冒著煙的水，還有一些深色的人影半隱在蒸汽後面，揮舞著長長的竿子在鍋子邊緣手舞足蹈。輸送帶似乎直直穿過那個大鍋的正上方，而那些豬也好像一頭接著一頭掉進滾燙的水中，其中一頭豬的前腳上彷彿還戴著白色的長手套。

我們的主人翁突然感到非常的睏，可是一直等到他那顆強而有力的心臟把最後一滴血從身上打出來之後，他才離開了這個所有可能的世界中最好的一個，進入到下一個世界。

訪客 ▣ 一九六五

不久之前，鐵路貨運的服務人員將一個大形的木箱送到我家門口。那是一個異常堅固的箱子，用的木料是一種深紅顏色的硬木，看起來有點像是桃花心木。我費盡九牛二虎之力才把它拖到花園的一張桌子上，仔細檢查。一邊用鏤空模版印的字寫著，這是由**威佛利之星**號貨輪從以色列的海法運過來的，可是我卻找不到寄件人的姓名或地址。我試著去想有沒有哪個住在海法或那附近的人會想要寄這麼貴重的禮物給我。可是我誰也想不到。我慢慢往工具間走去，心裡面還在為這件事情百思不解，拿了把鐵鎚和螺絲起子之後又走了回來。然後我就開始輕手輕腳的把這個箱子的頂部給撬開。

看啊，裡面裝滿了書呢！而且還不是一般的書耶！我一本接一本把它們全都拿了出來（沒把任何一本打開來看），在桌上疊成高高的三大疊。總共有二十八本，賞心悅目，非常漂亮。每一本看起來都一模一樣，外頭包裝著精美的綠色摩洛哥山羊皮封面，書背的地方還用燙金的字體印著O・H・C三個代表名字的縮寫字母和一個羅馬數字（從I到XXVIII）。

我拿起離我最近的一本，第十四本，打了開來。空白沒有畫線的頁面上，滿是齊整的黑色筆跡，字並不大。扉頁的地方寫著「一九三四」。除此之外就沒有任何東西。我拿起另外一本，第二十一本，裡頭有更多用相同筆跡所寫的東西，可是在扉頁的地方卻寫著「一九三九」。我把這本放下，把第一本拉出來，希望能夠在這裡面找到類似序言之類的東西，或是作者的名字也行。我没發現我要找的東西，卻在封面裡頭發現了一個信封。這個信封上頭寫著我的名字。我抽出裡頭的信，迅速瞄了一眼署名，看到「奧斯華・韓崔克斯・柯尼里烏斯」（Oswald Hendryks Cornelius）這個名字。

竟然是奧斯華叔叔耶！

我們家族的成員已經有三十多年没有任何關於奧斯華叔叔的消息了。這封信上註明的時間是一九六四年三月十日，在它抵達之前，我們只能假定他仍舊活在這個世界上。我們對他幾乎毫無所知，只知道他住在法國，時常四處旅行，是個風評不太好但卻非常迷人的有錢單身漢，不論怎麼樣都不願意和他的親戚有任何瓜葛。除此之外，全屬流言和謠傳，可是流言都説得天花亂墜，謠傳也充滿異國情調，所以奧斯華叔叔老早就成為我們心目中耀眼的英雄和傳奇。

「親愛的孩子，」信是這麼開始的，

我相信，在我僅存的血親當中，你和你的三個姊姊是和我關係最親密的人。因此，你理所當然是我的繼承人，我並沒有立下遺囑，所以當我死後，留下的所有東西都將會歸你所有。啊，我沒什麼東西可以留給你了。以前我擁有很多東西，可是最近我隨自己的意把這些東西全都處理掉了，這一點你管不著。不過，為了讓你不那麼難過，我要把我私人的日記送給你。我認為，這些東西應該留在家族裡面。它們記錄了所有我最精華的歲月，抽空看看對你並不會有什麼壞處。可是，如果你四處拿給人家看，或是借給不認識的人的話，這會給你帶來很大的危險。如果你把它們拿去出版，那我猜你和那家出版商恐怕都來日無多。你得瞭解，我在日記中提到那幾千位女主角都還沒死透，如果你蠢到讓她們冰清玉潔的名聲染上淫蕩的污痕的話，她們會在兩秒鐘之內把你的頭砍下來放到盤子上，而且還可能送進烤箱裡頭去烤。所以，你最好小心點。我只見過你一次。那時候是一九二一年，已經是好多年前的事了，你們家住在南威爾斯那間醜陋的大房子裡。我是你的大叔叔，你那時還只是個小男孩，大約五歲左右而已。我猜你大概不記得你那時候有一個從挪威來的年輕保母吧。她是一個非常乾淨、身材壯碩的女孩，即便是穿著制服，可愛的胸部被藏在那僵硬可笑的白色胸甲之下，曲線依然玲瓏有致。我在的那個下午，她正要帶你到樹林裡面去散步採藍鈴花，於是我問她是不是能夠同行。當我們走到樹林深處時，我跟你說，如果你能自己找到路回家的話，我就賞你一條巧克力。而你也真的回去了（請看第三冊）。你真是個善體人意的小孩。再見了——奧斯華・韓崔克斯・柯尼里烏斯。

這些突然從天而降的日記在家族裡引起了極大的騷動，每個人都想要一睹為快。奧斯華叔叔果然没讓我們失望。這些日記真是令人大開眼界——妙趣橫生、機智、刺激，而且總是非常感人。他擁有令人難以置信的活力，從來不會讓自己無聊，不停從一個城市換到另外一個城市，從一個國家換到另外一個國家，從一個女人換到另外一個女人，而在身旁没有女人的時候，他會到喀什米爾去尋找蜘蛛，或是到南京去追尋一隻藍瓷花瓶的下落。但女人總是排在第一順位。不論他去到何處，都會在身後留下一長串數也數不清的女人，每一個都對他又愛又恨，卻又像隻貓一樣咕嚕嚕的低聲叫個不停。

二十八本，每本整整三百頁，這可要花上好些時間才讀得完，能夠讓讀者在這麼長的時間之內始終保持興趣的作家簡直有如鳳毛麟角。但奧斯華叔叔辦到了。他的故事從來就不會讓人感到乏味，事情的步調也從來不曾稍緩，每一件事情，不論長短，不論主題，都幾乎毫無例外各成一個獨立完整、不同凡響的小故事。讀到最後，最後一本的最後一頁時，你幾乎會要喘不過氣來，覺得這可能是這個時代最偉大的自傳之一。

如果單純把這當作是一個男人的情愛冒險來看，那絕對沒有任何其他作品能與它相提並論，這點絕對毫無疑問。相較之下，卡薩諾瓦的《回憶錄》讀起來像是本教區雜誌般枯燥乏味，而這位著名的情聖本人一站到奧斯華叔叔身邊，也顯得十分的性冷感。

書裡每一頁當中都有足以顛覆社會的炸藥，這一點奧斯華叔叔說的沒錯。不過，他以為所有炸藥都是女人，這一點可不盡然。她們的丈夫，那些顏面盡失的龜公、被戴綠帽子的人會有什麼反應呢？這些被戴綠帽的人一旦被惹火了，可是非常凶悍的，如果完整版的《柯尼里烏斯》在他們還在世的時候問世的話，肯定會有成千上萬的人從樹叢裡衝出來。因此，出版是肯定行不通的。

真可惜。真的是太可惜了，事實上，我認為這應該想想辦法才對。所以，我又坐下來，把所有日記從頭到尾又讀了一遍，希望至少能夠找到某個完整的段落出版，同時又不用擔心出版商和我會因此捲入嚴重的訴訟當中。讓我高興的是，找到的段落竟有六個之多。我把這些段落拿給一位律師看。他說，他認為這些段落**可能**是「安全」的，但他沒辦法保證。他另外又說，其中〈西奈沙漠插曲〉這一篇看來比其他五篇「更安全」。

所以我決定從那篇開始，放在下面這篇簡短的序言之後，立刻送印出版。如果讀者能夠接受，而且沒引起什麼狀況的話，那我或許會考慮再出版另外一、兩篇。

這篇西奈插曲是來自第二十八本，也就是最後一本，上面記載的日期是一九四六年八月二十四日。事實上，這是最後一本日記當中的**最後一段紀錄**，也是奧斯華叔叔生前所留下的最後一段文字。我們不知道在那天之後，他去了哪裡，做過些什麼事情。這一切的一切只能憑空想像。稍後，你就可以一字不漏的看到這段記錄的全文，不過，首先讓我試著告訴你一些關於他這個人的事，好讓你更容易理解奧斯華叔叔在他故事中所說、所做的那些事情。在那二十八本日記中包含許多他的真心告白以及他對事物的看法，也相當清楚的呈現出他這個人的個性。

西奈插曲發生的時候，奧斯華・韓崔克斯・柯尼里烏斯五十一歲，而且，可以想見的是，他從來沒結過婚。「我想，」他常習慣這麼說，「我很幸運，或者該說是很不幸，我有一種異常挑剔的個性。」

就某方面來看，這的確是實話，可是就其他方面來看，尤其是婚姻這方面的事情，這句話恰恰剛好與事實相反。

奧斯華拒絕結婚的真正理由單純是因為，他這一生中從來就沒辦法將注意力長久集中在某一個特定的女人身上。他只要一征服她，就會馬上對她失去興趣，然後再去物色下一個犧牲者。

一個正常男人恐怕很難把這看做是一個維持單身的說得過去的理由，不過，奧斯華可不是一個正常的男人。甚至就一個主張一夫多妻制的男人來看，他也不正常。老實說，他是一個淫蕩無度、無可救藥的花花公子，世界上沒有哪個新娘能夠忍受得了他幾天，更別提忍受他一整個蜜月了，可是肯定有一大堆人想要試試看，真搞不懂為什麼。

他長得瘦瘦高高的，有一種纖細脆弱的淡淡美感。他的聲音輕柔，態度彬彬有禮，第一眼看去不像是個出了名的惡棍，倒比較像是個隨侍皇后身邊的紳士。他從來不和其他男人討論他的風流韻事，雖然他可能會願意和一個陌生人坐著聊上一整晚，但那個人絕對察覺不出來在奧斯華湛藍清澈的眼神中其實有著一抹淡到不能再淡的謊言。事實上，一個擔憂掛心的父親如果想要挑選一個人把他女兒安全送回家，那他就絕對會是那個雀屏中選的人。

可是，如果奧斯華坐在一個女人旁邊，一個他有興趣的女人旁邊的話，他的眼神會立刻改變，而當他望向她的時候，會有一小股危險的火焰慢慢在他的眼瞳正中央開始舞動；然後，他會用言語開始向她進攻，伶俐迅速的不停對她說話，而且幾乎可以肯定從來沒有哪個人能像他那麼機智幽默。這是他的天賦，一項最獨一無二的天賦，而當他真正用心時，他可以讓他說的話把他的聽眾一圈又一圈的團團圍住，直到她的樣子彷彿是中了某種輕微的催眠魔咒為止。

可是，讓女人著迷的不是只有他的甜言蜜語和眼神而已。他的鼻子也是個重點（在第十四本當中，我們可以清楚的看出來，奧斯華很高興的把某位小姐寫給他的字條加了進來，在那張字條裡面，那位小姐對這類的事情有很詳盡的描述。）當奧斯華的興趣被撩起之後，他的鼻孔周圍會開始出現一些奇怪的現象，他的鼻緣會開始緊縮，鼻孔會顯而易見的變大，露出裡面那一整片亮紅色的皮膚。雖然這聽起來有點奇怪、狂野、如動物一般，而且用文字形容起來也沒什麼特別吸引人的地方，可是，小姐們卻會為之瘋狂。

只要是女人就會被奧斯華所吸引，幾乎沒有一個例外。首先，不論你花上多大的代價也沒辦法擁有他，這就讓她們對他更是垂涎欲滴。此外，他才智過人、魅力無窮，還因為超乎尋常的浪蕩而聲名大噪，這樣你大概就知道是怎麼一回事了。

不過，話說回來，讓我們暫時忘記他聲名狼藉、放蕩不羈的那一面，應該要指出的一點是，奧斯華的個性中還有許多其他教人吃驚的面向，使他成為一個頗為讓人好奇的人物。比方說，在十九世紀的義大利歌劇這一方面幾乎沒有他不懂的地方，而且他還寫了一本關於董尼采第（Donizetti）、威爾第（Verdi）和龐開利（Ponchieli）等三位作曲家的奇怪小手冊。在這本手冊當中，他將這三位作曲家一生中曾經擁有過的重要情婦的姓名全都條列出來，然後，他再以最嚴肅的態度來檢驗創造欲和肉欲之間的關係，以及這兩者對彼此所造成的影響，尤其在他們對作曲家作品的這一方面特別注重。

中國瓷器是奧斯華的另一項興趣所在，而且他的身分猶如是這個領域當中公認的國際權威。青花那種藍色的磁瓶是他的最愛，他有少數幾件非常精美的收藏品。

他的收藏品還有蜘蛛以及手杖。

更精確的來說，他收藏的是蛛形綱生物，因為其中包含了蠍子和鬚肢生物。他的收藏之豐富，可能和博物館以外任何一個地方不相上下，而他對於數百種不同的屬、種的瞭解更是叫人嘆為觀止。值得順帶一提的是，他堅稱蜘蛛絲的品質比蠶所吐出來的那些平凡無奇的東西要好（他說的可能是對的），而且他從來不用其他材質織成的領帶。他一共有四十條左右這種領帶，為了獲得這種領帶，而且每年替他衣櫥增添兩條新的，他得在巴黎郊外那間鄉下房子的花園溫室裡，飼養成千上萬隻金蜘蛛科下兩種常見的英國庭園蜘蛛，這些蜘蛛在溫室裡面繁殖的速度和他們互相殘殺的速度相去不遠。他自己會親自從它們身上取下生的蜘蛛絲——沒有其他人可以進入那間讓人膽戰心驚的玻璃屋——送到亞維農紡、拋、洗、染，再製成布料。這些布再從亞維農直接送去給一個叫做蘇卡的人，蘇卡最對領帶這回事非常著迷，能有這麼稀有珍貴的材料來做領帶，連高興都來不及。

「你不可能**真的**喜歡蜘蛛吧？」奧斯華在展示他的收藏的時候，小姐們這麼問他。

「喔，但我很崇拜它們，」他會這麼回答她們。「尤其是母蜘蛛。它們讓我想起有些我認識的女人。它們會讓我想起我最愛的那些女人。」

「你在胡說些什麼啊，親愛的。」

「胡說？我可不認為。」

「這真是太污辱人了。」

「正好相反，親愛的，這是我能想到最好的恭維了。妳難道不知道嗎，母蜘蛛在做愛的時候非常殘暴，完事之後，公蜘蛛如果還有辦法活著逃出來就已經算是非常幸運了。除非他非常的靈巧聰明，否則是不可能全身而退的。」

「拜託，**奧斯華**！」

「還有那蟹蛛，我親愛的，這種不起眼的小蜘蛛熱情到了一種危險的地步，她的愛人必須先用自己的絲做出複雜的套環和結來把她綁住，才敢去擁抱她……」

「噢，**住口**，奧斯華，**馬上**住口！」女人們會這麼嚷嚷著，眼裡卻閃著光芒。

奧斯華收藏的手杖則又是另一個奇觀。每支手杖先前都曾被某個卓然有成，或是噁心至極的人使用過。這些收藏全放在他巴黎的公寓裡面，他把它們架在兩排長長的架子上，沿著走道（或者該說是高速公路呢？）兩旁的牆壁一路從客廳排到臥室去。每支手杖上面都有屬於自己的小象牙標籤，上頭寫著西貝流士、米爾頓、埃及國王法魯克、狄更斯、法國大革命領袖羅伯斯比、普契尼、王爾德、富蘭克林・羅斯福、希特勒的宣傳部長弋貝爾、維多利亞女王、羅特列克、德國總統興登堡、托爾斯泰、拉瓦爾、巴黎戲劇女伶莎拉・貝恩哈特、歌德、蘇聯軍政領導人伏羅希洛夫、塞尚、東條英機……等人的名字。總數一定有超過一百支，有的非常漂亮，有的則相當平凡，有的頂端鑲金或鑲銀，有的把手則是採扭曲造型的設計。

「把托爾斯泰那支拿下來，」奧斯華會這麼對一位美麗的訪客說。「去啊，去拿下來……沒錯……好……現在，用妳的手輕輕去摸那個被偉大的托爾斯泰本人摸得亮閃閃的把手。妳的皮膚就這麼樣接觸到那一處，這不是很奇妙嗎？」

「沒錯，真的很奇妙，一點都沒錯。」

「再把弋貝爾的那支拿下來同樣這麼做。不過，可得注意了。讓妳的手掌緊緊的握在把手上方……好……現在……現在把妳的重量壓上去，壓重一點，就像那個矮小畸形的博士以前常做的那樣……對……沒錯……好，保持這個姿勢一兩分鐘，我想妳一定感覺到有一隻冰涼的小指頭一路從妳的手臂爬到妳的胸部上來。」

「好恐怖喔！」

「沒錯。有些人還會完全暈過去，倒地不起呢。」只要有奧斯華在身邊，沒有人會覺得無聊，比起其他因素，或許這一點才更是他能夠成功的真正原因。

現在，我們來聊聊那段西奈插曲。那個月，奧斯華自得其樂的以非常悠哉的速度從蘇丹首都喀土穆開車前往開羅。他開的是一輛戰前出產的頂級拉貢達跑車，戰爭期間，這輛車被人小心的存放在瑞士，因此不難想像太陽底下各式各樣的配備上頭都有。進入西奈沙漠的前一天（一九四六年八月二十三日）他人在開羅，住在一間叫做薛菲爾德的旅館，那天晚上，在一連串大膽的舉動之後，他成功的釣上了一位芳名依莎貝拉、據信擁有貴族血統的摩爾族小姐。而這位依莎貝拉小姐的先生碰巧非常善妒，是一位惡名昭彰、脾氣火爆的皇室成員（當時埃及仍有皇室存在）。這可以說是奧斯華典型的舉動。

不過，精彩的還在後頭。午夜時分，他把那位小姐載到吉薩，說服她一起在月光下爬上古夫大金字塔的頂端。

「……沒有什麼地方比這裡更安全了，」他在日記中這麼寫到，

也沒有什麼地方比暖夜滿月之下的金字塔頂端更浪漫的了。激起胸中激情的不只是那壯闊的景色，還有那股每當從高處俯瞰世界時、體內會莫名油然而生的權力感。至於安全這方面呢——這座金字塔整整高達四百八十一呎，比聖保羅大教堂的穹頂還要高上一百一十五呎，從塔頂上絲毫不費吹灰之力就可以把四周的動靜看得一清二楚。沒有哪一位小姐的閨房能提供如此的便利。也沒有哪個小姐的閨房會有這麼多緊急出口，如果有哪個不懷好意的傢伙從金字塔的一邊爬上來要抓人，只需要從從容容、安安靜靜的從另外一邊溜下去就行了……

後來的情形是，那天晚上奧斯華只差那麼一點點就被人給逮到。皇室那邊顯然是聽到了風聲，月光下，身處高聳金字塔塔頂的奧斯華看見的不只是一個不懷好意的傢伙，而是三個，分別從三面向他們進逼，開始攀登金字塔。所幸，古夫金字塔還有第四面，而當那些阿拉伯壞蛋爬到塔頂的時候，那一對愛人已經到了塔底，準備進車了。

八月二十四日的紀錄就從這個時候開始寫起。以下便是奧斯華的紀錄，不但一字不差，甚至連逗點也與原文沒有任何出入，完全未經任何增刪修改：

一九四六年八月二十四日

「如果他現在抓到依莎貝拉的話，他會把她的頭給砍掉的，」依莎貝拉說。

「胡說，」雖然我這麼回答她，可是我想她說的可能没錯。

「他也會把奧斯華的頭給砍掉的，」她說。

「我不會有事的，親愛的。明天早上天亮的時候，我已經離這裡老遠了。我馬上就要沿尼羅河往盧克索飛奔而去了。」

此刻，我們正以飛快的速度駛離金字塔。時間大約是凌晨兩點半左右。

「去盧克索？」她說。

「没錯。」

「那依莎貝拉要跟你去。」

「不行，」我說。

「行，」她說。

「和小姐一起旅行是違反我的原則的，」我說。

我可以看見前方有幾道光。這些光是從米拿旅館傳來的，那是旅客在沙漠中落腳的地方，離金字塔不遠。我把車開得離旅館很近，停了下來。

「我要在這裡放妳下來了，」我說。「我們玩得很盡興。」

「你不帶依莎貝拉去盧克索嗎？」

「恐怕不了，」我說。「快下車吧。」

她轉身準備下車，一隻腳才剛落地，猶豫了一會兒，突然又回過頭劈里啪啦罵了起來，惡毒流暢之至，從來没有哪個小姐的嘴能像她這樣……事實上，是從一九三一年之後就没有一位小姐能像她這樣，那一年在摩洛哥的馬拉克什，格拉斯哥公爵夫人那個貪婪的老女人把她的手伸進一個巧克力盒裡，我為了安全起見把一隻蠍子放在那裡面，她剛好被咬個正著（第十三册，一九三一年六月五日）。

「妳真是噁心，」我說。

依莎貝拉跳下車，狠狠把車門甩上，整臺車因此晃動了起來。我飛快駛離這個地方。感謝老天我總算擺脫她了。一個漂亮女孩的脾氣竟然這麼差，我可沒辦法忍受。

我邊開邊盯著照後鏡，不過，到目前為止似乎沒有車子在後頭跟著我。來到開羅外圍時，我開始繞路避開市中心。我並沒有特別擔心。那些皇室的看門狗不太可能會再更進一步的追究這件事情。儘管如此，在這個時候回薛菲爾德旅館仍舊是太過莽撞了。反正，我也沒這個必要，因為除了一個小手提箱之外，我所有的行李都在車上。身處陌生城市時，晚上若要出門，我一定不會把行李留在房間裡。我喜歡保持機動。

當然，我根本就沒有打算去盧克索。現在，我想要完完全全離開埃及這個地方。我一點都不喜歡這個國家。現在想想，我從來就沒喜歡過它。這地方讓我渾身不舒服。我想全都是因為髒亂和惡臭的味道的緣故吧。老實說吧，這個國家真是髒透了；雖然我很不願意這麼說，可是，我極度懷疑世界上沒有哪個民族洗澡洗得比埃及人更隨便了——蒙古人可能是唯一一個例外。他們清洗餐具的方式很顯然不符合我的要求。信不信由你，昨天早上吃早餐的時候，他們端來的杯子杯緣上，竟然還印著長長一道乾掉的咖啡色唇印。噢！真是噁心死了！我一直瞪著它看，想不透會是哪個口水太多的傢伙的嘴唇幹的好事。

現在，我開著車穿越開羅東部郊區骯髒狹窄的街道。我很清楚自己要去哪裡。甚至和依莎貝拉下到金字塔的一半之前，我就已經打定主意了。我要往耶路撒冷去。這趟路程的距離沒多遠，我也一直都很喜歡這個城市。而且，這也是離開埃及最迅速的方法。我的計畫是這樣的：

一、從開羅到伊斯梅里亞。開車大約三小時。邊開邊唱歌劇，像平常一樣。早上六、七點左右抵達伊斯梅里亞。找間房間睡個幾小時。然後淋浴、刮鬍子、吃早餐。

二、早上十點，從伊斯梅里亞橋橫越蘇伊士運河，再從沙漠裡那條路穿越西奈沙漠到巴勒斯坦邊境。在西奈沙漠的途中順便尋找一下蠍子。時間大概要四個小時，下午兩點抵達巴勒斯坦邊境。

三、從這裡開始，經過畢爾什巴直接開往耶路撒冷，到達大衛國王旅館的時候還來得及喝雞尾酒、吃晚餐。

我已經有好幾年沒走這條路了，我記得西奈沙漠是找蠍子最棒的地方。我很想再找一隻母的非洲黃爪蠍（opisthophthalmus），要大一點的。我手上這個標本的尾巴第五節的地方不見了，我覺得很可惜。

我沒花多少時間就找到了往伊斯梅里亞的大路，一開上這條路我就把拉貢達的時速設定在每小時六十五哩。這條路很窄，但路面很平坦，而且路上都沒有車。月光下，尼羅河三角洲的鄉間淒涼陰鬱、憂憂悶悶的在我四周鋪展而開，平坦的原野上看不見樹，溝渠交錯縱橫，隨處可見黑色的泥土。真是讓人感到說不出的鬱悶。

可是，這並不會讓我感到煩惱。我和這一點關係也沒有。我完完全全被隔絕在我舒適豪華的小殼子裡面，就像一隻寄居蟹一樣舒服，只是跑得快多了。喔，我真是喜歡隨時找些新的樂子，朝新的人、新的地方直飛而去，把舊的東西全都遠遠拋在腦後！再也沒有什麼東西能讓我更興奮了。我實在看不起一般人，定居在一小塊土地上，娶一個蠢女人煮飯生小孩，就這麼樣腐敗頹壞直到生命結束。而且身邊永遠是同一個女人！我怎麼樣就是沒辦法相信有哪個神智清楚的男人會願意日復一日年復一年的忍受只有一個女人的生活。當然，有些人並不願意。可是，有幾百幾千萬的男人都假裝他們願意這麼做。

我自己從來就不允許一段親密關係持續超過十二小時。這已經是最極限了。在我看來，就連八小時都已經有點太多了。比方說，看看依莎貝拉就好了。當我們還在金字塔頂的時候，她是一個非常有趣的小姐，像隻小狗一樣乖巧又有趣。如果我把她留在那邊，任由那三個阿拉伯壞蛋處置，自己一個人下來的話，那一切都會很美好。可是我卻笨到留在她身邊，還幫忙她從金字塔上下來，結果你看，一個可愛的小姐就變成了一個粗魯的蕩婦，罵個不停，看了就叫人噁心。

這是什麼世界啊！現在，連有紳士風度都沒人會感謝你了。

拉貢達在夜色中平穩的往前駛著。該是唱歌劇的時候了。這一次該唱哪一齣好呢？我想要來首威爾第的作品。**阿依達**如何？那當然！除了**阿依達**這齣關於埃及的歌劇以外，沒更好的選擇了！再適合不過了。

我開始唱了起來。今天晚上我的聲音特別好。我讓自己放開喉嚨唱。真是舒服；而當我穿過比爾畢斯這個小鎮的時候，我成了阿依達本人，高聲唱著「**神啊，可憐我吧**」，第一幕的美妙結尾。

半小時之後，到了扎加齊格，我又成了阿摩納斯洛，高唱「**然而你，國王，你擁有權力**」，懇求埃及國王拯救伊索比亞的俘虜。

經過埃爾．阿巴沙時，我又轉身一變，成了拉達梅斯，唱著「**讓我們逃離**」。此刻，我把車窗全都搖下，好讓這首無與倫比的情歌傳進路邊茅屋裡頭、打呼的農人耳中，或許就這麼化入他們的夢中。

我駛進伊斯梅里亞的時候是早上六點，太陽已經高高爬上粉藍色的天空中，可是我卻和阿依達一起被鎖在恐怖的地牢裡面，唱著「**啊，大地，再見啊，再見啊，淚水的河渠！**」

這段旅程結束得真快。我把車開向一間旅館。旅館的人員才正準備要起床。我把他們的睡意全給趕跑，要了間最好的房間。床上的床單和毯子看起來就像是被二十五個沒洗澡的埃及人一連睡了二十五晚一樣，我用我自己的雙手把它們全都拆下來（然後立刻用抗菌肥皂把手清洗一番），再換上我個人用的寢具。然後我定好鬧鐘，安安穩穩的睡了兩個鐘頭。

早餐我點了一片土司外加一顆水煮蛋。端來的時候——我跟你說，光是用寫的就夠讓我怕了——有一根三吋長、**油亮烏黑的捲髮**斜躺在我的水煮蛋的蛋黃裡面。這真是太過分了。我從椅子上一躍而起，衝出餐廳。「**再見！**」我經過櫃臺的時候順手把一些錢甩在上面，「**再見，淚水的河渠！**」說完就把這間旅館骯髒的灰塵從腳上抖了下來。

該往西奈沙漠去了。那會是一個多麼令人高興的改變啊。真正的沙漠是這個地球上遭受最少污染的地方之一，西奈沙漠也不例外。穿越西奈沙漠的路是一條狹窄的黑色柏油路，大約一百四十哩長，一路上只有在中點處那個名叫畢爾・羅・沙林的地方有一間加油站和一些簡陋的房舍。除此之外，整條路上除了一片渺無人跡的沙漠之外，什麼也沒有。一年當中的這個時候，總是會非常的熱，一定得帶些飲用水在身邊，以免車輛故障的時候沒水喝。於是，我把車開到伊斯梅里亞一條大街上的雜貨店旁，好把我的緊急儲水罐裝滿。

我走進店裡和老闆說話。那人得了非常嚴重的沙眼，眼皮內層下面的粒狀物體長得很誇張，連眼皮都被撐離了眼球，真是夠噁心的了。我問他是不是願意賣我一加侖的**開水**。他以為我瘋了，而當我堅持跟他到後面那間骯髒的廚房，好確定他不會把事情搞砸時，他更覺得我真的是瘋得離譜。他把一個煮水的水壺裝滿自來水，放到煤油爐上。這爐子的火又弱又黃，還冒著煙。老闆似乎為這個爐子和它的表現感到很驕傲。他站在一旁欣賞，頭還歪在一邊。然後他說，如果我想要的話，可以先回店裡等。等水煮好了，他會把水拿去給我。我拒絕離開。我站在原地像頭獅子般注視著那個水壺，等裡頭的水煮開；就在我這麼做的時候，早餐時的情景突然全冒了上來，把我嚇得半死——蛋、蛋黃，還有那根頭髮。早餐的時候，那根嵌在黏呼呼的蛋黃裡面的頭髮會是誰的？肯定是廚師的頭髮没錯。噢，那個廚師上次洗頭已經是多久以前的事了呢？他可能從來就没洗過頭。那真是太棒了。我幾乎可以肯定他身上一定長滿了蝨子。可是，光是這樣也不會讓他掉頭髮啊。那麼，**到底**為什麼這個廚師今天早上把水煮蛋從平底鍋移到餐盤上的時候，頭髮會掉進我的水煮蛋裡面呢？所有事情背後一定都有個原因，而這件事情背後的原因再明顯不過了。他的頭皮一定是感染了化膿性的溢脂性膿疹，所以那根又長又黑的頭髮上肯定有好幾百萬隻會致病的球菌，至於這些東西的學名叫做什麼，好在我已經忘了，如果當初我没那麼警覺的話，它們可能早就被我一口吞進肚子裡去了。

你問我，我能百分之百肯定那個廚師患有化膿性的溢脂性膿疹嗎？不，我没辦法百分之百肯定。不過，如果他没有的話，那他也一定有輪癬。而這又代表著什麼意思呢？我再清楚不過了。這表示有一千萬隻小芽胞菌在他那根噁心的頭髮附近群集叢生，等著要到我的嘴巴裡來。

我開始覺得噁心了。

「水滾了，」店老闆得意洋洋的說。

「讓它滾，」我告訴他。「再給他八分鐘的時間。難不成你想要我得斑疹傷寒嗎？」

就我個人而言，如果有辦法的話，我絕對不會只喝水，不論那水有多純。白開水一點味道都没有。當然，茶或咖啡我會喝，不過，就算是喝茶或咖啡，我都會盡量拿瓶裝的維奇或馬爾文礦泉水來沖泡。我不喝自來水。自來水是惡魔的東西。通常比回收的水溝水好不到哪去。

「再煮下去，不用多久，水就會變成水蒸氣跑光了，」老闆露出綠色的牙齒對我笑著說。

我自己把水壺舉起來，把水注進儲水罐裡。

回到店裡，我買了六顆橘子，一顆小西瓜，還有一條包裝得密密實實的英國巧克力。然後我回到拉貢達裡，總算要出發了。

幾分鐘之後，我駛過蘇伊士運河上那座升降橋，提姆薩赫湖就在南方一點的地方。我眼前是一大片平坦的熾熱沙漠，那一小條柏油馬路像條黑色的絲帶般伸展，直達遠方的地平線。我把拉貢達設定在慣常的每小時六十五哩定速，把窗户全都打開。灌進來的風像是從烤箱裡噴出來的氣息。已經快要中午了，太陽直對著車頂施展它的熱力。車內的溫度計指在華氏一百零三度的地方。不過，你也知道，只要我身上穿著合適的衣服坐著不動，那麼，一點暖意是不會讓我太不舒服的。而此刻，我穿著一雙淡黃色的亞麻襪、一件亞爾特斯襯衫，還打著一條蜘蛛絲領帶，顏色是最可愛、最漂亮的癬綠色，覺得舒服極了，與這個世界達成一種和諧的境界。

有那麼一兩分鐘的時間，我腦中有著再唱一齣歌劇的念頭——我想唱的是**嬌宮妲**（La Gioconda）——可是只唱了開幕的和聲的幾個小節之後，我就開始微微的冒汗了；於是我摇下車窗，點了根香菸。

現在我正駛過世界上最棒的蠍子產地，在抵達中途畢爾·羅·沙林的加油站之前，我非常盼望能夠停下來找找。一個小時前自伊斯梅里亞啟程後，我就没見過任何一輛車，也没看見任何一種生物。這讓我很高興。西奈沙漠果然是沙漠中的沙漠。我把車停在路旁，熄掉引擎。覺得有點渴，於是吃了顆橘子。然後我戴上了白色遮陽帽，慢慢踏出車外，離開那舒適的寄居蟹殼，走進太陽底下。整整有一分鐘的時間，我一動不動的站在馬路中央，瞇著眼環顧周遭這一片壯闊的景色。

燠熱無垠的天空中掛著一輪炙熱的豔陽，在太陽底下，不論往哪一邊看，都是一望無際的黯淡黃沙，彷彿不屬於這個世界一樣。路的南邊，現在已經可以遠遠看到山脈起伏，那道貧瘠黯淡的陶土色山脈隱隱閃著藍紫顏色，自沙漠中拔地而起，又在一片熱浪中消失在天際。這一片靜謐有一種懾人的力量。四下沒有一丁點聲音，完全聽不見任何鳥類或昆蟲的叫聲，這讓我有種奇怪的感覺，彷彿我是一個天神，獨自站在這一片炫目、熾熱、不屬於人類景色的正中央，就像是跑到了另外一個星球，可能是木星，也可能是火星，或者是其他更遙遠、更荒涼的星球，草永遠不會長，雲朵也永遠不會轉紅。

我走到後車廂，拿出我的毒盒、網子還有小鏟子。然後，我離開馬路，踏進鬆軟燙腳的黃沙裡去。我慢慢的朝沙漠裡走了大約一百碼遠，眼睛不停打量著地面。我不是在找蠍子，而是在找蠍子的巢穴。蠍子是一種隱棲性和夜行性的生物，白天的時候不會出來活動，依據種類不同，可能會躲在石頭底下或是洞穴裡面。只有等到太陽下山之後，才會出來獵食。

我想要的那種非洲黃爪蠍是一種穴居型的蠍子，所以我沒把半點時間浪費在翻動石頭上。我只尋找有洞穴的地方。十到十五分鐘之後，我什麼都沒找到；但溫度已經高得讓我快要無法忍受，只好心不甘情不願的決定返回車上。我往回走的時候把速度放得非常慢，眼神仍舊緊盯著地上，而就在我走到路旁、正準備把腳踏上去的那一刻，突然在柏油路外面不到十二吋的沙地裡瞥見了一個蠍子窩。

突然間……它出現了！

真是個大傢伙啊！在我眼前的是一隻巨大的母蠍子，我一眼就看出來，這不是非洲黃爪蠍，而是種帝王蠍，另外一種大型的非洲穴居型蠍子。而且她背上還爬著——真是太幸運了，簡直教人不能相信！——她背上爬著一、二、三、四、五……總共十四隻的小蠍子呢！母蠍子至少有六吋長！她寶寶的大小大概和小型左輪手槍的子彈差不多。它看到了我，這個它一生中第一次看見的人類，它的螯大大的張著，尾巴在背上高高捲起，像是一個問號，隨時準備出擊。我拿起網子，迅速滑進它身體底下，把它撈了起來。它東扭西扭，發狂的用尾巴尾端朝各個方向猛刺。我看見一滴毒液穿過網眼滴到沙地上。我很快把它和所有的小寶貝全移放到毒盒裡去，蓋起蓋子。然後，我從車裡取出乙醚，從蓋子上面那個紗布做成的小洞往下倒，直到盒子裡面的墊子全都浸滿了乙醚為止。

它在我的收藏品裡面看起來一定會很棒的！當然，那些小寶寶死了之後一定會從它的背上掉下來，可是我會用膠水再把它們盡量黏回當初正確的位置；然後，我就會擁有一隻大型的母巨蠍，背上還爬著十四隻小寶寶，這可夠我得意了呢！我真是高興極了。我提起毒盒(我可以感覺到它在裡頭憤怒的掙扎)，連同網子和鏟子一起放進後車廂去。然後我回到車內的駕駛座，點了根菸，繼續往前開。

我只要越高興，車就會開得越慢。我現在就開得非常慢，一定開了差不多一個小時左右才抵達中途的小站畢爾·羅·沙林。這是個再不起眼不過的地方了。左邊孤伶伶的立著一個加油泵浦，還有一間木頭搭成的簡陋小屋。右邊還有另外三間簡陋的小屋，每一間都和盆栽棚的大小差不多。其他地方就是沙漠一片。放眼望去，看不見半個人。時間是下午一點四十分，車內的溫度是華氏一百零六度。

離開伊斯梅里亞之前我還忙著煮水呢，結果竟然完全忘了要把油箱給加滿，現在，我的油錶顯示油箱裡的油比兩加侖還少一點點。我可能剛好可以走完全程——不過，沒關係。我把車停在泵浦旁邊等。沒人出現。我按了按喇叭，拉貢達那四聲協調的喇叭聲美妙的唱著「**已經一千零三了！**」，歌聲直越過沙漠。還是沒有人出來。我又按了一次。

喇叭唱著。莫札特的樂曲在這個情境下聽來真是宏偉動人。不過，還是沒有人出來。看起來，畢爾．羅．沙林的居民甩都不甩我的朋友唐．喬凡尼，還有他在西班牙糟蹋的那一千零三個女人。

最後，在我把喇叭按了不下六次之後，加油泵浦後頭那間小屋的門打了開來，一個身材頗高的男人走出來，站在門檻上，用兩隻手在扣扣子。他一點也不急，直到全扣完了之後，才抬眼看了看我的拉貢達跑車。我從搖下的車窗朝他看了回去。我看見他朝我的方向跨了一步……他走得非常非常的慢……然後他又跨出第二步……

我的天啊！我腦中立刻閃過一個念頭。他身上一定有螺旋菌！

他的步伐緩慢，搖搖擺擺，整個身體鬆垮垮的，腳步抬得很高，看起來就和行動失調的人沒兩樣。他每跨出一步，都會把前腳高高舉在空中，然後再重重踩下，好像是在踩一隻有危險性的昆蟲一樣。

我心想：我最好離開這裡。我最好發動引擎，趁他還沒走到我身邊時，趕緊離開這個鬼地方。可是我知道我不能這麼做。我**非得**加油不可。我就這麼坐在車裡面，看著這個可怕的怪物一步步費力的踏著沙地而來。他一定是在很久以前就染上這種噁心的病的，不然的話，不會已經嚴重到了失調的地步。醫學界把它稱之為脊髓癆，而在病理學上這代表病人的脊髓後柱會逐漸退化。不管你是我的朋友還是我的敵人，讓我告訴你，事情還不只是這樣；這是梅毒毒素對身體的神經纖維緩慢而無情的破壞啊。

這個人——或者我該說，這個阿拉伯人——直接走到駕駛座的車門邊，從打開的窗户看了進來。我朝另外一邊靠過去，祈禱他不要再靠近任何一吋。毫無疑問，他是我看過最悲慘的一個人。他的臉看起來像是一個被蟲啃過、侵蝕過的陳舊木雕作品，一眼看去，我忍不住要想，除了梅毒之外，他身上到底還有那些病。

「你好，」他咕噥著說。

「把油箱加滿，」我告訴他。

他没有任何動作。他正興致高昂的打量著我的拉貢達跑車的內裝。一股可怕的惡臭從他的方向吹了過來。

「快點啊！」我氣沖沖的說。「我要加油！」

他看著我，咧嘴笑了笑。那表情其實比較像是在鄙視我，那放肆朝弄的鄙視表情彷彿是在說，「我可是畢爾・羅・沙林這個加油泵浦的老大！敢動我你就試試看！」一隻蒼蠅在他的眼角停了下來。他似乎没有要趕它走的意思。

「你要加油嗎？」他故意在挑釁我。

我只差一點就對他破口大罵起來，幸好我即時忍住，禮貌的對他說，「是的，麻煩你，我會很感激的。」

他狡猾的看了我好一陣子，好確定我不是在挖苦他，然後他點點頭，好像是滿意了我現在的態度。他轉過身慢慢朝車子後頭走去。我把手伸進車門旁的置物匣去拿那瓶格藍墨瑞基威士忌。我給自己倒了一杯濃濃的威士忌，坐在車裡慢慢啜飲。那個男人的臉曾經離我只有不到一碼的距離；他那臭得要命的口氣也曾經噴進我的車裡面來……誰知道會不會有幾十億隻靠空氣傳播的病毒也一起跑了進來？在這種情況下，用一些蘇格蘭高地威士忌來消毒一下口腔和喉嚨是個不錯的主意。威士忌也能稍微安撫一下我的情緒。我喝完了一杯，又給自己倒了第二杯。沒多久，我就不再那麼緊張了。我看見西瓜就躺在我旁邊的椅子上，心想這時如果來上一片應該能夠讓人精神為之一振。我把刀從刀鞘裡抽出來，切了厚厚的一片。然後，我用刀尖小心翼翼的把所有黑子都挑出來，放在剩下的西瓜皮上。

我就這麼坐在車上喝威士忌吃西瓜。兩樣東西都很可口。

「油加好了，」那個可怕的阿拉伯人從身旁的窗户冒出來對我說。「我幫你檢查一下水，還有油。」

我多麼希望他的手碰都不要碰我的拉貢達一下，但為了不要冒險和他起爭執，我什麼都沒說。他踩著重重的步子往車前面走去，走路的樣子讓我想起喝醉了的希特勒衝鋒隊員用極慢的動作踏著正步。

脊髓癆，我的媽呀。

另外唯一一種會讓人出現這種把腳抬得高高的奇怪姿勢的病是慢性腳氣病。嗯——他可能也有這種毛病。我又切了一片西瓜，大約一分鐘左右的時間，我把全副精神都放在用刀把西瓜子挑出來這件事情上面。當我再次抬起頭來的時候，我發現那個阿拉伯人已經把引擎蓋舉到了右手邊，整個人俯在引擎上。他的頭和肩膀都被遮住了，手掌和手臂也同樣看不見。那個人到底在幹什麼啊？油尺是在另外一邊啊。我拍了拍擋風玻璃。他好像沒聽見。於是我把頭伸到車窗外，大喊，「嘿！你給我出來！」

他慢慢的挺直身體，當他把右手臂從引擎裡伸出來的時候，我看見他手指上拿著一個細細長長、又黑又捲的東西。

「我的天啊！」我心想。「他在裡面發現了一條蛇！」

他繞到窗戶旁邊，咧著嘴對我笑，還把那東西伸出來給我看；只有到了這個時候，等我看得清楚了些，才發現那根本就不是一條蛇——**那是我拉貢達跑車的風扇皮帶！**

我坐在駕駛座上，瞠目結舌的瞪著斷掉的風扇皮帶，轉眼間，我竟和這個噁心的人一起被困在這個荒涼的地方，種種可怕的聯想頓時全部一湧而上。

「你看到啦，」那個阿拉伯人說，「就只剩下細細的一條而已。幸好被我發現了。」

我從他手裡把皮帶拿過來，仔細檢查。「是你把它剪斷的！」我朝他吼著。

「剪斷？」他輕輕的回答我。「我為什麼要把它剪斷？」

老實說，我完全看不出來這是不是他剪的。如果真是他幹的，他還花了些功夫用某些工具把剪斷的地方給磨過了，所以看起來才會像是一般斷掉的皮帶。即便如此，我還是認為**真的**是他幹的，如果我沒猜錯的話，那情況實在比先前又更不樂觀了。

「我想，你知道沒有皮帶我就走不了，對吧？」我說。

他又咧嘴笑了起來，露出滿口殘破不全的噁心牙齒，還有潰爛的牙齦。「如果你走的話，引擎三分鐘之內就會燒壞。」

「你覺得我該怎麼辦？」

「我幫你弄條皮帶來。」

「你是說真的嗎？」

「當然囉。這裡有一臺電話，如果你願意付錢的話，我可以打電話到伊斯梅里亞。如果伊斯梅里亞那邊沒有，我就會打去開羅。那裡一定有。」

「沒問題！」我叫著下了車。「請問，你覺得風扇皮帶什麼時候才會送到這個鬼地方呢？」

「每天早上十點左右都會有一輛送郵件的卡車經過。你明天就可以拿到。」

那人對所有一切都瞭如指掌。甚至連想都不用想就可以回答我。

我心想，**這個混蛋以前一定剪過別人的風扇皮帶**。

我現在十分警覺，小心翼翼的注視著他。

「伊斯梅里亞那邊是不會有這種車的風扇皮帶的，」我說。「必須向開羅的代理商叫才行。我自己打電話給他們。」知道附近有電話，讓我心安了不少。電話桿沿著馬路穿越了整片沙漠，而且我還可以看見兩條電線從最近的一根電話桿上往小屋連過去。「我會請開羅的代理商立刻派專車來這個地方，」我說。

那個阿拉伯人沿著馬路，望向兩百多哩以外的開羅。「誰會願意開六小時的車來這裡，再開六小時的車回開羅，就只為了送一條風扇皮帶呢？」他說。「送郵件的卡車也慢不到哪去。」

「告訴我電話在哪裡，」我邊說邊往小屋走去。一個噁心至極的念頭閃過腦海，我停了下來。

我怎麼能用被這個人污染過的東西呢？我的耳朵會貼在話筒上，而我的嘴巴也幾乎會碰到話筒；雖然醫生說不可能經由間接接觸而感染到梅毒，可我才不管呢。一個有梅毒病毒的話筒就是一個有梅毒病毒的話筒，**我**絕對不會讓它靠近**我的**嘴唇，絕對辦不到。我甚至連他的小屋也不會進去。

我就這麼站在下午熱得讓人發暈的熱浪底下，看著那個阿拉伯人還有他那張噁心的梅毒臉，而那個阿拉伯人也看著我，絲毫不為所動，冷靜得超乎你想像。

「你要用電話嗎？」他問。

「不要，」我說。「你看得懂英文嗎？」

「看得懂啊。」

「很好。我把那些代理商的名字、我車子的型號，還有我的名字都寫給你。那邊的人認識我。然後請你告訴他們我需要什麼。聽好……叫他們立刻派一輛專車來，錢我出。而且我會付他們一大筆錢。如果他們不願意的話，跟他們說，**一定**要及時把風扇皮帶送到伊斯梅里亞讓郵車送過來。你瞭解嗎？」

「沒問題，」阿拉伯人說。

我於是把一些必要的資訊寫在一張紙上交給他。他又慢慢踏著重重的步子走了開，消失在小屋裡。我把引擎蓋蓋上。然後又坐回駕駛座上，盤算著接下來該怎麼做。

我又替自己倒了一杯威士忌，也點了跟香菸。這路上一定會有**一些**車輛經過才對。天黑之前，一定會有人經過這裡的。但是，這能夠幫上我的忙嗎？不，沒辦法——除非我打算搭便車，把我的拉貢達跑車和所有行李都留在這裡，讓那個阿拉伯人好好照顧。我真的打算這麼做嗎？我不知道。或許會吧。不過，如果我被迫在此過夜的話，我會把自己鎖在車裡面，竭盡所能保持清醒。無論如何，我絕對不會踏進那怪物住的小屋一步。我也絕對不會碰他的食物。我有威士忌、半顆西瓜和一條巧克力。這就夠了。

真是熱死人了。車裡的溫度計仍舊指著華氏一百零四度左右的地方。外面曬得到太陽的地方還更熱。我已經熱得滿身大汗了。我的天啊，竟然會被困在這種鬼地方！還有這麼一個怪傢伙！

大約十五分鐘之後，阿拉伯人從小屋裡走了出來。我看著他一路往車子走來。

「我和開羅的修車廠通過電話了，」他邊說邊把臉探進窗户來。「風扇皮帶明天早上會用郵車送過來。一切沒問題。」

「你有請他們馬上送過來嗎？」

「他們說不可能，」他回答。

「你確定你有問他們嗎？」

他把頭歪到一邊，又咧著嘴朝我露出那肆無忌憚的狡猾笑容。我把臉轉過去，等他趕快離開。可是他沒有移動半步。「我們有房間可以給客人住，」他說。「你可以好好在那邊睡一覺。我太太會替你準備食物，不過你必須付錢。」

「除了你和你太太之外，還有誰在這裡？」

「還有一個男的，」他說。他朝馬路對面那三間小屋的方向揮了揮手，我轉過頭，看見一個男人站在中間那棟小屋的門口。他矮矮胖胖的，穿著骯髒的卡其便褲和襯衫。他一動也不動的站在門口的陰影裡面，兩隻手臂在身旁晃啊晃的。他正在打量我。

「他是誰？」我說。

「沙勒。」

「他是幹嘛的？」

「幫忙幹活的。」

「我睡車裡好了，」我說。「而且不必麻煩你太太準備食物，我自己有。」阿拉伯人聳聳肩，轉過身朝裡頭有電話的那間小屋走回去。我繼續待在車子裡面。我還能怎麼辦呢？現在才剛過兩點半。再過三、四個小時，就會開始變得涼快一些。到時候，我可以散散步，或許再抓幾隻蠍子。同時，我還得盡可能的苦中作樂才行。我把手伸到後面放書的箱子裡，看也沒看就把摸到的第一本書拿了起來。那個箱子裡面裝著這世界上最值得讀的三、四十本書，每本書都可以讀上個一百遍，而且每讀一遍都會有新的收穫。我不管拿到哪一本都沒有差別。結果，我拿到的是《賽爾伯恩的自然歷史》（*The Natural History of Selborne*）。我隨便翻開一頁……

……二十多年前，我們的村子裡面有一個白癡小男孩，我記得很清楚，他從小就對蜜蜂有非常強烈的癖好；他吃蜜蜂、玩蜜蜂，蜜蜂是他的一切。這種人心裡通常只會想著一件事情，而這個男孩也將他所有的心力都放在這件事情上面。冬天的時候，他會待在他父親房子的火爐旁，整天打著瞌睡，彷彿進入一種冬眠的狀態，鮮少會離開靠近煙囪的那個角落；可是，到了夏天，他整個人就活了過來，在田野裡或是陽光燦爛的河岸上尋找他的獵物。不論是蜜蜂、大黃蜂還是馬蜂，只要被他找到，全都難逃一劫；他不怕它們身上的刺，而且還會抓住它們，立刻卸除它們的武器，為了它們採集的蜂蜜而吸食它們的身體。有時，他會把一些蜜蜂放在他胸前的皮膚和衣服之間，有時候則是會把它們裝在瓶子裡面。他是隻百分之百的黃喉蜂虎，也就是吃蜜蜂的鳥，對於養蜜蜂的人來說殺傷力非常大，因為他會溜進他們的蜂園，坐在凳子前面，用手指拍打蜂房，等蜜蜂飛出來的時候便一把把它們抓住。他曾經因為他愛不釋手的蜂蜜而把人家的蜂房給打翻。只要有地方在釀蜂蜜酒，他就會在釀酒的桶子和容器附近徘徊不去，懇求人賞他一點他稱之為蜜蜂的酒的東西。他四處跑來跑去的時候，常會用嘴唇發出一種像是蜜蜂的嗡嗡聲……

我從書本上抬起頭，四處張望了一下。馬路對面那個動也不動的人已經不見了。眼下沒有半個人。四周安靜得有點教人毛骨悚然，而這個地方的那一份靜定，那一份全然的靜定和孤絕壓得人直透不過氣。我知道有人在監視我。我知道我每一個小動作、每喝一口威士忌、每吐出一口菸都被人緊緊的盯著。我痛恨暴力，而且也從不攜帶武器。不過，現在如果身旁有隻武器我倒是會滿高興的。有那麼一會兒，我想發動引擎沿路往前開，直到引擎燒掉為止。可是，我能走多遠呢？在這種溫度下，又沒有風扇，是走不了多遠的。或許一哩，最多兩哩……

不——管他去死。我要待在這個地方看我的書。

過了至少差不多一個小時左右，我發現遠方有一個小黑點從耶路撒冷的方向沿著馬路朝我這邊移動。我把書放到一邊，眼睛卻仍舊緊緊盯著那個小點。我看著它越變越大、越變越大。它移動的速度很快，真的快得嚇人。我離開我的拉貢達跑車趕緊走到路邊，站在那裡，準備揮手要駕駛停車。

車子越開越近，到了差不多四分之一哩左右的距離時，開始減速。突然間，我看見它的散熱器的形狀。竟然是一輛**勞斯萊斯**！我把一隻手臂高高的舉著，方向盤後頭的男人把這輛綠色的大車開出路邊，停到我的拉貢達跑車旁邊。

我欣喜若狂到了有點滑稽的地步。如果是一輛福特或是莫利斯的話，我就已經會覺得很欣慰了，可是我不會這麼樣的欣喜若狂。事實上，來的是一輛勞斯萊斯——如果是賓利、伊索達或另外一輛拉貢達的話，也會有同樣的效果——這就幾乎保證我可以獲得所需的協助；你知道也好，不知道也好，昂貴汽車的車主們之間存在著一種強大的手足之情。這些人會自動自發彼此尊重，而他們之所以會彼此尊重的原因，就只在於有錢人會尊重有錢人。事實上，在這個世界上，最受一個非常有錢的人尊敬的人，莫過於是另外一個非常有錢的人，就基於這個原因，不論他們去到哪裡，他們都會自然而然的找到彼此。他們之間會使用許多不同的識別信號。如果是女人的話，配戴碩大的珠寶或許是最常見的一種方式；不過，開名車這種方式也很受到喜愛，而且男女兩性都會使用。這是一種行動的告示，是一種財富的公然宣示，而這種行為本身也是大富翁聯盟這個絕佳的非正式社群的會員卡。我本人已經是個老資格的會員了，而且深深為此感到高興。每當像現在這樣遇見另外一個會員時，我都會感覺到一種親近的關係。我尊敬他。我們說的是同一種語言。他是**我們**的一份子。因此，我自然有理由欣喜若狂。

勞斯萊斯的駕駛下車朝我走來。他是個小個子，膚色是深橄欖色的，身穿一套白淨無暇的亞麻衣褲。我想可能是個敘利亞人。也有可能是個希臘人。在這麼熱的天氣裡面，他看起來卻彷彿一點都不覺得熱。

「午安，」他說。「你碰到了什麼麻煩嗎？」

我和他打了聲招呼，然後就把發生的事情一點一滴全都說給他聽。

「我親愛的朋友啊，」他操著一口無懈可擊的英文。「我**親愛的朋友**啊，這真討厭。真是倒楣。這可不是一個受困的好地方啊。」

「一點都沒錯，不是嗎？」

「你確定新的風扇皮帶已經訂了嗎？」

「是的，」我回答他。「如果我能相信這間加油站的老闆的話。」那個阿拉伯人在勞斯萊斯還沒停好之前，就已經從他的小屋裡走了出來，此時也加入了我們倆的談話，那位陌生人開始用流利的阿拉伯文問他前前後後替我做了哪些事。在我看來，他們兩個好像很熟，而且那個阿拉伯人顯然相當敬畏這個新來的人。在他面前，他那模樣簡直跟在地上爬沒什麼差別。

「好啦——看來沒什麼問題，」那位陌生人最後總算轉頭對我說。「不過，很顯然，明天早上之前你是沒有辦法繼續再往前走了。你原本要往哪去？」

「耶路撒冷，」我說。「不過，我可不想要在這個地獄一樣的鬼地方過夜。」

「我也是這麼想，親愛的朋友。那會是非常難受的。」他對我微笑，露出一口潔白無暇的牙齒。然後他拿出一個菸匣，遞給我一根菸。那個菸匣是黃金打造的，匣面上的兩個角落間，還斜嵌著一道纖細的翠玉。真是漂亮。我接過菸。他先替我點著了菸，然後才點了自己的。

這個陌生人長長吸了口菸，吸的很深。然後，他仰頭向後，朝著太陽把菸吐了出去。「如果繼續在這裡站下去的話，我們兩個都會中暑的，」他說。「我想請問你一個問題可以嗎？」

「當然，請問。」

「我們還完全不認識，希望你不會覺得太冒昧……」

「別這麼說……」

「你是不能留在這裡的，我覺得你可以和我一起回去，在我家過個夜。」

看到了吧！勞斯萊斯在對拉貢達微笑了——它是絕對不會對福特或莫力斯露出這種微笑的！

「你是說到伊斯梅里亞嗎？」我說。

「不，不，」他笑著回答我。「我就住在轉彎過去的地方而已，就在那邊。」他用一隻手朝他來的方向揮了揮。

「不過，你原本正要往伊斯梅里亞去吧？我不希望你因為我的緣故而改變了計畫。」

「我根本沒有要往伊斯梅里亞去，」他說。「我只是下來這裡拿信而已。這麼說你可能會嚇一跳，不過，我的房子離我們現在站的地方很近。你看見那座山了嗎？那是馬哈拉山。我就住在那後面。」

我往那座山看去。它大概在北方十哩左右的地方，是一堆蒼黃的岩石堆，大約兩千呎左右高。

「你真的有一棟房子在這一片……這一片荒漠當中？」

「你不相信我嗎？」他微笑著對我說。

「我當然相信你，」我回答他。「再也沒有什麼事情能夠讓我感到驚訝了。當然囉，如果，」我也回他一個微笑，「如果是在沙漠中央遇到一個陌生人，而他又把我當作兄弟一樣看待的話，那當然又另當別論了。你剛才的提議讓我感激不盡。」

「你在胡說些什麼，我的朋友。我的動機純粹是自私的。在這種地方，有教養的同伴可不容易找。我非常興奮能夠有個人一起共進晚餐。請容我介紹自己——我叫阿布杜・阿濟茲（Abdul Aziz）。」他很快的微微點了點頭。

「我叫奧斯華・柯尼里烏斯，」我說。「很榮幸遇見你。」我們握了握手。

「我有時住在貝魯特，」他說。

「我住在巴黎。」

「很好。現在——我們出發了嗎？你準備好了嗎？」

「可是，我的車，」我說。「我放在這裡安全嗎？」

「這一點你別擔心。歐馬是我的朋友。那可憐的傢伙看起來不起眼，可是如果你和我在一起，他就絕對不會讓你失望的。另外一個叫沙勒的是個不錯的技工。明天你的風扇皮帶到了之後，他會替你裝上去的。我現在就告訴他。」

我們在說話的時候，對面那個叫沙勒的人朝我們走了過來。阿濟茲先生把事情交代給他。然後，他又要他們兩個好好看著我的拉貢達跑車。他說話很簡潔扼要。歐馬和沙勒兩個人站在一旁不停的點頭鞠躬。我往我的車走過去拿皮箱。我實在很想趕快把身上的衣服給換掉。

「喔，對了，」阿濟茲先生朝我這邊喊了過來。「晚餐我通常打黑色的領帶。」

「沒問題，」我咕噥著趕緊把剛才挑的那個皮箱塞回去，重新挑了一個。

「這麼做大部分是為了小姐們。她們似乎喜歡打扮得漂漂亮亮的用晚餐。」

我猛然轉過頭往他看過去，可是他已經進到車子裡去了。

「準備好了嗎？」他說。

我拎著皮箱，把它放到勞斯萊斯的後車廂去。我坐到前排他旁邊的位置，隨後我們就上路了。沿路上，我們天南地北的隨意閒聊。他告訴我他是做地毯生意的，在貝魯特和大馬士革都設有辦公室。他說，他的祖先做這一行已經好幾百年了。

我說，我有一塊十七世紀的大馬士革地毯放在我巴黎房間的地板上。

「不會吧！」他激動得大叫，車子差點衝出路旁。「材質是絲和羊毛，而且經線（織布時由經軸拉出的線）全都是由絲線織成的嗎？底部是由金、銀兩色的線織成的嗎？」

「沒錯，」我說。「你說的一點也沒錯。」

「我親愛的朋友啊！你不可以把這種東西放在地板上啊！」

「我只有光腳的時候才會踏上去，」我說。

他聽了似乎很滿意。看來他喜歡地毯的程度就和我喜歡青花瓷的程度差不多。

不久我們就往左轉，駛出了柏油路，接上一條硬梆梆的石頭小徑，切過沙漠，朝著那座山直奔而去。「這是我的私人車道，」阿濟茲先生說。「有五哩長。」

「你家甚至還有裝電話啊，」我發現電話桿從主要道路岔出來，順著他的私人車道繼續延伸。

然後，突然有一種詭異的感覺朝我襲來。

加油站的那個阿拉伯人……他也有裝電話……

這是不是可以解釋為什麼阿濟茲先生會來的那麼巧？

有沒有可能，是我這位孤單的主人想出了一套聰明的辦法，把過往的人給騙下路來，好讓他自己有那些他稱之為「有教養的同伴」一起共進晚餐？有沒有可能，他實際上給了那個阿拉伯人一些命令，叫他打量一個接一個經過的人，把其中看來比較像樣的人的車都給弄壞？「把風扇皮帶給剪斷，歐馬。然後趕緊打電話給我。不過，要確定是個開高檔車體面稱頭的傢伙。然後我就會過來一趟，看他值不值得我請他回家……」

當然，這麼想簡直太荒謬了。

「我猜，」我的同伴說，「你一定是在想我到底為什麼會住在像這樣的一個地方。」

「嗯，沒錯，我是有點不瞭解。」

「每個人都和你一樣，」他說。

「**每個人**，」我說。

「没錯，」他說。

嘿，嘿，我心想——每個人。

「我之所以會住在這裡，」他說，「是因為我對沙漠有一種特別的喜愛。我嚮往沙漠的心情，就像水手嚮往海洋一樣。你會覺得這很奇怪嗎？」

「不，」我說，「這一點也不奇怪。」

他稍微停了一會兒，吸了口菸。然後他又說，「那是其中一個原因。還有另外一個原因。你結婚了嗎，柯尼里烏斯先生？」

「不好意思，還没有，」我很小心的回答。

「我結婚了，」他說。「我有一個太太和一個女兒。不論怎麼說，她們兩個在我眼中都是非常美麗的女人。我的女兒才剛滿十八歲。她之前去英國唸過一所非常好的寄宿學校，現在……」他聳聳肩……「現在就在家裡閒著，等年紀夠大了好嫁人。可是，在這段等待的期間當中——該怎麼處置一個處在這個階段的漂亮女孩呢？我可不能放她在外面亂跑。覬覦她的人實在太多了。我把她帶去貝魯特的時候，那些男人就像等著撲上來的狼一樣，死賴在她身邊。我簡直快要發瘋了。男人是什麼德行我再清楚不過了，柯尼里烏斯先生。我知道他們會有什麼舉動。當然，我也知道我不是唯一一個有這種煩惱的父親。不過，其他父親似乎可以坦然面對、接受這種情形。他們隨他們的女兒去，把女兒趕出家門口，轉過頭去，看也不看。我辦不到。我就是**沒辦法**逼自己這麼做！我絕不允許她隨隨便便給哪個叫阿基米德、阿里或叫哈米爾的小子給糟蹋了。所以你就知道，那就是我為什麼會選擇住在沙漠裡的另外一個原因——為了多保護我可愛的孩子幾年，讓她不會受到那些禽獸的騷擾。你說你没有任何家人是嗎，柯尼里烏斯先生？」

「恐怕是這樣没錯。」

「喔。」他似乎有點失望。「你是說，你從來没結過婚嗎？」

「這個嘛……没有，」我說。「没有，我從没結過婚。」我等著他開口問下一個絕對少不了的問題。差不多一分鐘之後，他總算開口了。

「你從來就不想結婚生小孩嗎？」

所有人都會問這個問題。其實，這句話的意思就是，「如果是這樣的話，你是同性戀嗎？」

「曾經有一次，」我說。「就那麼一次。」

「發生了什麼事？」

「我的生命中就只有一個人，阿濟茲先生……她走了之後……」我嘆了口氣。

「你是說她死了嗎？」

我點點頭，哽咽的無法回答。

「我親愛的朋友，」他說。「喔，我真是抱歉。請原諒我問這麼多。」

我們沈默的往前開了一陣子。

「真是很奇妙，」我低聲說，「經過那件事情之後，我竟然會對肉體方面的事完全失去興趣。我想應該是太過震驚的緣故吧。一直没辦法走出來。」

他感同身受的點了點頭，對我說的話全盤接收。

「所以，現在我到處旅遊，試著想忘記這件事。我已經這樣好幾年了……」

此時，我們已經來到馬哈拉山的腳下，順著路繞過山，往目前看不見的那邊，也就是北邊前進。「我們一繞過下一個彎，你就可以看見房子了，」阿濟茲先生說。

我們繞過了彎道……房子出現了！我眨了眨眼，然後瞠目結舌的瞪著它看，我可以告訴你，剛開始的幾秒鐘我真的不敢相信我的眼睛。我看見一座白色的城堡在我眼前——我可不是在開玩笑——真的是一座高聳、雪白的城堡，這座到處是角樓、塔樓還有尖塔的城堡就這麼像是個童話故事般，矗立在山坡低處那一小點綠意的正中央，山坡高處則是那炙熱、貧瘠、蒼黃的山丘。真是太夢幻了！簡直就像是直接從安德森童話或格林童話裡面跑出來的一樣。我這一輩子在萊茵河和羅亞爾河河谷看過很多浪漫的城堡，可是我從沒看過像這麼精美、優雅、富有童話色彩的城堡！我們靠得比較近之後，才看清楚那一片翠綠原來是一個由草皮和棗椰樹所組合而成的漂亮花園，而且四周還有一道高高的白牆把沙漠給擋在外面。

「喜歡嗎？」我的主人笑著問我。

「真是太不可思議了！」我說。「就好像世界上所有童話故事裡頭的城堡，全都融合在一起，變成這一個。」

「你說的一點都沒錯！」他高聲說。「這是一個童話故事裡的城堡！我是特地為我的女兒，我漂亮的公主建造的。」

這位漂亮的公主被她嚴厲善妒的父親阿布都．阿濟茲國王囚禁在城堡的高牆裡頭，禁絕男性的陪伴。不過，當心了，因爲奧斯華．柯尼里烏斯王子要來英雄救美了！他要趁國王不注意的時候征服漂亮的公主，讓她飄然欲仙。

「你肯定覺得它很特別吧，」阿濟茲先生說。

「一點都沒錯。」

「而且很舒服，也很隱密。我在這裡睡得非常的好。我的公主也是。晚上不會有討厭的年輕小伙子從**那些**窗户偷偷爬進來。」

「没錯，」我說。

「這裡以前是個小綠洲，」他繼續說。「我從政府那把它買了下來。房子、游泳池還有三英畝花園所需要的水都不虞匱乏。」

我們從大門開進城堡，而我必須承認，突然進入到一個滿是油綠草地、花床和棕櫚樹的小天堂，那感覺真是太棒了。所有的一切都井然有序，草地上的灑水器正在灑水。我們在房子前門停好車之後，立刻有兩個僕人穿著潔淨無暇的寬袖連帽斗蓬和赭紅色的無邊氈帽跑了出來，一邊一個替我們把車門打開。

兩個僕人？如果没預期到會有**兩個**人來的話，還會有兩個僕人跑出來嗎？我很懷疑。我越來越覺得，自己是被騙來陪他吃晚餐的奇怪想法，的確是正確的没錯。這真是太有趣了。

我的主人把我迎進大門，一走進去，我的皮膚上立刻就有那種從豔陽下突然走進冷氣房裡，冷得發抖的舒服感覺。我站在大廳裡。腳下是綠色大理石鋪成的地板。在我右邊，有一道寬大的拱門通往一個大房間，我瞥見淨白的牆壁、漂亮的畫作，還有最珍貴的路易十五風格家具。在西奈沙漠的正中央，我竟然會跑到這樣一個地方，真是太妙了！

樓梯上慢慢走下來一個女人。我的主人剛才轉過頭去和僕人說話，没有立刻看見她，她走到最下面一階樓梯的時候，稍微等了一下，赤裸的手臂猶如一條白色莽蛇般搭在樓梯的扶手上。她就站在那兒，像是賽瑪拉米斯皇后站在巴比倫宮殿的階梯上看著我，而我就像是一個等候結果揭曉的人，不知是否能獲得她的青睞。

阿濟茲先生轉過頭看見她的時候，對她說，「喔，親愛的，妳在這啊。我給妳帶了位客人回來。他的車在加油站拋錨了，真是倒楣，所以我邀請他到家裡來，在這裡過夜。柯尼里烏斯先生……這是我的妻子。」

「真是太好了，」她靜靜的說，往前走了過來。

我接過她的手，舉到唇邊。「女士，您的好心我感激不盡，」我輕輕的說。她手上有一種惡魔才會用的香水。幾乎全然是動物的味道。抹香鯨分泌物微妙而性感的味道，還有公麝香鹿和海狸的味道全混在了一起，刺激淫猥得無法形容；這些完完全全主宰了味道，只隱隱約約聞到一絲雜有檸檬、白千層清新植物性油脂的味道。真是太美妙了！而在那第一次接觸的一瞬間，我還注意到另外一件事：我握著她的手時，她並不像其他女人一樣，把手軟綿綿的像片生魚肉般放在我手掌上。她把四隻指頭放在上面，拇指則放在我的手掌底下；這樣一來，在我依照禮節親吻她的手背時，她就可以輕輕捏我一下，給我點暗示，而我可以發誓，她真的有這麼做。

「黛安娜在哪裡？」阿濟茲先生問。

「她在游泳池那邊，」她說。然後她轉頭對我說，「你想游泳嗎，柯尼里烏斯先生？在那個可怕的加油站耗了這麼久，你一定被烤焦了吧。」

她有一對天鵝絨般柔軟的大眼睛，顏色很深，幾乎和黑色差不多，當她對我微笑的時候，她的鼻尖會微微往上揚，鼻孔也隨之擴大。

奧斯華．柯尼里烏斯王子當下立刻決定，那個被善妒的國王囚禁在城堡裡的漂亮公主一點也不關他的事了。他現在要征服的人是皇后。

「這個……」我說。

「我要去游，」阿濟茲先生說。

「我們都去游吧，」他太太說。「我們可以借你一條短褲。」

我問我可不可以先上去我的房間，把一件乾淨的襯衫和一雙乾淨的襪子拿出來，游完泳之後方便更換，女主人說，「當然可以啦，」她叫來一個僕人替我帶路。他帶我走上兩段樓梯，然後我們走進一間白色的大房間，裡頭放著一張少見的大雙人床。房間的一邊通往一間設備高級的浴室，裡頭有一個淡藍色浴缸，和一個坐浴盆。不論什麼地方，所有東西都一塵不染，而且非常合乎我的喜好。僕人把我的東西拿出來時，我走到窗邊往外看，看見熾烈的無垠沙漠像一片黃色海洋從遠方地平線滾滾而來，一直來到我腳下那堵白色花園圍牆邊才被擋住，而在那堵牆之內，我看見了游泳池，池邊有一個女孩躺在粉紅色大陽傘的陰影底下。她穿著一身白色泳衣，正在看書。她的雙腿纖細修長，髮色烏黑。她就是那位公主。

我心想，好個陷阱。白色的城堡、舒適乾淨的環境，還有冷氣。甚至還有兩個讓人心蕩神馳的美女和一旁監視的丈夫，以及一整個晚上的時間可以布局！情境設計得完完全全投合我的喜好，不可能再做得更好了。我對之後會遭遇到的問題很感興趣。單刀直入引誘她，對我來說已經一點意思也沒有了。這麼做簡直毫無美感；而且我可以向你保證，如果我可以揮一揮魔杖就讓阿濟茲先生那頭善妒的看門狗整個晚上消失無蹤的話，我也不會那麼做。我不想要付出慘痛的代價。

我走出房間，僕人也跟了上來。我們走下第一段階梯，到了我房間下方的樓梯平臺時，我停了下來，若無其事的說，「主人全家都睡在這層樓嗎？」

「喔，是的，」僕人說。「主人的房間在那」——他指向一扇門——「隔壁是阿濟茲夫人的房間。黛安娜小姐的房間在對面。」

三間分開的房間。全都靠得很近。幾乎牢不可破。我把他說的話記在腦子裡，下樓到泳池邊去。男女主人已經先我一步在那裡了。

「這位是我的女兒黛安娜，」主人說。

穿著白色泳衣的女孩站起身，我接過她的手吻了一下。「柯尼里烏斯先生你好，」她說。

她和她母親用的同樣都是那動物性味道很重的香水——龍涎香、麝香還有海狸！那真是一股再奇特不過的味道——歹毒、無恥，簡直棒透了！我像條狗一樣嗅個不停。我認為，她甚至比她母親更漂亮，如果這真的有可能的話。她也有她母親那對天絲絨般的大眼，頭髮同樣黝黑，臉型也一樣；不過她的腿明顯較長，她的身體有一種特質，相較之下，比她母親稍微占了一點上風：她的胴體更婀娜，更像條蛇，幾乎也可以肯定要柔軟上許多。她母親可能是三十七歲左右，但看起來還不到二十五歲。雖然她的年紀比較大，可是她的眼中有一星火光，那是她女兒怎麼樣也比不上的。

皇后、公主，皇后還是公主——沒多久之前，奧斯華王子才信誓旦旦說，他只要征服皇后一個人，不管公主的死活。可是，看到公主本人之後，他眞不知道該選哪一個才好。在她們兩個身上，他都看到了無盡的歡愉，只是兩人各有不同，一個天眞純潔而飢渴無比，另一個經驗老到而難以饜足。事實上，他兩個都想要——公主是開胃菜，皇后則是主菜。

「柯尼里烏斯先生，請自己在更衣間裡拿一條短褲吧，」阿濟茲太太說。於是我便走到更衣小屋裡去換衣服，換好出來時，他們三個人已經在池裡玩水了。我跳進池裡加入他們。池水很冷，讓我不由得倒抽了一口氣。

「我想你應該會嚇一跳吧，」阿濟茲先生笑著說。「水有降過溫。我讓池水維持在華氏六十五度。在這種氣候之下，這樣比較涼爽。」

之後，太陽逐漸西沈時，我們穿著濕淋淋的泳衣坐在椅子上，享用僕人端來沁心冰涼的淡白色馬丁尼，也就是在這個時候，我非常緩慢、非常謹慎的開始用我獨特的方式勾引這兩位女士。一般來說，當我能夠自由發揮時，這對我來說並不是一件什麼特別困難的事。我碰巧擁有一種獨特的小天賦，可以用言語來催眠女人，而這個天賦鮮少讓我失望。當然，不是單靠言語就可以成功的。從嘴巴說出來的只是這些無害、膚淺的言語本身，然而，真正的信息，那只可意會不可言傳、讓人激動難耐的承諾卻是發自所有的肢體和器官，再經由眼睛傳遞。除此之外，我就沒辦法老實的跟你說我到底是怎麼辦到的了。重點在於這個方法總是奏效。效果就像是斑蝥粉（乾的斑蝥磨成粉，可以用來治療水泡或用作春藥）一樣。如果教宗有太太的話，讓我坐在她面前，只要夠努力，相信不用十五分鐘，我就可以讓她整個人越過桌子，朝我靠過來，雙唇微張，眼裡還燃著熊熊慾火。這只不過是一個小天賦而已，沒什麼了不起的，但我仍舊相當感激上天將它賦予了我，一直以來我也不斷盡力發揮，不讓它給白白浪費了。

兩個美女、一個小個頭男人還有我，我們四個人在游泳池畔坐成一個半圓形，彼此靠得很近，悠閒地躺在躺椅上啜飲著飲料，享受傍晚六點溫暖陽光照在皮膚上的感覺。我的狀況很好。我讓他們笑得很開心。我告訴他們，格拉斯哥公爵夫人那個貪婪的老女人把手伸進巧克力盒子裡，被我的蠍子咬個正著，主人的女兒聽了，笑到從躺椅上跌了下來；而當我鉅細靡遺的描述巴黎郊外那間蜘蛛養殖房的內裝時，兩位女士開始在躺椅上扭動了起來，覺得既噁心又快活。

就是在這個時候，我發現阿濟茲先生的雙眼停在我身上，閃著友善的眼神。「嗯，嗯，」那雙眼睛似乎是在說，「真高興看到你實際上並不像在車上說的那樣，對女人那麼不感興趣……還是說，這個舒適的環境總算讓你稍微忘記了先前的痛楚……」阿濟茲對我微笑，露出那一口潔白的牙齒。這是一個很友善的微笑。我也報以他一個友善的微笑。他真是一個友善的小傢伙。看見我這麼注意這兩位女士，他真的是打從心底感到高興。目前看來，狀況一切都好。

我會很快跳過接下來這幾個小時，因為一直要等到午夜之後，才有真正重要的事情發生。一些簡短的說明應該就足以交代當中這一段時間了：

七點鐘，我們全都離開游泳池，回到屋裡，更衣準備晚餐。

八點鐘，我們在大客廳碰面，又喝了杯雞尾酒。兩位女士都打扮得非常標緻，身上珠光閃閃。她們兩位穿的都是低胸無袖的晚禮服，毫無疑問是來自巴黎某間高級時裝店。女主人穿的是黑色的，女兒則是一身淡藍，她們全身上下都散發著那股教人迷醉的香水味。真是對絕世美女啊！女主人的肩膀微微向前拱，這樣的肩膀只有在最熱情、最老練的女人身上才看得到；就像一個喜歡騎馬的女人會因為長期跨坐馬上，使得膝蓋有點向外彎，熱情奔放的女人也會因為不停擁抱男人而使得肩膀變得有點渾圓。這是一種職業缺陷，最高貴的一種。

女兒年紀不夠大，還沒辦法獲得那非凡的榮耀勳章，可是，我只要站在她身後欣賞她美妙的曲線，還有她在房間裡頭走動時，雙腿在緊密貼身的絲質禮服底下滑動的模樣就夠了。她裸露的背脊上披著一道柔細的金髮，我站在她身後時，手指頭怎麼樣就是會忍不住想要去撫摸那可愛的脊椎。

八點三十分，我們來到餐廳。晚餐真的令人大開眼界，可是我不會浪費時間來描述席間享用的美酒和佳餚。整頓飯從頭到尾，我繼續用最巧妙、陰險的手段，使出渾身解數，逗弄女士們的感官；等到甜點上桌時，她們已然像是豔陽底下的奶油一般在我面前融化了。

晚餐後，我們回到客廳喝咖啡和白蘭地，然後，在主人的提議之下，我們玩了場三戰兩勝的橋牌。

這個夜晚即將告一段落時，我確知我大有斬獲。古老的魔法並沒有讓我失望。只要機會出現，這兩位女士都會任我予取予求。我不是在騙自己。這是一個清清楚楚、明明白白的事實。任誰都看得出來。女主人的臉上煥發著興奮激動的光彩，每當她越過牌桌朝我望過來，那一雙天鵝絨般的深黑大眼就會越睜越大，鼻孔擴大，櫻唇微張，粉紅濕潤的舌尖在兩排貝齒之間吞吐著。那個舉動真是淫蕩到不能再淫蕩了，接連幾次逼得我使出更凌厲的招數才抵擋下來。女兒沒有那麼明目張膽，可也同樣直接。我們常常四目相接，而每一次當我們眼神相會時，她都會微微把眉毛往上揚個一公分，彷彿是在問我一個問題；然後她又會很快露出一個狡猾的微笑，自問自答。

「我想該睡覺了，」阿濟茲先生看了看錶這麼說。「已經十一點多了。來吧，我親愛的。」然後，一件怪事發生了。兩位小姐竟然毫不遲疑立刻站了起來，看也不看我一眼就朝門口走去！真是太讓人訝異了。我整個人都嚇呆了。不知道該怎麼辦才好。這是我見過最詭異的事情了。而且阿濟茲先生剛才說話時，並不像是在生氣。不管我怎麼聽，他的聲音聽起來都和先前一樣高興。現在他卻已經在把燈一盞一盞的給熄掉，擺明就是希望我也回去睡覺。真是太洩氣了！剛才我還希望在各自回房睡覺前，她們其中至少有一個人會悄悄來跟我說句話，短短三、四個字告訴我時間地點就好；可是，她們兩個都往客廳外面走，只留下我像個傻子一樣站在牌桌邊。

主人和我跟在她們後面上了樓梯。在第一段樓梯的轉角平臺處，母女兩人肩並肩站著，等我上來。

「晚安，柯尼里烏斯先生，」女主人說。

「晚安，柯尼里烏斯先生，」主人女兒說。

「晚安，我親愛的朋友，」阿濟茲先生說。「希望你想要的我們都替你準備到了。」

他們轉過身去，我除了心不甘情不願慢慢轉身走上第二段樓梯回房之外，沒有其他事情可做。

我走進房間把門關上。某個僕人已經把厚重的織錦窗簾給拉上了，我把它拉開探出窗外，瞧瞧外頭的夜色。空氣靜定而温熱，沙漠上空照耀著一輪清澈的明月。在我腳下，月光之下的游泳池看起來像是一面巨大的鏡子平平躺在草地上，在池畔旁還看得見下午我們坐的那四張躺椅。

好啦，好啦，我心想。接下來該怎麼辦呢？

在這棟房子裡面，我知道我絕對不可以跑到房間外面，在走廊上探頭探腦。那和自殺沒兩樣。許多年前我就已經學到，碰到保加利亞人、希臘人和敘利亞人這三種丈夫的時候，絕對不要冒不必要的危險。不知道是什麼緣故，你就算明目張膽的和他老婆打情罵俏，他們也不會因此而發怒，可是只要被他抓到你在他老婆的床上，那你馬上就死定了。阿濟茲先生是敘利亞人。因此，稍微謹慎些是絕對必要的，如果現在要有人採取任何行動的話，也該是她們兩個當中的一個，而不是我，因為只有她（或她們）才知道怎麼做是安全的，怎麼做又會有危險。不過，四分鐘前親眼目睹主人叫她們倆起身的那一幕之後，我必須承認，她們短時間內採取任何行動的可能性幾乎微乎其微。可是，麻煩的是，我已經慾火焚身、無法克制了。

我脱掉衣服，花了好長的時間洗了個冷水澡。這讓我稍微平復了些。由於我從來就沒辦法在月光下入睡，於是我檢查了一下，確定窗簾都已經緊緊拉上。我爬上床，接下來差不多一個小時的時間之內，我躺在床上讀了些吉爾伯特．懷特寫的那本《賽爾伯恩的自然歷史》。那也平息了些胸中的慾火，最後，到了十二點多還不到一點的時候，我總算能夠關燈準備就寢，而不會覺得有太多的遺憾。

就在半夢半醒的時候，我突然聽見一些很細微的聲音。我立刻就認出了那些聲音。這一生中，我聽過好多次這樣的聲音，但對我而言，這仍舊是世界上最令人興奮，也最能喚起往日時光的聲音。這種聲音是由一連串金屬刮過金屬的輕柔細微聲響所組成，而且往往是由門外某個小心翼翼緩慢轉動門把的人所發出的。我頓時睡意全消。可是我沒有採取任何舉動。只是睜開眼睛往門的方向看過去；我記得，那時候我真希望窗簾上有一道小縫，因為，只要有一小道月光從窗外透進來，我就至少可以瞥一眼那即將出現在我眼前的可愛身影。可是，整間房間就像地牢般漆黑，伸手不見五指。

我沒聽見門打開的聲音。鉸鏈也沒有發出吱嘎聲。可是卻突然有一小陣風輕拂過房裡，拂動了窗簾，一會兒之後，我就聽見門小心關上時木頭碰撞木頭的細微聲響。然後就是鬆開門把後，門鎖卡上的卡搭聲。

接下來，我聽見那個人踮著腳越過地毯朝我走來。

有那麼一瞬間，我腦中突然閃過一個可怕的念頭，這個人也很有可能是手裡握著一把長刀朝我匍匐而來的阿濟茲先生，不過，一個柔軟、溫熱的身體突然俯到了我臉上，一個女人的聲音在我耳邊輕聲的說，「**別出聲！**」

「親愛的，」我說，我分不清她是媽媽還是女兒，「我就知道妳會……」她立刻伸手捂住我的嘴。

「**拜託！**」她說。「**別再說了！**」

我沒爭辯。我的嘴唇還有更多更棒的事情可以做。她的也是。

我必須在此打斷。這一點都不像我的作風——這我知道。就這麼一次，我希望我不必非得把接下來那偉大的一幕詳細描述給你們看不可。我自有我自己的原因，而我也希望你們能夠尊重。不論怎麼說，讓你們換換口味，自己發揮一下想像力也不會有什麼壞處，如果你們真要我透露，那我就簡單但忠實的描述一下，讓你們過過癮，在我所認識的那幾千個女人當中，沒有哪個人能夠像西奈沙漠這位小姐讓我那麼銷魂。她的身體異乎尋常的靈巧，激情奔放，床笫功夫實在超出我的想像。每一轉身，都會有精巧的新動作出現。簡而言之，她是我遇過的人當中最微妙也最深奧的一個。她是個藝術家。她是個天才。

你或許會說，這一切的一切很清楚說明了這位訪客一定是女主人沒錯。你可能猜錯了。這並不代表什麼。真正的天才是一種與生俱來的天賦，和年紀一點關係也沒有；而我可以告訴你，我完全無法確認漆黑房間中的那個人到底是誰。我也不會在這件事情上賭半毛錢。有時在一段特別狂暴的裝飾奏（讓獨奏或獨唱者展現技巧的艱難音樂段落）之後，我會認為這是女主人。**絕對是女主人沒錯！**可是，突然間，整個節奏卻開始改變，旋律變得很天真、孩子氣，我又會信誓旦旦的說這是主人的女兒。**肯定是女兒錯不了！**

沒辦法知道真正的答案是什麼，簡直快把我給逼瘋了。這個問題不停折磨我。而且也讓我覺得很羞辱，畢竟一個行家，一個行家中的行家應該不需要看酒瓶外的標籤就能夠猜出年份才對。不過，這一次我真的是被打敗了。有一次，我伸手去拿香菸，想要趁劃亮火柴的那一刻揭曉答案，可是她的手立刻就伸了過來，一把抓過火柴和香菸丟到房間的另外一邊去。我不止一次在她耳邊重複那個問題，每每只說不到三個字，她的手又會飛過來捂在我的嘴上。而且還很粗魯。

很好，我心想。現在就這樣吧。等明天早上大白天的到了樓下，我就可以從她們臉上的神采、雙眼凝視我的方式，還有其他一百個會露出馬腳的小破綻得到答案。我還可以從我在她左頸部衣領上方留下的齒痕得到答案。我覺得，這是非常狡猾的一步，我挑她最高潮的時候惡毒的咬了她一口，時間拿捏得恰到好處，她從來就不明白這個舉動到底有什麼重要性。

總的來說，這是最令人懷念的一個夜晚，而且一直到四個多小時之後，她才激烈的給我最後一個擁抱，然後才像進來時那樣迅速無比的溜出房間去。

隔天早上，我一直到十點之後才起床。我爬下床，拉開窗簾。窗簾外又是一個燦爛炎熱的沙漠天氣。我悠閒的洗了個澡，和先前一樣仔細的打理了一番。我覺得很輕鬆、快活。一想到就算到了中年，我還是可以光憑眼神就把女人召喚到房裡，心中就很高興。她真是個教人銷魂的女人！揭曉謎底一定是件很有趣的事。我很快就會知道答案了。

我慢慢走下兩段樓梯。

「早安，我親愛的朋友，早安啊！」阿濟茲先生邊說邊從客廳那張他在寫字的小桌子旁站起來。「你睡得好嗎？」

「睡得很好，謝謝你，」我小心回答，以免自己聽起來太得意忘形。

他走過來站在離我很近的地方，露出潔白的牙齒對我微笑。他那對精明的小眼睛停在我的臉上，緩慢掃視著，彷彿在尋找什麼。

「我有好消息要告訴你，」他說。「他們五分鐘前從畢爾．羅．沙林打電話來，說郵車已經把你的風扇皮帶送到了。沙勒現在已經在裝了。一小時之內就會裝好。等你用過早餐之後，我就載你過去，然後你就可以上路了。」

我告訴他我很感激。

「我們會很捨不得你離開的，」他說。「能夠有你這樣的人來拜訪我們，真是我們莫大的榮幸，真的是我們莫大的榮幸。」

我自己一個人在餐廳用了早餐。之後，我回到客廳去抽香菸，我的主人則還是在他的桌子上寫東西。

「請原諒我，」他說。「我這裡有些東西得先處理完。就快好了。我已經叫人替你收拾行李送到車上去了，你什麼都不必擔心。坐下來抽根菸吧。小姐們可能隨時會下樓來。」

先到的是女主人。她如一陣輕風飄進客廳裡來，看起來比以前更像是耀眼的尼羅河皇后賽瑪拉米斯，而我注意到的第一件事，就是她輕描淡寫的在頸子上打了條薄紗圍巾！輕描淡寫，可又非常仔細！仔細到她的頸子沒有任何一塊地方露在外面。她直接朝她先生走過去，在他臉頰上吻了一下。「早安，親愛的，」她說。

你這個漂亮又狡猾的賤女人，我心想。

「早安，柯尼里烏斯先生，」她高興的說著，過來坐在我對面的椅子上。「你睡得好嗎？希望你需要的我們都替你準備到了。」

這一生中，我從來沒有在哪個女人眼中看過那天早上她眼中的那種光芒，也從未在任何一個女人臉上發現過那麼耀眼的光彩。

「我昨天晚上睡得非常好，謝謝妳啊，」我故意這麼說，表示我知道她的意思。

她微笑著點了根香菸。我往阿濟茲先生那邊望去，他仍舊背對著我們埋頭於桌上忙著寫東西。他完全不理會他太太和我兩個人。我想，他就像其他那些被我戴上綠帽子的可憐蟲一樣，一點差別都沒有。他們沒有人相信竟然會碰到這種事情，而且就發生在他眼前。

「大家早！」主人女兒說著閃進了客廳。「爸早！媽早！」她分別親了他們兩個一下。「柯尼里烏斯先生早！」她穿著一件粉紅色的寬鬆長褲，還有一件鏽黃色的寬鬆上衣，該死的是，她也輕描淡寫的在頸子上仔細的打了條圍巾！一條薄紗圍巾！

「昨晚睡得好嗎？」她像個年輕的新娘子一樣坐到我椅子的扶手上來，還故意把大腿貼在我的手臂旁。我稍微往後靠，仔細瞧了瞧她。她看著我，給我使了個眼色。她真的是朝我使了個眼色！她的臉頰和她母親一樣閃著楚楚動人的光彩，如果真有什麼不同的話，那就是她看起來甚至比她母親還更開心。

我真的被搞糊塗了。其中一個人的頸子上一定藏著一個齒痕，可是她們兩個卻都用圍巾把頸子給圍了起來。我承認，這很有可能純粹只是巧合而已，但從表面看來，我更覺得這是她們兩個說好的伎倆。感覺起來，她們好像是在密切聯手防止我發現事情的真相。可是，為什麼要搞那麼莫名其妙的把戲呢？目的又是為了什麼呢？我還想問，她們之間是否還有用其他特別的方法在密謀策劃呢？前一天晚上，她們有抽過籤或是什麼的嗎？還是她們會輪流這麼對付客人呢？我告訴自己，我**一定**得盡早再回來一次，看看會發生什麼事情。事實上，我可以在接下來的一兩天之內，特地從耶路撒冷再開回來。我想，應該很容易就可以讓他們開口邀請我來才對。

「你準備好了嗎，柯尼里烏斯先生？」阿濟茲先生說著從桌邊站了起來。

「都好了，」我說。

豔光照人的小姐們微笑的領著我們走到外面那輛綠色勞斯萊斯大車等候的地方。我吻過她們的手，一次又一次不停向她們道謝。我坐上前排主人旁邊的座位，之後我們就出發了。母女兩人向我們揮手，我也搖下車窗朝她們揮手。然後我們便駛出花園，進入沙漠，沿著黃色石頭小徑蜿蜒在馬哈拉山的山腳下，一旁成排的電話桿也一路陪伴著我們。

沿路上，主人和我天南地北的隨意閒聊。我盡可能的讓他感到高興，因為我現在唯一的目標就是要讓他再請我到他家去過一夜。如果我沒辦法成功讓**他**主動問**我**的話，那就變成是**我**得要開口問他。逼到最後一刻，我會這麼做的。「再見，我親愛的朋友，」我會熱情的掐著他的脖子說。「如果我碰巧又經過附近的話，有沒有這個榮幸順道府上拜訪一下呢？」他肯定會説没問題的。

「你覺得我説我女兒很漂亮是誇大其詞嗎？」他問我。

「一點也不，」我説。「她是個絕世美女。我真替你感到高興。不過，你太太也一樣漂亮。老實説，我幾乎一眼就愛上她們了，」我笑著説。

「我看得出來，」他也笑了起來。「這兩個是調皮的女孩。她們真的很喜歡和其他男人打情罵俏。不過，我又何必介意呢？打情罵俏又没有什麼不好。」

「確實是没有，」我説。

「我覺得這樣比較活潑有趣。」

「這樣很好，」我説。

不到半小時，我們就到了伊斯梅里亞通往耶路撒冷的主要道路。阿濟茲先生把勞斯萊斯轉上那條黑色的柏油路，以每小時七十哩的速度往加油站前進。要不了幾分鐘，我們就會抵達加油站。於是，我試圖朝我的目標再邁進一些，和緩的引誘他再邀我去他家拜訪一次。「你的房子真是太令我訝異了，」我説。「我覺得簡直是棒透了。」

「真的很好，對吧？」

「我想你們住在那裡，就只有三個人在一起，客人來來去去的，一定會覺得很寂寞吧？」

「住在這裡不會比住在其他任何地方更糟，」他説。「人不論在什麼地方都會感到寂寞。沙漠也好，城市也好——差別其實不大，真的。不過，你知道嗎，我們的客人還真不少呢。你要是知道不時有多少人會來我家的話，你一定會嚇一大跳的。像你就是其中一個。你能夠來家裡作客真是我們莫大的榮幸，我親愛的朋友。」

「我永遠都不會忘記的，」我說。「現在，要碰到這麼善良好客的人已經很不容易了。」

我等他開口，邀請我一定要再來一次，可是他什麼也沒說。我們之間瀰漫著一股沈默，一股稍稍令人感到不自在的沈默。為了要把這股氣氛帶過，我說，「我想，你是我這一輩子見過最替兒女著想的父母了。」

「我嗎？」

「對啊。純粹為了女兒的緣故，為了保護她，就把房子蓋在一片渺無人跡的地方，住了下來。我覺得，這實在很了不起。」

我看他笑了笑，可是他的眼神一直盯著前方的道路，什麼也沒說。在我們前方大約一哩的地方，已經可以看見加油站和那一堆小屋了。太陽高高掛在天上，車裡面也越來越熱。

「沒有多少父親會願意犧牲那麼多，」我繼續說。

他又笑了笑，但我覺得這次他好像有點不好意思。然後他說，「我並沒有像你說的**那麼**偉大，真的。老實跟你說，我之所以會住在這麼與世隔絕的地方，並不只是單單為了我那漂亮女兒的緣故。」

「我瞭解。」

「你真的瞭解？」

「你有跟我說過。你說沙漠是另外一個原因。你說，你喜愛沙漠就像水手喜愛海洋一樣。」

「是沒錯。的確是這樣。但還有第三個理由。」

「喔，是什麼理由呢？」

他沒回答我。他動也不動的坐在我身旁，雙手放在方向盤上，眼睛緊緊盯著前方的路。

「抱歉，」我說。「我不應該問這個問題的。這不甘我的事。」

「不，不，這不要緊，」他說。「不必抱歉。」

我瞪著窗外的沙漠。「我想今天比昨天還熱，」我說。「一定已經比一百度還要高很多了。」

「沒錯。」

我看他在座位上稍微動了一下，好像想換個舒服點的姿勢，然後他說，「我想，我可以老老實實告訴你關於那棟房子的事。我不認為你會是個愛說閒話的人。」

「當然不是，」我說。

我們已經離加油站很近了，他把車速降到和步行差不多的速度，好讓自己有時間把想說的話說完。我可以看見那兩個阿拉伯人站在我的拉貢達跑車旁，朝我們這邊看。

「那個女兒，」他好不容易把話說出口，「你遇到的那個——她不是我唯一的一個女兒。」

「喔，真的嗎？」

「我還有另外一個比她大五歲的女兒。」

「一定也一樣漂亮吧，我可以肯定，」我說。「她住在哪裡？貝魯特嗎？」

「不，她就住在那棟房子裡。」

「哪棟房子？該不會是我們才剛離開的那一棟吧？」

「沒錯。」

「可是我從沒看到她啊！」

「嗯，」他突然把臉轉向我，「可能你沒見過。」

「為什麼這麼說呢？」

「她得了痲瘋病。」

我嚇了一跳。

「是的，我瞭解，」他說，「這真的是一件很可怕的事。而且，她得的是最嚴重的一種，我可憐的女兒。那種病叫做神經麻痺型的痲瘋症，抵抗性很強，幾乎不可能治得好。如果是良性的那就簡單多了。但情況並不是那樣，我想你瞭解每當家裡有客人來的時候，她就會留在三樓自己的房間裡……」

這時候，車子一定是已經停進加油站了，因為我只記得接下來我就看見阿濟茲先生坐在我旁邊，用他那對精明的黑色小眼睛看著我，對我說，「我親愛的朋友，你不必緊張成這個樣子。冷靜點，柯尼里烏斯先生，冷靜點！你完完全全不必操任何的心。這不是一種傳染性很高的病。你必須要和對方有最**親密**的接觸，才有可能染病……」

我動作遲緩的走下車，站在陽光底下。阿拉伯人伸著那張發病的臉，咧嘴對我笑著說，「風扇皮帶都修好了。一切沒問題。」我伸手到口袋裡去拿菸，可是我的手抖的很兇，連菸都掉到了地上。我彎下腰去把菸盒撿起來。然後我抽出一根，費了好些力氣才把它點著。當我再次抬頭時，我看見那輛綠色的勞斯萊斯已經上了路，飛快往前開去。

克勞德的狗

捕鼠人 一九五三

下午的時候，捕鼠人來到加油站。他踏著輕輕的步子，偷偷摸摸從車道另一邊溜了過來，雖然是踏在鵝卵石上，可是連一點聲音也沒有。他的肩膀上斜掛著一個軍人用的背包，身上穿著一件大口袋的老式黑色夾克。他那件棕色燈蕊絨的長褲在膝蓋的地方用白色的繩子束了起來。

「有事嗎？」克勞德問，心裡很清楚這個人是誰。

「鼠輩橫行呀，」他那雙黑色的小眼飛快往房子瞄去。

「來抓老鼠的嗎？」

「沒錯。」

這個人長得很瘦，棕色的頭髮，臉頰尖削，兩根硫磺色的長牙從上頜突出來，伸在下嘴唇外面，把下嘴唇往裡頭擠。兩隻耳朵又薄又尖，遠遠長在頭後面靠近頸背的地方。他的眼睛幾乎是黑色的，但是當它們看著你的時候，兩隻眼睛當中彷彿閃著一抹黃。

「你來得真快。」

「衛生局官員下的特別指令。」

「所以，你現在要把所有老鼠都抓走嗎？」

「沒錯。」

他那雙鬼祟的黑眼是那種一輩子活在地洞裡，老是小心打量、偷瞄的動物才會有的眼睛。

「你要怎麼抓牠們？」

「啊——啊——啊，」捕鼠人陰陰的說。「全要看牠們在什麼地方。」

「我猜你會設陷阱。」

「設陷阱！」他一臉噁心的模樣說。「這樣你是抓不到多少老鼠的！老鼠可不是兔子，你知道嗎。」

他高高仰起頭嗅著周圍的空氣，鼻子很明顯的左右扭來扭去。

「不，」他一副不屑的樣子說。「設陷阱是沒用的。我告訴你，老鼠可精呢。如果你想抓牠們的話，得要瞭解牠們才行。幹這行的你得懂老鼠才行。」

我看見克勞德好像著了魔一樣的看著他。

「老鼠比狗更精明。」

「少來這套。」

「你知道牠們會怎麼做嗎？牠們會監視你！你四處跑來跑去準備抓牠們的時候，牠們就靜靜地坐在陰暗的角落監視你。」他蹲了下來，把削瘦結實的脖子伸得老遠。

「那你會怎麼辦？」克勞德已經著了迷。

「哈！重點就在這。這就是你為什麼要懂老鼠的緣故。」

「你要怎麼抓牠們？」

「有幾種方法，」捕鼠人斜眼瞥著他說。「有好幾種不同的方法。」

他停了一會兒，擺出一副睿智的模樣點了點他那顆噁心的腦袋。「全要看，」他說，「牠們在什麼地方。這可不像是到下水道裡去幹活是吧？」

「不，這不像是到下水道裡去幹活。」

「下水道裡的工作是很難搞的。沒錯，」他說著用他那靈活的鼻子靈敏的聞了聞他左邊的空氣，「下水道的工作是非常難搞的。」

「沒那麼難吧，我想。」

「喝——喝。你不這麼認為是吧！好，我倒是想看看**你**去下水道裡做做看！我想問問，**你**到底會怎麼樣來下手呢？」

「沒什麼特別的。我會下藥把牠們給毒死，就這樣。」

「我可不可以請問，你會把藥放在哪些地方呢？」

「下水道裡面。不然你以為我會放哪裡！」

「看吧！」捕鼠人得意洋洋的說。「我就知道！下水道裡面！你知道會發生什麼事嗎？被沖得一乾二淨，就是這樣。下水道就像條河一樣，了嗎。」

「那是**你**說的，」克勞德說。「那只是**你**說的而已。」

「這是事實。」

「好吧，好吧。那**你**會怎麼做呢，無所不知先生？」

「這就是你做這種下水道裡頭的工作，必須要瞭解老鼠的原因。」

「快點好不好，別賣關子了。」

「聽好。我跟你說。」捕鼠人往前踏了一步，像是一個馬上要透露不可思議的職業秘密的人一樣，聲音變得神秘兮兮的。「你必須先知道，老鼠是種愛咬的動物，了嗎。老鼠什麼都**咬**。你隨便給牠們一個東西，不管那是什麼，只要是牠們沒見過的新東西，你知道牠們會怎麼做嗎？牠們會去**咬**。所以囉！問題來啦！你現在得進到下水道裡去。你會怎麼辦？」

他的聲音像隻呱呱叫的青蛙般低沈沙啞，而且每個字唸起來都口沫橫飛很起勁，彷彿嚐起來的味道很棒。他的口音和克勞德的類似，同樣都是白金漢郡鄉間濃重低沈的口音，可是他的聲音比克勞德的更沙啞，嘴巴裡的字聽起來更低沈渾厚。

「你只要帶上幾個普通的紙袋，平常那種棕色的紙袋就行了，把裡頭裝滿灰泥，下到下水道去就行了。就這麼簡單。然後你把這些紙袋從下水道的天花板垂下來，垂到水面上一點點的地方。懂嗎？不要垂得太低，也不要離得太遠，讓老鼠剛好可以碰到就行。」

克勞德全神關注的聽他說。

「這樣就行了，了嗎。老的老鼠從下水道游過來的時候會看見那個袋子。然後牠會停下來。牠聞一聞，覺得不是很難聞。然後，牠會怎麼做呢？」

「牠會**咬**它，」克勞德開心的叫著說。

「對！沒錯！就是這樣！牠會開始咬那個袋子，袋子破洞，那隻老的老鼠就會滿口的灰泥。」

「所以呢？」

「牠就掛啦。」

「什麼？被殺死了嗎？」

「對。一命嗚呼！」

「灰泥是沒有毒的，這你也知道。」

「哈！我就知道！這你就不懂了，知道嗎。這種粉末會膨脹。你把它弄濕之後，它就會膨脹。它跑進老鼠的血管之後就會馬上膨脹，比世界上任何東西還更快就會要了牠的命。」

「不會吧！」

「這就是為什麼你得懂老鼠的緣故。」

捕鼠人的臉上隱隱散發著一股驕傲的神氣，他把精瘦的指頭互相磨了磨，把手舉到靠近臉的地方。克勞德目不轉睛的看著他。

「好了──老鼠在哪？」從他嘴裡吐出來的「老鼠」這兩個字輕柔又沙啞，還帶著一種低沈悅耳的快感，好像他嘴裡含著化了的奶油在說話一樣。「我們來看看那些老──鼠。」

「在路對面的乾草堆裡。」

「不是在房子裡面嗎？」聽得出來他顯然相當失望。

「不是。只有在乾草堆附近而已。其他地方沒有。」

「我打賭房子裡面一定也有。牠們很可能在晚上的時候跑出來，跑到你的食物裡面散播疾病。這裡有人生病嗎？」他問的時候，先看看我，然後又看看克勞德。

「每個人都很好。」

「你確定？」

「當然確定。」

「這可說不一定喔，你知道嗎。你可能已經病了好幾個星期了，可是自己卻完全不知道。然後，突然間——碰！——你就病倒了。所以阿巴思諾特醫生才會那麼小心。所以他才會這麼快就派我出來，懂嗎。以免疾病繼續擴散。」

他現在披上了衛生局官員的斗蓬，儼然一隻不可一世的老鼠模樣，我們竟然沒有人得淋巴腺鼠疫，實在讓他很失望。

「我覺得很好，」克勞德緊張的說。

捕鼠人又在他臉上瞄了幾眼，但沒說什麼。

「牠們躲在乾草堆裡面，你要怎麼抓？」

捕鼠人咧著嘴，露出牙齒，狡猾的笑著。他伸手到他的背包裡掏出一個大罐子，舉到和臉一樣高的地方。他的眼神繞過罐子的一邊，凝視著克勞德。

「毒藥！」他小聲的說。可是他卻發成毒—藥的音，感覺起來像是一個低沈、陰險又危險的字。「致命的毒—藥，我不騙你！」他一邊說，一邊上上下下秤著那罐子的重量。「這些夠殺死一百萬個人！」

「好可怕，」克勞德說。

「一點都沒錯！如果被抓到，就算只有一湯匙那麼多，他們也會把你關在牢裡關上半年，」他用舌頭舔了舔嘴唇。他說話的時候，習慣把脖子往前伸。

「想看嗎？」他問。然後從口袋拿出一個一便士的硬幣，撬開罐子的蓋子。「看吧！就是這個！」他的語氣有種喜愛，或更近乎愛憐的口吻。他把手往前伸給克勞德看。

「玉米嗎？還是大麥？」

「是燕麥。泡過致命毒—藥的燕麥。你只要拿一片放到嘴巴裡，不用五分鐘你就翹辮子了。」

「真的嗎？」

「當然。我從來不讓這個罐子離開我的視線。」

他用雙手萬般愛惜的撫摸這個罐子，還稍微搖了一下，裡頭的燕麥片發出悉悉窣窣的聲音。

「可是，今天我不用這個。你的老鼠今天不吃這個。他們今天絕對不吃這個。這絕對毫無疑問。這就是你為什麼要瞭解老鼠的緣故。老鼠是很多疑的。多疑的要命。所以，今天就先給牠們一些乾淨好吃的燕麥，吃了什麼事情都不會有。只會讓牠們變胖而已。然後，明天也給牠們吃一樣的東西。幾天之後，好吃的燕麥就會把附近所有的老鼠全都給引來。」

「真聰明。」

「幹這行的你得聰明點才行。你得比老鼠聰明才行，這可不是說說而已。」

「你自己幾乎要變成一隻老鼠才行，」我說。這句話是不小心說溜嘴的，根本來不及打住，我當時正盯著他看，所以實在忍不住想這麼說。不過，他的反應卻讓我嚇了一跳。

「没錯！」他叫著說。「你說對了！這才像話！一個好的捕鼠人最重要的事情就是要像隻老鼠！而且要比老鼠還聰明，我跟你說，這可不容易呢。」

「没錯，一定很不容易。」

「好吧，我們出發吧。你知道我很忙的。李歐諾拉・班森女士叫我趕緊過去莊園那邊幫忙呢。」

「她那邊也有老鼠嗎？」

「每個人都有老鼠，」捕鼠人說。我們就這麼看著他慢慢走出車道，越過馬路往乾草堆去。他走路的模樣和老鼠實在是太像了，像得讓你不敢相信——步伐緩慢，幾乎像是怕受傷害一般緩步走著，膝蓋的地方很有彈性，而且腳步踏在鵝卵石上一點聲音都聽不見。他機靈的從門上跳進田裡，飛快繞著乾草堆走，邊走邊在地上灑下一把又一把的燕麥。

第二天，他又回來，重複同樣的動作。

第三天，他又回來，不過這次他放的是有毒的燕麥。他沒有把有毒的燕麥四處灑在地上，而是仔細在乾草堆的每個角落上疊成一小堆。

「你有養狗嗎？」第三天他放完藥從馬路那頭走回來的時候這麼問。

「有啊。」

「如果你想看到你的狗扭成一團死狀悽慘的話，你只要把牠放進那個門內一下子就行了。」

「我們會小心的，」克勞德跟他說。「你不用擔心。」

隔天，他又出現了，這一次是來收屍的。

「你有舊的袋子嗎？」他問。「我們很可能會需要一個袋子來裝。」

他現在可跩了，一副得意洋洋的模樣，那對黑眼睛閃著驕傲的光芒。等一下他就要把他那手功夫的傲人成果展現在觀眾面前了。

克勞德找來了一個袋子，捕鼠人在前頭帶路，我們三個人一起走過馬路。克勞德和我靠在門上看。捕鼠人躡手躡腳的在乾草堆附近來來回回的走，彎著腰檢查他那些小堆的毒藥。

「這裡有些問題，」他嘟囔著說。聲音低沈而憤怒。

他又慢慢往另外一堆毒藥走去，還跪了下來好看得更仔細些。

「有些該死的東西出了問題。」

「怎麼了？」

他沒回答，不過老鼠很顯然沒碰他的餌。

「這裡的老鼠很精明，」我說。

「我就是這樣跟他說的，高登。你現在抓的可不是普通的老鼠。」

捕鼠人往門這裡走過來。他現在非常的惱怒，可以從他的臉、鼻子周圍、還有那兩顆黃牙緊緊壓著下嘴唇的模樣看得出來。「少說廢話，」他看著我說。「這些老鼠沒有什麼特別的地方，只是有人在餵牠們而已。牠們在這附近有好吃的東西可以吃，而且還不少。除非牠們的肚子撐到快炸了，不然世界上沒有哪隻老鼠會不碰燕麥的。」

「牠們很精，」克勞德說。

捕鼠人一副噁心的表情轉過頭去。他又跪了下來，開始用一把小鏟子把那些泡過毒藥的燕麥舀起來，一點一點的仔細倒回罐子裡頭。他倒完之後，我們三個人一起越過馬路往回走。

捕鼠人站在加油泵浦旁，一副落寞、落魄捕鼠人的模樣，臉上也漸漸顯露悶悶不樂的神色。他完全縮進了自己的世界裡去，一言不發的思考自己為什麼會失敗，兩隻眼睛朦朦朧朧的有些古怪，小舌頭在兩顆黃牙邊探了出來，舔著嘴唇。顯然他的嘴唇必須隨時保持濕潤才行。他抬起眼，偷偷摸摸迅速的瞄了我一眼，然後又朝克勞德瞄了一眼。扭了扭鼻尖，嗅著空氣中的味道。他踮起腳，往上站了幾次，微微搖晃著，壓低聲音神秘兮兮的說，「想看樣東西嗎？」他很顯然是想要挽回自己的名聲。

「什麼東西？」

「想看樣很**有趣**的東西嗎？」他說著便把手伸進夾克內層那個深口袋裡，用手指夾出一隻活生生的大老鼠來。

「我的天啊！」

「哈！就是牠，看到了吧！」他現在微微的蹲著，脖子往前伸，對著我們斜著眼看，手裡還握著這隻棕色的大老鼠，他用拇指和另外一隻指頭緊緊框住老鼠的脖子，把牠的頭牢牢鉗住，讓牠沒辦法轉頭咬他。

「你常把老鼠放在口袋裡面到處跑嗎？」

「我身上總是會帶著一兩隻老鼠。」

說完之後，他用空著的那隻手伸進另外一個口袋，撈出一隻白色的雪貂來。

「這是雪貂，」他抓著牠的脖子把牠拎了起來。

雪貂似乎認識他，任憑他抓著，一動也不動。

「沒有什麼東西能比雪貂更快就可以把老鼠給殺死。也沒有什麼東西能讓老鼠更害怕的了。」

他把雙手在身體前面放得很近，雪貂的鼻子離老鼠的臉只剩不到六呎的距離。雪貂粉紅精亮的眼睛瞪著老鼠看。老鼠開始掙扎，想要趕快離開這個殺手。

「現在，」他說。「注意看了！」

他的卡其襯衫在脖子的地方有個開口，他把老鼠舉起來，塞進襯衫裡，就放在皮膚上。他一放手，就把夾克前面給解開，好讓觀眾能夠看到老鼠在他衣服底下亂竄。他繫著皮帶，所以老鼠沒有辦法跑到他腰部以下的地方。

放進老鼠之後，他又把雪貂給塞了進去。

襯衫底下立刻起了一陣大騷動。老鼠看起來像是被雪貂追著，不停繞著他身體跑。那一小團東西追著那一大團東西跑了六、七圈，每繞一圈就離那大東西近一點，越來越近，越來越近，直到最後兩團東西好像擠成了一團，扭打成一塊，還傳來一連串令人毛骨悚然的尖叫聲。

在這整段表演當中，捕鼠人站在那兒動也沒動過，兩腿打開，手臂輕鬆的往下垂著，一雙深黑的眼睛直盯著克勞德看。然後，他把一隻手伸進襯衫裡，把雪貂抓出來；再伸進另一隻手，把老鼠的屍體拿出來。雪貂口部附近白色的地方染著幾絲血跡。

「我想這不是很和我的胃口。」

「你以前從來沒看過吧，我敢打賭。」

「是沒有。」

「說不定不用多久，你的肚子上就會被狠很的咬一口，」克勞德說。不過，這讓他印象非常深刻，捕鼠人又開始跩了起來。

「想看比這還更**有趣**的東西嗎？」他問。「想看看一些除非親眼目睹，不然打死也不會**相信**的東西嗎？」

「什麼東西？」

我們站在泵浦前面的車道上，天氣和往常一樣，是個溫暖的十一月早晨。有兩臺車停下來加油，第二臺就停在第一臺後面，克勞德走過去替他們加油。

「想看嗎？」捕鼠人問。

我瞄了瞄克勞德，覺得有一點害怕。「好啊，」克勞德說。「來吧，讓我們瞧瞧。」

捕鼠人把死老鼠塞進其中一個口袋，把雪貂放進另一個口袋。然後他把手伸進背包裡，又拿出──你絕不敢相信──另外一隻活生生的老鼠。

「我的天啊！」克勞德忍不住叫了一聲。

「身上總是會帶著一兩隻，」他冷靜的對我們說。「幹這行的得懂老鼠才行，如果要懂老鼠的話，就得隨時帶著牠們。這是一隻溝鼠。一隻老溝鼠，精明透了。你看見牠老是在打量著我，猜我要做什麼了嗎？看到了嗎？」

「真噁心。」

「你要做什麼？」我問。我有種感覺，這個把戲會比上個把戲讓我更不舒服。

「拿條繩子來。」

克勞德拿了條繩子過來。

他用左手把繩子綁在老鼠其中一隻後腿上。老鼠不停掙扎，想轉過頭看看發生了什麼事，可是他用拇指和另外一隻手指鉗得牠轉不過來。

「好了！」他說著朝我們看了看。「你們裡面有桌子嗎？」

「我們可不想讓那隻老鼠跑到裡面去，」我說。

「可是──我要有張桌子才行。或是像桌子一樣平坦的東西。」

「汽車的引擎蓋可以嗎？」克勞德說。

我們向車子走去，把這隻老溝鼠放在引擎蓋上。他把繩子綁到雨刷上，老鼠就被栓住了。

這隻大老鼠長著一對黑亮的眼睛，一條斑駁的長尾巴捲在引擎蓋上，一開始，牠只是蹲伏著，神經兮兮的，動也不動。牠的頭沒有對著捕鼠人，可是卻斜著眼睛注意他的一舉一動。他才往後退了幾步，老鼠立刻就放鬆起來。牠坐在後腿上，開始舔著胸前的灰毛。然後，用兩隻腳爪抓著口部附近的地方。好像全然不在乎附近站的這三個人。

「好啦──打個小賭如何？」捕鼠人問。

「我們才不打賭呢，」我說。

「只是好玩而已。如果來打賭的話會更好玩的。」

「你想要賭什麼？」

「我賭我可以不用手就把那隻老鼠給殺了。我會把手放在口袋裡面，用都不用。」

「你會用腳踢牠，」克勞德說。

捕鼠人很顯然是要來賺一筆的。我看著那隻馬上就要小命不保的老鼠，感覺有點噁心，倒不是因為牠就快要被殺了，而是因為捕鼠人會用一種特別的方法把牠給殺死，而且還會覺得很有快感。

「不，」捕鼠人說。「不用腳。」

「也不用手臂？」克勞德問。

「不用手臂。不用腳，也不用手掌。」

「你會把牠給壓死。」

「不。不用壓的。」

「露兩手來瞧瞧。」

「先下注。就賭一英鎊吧。」

「少發神經了好不好，」克勞德說。「我們為什麼要給你一英鎊？」

「那你要賭什麼？」

「什麼也不賭。」

「好吧。那拉倒。」

他作勢要把繩子從雨刷上解下來。

「我和你賭一先令，」克勞德說。我肚子裡頭那股噁心想吐的感覺越來越強烈，可是，這檔事卻有一種強大的磁力吸引著我，我發現我沒辦法掉頭走人，甚至連動都沒辦法動一下。

「你也一樣嗎？」

「不，」我說。

「你是怎麼搞的啊？」捕鼠人說。

「我只是不想和你打賭而已，就是這樣。」

「所以你要我為了區區一先令就表演給你們看嗎？」

「我没有要你這麼做。」

「錢呢？」他對克勞德說。

克勞德把一枚一先令的硬幣放在引擎蓋上靠近散熱器的地方。捕鼠人拿出兩枚六便士的硬幣，放在克勞德的錢旁邊。當他伸手放錢的時候，那老鼠嚇了一跳，縮回頭，身體緊緊貼在引擎蓋上。

「賭局開始，」捕鼠人說。

克勞德和我往後退開幾步。捕鼠人往前走去。他把手放在口袋裡面，把腰部以上的部分往下彎，一直到他的臉和老鼠同高，離牠差不多三呎左右為止。他的眼神對上了老鼠的目光，然後，就一直緊盯著牠不放。老鼠蹲在引擎蓋上，非常緊張，感覺得出有極大的危險，但還不是非常害怕。從牠蹲伏的樣子看來，好像是想要朝他的臉撲上去一樣；不過，捕鼠人的眼神中一定有某種力量，所以老鼠才没有真的這麼撲過去，而且他的眼神還鎮住了牠，讓牠越來越害怕，緩緩後退，屈著腿慢慢把身體向後拖，一直到繩子扯住了後腿。牠的腳猛扯著繩子，想要掙脫開來，繼續往後退。他俯著身子往老鼠靠去，不論老鼠跑到哪，他的臉都緊緊的跟著，眼神從没離開過牠，只看那隻老鼠突然發慌，朝旁邊跳了起來。繩子硬生生把牠給扯住，大腿幾乎肯定是脫臼了。牠又在引擎蓋的中央蹲了下來，盡可能的扯著繩子遠離捕鼠人，現在，牠可是真的緊張了，鬍鬚不停發抖，長長的灰色身子因為害怕而繃得死硬。

此時，捕鼠人又開始把臉往前貼過去。他移動得非常的慢，慢到你幾乎看不出他有任何動作，只是每看一眼他的臉又更靠近了那麼一丁點而已。他的眼神從來沒有從老鼠身上移開過。氣氛實在太緊張了，我幾乎想要衝口而出，要他停止。我希望他停止，因為這讓我覺得很不舒服，可我沒辦法把話說出口。有一些讓人極度不舒服的事情就要發生了——這一點我可以肯定。可能是一些邪惡、殘酷如老鼠般的事情，而且很可能真的會讓我受不了也不一定。可是我現在非看不可了。

捕鼠人的臉離老鼠大概只有十八吋。十二吋。十吋，甚至只剩八吋，沒多久，他們兩個的臉之間，只剩下不到一隻手掌那麼寬的距離而已。老鼠把整個身體平平的貼在引擎蓋上，緊張又害怕。捕鼠人也很緊張，但他那股緊張是一種躍躍欲試、危險萬分的緊張，像截緊壓的彈簧。他的嘴角閃過一抹笑意。

他突然發動攻勢。

他蛇一般的突然發動攻勢，像揮刀一樣，由下盤的肌肉帶動，把頭刺了出去，我有那麼一會兒瞥見到他張大的嘴巴、兩根黃牙，和那因為奮力張嘴而全然扭曲變形的臉。

我只敢看到這裡。我把眼睛閉上，再睜開來的時候，老鼠已經死了，捕鼠人正把錢收進口袋，把嘴巴裡的髒東西給吐出來。

「這就是他們做甘草糖的原料，」他說。「那些大工廠和做巧克力的人就是用老鼠的血來做甘草糖的。」

又來了，他說這些話的時候又是那副高興、口沫橫飛、咂著嘴的模樣，他那悅耳沙啞的聲音，還有他說**甘草糖**這個字時，那種濃重黏稠的調調。

「不，」他說，「加點老鼠血沒什麼不對的。」

「講話不要那麼噁心行不行，」克勞德說。

「哈！可是，事實就是這樣，你知道嗎。你已經把老鼠血吞下肚子好幾次了。條狀的棉花糖和條狀的甘草糖全都是老鼠血做的。」

「我們不想聽，謝謝你。」

「他們用大鍋子把血煮沸，煮到冒泡、蒸汽瀰漫，還有人用長竿子攪。這是巧克力工廠的最高機密之一，沒有其他人知道——除了供應老鼠的捕鼠人之外。」

他突然發現他的聽眾已經受不了了，我們的臉上充滿敵意，一副想吐的模樣，整張臉因為憤怒和噁心都漲紅了。他突然把話打住，二話不說轉身沿著車道往外面的馬路走去，步伐緩慢，幾乎像是怕受傷害一般緩步走著，和潛行的老鼠沒兩樣，腳步即使是踏在車道的鵝卵石上，也不會發出半點聲音。

魯明斯　一九五三

現在太陽已經升到了山頂，霧也已經散了，在這樣的一個早晨和狗一起在路上散步實在是很棒，尤其是在秋天的時候，樹葉轉成金黃，有時還會有幾片葉子從樹枝上掉下來，在空中緩緩打轉，無聲無息地落在他面前路旁的草地上。頭頂上有微風吹過，他可以聽見山毛櫸像一群人一樣，窸窸窣窣的低語著。

對於克勞德．庫貝奇而言，這一直是一天當中最棒的一段時間。他讚許的看著前面那隻快步行走的靈猩柔軟起伏的臀部。

「傑克，」他輕輕的呼喚著。「嗨，傑克。你覺得怎麼樣啊，孩子？」

狗聽見牠的名字，半轉過頭，飛快搖了搖尾巴示意。

他心想，再也找不到另外一隻像傑克的狗了。牠那流線型的修長身材、小而尖削的頭、黃色的眼睛和那靈活的黑鼻子實在是美極了。頸部的線條優美，胸部厚實的肌肉向上、向後延伸，肚子的地方一點贅肉也沒有。看牠走路的模樣，腳趾踏下去，無聲無息的，幾乎連路面都沒碰到。

「傑克，」他說。「老傑克真乖。」

遠方，克勞德看見魯明斯那棟又小、又窄、又舊的農舍聳立在右手邊的籬笆後面。

他對自己說，到那裡我就要往回走了。今天這樣就夠了。

魯明斯拎著一桶牛奶走過院子的時候，看見他正往這走來。他把桶子慢慢放下，往門口走去，兩隻手臂都靠在最上面的那根欄杆上，等他走過來。

「早安，魯明斯先生，」克勞德說。因為雞蛋的緣故，非得對魯明斯客氣點不可。

魯明斯點點頭，上半身探出門外，仔細打量著那隻狗。

「看來不錯，」他說。

「牠是很不錯。」

「牠什麼時候要比賽？」

「我不知道，魯明斯先生。」

「少來這套。牠什麼時候要比賽？」

「牠才十個月大而已耶，魯明斯先生。老實說，我甚至還沒好好訓練過牠呢。」

魯明斯那對精亮的小眼滿是懷疑的從門上射過來。「我敢跟你賭個幾英鎊，你馬上就會偷偷帶他去比賽了。」

克勞德的雙腳不安的在黑色的路面上挪動著。這個人有一張青蛙般的大嘴、一口爛牙、眼神也不老實，他很不喜歡；單單因為雞蛋的緣故就必須對他客客氣氣的，這更是他最討厭的地方。

「馬路對面你那個乾草堆裡面，」他急著想找另外一個話題，「有一大堆老鼠。」

「每個乾草堆都有老鼠。」

「可是不像這個這麼誇張。事實上，我們因為這樣已經和政府之間有了點麻煩。」

魯明斯突然抬起眼。他不喜歡和政府之間有什麼麻煩事。任何一個偷賣雞蛋又無照殺豬的人，少和政府的人打交道都會是個明智之舉。

「哪種麻煩？」

「他們派捕鼠人過來。」

「就只為了幾隻老鼠嗎？」

「幾隻！拜託，已經到處都是了！」

「少來。」

「真的沒騙你，魯明斯先生。有幾百隻。」

「捕鼠人沒抓到牠們嗎？」

「沒有。」

「為什麼？」

「我想是因為牠們太精明了。」

魯明斯開始若有所思的用拇指尖端探索其中一個鼻孔的內緣，還用拇指和食指把鼻翼給夾了住。

「我是不會感謝那些捕鼠人的，」他說。「捕鼠人是政府的人，替那該死的政府做事，我才不會謝他們呢。」

「我也不會，魯明斯先生。捕鼠人統統都是奸詐狡猾的傢伙。」

「好吧，」魯明斯先生把手指伸進帽子底下去抓頭，「反正我也要把那堆乾草給收掉。今天做或是哪一天做都一樣。我才不要政府的人在我的東西附近探頭探腦的，門都沒有。」

「沒錯，魯明斯先生。」

「我們等一下會過去——伯特和我。」說完之後，他就轉過頭慢慢越過院子。

下午三點左右，魯明斯和伯特兩個人坐在馬車上，從路的那一頭往這來，拉車的是一匹粗壯高大的黑馬。馬車在加油站對面轉出馬路，進到田裡，停在乾草堆旁邊。

「應該很有看頭，」我說。「拿槍來。」

克勞德拿了把來福槍，還把一發子彈上了膛。

我走過馬路，靠在打開的門上。魯明斯爬到了乾草堆頂上，正在把固定茅草屋頂的繩子給割斷。伯特還待在馬車上，用指頭播弄著那把四呎長的刀。

伯特其中一隻眼睛有點問題。那隻眼睛整個都是灰白色的，看起來像是一隻煮熟了的魚眼，雖然在眼窩裡頭動都不動，但感覺起來彷彿隨時都在看著你，不論你走到哪，它就跟到哪，就像博物館裡有些畫像給人的感覺一樣。不論你人站在哪裡，也不論伯特往什麼地方看，那隻有問題的眼睛總是冷冷的斜睨著你，像是煮熟了一樣泛白，中央一個小黑點，彷彿是餐盤上的魚眼。

他的體型和他那又矮又胖像隻青蛙的父親正好相反。伯特是個高高瘦瘦、沒有骨頭、弱不禁風的男孩，全身上下鬆垮垮的，就連肩膀上的那顆腦袋也鬆鬆的，歪倒在一邊，好像太重了，脖子撐不住似的。

「你六月才把這個乾草堆給堆好的，」我對他說。「為什麼這麼早就要把它拆掉呢？」

「爸說要拆的。」

「竟然會在十一月把新堆好的乾草堆給拆掉，真是怪了。」

「爸說要拆的，」伯特又重複了一次，他那隻好的眼睛和那隻有問題的眼睛一起往下瞪著我瞧，眼神當中空空洞洞的，什麼也沒有。

「花了那麼大的功夫堆起來，還蓋了屋頂，才五個月竟然又把它給拆了。」

「爸說要拆的，」伯特在流鼻涕，他不停用手臂把鼻涕抹掉，然後再把手背往褲子上擦。

「快過來，伯特，」魯明斯朝他喊。伯特爬到乾草堆上，站在原先屋頂的地方。他把刀抽出來，輕鬆揮動手裡的刀，像是在鋸東西一樣，開始朝那堆得扎扎實實的乾草堆裡切。他用兩隻手握住刀柄，身體不停搖晃，彷彿一個人拿著一把大鋸子在鋸木頭。我可以聽見刀刃切斷乾草所發出的清脆聲響，他的刀切得越深，聲音也跟著變得越低沈。

「老鼠跑出來的時候，克勞德想用槍射牠們。」

魯明斯和伯特兩人突然停了下來，往馬路對面的克勞德看過去。克勞德手裡握著一把來福槍靠在紅色的泵浦上。

「叫他把那把該死的來福槍拿開，」魯明斯說。

「他是個神射手，不會射到你的。」

「不管他技術有多好，老鼠在我身邊的時候，誰都不准開槍。」

「你這樣等於是在藐視他。」

「叫他把槍拿開，」克勞德慢慢的說，聲音當中聽得出些許的敵意。「用狗或用棍子我都無所謂，但是誰敢用槍誰就完蛋了。」

乾草堆上的兩個人看著克勞德把槍收起來，然後又一言不發的繼續做他們的工作。不久之後，伯特從乾草堆上下來站到馬車上，雙手一起把一塊扎實的乾草塊從乾草堆上拉下來，整整齊齊落在他的身旁。

一隻尾巴長長的灰黑色老鼠，從乾草堆底部衝了出來，跑到籬笆底下。

「老鼠，」我說。

「打死牠，」魯明斯說。「你為什麼不拿根棍子來打死牠呢？」

老鼠發覺苗頭不對，往外衝的速度也加快了，每一分鐘都有一兩隻跑出來，每一隻的體型都是又肥又長，貼著地，越過草地往籬笆衝。那匹馬每次看到老鼠的時候，耳朵都會扭一下，然後溜著眼睛不安的盯著老鼠瞧。

伯特又爬到乾草堆上面去，準備再把另外一塊乾草切下來。我看見他突然停了一下，猶豫了大概有一秒鐘，然後才又開始繼續切，但那模樣比先前要小心許多。我聽到一種不同的聲音，悶悶的，有點刺耳，應該是刀刃切過什麼堅硬的東西所發出來的。

伯特把刀拔出來，檢查了一下刀刃，還用大拇指試了試。他把刀放回去，謹慎的沿著剛才的切口往下伸，輕輕的往下探，直到刀刃又碰到那個堅硬的東西為止；他小心翼翼的切了一下，那個刺耳的聲音又立刻傳來。

魯明斯轉過頭，越過肩膀看著伯特。他原先正要把一大捆鬆散的茅草屋頂給掀起來，卻突然停了下來，彎著腰，雙手抱著那捆乾草，動也不動的看著伯特。伯特也沒有動，雙手握在刀柄上，滿臉困惑的模樣。在遠處那一片清澈的淡藍色天空之前，乾草堆上的兩個人看來像是一幅蝕刻版畫黝黑而銳利。

然後就聽見魯明斯的聲音，那聲音比平常還要大，卻絲毫也掩蓋不了當中的恐懼：「有些堆乾草堆的人實在太不小心了，根本不管把什麼東西放到這上面來。」

說完之後，他停了一會兒。又是一陣靜默，兩個人都沒有動作。馬路對面，克勞德也同樣一動不動的靠在紅色泵浦上。一切都安靜極了，突然傳來山谷下方另外一個農場裡一個女人叫男人回家吃飯的聲音。

魯明斯又毫無必要的喊了起來：「快點啊！快點割啊，伯特！一小根木頭是不會把那隻該死的刀弄壞的！」

不知是不是察覺到了什麼蹊蹺，克勞德也從馬路那邊走了過來，和我一起靠在門上。他什麼也沒說，但我們兩個彷彿都感覺得出來，他們兩個還有他們什麼動靜也沒有的模樣有點不對勁，魯明斯更是怪透了。魯明斯很害怕。伯特也很害怕。就在我注視著他們的時候，我察覺到一個渺小而模糊的影像就在我記憶的表層之下蠢動。我急切的想要回到過去，抓住這個回憶。有那麼一次，我幾乎就要抓到了，但它又溜走了，我在它後面追趕的時候，竟發現自己一直回到了好幾個星期之前，回到了夏日充滿鮮黃色彩的日子——南方來的暖風吹下山谷，高大的山毛櫸上滿是樹葉，田野也染成了金黃，收割、弄乾草、乾草堆——是堆乾草堆的時候。

就在那一刻，一絲細微的恐懼電流閃過我的胃壁。

沒錯——就是在堆乾草堆的時候。我們是什麼時候堆的？六月嗎？沒錯，就是六月——是在一個濕熱的六月天，雲壓得低低的，空氣中充滿了閃電的味道。

那個時候，魯明斯說，「看在老天的份上，下雨之前趕快弄完吧。」

老吉米說，「不會下雨的。你也不必著急。你很清楚，雷打在南邊的時候，雨是不會下到這個山谷裡面來的。」

站在馬車上發乾草叉的魯明斯沒有回他話。他在生悶氣，因為他很急著想要在下雨之前，把乾草全都收好。

「晚上之前是不會下雨的，」老吉米看著魯明斯又重複了一次；魯明斯瞪著他看，眼裡閃著微慍的怒火。

整個早上我們一直都在工作，從沒休息過，不停把乾草裝到馬車上，再慢慢運過田野，放到加油站對面門旁邊那個慢慢長高的乾草堆上。我們可以聽見雷聲從南方傳來，一下近、一下遠。然後，雷聲彷佛又跑了回來，就停在山丘後面的什麼地方，不時地又隆隆作響。只要抬頭，就可以看見頭上的雲被高空的氣流吹著到處跑，幻化成各種不同的形狀；可是地面上卻又濕又熱，連點風都沒有。我們的進度很慢，大熱天底下，打不起精神，襯衫全都被汗水浸濕，臉上也閃著汗光。

克勞德和我和魯明斯一起站在乾草堆上，幫忙理出外型，我還記得那天實在是熱得受不了，蒼蠅在我臉旁飛來飛去，全身上下每一個毛孔都在冒汗；我記得特別清楚的是魯明斯皺著眉頭悶悶不樂的模樣，他沒命似的不停趕工，看著天空，大吼著要大家動作快一點。

中午的時候，我們不管魯明斯，全都放下工作開始吃午餐。克勞德和我坐在籬笆底下，旁邊還有老吉米和一個放假回家的軍人威爾森，天氣實在太熱了，誰也不想多說什麼。威爾森的中餐是一點麵包、一些乳酪還有一壺涼茶。老吉米有一個以前用來裝防毒面具、外型像是書包的小背包，裡面密密麻麻裝著六瓶一品脫裝的啤酒，每一瓶都站得直挺挺的，瓶頸還凸了出來。

「來吧，」他遞給我們每人一瓶。

「我想向你買一瓶，」克勞德知道這個老人很窮。

「拿去就是了。」

「我得付你錢才行。」

「別蠢了。喝就是了。」

他是個非常好的老人，很好，而且也很乾淨，他每天都要把那張粉紅色、乾乾淨淨的臉刮上一次。他以前曾經是個木匠，七十歲的時候，他們就讓他退休，而且那已經是好幾年前的事了。村議會看他還很活躍，就給了他一份看守新落成的兒童遊樂場的工作，負責維修盪鞦韆和蹺蹺板，也算是一個和藹的看守人，負責確保孩子不要受傷，或是做出什麼愚蠢的事情來。

對於一個老人來說，那是一個很好的工作，所有人對此也似乎相當滿意——直到某個星期六晚上，情況才起了變化。那天晚上老吉米喝醉了，在高上街中央跌跌撞撞的唱著歌，胡亂咆哮，吵得所有人都下床來看看到底發生了什麼事。隔天早上他們就把老吉米給解雇了，說他是個懶鬼，還是個酒鬼，不適合照顧遊樂場上的小孩。

但是後來卻發生了一件教人吃驚的事情。他離開的第一天——那是個星期一——没有半個小孩來遊樂場玩。

第二天也沒有，第三天還是沒有。

整整一個星期，那些盪鞦韆、蹺蹺板還有附有樓梯通到上面的溜滑梯全都荒廢在那裡。沒有半個小孩來玩。小孩們全都跟著老吉米到牧師家後面的一塊田裡頭，讓他在一旁看著，自己玩著自己的遊戲。結果就是，議會沒有其他選擇，只好再讓老人回到他原來的工作崗位上。

他現在還在做那份工作，也還是會喝醉酒，但沒有人會說什麼。一年當中，只有在堆乾草堆的時候，他會離開那裡幾天。老吉米這一輩子都喜歡堆乾草堆，即便到了現在也還沒有打算放棄。

「要來一瓶嗎？」他遞過一瓶酒給那個軍人威爾森。

「不，謝了，我有茶。」

「聽說熱天喝茶很好。」

「對啊。啤酒會讓我想睡覺。」

「如果你想的話，」我跟老吉米說，「我們可以走去加油站，替你做些好吃的三明治。」

「啤酒就夠了。年輕人，一瓶啤酒裡面的食物比二十個三明治還多呢。」

他對我微微笑了笑，露出兩排淡粉紅色、牙齒掉光的牙齦，但那卻是個教人非常舒服的微笑，而且露出來的牙齦一點也不讓人覺得噁心。

我們靜靜坐了一會兒。威爾森把麵包和乳酪都吃完了，躺在地上，把帽子拉下遮在臉上。老吉米已經喝了三瓶啤酒，把最後一瓶遞過來給克勞德和我喝。

「不，謝了。」

「不，謝了。我喝一瓶就夠了。」

老人聳聳肩把瓶塞轉開，仰頭就把啤酒往嘴巴裡倒，他把嘴巴張得很開，用不著吞，啤酒就可以進到喉嚨去。他頭上戴著一頂說不出來是什麼顏色，也說不出來是什麼形狀的帽子，他仰頭喝酒的時候，並沒有掉下來。

「魯明斯不打算給那匹老馬喝口水嗎？」他放下酒瓶，越過田野，向那匹站在馬車拉桿之間的高大馬兒看去。

「魯明斯才不會呢。」

「馬也渴了，就像我們一樣。」老吉米停了一下，眼光仍停留在那匹馬上。「你可以從家裡拿桶水來嗎？」

「當然。」

「實在沒什麼理由不讓這匹馬喝點水，對吧？」

「好主意。我們弄點水來給牠喝。」

克勞德和我站起身來，朝門走過去，我還記得我轉過頭朝老人喊了聲：「你確定不要我替你弄份三明治嗎？花不了幾秒鐘的。」

他搖搖頭，朝我們揮了揮手裡的酒瓶，說什麼想要小睡一番。我和克勞德穿過門，越過馬路，回到加油站去。

我們在加油站裡招呼客人，弄東西吃，大概待了一個小時左右，等到克勞德提著一桶水和我一起回去的時候，我發現乾草堆已經至少有六呎高了。

「我給那匹老馬弄點水來了，」克勞德說，眼光直盯著在馬車上往乾草堆上堆乾草的魯明斯。

那匹馬把頭伸進桶子裡，滿心歡喜，呼嚕嚕的喝著桶裡的水。

「老吉米跑哪去了？」我問。我們想讓老人看看我們帶來的水，畢竟那是他的主意。

我問的時候，魯明斯遲疑了那麼一下子，乾草叉就舉在空中，睜著眼睛四處張望。

「我給他帶了份三明治來，」我說。

我沿著籬笆往回走到剛才我們和老吉米一起坐的地方。草叢裡面還躺著五隻空酒瓶。那個小背包也還在草叢裡。我拿起小背包往魯明斯那邊走回去。

「我想老吉米應該還沒回家，魯明斯先生，」我抓著長長的肩帶把那小背包拎了起來。魯明斯瞄了一眼，可是沒說什麼。他現在可真是急得要命了，因為雷聲越來越近，雲越來越黑，熱浪也越來越讓人受不了了。

我拎著那個小背包開始往加油站走回去，那天下午我就一直待在加油站裡招呼客人。快到傍晚的時候，雨開始下了，我往馬路那邊望過去，他們已經把乾草都收好了，正把一片防水布鋪在乾草堆頂上。

幾天之後，茅屋匠來了，他把防水布拿了下來，換上一個用麥桿做的屋頂。他是一個手藝很好的茅屋匠，用長長的稻桿替乾草堆搭了個結實緊密的屋頂。屋頂的角度搭得恰到好處，邊緣也修剪得很乾淨，不論從馬路上還是從加油站門口看去，都很賞心悅目。

那個雷聲作響堆乾草堆的炎熱六月天，田野鮮黃，乾草透著甜甜的木頭味道；當兵的威爾森腳上穿著網球鞋，伯特的眼睛像是被煮過一樣，老吉米蒼老的臉龐乾乾淨淨的，還有光禿禿的粉紅色牙齦；還有魯明斯那矮胖子站在馬車上皺眉望著天空，擔心雨會降下來——這一切的一切不斷朝我湧來，歷歷在目，彷彿昨天才發生的一樣。

就在這個時刻，我又看見魯明斯蹲在乾草堆頂上，手裡抱著一捆乾草轉頭看著他的兒子，而高個子的伯特也同樣動都沒動，襯著背後的天空，兩個人看起來都黑黑的，像是剪影。而我又微微感覺到恐懼的電流一波又一波竄過我的胃壁。

「快把它切斷啊，伯特，」魯明斯大聲的對他說。

伯特在那把大刀上施壓，刀鋒不知切過什麼堅硬的東西，傳來一陣尖銳刺耳的聲響。從伯特的表情可以很明顯的看出，他不喜歡他現在在做的事情。

伯特花了好幾分鐘才把那東西給切斷——最後才又聽見刀鋒切過緊密乾草的低沈聲音，伯特轉過臉，望向他父親，如釋重負般的咧了咧嘴，呆呆笨笨的點了點頭。

「繼續切，」魯明斯仍舊動也沒動。

伯特換個地方繼續垂直往下切，切到和第一次同樣深的地方；然後他從乾草堆上跳下來把那塊乾草往下拉，那塊乾草就像塊蛋糕一樣整整齊齊乾淨俐落的從原先的乾草堆上掉了下來，落到馬車上他的腳旁邊。

就在那一刻，伯特似乎呆住了，傻傻的瞪著乾草堆剛露出來的那一塊地方，不敢相信，或應該說不願意相信他剛才竟然把眼前的這東西切成了兩半。

魯明斯清楚得很那究竟是什麼，立刻轉身，飛快地從乾草堆的另一邊爬了下來。他的動作實在很快，伯特連叫都還沒開始尖叫，他就已經穿過門，越過了半條馬路。

哈迪先生一九五三

他們下了車之後，就從前門走進了哈迪先生的房子。

「我有預感，今天晚上爸爸會好好把你拷問一番，」克萊麗斯壓低聲音說。

「問什麼，克萊麗斯？」

「就是平常那些東西啊。工作之類的。還有，會問你有沒有辦法讓我過好的生活。」

「傑克會幫我忙的，」克勞德說。「傑克贏了之後，根本就不需要什麼工作了……」

「克勞德．庫貝奇，你絕對不要跟我爸提到傑克，不然就玩完了。如果世界上真有什麼是他不能忍受的話，那就是靈猩了。你可千萬別忘了。」

「喔，我的老天啊，」克勞德說。

「跟他說一些其他的——什麼都行——不論是什麼，只要能讓他高興就行，懂嗎？」說完之後，她就把他帶進了客廳。

哈迪先生是個鰥夫，有張一本正經、不甚友善的嘴，整張臉上都是那副看什麼都不滿意的表情。他和女兒克萊麗斯一樣，小小牙齒排列得很緊密，眼神也一樣多疑、神秘兮兮，但是他一點也沒有她的清新和活力，也沒有她給人的那種溫暖感覺。他是個小個子男人，就像顆酸蘋果一樣，皮膚灰灰的，整個人都縮了水，僅存的十來撮黑髮貼在他光禿禿的頭頂上。不過，哈迪先生可是個非常優秀的人，是商店老闆的助手，工作時總是穿著件乾淨的白色長袍，處理大批大批如奶油、糖之類的珍貴商品，村裡每個家庭主婦都對他相當敬重，也常對他報以微笑。

在這間房子裡面，克勞德．庫貝奇從來就不曾覺得自在過，哈迪先生就是故意要讓他有這種感覺。他們端著茶，圍坐在客廳的爐火前，哈迪先生坐在壁爐右邊最好的那張椅子上，克勞德和克萊麗斯坐在沙發上，中間禮貌的隔著一大段距離。克萊麗斯的妹妹艾達坐在左邊一張直挺挺的硬椅子上；他們在壁爐前圍成了一個小圈圈，氣氛僵硬緊張，一本正經的啜飲著杯裡的茶。

「是的，哈迪先生，」克勞德說，「你大可放心，現在高登和我的腦袋裡面都有些很不錯的小點子。問題只在於要花點時間確定哪一個點子能夠賺最多的錢。」

「怎麼樣的點子？」哈迪先生問的時候，那對不以為然的小眼睛緊緊盯著克勞德看。

「啊，這就是關鍵。問題的重點就在這。你知道嗎。」克勞德在沙發上不安的動了動。他那身藍色西裝的胸口很緊，大腿之間鼠蹊部的地方更是緊得讓他受不了。他甚至覺得痛了，很想把它往下拉一點。

「這個叫高登的，生意不是做得不錯嗎，」哈迪先生說。「他為什麼會想要改行呢？」

「你說的一點都沒錯，哈迪先生。他的生意可是好得不得了。不過，繼續擴展也是件好事，你瞭解嗎。我們追求的是新的點子。我們要的是一些我不但可以參與、還可以分紅的點子。」

「比方說什麼？」

哈迪先生正在吃一塊紅醋栗蛋糕，一口口的咬著蛋糕的邊緣，他那張小嘴就像隻毛毛蟲，從葉緣啃下一小口捲曲的樹葉。

「比方說什麼？」他又問了一次。

「哈迪先生，高登和我每天都會針對這些不同的生意討論上好一段時間。」

「比方說什麼？」他又重複了一次，絲毫不肯鬆手。

克萊麗斯側眼瞄了克勞德一眼，替他打氣。克勞德那雙大眼睛又慢慢移回哈迪先生身上，沒多說什麼。他希望哈迪先生不要再像這樣咄咄逼人了，總是拿一些問題來轟炸他，忿忿的瞪著他，那副模樣好像是個該死的副官。

「比方說什麼？」哈迪先生說。這次克勞德很清楚，他是不會放過他了。而且，他的直覺也告訴他，這個老傢伙想要讓他難堪。

「這個嘛，」他深深吸了口氣說。「在我們有所成果之前，我不想把細節告訴你們。到目前為止，我們就只是在心裡反覆考慮這些點子而已，瞭解嗎。」

「我只是想問你，」哈迪先生不悅的說，「你們在考慮的是**哪一種**生意。我想應該是些值得尊敬的生意吧？」

「**拜託**，哈迪先生。你該不會認為我們會去**考慮**那些有任何一點不值得尊敬的行業吧？」

哈迪先生嘟噥了一聲，一邊看著克勞德，一邊慢慢的攪動著他的茶。克萊麗斯害怕的默默坐在沙發上，凝視著壁爐裡面的火。

「我從來就不贊成創業，」哈迪先生想要力挽剛才的頹勢。「一個男人該找的是一份令人尊敬的好工作。一個令人尊敬的環境當中一份令人尊敬的工作。我不喜歡搞太多花樣。」

「重點是，」克勞德急了。「我只是想讓我的太太能夠擁有她想要的每一樣東西而已。有間房子可以住，家具、花園、洗衣機，還有世界上所有的好東西。那就是我想做的，靠一份普通的薪水是辦不到的，對吧？哈迪先生，除非做生意，不然是不會有足夠的錢這麼做的。你的看法應該和我一樣對吧？」

哈迪先生這一輩子幹的都是領著普通薪水的工作，並不是很喜歡他的看法。

「那我倒想請問，你不認為**我**讓我的家人樣樣不缺嗎？」

「噢，當然囉，而且還不只如此呢！」克勞德熱切的說。「問題是**你的**工作很好，哈迪先生，差別就在這裡啊。」

「你們在考慮的是**哪種**生意？」哈迪先生還沒放棄。

克勞德喝了口茶替自己爭取一些時間，他忍不住要想，如果他直接了當實話實說的告訴他的話，這個老渾球的臉會有多難看。如果他告訴他，哈迪先生，如果你真的想知道的話，那我就告訴你，我們只有一對靈猩，其中一隻是替另外一隻代跑的槍手，兩隻長得一模一樣，而且我們馬上就要轟轟烈烈的幹下地下賽狗場史上最大的一票了，懂嗎。真不知道他會有什麼反應。如果他真的這麼說的話，他實在很想好好看看那老渾球的臉，真的。

所有人都坐在椅子上，手裡拿著茶杯，凝視著他，等他答話，等他說些好聽的話來聽。「其實，」他很認真的在思考，所以說話的速度很慢。「有個主意我已經想很久了，不但會比高登賣中古車或其他類似的行業還賺錢，而且根本就不需要什麼開銷。」這樣好多了，他對自己說。繼續保持下去。

「到底是什麼生意呢？」

「哈迪先生，這是個非常奇怪的生意，一百萬個人裡面恐怕也找不到一個人會相信。」

「說來說去，到底是什麼？」哈迪先生小心翼翼的把茶杯放在身旁的小桌子上，身子往前靠等著聽他的答案。克勞德看著他，心中從沒有像此刻如此清楚的知道，他的敵人就是眼前這個人，還有其他像他這樣的人。像哈迪先生這樣的人就是他真正的麻煩所在。他們全都一個樣。這些人每一個他都認識，他們有雙乾淨醜陋的手、灰色的皮膚、銳利的嘴巴、有著背心下面的肚子慢慢鼓成一小顆圓球的傾向；而且總是有個油滑的歪鼻子、軟弱無力的下巴，多疑的黑色眼睛總是動得太快。就是哈迪先生這些傢伙。喔，我的天啊。

「說吧，倒底是什麼？」

「這絕對是個金礦，哈迪先生，真的不騙你。」

「先說來聽聽再說。」

「這件事非常簡單，又非常的奇妙，大多數人甚至連做都懶得去做。」他想到了——他想到了一件他真的曾經認真思考過好長一段時間的事，一件他一直想要去做的事。他俯過身，謹慎把茶杯放到哈迪先生的茶杯旁，然後，他不知道該把雙手放在什麼地方才好，只好放到膝蓋上，掌心朝下。

「好啦，快說吧，小老弟，倒底是什麼？」

「蛆，」克勞德輕聲的回答他。

哈迪先生往後抖了一下，彷彿有人把水潑到他臉上一樣。「蛆！」他難以置信的說道。「蛆？蛆，你到底是什麼意思？」克勞德忘了這個字在每個自尊自重的雜貨商的店裡，幾乎是完全不該提起的。艾達咯咯笑了起來，克萊麗斯惡狠狠的朝她瞪了一眼，艾達咯咯的笑聲立刻停在嘴上。

「開一家蛆工廠，保證賺錢。」

「你是想要跟我開玩笑嗎？」

「我是說真的，哈迪先生，聽起來可能有點詭異，但這純粹是因為你以前從來沒聽過的關係，不過，這可是個小金礦呢。」

「一家蛆工廠！真是夠了，庫貝奇！拜託你正常點！」

克萊麗斯真希望她爸爸不要叫他庫貝奇。

「你從來沒聽人說過蛆工廠吧，哈迪先生？」

「當然沒有！」

「現在真的有些蛆工廠，而且還是大型的公司，經理啊，董事啊，該有的都有，你知道嗎，哈迪先生？他們都是幾百萬幾百萬的在賺耶！」

「簡直胡扯，你這傢伙。」

「你知道他們為什麼能夠幾百萬幾百萬的賺嗎？」克勞德稍微停了一下，但他沒發現哈迪先生已經慢慢面色如土了。「那是因為市面上對蛆的需求量很大，哈迪先生。」

這時，哈迪先生還聽見了其他的聲音，是櫃臺對面那些客人的聲音——比方說，瑞比茲太太，就在他替她切奶油的時候，這個臉上爬著些棕色汗毛，說話聲音總是很大的瑞比茲太太對他說著，哇哇哇；他現在就可以聽見她說，哇哇哇，哈迪先生，你的克萊麗斯上星期結婚了對吧。我得說，那真是太棒了，還有，你說她先生是做什麼的，哈迪先生？

他開了一家蛆工廠，瑞比茲太太。

門都沒有，他對自己說，還用那對帶著敵意的小眼看著克勞德。真的想都別想。我可不想這樣。

「我真的想不到，」他一本正經的說，「我有什麼機會會需要買蛆。」

「聽你這麼一說，哈迪先生，我自己好像也沒有。其他我們認識的許多人應該也沒有。不過，讓我問你另外一個問題。你有多少次會需要買……比方說，手錶裡面用的冠輪和小齒輪呢？」

這是個很犀利的問題，克勞德慢慢露出一個令人做噁的微笑。

「這和蛆有什麼關係？」

「我就是這個意思——什麼人買什麼樣的東西，瞭解嗎。你這一輩子都不會去買冠輪和小齒輪，但這並不代表現在就沒有人靠生產這些東西在賺大錢——因為事實上是有的。蛆也是這樣啊！」

「你可不可以告訴我，會有哪些噁心的人要買蛆呢？」

「買蛆的都是些釣魚的人，哈迪先生。一些業餘的釣客。全國上下有成千上萬的釣客每個週末都到河裡去釣魚，他們每一個都會想要買蛆。而且還願意花上好些錢來買呢。隨便挑個星期天到泰晤士河邊那個叫馬洛的小鎮去，只要沿著河邊隨便看看，都可以看到河岸上有**成排**的釣客。一個挨著一個，一個挨著一個，**排**滿了河的兩岸。」

「那些人是不買蛆的。他們會自己去花園裡挖蟲。」

「如果你不介意我這麼說的話，哈迪先生，這你就不懂了。你可就大錯特錯了。他們要的是蛆，不是蟲。」

「就算這樣，他們也會自己去弄蛆來。」

「他們才不**想**自己去弄呢。想像一下，哈迪先生，現在是星期六下午，你正要出門去釣魚，郵差先生把一罐乾乾淨淨的蛆送到你家門口，你只需要把它塞進釣具袋裡就可以上路了。如果只要花個一兩先令就會有人把蛆送到家門口，你想還有人會自己去挖蟲或找蛆嗎？」

「那我可不可以請問，你打算怎麼樣來經營這間蛆工廠呢？」他說到蛆這個字的時候，那個樣子好像是在把酸掉的種子從嘴巴裡面吐出來一樣。

「經營蛆工廠是天底下最簡單的事了。」對這個主題克勞德越來越有信心，越說越起勁。「你只需要幾個舊油桶和幾塊腐爛的肉或一個羊頭，然後把它們放進那些舊油桶裡面就行了。剩下的事蒼蠅會替你解決。」

如果他有看見哈迪先生的表情，他很可能會就此打住。

「當然，並不完全像聽起來的那麼簡單。接下來你要用特別的食物來餵你的蛆。除了麥麩之外，還要有牛奶。等它們長得又大又肥之後，你再把它們裝進一品脫大小的罐子裡，寄去給你的客人。一品脫可以賣五先令。**一品脫五先令耶！**」他興奮的叫著，手還在膝蓋上拍了一下。「你能夠想像嗎，哈迪先生！他們跟我說，一隻青蠅隨隨便便就可以產下二十品脫的蛆耶！」

他又稍微暫停了一下，不過，這只是為了要整理思緒，因為現在任誰都阻擋不了他了。

「還有另外一件事，哈迪先生。一間好的蛆工廠是不能只生產普通的蛆的，你知道嗎。每個釣客都有自己的品味。蛆是最普通的一種，還要有沙蠶。有些釣客除了沙蠶什麼都不要。當然囉，還有帶顏色的蛆。一般的蛆是白色的，但是餵它們吃特別的食物，它們就會變成不同的顏色，你瞭解嗎。有紅的、綠的、黑的，如果你知道怎麼養的話，甚至還可以養出藍的。對一間蛆工廠來說，最困難的就是培養藍色的蛆了，哈迪先生。」

克勞德停下來喘口氣。現在，他眼前浮現出一個景象——他每一個發財夢裡都有同一個景象——一間巨大無比的工廠伸出高高的煙囪，好幾百個快樂的工人魚貫走進大開的鍛鐵大門，而克勞德自己則坐在豪華的辦公室裡，以一種令人激賞的沈穩篤定態勢，指揮著各項運作。

「現在這個時候，有一些很有頭腦的人正在研究這些東西，」他繼續往下說。「除非你想喝西北風，不然你得趕快搶進才行。做大生意的秘訣就是要在其他人之前先搶進，哈迪先生。」

克萊麗斯、艾達還有她們的爸爸全都呆坐在椅子上，直瞪著前方。她們三個沒有任何反應，也都沒有說半句話，只有克勞德一個人一直說個沒完。

「你只要能確定在寄送的時候你的蛆還活著就行了。它們必須要扭來扭去的才行，瞭解嗎。蛆如果沒有扭來扭去的，那就沒有用了。等我們生意真的做起來，存了一點小錢之後，就會蓋一間溫室。」

說到這裡，克勞德又停了一下，摸了摸他的下巴。「我猜你們一定不懂，為什麼會有人想要在一間蛆工廠裡面蓋一間溫室。這個嘛——讓我來告訴你們。溫室是為了冬天的蒼蠅蓋的。」

「我想這就夠了，謝謝你，庫貝奇，」哈迪先生突然插進話來。

克勞德抬起頭，第一次看見他臉上的表情。整個人被潑了桶冷水。

「我一點都不想再聽了，」哈迪先生說。

「哈迪先生，我只是想，」克勞德叫著說，「給你的女兒她想要的每一件東西。我日思夜想的都是這個啊，哈迪先生。」

「那我只能希望，你可以不需要靠蛆的幫忙就能達成這個目標。」

「爸！」克萊麗斯一聽苗頭不對，立刻大聲說道。「你不要用這種口氣和克勞德說話。」

「我愛用什麼口氣和他說話，就用什麼口氣和他說話，這你管不著，小姐。」

「我想我們該走了，」克勞德說。「晚安。」

費西先生 一九五三

那個重要的日子來的那一天，我們兩個都起得很早。

我晃到廚房去刮鬍子，不過，克勞德卻立刻穿好衣服，到外面去弄乾草。廚房是靠房子前排的一個房間，透過窗户，我可以看見太陽才剛要從山谷另外一邊山脊上的樹後面爬起來。

每次克勞德抱著滿懷乾草經過窗户前面時，我都可以從鏡緣看見他臉上那股幾乎快透不過氣的專注表情，那顆像子彈一樣又圓又大的腦袋伸在前面，額上深深的皺紋一直延伸到髮線邊。之前我只看過一次這種表情，那是在他向克萊麗斯求婚的那天晚上。今天他實在是太緊張了，甚至連走路的樣子都有點怪怪的，每一步都踏得很輕，好像加油站附近的水泥地對他的腳跟來說太燙了點；他不停把乾草往箱型車的後座堆，好讓傑克能夠舒服些。

然後他走進廚房準備早餐，我看他把那鍋湯放到爐子上面，開始不斷攪拌。他拿著一根長長的金屬湯匙，一直不停的攪啊攪的，一直到它沸騰了為止，每隔半分鐘就把鼻子湊進那鍋甜得噁心的馬肉飄出的蒸汽裡。然後他開始把配料放進去——三顆剝了皮的洋蔥、少許嫩紅蘿蔔、一杯蕁麻的莖、一匙的情人牌肉汁、十二滴的鱈魚魚肝油——不論他在弄什麼東西，他那又肥又大的指尖都輕輕柔柔的，好像他手裡拿的是威尼斯玻璃製品一樣。他從冰箱裡拿出些剁碎了的馬肉，舀了大約一個手掌的份量放進傑克的碗裡，又舀了三個手掌的份量放進另外一個碗裡，等湯煮好了之後，他把湯倒在肉上，平均分到兩個碗裡。

過去這五個月來，每天早上我都可以看見他進行這個儀式，但他臉上專注的神情從來就不像今天早上這麼緊張，這麼喘不過氣來。他沒有說話，連看也沒看我一眼，甚至連他轉身出去帶狗進來的時候，他的脖子和肩膀彷彿也在輕聲的說著，「喔，求主保佑一切順利，尤其別讓我在今天出什麼紕漏。」

他在狗欄裡替狗戴上鍊條的時候，我聽見他輕聲細語的在和狗說話，當他把牠們帶到廚房來時，牠們跳著衝了進來，兩隻前腳上上下下搭著桌子猛要往早餐撲去，粗大的尾巴也像鞭子似的不停搖來搖去。

「好啦，」克勞德總算開口說話了。「哪一隻才是？」

大多數的早上，他會和我賭一包香菸，不過，今天事關重大，我知道此刻他只不過是需要感覺再踏實一些。

他看我又繞著這兩隻漂亮、高大、如天鵝絨般黑亮、長得一模一樣的狗走了一圈，他讓在一旁，伸手拉著鍊條，好讓我看得更清楚些。

「傑克！」我又試了試那招從來就不曾奏效的老把戲。「哈囉，傑克！」兩顆長得一模一樣的腦袋帶著一模一樣的表情轉過來看我，四隻光亮、深黃，長得一模一樣的眼睛直瞪著我看。我一度以為，其中一隻狗的眼睛的顏色比另外一隻的要深上一些。我也一度以為，我可以因為其中一隻狗胸部的肌肉要厚實些、臀部的肌肉多些而認出哪一隻才是傑克。但事實上並沒有這回事。

「快點啊，」克勞德說。他希望我猜不出來，尤其是在今天。

「這隻，」我說。「這隻是傑克。」

「哪一隻？」

「左邊這一隻。」

「哈！」他叫了一聲，整張臉都亮了起來。「你又猜錯了！」

「我不認為我猜錯了。」

「你百分之百肯定猜錯了。聽著，高登，我有件事情要跟你說。過去這幾個星期以來，每天早上你在猜的時候──你知道發生了什麼事嗎？」

「什麼事？」

「我一直都有在算。結果是，你猜對的次數還不到一半耶！擲銅板來猜都還比較準！」

他的意思是，如果連我（這個和牠們每天見面、朝夕相處的人）都猜不到，那我們為什麼要怕費西先生呢。克勞德知道費西先生抓槍手的功夫是出了名的，但他也知道，當兩隻狗之間沒有任何不同時，要分辨牠們是非常困難的。

他把裝食物的碗放到地板上，肉比較少的那一碗給傑克，因為他今天要下場比賽。他往後站，看著牠們吃東西，臉上又浮現出那種擔憂不已的神色。先前他只有在凝視克萊麗斯時，眼神中才會出現那種融化在愛裡頭的專注神情，此刻在他眼中同樣也看得見這個神情。

「你看吧，高登，」他說。「就像我一直跟你講的一樣。過去一百年來有各式各樣的槍手，有些好有些壞，但在整個賽狗的歷史中，從來没有像這樣的槍手。」

「我希望你說得是對的，」我說。我想起了四個月以前，聖誕節前那個冷得要命的下午。那天，克勞德向我借了箱型車之後，没跟我說要去哪，就開著往艾斯伯雷的方向去了。我以為他是去找克萊麗斯，不過，快到傍晚時，他就帶著這隻狗回來了，說是用三十五先令的代價向某個人買來的。

「他跑得快嗎？」我問他。那時我們站在外面的泵浦旁，克勞德手裡拿一條鍊子牽著牠，眼光也停留在牠身上，幾朵雪花飄下，落在那隻狗的背上。箱型車的引擎還没熄火。

「快！」克勞德說。「你這輩子大概看不到比牠跑得更慢的狗了！」

「那你買來幹嘛？」

「這個嘛，」他那張笨拙的大臉一副神秘兮兮的狡猾模樣，「我剛好想到，搞不好他看起來會和傑克有點像。你覺得呢？」

「聽你這麼一說，好像還真的有點像。」

克勞德把鍊條交給我之後，我把這隻新來的狗帶到屋裡弄乾，他則繞到狗欄去牽他的寶貝。等到他回來之後，我們第一次把兩條狗放在一起，我還記得他往後退了幾步，叫了聲，「我的天啊！」站在那兩隻狗面前，整個人嚇呆了，好像看到鬼一樣。然後，他變得非常安靜，動作迅速跪了下來，開始一點一點的仔細檢查比對這兩隻狗。他花了好長一段時間檢查，甚至還把兩隻狗抓來放在一起，比較那十八隻指甲和懸爪的顏色有何異同，我可以感覺到，每過一秒他就變得越激動，整間房間也似乎跟著熱了起來。

「聽著，」他最後總算站起來對我說。「帶牠們在房間裡走幾圈好嗎？」然後，他靠著爐子站了五、六分鐘左右的時間，就這麼皺眉歪腦半閉著眼，一直朝著他們看，還不時咬咬自己的嘴唇。之後，他好像不相信第一次檢查的結果一樣，又跪下來把每個地方又都檢查了一遍；當他檢查到一半的時候，突然跳了起來，瞪著我看，一張臉緊張的僵在那兒，眼鼻四周泛著詭異的蒼白顏色。「好啦，」他的聲音微微在顫抖。「你知道嗎？我們發了，我們發大財了。」

然後，我們就開始在廚房裡面舉行秘密會議，經過詳細的規劃，找出最適合的場地，最後，每兩個星期六，一共八次，我們把加油站關起來（犧牲一整個下午可能上門的客人）大老遠把槍手載到牛津去，讓他在海丁利附近原野裡面一個又小又爛的場地比賽，這地方的賭額不低，但場地設施只有一道老舊的柱子和繩子來標示賽道，一臺倒翻過來的腳踏車用來拉假兔子，遙遠的另外一端的盡頭則有六個起跑柵欄和發令員。我們在十六個星期之內把槍手載去那裡八次，讓牠參加費西先生的比賽，忍受淒風苦雨，站在人群的邊緣，等待他們用粉筆在黑板上寫出牠的名字。我們把牠叫做黑豹。輪到他的時候，總是由克勞德把牠遷到起跑柵欄那邊去，我則是站在終點線把牠給抓住，以免牠受到鬥狗的攻擊。那些吉普賽人常會在最後的時候把這些吉普賽狗放出來，目的就是為了要把其他的狗咬得遍體鱗傷。

但你也知道，花這麼多功夫大老遠把牠帶到那邊這麼多次，讓牠下場比賽，自己在一邊觀賽的時候，卻還要不斷祈禱不論發生什麼事牠都能夠跑最後一名，這真是叫人夠沮喪的了。當然，那些禱告其實是沒必要的，我們從來就不曾真正擔心過，因為那個老傢伙根本跑不快，而事實也的確如此。牠跑的模樣就和一隻螃蟹沒兩樣。只有一次牠沒有拿最後一名，那次有一隻名叫金黃閃電的暗褐色大狗把一隻腳伸進一個洞裡，跌斷了蹠關節，最後以三隻腳完成比賽。但就算是這樣，我們的黑豹也只比牠快了一點點而已。我們就這樣讓牠一路往下降，降到和最差勁的弩腳貨同一級，上次我們到那去的時候，所有組頭嚷嚷著牠的名字，開出一賠二十或一賠三十的賠率，懇求大家來下牠的注。

好不容易到了這個晴朗的四月天，傑克總算要上場了。克勞德說，我們不能再讓槍手上場代跑，不然費西先生可能會開始覺得厭煩，完全不讓牠參賽，因為牠實在是太慢了。克勞德說，就心理層面來看，現在是大撈一票的最佳時機，而且傑克可以贏上三十到五十個身長。

他從傑克剛出生不久就開始養牠，現在牠才十五個月大，卻已經是一隻跑得很快的好狗了。牠從來沒有參加過比賽，但從我們帶牠去烏克斯布里吉私人訓練跑道，讓牠練習繞圈跑時就可以看得出來牠跑得快。從牠七個月大起，克勞德每個星期天都會帶牠去那裡──唯一的一次例外是牠去打疫苗的時候。克勞德說，牠的速度或許沒有那麼快，沒有辦法在費西先生最頂尖的那一組裡面奪冠，但我們現在把牠弄到和弩腳貨一起在最差勁的一組，牠就算是跌倒了再爬起來，也還可以贏上二十個身長──嗯，至少十到十五個身長絕對沒問題，克勞德說。

所以，這天早上，我需要做的事就只是到村裡的銀行去，替我自己還有克勞德領五十英鎊出來，他那五十英鎊就當作我先預付給他的工資，到了中午再把加油站關起來，把「今日休息」的牌子掛在其中一個泵浦上就行了。克勞德會把先前那隻代跑的狗關到屋子後面的狗欄裡面，把傑克帶上車，然後我們就可以出發了。我不認為我自己有像克勞德那麼激動，不過話說回來，我也沒有很多重要的事情，比方說像買房子或結婚之類的非靠牠不可。而且，我也不像他幾乎是在一個靈猩住的狗屋裡頭出生的，整天不論走到哪裡去，腦袋裡頭就只想著那檔子事——晚上偶爾會想想克萊麗斯除外。就我個人而言，我是一個加油站的老闆，光是這樣就夠我忙的了，更別提還有中古車的事情要照顧了，不過，如果克勞德想要整天跟狗鬼混的話，我沒什麼意見，尤其是像今天這樣的情況——如果真的成功的話。事實上，我並不介意老實和你說，每次只要一想到我們砸下去的錢還有我們可能贏到的錢，我的胃就忍不住會稍微痙攣一下。

狗已經吃完早餐了，克勞德把牠們牽出去，越過對面那一塊草地，讓牠們散散步，我則是忙著穿衣服和煎蛋。之後，我就到銀行去把錢提出來（全都是一英鎊的紙鈔），早上剩下的時間在照料客人當中很快就過了。

十二點整，我鎖上門，在泵浦上掛上牌子。克勞德牽著傑克從房子後面繞了出來，手裡還拿著一個用紅棕色硬紙板做成的大行李箱。

「拿行李箱幹嘛？」

「裝錢啊，」克勞德說。「是你自己說，沒有人能把兩千英鎊全都裝在口袋裡的。」

那是一個可愛的豔黃春日，花苞沿著籬笆兩旁綻放盛開，陽光照在馬路對面那棵高大山毛櫸樹頂的新葉上，落下點點金黃。傑克看來好極了，臀部上突著兩球檸檬般大小的結實肌肉，全身上下的毛像黑色的天絲絨般閃閃發亮。克勞德把行李箱放進箱型車裡的時候，傑克還踮起腳趾頭東跳西跳了一會，好顯示牠的狀況有多麼好，然後牠抬起頭，咧著嘴朝我笑了笑，像是知道牠要去參加比賽，把兩千英鎊和一大堆榮耀贏回來一樣。我從來沒有見過哪隻狗像傑克一樣笑得那麼燦爛，笑得那麼像個人。牠除了會抬起牠的上嘴唇之外，嘴角還真的會一直往後延伸，所以，除了一兩顆長在最後面的臼齒之外，牠每一顆牙齒你幾乎都可以看得見；每次看牠這麼笑的時候，我幾乎都以為牠馬上就要哈哈大笑起來了。

我們上車後便朝目的地出發。開車的人是我。克勞德坐在我旁邊，傑克站在後面的乾草堆上，越過我們兩人肩膀，往擋風玻璃外看去。克勞德不時的就會轉過身，試著讓傑克躺下來，免得我們轉彎太急被甩出去，可是傑克實在是太興奮了，除了搖著牠那大尾巴對克勞德咧嘴笑之外，啥也沒辦法做。

「你錢帶了嗎，高登？」克勞德菸一根接著一根抽，根本不太能夠坐得住。

「帶了。」

「我的也帶了嗎？」

「我總共帶了一百零五鎊。其中五鎊你說要給那個轉輪手，以免他把兔子停下來，讓比賽無效。」

「很好，」克勞德好像快凍僵了一樣，用力搓著他的手。「好好好。」

我們駛過白金漢郡大密斯登那條狹小的高上街時，正好瞥見老魯明斯往小馬頭酒館去喝他每天早晨必定少不了的一杯，出了村之後，我們往左拐，爬上契爾登的山脊，往麗斯柏勒王子這個地方去，從這個地方算起，離牛津就只剩下二十多哩了。

此時，一股沈默和一種緊張的氣氛慢慢湧來。我們非常安靜的坐在位置上，什麼話也沒說，心裡既興奮又害怕，卻又不願讓對方看出我們在焦慮。克勞德菸抽個不停，每每才抽到一半，又把它們丟到窗户外面去。以往在這趟路程中，他通常都是從頭到尾講個沒完，說他這輩子在狗身上動過的手腳，說他幹過那些事、去過哪些地方、贏過多少錢之類的；還有其他人在狗身上動過的手腳，那些賊把戲，那些殘酷的手段，還有地下賽狗場裡狗主人那些不可思議的奸詐狡猾手段。不過，在今天這個日子，我想他不會希望說太多話。就這點來說，我自己也是一樣。我坐在位置上，看著前方的路，回想以前克勞德曾經告訴過我，那些關於賽靈猩這項奇怪運動的各種事情，盡量讓自己不去想即將要發生的事。

我敢發誓，現在這個世界上絕對找不到哪個人比他更內行的了，自從我們發現那隻槍手，決定要幹這檔子事開始，他就一肩扛起教導我關於這一行相關知識的重責大任。到了現在，就理論上而言，不論怎麼說，我想我知道的已經和他相去不遠了。

一切從我們在廚房裡舉行的第一次策略會議開始。我記得那是他把槍手帶回來的隔天，我們坐在店裡，看著窗戶外面，等著客人上門，克勞德滔滔不絕的跟我解釋我們必須採取的步驟，我也進我所能去理解他說的一切，直到最後，我碰到一個非問不可的問題。

「我不瞭解的是，」我說，「你到底為什麼要找槍手代跑。我們為什麼不一開始就讓傑克上場，然後在前六場比賽的時候想辦法讓牠跑慢一點，跑最後一名，這樣不是比較保險嗎？等到我們一切都準備好之後，我們再讓牠盡全力跑。如果我們沒搞砸的話，結果不是一樣嗎？而且也沒有被抓到的風險。」

我話才說完，他就抓狂了。克勞德很快把頭抬起來對我說，「嘿！門都沒有！我只是要讓你知道，我絕對不會讓狗『跑慢一點』。你是怎麼搞的啊，高登？」我的話好像真的讓他十分痛苦和震驚。

「我不覺得這有什麼不對啊。」

「你聽我說，高登。硬是讓一隻好狗跑慢點是很傷牠的心的。一隻好狗知道牠自己可以跑得很快，眼看其他狗跑在牠前面，可是自己又追不上——這真的會很傷牠的心，你知道嗎。而且，如果你知道那些傢伙會用哪些把戲，好讓狗在地下賽狗場上跑得慢一點的話，你就不會那樣說了。」

「比方說什麼樣的把戲？」我這麼問他。

「只要能夠讓狗的速度慢下來，你想得到的任何方法幾乎都有可能。而且，一隻好靈猩可是天不怕地不怕，永遠勇往直前的，得花上很大的力氣才能讓牠跑慢一點。你甚至連比賽都不能讓牠們看，不然牠們會一把把你手上的鍊條扯掉往前衝。我有好幾次看到那些狗一隻腳都斷了，可是還是堅持要跑完。」

他停了一會兒，用那雙淡色的大眼睛若有所思的看著我，臉上的表情嚴肅的要命，顯然是很認真的在思考。「或許，」他說，「如果我們要把這件事情幹好的話，我最好告訴你一些事情，這樣你才知道我們面對的是什麼情形。」

「快說，」我這麼說。「我很想知道。」

他沈默的朝窗外望了一會兒。「有一點一定要記住，」他陰氣森森的說，「那些帶狗來地下賽狗場的傢伙——都很有一套。他們比你能想像的還要更厲害。」他又停了一下，整理自己的思緒。「就拿各種不同可以讓狗慢下來的方法來說好了。第一種，也是最常見的一種是用勒的。」

「用勒的？」

「對。勒住牠們的脖子。這是最常見的一種方式。把綁在脖子部分的嘴套拉緊，讓牠們幾乎沒辦法呼吸，這樣你懂嗎。聰明的人知道要縮得多緊，扣在哪一個洞上，也知道這樣會讓狗在比賽的時候速度減慢幾個身長。通常縮兩個孔就可以讓狗慢個五、六個身長。如果真的綁得很緊的話，那就會變成最後一名。我知道有好多狗在天氣熱的時候，因為被勒得太緊，就癱死在跑道上。被勒死的，真的完完全全是被勒死的，實在是很殘忍。然後，還有一些人把狗其中兩隻腳趾用黑色的棉線綁起來。這樣子狗是絕對跑不快的。因為牠們沒有辦法平衡。」

「這聽起來還不錯。」

「還有人把剛嚼過的口香糖放在牠們的尾巴底下，就在尾巴和身體連接的那個地方。這可沒什麼好笑的，」他忿忿的說。「狗在奔跑的時候尾巴會非常精細的上下擺動，尾巴上的那個口香糖一直黏在屁股的毛上，剛好是最脆弱敏感的部位。你知道，沒有狗會喜歡這樣的。還有人用安眠藥。現在有很多人在用。他們依狗的體重來下藥，就和醫生一模一樣，而且他們依希望狗跑慢五個、十個還是十五個身長來決定藥粉的量。這些只是一些普通的方法而已，」他說。「老實說，這些一點都不夠看。和其他人，尤其是那些吉普賽人用來讓狗跑不快的方法比起來，真的一點都不夠看。有些吉普賽人用的方法，比方說他們把狗放到起跑柵欄裡的時候所使用的方法，實在噁心到連提都不想提，就算是對你最痛恨的敵人你大概也不會這麼做。」

他把那些方法都告訴我之後——那些方法實在是太可怕了，和肢體上的傷害有關，立刻就可以讓狗痛不欲生——然後又繼續跟我說，如果他們想讓狗贏得比賽的話，會用哪些手段。

「就像要牠們跑慢一樣，也有些恐怖的方法可以讓牠們跑快，」他的聲音很低沈，那張臉朦朦朧朧的有點神秘。「最常見的恐怕是冬青了。你只要看見場上的狗背上沒有毛，或者身上到處都是一撮又一撮禿禿的地方——他們一定是用了冬青。比賽開始之前，他們把冬青用力的抹進狗的皮膚裡去。有時候用的是一種史隆牌的藥膏，但大部分用的都是冬青。冬青會讓你覺得刺得要命。刺到那些老狗只想拼命往前不停的跑跑跑，想擺脫那種痛。」

「還有些人會用針打一些特別的藥。不過，這是最先進的一種方法，地下賽狗場上來騙錢的人大多數都不知道該怎麼用。有些人會為了某天的比賽而賄賂訓練師，把那些體育館裡的狗借出來，開著大車從倫敦下來比賽——他們才是那些會用針的人。」

我還記得他坐在餐桌旁，嘴裡叼著根菸，眼皮垂著好把煙霧擋在外面，他還用那雙皺得幾乎都快閉起來的眼睛看著我說，「你一定得記住這點，高登。如果他們想讓一隻狗贏的話，絕對會無所不用其極。從另外一方面來說，不論他們用什麼方法，也都沒有辦法讓狗超越牠自己的極限。所以，如果我們能把傑克弄到跑得最慢的那一組，那我們就不用愁了。最慢的這組裡面的狗絕對跑不過傑克，就算用冬青、打針都不行。甚至連用薑也沒用。」

「薑？」

「對啊，薑也是常用的一個方法。怎麼做呢，他們會拿一截胡桃木大小的生薑，在開賽前五分鐘塞進狗裡面去。」

「你是說，塞進嘴巴裡嗎？要牠把薑吃下去嗎？」

「不是，」他說。「不是塞到嘴巴裡去。」

事情就是這個樣子。後來我們載槍手去比賽的那八次漫長旅途中，每一次我都聽到越來越多關於這項迷人運動的點點滴滴——越來越多，尤其是種種讓牠們跑慢或跑快的方法（甚至連藥物的名稱和劑量也都知道）。我還聽到所謂的「老鼠法」（用來刺激那些不會追假兔子的狗），也就是把一隻老鼠放在一個罐子裡，然後再把這個罐子綁在狗的脖子上。那個罐子的蓋子上有一個小洞，洞的大小剛好能夠讓老鼠探出頭來咬那隻狗。可是，狗卻拿那隻老鼠沒輒，所以，狗被老鼠咬了脖子之後，會發了瘋似的到處橫衝直撞，罐子晃得越厲害，老鼠也咬得越凶。最後，會有人把老鼠給卸下來，原本安靜乖巧整天搖著尾巴不會傷害老鼠的狗，現在會猛撲過去把老鼠撕成碎片。克勞德說，這樣重複個幾次——不過，我自己並不喜歡這麼做——狗就會變成一個真正的殺手，不管看到什麼東西都會追，連假兔子也一樣。

我們來到了契爾登，往下開，離開山毛櫸樹林，進入牛津南方榆樹、橡樹錯落的平坦鄉野。克勞德安安靜靜的坐在我身旁，緊張兮兮的抽著香菸，每兩、三分鐘他就會轉過頭去，看看傑克怎麼樣。傑克總算躺了下來，每次克勞德轉過頭去時，都會輕聲細語的對傑克說些什麼，傑克也會搖搖尾巴，讓乾草發出些窸窣聲來回應。

我們馬上就要進入泰晤了，以前有市集的時候，他們會把牛羊豬全都關在寬闊的高上街上，一年一度的展覽會也就在鎮上的大街上舉行，還可以看見盪鞦韆、旋轉木馬、碰碰車和整群的吉普賽人。克勞德就是在泰晤出生的，我們每次開車經過的時候，他都會提起，沒有一次例外。

「哈，」當第一棟房子進入眼簾時，他會這麼說，「這就是泰晤了。你知道我是在這裡出生長大的，高登。」

「你說過了。」

「我們還小的時候，常在這附近做好多好有趣的事情，」他的聲音有些許的懷舊。

「我想也是。」

他停了一下，我猜是為了要舒緩他心中的緊張吧，他開始跟我敘說他年輕時候的事情。

「我家隔壁有一個男孩，」他說。「他叫做吉爾伯特・高姆。他的臉小小尖尖的，像雪貂一樣，一隻腳比另外一隻稍微短一些。我們常在一起幹一些可怕的事情。你知道我們曾經幹過什麼事嗎，高登？」

「什麼？」

「星期六晚上，我爸我媽去酒吧的時候，我們會跑到廚房去，把瓦斯管從瓦斯筒的氣環上拆下來，再把瓦斯灌到一罐裝滿水的牛奶瓶裡去。然後我們會坐下來，用茶杯來喝那些水。」

「真的有那麼好喝嗎？」

「好喝！簡直難喝斃了！可是我們會把一大堆糖加進去，這樣喝起來就沒那麼難喝了。」

「你們為什麼要喝這種東西呢？」

克勞德轉頭來看我，一臉不可思議的模樣。「你是說你從來沒喝過『蛇水』嗎！」

「應該沒有。」

「我還以為每個人小時候都喝過呢！它會讓你昏昏欲睡的，像喝酒一樣，但比酒更糟，就看你讓瓦斯在水裡面灌多久。星期六晚上，我們常在廚房裡面喝得爛醉，那真的是好棒。有一天晚上，我爸提早回來，剛好抓得正著。只要我還活著，我永遠也不會忘記那一個晚上。我握著牛奶瓶讓瓦斯在水裡面冒著可愛的泡泡，吉爾伯特跪在地板上，只等我一聲令下，就把開關關上，我爸就在這個時候走了進來。」

「他說了些什麼？」

「喔，我的天啊，高登，真是太恐怖了。他什麼話也沒有說，就站在門旁邊，開始摸他的皮帶，慢慢把皮帶扣給解開，再慢慢把皮帶從褲子上抽下來，可是眼神從來就沒離開過我。我爸長得很高大，一雙手像煤鎚一樣，留著黑黑的鬍髭，臉頰上爬滿了紫色的小血管。然後，他很快的走過來，一把抓住我的外套，準備使盡全力用皮帶扣的那一端好好修理我一頓，我敢對天發誓，高登，我真的以為他要把我給殺了。可是後來他卻沒有修理我，又慢慢把皮帶仔仔細細的穿了回去，扣上扣環，把多出來的皮帶塞好，打了個嗝，滿口的啤酒味。然後他又回酒吧去，還是什麼話都沒說。那是我這一輩子最可怕的懲罰。」

「你那個時候幾歲？」

「大概八歲吧，我猜，」克勞德說。

當我們逐漸靠近牛津時，他又沈默了起來。不時就會扭過頭去，看看傑克是不是還好，還有一次他轉過頭去的時候，跪在椅墊上把更多的乾草堆到傑克附近，還不清不楚咕噥著啤酒什麼的。我們開過牛津的郊區，駛進鄉間錯綜複雜的狹窄小路，過了一會兒，我們轉進一條崎嶇的小徑，沿路上我們超越過一排人，他們不分男女或走路或騎車，全都朝著同一個方向前進。有些男人還帶著靈猩。我們前面有一輛大房車，從後車窗看去，可以看見後座有一隻狗坐在兩個男人中間。

「各地都有人來，」克勞德語氣陰森的說。「那個人可能是特地從倫敦過來的。可能是特地為了今天下午，才把那隻狗從某個大體育館的狗舍偷帶出來。那可能是一隻參加德比大賽的狗呢，管他去。」

「希望他不會和傑克分到同一組。」

「別擔心，」克勞德說。「所有第一次參賽的狗都會自動被排到跑得最快的那一組。這是費西先生非常重視的一項規矩。」

前面有一扇打開的門，門後面是一片原野，我們進去之前，費西先生的太太走過來向我們收取入場費。

「如果她力氣夠的話，費西先生甚至會要她去轉那個要命的踏板，」克勞德說。「費西那老傢伙絕不雇用不必要的人。」

我把車開過草地，沿著最高的那一道籬笆，停在一排車子的最後面。我們兩個都下了車，克勞德快步繞到車子後面把傑克牽出來。我則是站在車子旁邊等。這是一片非常寬闊的原野，上面有一道陡坡，我們就站在陡坡的最頂端往下看。我看見遠方有六個起跑柵欄，標示跑道的木頭柱子沿著原野的底端一路排過來，轉過一個九十度的彎道，爬上山坡，朝著觀眾直奔而來，隨後便是終點線。終點線後三十碼的地方矗立著那輛上下顛倒用來拉假兔子的腳踏車。這個機器是可以移動的，於是便成為所有地下賽狗場用來拉假兔子的標準設施。這個機器包含一個約八呎高的單薄木頭平臺，底下是由四根敲進地下的柱子所支撐。平臺上架著一臺上下顛倒的普通老舊腳踏車，兩個輪胎都騰空。腳踏車的後輪在前面，朝下對著跑道，輪胎已經被拆掉了，只剩下一個中間凹陷的金屬輪框。拉兔子那條繩子的其中一端固定在這個輪框上，轉輪手（或者說拉兔子的人）跨坐在腳踏車後面，用手轉踏板轉動輪胎，把線繞在輪框上收進來。他可以隨意以任何速度把兔子拉進來，時速最快可以高達每小時四十哩。每場比賽之後，會有一個人把假兔子（連同綁在上面的繩子）一路再拉回到起跑柵欄去，輪框上的繩子也全都被拉了出來，準備進行下一場比賽。從居高臨下的平臺上，轉輪手可以觀察到比賽的情況，控制假兔子的速度，讓它恰好就跑在領先的那隻狗前面。（如果有隻意料之外的狗突然殺出來，眼看就要贏得比賽的話）他隨時都可以讓兔子停下來，使得「比賽無效」，方法就是突然把踏板往後轉，讓繩子捲進輪胎的車軸裡去。另外一個方法是突然讓假兔子的速度變慢，也許只需要一秒鐘，領先的狗會被這突如其來的狀況給嚇到，楞上一會，其他狗就可以趁機趕上來。這個轉輪手可是個非常重要的人。

此刻，費西先生的轉輪手已經高高站在平臺上，他穿著一件藍色毛衣，看來相當孔武有力，他靠在腳踏車旁，透過香菸的煙霧俯瞰著下面的觀眾。

英格蘭有一條奇怪的法律，規定這類比賽每年只能在同一個地方舉行七次。這也是為什麼費西先生所有的設備都是可以移動的緣故，第七次比賽之後，他就會轉到下一個地方。這條法律一點也不困擾他。

現場已經有很多人了，組頭們在場地右邊一路架起他們的攤子。克勞德已經把傑克給牽了出來，帶著牠往一群人走去。那群人的中間是一個穿著馬褲、身材壯碩的小個子男人——這就是費西先生本人。每個人都用鍊條牽著一隻狗，費西先生左手拿著一本折起來的筆記本，右手不停把名字抄在上面。我晃過去瞧了一眼。

「你這隻狗叫什麼名字？」費西先生的鉛筆筆尖停在筆記本上方。

「午夜，」那個牽著一隻黑狗的男人說。

費西先生往後退了一步，仔仔細細的打量著那隻狗。

「午夜。好。我記下來了。」

「珍，」下一個男人說。

「讓我瞧瞧。珍……珍……對，沒錯。」

「士兵。」牽狗的是個一口長牙的高個子男人，他那套雙排釦的深藍色西裝因為穿久了，都磨得光光的，他在報「士兵」的名字時，那隻沒有抓住鍊條的手開始慢慢搔著他褲子屁股的部位。

費西先生彎下腰來檢查那隻狗。牽狗的人則是抬頭望著天空。

「把牠帶走，」費西先生說。

那人馬上把眼光移了下來，手也不搔了。

「快把牠帶走啊。」

「聽著，費西先生，」那男人的舌頭從上下兩排長牙間伸出來，微微舔著嘴唇。「你在說什麼蠢話啊，**拜託**。」

「快給我滾，賴瑞，不要再浪費我的時間了。你和我都很清楚，士兵的右前腳上有兩根白色的趾頭。」

「你聽我說，費西先生，」那人說。「你至少已經有六個月沒見到士兵了耶。」

「別鬧了，賴瑞，快滾吧。我沒時間和你吵架。」費西先生看起來一點也不生氣。「下一位，」他說。

我看見克勞德牽著傑克走上前去。那顆笨拙的大腦袋沒有任何表情的僵在那裡，眼睛直瞪著費西先生頭頂上方大約一碼的地方，牽著鍊條的那隻手握得死緊，緊到他的指節看起來幾乎像是一排白色的小洋蔥。我很清楚他當時的感受。在那個時刻，我的感覺和他一樣，費西先生突然大笑起來的時候，那感覺更是恐怖。

「嘿！」他大叫一聲。「黑豹來了。我們的冠軍來了。」

「沒錯，費西先生，」克勞德說。

「嗯，我可以跟你說，」費西先生嘴上還笑著。「你可以直接把牠帶回家了。我不要牠。」

「可是，費西先生……」

「為了你，我讓他下場比了六次還是八次，實在是夠了。聽著——你為什麼不乾脆給牠一槍，讓牠死死算了？」

「**求求你**聽我說，費西先生。再一次就好了，我以後再也不會求你了。」

「連一次也免談！今天這裡的狗多到我沒辦法處理了。這裡沒這種肉腳的份。」

我想，克勞德差不多快哭了。

「拜託啦，費西先生，」他說。「過去這兩個星期以來，我每天早上六點就爬起來帶牠出去路上跑，替牠按摩，還買牛排給牠吃，相信我，跟上一次比起來，牠已經是一條不一樣的狗了。」

費西先生聽見「不一樣的狗」這五個字的時候，好像被帽針刺到了一樣嚇了一跳。「你說什麼！」他大叫道。「不一樣的狗！」

克勞德表現得非常鎮定，我不得不稱讚他。「我告訴你，費西先生，」他說。「如果你說話的時候不要影射些什麼，我會很感激你的。你很清楚我不是那個意思。」

「好吧，好吧。不過，結論還是一樣，你可以把牠帶走了。實在沒有理由再讓像牠跑得這麼慢的狗下場比賽了。把牠帶回家吧，我拜託你，不要延誤了整場比賽。」

當時，我看著克勞德。克勞德看著費西先生。費西先生四處張望，等下一隻狗進來。他在那件棕色粗呢夾克下面穿了一件黃色的套頭毛衣，他胸前那一溜黃色，還有他那雙打著綁腿的瘦腿，還有他的腦袋點來點去的模樣，讓他看起來像是某種活潑的小鳥——也許是金翅雀吧。

克勞德往前踏了一步。他的臉已經因為生氣而開始微微發紫，吞口水的時候，我也可以看見他的喉結上上下下的在移動。

「我告訴你我要怎麼辦，費西先生。我真的非常肯定這隻狗已經有進步了，所以我要和你打賭一英鎊，他絕對不會跑最後一名。不騙你。」

費西先生慢慢轉過頭來看著克勞德。「你瘋了嗎？」他問。

「為了要證明我說的話，我願意跟你賭一英鎊，不騙你。」

這是一步險招，肯定會引起他的懷疑，但克勞德知道，除此之外他別無選擇。費西先生彎下腰檢查傑克的時候，周遭鴉雀無聲。我看見他的眼睛一吋接一吋，慢慢掃過傑克整個身體。他那一絲不苟的態度還有他的記憶力真的很令人激賞；這個自信的小無賴把幾百隻不同但非常相似的狗的體型、顏色和特徵全都記在腦子裡面，也實在教人害怕。他向來只需要一絲線索——或許是一小道傷痕、外翻的趾頭或是跗關節往裡凹了一點、臀部不像以前那麼翹，或是斑紋的顏色比以前深了些——這些費西先生全都記得一清二楚。

我看著他把身體彎到傑克上面。他的臉是粉紅色的，很多肉，嘴巴又小又緊，好像沒辦法張開來笑一樣，那一雙眼睛則像是兩臺小型的照相機一樣，鋒利的盯著傑克瞧。

「好吧，」他直起身體的時候說。「反正是同一條狗。」

「這還用說嗎！」克勞德嚷嚷著。「你到底把我當作是哪種人啊，費西先生？」

「我覺得你是個瘋子，我就是這麼想的。不過，這倒是個賺一英鎊的好方法。我猜你大概忘記最後一次比賽的時候，金黃閃電靠三隻腳都差點跑贏牠了。」

「這隻狗那時候不舒服，」克勞德說。「我那時候沒有像最近一樣，買牛排給牠吃，幫牠按摩，還帶牠到外面的路上去跑。不過，費西先生，你可不能為了要贏我就把牠編到跑得最快的那一組去。這隻狗是屬於跑得最慢的哪一組的，費西先生。這你一定知道。」

費西先生笑了起來。他那張鈕釦般的小嘴張成一個小圓圈，他這麼笑的時候，還轉頭看看周圍和他一起笑的人。「聽著，」他說著把一隻毛茸茸的手臂搭在克勞德的肩膀上。「我最瞭解我的狗了。我不必要任何手段來贏這一英鎊。他就編在跑得最慢的那組。」

「沒錯，」克勞德說。「那我們賭定了。」他牽著傑克離開費西先生，我則向他走去。

「我的天啊，高登，真是好險啊！」

「我嚇都嚇死了。」

「不過，我們現在可以比賽了，」克勞德說。他的臉上又浮現出那一副喘不過氣的表情，四處走上走下的，模樣非常滑稽，好像地板讓他的腳燙得受不了一樣。

人潮陸續由大門湧進這片草地，現在至少已經有三百多人了。這不是群非常討喜的人。這群男男女女臉上都髒兮兮的，鼻子尖尖，滿口爛牙，飄忽的眼神很不老實。他們是大城鎮裡的廢物。像是從一根裂了的水管露出來的污水一樣，沿著道路流過了大門，在這片原野頂端匯集成一小池發臭的污水。他們全都在這，所有那些遊手好閒的人、那些猶太人、那些專門收集賽馬消息的人、那些爛渣、那些污水、那些廢物、還有從大城鎮破掉的排水管露出來的浮渣全都在這。有些人帶著狗，有些人則沒有。那些狗被主人用鍊條牽著，有些搭拉著腦袋，模樣很可憐，有些全身髒兮兮的，屁股上面還看得見傷口，有些老狗很可憐，吻部都已經灰了，有些被下了藥，有些肚子裡被灌滿了粥，好讓牠們跑慢些，沒辦法贏得比賽，還有些狗走路的時候腿很僵硬——尤其有一隻白色的狗特別明顯。「克勞德，為什麼那隻白色的狗走路的時候腳那麼僵硬啊？」

「哪一隻？」

「那邊那一隻。」

「哦，我看到了。很可能是被吊過。」

「被吊過？」

「對啊，被吊過。被吊帶吊起來四隻腳懸空二十四小時。」

「我的天啊，為什麼要這樣做呢？」

「當然是為了讓牠跑慢一點啊。有些人不喜歡用下藥、塞稀飯或勒脖子的方式。所以他們用吊的。」

「我懂了。」

「如果不用吊的，」克勞德說，「他們也有可能用砂紙磨牠們。用粗砂紙磨牠們的腳掌，把皮膚磨薄，這樣牠們跑的時候就會痛。」

「好，我瞭解了。」

然後，我又看到那些看來比較健康、比較有神彩的狗，還有那些吃得比較好的狗，牠們每天吃的不是剩飯剩菜、硬餅乾、高麗菜湯，而是馬肉，牠們的毛色看來比較有光澤，尾巴也活潑的搖來搖去，扯著主人手上的鍊條，牠們沒被下藥，肚子裡也沒塞稀飯，但等著牠們的可能是更悽慘的命運，嘴套被拉緊四個孔。**不過，要確定牠還能呼吸，老兄。不要讓牠完全窒息了。我可不希望牠跑到一半就倒在場上。讓牠有點喘氣就好，懂嗎。一次多扣緊一個孔，直到你聽見牠開始喘氣爲止。你會看見牠把嘴巴張開，呼吸聲也開始變得沈重。那樣就對了，可是如果牠的眼球凸了出來，那就不行了。小心不要讓牠的眼睛凸出來好嗎？好嗎？**

好的。

「我們離人群遠一點，高登。其他狗會刺激到傑克，這樣對牠不好。」

我們往斜坡上走，一直走到停車的地方，然後我們在那一排車子前面來回不停的走動，讓狗隨時保持活躍的狀態。有些車子裡面，我看見一些人和他們的狗坐在一起，我們經過的時候，那些人還會在窗户後面對著我們皺眉頭。

「小心點，高登，我可不想惹禍。」

「好的，没問題。」

這些是最厲害的狗，牠們被主人小心翼翼的藏在車上，迅雷不及掩耳的牽出來登記（用隨便揑造的名字）之後，又馬上牽回車上，一直等到最後一刻，才直接牽到起跑柵欄去，比賽完後又馬上帶回車上，所以，沒有哪個多嘴的渾球能夠多看上牠一眼。大體育館裡面的訓練師是這麼說的。**好吧，他說。你可以把牠帶走，不過，看在老天的份上，千萬別讓任何人認出牠來。有幾千個人認得這隻狗，你千萬得小心，懂嗎。還有，五十鎊拿來。**

這些狗都跑得非常快，不過不論牠們跑得有多快，難免還是要挨上一針，以防萬一。皮下注射一點五西西的乙醇，就在車裡打，打得很慢。不論什麼狗，打了之後，速度都能快上十個身長。有時候用的是咖啡因，油狀的咖啡因，或是樟腦。這些也能讓牠們跑得比較快。坐在大車子裡面的人對這些可是一清二楚。有些人還知道可以用威士忌。不過，這得用靜脈注射才行。如果要用靜脈注射的話，就沒有那麼簡單了。可能會沒打進靜脈裡去。你只要沒打進靜脈，就不會有任何效果，那你該怎麼辦？所以通常都是用乙醇、咖啡因或樟腦。**老兄，別給牠打太多。牠有多重？五十八磅。好，你也聽到那個人怎麼跟我們說的。先等一下。我有把它抄在一張紙上。有了。第一點，每十磅體重打一西西就等於在三百碼的跑道上可以跑快五個身長。等等，讓我算一算。喔，老天啊，你乾脆用猜的好了。用猜的就好了，老兄。你到時候就知道其實沒差。不會有任何麻煩的，因爲這場比賽裡其他的狗都是我自己挑的。我還爲此給了老費西十鎊。我給了他十鎊耶，我還跟他說，親愛的費西先生那是替你祝壽用的，我愛你。**

眞是太謝謝你了，費西先生說。謝謝你，我值得信賴的好朋友。

對那些大車子裡面的人來說，如果要讓狗跑慢一點的話，他們會用氯丁醇。氯丁醇可是種好用的東西，因為你可以在前一天就用，尤其狗不是你的的時候。或者是用配西汀。把配西汀和莨菪鹼混用，管他那是什麼東西。

「這裡有很多賭性堅強的老紳士，」克勞德說。

「沒錯。」

「看好你的口袋，高登。你把錢藏起來了嗎？」

我們在那一排車的後面走來走去——就在車子和籬笆之間——我看到傑克的身體變得僵硬，開始蹲伏著身體扯鍊條，用一種僵硬的步伐往前衝。大約三十碼之外的地方有兩個男人。其中一個牽著一隻暗褐色的大型靈猩，那隻狗也和傑克一樣僵硬緊張。另外一個人的手中則是抱著一個袋子。

「你看，」克勞德壓低聲音說，「他們在幫牠熱身。」

一隻毛茸茸、溫馴又年輕的小白兔從那個袋子裡面掉到了草地上。牠把自己的身體弄正之後，就靜靜的坐在草地上，那副蹲伏的模樣就和一般兔子一樣，鼻子離地面很近。可以看得出來牠很害怕。就這麼樣從袋子裡面突然被扔到了草地上。四周突然一片光亮。那隻狗現在興奮極了，不停扯著鍊條往前跳，爪子在地上耙個沒完，嚎叫著一直往前衝。兔子也看見了那隻狗。牠把頭縮了回來，嚇癱了，動也不能動。牽狗的人把手移到狗的項圈上，那隻狗死命的跳來扭去，想要掙脱他的控制。另外一個男人用腳把兔子往前推，但牠嚇壞了，根本動不了。他又推了一次，這次他用腳趾把牠當成足球一樣往前踹，兔子被踹之後，往前滾了好幾圈，然後又把身體弄正了，跳過草地，想要離開那隻狗。這時，牽狗的人把狗放開，那狗遠遠一跳，撲上了兔子，然後就聽見尖叫聲，那聲音並不大，但卻非常的刺耳，充滿了恐懼，而且持續了好長的一段時間。

「你看到了吧，」克勞德説。「那就是所謂的熱身。」

「我不是很喜歡。」

「我之前就告訴過你了，高登。他們大多會這麼做。在比賽前激起狗的鬥志。」

「我還是不喜歡。」

「我也不喜歡。可是他們全都這麼做。就算是在大體育館裡面，訓練師也是這麼幹的。我把這叫做適切的野蠻。」

我們慢慢走了開，我們下面的山坡上，人群越聚越多，此時，用紅色、金色和藍色字體寫著組頭名字的攤位在人群後面全都搭了起來，排成長長的一排，每個組頭都已經在攤位旁邊那個倒放著的箱子上就了位，一隻手上拿著一疊寫了號碼的卡片，另一隻手則是拿著根粉筆，他的記帳員拿著一本册子和鉛筆站在他身後。然後我們看見費西先生往一塊釘在一根敲進地面的柱子上的黑板走過去。

「他在寫第一場出賽的選手名字，」克勞德說。「來吧，快來！」

我們急忙走下山坡，擠進人群裡去。費西先生正在把選手的名字從他那本軟皮筆記本裡抄到黑板上，圍觀的人群陷入一陣緊張的氣氛當中。

(1) 莎利
(2) 三英鎊
(3) 蝸牛殼小姐
(4) 黑豹
(5) 威士忌
(6) 火箭

「他在裡面耶！」克勞德低聲對我說。「第一場！第四道！高登，你聽好！趕快給我五鎊拿去給轉輪手。」

克勞德激動得幾乎快要說不出話來了。他鼻子和眼睛附近的那片慘白又出現了，我把一張五鎊的鈔票交給他的時候，他整隻手臂都在發抖。等一下負責轉腳踏車踏板的那個人，還穿著藍色的套頭衫站在那木頭平臺上抽菸。克勞德走了過去，站在他下面，抬頭朝著他望。

「看到這張五鎊的鈔票了嗎，」他的聲音非常小，手掌上握著那張折得很小的鈔票。

那人沒轉頭，只是用眼光瞄了一下。

「只要這場比賽你好好拉，懂了嗎。不要停下來，也不要放慢速度，讓它跑快一點。懂嗎？」

那人並沒有動，只是微微揚了揚眉毛，幾乎讓人察覺不出來。克勞德轉身走了。

「聽著，高登。把錢漸次的拿去下注，就像我告訴過你的，一次下一點就行了。沿著那些攤位一間接一間下小額的賭注，這樣才不會搞壞了價錢，懂嗎。我會把傑克慢慢牽下去，能走多慢就走多慢，好讓你有充足的時間。好嗎？」

「好的。」

「比賽結束的時候，別忘了要準備好把牠給抓起來。其他狗全都開始搶兔子的時候，趕快把牠抱走。在我拿著項圈和鍊條過來之前，都要一直緊緊抓住牠，不可以讓牠跑走。那隻叫威士忌的是一隻吉普賽狗，不管是誰礙到了牠，牠都會把牠的腿給撕下來。」

「好的，」我說。「我們開始吧。」

我看見克勞德牽著傑克往終點線的柱子走過去，拿了件黃色的背心，背心上大大的寫著一個「4」。此外，還有一個嘴套。參賽的另外五隻狗也在那邊，主人們在狗兒旁邊忙上忙下，一下是替牠們穿上有號碼的背心，一下又是替牠們調整嘴套。費西先生忙著指揮，穿著他那條緊身馬褲，像一隻活活潑潑、靜不下來的小鳥一樣跳來跳去，有一次，他還和克勞德說了些話，笑了起來。克勞德沒有理他。再過不久，他們全都會開始牽著狗沿著跑道往下走，一路遠遠走到山丘底下，再一直走到草地遠處那端的起跑柵欄。他們得花十分鐘才走得到。我告訴自己，我至少有十分鐘的時間，然後我開始穿過人群，站在那一排攤位前面大約六、七呎遠的地方。

「威士忌一賠一！威士忌一賠一！莎利二陪五！威士忌一賠一！蝸牛殼小姐一賠四！快來喔！快來，快來喔！你要買哪一隻？」

那一整排攤位的每一塊版子上都寫著黑豹一賠二十五的字樣。我朝最近的一個攤位走了過去。

「買黑豹三鎊，」我說著便把錢遞給了他。

攤位上的那個人有張紫紅色的臉，嘴角邊還有些白白的東西。他一把抓過鈔票丟進他的包包裡去。「黑豹七十五鎊對三鎊，」他說。「第四十二號。」他把一張票交給我，記帳員則把賭注的內容抄了下來。

我往後退了幾步，趕緊在那張票的背後寫上七十五比三，然後塞進我夾克內層的口袋裡，和錢放在一起。

只要我繼續用這種方式下注，應該就不會有什麼問題。而且，在克勞德的指示之下，先前那隻槍手下場比賽的時候，我都會刻意買牠幾鎊，以免這個大日子來的時候會引起任何懷疑。所以，我帶著些許的自信心，沿著那一排攤位向每一個組頭都下了三英鎊的賭注。我沒有很匆忙，但也沒有浪費任何一秒鐘的時間，每次下注之後，我都會把金額寫在票的後面，然後再塞進我夾克的口袋裡去。總共有十七個組頭。我手上有十七張票，下了五十一鎊的賭金，但賠率一點都沒受到影響。我還有四十九鎊可以下。我迅速朝山丘底下瞥了一眼。一位主人和他的狗已經到了起跑欄。其他人也只剩下二、三十碼左右的距離。只有克勞德例外。克勞德和傑克只走了一半而已。我可以看見克勞德穿著他那件舊卡其大衣，悠悠哉哉的慢慢往前走，傑克則是一直扯著鍊條往前衝，還有一次，我看他整個人停了下來，彎下腰假裝在撿什麼東西似的。他繼續往下走的時候，變得好像有點一跛一跛的，好走得更慢一些。我趕忙跑到這一排攤位的另外一端，準備繼續下注。

「黑豹三鎊。」

那個組頭就是那個紫紅臉、嘴巴附近有白色東西的那個人，他猛然抬起眼，記起我剛才來過，馬上抬起手臂，舔了舔指頭，把二十五那個數字從板子上給抹得一乾二淨，姿態簡直可以用優雅來形容。他濕潤的手指頭在黑豹名字的對面留下了一團黑黑的痕跡。

「好吧，我再讓你買一次七十五比三，」他說。「不過，就到這裡為止了。」然後他扯開喉嚨大喊，「黑豹一賠十五！黑豹十五！」

那一整排攤位上，一賠二十五的字樣全都被擦掉，現在黑豹的賠率是一賠十五了。我馬上加緊腳步，不過，等我下完注之後，組頭們已經受夠了，不再讓人買黑豹。他們每個人只讓我下了六英鎊，不過，他們馬上就要痛失一百五十鎊了，對他們來說——對他們這些鄉下小地方地下賽狗場的小組頭來說——一場比賽就輸這麼多錢，已經很可觀了，我不騙你。我覺得我幹得很不錯。手上已經有了一大堆票。我把票從口袋裡掏出來開始計算，握在手裡，感覺起來像是一大疊的撲克牌。總共有三十三張票。我們可以贏多少錢呢？讓我算算……兩千多英鎊吧。克勞德說，他會贏三十個身長。他現在人跑哪去了？

在丘陵底下的遠處，我可以看見他那件卡其色的大衣站在起跑欄旁，身旁還站著一隻大黑狗。

其他所有的狗都已經進到起跑欄裡去了，主人也都要離開了。克勞德彎下腰，把傑克哄進第四號起跑欄，然後把門關上，轉過身開始朝著丘陵頂端的人群跑，大衣在他身上啪啪作響。他跑的時候，還一直轉頭往回望。

起跑欄旁站著一位發令員，他高舉著手，揮動一條手帕。跑道的另外一端，終點柱的後面，離我不遠的地方，身穿藍色套頭衫的那個人站在木頭平臺上，正要跨上那輛上下倒置的腳踏車，他看見信號之後，也對發令員揮了揮手，開始用手轉動腳踏車的踏板。然後，遠處有一個白色的小點——也就是那隻假兔子，實際上，這是一顆上面釘著張白色兔皮的足球——開始由起跑欄向外移動，速度竄得飛快。起跑欄的門升起，賽狗飛也似的衝了出來。牠們衝出來的時候全擠在一起，看來像是一團黑色的東西，彷彿並不是六隻狗而是一隻大狗，我幾乎馬上就看見傑克脫穎而出。因為顏色的關係，所以我知道那是傑克。這場比賽裡面，沒有其他狗是黑色的。那是傑克没錯。別動，我對我自己說。一條肌肉、一片眼皮、一根腳趾或一根手指都不要動。靜靜的站著，千萬別動。看牠跑就是了。快跑，傑克，快！不，別叫！叫不吉利。也不要動。二十秒鐘之內一切就會結束。牠現在繞過急彎朝山頂跑過來，而且領先的幅度肯定已經有十五到二十個身長了。輕輕鬆鬆就領先二十個身長。別數有幾個身長，這可不吉利。別動。頭別動。用眼角餘光去看牠就可以。看傑克跑得多快啊！牠已經在上坡的地方遙遙領先了。牠贏定了！牠不可能會輸了……

我跑過去抓牠的時候，牠正和那片兔皮纏鬥得難分難解，想用嘴巴把它咬起來，但因為帶著嘴套，所以沒有辦法如願，其他狗全都從牠後面壓了上來，轉眼間，所有的狗全都壓在傑克身上搶那隻兔子，我抓住牠脖子附近的地方，像克勞德跟我說的那樣，一把把牠給拉了出來，跪在草地上用雙手緊緊抱住牠的身體。其他跑來抓狗的人都費了好一番功夫才把狗抓住。

然後，克勞德氣喘吁吁的跑到了我旁邊，喘著大氣，激動得根本說不出話來。他把傑克的嘴套取下，綁上項圈和鍊條。費西先生也在這裡，他站在一旁，雙手放在屁股上，鈕釦般的小嘴緊緊嘟了起來，跟朵蘑菇沒兩樣，那兩隻照相機般的小眼又瞪著傑克，上上下下的在打量。

「結果揭曉了，對吧？」他說。

此時，克勞德彎著腰撫弄著狗，裝作一副沒聽見的模樣。

「從今以後，我不希望再看到你，懂了嗎？」

克勞德還是繼續弄著傑克的項圈。

我聽見身後有人說，「這一次，那個臉圓圓胖胖、皺著眉頭的渾球可是讓老費西丟臉丟大了。」另外一個人笑了起來。費西先生走了開。克勞德直起身，牽著傑克往轉輪手那邊走去。穿著藍色套頭衫的轉輪手此時已經從平臺上下來了。

「來根菸吧，」克勞德說著把一包菸遞了出去。

那人拿了一根，順手也把克勞德指頭間夾的那張捲得小小的鈔票給抽走。

「謝謝你，」克勞德說。「非常感激。」

「不客氣，」他說。

然後，克勞德轉頭面向我。「你全都押下去了嗎，高登？」他興奮的跳上跳下，一下子搓搓手，一下子又摸摸傑克，說話的時候雙唇還在發抖。

「押啦，一半押在一賠二十五，一半押在一賠十五。」

「噢，高登，真是太棒了。在這裡等一下，我去拿皮箱。」

「你牽傑克去，」我說。「坐到車子裡去，我等一下去找你。」

現在，組頭附近已經沒什麼人了。我是唯一一個賭贏的人，我慢慢走著，步伐像是在跳舞一般，胸中充滿著一股美妙的感受，慢慢朝那一排攤位的第一攤走去，朝那個紫臉、嘴巴附近有白色東西的人走去。我站在他面前，好整以暇的從我那一疊票當中，找出在他這邊下的那兩張。他的名字是席德・普拉契特。他的板子上紅底金字大大的寫著——「席德・普拉契特。中部賠率最好的組頭。交款迅速。」

我把第一張票交給他，然後跟他說，「七十八鎊拿來。」那感覺實在棒極了，所以我把這句話哼成一首悅耳的小曲子，又說了一遍。「七十八鎊拿來。」其實我不想要在普拉契特先生面前幸災樂禍。事實上，我開始覺得我還蠻喜歡他的。他一次就要吐出這麼多錢來，我甚至有點替他感到難過。希望他的妻小不會因此挨餓受凍才好。

「四十二號，」普拉契特先生轉過頭對拿著那本大册子的記帳員說。「四十二號要七十八鎊。」

記帳員的手指沿著賭金記錄的那一欄往下逐一核對的時候，我們誰也沒說話。他查了兩次，然後抬起眼，搖搖頭，望著他的老闆看。

「不要，」他說。「別付他錢。這張票押的是蝸牛殼小姐。」

站在箱子上的普拉契特先生這時靠了過去，低頭看著那本册子。他似乎被記帳員說的話給搞迷糊了，那張紫色的大臉上流露出一種極為關注的神色。

我心想，那個記帳員真是個蠢蛋，而且現在普拉契特先生隨時都有可能也這樣對他說。

不過，當普拉契特先生轉過頭來看我的時候，他的眼睛瞇了起來，眼神中滿是敵意。「你給我聽著，老兄，」他輕輕的說。「別這樣子惡搞好嗎。你很清楚你押的是蝸牛殼小姐。你到底想怎麼樣？」

「我押的是黑豹，」我說。「兩張票都是在二十五比一的時候押了三英鎊耶。第二張票在這裡。」

這次他甚至連拿那本冊子來核對也懶了。「你押的是蝸牛殼小姐，老兄，」他說。「我記得你來過。」他說完之後就轉過身去，用一條濕的破布把上一場比賽的狗的名字從他的板子上擦掉。他身後的記帳員把那本冊子給闔了起來，點了根香菸。我站在原地看著他們，可以感覺得到汗水開始從全身上下的皮膚衝了出來。

「把那本冊子給我看。」

普拉契特先生用那塊濕的破布擤了擤鼻涕，然後把它扔在地上。「聽著，」他說，「你為什麼不滾遠一點，不要再來煩我了呢？」

重點是：賽狗票不像彩券一樣，上面沒有任何資料可以顯示你下注的內容。這是慣例，全國各地的賽狗場都是這樣，不論你是在新市的銀環賽狗場，還是雅斯克的皇家賽狗場，或是牛津附近的小小地下賽狗場都是一樣。你拿到的東西上面都只有組頭的名字和一個序號。賭金是由（或者說，應該由）組頭的記帳員連同票卡的號碼，一起記載在冊子當中。除此之外，沒有其他任何證據能夠顯示你下注的內容。

「快點，」普拉契特先生說。「滾吧你。」

我往後跨了一步，望著那一長排的組頭。沒有任何一個組頭往我這邊看。每一個組頭都是一動不動的站在他的小木箱上，旁邊就是他那塊木頭告示牌，眼神直瞪著前方的人群。我走到下一個組頭那邊去，把一張票遞給他。

「我押了三鎊黑豹一賠二十五，」我語氣堅定的說。「七十八鎊拿來。」

這個人有一張線條柔和的紅色臉龐，他和普拉契特先生一模一樣，先是問過了他的記帳員，看了看冊子，然後給我相同的答案。

「你這個人是怎麼搞的啊？」他靜靜的對我說，彷彿我是個八歲小孩一樣。「把我當笨蛋耍嗎？」

這次，我退了好遠的一段距離。「你們這些骯髒齷齪的混蛋！」我大吼著。「你們全都一樣！」

那些組頭好像是玩偶一樣，一整排每個人的頭全都自動撇向我這邊看。他們的表情並沒有改變。只是頭轉了過來而已，十七個人都一樣，十七對冷漠呆滯的眼睛全望著我。每一對都漠不關心。

「有人在說話，」他們的表情彷彿是在這麼說。「可是，我們沒聽見。今天天氣真不錯。」

附近的人群察覺到緊張的氣氛，慢慢朝我靠了過來。我跑回普拉契特先生的攤位，就站在他面前，用手指戳他的肚子。「你這個賊！下流無恥的賊！」我大喊。

出乎意料的是，普拉契特先生似乎一點也不生氣。

「哈，真想不到，」他說。「**瞧瞧**是誰在說話呀。」

然後，那張大臉突然像青蛙一般咧著大嘴笑了起來，他看著人群，高聲喊著說。「**瞧瞧**是誰在說話呀！」

突然間，所有人一起大笑了起來。那一整排的組頭突然也恢復了生氣，轉頭看著對方，一邊放聲大笑，一邊指著我嚷嚷著說，「**瞧瞧**是誰在說話呀！**瞧瞧**是誰在說話呀！」圍觀的人也開始嚷嚷著這句話，我站在草地上，身旁就是普拉契特先生。手裡握著像撲克牌一樣厚厚一整疊的票，他們的叫聲聽得我開始覺得有點歇斯底里。越過人群的腦袋，我可以看見費西先生站在他的黑板旁邊，已經開始在寫下一場比賽的狗的名字；在他身後，這塊原野遠方高處的盡頭，我瞥見克勞德站在我們的箱型車旁，手裡拎著行李箱在等我。

該是回家的時候了。

世界冠軍一九五九

一整天，除了招呼客人之外，我們都趴在加油站辦公室的桌子上，準備葡萄乾。泡過水之後，全都變得腫脹飽滿而柔軟，只要用剃刀輕輕劃上一道，果皮就會馬上掀開，不費吹灰之力便可以把裡頭綿綿的果肉擠出來。

不過，我們一共有一百九十六顆要弄，等我們總算做完之後，天也快要黑了。

「看起來真漂亮！」克勞德用力搓著雙手說。「現在幾點了，高登？」

「五點多一點。」

我們看見窗戶外面有一輛旅行車正要在加油泵浦邊停下來，開車的是一個女人，後座大概有八個小朋友在吃冰淇淋。

「我們得快點過去了，」克勞德說。「如果天黑之前沒辦法趕到的話，就完全沒戲唱了，你懂吧。」他開始坐立難安了起來。他的臉整個漲紅了，眼睛也凸了出來，他的這種表情在賽狗前，或是晚上和克萊麗斯有約會的時候也會出現。

我們兩人都走了出去，克勞德過去為那個女人加油。她離開之後他還是站在車道中央，瞇起眼睛，著急的看著天上的太陽。這個時候，太陽離山谷遠方山脊上的樹梢已經只剩下一個手掌的距離。

「好了，」我說。「關門吧。」

他迅速的從一個泵浦走到另外一個泵浦，用一個小鎖頭把每隻油槍固定在固定座裡面。

「你最好脫掉那件黃色套頭毛衣，」他說。

「為什麼？」

「月光下，你看起來會像是一座該死的燈塔。」

「不會啦。」

「就是會，」他說。「高登，把它脫掉，拜託。三分鐘之後見。」他閃進加油站後面那臺客貨兩用車，我則是回到屋內把那件黃色套頭毛衣換成一件藍色的。

我們在外頭碰面時，克勞德穿著一條黑色長褲和一件深綠色的高領毛衣。他頭上戴著一頂棕色的布帽，帽沿低低的壓在眼睛上面，看起來直像是個從夜總會跑出來的粗魯演員一樣。

「那下面是什麼東西？」我看到他腰間凸了出來。

他拉起毛衣，肚皮上整整齊齊的緊緊綁著兩個很薄但卻很大的棉布袋。「裝東西用的，」他陰森森的說。

「我懂了。」

「出發吧，」他說。

「我還是覺得，我們該開車去。」

「這樣太冒險了。車停著會被發現的。」

「可是從這邊到樹林至少有三哩耶。」

「沒錯，」他說。「我想你應該知道，如果我們被抓到的話要在牢裡蹲上六個月。」

「你從來就沒說過。」

「我沒說過嗎？」

「我不去了，」我說。「這太不值得了。」

「走走路對你會有幫助的，高登。來吧。」

這是個晴朗而平靜的傍晚，一小抹一小抹燦爛的白雲靜靜掛在天空上，山丘之間有條路通往牛津的方向，我們兩個沿路旁的草地往前走時，山谷裡面涼爽而又安靜。

「你有帶葡萄乾嗎？」克勞德問。

「在我的口袋裡。」

「好，」他說。「真是太好了。」

十分鐘之後，我們左轉拐出大路，轉進一條兩旁圍籬很高的狹窄小徑，從這個時候開始，一路全都是上坡。

「那邊有多少看守人？」我問。

「三個。」

克勞德把一根還沒抽完的香菸給扔掉。一分鐘之後，他又點了另外一根。

「我通常不喜歡用新的方法，」他說。「做這種事情的時候不會。」

「那當然。」

「老天為證，高登，我想我們這次大有可為呢。」

「真的嗎？」

「這是不用懷疑的。」

「我希望你說的沒錯。」

「這一定會是盜獵史上劃時代的一刻，」他說。「不過，你可千萬不要告訴任何人我們是怎麼幹的，懂嗎。因為機密一旦洩漏，這附近每一個該死的笨蛋全都會有樣學樣，這樣我們就連半隻雉雞也抓不到了。」

「我一個字都不會說的。」

「你應該為自己感到很驕傲，」他繼續說。「幾百年來，有很多很聰明的人不斷在研究這個問題，但從來沒有哪個人想出來的辦法比得上你這個辦法四分之一高竿。你以前為什麼不告訴我？」

「你從來就不問我的意見，」我說。

事實就是這樣。實際上，直到前一天為止，克勞德從來就不曾主動和我討論盜獵這個神聖的話題。夏天晚上工作結束之後，我常常看見他頭上戴著帽子，靜悄悄的從客貨兩用車上溜下來，消失在那條通往樹林的路上；有時候，我透過加油站的窗户看著他，不禁會想，他到底要去幹什麼，深夜裡，他自己一個人在那些樹底下，到底要使些什麼把戲。他每次都要弄到很晚才會回來，而且，回來的時候從來沒有，真的是從來不曾看過他帶回任何戰利品。可是，隔天下午——我真的猜不出他是怎麼辦到的——加油站後面的儲藏室裡，總是會掛著隻雉雞、野兔或是一對鷓鴣，等著我們去享用。

這個夏天他特別活躍，過去這兩個月裡，他出去的頻率更是高，有時候一星期甚至會跑出去

四、五個晚上。不過，還不只這樣而已。感覺起來，最近他對盜獵的態度有了些微妙而神秘的轉變。他現在對於盜獵這回事更專注了，比以前來得更緊張、守口如瓶，我的感覺是，這已經不再只是出去玩玩而已，而是克勞德單槍匹馬對一個看不見又令人憤恨的敵人所展開的一場私人戰爭。

但，會是誰呢？

我不是很確定，但我懷疑，除了有名的維克多・海若先生，也就是那塊土地和那些雉雞的主人以外，還會有誰。海若先生是一個派餅和香腸的製造商，態度傲慢得叫人簡直無法相信。他有錢到無法想像的地步，而且他的土地沿著山谷兩邊綿延數哩長。他這個白手起家的人一點魅力也沒有，好德行也是少得可憐。他痛恨所有寒酸的人，因為他自己以前就是其中之一，現在卻死命想要和他認同的那種人混在一起。他會牽著獵狗去打獵，也會舉辦打獵派對，身上穿的是華麗的背心，星期一到星期五每一天，他開著那臺黑色的大勞斯萊斯往工廠去的時候，都會經過加油站。他飛馳而過時，我們偶爾可以瞥見方向盤後面屠夫那張閃閃發光的大臉，因為吃了太多的肉，看起軟軟的，呈現火腿般的粉紅色澤。

總而言之，昨天下午克勞德突然毫無來由的對我說，「我今天晚上要再去一次海若的樹林。你為什麼不跟我一起來呢？」

「誰，我嗎？」

「這差不多是今年最後一次抓雉雞的機會了，」他說。「打獵季星期六就要開始了，之後，所有鳥都會被放出來——如果還有剩的話。」

「為什麼會突然邀我去？」我滿懷疑問的問他。

「沒什麼特別的理由，高登。什麼理由也沒有。」

「會有什麼風險嗎？」

他没回答我這個問題。

「我猜你應該在那邊藏了一把槍或是什麼的吧？」

「槍！」他一副噁心至極的模樣大叫著說。「從來没有人用**槍**來打雉雞的，難道你不知道嗎？你只要在海若的樹林裡面扣下一把**玩具手槍**的扳機，那些看守人馬上就會逮到你。」

「那你是怎麼弄的？」

「啊，」他的眼皮垂了下來，表情朦朦朧朧的有點神秘。

他有好一段時間没說話。然後，他又開口說，「如果我跟你講一兩件事情的話，你覺得你有辦法守口如瓶嗎？」

「没問題。」

「我這一輩子從來没跟別人提過這件事，高登。」

「我真是太榮幸了，」我說。「你可以百分之百信任我。」

他轉過頭，用那雙黯淡的眼神盯著我看。他那雙大眼睛濕濕潤潤的，跟一雙公牛的眼睛一樣，而且離我非常近，近到我可以在他兩隻眼睛中間看見我自己臉龐的倒影。

「我現在要告訴你，三種世界上盜獵雉雞的最好方法，」他說。「既然你是這趟小旅程的客人，那我就讓你來選我們今天晚上要用的方式。你覺得怎麼樣？」

「其中一定有詐。」

「絕對没有，高登。我發誓。」

「好吧，那你繼續說。」

「聽好，事情是這樣的，」他說。「這是第一個大秘密。」他停了下來，深深吸了口菸。「雉雞，」他輕聲細語的說，「愛死葡萄乾了。」

「葡萄乾？」

「就是普通的葡萄乾。那簡直是牠們無法克制的癮一樣。我爸在四十多年前發現的，我要和你描述的這三個方法全都是他發現的。」

「我以為，你說你爸是個酒鬼。」

「他或許是。可是，他也是個偉大的盜獵者，高登。可能是英格蘭有史以來最偉大的盜獵者。我爸可是像個科學家一樣在研究盜獵的技巧。」

「是這樣嗎？」

「我是說真的。我真的沒有在開玩笑。」

「我相信你。」

「你知不知道，」他說，「我爸習慣在後院養上一整群活蹦亂跳的小公雞，純粹就是為了要做實驗。」

「小公雞？」

「沒錯。每次他想出抓雉雞的新招時，就會先用一隻小公雞試試看效果如何。他就是這樣發現葡萄乾這個方法的。馬毛那一招也是這樣發明出來的。」

克勞德停了一下，回過頭瞄了一眼，彷彿是要確定後面沒有人在偷聽。「方法是這樣的，」他說。「你先拿幾顆葡萄乾，在水裡泡一整夜，讓它們變得飽滿多汁又可口。然後，你再去弄一些上等的硬馬毛來，切成半吋長。然後，你再把這些馬毛穿過每顆葡萄乾的中央，讓兩邊都有大約八分之一吋的馬毛露在外面。這樣你瞭解嗎？」

「瞭解。」

「好——有隻上了年紀的雉雞走過來，把其中一顆葡萄乾吃下去。對吧？你躲在樹後面觀察。

然後呢？」

「我猜牠的喉嚨會被卡住。」

「那當然，高登。不過，妙的還不只這樣。告訴你我爸發現的東西。當雉雞喉嚨被卡住的時候，牠的腳**動都不會再動一步**。牠會完完全全的定在原地，站在那邊，像顆活塞一樣上上下下抽動著脖子，你只需要冷靜的從你躲的地方走出來，用手把牠抓起來就行了。」

「我不信。」

「我發誓，」他說。「只要雉雞的喉嚨裡面卡了馬毛，就算你在牠耳朵旁邊扣下一把來福槍的扳機，牠連嚇都不會嚇一跳。這只不過是那些無法解釋的小東西當中的一項而已。不過，得要天才才能發現。」

他停了一會兒，開始回想起他父親那個偉大的發明家，眼神中流露出一絲驕傲的光芒。

「那就是一號方法，」他說。「二號方法甚至還要更簡單。你只需要一根釣魚線就成了。你把葡萄乾裝在魚鉤上，然後就可以像釣魚一樣開始釣雉雞了。你把線拉出去大概五十碼的長度，趴在灌木叢裡，直到有雉雞上鉤為止。然後你就可以收線了。」

「我不信這是你父親發明的。」

「釣魚的人很常用這種方法，」他假裝沒聽見我說的話。「尤其是那些不能隨他們喜歡常到海邊去的死忠釣客。這會給他們帶來釣魚般的快感。唯一的麻煩是還蠻吵的。你把雉雞拉進來的時候，他會像發了瘋一樣的嘎嘎叫個不停，然後樹林裡每個看守人全都會跑過來。」

「三號方法是什麼？」我問。

「啊，」他說。「三號方法真的很高明。那是我父親過世前發明的最後一個方法。」

「他偉大的告別作嗎？」

「一點都沒錯，高登。我還可以清清楚楚記得那一天，那是個星期天早上，我爸突然抱著一大隻白色的小公雞走進廚房來對我說，『我想我找到了。』他的臉上帶著點微笑，眼裡閃耀著無比榮耀的光芒，很安靜的走了進來，把雞放在餐桌的正中央說，『對天發誓，我想我這次找到了一個好方法。』『一個好什麼？』我媽從水槽上抬起眼來說。『霍勒斯，把那隻髒鳥從我桌上拿走。』小公雞的頭上戴著一個可笑的小紙帽，像是個上下顛倒的冰淇淋筒，我爸驕傲的指著牠說。『摸牠，』他說。『牠絕對不會動。』那隻小公雞開始用一隻腳扒那頂紙帽，可是那頂紙帽好像被膠水黏住了一樣，一直掉不下來。『你只要把牠們的眼睛蓋住，世界上就沒有哪隻鳥跑得掉，』我爸說，他開始用指頭去戳那隻小公雞，把牠在桌上推來推去，可是牠好像絲毫沒注意到。『這隻是你的了，』他對我媽說。『你可以殺了牠，弄成一道菜，算是慶祝我的發明。』然後，他馬上拉著我的手臂快步走出家門，走過原野，一直來到哈登罕另外一邊的大森林裡。這片森林從前是屬於白金漢公爵，不到兩個小時，我們就抓到五隻可愛的胖雉雞，花的功夫和出門到商店裡去買差不多。」

克勞德停下來喘氣。他回顧年輕時代那個美妙的世界時，一雙眼睛睜得大大的，略微濕潤，看來很夢幻。

「我不太懂，」我說。「他怎樣在樹林裡面把紙帽戴到雉雞的頭上呢？」

「打死你也猜不到。」

「我想也是。」

「我跟你說。首先，你先在地上挖一個小洞。然後你把一張紙捲成冰淇淋筒的模樣，開口朝上，像個杯子，再放到洞裡。然後你把紙杯內緣抹滿黏鳥膠（一種具有黏性的物質，是將某種冬青類植物的汁加入某種堅果類的油或些許的油脂後煮沸提煉而來），再丟進幾顆葡萄乾。同時，你在地上灑下一排葡萄乾，一直通往洞的那邊。好——老雉雞會沿著那排葡萄乾一路叼過來，當牠到洞這邊的時候，會把頭伸進來狼吞虎嚥的把葡萄乾給吃掉，然後，牠就只知道頭上頂了個紙帽子，眼睛被遮住了什麼都看不見。有些人就是會想出些不可思議的東西不是嗎，高登？你不這麼認為嗎？」

「你爸是個天才，」我說。

「那你就選吧。你從這三個方法裡面隨便選一個喜歡的，我們今晚就用那個方法。」

「你不覺得這三種方法都有點殘忍嗎？」

「殘忍！」他不可置信的叫了起來。「我的天啊！過去六個月來，幾乎每一天都在屋子裡面烤雉雞，而且連半毛錢都沒付的是誰啊？」

他轉過身，朝工作室那扇門走去。我看得出來，我的話讓他很難過。

「等一下，」我說。「別走。」

「你是要來還是不來？」

「要，不過，讓我先問你一件事情。我只是想到了一個小主意。」

「省省吧，」他說。「你在說的是一件你連皮毛都不懂的事情。」

「你記不記得上個月我背痛時，醫生有給我一罐安眠藥？」

「怎麼樣？」

「那些藥沒有理由對雉雞沒效啊？」

克勞德閉起眼睛，一副鄙夷的模樣左右搖了搖頭。

「等一下，」我說。

「這根本不值得討論，」他說。「世界上沒有哪隻雉雞會去吞那些糟糕的紅色膠囊的。你沒有任何更好的主意了嗎？」

「你忘了葡萄乾了，」我說。「聽我說。我們拿顆葡萄乾來。把它泡在水裡，一直到它發漲為止。然後我們用剃刀在一邊割出一小道縫隙。把中間的東西挖出來一點點。然後再把一顆紅色的膠囊打開，把所有的藥粉全倒進葡萄乾裡面。然後我們拿針線來，仔細的把縫隙縫起來。現在……」

我從眼角的餘光看見克勞德的嘴巴慢慢張了開來。

「現在，」我說。「我們就有了一顆乾乾淨淨，裡面裝著兩公克半的安眠藥，而且，我跟**你**說，這個劑量足夠把一般**人**給弄得不省人事，更別說是**鳥**了！」

我停了十秒鐘，讓剛才這番話的效力發揮出來。

「而且呢，用這種方法，我們可以玩一票大的。如果想要的話，我們可以準備**二十**顆葡萄乾，我們只需要在日落的時候把這些葡萄乾灑在餵食的那塊空地附近，然後再走人就行了。半個小時之後我們再回來，這時候安眠藥的效力應該開始要發揮了，而且這個時候雉雞應該會是在高高的樹上休息，牠們會開始覺得搖搖欲墜，搖搖晃晃的想要保持平衡，不用多久，每隻雉雞只要吃了**一顆葡萄乾**，就會失去意識從樹上摔到地上。怪怪，兄弟，牠們會像蘋果一樣從樹上掉下來，我們只需要四處走走把牠們撿起來就行啦！」

克勞德出神的瞪著我。

「我的天啊，」他輕輕說了聲。

「而且他們永遠抓不到我們。我們只需要漫步穿過樹林，東一點西一點的把葡萄乾灑在各個地方，就算他們在**監視**我們，也不會發現任何異狀。」

「高登，」他把一隻手放到我的膝蓋上對我說，一雙眼睛又圓又亮的像星星一樣凝視著我。「這如果行得通的話，盜獵的型態就會徹底的**改頭換面**了。」

「聽你這麼說我真高興。」

「你還剩下多少顆安眠藥？」他問。

「四十九顆。瓶子裡有五十顆，我只吃了一顆而已。」

「四十九顆不夠。我們至少要兩百顆。」

「你真是瘋了！」我大叫著說。

他慢慢走了開，背對著我站在門邊，凝視著天空出神。

「兩百顆是最低底限，」他靜靜的說。「除非我們有兩百顆，不然實在沒有必要去做。」

現在是怎麼了，我真搞不懂。他到底想要幹什麼？

「這是打獵季開始之前最後的機會了，」他說。

「我弄不到更多安眠藥了。」

「你該不會希望我們兩手空空的回來吧？」

「為什麼要**這麼多**呢？」

克勞德轉過頭來，用一雙天真的大眼看著我。「為什麼不呢？」他客氣的說。「你反對嗎？」

我的天啊，我的腦中突然竄出這個念頭。這個發了瘋的渾球是要把海若先生的開幕打獵派對給毀了。

「你去弄兩百顆那種安眠藥來，」他說，「這樣才值得去幹。」

「我没辦法。」

「你可以試試看，對吧？」

海若先生的派對每年十月一號舉行，而且是非常有名的盛事。弱不禁風的紳士會身穿斜紋軟呢西裝，帶著槍帶、狗和太太從幾哩以外的地方過來，那一整天，整個山谷裡都會迴響著不絕於耳的槍響。這些紳士當中有些真的有頭銜，有些單純只是有錢而已。雉雞的數量總是夠大家打，因為每年夏天他們都會不惜砸下鉅資，把幾十隻幾十隻的幼鳥以有系統的方式再放進森林裡去。我曾聽說，把一隻雉雞養到適合用來打獵為止，所需要的花費遠遠不止五英鎊（這大約和兩百條麵包的價格相當）。但對海若先生而言，這每一分錢都花得非常值得。他變成一個小世界裡頭的大人物，那怕只有幾小時也好，而且連郡上的治安官在說再見的時候，都會來拍拍他的背，想把他的名字給記住。

「如果我們把劑量減低會怎麼樣？」克勞德問。「我們為什麼不能把一個膠囊裡的藥粉分到四顆葡萄乾裡呢？」

「如果你想的話，我想你可以這麼做。」

「可是，四分之一顆膠囊的份量對一隻鳥來說夠強嗎？」

我真的很佩服這個人的膽量。一年當中的這個時刻，想在那片樹林中盜獵一隻雉雞就已經夠危險了，他竟然還想要把全部都給弄下來。

「四分之一夠了，」我說。

「你確定嗎？」

「自己算算就知道了。這全都是根據體重來算的。就算只用四分之一顆，大概還是比需要的劑量要多出二十倍。」

「那我們就把劑量減成四分之一，」他摩擦著雙手說。他停了一下，盤算了一會兒。「這樣我們就會有一百九十六顆葡萄乾耶！」

「你知道那還代表什麼意思嗎？」我說。「我們得花上好幾個小時去準備。」

「那算什麼！」他嚷嚷著說。「我們明天再去。我們就把葡萄乾泡著隔夜，然後我們就有一整個早上和下午來準備了。」

我們真的就這麼做了。

現在，二十四小時之後，我們已經在路上了。我們持續走了四十分鐘左右，小徑會在前面不遠的地方往右拐。右轉之後就會順著山脊一直往雉雞住的那一大片森林去。我們大概還有一哩的路要走。

「我想，那些看守人應該不太可能剛好會有帶槍吧？」我問。

「所有的看守人都會帶槍，」克勞德說。

我一直怕的就是這個。

「大多是用來對付那些敗類的。」

「喔。」

「當然，這並不保證他們不會偶爾拿槍來射盜獵的人。」

「你是在開玩笑吧。」

「一點也不。不過，他們只會從背後開槍。只有在你逃跑的時候才會。他們喜歡在五十碼以外的地方射你的腿。」

「他們怎麼可以這樣！」我嚷嚷著說。「這可是犯法的耶！」

「盜獵也是啊，」克勞德說。

我們不發一語的往前走了一陣子。太陽已經落到了我們右邊那道高聳籬笆的下面，小徑也已經被陰影所覆蓋。

「你該慶幸現在不是三十年前，」他繼續說。「那時候，他們只要一看到你就會開槍。」

「你真的相信嗎？」

「我知道有這種事，」他說。「小的時候，晚上我走進廚房，常會看到我老爸臉朝下躺在桌子上，我媽手裡拿著一把削馬鈴薯皮用的刀從他屁股裡面把子彈給挖出來。」

「夠了，」我說。「這會讓我緊張的。」

「你相信我說的吧，對吧？」

「對啊，我相信你。」

「到後來，他身上到處都是白色的小疤痕，看起來就像是在下雪一樣。」

「好，」我說。「好吧。」

「他們以前都把這叫做盜獵者的屁股，」克勞德說。「整個村子裡面，不管是誰，看來多少都有點像。不過我爸可是第一名。」

「祝他好運，」我說。

「我真希望他現在還活著，」克勞德有點悵惘的說。「今晚他一定會不惜一切代價跟我們一起出來幹這一票的。」

「他可以代替我來，」我說。「樂意之至。」

我們來到了山脊上，此時我們可以看到那一大片昏暗的森林就在眼前，太陽在樹林的後面往下沈，灑落點點金光。

「你最好把那些葡萄乾交給我，」克勞德說。

他接過袋子之後，輕輕塞進了褲子的口袋裡。

「進去之後就不要說話，」他說。「跟著我走就是了，盡量不要把樹枝踩斷。」

五分鐘之後，我們就到了目的地。小徑直接連接到森林，然後沿著森林的邊緣繞了大約三百碼，之間只有一小道籬笆隔開。克勞德爬著鑽過了籬笆，我也跟了上去。

樹林裡面陰涼幽暗。陽光完全照不進來。

「好恐怖喔，」我說。

「噓！」

克勞德非常的緊張。他就走在我前面一點的地方，把腳高高的抬起，然後再輕輕放到潮濕的地面上。他的頭不停四處轉動，一雙眼睛緩緩來回打量，察看有無危險。我也試著有樣學樣，不過，才過了不久，我就看見每棵樹後面都躲著一個看守人，於是我就放棄了。

然後，我們前面的森林頂上透出一塊天空，我想，這一定就是那塊空地了。克勞德曾經跟我說，他們在七月初把幼鳥帶進森林裡這塊空地，幼鳥在這邊進食、喝水，旁邊還有看守人把守，許多鳥就留在這邊，免受盜獵人的危害，一直到打獵季節開始為止。

「空地那邊向來都會有不少雉雞，」他曾對我這麼說。

「看守人應該也不少，我猜。」

「對，不過那周圍有很多濃密的灌木，這樣會有些幫助。」

我們蹲著身子，用快速衝刺的方式往前進，從一棵樹跑到另外一棵樹，停下來，等一下，聽聽有沒有動靜，然後再繼續往前衝，最後我們總算安安全全的跪在一大叢赤楊後面，空地就在眼前，克勞德的嘴整個笑開了，用手肘頂頂我的肋骨，指著交錯的樹枝後面的那些雉雞。

這個地方真的到處都是鳥。至少有兩百隻鳥在那些掉下來的樹幹之間昂首闊步走來走去。

「你懂我的意思了嗎？」克勞德輕聲對我說。

那一幕真是太震撼了，彷彿是盜獵者的美夢成真。而且就在眼前！有些離我們跪的地方只有不到十步的距離。母雉雞圓滾滾的，長著一身乳棕色的毛，而且胖到走路時胸前的羽毛幾乎都要拖到了地上。公雉雞長得瘦瘦的，很漂亮，不但尾巴很長，眼睛附近還是亮紅色的，像是戴了紅色的眼鏡一般。我瞄了一眼克勞德。他那張公牛般的大臉興奮得出了神，一動也不動。嘴巴微微張著，他瞪著那些雉雞看的時候，那雙眼睛彷彿在閃著光。

我想，所有盜獵者看到獵物時的反應大概都差不多。他們就像女人在珠寶店的櫥窗裡看見巨大的綠寶石一樣，唯一的差別只在於，女人為了要把戰利品搶到手所使用的手段比較不那麼光明正大。盜獵者的屁股可不是一個女人會願意承受的處罰。

「啊——哈，」克勞德輕輕的說。「你看見看守人了嗎？」

「哪裡？」

「在另外一邊，那棵大樹旁。再仔細看一下。」

「我的天啊！」

「沒關係。他看不到我們。」

我們壓低身體蹲在地上，注視著那個看守人。他的個子不高，頭上戴頂帽子，腋下夾著一把槍。他從來都不曾動過。像是一根竿子一樣的站在那邊。

「走，」我低聲說。

看守人的臉被帽沿的陰影給遮住了，但我覺得他正在往我們這邊看。

「我不要待在這裡，」我說。

「噓，」克勞德說。

他慢慢把手伸進口袋，從裡面掏出一顆葡萄乾，眼神從來就沒離開過看守人半刻。他把葡萄乾放在右手手掌上，手腕飛快一翻，把葡萄乾高高拋在空中。我看著那顆葡萄乾飛過灌木叢，落在地上，離一截掉在地上的老樹幹旁兩隻站在一起的母鳥只有不到一碼遠。葡萄乾落地時，兩隻母鳥都迅速的轉過頭。然後，其中一隻跳了過去，在地上啄了啄，肯定是把葡萄乾吞進肚子裡去了。

我抬眼看了看守者。他沒有任何動靜。

克勞德把第二顆葡萄乾丟進空地去；然後，第三顆、第四顆、第五顆。

此時，我看見看守者轉過頭去察看他身後的樹林。

克勞德快如閃電的把紙袋從口袋裡掏出來，倒了一大堆葡萄乾在他右手手掌上。

「停，」我說。

不過，他大臂一揮，那一整把葡萄乾立刻高高飛過灌木叢，落進了那塊空地裡。

葡萄乾落地時，發出滴滴答答的清柔聲響，像是雨滴打在乾樹葉上，那附近每一隻雉雞一定都看見葡萄乾飛了過來，再不然也都聽見了葡萄乾落地的聲音。突然一陣翅膀拍動的聲音傳來，一群鳥爭相飛來搶寶物。

看守人的脖子裡面好像裝了根彈簧一樣，突然彈了回來。那些鳥發了瘋似的啄著地上的葡萄乾。看守人飛快往前踏了兩步，我還以為他要開始四處搜查了。不過，他卻突然停了下來，抬起臉，眼光開始慢慢掃視著空地周圍。

「跟我來，」克勞德低聲說。「**蹲低點**。」他手腳並用飛快的爬了出去，像隻猴子一樣。

我跟在他後面。他的鼻子緊緊貼在地上，大屁股卻大喇喇挺了出來，直朝著天上望，不難理解為什麼同行間盜獵者的屁股會變成一種職業病。

我們這樣爬了大概一百碼的距離。

「快跑，」克勞德說。

我們站了起來，拔腿就跑，幾分鐘之後，我們穿過籬笆，又回到小徑安全開闊的懷抱，感覺真好。

「真是順利，」克勞德氣喘吁吁的說。「你不覺得真的很順利嗎？」他那張大臉漲得赤紅，閃耀著勝利的光芒。

「簡直一團亂，」我說。

「什麼！」他嚷嚷著說。

「那還用說嗎。我們現在沒辦法回去了。現在看守者已經知道有人了。」

「他什麼也不知道，」克勞德說。「再過五分鐘，樹林裡面就會黑得伸手不見五指，然後他就會安安靜靜回家吃晚餐了。」

「那我也要。」

「你是個偉大的盜獵者，」克勞德說。他在籬笆下面那個長滿草的土堆上面坐了下來，點了根香菸。

此時，太陽已經下山了，天空是一片霧濛濛的淡藍色，微微映著些黃色。我們身後那片樹林裡，樹木的陰影以及樹和樹之間的空隙慢慢從灰色轉成黑色。

「安眠藥多久會發揮效用？」克勞德問。

「快看，」我說，「有人來了。」

那個人從一片薄暮中突然無聲無息竄了出來，當我看見他的時候，他離我們只有三十碼左右的距離。

「又是一個該死的看守人，」克勞德說。

我們兩人都不約而同的看著他沿著小徑往我們這邊走來。他的腋下夾著一把獵槍，腳跟後面還跟著一隻黑色的拉布拉多犬。他來到離我們只剩幾步的地方停了下來，那隻狗也跟著在他身後停了下來，從看守者的兩腿間看著我們。

「晚安，」克勞德的聲音非常客氣、友善。

他差不多四十歲左右，長得高高瘦瘦的，一雙眼睛很靈活，臉頰剛硬，兩隻硬梆梆的手看起來就很危險。

「我認識你，」他輕輕說著慢慢朝我們靠近。「兩個我都認識。」

克勞德沒答話。

「你們是加油站的，對不對？」

他的嘴唇又薄又乾，上面還有一層類似棕色的硬皮。

「你們叫做庫貝奇和霍斯，從大馬路那間加油站來的，對不對？」

「我們現在在玩什麼遊戲啊？」克勞德說。「二十個問題嗎？」

看守人吐了一大口痰，我看見那坨痰破空而飛，啪的一聲落在離克勞德腳邊六吋的一塊乾土地上。看起來像是一顆小牡蠣躺在那邊。

「滾吧，」他說。「快點。快給我滾。」

克勞德坐在土堆上抽菸看著那口痰。

「快啊，」他說。「快給我滾。」

他說話的時候，上嘴唇翻到了牙齦上面，我看見一排變了色的小牙齒，其中一顆是黑的，其他不是像桲果般的淡黃綠色就是赭色。

「這裡可是條公用的大馬路耶，」克勞德說。「麻煩你行行好，別煩我們。」

看守人把槍從左手換到右手。

「你們在這邊閒晃，」他說，「想動些歪腦筋。光是這樣，我就可以把你們送進牢裡去。」

「不，你辦不到，」克勞德說。

這讓我覺得很緊張。

「我已經注意你好一陣子了，」看守人看著克勞德說。

「有點晚了，」我說。「我們要繼續散步嗎？」

克勞德把手裡的香菸彈開，慢慢站了起來。「好吧，」他說。「我們走吧。」

我們沿著原路慢慢走了回去，讓看守人自己一個人站在那裡，沒過多久，他就隱沒在我們身後那一片朦朧昏暗之中了。

「那是看守人的頭頭，」克勞德說。「他叫做雷貝特。」

「我們趕快離開吧，」我說。

「進來這裡，」克勞德說。

我們左邊有一道通往草地的門，我們爬了過去，在籬笆後面坐了下來。

「雷貝特先生也快要吃晚餐了，」克勞德說。「你完全不用擔心他。」

我們靜靜坐在籬笆後面，等待看守人回家的路上經過我們身邊。天空上，幾顆星星閃閃發光，一彎明亮的下弦月慢慢從東邊我們身後的丘陵爬了上來。

「他來了，」克勞德低聲說。「別動。」

他從小徑那一頭腳步輕盈的跑了過來，那隻狗也踏著輕快的步子跟在他腳後，我們就從籬笆間的縫隙看著他們從我們眼前經過。

「他今晚不會回來了，」克勞德說。

「你怎麼知道？」

「看守人如果知道你住哪裡的話，他就絕對不會在樹林裡等你。他會到你家去，躲在外面監視著，等你回家。」

「這樣更糟。」

「不，一點也不會，如果你回家前先把戰利品丟到其他地方的話就不會。這樣他就抓不到你了。」

「另外一個怎麼辦，就是在空地那邊的那一個？」

「他也走啦。」

「這可不一定吧。」

「我已經研究這些混蛋好幾個月了，高登，真的不騙你。我知道他們每一個習慣。現在沒有危險了。」

我心不甘情不願的又跟著他回到樹林裡去。現在樹林裡面真的是一片漆黑，非常安靜，我們小心翼翼的往前走，腳步聲迴盪在如牆的樹林間，彷彿是走在一棟大教堂裡。

「這就是我們扔葡萄乾的地方，」克勞德說。

我從矮樹叢間望了出去。

月光下，空地朦朦朧朧的，漾著微微的乳白月光。

「你確定看守人走了嗎？」

「我**知道**他已經走了。」

我勉強可以看見帽沿下克勞德的臉、蒼白的嘴唇、蒼白而柔軟的臉頰還有那一雙中間躍動著興奮火光的大眼睛。

「牠們在睡覺嗎？」

「對。」

「在哪裡？」

「到處都是。牠們不會走太遠的。」

「接下來要怎麼辦？」

「我們在這裡等。我替你帶了隻手電筒來，」他說著交給了我一隻那種像自來水筆的小型口袋式手電筒。「你可能會需要它。」

我慢慢覺得好過了些。「我們是不是該試試，看能不能看見幾隻坐在樹上的鳥？」

「不要。」

「我想要看看牠們睡覺時的模樣。」

「我們不是來做自然觀察的，」克勞德說。「請你安靜一點。」

我們在那裡站了好長一段時間，等著事情發生。

「我有一個很討厭的想法，」我說。「如果鳥在睡覺的時候可以在樹上保持平衡的話，那安眠藥肯定沒辦法讓牠們從樹上掉下來。」

克勞德很快的看了我一眼。

「畢竟，」我說，「牠沒死。牠只是睡著了而已。」

「牠被下了藥，」克勞德說。

「但那只是一種比較深層的睡眠而已。我們憑什麼認為在比較深層的睡眠狀態中，牠就會掉下來呢？」

一股沈悶的靜默襲了上來。

「我們應該先用雞來試試看的，」克勞德說。「要是我爸的話，他就會這麼做。」

「你爸是個天才，」我說。

就在這個時候，從我們身後的樹林裡微微傳來一聲重物落地的聲音。

「嘿！」

「噓！」

我們站在原地傾聽。

砰。

「又有一個！」

那是一種沈悶的聲音，好像是一袋沙包被人從肩膀左右的高度扔了下來一樣。

砰！

「那是雉雞耶！」我叫著說。

「等等！」

「我確定那是雉雞！」

砰！**砰**！

「没錯！」

我們往回跑進樹林裡面。

「牠們在什麼地方？」

「在那邊！有兩隻在那邊！」

「我想牠們是在這邊。」

「繼續找！」克勞德大喊著。「不會太遠的。」

我們大概找了一分鐘左右。

「這裡有一隻！」他喊著説。

我走到他旁邊的時候，他兩隻手裡抓著一隻公的大鳥。我們用手電筒仔細檢查了一遍。

「牠被迷昏了，」克勞德説。「還活著。我還可以感覺得到牠的心跳，可是牠完完全全被迷昏了。」

砰！

「又有另外一隻！」

砰！

「又有兩隻！」

砰！砰！砰！

「我的天啊！」

砰！砰！砰！砰！

砰！砰！

我們附近四面八方，雉雞開始像下雨一般從樹上掉下來。我們在一片黑暗中發了瘋似的到處亂跑，用手裡的手電筒掃視著地面。

砰！砰！砰！這次幾乎不偏不倚的砸在我身上。牠們掉下來的時候，我就站在樹的正下方，馬上就發現了這三隻——兩隻公的，一隻母的。牠們的身體軟軟溫溫的，羽毛在手裡摸起來柔軟的不可思議。

「我該把牠們放在哪裡？」我喊著問克勞德，手裡抓著牠們的腳。

「把牠們放到這裡，高登！就把牠們堆在這邊有光的地方！」

克勞德站在空地邊緣，身上漾滿月光，兩隻手裡都抓著一大把雉雞。他整張臉都在發光，眼睛又大又亮的很漂亮，像個剛發現全世界都是巧克力做成的小孩子一樣，望著他的四周。

砰！

砰！砰！

「我不喜歡，」我說。「太多了。」

「真是太棒了！」他叫著把手中的鳥全扔在地上，又衝回樹林裡去撿其他的鳥。

砰！砰！砰！砰！

砰！

現在要找那些鳥是很容易的一件事。每棵樹下幾乎都躺著一兩隻。我很快的又撿了六隻，每隻手裡三隻，跑回空地去和其他鳥扔在一起。又是六隻。然後，又是六隻。

牠們還一直不停的在掉。

克勞德簡直是樂瘋了，像個發了瘋的鬼魂一樣在那些樹下東竄西竄。我看見他手電筒的光芒在黑暗中不停晃動，每找到一隻鳥，就會興高采烈的小小歡呼一聲。

砰！砰！砰！

「那個惹人厭的海若真應該來聽聽這個聲音！」他興奮的大叫。

「別叫，」我說。「這樣會讓我害怕。」

「怎麼了？」

「別叫。附近可能有看守人。」

「去他的看守人！」他叫嚷著說。「他們全都回家吃飯去了！」

雉雞一直不停的掉了三、四分鐘。然後突然間，全都停止了。

「繼續找！」克勞德嚷著說。「地上還有很多！」

「你不覺得我們該趁情況還好的時候趕快離開嗎？」

我們繼續四處尋找。我們分別把空地東、南、西、北方圓一百碼範圍內的每棵樹附近都找遍了，最後我想應該差不多都齊了。就在我們放鳥的地方，那堆雉雞堆得跟營火一樣大。

「這真是奇蹟，」克勞德說。「這真是他媽的奇蹟。」他略帶恍惚的看著牠們。

「我們最好一人只拿個六隻，然後趕快離開，」我說。

「我想要數一數，高登。」

「沒時間數了。」

「我一定要數數。」

「別這樣，」我說。「快點。」

「一……」

「二……」

「三……」

「四……」

他非常仔細的開始數，輪流的把每一隻鳥拿起來，仔細放到另外一邊。此時月亮來到了正上方，整塊空地都被照得亮晃晃的。

「我不要這樣站在這附近，」我說。我往後走了幾步，躲在陰影裡面，等他數完。

「一百一十七……一百一十八……一百一十九……**一百二十！**」他叫著。「**一百二十隻鳥耶！**這是有史以來最高的紀錄了！」

我一點也不懷疑。

「我爸一個晚上最多只抓到過十五隻，後來他就醉了一個星期！」

「你是世界冠軍了，」我說。「你好了嗎？」

「再一分鐘，」他掀起毛衣，把肚皮上那兩個白色的大棉袋解下來。「這是你的，」他說著把其中一個袋子交給了我。「趕快裝進去。」

月光非常的亮，我甚至可以看見袋子底下的那一排小字。上面寫著，「J・W・駝子，克斯頓麵粉磨坊，倫敦西南區第十七支區」。

「那個咖啡色牙齒的渾球這個時候該不會躲在某棵樹後面監視我們吧？」

「不可能，」克勞德說。「就我跟你講的一樣，他一定是在加油站等我們兩個回家。」

我們開始把雉雞裝到袋子裡去。牠們的身體很軟，脖子也軟綿綿的，羽毛底下的皮膚還透著溫熱。

「會有一臺計程車在小徑上等我們，」克勞德說。

「什麼？」

「我總是搭計程車回去的，高登，你不知道嗎？」

我跟他說我不知道。

「坐計程車可以掩飾身分，」克勞德說。「除了司機之外，沒人知道車子裡面坐的是誰。這是我爸教我的。」

「司機是誰？」

「查理・金屈。他連高興都來不及呢。」

我們把雉雞全都裝到袋子裡面之後，就把袋子扛上肩膀，搖搖晃晃的穿過漆黑的森林往外頭的小徑走去。

「我不要帶著這些東西一路走回村裡去，」我說。我的袋子裡面有六十隻鳥，重量至少一定有一百六十八磅以上。

「查理還沒讓我失望過，」克勞德說。

我們來到了樹林的外緣，從籬笆的縫隙裡望著外面的小徑。「查理老弟，」克勞德的聲音非常輕，不到五碼以外的地方停著一輛計程車，方向盤後面的那個老頭把頭探進月光底下，朝我們使了個狡猾無「齒」的笑容。我們鑽過籬笆，拉著袋子在地上拖。

「哈囉！」查理說。「那是什麼？」

「高麗菜，」克勞德告訴他。「把門打開。」

兩分鐘之後，我們安安全全的坐進了計程車裡，慢慢駛下丘陵，往村子回去。

大功告成。克勞德得意極了，興奮驕傲得不得了，一直往前靠過去，拍拍查理・金屈的肩膀跟他說，「怎麼樣啊，查理？這個成果如何啊？」查理也不停地轉過頭來，凸著眼睛，看我們兩人之間那兩個鼓鼓的大袋子說，「天啊，老兄，你們怎麼辦到的？」

「有十二隻是要給你的，查理，」克勞德說。查理說，「今年維克多・海若先生的開幕打獵派對上，我想雉雞可能會少一點囉，」克勞德馬上答腔說，「我也是這麼想，查理，我也是這麼想。」

「你要拿這一百二十隻雉雞來做什麼？」我問。

「把牠們冰在冰箱裡當作冬天的糧食，」克勞德說。「和狗肉一起放在加油站的冷凍庫裡。」

「應該不會是今晚吧，我猜？」

「不，高登，不是今晚。今晚我們把牠們先放在貝西家。」

「哪一個貝西？」

「貝西・奧剛。」

「貝西・**奧剛**！」

「每次都幫我送戰利品的都是貝西啊，你不知道嗎？」

「我完全不知道，」我說。我完全愣住了。奧剛太太的先生可是那位人人尊敬的傑克・奧剛牧師呢。

「記得要找一個受人尊敬的女士來替你送戰利品，」克勞德說。「這樣才對吧，查理？」

「貝西是個聰明的女孩，找她正好，」查理說。

車子駛過村裡，街燈都還亮著，男人從酒吧出來，正在回家的路上。我看見威爾・普萊特利悄悄的從他魚店的邊門溜了進去，普萊特利太太的頭剛好從他上面的窗户探了出來，但他並沒有發覺。

「牧師對烤雉雞是非常講究的，」克勞德說。

「他會把雉雞吊起來十八天，」克勞德說，「然後使盡全力把牠搖個幾下，牠全身上下的羽毛就會統統掉下來。」

計程車往左轉，滑進牧師家的大門。屋子裡面一片漆黑，也沒有人出來招呼我們。克勞德和我把雉雞扔在屋子後面的煤棚，和查理・金屈說了聲再見後，就空著手在月光下徒步走回加油站去。我們進門的時候，雷貝特先生有沒有在監視我們，我不知道。我們沒發現他在附近。

「她來了，」隔天早上，克勞德跟我說。

「誰？」

「貝西——貝西・奧剛啊。」他滿是驕傲的說出這個名字，好像是位將軍在說他麾下最驍勇的軍官一樣。

我跟著他走到了外面。

「在那邊，」他指著說。

馬路遙遠的另一端盡頭，我看見一個小小的女人朝我們這邊走過來。

「她推的是什麼？」我問。

克勞德狡猾的朝我笑了笑。

「送戰利品只有一種方法最保險，」他說，「那就是藏在嬰兒底下。」

「喔，」我嘟噥著說，「喔，原來如此。」

「坐在裡面的是只有一歲半的小克李斯多夫・奧剛。他好可愛喔，高登。」

我勉強可以看見，嬰兒車的遮陽篷放了下來，車上高高坐著個小寶寶，大小跟個黑點差不多。

「那個小嬰兒下面至少有六、七十隻雉雞，」克勞德高興的說。「很棒吧。」

「你不可能把六、七十隻雉雞塞進一輛嬰兒車裡的。」

「如果車上有個深深的洞，把墊子拿掉，再把雉雞塞得緊一點，一直堆到上面來，那就可以。然後你就只需要一件被單。你如果知道雉雞昏睡過去之後，軟綿綿的多麼不占空間的話，你一定會嚇一跳。」

我們站在泵浦旁邊等著貝西・奧剛走過來。這天早晨和其他九月的早晨一樣，暖暖的，沒有風，天色漸漸變暗，空氣中可以聞到一股閃電的味道。

「竟然就這樣大喇喇的直接穿過村子，」克勞德說。「老貝西可真有一套。」

「我覺得她好像很匆忙的樣子。」

克勞德用菸屁股又點了一根香菸。「貝西從來就不會匆匆忙忙的，」他說。

「她走路的樣子真的有點不對勁，」我跟他說。「你看。」

他瞇起眼睛透過香菸的煙霧看著她。然後，他把香菸拿了下來，又看了一次。

「怎麼樣？」我說。

「她真的走得好像有點快對吧？」他謹慎的說。

「她簡直是用飛的一樣。」

我們兩個人都沒說話，克勞德開始死命的瞪著那個朝我們靠近的女人。

「或許她不希望被雨淋到，高登。我敢打賭一定是這個原因，她想可能馬上就要下雨了，可是她不希望她的小孩被雨淋濕。」

「她為什麼不把遮陽篷給拉上呢？」

他沒回答。

「她跑起來了！」我大喊著說。「快看！」貝西突然加足馬力，全力朝我們衝了過來。

克勞德動也不動的站在原地看著她；在接下來的那一片靜默中，我想我聽見了嬰兒的尖叫聲。

「怎麼了？」

他沒回答。

「那嬰兒有點不對勁，」我說。「你聽。」

此時，貝西離我們大概有兩百碼的距離，飛快的朝我們這邊靠近。

「你聽見他的聲音了嗎？」我說。

「可以。」

「他的喉嚨都快被扯破了。」

每過一秒鐘，遠方細微的尖叫聲就變得越來越大，他像發了瘋一樣的不停尖叫，幾乎就快要歇斯底里了。

「他一定是突然痙攣了，」克勞德說。

「我想一定是的。」

「所以她才會用跑的，高登。她想要趕快把他帶到這裡來，讓他沖沖冷水。」

「你說的一定沒錯，」我說。「事實上，我知道實際的情況一定是這樣。你聽聽他那聲音就知道了。」

「如果不是突然痙攣的話，也一定是類似的情況，絕對不會有錯。」

「我也這麼想。」

克勞德的腳在車道的鵝卵石上不安的挪動著。「每天都會有一千零一件類似的事情發生在小嬰兒的身上，」他說。

「沒錯。」

「以前有一個小嬰兒的手指全卡進嬰兒車的輪輻裡。結果，手指全沒了，全被砍得一乾二淨。」

「沒錯。」

「管他是什麼事情，」克勞德說，「拜託老天不要讓她再繼續跑了。」

一輛載滿磚頭的長型卡車從貝西身後開了過來，司機放慢速度，把頭探出窗户外面瞪著貝西瞧。貝西沒有理他，繼續飛快的往前跑，她現在離我們很近了，我可以看見她紅著張臉，張大嘴巴拚命在喘氣。我注意到她手上戴著白色的手套，看起來一副雍容華貴的模樣，一起搭配的還有她腦袋正上方窩著的那頂滑稽的白色小帽子，看來像是朵蘑菇一樣。

突然間，一隻大雉雞從嬰兒車上竄了出來，飛到天上。

克勞德嚇得叫了一聲。

在貝西旁邊開車的那個笨蛋看到，開始大笑起來。

那隻雉雞醉醺醺的在附近飛了幾秒鐘，然後又掉了下來，摔在路旁的草叢裡面。

一間雜貨店老闆開著貨車慢慢靠近卡車，扯著喉嚨嚷嚷著要前面的讓路。貝西還是繼續往前跑。

然後，呼的一聲，第二隻雉雞又從嬰兒車裡飛了出來。

第三隻、第四隻、第五隻。

「我的天啊！」我說。「是安眠藥！安眠藥的藥效退了！」

克勞德什麼也沒說。

貝西以驚人的速度跑完最後五十碼的距離，她衝進加油站車道時，雉雞不停從嬰兒車裡朝四面八方飛出來。

「到底發生了什麼事？」她尖叫著說。

「繞到後面去！」我朝她喊去。「繞到後面去！」可是她卻突然在離她最近的那個泵浦停了下來，我們還沒趕上去，她就已經把尖叫的寶寶一把抱了起來，遠遠離開嬰兒車。

「不要！不要！」克勞德一邊大喊一邊朝她衝過去。「不要把寶寶抱起來！把他放回去！拉緊被單！」可是她並沒有聽。寶寶的重量突然被移開之後，一大群的雉雞突然從嬰兒車裡面竄了出來，數量至少在五、六十隻以上，我們頭頂上滿滿一片都是奮力拍動翅膀想要往上飛的棕色大鳥。

克勞德和我開始揮著手在車道上跑來跑去，想要把牠們趕出這附近。「走開！」我們大喊著。「噓！走開！」不過牠們還是昏昏沈沈的，根本沒注意到我們，才不到半分鐘，牠們又飛了下來，像一大群蝗蟲一樣在加油站前面停得滿滿的。整個加油站到處都是雉雞。牠們在屋簷上，還有泵浦上方的水泥遮篷上肩並肩坐成一整排，還有至少十二隻的雉雞擠在辦公室窗户的窗臺上。有些已經飛了下來，停在放潤滑油油瓶的架子上，還有些在我那些二手車的引擎蓋上滑來滑去。有一隻尾巴很漂亮的公雉雞威風凜凜的停在一個泵浦上面，還有好些昏得沒辦法飛的雉雞就只是停在車道上，蹲在我們的腳邊，抖著羽毛，眨巴著牠們的小眼睛。

馬路對面，載磚塊的卡車還有貨車後面已經排了一整排車，車裡的人紛紛打開車門，想要下車看個究竟。我看了看錶。時間是八點四十分。我心想，一輛黑色的大車隨時有可能會沿著馬路從村子的方向開過來，而且還會是輛勞斯萊斯，方向盤後面的那張臉還會是做香腸和派餅的屠夫維克多・海若先生那張油光閃閃的大臉。

「牠們差點把他給啄爛了！」貝西嚷嚷著把嚎啕大哭的寶貝緊緊抱在懷裡。

「你現在回家去，貝西，」克勞德整張臉都白了。

「關門，」我說。「把告示擺出來。今天不做生意。」

幻想大師 Roald Dahl 的異想世界 ／ 羅爾德・達
爾(Roald Dahl)著；吳俊宏譯. -- 初版. --
臺北市 ： 臺灣商務, 2004[民 93]
面 ； 公分. -- (Open；3:31)
譯自：The Best of Roald Dahl

ISBN 957-05-1920-7(平裝)

873.57 93017221